全新譯校 經典新版世界名著 20

Анна Каренина

安娜·卡列尼娜

〈上〉

〔俄〕L·托爾斯泰 著

邢琳琳 譯

經典新版　世界名著

閱讀經典名著確實是不一樣的宴饗。人們對於經典名著，不會只說「我讀過」，而是說「我又讀了」。事實上，我每次去讀它，都會讀出新的東西，新的精神。

——當代義大利名作家、後設小說大師卡爾維諾（Italo Calvino）

真正的光明，絕不是永遠沒有黑暗的時候，只是永不被黑暗掩沒罷了。真正的英雄，絕不是永遠沒有卑下的情欲，只是永不被卑下的情欲所征服罷了。閱讀經典名著，永遠可以使人自我昇華，不陷於猥瑣。

——法國名作家、諾貝爾文學獎得主羅曼羅蘭（Romain Rolland）

閱讀文學經典、世界名著，能夠滋潤現代人的心靈，使人對世事、愛情與人性重新有一番體悟。

——美國現代名作家、諾貝爾文學獎得主海明威（Ernest Hemingway）

台灣曾出版的世界名著與文學經典可謂汗牛充棟，然而，細察譯文品質與內容，大多是三十至五十年代大陸譯者的手筆，其行文用語的方式與風格，早已與當代讀者的閱讀習慣、閱讀趣味脱節，以致不再能喚起讀者的關注。這一套「經典新版　世界名著」是全新譯本，行文清晰、流暢、優雅，用語力求充分符合當代人的品味。故而，是「後真相時代」中尋求心靈滋養者最適切的選擇。

譯者序

邢琳琳

托爾斯泰是十九世紀偉大的思想家和藝術家，他於一八七七年創作的《安娜・卡列尼娜》是一部享譽世界的長篇小說。

書中的女主人公安娜・卡列尼娜是俄羅斯文學中最動人的婦女形象之一，也是世界文學史上最優美豐滿的女性形象之一。對一位上流社會的貴族女性來說，背叛丈夫、拋棄孩子是十分令人不齒的事情，然而，安娜為什麼要這麼做呢？這就是《安娜・卡列尼娜》巨大的思想和藝術價值所在。托爾斯泰並沒有簡單地寫一個男女私通的故事，而是通過這個故事揭示了俄國社會中婦女的地位，並由此來鞭撻它的不合理性。作品描寫了個人感情需要與社會道德之間的衝突。

一八七七年，小說首版發行。據同代人稱，它不啻是引起了「一場真正的社會大爆炸」，它的各個章節都引起了社會的關注，以及無休無止的「議論、推崇、非難和爭吵，彷彿事情關涉每個人最切身的問題」。

《安娜・卡列尼娜》通過女主人公安娜追求愛情而失敗的悲劇和列文在農村面臨危機而進行的改革與探索這兩條線索，描繪了俄國從莫斯科到外省鄉村廣闊而豐富多彩的圖景，先後描寫了一百五十多個人物，是一部社會百科全書式的作品。

故事發生在十九世紀俄羅斯的上流社會，彼得堡貴夫人安娜是皇室後裔、大官僚卡列寧的妻子，她豔冠群芳，美貌絕倫。她的哥哥奧布隆斯基住在莫斯科，過著放蕩的生活。他與過去的家庭女教師有著曖昧關係，妻子多莉發覺後，非常痛苦。安娜為了調解兄嫂的矛盾來到莫斯科，在火車站與近衛軍軍官沃倫斯基邂逅。安娜的高雅風姿和笑容中蘊含的一股鮮活的生命力使沃倫斯基為之傾倒，對她一見鍾情。

與此同時，莊園貴族列文也來到莫斯科，他已年過三十，渴望建立家庭，決定向他青年時代就喜愛的基蒂求婚，而當時基蒂正迷戀著沃倫斯基，她拒絕了列文。但沃倫斯基見到安娜後就不再與基蒂交往。安娜的到來使多莉和丈夫言歸於好，卻使多莉的妹妹基蒂陷入感情的不幸。

列文回到鄉下，埋頭從事農業改革，希望以此忘卻感情生活上的失意。他嘗試養育優種牲畜，引進農業機器，但總不能得到應有的效益。

安娜在歸途中發現沃倫斯基也同車而行，她既緊張又興奮，回到彼得堡後，安娜和沃倫斯基在社交場合經常相遇，在一次宴會上沃倫斯基向安娜表白了愛情。他們兩人單獨在一起時間過長，引起人們議論，回到家卡列寧警告安娜要注意社交禮儀、遵守婦道。這種官腔和說教反而使安娜厭惡自己的丈夫，她陷入與沃倫斯基的感情中不能自拔。安娜與沃倫斯基的關係在賽馬會上終於暴露：當沃倫斯基從馬上摔下來時，安娜的態度完全失常。回家途中安娜向丈夫承認了她與沃倫斯基之間的情人關係，但卡列寧卻要求安娜一切維持現狀，只是不許安娜在家裡接待沃倫斯基。

列文在農村常和農民一起勞動，嚮往過一種全新的生活。但當他得知基蒂大病了一場，在國外療養後即將回國，又重新燃起了對她的愛，列文再次求婚，他們終於結合了。婚後住在莊園裡，過著美滿的生活，但是列文並沒有得到真正的幸福。他在農業上的各種設想常常失敗，農民不信任地主。他幻想建立一種股東聯營方式，使農民和地主同樣得益，達到「以利害的調和與一致來代替互相仇視」，但各種新方法、新措施都無效。他不知道該如何生活，苦惱得幾乎自殺，最後從一個老農那兒得到了啟示：「人活著不是為了填飽肚子，而是為了靈魂，為了上帝。」

安娜的處境越來越糟，她懷孕了，分娩時又患上產褥熱，幾乎被疾病奪去生命，病危時她向丈夫請求寬恕，並希望他與沃倫斯基和好，卡列寧出於基督徒的感情答應了她的要求。可是安娜病癒後又無法繼續與丈夫生活下去，終於不等丈夫同意離婚，就與沃倫斯基一起到國外去了。在歐洲旅行三個月回來後，安娜思念兒子，謝廖沙生日時，她不顧一切衝進自己住過九年的那幢房子。看到兒子，她激動異常，母子倆緊緊擁抱，難分難捨。直到卡列寧走進兒童室，安娜才不得不匆匆離去。

從此，安娜永遠失去了心愛的兒子，得不到離婚許可，她與沃倫斯基只能是非法結合，上流社會的大門對她緊閉，且處處遭受冷遇。她只能孤獨地住在沃倫斯基的莊園裡，想方設法消磨時間。當沃倫斯基一人外出時她就懷疑他另有新歡，因此兩人發生口角。一次在爭吵後，安娜陷入絕望境地，一面寫信發電報，一面追隨沃倫斯基到了火車站。這時，她朦朧中想起他們第一次相見以及當時一個工人被軋死的情景。這彷彿暗示了她的歸宿。安娜向正在駛來的火車撲倒下去，生命的火焰熄滅了，她的痛苦也永遠解除了。

主人公安娜追求愛情幸福，卻在卡列寧的虛偽、冷漠和沃倫斯基的自私面前碰得頭破血流，最終落得臥軌自殺、陳屍車站的下場。莊園主列文反對土地私有制，抵制資本主義制度，同情貧苦農民，卻又因無法擺脫貴族習氣而陷入無法解脫的矛盾之中。矛盾的時期、矛盾的制度、矛盾的人物、矛盾的心理，使全書在矛盾的漩渦中顛簸。這部小說深受讀者喜愛，它是新舊交替時期緊張惶恐的俄國社會的寫照。

本書出版不久，社會就公認它是一部了不起的巨著，它所達到的高度是俄國文學從未達到過的。偉大作家杜思妥也夫斯基興奮地評論道：「這是一部盡善盡美的藝術傑作，現代歐洲文學中沒有一部同類的東西可以和它相比！」他甚至稱托爾斯泰為「藝術之神」。而書中的女主人公安娜・卡列尼娜則成為世界文學史上最優美豐滿的女性形象之一。這個資產階級婦女解放的先鋒，以自己的方式追求個性的解放和真誠的愛情，雖然由於制度的桎梏，她只能以失敗而告終。但她以內心體驗的深刻與感情的強烈真摯，以蓬勃的生命力和悲劇性命運而扣人心弦。主人公膽大的作風以及本書華麗的文字和恰到好處的張力，使其成為一本曠世之作，也讓後人能夠記住它，而不需要太多的理由。

目錄
Contents

chapter 第二部

目錄

Contents

chapter

第三部

目錄

Contents

上卷

第一部

chapter 1

外遇

幸福的家庭都是一樣的，不幸的家庭卻各有各的不幸。

奧布隆斯基家中簡直全亂了套。妻子知道丈夫同他們家原先的法籍家庭女教師有曖昧關係後，就向丈夫聲明，不能再同他一起生活。

這樣的狀況僵持了三天，不僅夫妻雙方感到痛苦，全家老少，上上下下，都感到痛苦。大家都認為，他們生活在一起實在沒有什麼意義，就算在任何一家旅館中萍水相逢的人都比他們的關係好得多。妻子躲在房間裡不出來，丈夫三天都沒有回家。孩子們像丟了魂滿屋子亂跑；英籍家庭女教師同女管家吵了嘴，寫信請朋友為她另謀工作；廚師在昨天午飯時就走了；幹粗活兒的廚娘和車夫也都辭工不幹了。

夫妻吵架後的第三天，斯捷潘・阿爾卡季奇・奧布隆斯基公爵——人們在社交場合通常叫他斯季瓦——像往常一樣在早上八點就睡醒了，不過這次他並不是在妻子的臥室裡，而是在書房中的山羊皮長沙發上。

他把那保養得很好的、肥胖的軀體在沙發上翻了個身，從另一側緊緊抱住枕頭，面頰使勁貼在枕頭上，看那架勢好像還要睡上很長時間。然而，他突然從沙發上坐起來，睜開眼睛。

「這到底是怎麼回事？」他想重溫夢境，「唔，夢到什麼了？對啦！我夢到阿拉賓正在達姆施塔特[1]舉行宴會；不，不是在達姆施塔特，而是在美國的什麼地方。不錯，達姆施塔特就是在美國。不錯，阿拉賓是用鑲有玻璃的桌子舉行的宴席，是的，在座的人都唱我的寶貝，不，不是我的寶貝，而是更好聽的曲子；還有一些小巧玲瓏的水晶玻璃瓶，那盡是些女人。」

奧布隆斯基的眼睛裡閃爍著快樂的光芒，含著微笑沉思。「是啊，真有意思，太有意思啦。那兒還有很多妙事，簡直妙不可言，可是一醒來，想也想不清晰了。」

這時，他看到一縷陽光從呢絨窗帷邊上射了進來，就愉快地把腳沿著沙發邊伸下去，用腳去搜索他的金黃色的軟皮拖鞋，拖鞋上有他妻子繡的花，是去年生日時妻子送給他的禮物；照他九年來養成的習慣，每天他還沒起床，就把手伸向臥室裡用來掛晨衣的地方。這時他突然明白過來了：他不是睡在妻子的臥室裡，而是睡在書房中以及為什麼會睡到這兒來。微笑從他臉上消失，他皺起了眉頭。

「唉，唉，唉！真糟糕！」他腦海中又浮現出和妻子吵架的每一幕，想到他現在所處的進退兩難的處境，以及他自己鑄成的過錯。

「唉！她決不會原諒我，也不肯原諒我。最可怕的是，什麼都怪我，而我又覺得自己沒有什麼過錯。悲劇就在這裡！」他沉思著，「唉，唉！」他感到非常沮喪，又想起了這場吵鬧中使他極為難堪的那些場面。

最掃興的是他剛從劇院回來的那種情景。當時，他滿心歡喜，手裡拿著一個大梨子要給妻子吃，在客廳裡沒有看見她，使他大為吃驚的是，在書房裡也沒有找到，而終於發現她在寢室裡，手裡拿著那封洩露了一切的倒楣的信。

1. 達姆施塔特，現今西德的一座城市。

在他看來，多莉[2]是個一心操勞家務，頭腦有些簡單的女人。此時她手中正拿著那封信，一動不動地坐著，以驚訝、絕望和憤怒的神情望著他。

「這是什麼東西？這？」她用手指著那封信斥問道。

回想起來，奧布隆斯基像常有的情形一樣，苦惱的並非事情本身，而是他回答妻子問話的模樣。這種時刻，他的心情就像一個人幹了醜事突然被揭發了。當他的過錯曝光以後，他簡直不知道該以什麼樣的面目出現在妻子面前。既沒有感到因為受了委屈而矢口否認，替自己辯護，或者請求饒恕，甚至也沒有做到索性不在乎——反正隨便怎麼樣都比他所做的好——他的臉上卻完全不由自主地（奧布隆斯基是喜歡生理學的，他以為這是腦神經的反射作用[3]）——完全不由自主地突然流露出慣有的那種親切而愚憨的微笑。

他怎麼也不能饒恕自己這愚蠢的一笑。因為多莉一看見那種微笑，就好像身體被戳了一刀一樣，她火冒三丈，尖刻的話語像連珠炮一樣射出，奔出了房間。從此她不想再見到丈夫。

「都怪那愚蠢透頂的一笑。」奧布隆斯基想道。

「這可怎麼辦呢？怎麼辦？」他絕望地喃喃自語著，卻找不到答案。

2. 多莉是他的妻子達里婭的英文名字。
3. 在《安娜・卡列尼娜》寫成之前不久，在俄國的一份雜誌上，《腦神經的反射作用》的作者謝切諾夫教授正和其他的科學家進行著激烈的論戰。對於這種事情一知半解的奧布隆斯基都輕而易舉地想起這個術語，可見這場論戰曾引起了當時公眾的充分注意。

chapter 2

不忠實的理由

奧布隆斯基是一個忠實於自己的人。他不能欺騙自己，說對自己的行為感到悔恨。他是一個三十四歲、多情的美男子；妻子只比他小一歲，已經是現有的五個孩子另外還有兩個夭折的孩子的母親，他並不愛她。

他對他所做的這件事並不後悔，他後悔的只是沒能很好地把那件事瞞住妻子。但他仍感到了自己的處境困難，同時，他也很替妻子、孩子包括自己難過。他要是早料到這件事會對妻子產生如此嚴重的影響，也許他能千方百計將這罪孽瞞過妻子。這個問題他從沒認真考慮過，但是隱隱約約覺得妻子早已猜到了他對她不忠實，睜一隻眼閉一隻眼算了。他甚至以為，她只是一個賢妻良母，一個身體虛弱的、漸漸衰老的、不再擁有年輕和美貌的、毫不惹人注目的女人，本應當出於公平心而對他更寬容一些，然而結果卻完全相反。

「唉，真糟糕！哎呀呀！真糟糕！」奧布隆斯基盡在自言自語，卻想不出任何法子，「在這件事情發生之前我們生活得是多麼美好，多麼融洽啊！她因為孩子們在身旁而感到心滿意足、幸福快樂，我也從不干涉她的事情，照料孩子，操持家務，全由她做主。說實話，糟就糟在那位原是我們的家庭教師。和家庭教師胡來，這的確有點兒不像話。但她是一個多麼美麗的家庭教師啊！（他回想著羅蘭小姐的惡作劇的黑眼睛和她的微笑）她在我家的時候，我一點兒都沒有放肆過。糟糕的是她如今已經……難道這一切是存心跟我作對不成?!唉！究竟該怎麼辦，怎麼辦呢？」

除了生活所給予的一切最複雜最難解決的問題的一般解答之外，再沒有其他解答。那答案就是，就這樣糊裡糊塗地生活下去，把一切煩惱拋在腦後。他想要回到夢境中去，可是這得到夜間才行。他現在又不能回到酒瓶、女人、唱歌的美夢中了。因此，他只有在白日夢中尋求遺忘。

「往後自然會有辦法的。」奧布隆斯基自言自語道，他站起來，穿上一件藍綢裡子的灰色晨衣，把腰帶打個結，挺起寬闊的胸膛，盡情地吸了一口氣，邁開那雙輕快地支撐著肥胖軀體的八字腳，以素常的穩重步伐走到窗前，他拉開百葉窗，用力按鈴。他的親信老僕馬特維聽到鈴聲，立刻走了進來，手中拿來了他的衣服、靴子和一封電報。他的理髮匠也手持著刮臉家什跟著馬特維走了進來。

「有衙門送來的公文嗎？」奧布隆斯基問，他接過電報，就在鏡子前面坐了下來。

「我已經放在桌上了，」馬特維回答道，帶著詢問與關心的神情瞅了瞅他的主人，停了一會兒，又露出調皮的微笑補了一句，「馬車行老闆派人來過。」

奧布隆斯基什麼也沒說，只是在鏡子中看了馬特維一眼；從鏡子裡相遇的目光中可以看出，他們彼此心照不宣。奧布隆斯基的眼神似乎在問：「你為什麼說這個？難道你不知道？」

馬特維把雙手插進外衣兜裡，向前邁出一隻腳，臉上含著笑，默默地、親切地看了看他的主人。

「我叫他下個星期天再來，這之前別來打擾您，也免得白跑。」馬特維的這句話很明顯是提前準備好的。

奧布隆斯基看得出來，馬特維是打算說句玩笑話，引起別人的注意。他拆開電報，看了一遍，猜測著電報裡常譯錯的幾個詞，頓時容光煥發。

「馬特維，我妹妹安娜・阿爾卡季耶夫娜明天就要來了。」他示意理髮師那隻光潤的、胖乎乎的手停一下。理髮師在他臉上又長又鬈的絡腮鬍子間刮出一道粉紅色的紋路來。

「謝天謝地。」馬特維說，這話表示他同主人一樣都很清楚安娜這次來訪所具有的重大意義，也就是說，奧布隆斯基的這位好妹妹也許能促成兄嫂重歸於好。

「她一人來，還是同姑爺一道？」馬特維問。

奧布隆斯基不能說話，因為此時理髮匠正在刮唇上的鬍子，便豎起一根指，馬特維朝鏡子點頭。

「一個人，那麼還需要在樓上整理出一個房間來嗎？」

「你去稟報達里婭・亞歷山德洛夫娜，她自然會做出安排的。」

「稟報達里婭・亞歷山德洛夫娜？」馬特維有些疑惑地重複著他的話。

「不錯，你去稟報她這件事。把電報也帶上，交給她，她會吩咐的。」

「你是想讓我去試探一下。」馬特維心中明白，不過嘴上卻說：「是的，老爺。」

奧布隆斯基梳洗完畢後，剛想穿衣服，馬特維拿著電報，穿著嘎吱嘎吱響的靴子慢吞吞地回到房間時，理髮匠已經離開了。

「達里婭・亞歷山德洛夫娜讓我告訴您，她不會待在這兒了。說隨便他，也就是您，想怎樣安排就怎樣安排吧。」馬特維眼含笑意地說。他把雙手插進口袋，偏著腦袋打量主人。

奧布隆斯基沒有做出任何回應。隨後，他那漂亮的臉上露出一絲無可奈何的苦笑。

「呃？馬特維？」他搖了搖頭說。

「沒事，老爺——事情會好起來的。」馬特維說。

「會好起來嗎？」

「沒錯，老爺。」

「你這麼認為？外面誰來了？」奧布隆斯基問，他聽到門外有女人衣服的窸窣聲。

「我。」一個又俐落又清脆動聽的女人聲音答道，隨後在門口現出了奶媽馬特廖娜・菲利莫諾夫娜那張嚴肅的麻臉。

「有什麼事嗎，馬特廖娜？」奧布隆斯基在門口迎著她。

儘管奧布隆斯基應對妻子承擔全部罪責，可他自己也感覺到，幾乎家裡所有的人，就連達里婭的心腹奶媽在內，都統統站在他這邊。

「什麼事啊？」他滿面愁容地問道。

「您去一下吧，老爺，再去認個錯兒。也許上帝會開恩的。她太遭罪啦，瞧著真可憐。再說家裡鬧騰得底兒朝天，老爺，您也得可憐可憐孩子們啦。老爺，還能有什麼辦法啊！要圖快活就得……」

「她不願意見我……」

「您只管去認錯吧。上帝是仁慈的，您向上帝禱告，老爺，向上帝禱告吧。」

「那好吧，你先下去吧。」奧布隆斯基說，忽然臉漲得通紅。

「幫我換衣服。」他轉而對馬特維說，隨即麻利地脫下晨衣。

馬特維已經把襯衣舉起並且撐開著，好像捧著一副馬軛，吹吹上面看不見的灰塵什麼的，得意地把它套在老爺那保養得很好的身體上。

chapter 3

無法修復的關係

奧布隆斯基穿好衣服，往身上噴了點兒香水，把襯衫袖子整理好，又像往常一樣把香煙、皮夾、火柴和那有著雙重鏈子與錶墜的錶分置在各個口袋裡，然後抖開手帕。儘管他很不幸，但是他感到清爽、芬芳、健康和肉體上的舒適，他兩腿微微搖擺著走進了餐室，他的咖啡已擺在那裡等他，咖啡旁邊放著信件和衙門裡送來的公文。

他先看了看信件。有一封信令他感到很不快，是一個想要購買他妻子田莊上的那片樹林的商人寫來的，出賣這片樹林是絕對必要的；但是現在，在他還沒有和妻子和解以前，這個問題是萬萬不能談的。他最感不快的是，這種金錢上的利害關係竟然同他與妻子的和解問題牽扯在一起。一想到他可能被這種利害關係所左右——為了出賣林子非同妻子講和不可——他便覺得自尊心受到了傷害。

看完了來信，奧布隆斯基把衙門裡送來的公文拉到面前，迅速地翻閱了兩份案卷，並用粗鉛筆做了一些記號，又把公文推開，開始喝咖啡。他打開油墨未乾的晨報，邊喝咖啡邊看起來。

奧布隆斯基訂閱的是一份代表大多數人主張的極端自由主義報紙。儘管他對於科學、藝術和政治並沒有特別興趣，凡是大多數人以及他們的報紙贊成的，他都堅決支援；也只有當大多數人改變觀點後，他才改變。或者，更嚴格地說，他並沒有改變意見，而是意見本身不知不覺地在他心中變化著。

奧布隆斯基並沒有選擇屬於他的政治主張和見解，而是這些政治派別和觀點主動上門找他，如同他穿著隨潮流，從不挑選帽子和常禮服的式樣一樣。生活於上流社會的他，對於一個成年人通常要開展的某些精神活動而言，必須有自己的見解，正如在那兒必須戴一頂帽子一樣重要。如果說，他更愛自由主義的見解是有道理的，而不是像他周圍許多人那樣擁護保守派的見解，那倒不是因為他認為自由主義更合理一些，而是因為他覺得自由主義更適合他的生活方式。

自由派說俄國的一切都很糟，的確，奧布隆斯基目前就負債累累。自由黨說結婚是完全過時的制度，必須改革；確實，家庭生活並沒有給奧布隆斯基帶來多少樂趣，而且還逼得他不得不說謊和作假，而那是完全與他的本性相違背的。自由黨說，或者不如說是暗示，宗教的作用只是在於鉗制人民中的那些野蠻階層；而奧布隆斯基做一次短短的禮拜，都會站得腰痠腿痛；而且他怎麼也想不通既然現世生活過得這麼愉快，那麼用那些令人恐懼而又極為誇張的言辭來談論來世還有什麼意思？

而且，愛說笑話的奧布隆斯基常喜歡說：如果人要炫耀自己的門第，那麼他就不應當只算到留里克[4]為止，而應當進而承認他的始祖猴子，他喜歡用這類的話去捉老實人。就這樣，自由主義的傾向已成為奧布隆斯基的一種習慣，他喜歡看他訂閱的報紙，正如他喜歡飯後抽一支雪茄一樣，因為它們在他的腦子裡散佈了一層輕霧，產生了一種朦朧感。他讀了一篇社論，社論裡說，現在完全沒有必要叫嚷什麼激進主義有吞沒一切保守分子的危險，叫嚷什麼政府應當採取措施鎮壓革命這一洪水猛獸，恰恰相反，「我們認為，危險不在於臆造的革命這一洪水猛獸，而在於阻礙進步的因循守舊」，等等。

他又讀了另外一篇關於財政的論文，其中提到了邊沁和密勒[5]，並對政府某部有所諷刺。憑著特有

4. 留里克（死於八七九年），俄國的建國者，留里克王朝（八六九至一五九八年）的始祖。
5. 邊沁（一七四八至一八三二年），英國資產階級法律學家和倫理學家，功利主義的代表人物。密勒（一八〇六至一三七二年），英國哲學家，政治活動家，經濟學家。在倫理學上他接近邊沁的功利主義。

的機敏，他領會出了每句話暗含的意義，推敲出它緣何而來，針對什麼人以及出於什麼動機而發的；這種揣測，通常能給予他一定的滿足感。然而今天，想到馬特廖娜的勸告，想到家裡如此多的不順之事，這種滿足感就基本上被破壞了。他還在報上看到，正如聽說的那樣，貝斯特伯爵[6]已赴威斯巴登[7]的消息，以及根治白髮、出售輕便馬車、某青年徵婚等廣告，不過這些新聞和廣告不像往常那樣使他覺得頗具滑稽譏諷意味。

他看完報紙，喝完第二杯咖啡，吃好黃油麵包，站起身來，拂掉背心上的麵包屑，挺起寬闊的胸膛，快活地微微一笑。這倒不是因為他心裡有什麼特別愉快的事，而是由於良好的消化所引起的。

但是，這愉快的一笑頓時把一切往事都勾了出來，他再次陷入了沉思。

門外傳來兩個孩子的聲音（奧布隆斯基聽出是小兒子格里沙和大女兒塔尼婭的聲音）。他們兩個在搬弄什麼東西，卻把它打翻了。

「我說過嘛，車頂上不能乘客人，」女兒用英語叫喊，「撿起來！」

「一切都變得亂糟糟的，」奧布隆斯基心裡想著，「孩子們沒有人照料，隨處亂跑。」他走到門前叫住他們。姐弟兩個把用來當作火車的小匣子扔掉，都向父親跑來。

女孩是父親的心肝寶貝，她大膽地跑進餐廳，抱住父親，嬉笑著吊在他的脖子上。她像往常一樣，聞到他絡腮鬍子裡散發出來的熟悉香水味就感到開心。後來，小女孩吻了吻父親那張因為彎著腰而被憋得通紅的慈愛的臉，然後鬆開胳膊，想要跑開，但是父親卻一把拉住了她。

「媽媽怎麼樣了？」他用一隻手撫摸著女兒光滑嬌嫩的脖子問道。「你好。」他又朝著向他說了問

6. 貝斯特伯爵（一八〇九至一八八六年），奧匈帝國首相，俾斯麥的政敵。
7. 威斯巴登，德國中西部城市，在萊茵河畔，是礦泉療養地。

候語的男孩子微微笑著說。

他知道自己不大喜歡兒子，但總是儘量顯得一視同仁；兒子感覺到了這一點，並沒有對父親帶給自己的冷淡笑容報以微笑。

「媽媽嗎?她起床了。」小女孩說。

奧布隆斯基歎了一口氣。「這麼說，她又是通宵沒睡了。」他想。

「她快活嗎？」

女孩知道父母吵過嘴，母親不可能高興，父親應該知道這一點。他這麼輕鬆地問，顯然是裝出來的。為此女兒替父親漲紅了臉，父親馬上覺察到了這一點，臉也紅了起來。

「我不知道，」她說，「她沒有要我們讀書，而是叫我們跟著古莉小姐到外祖母家去玩。」

「哦，去玩吧，我親愛的塔尼婭。唔，稍等一下。」他說，仍舊拉著女兒不放，撫摩著她柔嫩的小手。他從壁爐上取下昨天放在那裡的一盒糖果，挑了兩塊女兒愛吃的糖——一塊巧克力，一塊軟糖——給她。

「這塊給格里沙嗎?」小女孩用手指著巧克力糖說。

「好，好的。」他再次撫摩了一下女兒的小肩膀，然後吻了吻她的髮根和脖頸，才把她放開。

「馬車備好了。」馬特維說。「來了一個請願的女人。」他補充說。

「來很長時間了嗎?」奧布隆斯基問。

「大概有半個鐘頭了。」

「跟你說過多少次了，這種事情必須馬上通報!」

「總得讓您把咖啡喝完哪。」馬特維說，他那關切而執拗的語氣，簡直叫你沒法發火。

「那麼就快請她進來吧。」奧布隆斯基心事重重地蹙著眉頭說。

那請願者，是參謀大尉加里寧的寡妻，來請求一件辦不到而且不合理的事情。她的陳述前言不搭後語，但是奧布隆斯基仍然按照慣例請她坐下，而且一句沒有打斷地耐心聽她講完，聽過以後又給了她一些詳細的指示，告訴她應該去找什麼人，甚至用他那粗獷、遒勁、漂亮而清晰的字體給她寫了一封便函，給一個有可能幫助她的人。

打發走了大尉的妻子，奧布隆斯基拿起帽子，不過他又停住了，回想是不是忘了什麼事情。看來，除了他要忘記的——他的妻子以外，他什麼也沒有忘記。

「唉！」他垂下頭，漂亮的臉上露出苦惱的神色。「去還是不去？」他自言自語，但內心卻在說，不要去，除了虛情假意，不可能有別的，再說他們的關係已無法修復，因為既不能讓她重新恢復魅力而惹人愛憐，也無法把他變成一名心如死灰失去戀愛激情的老人。如今除去欺騙和說謊，不會有其他什麼結果，可是他的稟性卻不允許他再去欺騙和說謊。

「遲早還是得去，總不能老這麼僵著。」他盡力給自己鼓氣。他挺起胸膛，掏出一支香煙，點著抽起來，剛抽了兩口，就將它丟到了珍珠貝製作的煙灰缸裡。他快步穿過光線幽暗的客廳，推開另外一道門，那是通往他妻子臥室的門。

chapter 4

憔悴的妻子

達里婭的房間堆滿了亂七八糟的東西，她原先那頭濃密的秀髮，如今變得稀稀疏疏，編成辮子，用髮針盤在腦後。她面頰凹陷，那雙驚惶不安的眼睛，由於面容憔悴更顯得大而突出。

聽到丈夫的腳步聲，她停住了，朝門口望去，竭力想要裝出一副嚴厲而輕蔑的表情，卻怎麼也裝不像。她感覺自己害怕他，害怕和他會面。她剛才正在嘗試著做三天以來她已經嘗試著做了十來回的事情——把自己和孩子們的衣服清理出來，帶到她母親那裡——但她還是沒有下定決心；這會兒，像以前幾次一樣，她對自己說，不能再這樣下去了，她得設法懲罰懲罰他，羞辱羞辱他，報復報復他，讓他稍微嘗嘗他給她造成的痛苦也好。

她老說要離開他，但又覺得這是不可能的，因為她無法不把他看成自己的丈夫，無法不再愛他。更何況，她意識到在這裡，也就是在她自己家裡，她尚且不能把她的五個小孩照料得很好，假如她要把他們通通帶走，他們的情況只會變得更加糟糕。事實上，在這三天中，最小的孩子因為喝了變質的肉湯生病了，其餘的孩子昨天基本上都沒吃上飯。她心裡明白，離家出走是不可能的，但她還是欺騙自己，繼續清理東西，裝作要走的樣子。

一瞧見丈夫，她便伸手到衣櫃的抽屜裡，彷彿在找東西。直到丈夫來到她跟前，她才轉身看了他一眼。她本想裝出一副嚴肅而堅定的面孔，結果流露出的卻是慌亂和痛苦的神色。

「多莉！」他低聲地、怯生生地叫了一聲妻子。他把頭縮進肩膀裡，竭力裝出溫順的可憐相，但是他依然顯得容光煥發，身體健壯。

她迅速地從頭到腳打量了一下他那容光煥發、精力充沛的模樣。「哼，他倒愜意！」她想，「可我呢？……他那副和顏悅色的樣子真叫人噁心，可大家還因此那麼喜歡他，稱讚他；我就是恨他這副樣子。」她想著，把嘴抿得緊緊的，她那容易抽搐的慘白的臉上，右半邊臉的筋肉開始在顫抖。

「您有什麼事？」她用急促的、由於生氣而變得不自然的低沉語調問道。

「多莉！」他又叫了一聲，聲音直打戰，「安娜說今天要來。」

「關我什麼事？我又不接待她！」她應了一聲。

「不過，你也要，多莉……」

「走開，走開，走開！」她沒看他，嚷道。好像是肉體因為受到疼痛而發出的叫聲。

當奧布隆斯基一個人的時候，想到妻子，他的心情尚且還能保持平靜，希望一切都順利解決，因而還能平靜地看報，喝咖啡。但是當他一看到她那憔悴而痛苦的臉色，一聽見這聽天由命的絕望聲音，他的呼吸就困難了，他的咽喉哽住了，他的眼睛裡開始閃耀著淚光。

「我的天哪，我都做了什麼呀！多莉！看在上帝的面子上……要知道……」他無法說下去了，他的咽喉被嗚咽哽住。

她砰地關上衣櫃門，瞪了他一眼。

「多莉，我還能夠說些什麼呢？現在我只有一句話：原諒我，原諒我吧……你想想，難道九年的共同生活還無法補償一時的，一時的……」

她垂下眼睛聽著，看他還要說些什麼，彷彿求他說明確無其事，好使她改變想法。

「一時的情欲……」他終於把這話說了出來，還想繼續往下說的時候，她又把嘴緊緊閉上了，似乎肉體正在忍受著一種痛苦，右頰上的筋肉再次抽搐起來。

「走開！」她更加尖厲地叫嚷起來，「不要給我講您所謂的情欲，您幹的那些下流事！」她想要離開這裡，但是身子搖晃了一下，趕緊扶住一個椅背。他漲紅著臉，嘴唇咕噥著，眼睛裡滿是淚水。

「多莉！」他哽咽著說，「看在上帝的分上，想想孩子們吧，他們是無辜的。我有罪，你懲罰我好了，讓我來贖罪吧。只要辦得到，我什麼都甘願去幹！我有罪，而且罪孽深重，沒有言語可以形容！但是多莉，你就原諒我吧！」

她坐了下來。他聽到她沉重的喘息聲，說不出有多可憐她。她不止一次地想要開口卻說不出來，他等待著。「你想到孩子們，就是為了逗他們玩；但是我卻總想著他們，而且知道現在這樣會害了他們。」她說。顯然這是她這三天來暗自重複了不止一次的話。

聽到她稱呼他為「你」，他滿懷感激地望了她一眼，並想走到她面前去拉她的手，可是她卻帶著厭惡的神情避開了。

「我一直惦著孩子們，因此為了拯救他們，我什麼都願意幹；可我自己也不知道怎樣去拯救他們：是讓他們離開父親，還是把他們丟給色鬼父親？您說說看，出了那樣的……事情以後，難道我們還能夠待在一塊兒過下去嗎？難道這還有可能嗎？您說說看，難道這還有可能嗎？」她提高嗓門兒重複說，「在我的丈夫，我孩子的父親，跟自己孩子的家庭教師有了曖昧關係以後……」

「但是有什麼辦法呢？」他用可憐巴巴的聲音說，自己也不知道說的是什麼，頭垂得越來越低了。

「您讓我感到討厭，噁心！」她叫喊起來，火氣越來越大，「您的眼淚像水一樣一文不值！您從來沒有愛過我，您既沒有情義也沒有德行！您讓我覺得很可惡，我恨您，您是一個陌生人，完全是個陌生人！」她痛苦而惡狠狠地說出了在她聽來極為可怕的字眼——陌生人。

他瞧了瞧她。她滿臉怨恨的神色使他又害怕又驚奇。他不明白，正是他的這種憐憫把她激怒了。她已經看出來，他對她的感情僅僅是可憐而並不是愛。「不，她恨我。她不會原諒我了。」他想。

「這真可怕！簡直太可怕了！」他說出口來。

此時，另一間屋裡有個孩子哭了，似乎是跌了一跤。達里婭靜靜聽著，面色立刻變得柔和起來。她顯然是定了定神，彷彿一下子弄不清楚自己現在是在什麼地方，也不知該如何是好，隨後她迅速地站起身來，朝門外走去。

「顯然她還愛我的孩子，」他注意到孩子哭時她臉色的變化，就這麼想著，「她既然還愛我的孩子，又怎麼可能會恨我呢？」

「多莉，你再聽我說一句話。」他跟在她背後對她說。

「您要是跟著我，我就喊僕人，喊孩子！讓大家知道您是個無賴！我今天就走，您就和您的情婦好好在這兒住著吧！」她砰的一聲關上門，走了出去。

奧布隆斯基歎了一口氣，揩了揩臉上未乾的淚水，輕手輕腳地朝外走去。「馬特維說事情會妥善解決的，可是怎麼解決？我簡直看不出有什麼可能。唉，真可怕！她叫嚷起來顯得多麼粗野啊！」他自言自語道，腦海中回想著她的喊叫聲以及她所用的字眼：無賴和情婦。「或許女僕們全都聽見了！真是粗野。」奧布隆斯基獨自站了一小會兒，擦擦眼淚，又歎了口氣，接著就挺起胸膛，離開了房間。

這一天是星期五，德國鐘錶師在餐廳裡給掛鐘上發條。奧布隆斯基回想起自己曾跟這個幹活細緻認真的禿頭鐘錶匠開過的玩笑，說德國人「為了給鐘錶上發條，自己一輩子上足了發條」。想起這句笑話他不禁露出了笑容。奧布隆斯基很喜歡跟人開玩笑。「說不定事情真會妥善解決的！妥善解決，這話講得好。」他想，「講得有道理。」

「馬特維！」他叫道，「你和瑪麗亞把休息室收拾收拾，迎接安娜。」他對應聲過來的馬特維說。

「遵命。」

奧布隆斯基穿好毛皮大衣，來到台階上。

「您不回來吃飯嗎？」馬特維送他到門口，問道。

「這還說不定。這個你拿去做開銷，」他說著，從錢夾裡掏出一張十盧布的鈔票遞給馬特維，「這夠用了吧？」

「夠也好，不夠也好，都是要應付過去的。」馬特維說著，砰地關上車門，自己退回到台階上。

這時，達里婭已經哄好了孩子，聽見馬車的轔轔聲，知道丈夫走了，便又回到臥室。通常只要她一走出臥室，大大小小的家務事就會把她包圍起來，因此臥室就成了她唯一的避難所。就在剛剛，她待在兒童室的一會兒工夫，英國女家庭教師和馬特廖娜就問了她幾個不能耽擱而又只有她才能夠做出回答的問題——孩子們出外散步穿什麼衣服？給不給他們喝牛奶？要不要派人去雇一個新廚子？

「哎呀，別來煩我，別來煩我！」她說著便回到臥室，在剛才同丈夫談話的地方坐下，緊握著她那瘦得連戒指都要滑落下來的雙手，開始在她的腦海裡重溫著剛剛結束的談話。「他走了！但是他到底和她怎麼樣了？」她想道，「他難道還要去見她？我怎麼不問問他！不，不，和解是沒有可能了。即使我們仍住在一所房子裡，我們也只能是陌生人——永遠是陌生人！」她意味深長地重複著這個她覺得可怕的字眼。「我本來多麼愛他呀，天哪。多麼愛他呀……多麼愛他呀！難道我現在就不愛他了？我不是還比以前更愛他了嗎？最可怕的是……」她開始有一個想法，但是還沒有來得及想完，馬特廖娜就從門口伸進頭來了。

「您派人去叫我兄弟來吧，」她說，「他好歹也會做飯；要不然，又會像昨天那樣，到六點孩子們還沒有飯吃。」

「那好吧，我這就去安排。還有，新鮮牛奶叫人去取了嗎？」

於是達里婭就又投身於日常瑣事中，也想借此把她的憂愁暫時淹沒在這些事務中。

chapter 5

性格不同的好友

奧布隆斯基憑著他那聰明的頭腦，在學校時書念得不錯，但他常常偷懶，又愛淘氣，因此到畢業時還是名列榜尾。別看他放蕩不羈，官階不高，資歷又淺，卻能夠在莫斯科政府機關中擔任著一個相當體面而又薪俸優厚的職務。這個官職是通過他妹妹安娜的丈夫阿列克謝・亞歷山德羅維奇・卡列寧的引薦謀得的。卡列寧在這所機關所屬的部門裡擔任要職。但是，就算不靠卡列寧謀得這個職位，奧布隆斯基也會通過其他許多關係——七大姑、八大姨——謀得這個或者另外類似的職位，每年大約六千盧布的薪俸。他需要這筆錢，因為妻子雖說有大宗財產，但他的家業卻已經開始敗落了。

莫斯科與彼得堡差不多有一半人都是奧布隆斯基的親戚或好友。他出身於顯赫的官宦世家。官場裡上了年歲的人，有三分之一是他父親的朋友，從小就認識他；另外三分之一是他的密友，還有三分之一則是他的老相識。所以，那些憑藉授任官職、收繳地租、承租權等形式分配人間福利的人都是他的朋友，是絕對不會不顧他這個自己人的。所以，奧布隆斯基毫不費力便能夠得到一個薪水豐厚的職位，只要他不亢不嫉、無爭無怨的就行，而他性情溫和，向來都沒有犯過這些毛病。要是人家對他說，他不能得到他所需要的肥缺，他會感到可笑，再說他也沒有什麼過分的要求。他只是想獲得跟他的同年人一樣的薪俸，因為他任這類職務不比別人差。

凡是認得奧布隆斯基的人，不僅因為他性情和善樂觀，為人誠實可靠，還因為在他身上，在他英俊瀟灑的外貌上，在他炯炯有神的眼睛、烏黑的眉毛、頭髮和白裡透紅的臉龐上，有一種人見人愛的魅力。「哦！斯季瓦・奧布隆斯基！真是幸會！」遇見他的人差不多都會這樣快樂而微笑著說。儘管有的時候跟他交談也沒有特別高興的地方，可是過一兩天再見到他時，那些人仍然會感到很愉快。

奧布隆斯基在莫斯科這個衙門裡擔任長官的職位已有三年了。不僅贏得了同僚、下屬、上司以及同他打過交道的人的喜愛，而且受到他們的尊敬。奧布隆斯基在公務中能贏得普遍的尊敬，主要有三個原因：首先，他認識到他所具有的所有缺點，所以對別人也就極度寬容；其次，他是徹頭徹尾的自由主義者，並非報紙上所描述的那種，而是生來就有的自由主義，他用這樣的態度平等地看待每一個人，而不問他們的身分和職位高低；最後，也是最重要的一點，他對公務總是很隨便，從不賣力氣，也從不犯錯誤。

奧布隆斯基到達辦公地點後，在畢恭畢敬的看門人陪同下走進他的小辦公室，換上制服，這才來到辦公大廳。全體文書和公務員紛紛起立，滿臉堆笑、恭恭敬敬地向他鞠躬。奧布隆斯基像往常一樣迅速地走向他的位子，跟同事們一一握手，然後坐下來。他先講幾句笑話，講得很得體，接著開始辦公。任何人也不如奧布隆斯基那樣能如意地掌握自由、簡便和公事公辦之間的分寸，這樣的分寸是保持辦公室的愉快氛圍所必需的。這時，一個秘書捧著一疊公文，帶著機關裡每個人所共有的愉快而恭順的表情走了進來，用奧布隆斯基所提倡的親切而隨便的語氣說道：「我們總算得到奔薩省府的報告了。這就是，您要不要……」

「終於拿到了？」奧布隆斯基將一根手指按在公文上，「哦，先生們……」於是就開始辦公了。

「他們還不知道，半小時前他們這位上司還像個做錯事的孩子呢！」他一面煞有其事地低下頭聽報告一面想著。公務一直持續到下午接近兩點，中間都沒有停頓，然後才開始休息和進餐。

不到兩點的時候，辦公廳的玻璃大門突然打開了，有一個人闖了進來。委員們因為有了解悶的機會都感到很開心，所以都從沙皇肖像與守法鏡底下向門口張望著，可是門口的守衛卻立即把闖進來的人擋了回去，然後又把那扇玻璃門關上了。

報告讀完以後，奧布隆斯基站起身來，伸了個懶腰，學著自由主義的時髦作風，就在辦公廳裡掏出一支香煙，往他的小辦公室走去。他的兩個同僚，老官吏尼基京和侍從官格里涅維奇，也跟隨他一起走了出來。

「我們吃過午飯還有時間辦完公務。」奧布隆斯基說。

「當然有時間！」尼基京說。

「福明那傢伙是十足的騙子。」格里涅維奇說的是一個和他審理的案子有關的人。

奧布隆斯基聽到這句話後什麼也沒說，只是對他皺皺眉，這樣使他明白過來不應當早早地下斷語，不過他也沒接著格里涅維奇的話說。

「剛才闖進來的是誰？」他問看門人。

「大人，有個人趁我轉身的時候未經許可就鑽了進來，連問都沒問，說是想見您。我對他說了，等官員們都走了的時候，你再……」

「他在哪裡？」

「大概向門廳去了，剛才還在這兒走來走去呢。哦，就是他。」門衛用手指著一個體格強壯、肩膀寬闊、鬍鬚捲曲的人。那人如今仍然戴著一頂羊皮帽，正在輕快而迅速地踏著已經被磨掉稜角的一級級的石階往上跑著。下行的人中有一個瘦瘦的官員，挾著公事包，站住了，鄙夷地打量著這個跑上來的人的雙腳，又用疑惑的目光看了奧布隆斯基一眼。

奧布隆斯基正站在台階的最上端。當他看清急著走上台階來的那個人是誰的時候，他那張從制服的繡花領子裡襯托出來的和悅的臉，就更加容光煥發了。

「哦，原來是你！列文，你到底來啦！」他帶著親切而又略微嘲諷的笑容打量著慢慢向他走過來的列文說道。「你怎麼也不嫌髒，到這個巢穴裡看我來啦？」奧布隆斯基說，光是握手還嫌不滿足，接著又吻了吻他的朋友，「來很久了嗎？」

「我剛到，很想看看你。」列文回答道，面容羞澀而又帶著點兒生氣與不安，朝四下裡打量著。

「走，到我辦公室去。」奧布隆斯基說，他知道這位朋友羞赧中潛藏著自尊和憤怒。他挽住列文的胳膊，拉著他走，彷彿領著他經過什麼危險的地方。

奧布隆斯基幾乎對所有相識的人都以「你」相稱，不論是六十歲的老人還是二十來歲的青年人、演員、部長、商人和侍從武官，因此，在社會的兩極分佈著他許許多多以「你」相稱的老朋友。這些人要是知道因為奧布隆斯基的緣故而讓他們有了某種共同的關係，肯定會感到非常吃驚和詫異。只要是和他一起喝過香檳的人，他都會以「你」相稱，而他不論和誰都可以一起喝香檳，因此，有下屬在場時，如果他遇見一些不體面的「你」——他這樣戲稱他的許多朋友——他也會憑著他的機敏沖淡下屬為此而產生的不愉快印象。列文並非不體面的「你」，不過奧布隆斯基也憑著他的機智感覺到，列文肯定以為他在下級面前不願意透露他們倆的親密關係，因此，趕緊把他領進了他的小辦公室。

列文和奧布隆斯基年齡相仿，他們彼此以「你」相稱，但並非只是一起喝過香檳的朋友。列文從小就是他的夥伴和朋友。他們儘管性格不同，志趣各異，但是感情之深厚卻如同任何從小就熟識的朋友一樣。但是，即便如此，他們也如選擇了不同行當的朋友間所經常發生的情形一樣，每個人在聊天的時候雖然也會說對方的職業是正當而有益的，事實上他們卻從內心鄙視對方的職業。他們都以為，只有自己過的生活才是真正的生活，而對方所過的只不過是鏡中花水中月而已。

奧布隆斯基一看到列文，就忍不住對其流露出含有幾分嘲弄的微笑。他曾無數次看著列文從鄉下來到莫斯科，而至於列文在鄉下操勞著什麼事情，奧布隆斯基卻從來不去過問，也實在沒有興趣過問。列文每次來莫斯科總是情緒激動，匆匆忙忙，還有點兒感到壓抑，自己又常因這種壓抑感而氣惱，對各種事情往往抱有出人意料的新觀點。奧布隆斯基嘲笑他卻也欣賞他這點。同樣，列文也從心底裡瞧不起這位朋友的都市生活以及那些他認為沒有意義的公務，並常常加以嘲笑。所不同的是，奧布隆斯基在幹大家都幹的事情，因此，他嘲笑人的時候看上去溫和而得意，而列文卻笑得不自在，有時還有點惱怒。

「我們早就盼著你來了，」奧布隆斯基說，進入辦公室以後，他放開了列文的胳膊，似乎在跟他示意在這兒一切危險都消失了。「非常，非常高興看見你，」他繼續說，「你說說，你好嗎？過得怎麼樣？幾時到的？」

列文沒有出聲，而是望著奧布隆斯基兩位同事不熟悉的面孔，特別是那位風雅的格里涅維奇的雙手，手指是那麼白皙細長，尖端彎曲的長指甲是那麼焦黃，還有襯衣袖口上的鈕釦那麼大那麼亮，似乎把列文的全部注意力都吸引住了。奧布隆斯基立刻覺察到了這一點，微微笑了笑。

「哦，對啦，讓我來給你們介紹一下，」他說，「這兩位是我的同事：菲力普・伊萬尼奇・尼基京，米哈依爾・斯坦尼斯拉維奇・格里涅維奇，」然後又轉身對著列文，「這位是地方自治局代表，新派地方自治人士，一隻手可以舉五十普特[8]重的體操運動員，畜牧專家，獵手，我的好朋友，康斯坦

8. 一普特等於十六・三八千克。

丁・德米特里奇・列文，謝爾蓋・伊萬諾維奇・科茲內舍夫的令弟。」

「不勝榮幸之至。」那個小老頭說。

「我很榮幸認識令兄謝爾蓋。」格里涅維奇說，伸出他那留著長指甲的瘦長的手。

列文皺起眉頭，冷漠地握了握他的手，立刻向奧布隆斯基轉過身去。儘管他非常尊敬他的異父兄弟，那位聞名俄國的作家，可是現在，當其他人只把他當作有名的科茲內舍夫的兄弟，而非康斯坦丁・列文的時候，他幾乎無法忍受。

「不，我已經不是地方自治會的成員了。我同那兒所有的人都吵過架，再也不去開會了。」他對奧布隆斯基說。

「這也太快啦！」奧布隆斯基微笑著說，「到底是怎麼一回事？為什麼會變成這樣？」

「說來話長，我以後告訴你。」列文說，但接著又講了起來，「好吧，簡單地說，我認為地方自治會根本沒事幹，也不可能有事幹。」他開口說道，似乎剛剛有什麼人把他惹惱了，「一方面，那簡直就是個玩具，他們玩的是議會那一套，而我既不年輕也不夠老邁，不願意去和他們玩這玩意兒。另一方面，這是縣裡結黨營私的工具。以前是監護機構和法院，如今是地方自治局，它們並非以受賄的方式，而是通過白拿薪水來撈錢的。」他說得非常激動，好像在場的人中有人在反對他的意見。

「啊哈！我覺得你又發生了改變，這回變成保守主義者了，」奧布隆斯基說，「這事以後再說。」

「好的，以後再談。這次我有事要找你。」列文說著，又帶著憎惡神情望著格里涅維奇的那隻手。

奧布隆斯基流露出幾乎察覺不到的笑容。

「你不是說過你再也不穿西裝了嗎？」他一邊說，一邊看著列文那套明顯是由法國裁縫製作的嶄新的西服，「對了！我覺得這又是新變化。」

列文的臉色刷的一下紅了，這不像一般成年人那樣微微泛紅，連自己也沒有察覺；而是像孩子那樣面紅耳赤，對自己的靦腆感到可笑。望著這張機靈的、剛毅的臉一下子變得這樣孩子氣，讓人非常納悶，因此，奧布隆斯基也就不再看他了。

「我們約在什麼地方呢？我急於想和你談談。」列文說。

奧布隆斯基似乎沉思了一下，說：「我看不如這樣吧，我們到顧林家裡去吃午飯，可以在那兒談談。三點以前我都不忙。」

「不行，」列文想了想回答，「我還得去別的地方。」

「那好吧，那我們就一起吃個晚飯吧。」

「吃晚飯？實際上我也並沒有什麼特別的事情，不過有一兩句話要說而已，改天再長談也行。」

「那麼現在你就把這一兩句話說出來吧，晚飯時我們再詳細聊就是。」

「就是這麼兩句話，」列文說，「其實沒有什麼特別的事。」

列文想竭力克制自己的羞赧表情，因此面部突然現出氣惱的表情。「謝爾巴茨基家的人都在幹些什麼呢？一切還是老樣子嗎？」他說。奧布隆斯基早就聽說列文鍾情於他的小姨子基蒂[9]，他微微笑了笑，眼睛快活地閃耀著光芒。

「你只問兩句，我可無法用三言兩語來回答，因為……對不起，請等一下……」秘書走了進來，帶著親切而又恭順的神氣——他像所有秘書一樣，謙虛地意識到自己在公務的知識上比上司高明得多——手持文件來到奧布隆斯基面前，裝作請示的樣子，開始向他說明一些棘手的事情。奧布隆斯基

9.基蒂是卡捷琳娜的英文名字。

還沒聽他說完，就親切地用手按了按他的袖口。

「不，您就照我說的那樣去辦吧。」他一邊說，一邊面帶笑容，用緩和的語氣簡要地說明他的想法，就把文件向外推了推，「請您照那樣辦，勞駕，那就這樣吧，扎哈爾・尼基季奇。」

秘書帶著一臉惶惑走開了。列文在奧布隆斯基和秘書商議事情時，從窘境中恢復過來，雙臂支在椅背上，專注的神色中露出嘲弄的表情。

「我實在不懂，不懂。」他說。

「什麼事你不懂？」奧布隆斯基說，像往常一樣快活地微笑著，掏出一根香煙，他等著列文說出什麼怪誕的話來。

「我不懂你都在做些什麼，」列文聳了聳肩說道，「你辦這些的時候怎麼會這麼認真呢？」

「為什麼不呢？」

「因為這個一點兒意思也沒有。」

「你是這樣想，我們可忙壞了。」

「忙於紙上談兵。不過在這方面你倒是很有才幹。」列文補了一句。

「你的意思是說我還缺了點兒什麼？」

「也許是的，」列文說，「但我還是很欣賞你的魄力，為我有一個大人物朋友而感到十分榮幸。但是你還沒回答我的問題。」他說完以後，鼓足勇氣正視著奧布隆斯基的面孔。

「嗯，好的，好的。你等著吧，有朝一日你也會弄到這種地步的。你在卡拉津斯克縣擁有三千俄畝[10]土地，這是非常好的事情。你肌肉那麼飽滿，臉色又像十二歲的小女孩一樣紅潤，但是你總有一天會落到我們這步田地的。至於你所打聽的事，告訴你，沒有任何變化，不過可惜你這麼久都沒有來。」

「哦，出什麼事了？」列文驚恐地問道。

「沒有什麼，」奧布隆斯基說，「咱們以後再談吧。你這次來到底有什麼事？」

「唉，這個我們也改日再談吧。」列文說，他的臉又紅到了耳根。

「那好吧。我知道了，」奧布隆斯基說，「你要知道，我本想請你到我家去的，可是我妻子身體不太好。對啦，你要是想見他們，他們四五點時大概在動物園，基蒂在那裡溜冰。你先坐車上那裡去吧，回頭我再去找你，帶你找個什麼地方一塊兒吃晚飯。」

「太好了，那麼再見。」

「千萬不要忘了，你這人我是知道的，弄不好會忘記或又回鄉下去了！」奧布隆斯基笑著說道。

「肯定不會的。」

列文離開辦公室後，到了門口才記起來，他忘了和奧布隆斯基的同事們打聲招呼。

「看來，這位先生很有朝氣。」列文走了之後，格里涅維奇說。

「是的，朋友，」奧布隆斯基搖搖頭說，「他實在是一個幸運兒！在卡拉津斯克縣擁有三千俄畝土地，朝氣蓬勃，前途無量！可不像我們這幫人。」

「怎麼您也發起牢騷來了，奧布隆斯基？」

「糟糕呀，糟糕透頂。」奧布隆斯基深深地歎了一口氣。

10. 一俄畝合一．〇九公頃。

chapter 6 進城的目的

當奧布隆斯基問列文為什麼到城裡來的時候，列文臉紅了，並且因為臉紅而生自己的氣，因為他不能明說：「我是來向你姨妹求婚的。」雖然他來的目的就是這個。

列文家和謝爾巴茨基家都是莫斯科的名門望族，彼此交情頗深。當列文念大學時，這種關係更為發展。他同多莉和基蒂的哥哥，年輕的謝爾巴茨基公爵是一道進大學的。那時候他常常出入謝爾巴茨基家，並且對這一家人有了感情。看起來似乎很奇怪，列文愛他們一家，特別是他們家的女性。列文連自己的生母也記不大清了，他唯一的姐姐又比他年長得多，所以，他第一次看到有教養而又正直的名門望族的家庭生活，是在謝爾巴茨基家裡。

那個家庭的每個成員，特別是女性，在他看來似乎都籠罩著一層神秘的詩意帷幕，他不僅在她們身上看不到任何缺點，而且在包藏著她們詩意帷幕之下，他也設想著最崇高的感情還有應有盡有的完美。為什麼這三位小姐必須今天講法語明天說英語呢？為什麼她們必須定時輪流彈鋼琴，卻讓琴聲傳到樓上哥哥那間有兩個大學生在做功課的房間呢？為什麼要請教師來教法國文學、音樂、繪畫和舞蹈呢？為什麼她們要在規定時間穿上緞子外套同林農小姐一起坐馬車到特維爾林蔭大道兜風呢？——多莉穿的是長的，娜塔莉是半長的，而基蒂的則是短得連她那雙穿著緊緊的紅色長襪的俏麗小腿都完全露在外面；為什麼她們要由一個帽上鑲嵌金色帽徽的僕人侍衛著，在特維爾林蔭大道上來回散步呢？

這一切和她們的神秘世界中所發生的其他更多的事一樣，列文都無法理解，但他知道那兒所出現的一切都是美好的，正因為如此他才喜愛這種神秘的生活。

在學生時代，他差點兒愛上了大小姐多莉；但是不久之後她和奧布隆斯基結了婚。接著他愛起二小姐來。他似乎感到，他一定要在她們姐妹中間愛上一個，到底愛哪個，他拿不定主意。但是娜塔莉也在剛一踏進社交界就嫁給了外交家利沃夫。列文大學畢業的時候，基蒂還是個小孩子。年輕的謝爾巴茨基公爵參加了海軍，在波羅的海被淹死了；因此，雖然列文和奧布隆斯基交情深厚，但是他和謝爾巴茨基家的關係卻不如從前密切了。列文在鄉下住了一年之後，今年初冬來到莫斯科，看見了謝爾巴茨基一家人。他才明白這三姐妹中間哪一個是他真正命中註定要去愛的。

在旁人看來，他這個出身望族，仍算得上富有的三十二歲男子，去向謝爾巴茨基公爵小姐求婚，似乎是再簡單不過的事了，他很可能立刻被看作門當戶對的人選。但是在他看來基蒂在各方面都是那樣完美，她簡直是一個超凡入聖的人，堪稱塵世無雙，而他自己則是一介庸夫俗子，簡直不敢想像，別人和她本人會認為他能配得上。

他曾經為了要見基蒂而出入各種交際場所，差不多每天都能在那裡看見她，他在這樣一種失魂落魄的狀態之下在莫斯科度過了兩個月，突然斷定事情絕對沒有可能，就回到鄉下去了。

列文確信事情沒有可能，是因為在她的親族眼中，他不是迷人的基蒂最合適、最有價值的人選，而基蒂也不會愛上他。

在基蒂家人的眼裡，在她親戚的眼裡，列文已經三十二歲，在上流社會無一官半職，可是他的同輩，有的已是上校和侍從武官，有的是教授，有的當上了銀行行長和鐵路經理，或者像奧布隆斯基一樣做了政府衙門的長官；他（他很明白人家會用怎樣的眼光看待他）僅僅是一個以畜牧、打獵、修造倉庫打發時光的鄉下紳士，換句話說，就是一個沒有才能、沒有出息的庸人，他所做的事情，在社交界看來，都是無用的人才會做的事。

神秘的、迷人的基蒂絕不會愛這麼一個醜陋的人，她是不可能愛上一個其貌不揚（列文自認為如此）特別是才智又極其平庸的人的。此外——由於他和她哥哥的友誼而形成的成人對待小孩子的態度——他覺得這又是戀愛上的一個新的障礙。他認為自己人雖不漂亮，但還善良，只能夠得到別人的友誼，要獲得他愛基蒂那樣的愛情，就須得是一個漂亮的尤其是出類拔萃的男子才行。

據說，女人往往會愛上醜陋而平庸的人，但他不信，因為他覺得將心比心的話，他也只能愛美麗、神秘而不同凡響的女人。

但是，列文在鄉下獨自待了兩個月後，深信這次戀情同他年輕時所經歷的不一樣。這次戀情使他得不到片刻的安寧。她能否成為他的妻子，這個問題不解決，他無法活下去。他的失望只是他憑空想像而來的，並沒有任何證據表明他一定會遭到拒絕。他這次到莫斯科就是抱著向她求婚的堅定決心而來的，如果人家答應，他就立刻結婚。或者……如果遭到拒絕，他會變成什麼樣，他簡直不能想像。

chapter 7

哲學問題

列文乘早班車來到莫斯科，住在他同母異父的哥哥謝爾蓋那兒。他換好衣服，走進哥哥的書房，想立即告訴他自己此行的目的，征求他的意見。可是書房裡不只他哥哥一個人。哥哥的客人是一位有名的哲學教授，他特地從哈爾科夫趕來，只是想解釋清楚他們在某個很重要的哲學問題上所產生的誤會。教授在與唯物論者進行激烈的論戰，謝爾蓋很有興致地觀看著這場論戰，他讀了教授最近發表的一篇文章，便寫信給他表示不同意見。他指責教授對唯物論者過分讓步。因此，教授立刻趕來同他探討。他們正在談的是一個目前很時髦的問題：在人類活動當中是否存在心理現象和生理現象的界限，假如有，這界限又在什麼地方？

謝爾蓋看見了他弟弟，就像對待任何人一樣，臉上現出親熱而又淡淡的笑容。他給弟弟和教授做過介紹後，又繼續同教授討論。臉色焦黃、個子矮小、戴著眼鏡的教授把討論擱開了一會兒，跟列文打了個招呼，又繼續討論下去。列文坐下等待教授離去，但很快就對他們探討的問題發生了興趣。

列文在報刊上讀過與他們談話內容有關的一些文章。他在大學時期讀的是自然科學，對那些文章很感興趣，認為發展了他所熟知的自然科學原理。可是，他從來沒有把作為動物的人類的起源以及反射作用、生物學和社會學方面的科學結論與生和死的意義問題聯繫起來考慮，而那些問題最近卻愈來愈頻繁地出現在他的腦海裡。

他聽著哥哥同教授的談話，發現他們把科學問題與精神問題聯繫起來，有幾次甚至想專門探討精神問題，但每次他們一接觸這個他認為最重要的問題時，他們又急忙退回去，再次回到準確地分類補充說明、引證、引用權威人士的觀點的問題上來，因此，他很難理解他們到底在討論什麼。

「我無法承認，」謝爾蓋用他慣用的明瞭準確而又措辭優美的語句說道，「我無論如何也不能同意凱斯的話，他認為我對外部世界的全部概念都是從印象產生的。關於存在這個最基本的概念，我並不是通過感覺獲得的，因為就連傳輸這種概念的專門器官也不存在。」

「是的，但是武爾斯特、克瑙斯特，還有普里帕索夫，他們都會回答您，說您所具有的存在意識都來自一切感覺的匯合，這樣的存在意識就是感覺的結果。武爾斯特甚至會說，假如沒有感覺，也就沒有存在的概念。」

「我的想法正好相反。」謝爾蓋又開口說。這時列文又覺得他們快要接觸問題的核心。可是他們又避開了。他決定向教授提個問題。

「這樣說來，如果我的感覺消失了，如果我的肉體死了，也就沒有存在可言了嗎？」

教授惱火地、彷彿因話頭被打斷而痛苦地瞟了這位古怪的提問者一眼，看他不像一個哲學家，倒更像是一個縴夫，然後轉眼看著謝爾蓋，好像在詢問：該怎樣回答呢？謝爾蓋遠不像教授那樣激烈，他頗能包容，既能回答教授的話，又能理解列文提這問題的想法。他微微一笑說：「那個問題我們還沒有資格回答……」

「對，我們沒有論據，」教授附和著，然後又繼續闡述他的理論，「不，我得指出一個事實，既然普里帕索夫說得那樣乾脆，知覺基於感覺，那麼我們就應該嚴格區別這兩個概念。」

列文已無心再聽他們的談話，只盼著教授告辭。

chapter 8

一張字條

教授走後，謝爾蓋對弟弟說：「你來了我真高興。要住些時候吧？你的農務怎麼樣了？」

列文知道哥哥對農業興趣不大，他這樣問無非是客套一番，因此只告訴他出售小麥的一些事。

列文本想把求婚的打算告訴哥哥，並徵求一下他的意見。他甚至已下決心說出來，可是一看見哥哥，聽了他同教授的談話，又聽到他詢問他們的農務（他們的母親遺下的財產沒有分開，列文管理著他們的兩份財產）時的那種勉強垂顧的語調，不知為什麼，列文感到他打算結婚的心思難以向哥哥啟齒。他覺得哥哥不會像他所希望的那樣看待這件事情。

「那麼，你們那兒的地方自治會辦得怎麼樣？」謝爾蓋問，他對於這些地方機關都很感興趣。

「我實在不清楚。」

「什麼？你不是執行委員嗎？」

「不，現在已經不是了，我辭職了。」列文回答，「我不再出席他們的任何會議了。」

「多可惜啊！」謝爾蓋皺著眉頭喃喃地說。

列文講起縣地方自治會的情況來替自己辯解。

「總是那樣的呀！」謝爾蓋打斷他的話頭，「我們俄國人總是那樣。這或許能算是我們的長處，能看到我們自己的缺點；但是我們又做得太過火了，我們用常掛在嘴邊的諷刺來聊以自慰。我想如果把像我們的地方自治權那樣的權力給予歐洲其他任何民族——德國人或是英國人——都會使他們從中得到自由，而我們卻只會把這變成笑柄。」

「可是有什麼辦法呢？」列文愧疚地說，「這是我最近的體驗。我真心誠意地試過了，還是沒有辦法，無能為力。」

「不是你做不來，」謝爾蓋說，「而是你沒有用正確的眼光去看待事情。」

「也許是的。」列文沮喪地說。

「對了！尼古拉弟弟又到這兒來了，你知道這件事嗎？」

尼古拉是康斯坦丁・列文的親哥哥，謝爾蓋的又一個異父弟弟，他自甘墮落，終日與三教九流的人廝混，把大部分家產揮霍一空，跟兄弟們都鬧翻了。

「你說什麼？」列文驚懼地叫道，「你是怎麼知道的？」

「普羅科菲在街上看見過他。」

「在莫斯科？那他住在什麼地方，你知道嗎？」列文從椅子上站了起來，好像立刻就要去一樣。

「我悔不該把這事告訴你。」謝爾蓋說，看到弟弟那不安的神情，他搖了搖頭，「我派人找到了他住的地方，把我代他付清的、他給特魯賓出的借據送還了他。這是我收到的回信。」

謝爾蓋邊說邊從吸墨紙下抽出一張字條，遞給他弟弟。

列文看了看這張字跡古怪而熟悉的條子：我懇請你們不要再來打擾我。這就是我要求我的仁愛的兄弟們給予我的唯一恩典——尼古拉・列文。

列文讀完以後，並沒有抬起頭來，而是把字條拿在手裡，在謝爾蓋的面前站著。他想從此忘掉這個不爭氣的哥哥，但又覺得這樣做不好，兩種思想在他心裡鬥爭著。

「他顯然是要侮辱我，」謝爾蓋繼續說，「但他是侮辱不了我的，我本來一心想要幫助他，可我知道那樣根本辦不到。」

「是的，是的，」列文附和道，「我明白也尊重你對他的態度，但我還是要去看看他。」

「你要去就去吧，不過我勸你別去。」謝爾蓋說，「對我來說，我並不怕你這樣做，他也不會挑撥我們之間的關係；但為了你自己，我勸你最好還是別去。你對他不會有什麼幫助，不過隨你的便吧。」

「也許是無濟於事，但我覺得——特別是在這種時候——不去於心不安……當然這是另一回事。」

「哦，那我可不明白。」謝爾蓋說。「但是有一件事我明白，」他補充說，「要學會克制自己。自從尼古拉弟弟變成現在這個樣子，我對於那所謂不名譽的事就採取了更加寬容的看法，你知道他做了什麼吧？」

「噢，可怕，可怕呀！」列文重複著說。

列文從謝爾蓋的僕人那裡得到了尼古拉的地址，本想立刻去看他，但思量一番之後，決定改到下午去。要使自己心平氣和，首先得解決促使他來莫斯科的那件事。列文從哥哥那裡出來以後，就來到奧布隆斯基的衙門，在這兒打聽了一下謝爾巴茨基家的情況，然後就坐著馬車到奧布隆斯基告訴他的那個也許能找到基蒂的地方去了。

chapter 9 充滿魅力的少女

下午四點時，列文在動物園門口下了出租馬車，感到心裡怦怦直跳。他沿著小徑向山上的溜冰場走去。他已經料定在那兒可以見到她，因為他看到入口處停著謝爾巴茨基家的馬車。

這是一個嚴寒的晴天。入口處停著一排排私人馬車、雪橇、出租馬車，站著許多憲兵。在入口處，在園內打掃得乾乾淨淨的通道上，在一座座俄式雕花小木房之間，穿著各式各樣漂亮衣服的人擠來擠去，禮帽在明媚的陽光下閃耀著。花園中枝葉繁茂的老白樺樹被雪壓得枝條都彎了下來，好像穿起了節日的盛裝。

他沿著小徑向溜冰場走去，不斷地自言自語：「別激動，要鎮靜。你激動什麼呀？你怎麼搞的？安靜些，傻瓜！」他愈是竭力要自己保持鎮靜，便愈感到難以呼吸。一位熟人迎面過來，叫他的名字，列文卻沒有認出他是誰來。他走到土山上，上下拉雪橇的鐵鍊發出的鏗鏘鏗鏘的響聲，以及雪橇的唰唰聲和快樂的人聲響成一片。他又走了幾步，溜冰場展現在眼前。他一下子便從溜冰的人群中認出了她。

他看出她就在那裡，不禁驚喜交集。她站在溜冰場的另一頭同一位太太談話。她的服裝和姿態，看來都沒有什麼與眾不同之處，可是列文一下子就在人群中把她認了出來，就像在蕁麻叢裡找一朵玫瑰花一樣容易。萬物都因她的存在而大放異彩，一切都因她而喜笑顏開。「難道我真的能夠到冰上去，到她面前去嗎？」他覺得，她所在的那個地方，是他所不能接近的神聖境界，他害怕得厲害，幾乎想要逃走。他應該努力克制自己，鎮定地想一下，既然她身旁有各式各樣的人，那麼他也是可以到那兒去溜冰的。他走了過去，像對著太陽一樣，不敢朝她多望；也像對著太陽一樣，即使不望，還是看見了她。

每星期的這一天，就在這個時刻，冰場上聚集的人都是同一個圈子的，彼此認識。這裡有大顯身手的滑冰健兒，有膽怯而又笨拙地扶住椅背學步的初學者，有小孩，也有為健康而去溜冰的老人。列文感到這些人都是與眾不同的幸運兒，能夠在這兒，在她的身旁待著。所有滑冰的人似乎都在漫不經心地追趕她、超過她，甚至跟她攀談，卻對她毫不在意，純粹因為冰面出色和天氣極好而縱情歡樂。

基蒂的堂弟尼古拉・謝爾巴茨基在椅子上坐著。他身穿短上衣和緊身褲，腳蹬溜冰鞋，看到列文就向他叫起來：「喂，全俄滑冰冠軍！來了好久了嗎？冰面特好，快穿上溜冰鞋吧！」

「我沒有溜冰鞋。」列文回答，在她面前居然這樣放肆，連他自己也感到驚奇。他沒有看她，卻也沒有讓她離開自己的視線片刻。他覺得太陽在漸漸地靠近他。她正滑到拐彎處，穿著高筒溜冰鞋的纖細雙腳踩在冰面上，小心翼翼地向他這邊溜過來。一個俄式打扮的男孩子，把身子彎向冰面，使勁揮動著雙手，很快就超過了她。

她滑得不太穩，她的雙手從帶子吊著的暖手筒裡伸出來，以防摔倒。她望著列文，認出他了。她微笑著，這微笑既是朝列文，也是為了掩飾自己的羞怯。當她轉過彎的時候，矯健的秀足蹬了一下冰面，就徑直溜到堂弟跟前，一把抓住他的胳膊，微笑著向列文點了點頭。她的嬌豔超過了他的想像。每次想她的時候，他都能在腦海中十分真切地描畫出她的整個身姿，特別是那長了一頭金髮的充滿魅力的腦袋，帶著孩童般開朗而和善的神情，在她那端正的少女肩頭左顧右盼。她臉上那股天真無邪的神氣，配上她苗條嬌美的身材，具有一種非凡的魅力，深深印在他的心頭。不過，往往使他感到異常驚奇的是她那溫柔、安詳、誠摯的眼神；尤其是她的微笑，常把列文帶入仙境，使他感到眷戀難捨、心曠神恰，似乎回到了童年時代裡那難得的美好時光。

「您來這兒好久了嗎？」她向他伸出一隻手說。「謝謝您。」她接著說，因為他替她拾起了從她袖子中飄落下來的手帕。

「我？沒多久，我是昨天……哦，我是說今天……剛到的。」列文回答說，因為過於激動，他沒有立即明白她的問題。「我想來看看您。」他說，一想到他來找她的用意，頓時臉色通紅，窘態畢露，「我不知道您會滑冰，而且滑得這麼漂亮。」

她仔細看了他一會兒，好像想要弄明白他發窘的原因。

「我很看重您的誇獎。大家都說您是一位出色的滑冰能手呢。」她一邊說，一邊用戴著黑手套的小手撣去落在暖手筒上的霜花。

「不錯，我從前對溜冰很熱心，很想達到完美的境界。」

「看來您做什麼事都精益求精。」她微笑著說，「我真想瞧瞧您滑冰。穿上溜冰鞋，我們一塊兒溜冰吧。」

「她要我和她一塊兒溜冰？難道真有這種好事嗎？」列文看著她心想。

「我馬上去穿溜冰鞋。」他說。說著他就去穿溜冰鞋了。

「先生，您好長時間沒上我們這兒來了。」溜冰場工人對列文一邊說，一邊抬起他的腳，幫他扭緊溜冰鞋的後跟。「您不來，這兒可再也沒有溜冰高手了。這樣行了嗎？」工人拉緊溜冰鞋上的皮帶，問道。

「行，行，請快點兒。」列文回答，極力忍住臉上不由自主流露的幸福微笑。他思忖：「是的，這就是生活，這就是幸福！她說：『我們一塊兒溜冰吧。』現在就向她告白嗎？我很怕開口，因為此刻我感到很幸福，就算只是懷著幸福的希望也好……那以後呢？……一定要說！一定要說，一定要說！決不能優柔寡斷！」

列文站起來，脫下大衣，在小屋旁粗糙不平的冰面上助滑幾下之後，便進入光滑的冰場。他一到那兒就毫不費力地滑起來，時而疾飛，時而減速，兜來轉去，隨心所欲。他來到她面前的時候還是很害羞，不過她的笑容又讓他鎮定了下來。

她把手伸給他，他們就肩並肩地溜起來，隨著速度越來越快，她把他的手握得更緊了。

「同您一起滑，我會更快學會的。不知為什麼，我就是信賴您。」她對他說。

「您依靠著我，也讓我有了自信。」話一說出來他便吃了一驚，臉也漲紅了。真的，他一說出這句話，她臉上的親切表情頓時消失，好像太陽躲進了烏雲。列文熟悉她臉上的這種變化，表明她在沉思，光滑的前額上也出現了皺紋。

「您有什麼不愉快的事吧？但是，我也沒有權利過問。」他連忙說。

「為什麼？不，我沒什麼不愉快的事。」她冷冷地答道，立刻又說，「您看見林農小姐了嗎？」

「還沒有。」

「您去看看她吧，她可喜歡您啦！」

「這是什麼意思？我得罪她了。上帝啊，幫幫我吧！」列文這麼想著，便朝坐在長凳上的一個滿頭灰白鬈髮的法國老婦人溜過去。而她像看到老朋友一樣對他微笑著，齜著一口假牙。

「是的，你們都長大了，」她用眼睛瞟著基蒂，對他說，「小熊已經變成大熊了！」法國婦人笑著繼續說道，向列文提起他曾經把三位年輕小姐比作英國童話中的三隻熊的那個笑話。「還記得這個嗎？這是您以前說過的。」

他根本不記得這回事了，可是她十多年來一直在笑這句話，並且很欣賞它。

「哦，去吧，你們去溜冰吧。我們的基蒂已經很會溜了，難道不是嗎？」

列文重新跑回基蒂身邊的時候，她已不再繃著臉，眼神也顯得誠摯而親切了，但列文覺得她的親切中含有一種故作鎮靜的特殊味道。他憂鬱起來。

基蒂談了一會兒她那上了年紀的女家庭教師的各種癖性，接著就問起列文的生活情況。

「您冬天待在鄉下難道不覺得寂寞嗎？」她問。

「不，不寂寞，我忙得很。」他回答，感覺她是想要他適應這種平靜的語調，而他又像初冬時候一樣，無力從這種語調中脫離出來。

「您這次來要住很久嗎？」基蒂問他。

「不知道。」他漫不經心地答道。此刻他的腦海中出現了這樣一個念頭：要是他為她這種平靜的朋友式的語調所屈服，那這次又只能毫無結果地返回鄉下去。他已經拿定主意要打破這種局面了。

「怎麼會不知道呢？」

「不知道。這要看您了。」他說，說完之後又立刻感到後悔。

不知是沒聽清他的話，還是根本不想聽，總之基蒂好像絆了一下，然後把腳在冰上踏了兩下，就匆匆地從他身旁溜開了。她溜到林農小姐跟前，對她說了幾句話，就朝女士們換鞋的小屋溜去了。

「上帝呀，我幹了些什麼！我的上帝呀，請幫幫我，指點指點我吧！」列文禱告著，同時感到需要劇烈地運動一下，便飛奔起來，在場上兜著大大小小的圈子。

就在這時，一個年輕人，滑冰者中最優秀的新人，口裡銜著香煙，穿著溜冰鞋從咖啡屋裡出來，他從台階上一級一級地跳躍著跑下來，他的冰鞋發出咔嚓咔嚓的響聲。他飛馳下來，甚至都沒有變換兩臂的姿勢，就溜到冰上去了。

「哦，這可是新鮮玩意兒！」列文立刻也跑上台階要去嘗試這種新花樣兒。

「喂，當心別摔死了，沒有練過不行！」尼古拉・謝爾巴茨基對他喊道。

列文走到台階上，助滑幾步之後，從上直衝而下，在這種不熟練的動作中用雙臂保持平衡。在最後一個台階上他絆了一下，一隻手幾乎觸到冰面，但他做了一個劇烈的動作，又使身體恢復了平衡，就笑著溜開了。

「他可真好，真可愛。」基蒂心想，那時她正和林農小姐從小屋裡走出來，帶著一種親切而平靜的微笑看著他的新奇動作，就像看著一位親愛的哥哥，「難道我有什麼錯嗎？我幹過什麼不好的事情嗎？人們都說我賣弄風情。我知道我愛的不是他，但同他在一起我總覺得很愉快，他這人實在好。可他為什麼要說這種話呢？」

列文由於劇烈的運動而滿臉通紅。此時他看到基蒂要離開了，還看見她的母親正在台階上接她，就停止了溜冰，陷入了沉思。片刻之後，他脫掉溜冰鞋，在動物園門口追上了基蒂母女倆。

「很高興見到您，」公爵夫人說，「我們仍舊每個星期四接待客人。」

「這麼說，就是今天？」

「對，我們很高興接待您。」公爵夫人冷淡地說。

母親這種冷漠態度使基蒂很難受。她忍不住想彌補一下，就回過頭來，笑盈盈地對列文說：

「晚上見。」

正在這時，奧布隆斯基歪戴著禮帽，神采奕奕地向動物園裡走來，就像個揚揚得意的勝利者。他剛一走到丈母娘跟前，便露出憂鬱的、內疚的神色，回答她關於多莉健康狀況的詢問。他沮喪地和岳母說了一會兒話，這才挺起胸膛，挽起列文的胳膊。

「怎麼樣，我們現在走嗎？」他問道，「我總是念著你，很高興看到你來了。」他用一種帶有特殊意味的口氣，看著他的眼睛說。

「走吧，走吧。」列文興奮地回答。他的耳朵裡一直響著「再見」的聲音，眼前一直浮現著她說這話時的微笑。

「到英國飯店[11]，還是『埃爾米塔日』飯店？」

「隨便。」

「那就去英國飯店吧。」奧布隆斯基說。他選擇「英吉利」是因為他在那裡欠的賬比在「埃爾米塔日」的要多，避開去這家飯店反而不好。「你有馬車嗎？那太好了，我把我那輛打發走了。」

兩個朋友一路上沉默不語。列文在琢磨基蒂剛才的面部表情變化意味著什麼。他時而覺得自己的求婚很有希望，時而又陷入絕望，他覺得自己的希望是瘋狂的，可是當他看到她的笑容，聽到她說「再見」以後，又覺得自己彷彿變成了另一個人。

奧布隆斯基一路上想的則只是晚餐時該吃些什麼。

「你不是喜歡吃比目魚嗎？」車到達飯店的時候，他對列文說。

「什麼？」列文反問道，「哦，比目魚？對，我非常喜歡吃比目魚。」

11. 英國飯店是莫斯科的一家飯店，內有佈置豪華的雅座。

chapter 10

回憶中的幸福

當列文和奧布隆斯基一起走進飯店時，不由得發現他的臉上甚至全身都有一種特殊的神態，似乎是一種喜滋滋而又按捺不住的神情。奧布隆斯基脫下外套後，歪戴著禮帽朝餐廳走去，對那些身穿燕尾服、手拿餐巾圍攏來的韃靼侍者吩咐了幾句。他向遇見的熟人一一點頭致意。這裡也像別處一樣，凡是認識他的人都樂意同他打招呼。他不停地左右點頭，然後來到小吃櫃檯前，就著乾魚喝了幾口伏特加酒。櫃檯後邊坐著一個滿頭鬈髮、濃妝豔抹的法國女人，衣服上紮了很多絲帶，又加上很多花邊裝飾，不知他對她說了兩句什麼酸溜溜的話，引得她開懷大笑。列文沒有喝伏特加，因為他看見這位渾身散發著香粉氣味、戴著假髮的法國女人就感到噁心，他好像避開髒地方一樣，連忙從她身邊走開。他的整個心靈充滿著對基蒂的回憶，他的眼睛閃耀著勝利和幸福的微笑。

「請到這邊來，大人，這邊清靜些，大人。」一個白髮蒼蒼的老韃靼人殷勤地說。他的臀部非常大，燕尾服的後端在上面就已經叉開了。「請進，大人。」他對列文說。為了表示對奧布隆斯基的敬重，他也殷勤地招呼他的客人。

他一轉眼工夫就在青銅吊燈下那張原來已鋪有桌布的圓桌上再鋪上一塊乾淨桌布，挪了挪絲絨面椅子，手裡拿著餐巾和菜單，聽候吩咐。

「大人，您如果想要單間，馬上就有，戈利岑公爵同一位夫人就要走了。新鮮的牡蠣已上市了。」

「哦，牡蠣。」奧布隆斯基遲疑起來了。

「列文，原計劃不變吧？」他指著菜單說，臉上露出遲疑不決的神色。

「牡蠣是上等的嗎？可得留意！」

「是弗倫斯堡[12]的牡蠣，大人，我們這裡沒有奧斯坦德[13]的。」

「弗倫斯堡的就行了，新鮮不新鮮呢？」

「昨天剛剛到的貨。」

「那麼，就先來牡蠣，然後把整個計畫都變動一下吧，怎麼樣？」

「我怎麼樣都行。最好給我來點兒蔬菜湯和粥，可惜這兒沒有。」

「您喜歡俄國麥粥嗎？」韃靼人像保姆對小孩問話一樣，向列文彎下腰來問道。

「不，說真的，我相信你點的菜錯不了。我剛滑過冰，肚子很餓。」他發現奧布隆斯基臉上現出了不高興的神情，就補充了一句，「別以為我不尊重你的選擇，我可是很喜歡美味佳餚的。」

「那當然！不管怎麼說，吃是人生一大樂事，」奧布隆斯基說，「那麼，夥計，你就先上二十個，不夠，上三十個牡蠣，再加上蔬菜湯吧。」

「新鮮蔬菜。」韃靼人用法語隨聲附和說。但奧布隆斯基很顯然不願意給他用法語讀各種菜名的機會。

「加蔬菜，懂嗎？再來個濃醬汁的大菱鮃，還有……烤牛肉。注意啦，要好的。或者再來隻閹雞，加上罐頭水果。」

12. 德國城市，漁業中心。
13. 比利時城市，重要的漁港。

韃靼人想起來奧布隆斯基向來不喜歡照法國菜單點菜，也就沒有再跟著他重複菜名了，但他還是抓住機會把全部點好的菜最後用法語照菜單重複了一遍：新鮮蔬菜湯、醬汁比目魚、香菜烤嫩雞、蜜汁水果……」然後，他像裝了彈簧一樣，「啪」的一下把菜單放下，抓起酒單遞給奧布隆斯基。

「我們喝什麼酒好呢？」

「隨便，別喝太多就行，要不就來瓶香檳吧。」列文說。

「什麼？開頭就喝香檳？也許你說得不錯。你喜歡白商標的嗎？」

「白商標的香檳是高檔的。」老侍者隨聲附和說。

「那就先上牡蠣和這種牌子的酒，其他的我們再看吧。」

「遵命。您要哪種葡萄酒呢？」

「給我們紐意葡萄酒好了……不，最好還是老牌沙白立白葡萄酒。」

「是，大人。要不要給您來一點乾酪？」

「好吧——帕爾瑪[14]乾酪。你還想要別的什麼嗎？」

「不，我隨便。」列文說，臉上不禁又露出了笑容。

韃靼人擺動著燕尾後襟轉身跑開了。五分鐘以後他又飛奔進來，端著一盤剝開了珠母海貝殼的牡蠣，手指間夾著一瓶酒。

奧布隆斯基把僵硬的餐巾揉了揉，把一角塞進背心裡，擺開一副舒服的架勢，吃起牡蠣來。

「真不錯。」他用銀叉把滑膩膩的牡蠣從珠母貝殼裡挑出來，一個又一個地吞下去。「真不錯。」

14. 義大利的城市。

他連聲說，那雙濕潤發亮的眼睛，時而望望列文，時而望望韃靼人。

列文也吃著牡蠣，當然他更愛吃白麵包夾乾酪。他在心裡欺賞著奧布隆斯基那副狼吞虎嚥的吃相。甚至連那個韃靼人也一邊扳開瓶塞，把冒著泡的香檳酒倒進精緻的高腳杯裡，一邊不時地瞟一眼奧布隆斯基，並顯然帶著一種滿意的笑容整了整自己的白領結。

「你不怎麼喜歡吃牡蠣吧？」奧布隆斯基邊喝酒邊說，「或者，你有什麼心事？」

他想使列文高興，可是列文不僅不高興，還感到不自在。在這家飯店裡，在男人帶著女人們用餐的這些單間之間，在這種熙攘喧囂的環境中，他覺得很彆扭。這個滿眼都是青銅器具、鏡子、汽燈和韃靼人的環境在他看來都帶著某種侮辱性。他擔心充溢在他心中的那份感情被這樣的環境玷污了。

「我？是的，我有心事。此外，一切都使我感到不舒服。」他說，「你無法想像，對我這個鄉下人來說，這一切是多麼不習慣，就像看見你機關裡那位先生的手指甲一樣……」

「不錯，我看到你對可憐的格里涅維奇的指甲產生了興趣。」奧布隆斯基笑著說。

「我真看不慣。」列文回答道，「你設身處地替我想一想，我們在鄉下總是竭力使自己的一雙手便於幹活，因此經常剪指甲，有的時候還把袖子捲起來。但是這兒的人卻有意把指甲留長，而且能留多長就留多長，袖子上綴著的鈕釦也有小碟子那麼大，這樣的話，那一雙手什麼事情也幹不了。」

奧布隆斯基快樂地微笑著。

「對，這就是一種標記，用來表明這個人用不著幹粗活兒。而是用腦力勞動的人……」

「也許是這樣。不過我還是感到奇怪，就像現在吃飯叫人奇怪一樣，我們鄉下人吃飯，總是儘量吃得快一點，吃完了好幹活，但我們兩個卻盡可能地延長填飽肚子的時間，因此才想著吃牡蠣……」

「那當然，」奧布隆斯基接著說，「這就是文明的目的所在：要能從一切事情中得到快樂。」

「假如是這種目的的話，那我寧願當一個野蠻人。」

「你本來就夠野蠻的了，你們列文一家都是野蠻人。」

列文歎了一口氣。他想到了尼古拉哥哥，心裡就感到羞愧和痛苦，便皺起了眉頭。可是奧布隆斯基開始轉向其他話題，吸引了他的注意力。

「今天晚上你到我們那裡去，也就是到謝爾巴茨基家去，怎麼樣？」他意味深長地瞅著他說道，一邊推開吃完肉的空牡蠣殼，又把乾酪拉到面前，目光中含有深意。

「去，一定去。」列文回答，「儘管我覺得公爵夫人的邀請並不熱情。」

「瞧你說的！簡直胡說八道！她就是這種派頭……喂，夥計，上湯！……這是她的派頭，貴夫人嘛。」奧布隆斯基說，「我也要去，但是我得先到巴寧伯爵夫人家裡參加音樂排練。你怎麼不野蠻呀？你突然從莫斯科消失了，又怎樣解釋呢？謝爾巴茨基家的人時常向我打聽你的情況，就像我應當知道一樣。其實我只能確定一點——你常常幹出一些別人不幹的事來。」

「對，」列文緩慢而激動地說，「你說得不錯，我是野蠻。但是，我真正的野蠻不在於上次我離開了，而在於現在我來了。這次我來……」

「呵，你好幸福啊！」奧布隆斯基看著列文的眼睛，插嘴說。

「為什麼？」

「『我憑藉烙印識良馬，憑雙眼識別熱戀中的小夥子。』[15]」奧布隆斯基朗誦了兩句詩，「你的前途是一片光明呀。」

「莫非你的一生已經結束了？」

15. 出自普希金的《歌頌享樂生活》，但奧布隆斯基兩次引用得都不準確（另一次引用見後文）。

「雖說不是一切都完了，但是哪像你有前途，我只有現實生活，而且還亂了套。」

「怎麼回事啊？」

「情況相當糟糕。我不想談論自己的事，有的事情說也說不清楚，」奧布隆斯基說，「你到底是為了什麼事到莫斯科來的？……嗨，把這些收走！」他大聲吩咐韃靼人。

「你猜得到嗎？」列文回答道，他那炯炯有神的眼睛始終盯著奧布隆斯基。

「猜得到，但這事我不便先開口。憑這一點你也可以看出，我猜得對不對。」奧布隆斯基帶著狡猾的笑容看著列文說。

「那麼你能跟我說點什麼嗎？」列文說話時聲音發抖，覺得自己臉上的全部肌肉都在抽搐，「這個問題你怎麼看？」

奧布隆斯基從容地喝光了杯中的沙白立葡萄酒，眼睛一直盯著列文。

「我？」他說，「再也沒有什麼是我更盼望的了。假如真能這樣的話，那就再好不過了。」

「可是你沒有弄錯吧？你知道我們在談什麼事嗎？」列文盯住對方問，「你看這事有希望嗎？」

「我認為有可能。為什麼沒有可能呢？」

「不，你好好想想，這有可能嗎？不，請把你的一切想法都告訴我！假如我遭到拒絕呢？……」

「你憑什麼這樣想？」見他這樣激動，奧布隆斯基微笑著說。

「有的時候我會有這種感覺。這對我對她來說都是可怕的。」

「不管怎樣，對女子而言，這沒有什麼可怕的。求婚對於任何一位女子而言，都是光彩的事。」

「不錯，任何一位女子都如此，可她是個例外。」

奧布隆斯基笑了。他很懂得列文的這份感情，懂得在他看來世上的女子可以分成兩類：一類是除了她以外的女子，這些女子全都具有人類的各種缺點，是非常普通的人；另外一類就只有她一個人，沒有絲毫缺陷，她超出所有的人。

「等一等，你應該加點調味汁。」他攔住列文正在推開醬油瓶的手說。

列文順從地加了點醬油，可是他卻不讓奧布隆斯基繼續吃菜了。

「不，你等一下，等一下，」列文說，「你得明白，對我來說這是個生死攸關的問題。我同誰都沒有談過這件事，我同誰都不能像同你這樣推心置腹地談。除了你，我跟任何人都不能說。儘管你和我在各方面都相去甚遠，興趣、觀點等，簡直一點相同的地方也沒有，但我知道，你喜歡我、了解我，我也非常喜歡你。哎呀，看在上帝的分上，你就把實話全抖出來吧。」

「我是在告訴你我心裡所想的，」奧布隆斯基笑著說，「我還得告訴你：我妻子真的是一個了不起的女人……」奧布隆斯基想到了和妻子所處的狀況，歎了一口氣，沉默了一下，繼續說：「她有先見之明。她看人看得很透，這還不算，特別是在婚姻問題上，她能未卜先知，比如，她預言沙霍夫斯卡婭會和布連捷林結婚，那時誰都不相信她，後來果然是這樣。如今她也是站在你這邊的。」

「這話怎麼講？」

「也就是說，她不僅喜歡你，而且還說基蒂肯定會嫁給你。」

列文一聽這話，頓時笑顏逐開，感動得幾乎要掉眼淚。

「她這樣說！」列文叫了起來，「我總是說，你妻子是個非常好的人。好，這事談得夠了，夠了。」他一邊站起來，一邊說。

「好的，不過還是請你坐下。」

列文哪坐得住，他在斗室中踱了兩個來回，眨眨眼，以免旁人看見他的眼淚，又回到桌旁坐下。

「你知道嗎？這並非一般的愛情。我也曾經愛過，可這次並不像以前那樣。這不是發自我個人的感情，而是受一種外界力量的主宰。我上次離開是因為覺得這事沒有希望，你知道嗎？那是一種人間沒有的幸福；我內心經過一番鬥爭，如果得不到這樣的幸福我就活不下去了。因此必須下決心……」

「上次你究竟為什麼要逃避呢？」

「啊，這個回頭再說！哎呀，我腦子裡真是思緒萬千！我有多少事情要問你呀！你且聽我說。你難以想像，你方才說的話對我起了多大的作用。我是這麼快活，簡直都變得卑劣了。我什麼都記不起來了…… 今天才聽到尼古拉哥哥…… 你知道吧，他也在這兒…… 我甚至連他也忘記了。此刻我感到連他也是快樂的。這似乎有點兒瘋狂，不過有一件事很可怕…… 你是結過婚的人，應該理解這種心情…… 可怕的是，我們都已經不小了，有過一些歷史…… 不是愛情，而是罪孽…… 可現在卻突然要同玉潔冰清的女子接近，這太可憎了，因此不能不覺得自己高攀不上。」

「啊，你的罪孽並不多嘛。」

「唉，還是有的，」列文說，「畢竟還是有的，『我滿懷厭惡地回顧我這一生，我戰慄，我詛咒，我痛心疾首……』[16]，是的。」

「可是有什麼辦法呢，世上的事就是這樣。」奧布隆斯基說。

「我唯一的安慰就是想到我平日喜愛的那句禱告：『不是我可以將功贖罪，而是你用慈愛來饒恕我。』只有這樣，她才能寬恕我。」

16. 引自普希金的詩《回憶》。

chapter 11

彼得堡的花花公子

列文喝完了杯裡的酒。他們有一陣子都沒有說話。

「還有件事我必須得告訴你。你認識沃倫斯基嗎？」奧布隆斯基問列文。

「不，我不認識。你為什麼會問這個？」

「再來一瓶酒。」奧布隆斯基吩咐韃靼人，因為他恰恰在不需要他在場的時候替他們斟滿了酒，然後一直在他們周圍轉悠。

「我為什麼要認識沃倫斯基呢？」

「你之所以要認識沃倫斯基，就是，他是你的情敵之一。」

「沃倫斯基是誰？」列文說，他的臉色突然發生了變化，由奧布隆斯基剛才還在歎賞的孩子般的狂喜神色轉而變成憤怒和不愉快的了。

「沃倫斯基是基里爾・伊萬諾維奇・沃倫斯基伯爵的兒子，彼得堡花花公子中數一數二的人物。我在特維爾服役時就同他認識了，他常去那兒招募新兵。他非常有錢，長得很漂亮，又有顯貴的親戚，自己還是皇帝的侍從武官，而且是一個十分可愛、和藹的男子。但他還不只是一個和藹的男子，我回到這裡以後也察覺到——他同時也是一個有教養的人，而且聰明得很；他是一定會飛黃騰達的。」

列文皺起眉頭，一言不發了。

「哦，對，你走了沒多久他就到這兒了。據我所知他狂熱地愛著基蒂，而你也明白她母親……」

「對不起，我一點也不明白。」列文憂鬱地皺著眉說。他立刻想起了他的哥哥尼古拉，他真恨自己會忘記他。

「你別急，別急，」奧布隆斯基說，臉上含著笑，觸了觸他的手，「我把我所知道的全部告訴你了。我再說一遍，我認為在這件微妙的事情上，無論從哪方面揣度，希望都在你這邊。」

列文仰靠在椅子上，他的臉色已經變得蒼白了。

「但是我勸你還是儘快把事情解決了。」奧布隆斯基繼續說，把列文的酒杯斟滿。

「不，謝謝，我不能再喝了。」列文推開酒杯說，「我要醉了……那麼，你近來怎麼樣？」他顯然想改變話題。

「我再多說一句：無論如何我勸你儘快解決這個問題。不過今晚我勸你還是不開口的好，」奧布隆斯基說，「明早去走一遭，正式求婚，上帝保佑你。」

「你不是一直想到我那兒去打獵嗎？明年春天來吧。」列文說。

現在他心裡十分懊惱，覺得自己不該和奧布隆斯基談這場話。他覺得自己的那種特殊的感情被彼得堡的一位什麼士官的情場競爭者，以及奧布隆斯基的這些推測和勸告給玷污了。

奧布隆斯基微微一笑。他知道列文心裡在想什麼。

「我以後一定去。」他說，「是啊，老弟，女人好比螺旋槳，攪得你老是團團打轉。我的情況也很糟，全都是女人的緣故。坦白地告訴我，」他取出一支雪茄，把一隻手放在酒杯上，繼續說道，「給我出個主意吧。」

「哦，怎麼啦？」

「是這麼一回事。假設你結了婚，你愛你的妻子，可是你又被另外一個女人迷住了……」

「對不起，我完全不理解怎麼可以這樣，正像我不能理解用餐後馬上又到麵包店去偷麵包一樣。」奧布隆斯基的眼睛比平常更發亮了。

「為什麼不可以呢？奶油麵包有時香得會使你無法抗拒它的誘惑。如果我能戰勝世俗的欲念，那我稱得上是一位聖賢；如果我受世俗的誘惑，不能自已，我也曾縱情歡樂，造訪極樂世界。」

奧布隆斯基一邊這樣說，一邊隱隱地微笑。列文也不由得微笑了。

「好啦，言歸正傳。」奧布隆斯基繼續說，「你要知道，那女人是一個可愛、溫柔而又多情的人兒，孤苦伶仃，犧牲了所有。現在既然木已成舟，你想想看，就算為了不破壞家庭，同她分手，難道就不能可憐可憐她，設法減輕她一些痛苦嗎？」

「哦，對不起。你知道在我看來女人只可以分成兩類……至少，不……更恰當地說：有一種女人，是我從來沒有看見過的『良好的墮落女子』，而且我也永遠看不到，至於那個坐在櫃檯後面、滿頭鬈髮、濃妝豔抹的法國女人，我覺得她不是女人，而是賤貨。凡是墮落的女人都是這類貨色。」

「但是馬利亞[17]呢？」

「嗨，得了吧！基督要是知道人們會濫用他的話，就決不會說了。一部福音書大家就只記得這幾句話。但我還沒有說出我所想的，而只是說了我所感受到的。對於墮落的女子，我始終抱著一種厭惡感。你怕蜘蛛，而我卻怕這些敗類。你大概沒有研究過蜘蛛，不知道牠們的性情如何。而我也如此。」

「你說得倒挺好，活像狄更斯筆下的那位把所有難題都用左手由右肩上拋過去的先生。不過，抹

17. 耶穌所赦的歸正的妓女。見《聖經・新約・路加福音》。

殺事實並不能解決問題。應該怎麼辦——你告訴我，應該怎麼辦呢？你的妻子老了，而你卻仍然生命力旺盛。在你還來不及向周圍觀望時，你就感到你不能再用愛情去愛你的妻子，不管你如何尊敬她，你再也無法愛你的妻子了。一旦遇到一位可愛的人兒，你就完了，完了！」奧布隆斯基帶著絕望的神情說。

列文微笑著。

「是的，你就糟了，」奧布隆斯基繼續說，「但是能怎麼辦呢？」

「那就不要去偷麵包卷唄。」

奧布隆斯基大笑起來。

「啊，真是一位道學先生！但是你要明白，現在有兩個女人：一個始終堅持她的權利，也就是堅持要你的愛情，而你又不能給她；而另一個則肯為你犧牲一切，卻毫無所求。你怎麼辦呢？你怎麼做才好呢？可怕的悲劇就在這裡。」

「如果你想知道我對這種事情的看法，那我可以告訴你，我不相信這裡有什麼悲劇。理由是這樣的：我認為戀愛，你還記得嗎，就是柏拉圖在《酒宴》中所說的兩種戀愛[18]，它們都是對人的試金石。有些人只了解這一種，而有些人只了解那一種。而那些只懂得非柏拉圖式戀愛的人是沒有談悲劇的必要的。在那樣的戀愛中不會有什麼悲劇可言。『我很感謝您帶給我的這種快樂，再見！』——這就是全部悲劇了。至於柏拉圖式的戀愛，是不會有什麼悲劇的，因為這種戀愛始終是光明磊落、聖潔無瑕的，因為……」這一瞬間，列文想起了自己的罪惡和他所經歷過的那些內心衝突。

18. 柏拉圖（西元前四二七至西元前三四七年），古希臘哲學家，《酒宴》是他的著作，以對話的形式闡述戀愛學說。

於是他忽然補充說：「話又說回來，你說的話也許是對的。很可能是對的，可我說不上來，實在說不上來。」

「是這樣的，你也知道，」奧布隆斯基說，「你能夠做到始終如一。這是你的優點，也是你的缺陷所在。你擁有始終如一的性格，你要求你的整個生活也是始終如一的——但事實絕不會是這樣。就拿你瞧不起公益事業來說，因為你要求它都能符合你的目標，可這是不可能的。你要求每個人的活動都具有目的性，要求戀愛和家庭生活永遠統一，這也是辦不到的。**人生的一切變化，一切魅力，一切的美都是由光明面和陰暗面構成的。**」

列文歎了口氣，沒有做出任何回應。他在想心事，沒有注意聽奧布隆斯基的話。

忽然兩人都覺得，他們雖然是朋友，在一起吃飯喝酒，關係似乎應該更加融洽，實際上各人都在想各人的心事，彼此互不關心。奧布隆斯基不止一次地體驗過他們倆在飯後產生的這種極端的疏遠感而不是親密感，他很了解在這種情形下應當怎樣辦。

「結帳！」他叫著，隨即就走進隔壁房間去，在那裡一下子便遇見了一個熟識的侍從武官，同他聊起某女演員和她的資助人來。在和這個侍從武官談話的過程中，奧布隆斯基立刻有了一種輕鬆舒暢的感覺，每次和列文談話總讓他的思想和精神過於緊張。

當韃靼人拿著總計二十六盧布零幾戈比，外加小費的帳單走出來的時候，對於他名下的十四盧布的費用，要是在別的時候，他這個鄉下人準會大吃一驚，可是今天他卻毫不在意，立刻付清了賬，以便回去換衣服到謝爾巴茨基家去，在那裡他的命運將被決定。

chapter 12 操心的公爵夫人

基蒂・謝爾巴茨基公爵小姐年方十八，這年冬天她才進入社交界。她在交際場中獲得的成功超過兩位姐姐，甚至出乎公爵夫人的意料。姑且不說所有出入莫斯科舞場的年輕人差不多都對基蒂有愛慕之心，在頭年冬天便湧現出了兩個鄭重其事的求婚者：列文以及他走後不久隨即出現的沃倫斯基伯爵。

初冬時節列文的突然出現、他的頻繁來訪以及對基蒂所表現出的那明顯的愛慕之情，使得基蒂的父母第一次鄭重其事地商討女兒的將來，而且產生了爭執。公爵中意列文，覺得他和基蒂再般配不過。公爵夫人卻用女人所特有的脾性故意繞開問題的核心，只說基蒂還太年輕，列文也並沒有表明他的心意，基蒂也並不太愛他。那就是她想給女兒物色一個更好的對象，列文不中她的意，她不了解列文的為人。上次列文從莫斯科突然不辭而別，公爵夫人倒很高興，得意揚揚地對丈夫說：「你瞧，我說中了吧！」等到沃倫斯基出場的時候，她就更開心了，認為自己完全說對了：基蒂要得到的不應只是一個良好的配偶，而且得是乘龍快婿。

以母親的眼光來看，她認為列文和沃倫斯基不能相比。她不喜歡列文古怪而偏激的議論，不喜歡他在社交場合的笨拙表現（她認為這是由於他的傲慢而產生的），不喜歡他同牲口和農夫打交道的這種她認為粗野的鄉下生活。讓她很不高興的是，他已愛上她的女兒，有六個星期經常到她家來，然而他好像仍在觀望，好像害怕提起婚事，怕會有損他的面子；而他完全不懂，常到有待嫁女子的人家裡去拜訪，是應當表明一下來意的。可是他卻不等表白，而一下子不辭而別了。「幸好他不招人喜歡，基蒂也沒有愛上他」，做母親的這麼想。

相反，沃倫斯基處處令這位母親滿意。他非常富有，也非常聰明，門第高貴，更是前程似錦，而且還是個挺有魅力的男人。比他更理想的女婿再也找不到了。

沃倫斯基公然在舞會上對基蒂獻殷勤，他同她跳舞，經常出入她的家門，用心良苦，毋庸置疑。雖然如此，整整一冬母親的心情卻一直極其煩躁不安。

三十年前的公爵夫人出嫁是姑媽做的媒。未婚夫（他的情況事先都已知道）登門相親，雙方見了面。做媒的姑媽事後了解並傳達了雙方的印象。然後就約定日子向女方父母提親，女方的答應已經是預料之中的事。一切經過都很容易，十分簡單。起碼公爵夫人認為是這樣。

如今輪到她的女兒，她卻感覺嫁女兒這件似乎很平常的事情，實際做起來並不是那樣簡單，也不是那樣容易。兩個大女兒——達里婭和娜塔莉嫁人的時候，她操了多少心，費了多少神，用了多少金錢，同丈夫爭執了多少回呀！如今小女兒出嫁，她還是那樣擔驚、那樣操心，同丈夫爭吵得比前兩次更厲害。

老公爵像天下所有做父親的一樣，對女兒的貞操和名譽管得特別嚴。他對三個女兒，特別是對他最心愛的基蒂所實行的不恰當管束，使得他老是為此和公爵夫人吵嘴，說她把女兒帶壞了。公爵夫人在前兩個女兒出嫁時就早已習慣了這一套，但她如今卻感覺公爵的嚴格管束越發有道理了。她看到近年來世風日下，覺得當母親更難了。她看到許多像基蒂那麼大的女孩整天都在組織什麼社團，參加什麼講習班，她們自由地與男人交往，單獨坐車出入街道，而且大部分女子見人都不再行屈膝禮，而最重要的是，她們都認定選擇丈夫是她們自己的事，與父母無關。「現在嫁女兒跟以前大不相同了。」不但是這些年輕女子，甚至連那些上年紀的人也都這樣想並這樣說。父母決定兒女終身的法國規矩行不通，還遭到非議；女孩子完全自主的英國風俗也不能被接受，而且在俄國社會也行不通；靠媒妁撮合的俄國慣例又被認為不明智，遭到大家的嘲笑，包括公爵夫人在內。可是究竟女孩子該怎樣出嫁，做父母的該怎樣嫁女，誰也說不清。

只要是跟公爵夫人談起過這個問題的人，對她說的話說法都一樣：「行了吧，現在我們也應當拋棄陳規舊習了。要知道，是年輕人結婚，而並非他們的父母。讓年輕人照自己的意願去辦吧。」真是站著說話不腰疼，那些人又沒有女兒。公爵夫人的觀點是，女兒一旦接觸男人，也許會愛上男人。也許她會愛上一個根本無意和她結婚的男人，或者愛上一個不配做她丈夫的男人。不管人家怎樣勸告公爵夫人，說如今應該讓年輕人自己安排自己的命運，她卻怎麼也不能接受，就像她不能接受有朝一日實彈手槍會成為五歲孩子最好的玩具這種說法一樣。因此，公爵夫人對基蒂比對兩個大女兒所操的心就更多了。

如今她最害怕的是，沃倫斯基是不是只向她女兒獻獻殷勤而已。她看出女兒已愛上了他，覺得他是個正派人，不至於做出那種事來，並以此自慰。但她也知道，如今社交自由，容易使女孩子暈頭轉向，而男人對那種罪孽又不當一回事。基蒂上周把她與沃倫斯基跳瑪佐卡舞時的談話對母親說了。這場談話讓公爵夫人稍稍放心了一點兒，不過還不是太放心。沃倫斯基告訴基蒂，他和哥哥一向在各方面都以母親的話為尊，如果不和母親商量，是從不敢在重要事情上做任何決定的。他說：「眼下我在等待著媽媽從彼得堡來，也就是在等待著一種特殊的幸福。」

說這番話的時候基蒂沒有附加什麼特別的意思，但是做母親的對此卻有做母親的想法。她知道大家天天都等著老夫人到來，也相信老夫人對兒子的選擇一定會高興的。不過令公爵夫人感到納悶的是，沃倫斯基居然會因為怕觸怒母親而不來求婚。她是十分渴望這門婚事成功的，特別是渴望使自己那顆七上八下的心得到寬慰，所以竟然也就相信事情就如基蒂所說的那樣。她看到長女多莉現在所遭到的不幸，當然非常難受，然而小女兒的終身大事更令她操心和憂慮。今天，列文的出現又給她增添了新的焦慮。她擔心女兒因為一時對列文鍾情，而由於顧忌極端的貞操觀念而拒絕沃倫斯基的求婚。總之，她唯恐列文的到來會使這樁接近成功的好事節外生枝。

「什麼？他來好久了？」她們回到家裡後，公爵夫人談起列文時問道。

「今天才剛到的，媽媽。」

「我要跟你說明一件事情。」公爵夫人開口說道。基蒂從她板得緊緊的臉上現出的那種激動的神情就已經猜出她想談的是什麼事。

「媽媽，」她臉漲得通紅，急忙轉身對母親說，「請您，請您不要再提這件事了。我清楚，我心裡清楚得很。」她內心所期待的和母親是一致的，然而母親的這種期待的動機卻傷了她的自尊心。

「我要跟你說明的是，既然你已讓一個人抱有希望……」

「媽媽，我的好媽媽，看在上帝的分上，不要說吧。說這種事太可怕了。」

「那就不談了，不談了，」母親看到女兒噙在眼中的淚水，「但有一件事，我的好孩子，你答應過什麼事都不會隱瞞我。這你能做得到嗎？」

「永遠不會，媽媽，什麼事我都不會瞞著你。」基蒂臉色緋紅，抬起眼睛直視著母親的臉說道，「但是目前我確實沒任何事要說。我……就是想說，也不知要說什麼或是怎樣說……我不知道……」

「對，憑她這眼神，她是不會說謊的。」母親這麼想。看著女兒那種激動和幸福的樣子，她微笑起來。這可憐的孩子居然把自己現在心裡想的事情看得這樣重要。

chapter 13 求婚

飯後直到晚會開始前，基蒂的心情就像初上戰場的少年一樣。心怦怦直跳，腦子裡思緒萬千。她感到他們兩人第一次見面的這個晚會，將對她的命運起決定性作用。她不停地想著他們兩個人，時而分開來想，時而連在一起想。回憶往事，她立刻愉快而親切地想起了同列文的交往。幼年時代的那些回憶，以及對列文和她去世兄長的友情回憶，給她和列文的關係增添了一種特殊的詩意魅力。她非常清楚列文愛她，這種愛情讓她感到榮幸而又歡喜。因此，想起列文的時候她感到輕鬆愉快。沃倫斯基是一個溫文爾雅、彬彬有禮的人，基蒂想起他的時候還會覺得有點兒不自在，好像在他們倆的關係中摻雜著某種虛偽的成分。這虛偽並不在他而在她自己，因為他是非常單純、非常可親可愛的。相比之下，和列文在一起的時候她感到十分隨便而坦率。可是，當她想到自己將來要和沃倫斯基在一塊兒時，面前就展現出一片燦爛幸福的前景；同列文在一起，未來彷彿是一片迷霧。

她上樓去換晚禮服，照了照鏡子，快樂地想到今天是她的好日子，她有足夠的力量來應付眼前的局面：她覺得自己從容嫻靜，舉止優雅嫵媚。

七點半的時候，她剛走下客廳，就聽到僕人通報說：「康斯坦丁・德米特里奇・列文到。」此時公爵夫人還在她自己的房間裡，公爵也還沒出來。「果然來了。」基蒂想，全身血液湧上心頭。她照了照鏡子，發現自己臉色蒼白，不禁吃了一驚。

現在她才明白，他之所以來得早一些，就是為了單獨見她，以便向她求婚。直到此刻，她才頭一次感覺到事情的另一方面。這時她才發現，問題不只會影響到她一個人，不僅是她和誰在一塊兒才會幸福的問題，還涉及她愛誰的問題。而且她立即就會讓她所喜歡的其中一個男人受到傷害。殘酷的傷害……為什麼？為的是這個可愛的人愛她，對她一往情深。然而，毫無辦法，她需要這樣做，她應該這樣做。

「天哪，難道要我親口對他說嗎？」她想，「叫我對他說什麼好呢？難道要我對他說我不愛他嗎？這顯然是說謊。那麼我該對他說些什麼呢？就說我愛上了別人？不，這樣可不行。我得躲開，我得跑開。」

聽到列文的腳步聲時，她已走到門口了。「不！這樣做不好。那麼我怕什麼呢？我又沒有幹過什麼壞事。該怎麼辦就怎麼辦吧！與他在一塊兒是不會感到不安的。瞧，他來了。」她對自己說。此時她看到了他那強壯而又羞怯的身影和那雙明亮的緊緊盯著她的眼睛。她就好像在請求他的寬恕似的看著他的臉，並把手伸過去。

「我沒有按時來，看樣子來得太早了。」他環視了一下空蕩蕩的客廳說。他看到同她單獨見面的目的已經達到，向她傾吐的障礙也不會有了，而此時他的臉色卻變得陰鬱了。

「噢，不。」基蒂說完，就在桌旁坐下。

「不過我就是想同您單獨見面。」他開口說，既沒坐下，也沒望她，生怕喪失勇氣。

「媽媽很快就出來了。昨天她太疲倦了。昨天……」

她說話的時候都不知道自己在說些什麼，而她那懇求、親熱的目光一直沒從他的臉上移開。

他看了看她。她臉羞得通紅，停住不說了。

「我對您說過，我來這兒要待多久，自己也說不準……這要看您……」

她的頭垂得更低了，她不知道該怎麼處理眼前的這件事。

「這要看您了。」他又說了一遍，「我想說……我想說……我來是想……是想……要您做我的妻子！」他不知道他都說了什麼，不過他知道，最重要的話已經說出了口，就突然停住，看了看她。

她喘著粗氣，眼光避開他。她極度興奮，心裡洋溢著幸福感。她怎麼也沒有料到，他的愛情表白竟會對她產生如此強烈的影響。不過這種狀態只持續了一剎那。她想到了沃倫斯基。她抬起頭來用那雙清澈真誠的眼睛看著列文，看到他那張絕望的面孔，就急忙回答：

「那是不可能的……請原諒我……」

就在一分鐘以前，她對列文來說，是多麼親近，對他的生命又是多麼重要！可是此刻，她對他卻變得多麼隔膜，多麼疏遠！

「結果一定會這樣的。」他的眼睛也沒有朝她看，說道。

於是他鞠了個躬，想要離開。

chapter 14

幸運的對手

正在這時，公爵夫人進來了。她看到只有他們兩個在場，而且兩人的樣子都十分尷尬，臉上頓時露出驚恐的神色。列文向她鞠了個躬，什麼也沒有說。基蒂不說話也沒抬起眼來。「感謝上帝，她沒有答應他。」母親想，於是她的臉上閃現出她每逢星期四迎接客人時的那種慣常微笑。

五分鐘後，基蒂的一個朋友，去年冬天結婚的諾德斯頓伯爵夫人進來了。

這是一個乾瘦、蠟黃、病態、神經質的女人，一雙眼睛烏黑發亮。她愛基蒂，她對她所懷著的愛，正如所有已婚女人對於少女經常懷著的愛一樣，總想按照自己的那種幸福的婚姻理想來替基蒂選擇配偶；她極力想要她嫁給沃倫斯基。今年初冬，她在基蒂家裡常常遇見列文，可是一直不喜歡他。她一遇到他，總是愛拿他開玩笑。

「我就喜歡他傲氣十足地看待我，要麼認為我是傻子而不再對我發表他的高明言論，要麼只好屈尊遷就我。我真高興他看我不順眼。」她常常這樣談論到他。

諾德斯頓伯爵夫人和列文之間建立起了在社交界中並不少見的那種關係，那就是表面上一團和氣，骨子裡彼此卻極其蔑視，不可能以誠相待，當然也不會為對方生氣。

諾德斯頓伯爵夫人立刻開始攻擊列文。「噢，您又回到我們腐敗的巴比倫來了！」

她伸出又黃又瘦的小手給他，想起初冬時有一次列文把莫斯科說成巴比倫，「那麼，是巴比倫改善了呢，還是您墮落了？」她補充道，含著冷笑瞧著基蒂。

「喲，伯爵夫人，承蒙您如此牢記我的話，真是榮幸之至。」列文回答，他已經恢復了常態，也立刻對諾德斯頓伯爵夫人採取了戲謔的敵視口吻，「那話一定給您的印象很深刻吧。」

「啊，可不是嗎！我總喜歡把您的話通通記下來。哦，基蒂，你又溜過冰嗎？」

於是她開始和基蒂談話。列文覺得，不管現在離去有多麼尷尬，總比整個晚上待在這兒，面對著偶爾瞅他一眼又慌忙避開視線的基蒂要好過一些。他正要站起來時，公爵夫人過來了。

「您在莫斯科要住很久嗎？我想，您忙於地方自治會的事，是不能在外久留的吧？」

「不，公爵夫人，地方自治會的事我已經不管了，」他說，「我在這裡要住幾天。」

「他出什麼事了？」諾德斯頓伯爵夫人想，瞥著他那嚴肅而又莊重的面孔，「他完全沒有了平常那種好辯論的神氣。但我還是要挑動他。我真喜歡在基蒂面前愚弄他一下，我就要這樣做。」

「康斯坦丁・德米特里奇，」她向他說，「請您給我解釋解釋，這是怎麼回事——您是無所不知的——我們卡盧加鄉下的莊稼漢和婆娘們把他們所有的東西統統喝酒喝光了，弄到現在連我們的租子也交不上。這是什麼道理？您不是老誇獎莊稼漢嗎？」

「對不起，伯爵夫人，這事我確實一點也不知道，所以無可奉告。」說完這話，當他回頭的時候看見了跟在那位太太後面走進來的一位軍官。

「那一定是沃倫斯基了。」列文想，他望了望基蒂。她早已看到了沃倫斯基，又回頭望望列文。從她那情不自禁閃閃發亮的眼睛，列文就看出，她愛的正是這個人。但此人究竟是個什麼樣的人呢？現在，不管結果好壞，列文都只得留在這裡。他一定要弄清楚她所愛的男子是個怎麼樣的人物。

有些人一遇到一個在某方面幸運的對手，就立刻否定他的一切優點；但有些人正好相反，他們最希望在這個幸運的對手身上找到勝過自己的地方，並能忍住揪心的創痛，一味找尋對方的長處。列文就屬於第二種人。但是他要找到沃倫斯基的長處和吸引人的地方，並不費力，這是一目了然的。沃倫斯基是一個身強體壯的黑髮男子，並不十分高，生著一副和藹、漂亮而又異常沉靜和果決的面孔。他的整個容貌和風姿，從他剪短的黑髮和新剃的下頷一直到他那嶄新的軍服，都讓人感覺到樸素和雅致。先是給進來的那位太太讓了路，接著沃倫斯基走到公爵夫人面前，然後再走到基蒂面前。

當他走近她時，他那雙漂亮的眼睛閃現出特別溫柔的光芒。他面露隱約可見的幸福、謙遜而得意的微笑（列文有這種感覺），彬彬有禮地向她鞠躬，然後把他那並不肥大然而寬厚的手伸給她。

「讓我來給你們介紹一下，」公爵夫人指著列文說，「這位是康斯坦丁・德米特里奇・列文，這位是阿列克謝・基里洛維奇・沃倫斯基伯爵。」

沃倫斯基站起來，親切地望著列文，和他握了握手。

「今年冬天我本來有機會同您一道吃飯，」他露出坦誠開朗的微笑說，「可您突然回鄉下去了。」

「康斯坦丁・德米特里奇是鄙視並且憎惡城市和我們這些城裡人的。」諾德斯頓伯爵夫人說。

「我的話一定給了您很深刻的印象，要不您不會記得這樣清楚。」列文說，突然意識到這話他剛才已經說過，他的臉一下子紅了。

沃倫斯基望著列文和諾德斯頓伯爵夫人，微笑著。

「您常住在鄉下嗎？」他問，「我想冬天的時候一定會很寂寞吧？」

「要是有事幹，就不寂寞，再說在自己家裡是不會感到寂寞的。」列文生硬地回答。

「我喜歡鄉間。」沃倫斯基說，他注意到了卻裝作沒有注意到列文的語調。

「但是我想，伯爵，您總不會喜歡老住在鄉下吧？」諾德斯頓伯爵夫人說。

「我不知道，我沒有長期住過。不過我有過一種奇怪的心情，」他繼續說，「我從來沒有那麼懷念過鄉村，那有樹皮鞋和莊稼漢的俄國鄉村，像我和母親一道在尼斯過冬時那樣。尼斯本來就挺沉悶的，您很清楚。而那不勒斯和索倫托也只有短時期才有趣。可是待在那些地方特別懷念俄國，懷念俄國的鄉村。那些地方就像……」

談話滔滔不絕，弄得老公爵夫人在沒有話題時通常備用的兩門重炮，古今教育問題和普遍兵役制問題，也沒有機會抬出來，同時諾德斯頓伯爵夫人也沒有機會再來打趣列文。

談話轉到扶乩和靈魂問題。諾德斯頓伯爵夫人相信招魂術，就講起一樁她親眼看見的奇蹟。

「噢，伯爵夫人，您一定要帶我去，我可從沒見過什麼神怪的事。」沃倫斯基微笑著說。

「行，那下星期六吧，」諾德斯頓伯爵夫人回答，「但是您，您相信這個嗎？」她問列文。

「您何必問我呢？您一定知道我會怎麼說的。」

「但我還是想要聽聽您的意見。」

「我的意見就是，」列文回答，「這種扶乩僅僅證明了所謂有教養的上流社會的人並不比莊稼漢高明。他們相信毒眼，相信巫術和預兆，而我們……」

「怎麼，您不相信嗎？」

「我不能相信，伯爵夫人！」

「假如是我親眼看見過的呢？」

「農婦也說她們看見過妖怪。」

「那麼您認為我是在說謊了？」於是她發出了不快的笑聲。

「哦，不，瑪莎，康斯坦丁只不過說他不能相信罷了。」基蒂為列文臉紅了。列文發現了這一點，心裡更加窩火。但沃倫斯基卻以他那明快坦率的微笑為這場差點兒弄得不歡而散的談話解了圍。

「您完全不承認有這種可能嗎？」他問，「為什麼呢？我們承認電是存在的，雖然我們並不懂得電。既然如此，為什麼不可能有一種我們暫時還不知道的某種新的力存在呢？」

「當電被發現的時候，」列文連忙插嘴說，「只是這個現象被發現了，至於它到底從何而起，有何作用，世人還是不知道，也許過了許多年代，人們才會想到應用它。可是招魂術呢？正好相反，一開始就是什麼茶几寫字，靈魂降臨，然後才說這是一種未知的力。」

沃倫斯基像平素一樣注意地聽列文說話，顯然也對他的話發生了興趣。

「是的，不過招魂術家說，現在我們還不知道這是一種什麼力，但這種力是存在的，而且在一定條件下起作用。至於這種力是由什麼構成的，就讓科學家去揭示吧。不，我還是不明白為什麼不會有新的力，如果……」

「因為做電的實驗時，」列文又插嘴說，「您每次在羊毛上抹松香，都會有一定的現象出現，但是這個卻並不是每次都會發生，所以這並不是自然現象。」

大概感到這種談話對於在座的賓客來說太嚴肅了，沃倫斯基沒有繼續答辯，而是力圖改變話題。他快樂地微微一笑，朝太太們轉過身去。

「讓我們立刻就試一試吧，伯爵夫人。」他說。但是列文還想要說完他的想法。

「我認為，」列文繼續說，「招魂術家企圖把自己的奇蹟說成一種新的力，這是完全徒勞的。他們大膽地談論精神的力量，而又想竭力使它接受物質的測驗。」

大家都在等著他把這番話說完，他自己也覺察到了。

「我覺得您可以成為一位出色的降神家，」諾德斯頓伯爵夫人說，「您身上有一種狂熱的東西。」

列文剛張開嘴，想要說什麼，但是臉紅了，就什麼也沒有說。

「公爵小姐，咱們現在來試一試扶乩吧。」沃倫斯基說，「您允許嗎？」

基蒂起身要去搬桌子，當她經過列文身旁時，目光同列文相遇了。她打心眼兒裡可憐他，特別是感到他的痛苦是由她造成的。「要是您能原諒我，就請原諒我吧，」她的眼神在說，「我現在很幸福。」

「我恨所有的人，包括您，也包括我自己在內。」他的眼神這麼回答。但他還是沒有走掉。因為老公爵進來了，和女士們寒暄了一陣之後，就轉向了列文。

「噢！」他快樂地開口了，「來很久了嗎？你到城裡來我一點都不知道呢。見到您可真高興。」

老公爵跟列文說話，時而用「你」，時而用「您」。他擁抱了列文，在和他說話時並沒有注意到沃倫斯基已經站起來了，正在靜靜地等候著公爵轉向他。

基蒂感覺到，經過剛才那件事後，父親的親熱態度反倒使列文心裡不好受。她也看到，父親終於回答了沃倫斯基的鞠躬，但態度冷淡。以及沃倫斯基又是怎樣溫良而又困窘地望著父親，好像竭力想要了解但又不能了解為什麼公爵會對他這麼不友好，於是她臉又紅了。

「公爵，讓康斯坦丁・德米特里奇到我們這裡來吧，」諾德斯頓伯爵夫人說，「我們要做試驗。」

「什麼試驗？扶乩嗎？嗨，太太們，先生們，請原諒我，依我看，投鐵環比這好玩得多。」老公爵說，望著沃倫斯基，而且猜到這一定是他的主意，「投鐵環至少還有一點意思。」

沃倫斯基用堅定的眼光驚異地望著老公爵，接著微微一笑，同諾德斯頓伯爵夫人談起下星期將要舉行的盛大舞會來。「我希望您能去。」他對基蒂說。

老公爵剛一離開，列文就悄悄地走出去了，那天晚上他帶走的最後印象是在回答沃倫斯基關於舞會的詢問時基蒂那微笑而又幸福的神色。

chapter 15

茫茫前途

晚會散後，基蒂把她與列文的談話告訴了母親。她雖然十分憐憫列文，但是想到有人向她求婚，心裡覺得喜滋滋的。她深信自己這麼做是應該的。但是她上床後很久都不能入眠。有個印象一直在她腦際縈繞。那就是列文的臉，那時他站著一面聽父親說話，一面打量著她和沃倫斯基，他眉頭緊皺著，一雙善良的眼睛流露出灰心喪氣的神情。她是這樣為他難過，不由得流出了淚水。但是她立刻又想到拒絕他是為了誰。她歷歷在目地回想起那張剛毅俊俏的臉龐，高貴沉著的儀態以及待人接物的溫厚；她想起她所愛的這個人對她的愛情，心裡又一次覺得甜蜜蜜的。她帶著幸福的微笑靠在枕頭上。「他真可憐，真可憐，但是我有什麼辦法呀？這並非我的過錯。」她自言自語地說，可是心裡卻有一個聲音告訴了她另外一些話。她不知道自己是應該後悔挑起了列文的愛情，還是應該後悔拒絕了他。她的幸福感被這些疑惑打破了。「上帝保佑！上帝保佑！上帝保佑！」她自言自語直到睡去。

同時，在樓下公爵的小書房中，父母常常為愛女而發生的口角又再次上演了。

「什麼？你聽我說！」公爵揮動雙臂嚷道，同時把身上的松鼠皮晨衣裹緊，「你沒有自尊心，不要面子，用這種卑劣愚蠢的攀親手段來侮辱女兒，把女兒毀掉！」

「哪有這樣的事！看在上帝的份兒上，公爵，我究竟做錯什麼了呀？」公爵夫人幾乎要哭出來了。

公爵夫人和女兒談過話以後，像往常一樣興高采烈地來向公爵道晚安。她並不打算把列文求婚和基蒂拒絕的事情告訴丈夫，可是卻向他暗示了一下，女兒和沃倫斯基的事情看來完全不會有問題，等他母親一到，他就會宣佈的。公爵一聽這話就馬上發火了，緊接著就罵出一些不堪入耳的話來。

「你做了什麼？我來告訴你：第一，你勾引求婚的年輕人，這樣一來會弄得莫斯科滿城風雨，這是必然的。假使您想舉行晚會，那就把所有人都請來，而不是專門請您選好的求婚者們。把所有的公子哥兒通通請來，然後請一位鋼琴手，讓大家一起跳舞，千萬不要像今天那樣專挑幾個求婚者來，把他們和女兒撮合在一起。你把女兒弄得暈頭轉向。列文比這些人好一千倍。至於彼得堡的那個花花公子，這種人都是機器造出來的，都是一個模子出的一路貨，全是壞蛋。儘管他有皇族血統，我的女兒可不需要這號人！」

「我到底怎麼啦？」

「你……」公爵大聲吼道。

「我知道，要是聽您的話，」公爵夫人打斷他的話說，「我們永遠也別想把女兒嫁出去。要是這樣，我們還不如到鄉下去的好。」

「那樣最好。」

「不過你聽好了，難道是我在勾引他嗎？我什麼人也沒有勾引。一位優秀的年輕人，愛上了她，她好像也……」

「哼，好像！要是她真的愛上了，而他卻像我一樣，根本不想結婚，那又怎麼辦？……唉，我真不願意見到這種局面！……『啊，招魂術！啊，尼斯！啊，舞會！……』」公爵有意模仿妻子的樣子，說每一句話時都會行一個屈膝禮，「到那時我們會給基蒂帶來不幸，要是她自己也真的明白過來……」

「究竟為什麼你要這麼猜想？」

「我不是想，而是知道；對這種事我有眼光，婦道人家就沒有。我看有一個人倒是挺有誠意的，那就是列文；我還看到一隻鵪鶉，只是想著尋歡作樂而已。」

「啊，你非要這麼想的話……」

「等到以後再想起我說的話就太遲了，正像多莉的事一樣。」

「好啦，好啦，我們不要再說了。」公爵夫人想到不幸的多莉，就不讓丈夫說下去了。

「那好吧，再見！」

於是夫婦倆相互畫了十字，接吻分別，彼此都感到各人仍然堅持各人的意見。

起初公爵夫人斷然相信那個晚上已經決定了基蒂的前途，而且她也絲毫不懷疑沃倫斯基的真心實意。可是丈夫的一番話卻弄得她心煩意亂，不知所措。她回到自己房裡後，也像基蒂一樣對茫茫的前途感到恐懼，心中不斷禱告：「上帝保佑！上帝保佑！上帝保佑！」

chapter 16

有意勾引，無意結婚

沃倫斯基從來沒有過過真正的家庭生活。他母親年輕時是社交界紅極一時的人物。婚後，特別是在丈夫去世後的孀居生活中，有過許多桃色事件，弄得社交界盡人皆知。他的父親，他差不多已經記不得了，他是在貴胄軍官學校裡受教育長大的。

畢業時，他成了一名風頭十足的青年軍官，很快就加入了彼得堡富有軍官的圈子。雖然他有時也涉足彼得堡的社交界，但是他的所有風流韻事卻總是發生在社交界以外。

在彼得堡過膩了奢華而放蕩的生活之後，他在莫斯科初次嘗到了同一位純潔可愛而又傾心於他的上流社會小姐接近的樂趣。他根本沒有想到，他同基蒂的關係會產生什麼不良後果。在舞會上，他多半總是和她跳舞，他是她家的常客。他和她談話，就像人們普遍在社交場合中的談話一樣——都是各種沒意思的話，但對於她，他卻不由得在那些沒意思的話上面加了某些特別的意義。雖然他沒有對她說過任何在別人面前不能說的話，但是他感覺得到她已經越來越對他產生依戀感了，他越有這樣的感覺，就越歡喜，而對她也就越是情意纏綿。他不知道他對基蒂的這種行為有個專門的說法，叫作「有意勾引，無意結婚」，而這正是像他這樣的花花公子所常犯的罪孽之一。他覺得他頭一次發現了這種樂趣，就盡情加以享受。

如果他聽見了這天晚上基蒂父母的談話，如果他能為她的家庭設身處地想一想，而且明白如果他不和基蒂結婚，她就會遭遇不幸，他一定會非常吃驚，且不會相信這一切會發生的。他不能相信，那件帶給他，特別是帶給她這麼大樂趣的事情竟會是不正當的。尤其令他不能相信的是他應當結婚。

結婚這件事對他來說是永遠不可能的。他不僅不喜歡家庭生活，而且從他們單身漢圈子的觀點來看，建立家庭，特別是當一名丈夫，十分彆扭，格格不入，甚至非常可笑。雖然沃倫斯基絲毫沒有猜疑到她父母所說的話，但那天晚上離開謝爾巴茨基家的時候，他感覺到他和基蒂兩人之間的秘密精神聯繫在那天晚上變得更加堅固，非得採取什麼措施不可了。但是能夠而且應當採取什麼措施呢？他卻一點頭緒都沒有。

當他從謝爾巴茨基家出來時，像往常一樣，總是有一種神清氣爽的感覺（這在某種程度上是因為整晚沒有抽煙而產生的），以及被她的愛情所引發的新的激情。

「絕妙的是今晚我和她都沒有說過一句話，但是從眼神和聲調這無形的言語中我們卻又是如此了解彼此，今晚她也比任何時候都更加明確地告訴了我她愛我。多麼可愛、單純，尤其是多麼值得信賴啊！我感覺到自己變好了，變純潔了。我覺得我有了熱情，有了許多優點。她那雙眼睛含情脈脈，令人陶醉！當她說：『我非常……』」

「那麼會怎樣呢？哦，沒有什麼。這樣對我好，對她也好。」於是他開始思量著到哪裡去消磨這個晚上。

逐一念叨了一遍。「去俱樂部？去玩兒紙牌？跟伊格納托夫一起喝香檳？不，不去這兒。到花之城去，在那裡一定能找到奧布隆斯基，那裡有歌曲聽，有康康舞跳，不去，這些我都玩膩了。說來說去就是喜歡到謝爾巴茨基家去，因為我自己變好了，還是回家吧。」於是他徑直走到兌索旅館，吩咐開晚餐，晚餐之後，脫掉衣服，他的頭一挨上枕頭，像往常一樣，立刻就安安穩穩地睡著了。

chapter 17 彼得堡火車站

第二天上午十一點，沃倫斯基驅車去彼得堡火車站接他母親。他在月台內的大台階上碰到的頭一個人便是奧布隆斯基。他與他等候的是同一列車，他來接他的妹妹。

「哦！閣下！」奧布隆斯基叫道，「你是來接誰的啊？」

「我來接我的母親。」沃倫斯基像每一個遇到奧布隆斯基的人那樣，笑容可掬地回答。他握了握他的手，同他一起走上台階：「她今天從彼得堡來。」

「昨晚我可是等你等到兩點。你從謝爾巴茨基家出來後到哪兒去了？」

「我回家了，」沃倫斯基回答說，「說實話，我昨天從謝爾巴茨基家出來，心裡太高興了，哪兒也不想去。」

「我憑藉烙印識良馬，憑雙眼識熱戀中的小夥子。」奧布隆斯基重複了一遍他給列文朗誦過的兩句詩。

沃倫斯基微微笑了笑，他並不否認他對基蒂的感情，不過還是立刻轉換了話題。

「那麼你是來接誰啊？」他問。

「我？我來接一位美麗的女人。」奧布隆斯基說。

「原來是這樣！」

「從壞處看待別人的人是可恥的！我的妹妹安娜。」

「噢，是卡列寧夫人嗎？」沃倫斯基說。

「想必你也認識她吧？」

「好像有點印象。也許沒有……說真的，我記不清了。」沃倫斯基漫不經心地回答道。

「你應該知道我那位有名的妹夫阿列克謝・亞歷山德羅維奇吧。全世界都知道他呢。」

「我只知道他的名聲和相貌。聽說他很聰明，有學問，信奉上帝挺虔誠。不過說實在的，這些我都不感興趣。」沃倫斯基用英語說。

「是啊，他是個非常棒的人。雖然多少有點兒保守，不過人很優秀，很了不起。」奧布隆斯基說。

「噢，這對他來說再好不過了，」沃倫斯基笑著說，「啊，你也過來了。」他看到了母親那身材高大的老僕人站在門口，就對他招呼道，「你到這兒來吧。」

沃倫斯基覺得自己最近很是喜歡接近奧布隆斯基，一是因為大家都喜歡他，另外一點是他能讓他想到基蒂。「我們星期天請那位女歌星吃晚飯，怎麼樣？」

「當然好呀，我來負責邀請。哦，對了，昨晚你與我的朋友列文認識了嗎？」奧布隆斯基問。

「那還用說。不知為什麼他很快就走了。」

「他人挺好的，」奧布隆斯基繼續說，「是吧？」

「不知道，」沃倫斯基回答道，「為什麼莫斯科人個個都很凶——當然現在同我說話的這一位不在其中——他們總是擺出一副架勢，怒氣沖沖的，彷彿要給人家一點顏色瞧瞧。」

「是的，確實是那樣的。」奧布隆斯基笑著說。

「怎麼樣，火車快到了嗎？」沃倫斯基問車站服務員。

「列車到的信號已經發出了。」那人回答。

車站上進行著緊張的準備工作，搬運工來往奔忙，憲兵和鐵路職工的出動，以及來接客的人們的集中，都越來越明顯地表示火車已經駛近了。透過寒冷的空氣，一些身穿短皮襖和軟氈靴的工人穿梭在彎曲的路軌上。遠處的鐵軌上響著汽笛聲和沉重物體滾動的聲響。

「不，」奧布隆斯基說，他急於要把列文有意向基蒂求婚的事兒告訴沃倫斯基，「不，你對我們列文的評價不恰當。他這人很神經質，確實常常不討人喜歡，有時候倒很可愛。他秉性忠厚，生有一顆金子一樣的心。不過昨天有特殊原因。」奧布隆斯基意味深長地笑著繼續說，完全忘記了昨天對好友真心實意的同情，現在又對沃倫斯基產生了同樣的情感，「是的，因為有另外一種原因，可以讓他特別快樂，也可以讓他特別不快樂。」

沃倫斯基停了下來，開門見山地問道：「怎麼回事？難道他昨天向你的小姨子求婚了？」

「很可能，」奧布隆斯基說，「我看昨天有這種跡象。他走得很早，而且情緒不好，準是這樣……他很早就愛上她了。我真替他難過。」

「原來是這樣呀！……我相信，她可能希望找個更好的伴侶，」沃倫斯基說，挺起胸膛，又踱起步來。「但是，我還和他不熟，」他補充了一句，「是的，一個人遇到這種事情確實很痛苦！就因為這個道理，許多人寧願去尋花問柳。在那種地方，只要你有錢，沒有誰弄不到手；可是在這兒人家總要掂掂你的份量。哦，火車來了。」

真的，遠處響起了機車的笛聲。過了一會兒，月台振動起來，穿得很暖和的司機，身上落滿霜花，彎著腰把機車隆隆開來，中輪的連杆緩慢並有節奏地搖動著，機車後邊是煤水車，然後過來的是行李車廂，有一條狗在裡面汪汪直叫。這時車慢了下來，但月台振得卻越來越厲害了。最後過來的才是客車，擺動了一下才停下來。

身材矯健的列車員不等車停穩就吹著哨子跳了下來。性急的乘客也一個個爭先恐後地跟著往下跳：走在最前頭的是位身材高大的近衛軍軍官，他用嚴厲的目光打量著周圍。他的身後是一個笑容滿面、機靈活潑、手拿提包的小商人。下一個則是肩上背著口袋的農夫。

沃倫斯基站在奧布隆斯基旁邊，他打量著車廂以及下車的旅客，心中已經完全忘記了他的母親。剛才聽到的有關基蒂的事使他興高采烈。他的胸膛不由得挺直起來，兩眼閃閃發光：他覺得自己是個勝利者。

「沃倫斯基伯爵夫人坐在那節車廂。」英姿勃勃的列車員來到沃倫斯基面前對他說。

列車員的話提醒了他，使他想起了母親以及即將見到母親這件事。他內心並不尊敬母親，也不愛她，只是口頭上不承認這一點罷了。按他所處的那個社會的觀點來看，憑他所受的教育，他只知道對母親要絕對孝順，不要有其他什麼態度，而且，愈是不尊敬她不愛她，就愈是要對她保持表面上的孝順和尊敬。

chapter 18

火車站的會面

沃倫斯基跟著乘務員向列車走去，一位太太吸引了他的注意。他正要走進車廂，忽然覺得必須再看她一眼。當他回過頭來看時，她也正好掉過頭來。她那雙在濃密睫毛下顯得陰暗而又閃耀著的灰色眼睛親切並注意地盯著他的臉，隨後卻又立刻轉向人群，好像是在尋找什麼人。就在那短促一瞥中，沃倫斯基已注意到有一股壓抑著的生氣從她臉上流露出來，她渾身上下彷彿洋溢著過剩的青春活力。

沃倫斯基走進車廂。他母親是一位黑眼睛和一頭鬈髮的乾瘦老太太。她從座位上站起身來，把手提包遞給侍女，伸出一隻乾瘦小手給兒子親吻，接著又托起兒子的腦袋，在他的臉上吻了吻。

「你接到我的電報了吧？還好吧？感謝上帝。」

「您一路平安吧？」兒子說，在她旁邊坐下來，不由自主地傾聽門外一個女人的聲音。他知道這正是他剛才在門邊遇見的那位夫人的聲音。

「我還是不同意您。」那位夫人說。

「這只是彼得堡式的見解，夫人。」

「我想不是彼得堡式的，而只是婦人之見罷了。」她回答道。

「哦，哦，請允許我吻吻您的手。」

「再見，伊萬·彼得羅維奇。請您去看看我哥哥來了沒有。」那位太太說完又回到車廂裡。

「哦，您找到您哥哥了嗎？」沃倫斯基伯爵夫人向那位夫人說。

沃倫斯基這時才明白這就是卡列寧夫人。

「令兄來了。」他立起身來說，「對不起，我剛才沒有認出您。說實在的，我們過去見面很短促，您一定不會記得我了。」沃倫斯基鞠著躬。

「啊，不，」她說，「我應當是認識您的，因為令堂和我一路上只談論您。」當她說這話的時候，她終於又讓那股壓抑不住的生氣流露在她的微笑裡，「我還沒有看到我哥哥。」

「去叫叫他，阿列克謝。」老伯爵夫人說。

沃倫斯基出去走到月台上，叫著：「奧布隆斯基！到這裡來！」

卡列寧夫人沒等哥哥走過來，一看到他，就邁著矯健的步子走出車廂。等哥哥一走到她跟前，她就用一種使沃倫斯基吃驚的果斷而優美的動作，左手摟住哥哥的脖子，沃倫斯基凝視著這一幕，目不轉睛地微笑望著她，他也不知為什麼要這樣。但當他記起他母親在等他的時候，他又走回車廂去了。

「她挺可愛，是不是？」伯爵夫人說到卡列寧夫人，「她丈夫讓她同我坐在一起，我很高興。我們一路上都在聊天。你呢？我聽說你仍然在追求一種理想的愛情，那就很好，我的孩子，那就很好。」

「我不知道您指的是什麼，媽媽。」兒子冷冷地回答，「那麼，媽媽，我們走吧。」

安娜又走進車廂裡來和伯爵夫人告別。

「真好，伯爵夫人，您看到了兒子，我也看到了哥哥，」她快活地說，「我的事也全說完了，再沒有什麼可說的了。」

「哦，才不是這樣呢，」伯爵夫人拉著她的手說，「我同您在一起，就是走遍天涯海角，也不會覺得寂寞。有些女人就是那麼可愛，你同她談話覺得愉快；同她在一起即使沉默不語，也覺得愉快。請您不要總為兒子操心，再怎樣也總不能一輩子不分別啊。」

安娜站定之後，把身子挺得格外直，她微笑著。

「安娜有一個八歲大的兒子，」伯爵夫人向兒子解釋說，「她從來沒有離開過兒子，這回把兒子留在家裡，她總是放心不下。」

「是啊，我們一直都在談論各自的兒子。」安娜說。她臉上又露出笑容，笑容是對著他而發出的。

「這也許會讓您感到厭煩吧。」他說道，極為迅速地接過了她投來的風情之球。不過，安娜顯然不願意用這種腔調繼續談話，轉身對伯爵夫人說：「真的謝謝您。我還沒有任何感覺，昨天一天過得也太快了。再見吧，伯爵夫人。」

「再見，我的好朋友，」伯爵夫人回答，「讓我吻吻您漂亮的臉蛋。不瞞您說，我這老太婆可真的愛上您了。」安娜微微彎下腰，把面頰湊近伯爵夫人的嘴唇，然後挺直身子，唇眼之間又浮現出那種微笑，把手伸給了沃倫斯基。他握了握她伸給他的那隻纖細的手。她也緊緊地握了握他的手，並晃了一下。這富有力量的一握讓他覺得這其間包含著一種特殊的意味。

「她真可愛。」老太婆說。

兒子也這樣想。他的眼睛一直盯著她離去，直到那婀娜的身姿消失。他臉上一直露著微笑。

「那麼，媽媽，您身體一向好嗎？」他再次問他母親。

「一切都很如意。亞歷山大很討人喜歡，瑪麗亞長得也很好看。她挺有趣。」

伯爵夫人又說起她最得意的事——孫子的洗禮。為這事她特地到彼得堡去了一趟。她還談到皇上對她大兒子的特殊恩寵。

「拉夫連季也來了，」沃倫斯基看著窗外說，「我們現在就走吧，好嗎？」

女僕拎著手袋，抱著小狗，管家和一個搬運工拿起別的行李，沃倫斯基則挽著母親的胳膊，他們走出車廂的時候，突然有幾個人神色慌張地從他們身邊跑過。戴著顏色與眾不同的制帽的站長也跑過去了。顯然發生了非同尋常的事情。已經下車的旅客又紛紛往回跑。

「怎麼回事？……在哪裡？……是撞上去的！……是臥軌死的！……」走過去的人群嘈雜地說著。奧布隆斯基挽著妹妹，也驚慌不定地走了回來，他們兩個極力避開人群，在車門口站住了。

兩位太太又進了車廂，沃倫斯基和奧布隆斯基則跟著人群去了解這場災禍的詳情。

一個巡路工不知是喝醉了酒，還是由於嚴寒把頭部裹得太嚴實，沒聽見火車倒車，竟被軋死了。

奧布隆斯基和沃倫斯基都看見了那具被軋碎了的屍體。奧布隆斯基看上去顯然非常難過。他皺起雙眉，彷彿就要哭出來了。「哎呀，真可怕！安娜，幸好你沒看見！真可怕！」他喃喃地說。

沃倫斯基卻沒有說話，英俊的面孔顯得很嚴肅，卻很鎮靜。

「哎呀，您沒有看見啊，伯爵夫人，」奧布隆斯基說，「他的妻子也在那裡……看到她真可怕……她一頭撲在屍身上面。聽說，他們一大家人全靠他養活呢。這該多嚇人呀！」

「能不能替她想點什麼辦法？」安娜激動地低聲說。

沃倫斯基望了她一眼，立即走出了車廂。

「我馬上回來，媽媽。」他在門口轉過身來說。

幾分鐘以後他回來了。此時奧布隆斯基已經在與伯爵夫人談論那個新來的女歌星了。伯爵夫人時而朝門口張望，等著兒子回來。

「我們走吧。」沃倫斯基一走進來，就說。他們一起走了出去。沃倫斯基和母親走在前邊，安娜和哥哥走在後面。在車站出口處，站長追上了沃倫斯基。

「您給了我的助手兩百盧布。請問，您這是賞給誰的？」

「給那個寡婦的，」沃倫斯基聳了聳肩說，「我真不明白，這個還用得著問。」

「真是您給的嗎？」奧布隆斯基在後面叫道，他緊握著妹妹的手，接著說，「太好了，太好了！您的確是個大好人，不是嗎？再見了，伯爵夫人。」

等他們走出站的時候，沃倫斯基家的馬車已經走了。出站的人群仍在談論著剛才發生的事。

「死得真慘呀！」一位先生從旁邊走過說，「聽說被軋成兩段了。」

「我倒不這樣看，這可是最輕鬆的死法。」另一個人說。

卡列尼娜坐進馬車，奧布隆斯基驚愕地看到，她的上下唇在不停地顫抖，正竭力地忍住眼淚。

「安娜，你怎麼啦？」馬車走了數百米以後，他問道。

「這可是不祥的預兆。」她說。

「別瞎說！」奧布隆斯基說，「你來了，這才是最重要的。你簡直無法想像我對你抱多大希望。」

「你早就認識沃倫斯基了嗎？」她問。

「是啊。告訴你吧，我們都希望他和基蒂結婚呢。」

「是嗎？」安娜悄悄地說。「噢，現在來談談你的事吧。」她接著說，一邊晃動著腦袋，彷彿要從身上抖掉什麼多餘的、妨礙她的東西，「讓我們來談談你的事。我接到你的信就趕來了。」

「是的，現在都得指望你了。」奧布隆斯基說。

「那麼，你把整件事情都跟我說說吧。」

於是，奧布隆斯基把整件事娓娓道來。

車到家的時候，奧布隆斯基扶著妹妹下了車，歎了一口氣，握了握她的手，便到官廳辦公去了。

chapter 19

安娜來訪

當安娜走進房間時，多莉正和一個和他父親長得很像的金髮胖小孩坐在小客廳裡，教他法語課。那孩子一面念書，一面用手轉動上裝一顆線已不牢的鈕釦，竭力想把它拽下來。母親幾次把他的手拉開，可是胖乎乎的小手還是不停地拽那鈕釦。於是，他母親扯下鈕釦，放進她的口袋裡。

「手放安分些，格里沙！」說著又拿起她編織了好久的毛毯。每逢心情不好的時候，她總是幹這種活計。這會兒她又心煩意亂地織起來，手指哆哆嗦嗦地數著針數。雖然昨天她對丈夫說過，他妹妹來不來和她無關，但實際上她卻為她的到來準備好了一切，而且也在興奮地期待著她的小姑。

憂愁壓倒了多莉，她完全被憂愁吞沒了。不過，她沒有忘記，她的小姑安娜是彼得堡一位大人物的太太，是彼得堡的貴夫人。正因為此，她沒有按照對丈夫說過的氣話行事。

「是啊，畢竟發生這種事和安娜沒有一點兒關係，」多莉心想，「我覺得她的為人真是再好不過了，對我一直很親切、很友愛。」她想起在彼得堡的時候對卡列寧一家人的印象，她的確不喜歡他們那個家庭，感到他們整個家庭生活氣氛中都有一種虛假做作的味道。

這些日子以來多莉都是孤零零地和孩子們待在一塊兒。訴說自己的痛苦吧，她不願意；而懷著如此悲痛的心情去談別的事，她又辦不到。

多莉知道，她一定會設法把一切都跟安娜說的。她一會兒高興，一會兒又生氣：高興的是想到可以痛痛快快訴說一番；生氣的是必須把自己的屈辱告訴她丈夫的妹妹，並且聽她那老一套的勸慰。就像生活中總會出現的情形那樣，她不停地看錶，時刻都在等待著安娜的到來，卻偏偏忽略了客人到來的那一刻。門鈴聲沒有傳到她的耳中。

當她耳邊響起一陣衣服的窸窣聲和輕盈的腳步聲時——安娜已來到門口——這才回過頭去。她那憔悴的臉上情不自禁流露出來的神色，不是高興，而是驚奇。她站起來，一下抱住小姑。

「怎麼回事，你已經到啦？」她吻著安娜說。

「多莉，我看見你真是開心！」

「我也很開心。」多莉無力地微笑著說，竭力想從安娜的臉色上看出，她知不知道那件事。「想必知道了。」她察覺到安娜臉上同情的表情。「哦，來吧，我帶你到你的房裡去。」

「這是格里沙吧？哎喲，都長這麼高了！」安娜的眼光並沒有離開多莉，吻了吻孩子說道。然後她又站了起來，漲紅了臉：「不，哪裡也別去了。」

安娜摘下了頭巾和帽子。帽子被她那一縷黑鬈髮纏住。她甩了甩頭，把那綹頭髮抖落了下來。

「你可真是容光煥發，精神飽滿啊！」多莉幾乎是帶著嫉妒的語氣說。

「我？……是的，」安娜說，「哎喲，塔尼婭！你跟我的謝廖沙是同歲。」她對跑進屋來的小女孩說，將她一把抱住，親吻著，「多可愛的小女孩啊！把你的幾個孩子都叫來讓我看一下吧。」

安娜提到每一個孩子時，不僅記得他們的名字，而且記得他們的出生年月、性格以及害過什麼病。這一點多莉不能不對她產生感激之情。

「那你就去看一下他們吧，」多莉說，「可惜的是瓦夏還在睡覺呢。」

她們看了孩子以後，就坐下來喝咖啡，此時的客廳裡只有她們兩個。

「多莉，」安娜說，「他把一切都告訴我了。」

多莉冷冷地望了她一眼，等著她講出那虛情假意的同情話語，但安娜卻沒有說一句那樣的話。

「多莉，我親愛的！」她說，「我既不願意替他說什麼，也不想安慰你什麼，那些都沒什麼用。親愛的，我只是從心裡覺得難過，從內心替你難過啊！」

安娜那雙睫毛濃密的亮晶晶的眼睛裡，突然湧出了淚水。她坐得更靠近嫂嫂一點，用她那有力的小手握住嫂嫂的手。多莉沒有縮回手去，可是仍然是一副冷冰冰的臉色。她說：「任何安慰對我來說都是沒用的。出了那種事情以後，我真的是什麼都沒有了，一切都完了！」

說完這個以後，她的臉色突然變得溫和起來。安娜拿起她那又乾又瘦的手，吻了吻說：「不過多莉，你要怎麼辦呢？你應該好好想一想，在這種可怕的情況下應該怎麼辦才更好。」

「一切都完了，沒什麼好想的，」多莉說，「你要知道，最糟糕的是我沒法擺脫他，我離不開孩子們。可是同他生活在一起，我又辦不到，看見他我就感到痛苦。」

「多莉，親愛的，他把一切都跟我說了，但我還是要聽聽你的說法，你把一切都跟我說一下吧。」

多莉帶著一種探問似的眼神朝她看了看。

安娜的臉上展現出真摯的同情和友愛。

「那好吧，」多莉突然說，「但是我還得從頭開始說。我怎麼結的婚你是清楚的。我受了母親的教育，不但幼稚無知，而且簡直是個糊塗蛋。我什麼也不懂。別人說，當丈夫的都會將自己過去的生活通通向妻子坦白，可是斯季瓦卻……」她馬上改口道，「奧布隆斯基卻沒有向我坦白任何東西。你可能不會相信，我始終都自以為我是他唯一接近過的女人。我就這樣生活了八年。你知道，我不僅從來沒有懷疑過他會不忠實，而且認為這是不可能的。你想想看，我一向是這樣想的，可是現在突然知道了這全部可怕的醜事……你替我想想。我滿以為自己很幸福，可是忽然……」多莉說著，幾乎要哭出來了，「看見了那封信……他寫給他的情婦，我的家庭教師的信。這真是太可怕啦！」她急忙取出手帕捂住臉。「我可以理解一時的感情衝動，」她停了一會兒又繼續說下去，「沒想到他竟然處心積慮，狡猾地欺騙我……一方面繼續做我的丈夫，另一方面又同她……這太可怕了！你是不會理解的……」

「不，我理解！我理解，親愛的多莉，我理解。」安娜握著她的手說。

「你認為他清楚我的處境嗎？」多莉繼續說道，「一點兒也不！他還是那麼快活得意地活著。」

「啊，不！」安娜連忙打斷她的話說，「他很可憐，現在悔恨得要命……」

「他也會知道悔恨嗎？」多莉再次插嘴說，注視著小姑的臉。

「是的，我了解他。一看見他我便不能不替他難過。你我都是了解他的。他這人心眼兒好，就是有點驕傲，可是現在抬不起頭來。最讓我感動的是（在這裡安娜猜著了最使多莉感傷的事），他現在為了兩件事情感到痛心：一是他沒臉見孩子，再就是，他愛你……是的，是的，他愛你勝過愛世間的一切。」她趕緊打斷正要反駁的多莉，「可是他給你造成了傷害，刺傷了你的心。他常常說：『不，不，她再也不會原諒我了。』」

多莉聽她說著，若有所思地看著別的地方。

「是的，我明白他的處境很難堪。有罪的人總是比無罪的人更痛苦，要是他明白全部不幸都是由他的罪孽造成的。可是，我怎能原諒他呢？怎能在他有了那個女人後還做他的妻子呢？……」她哭起來，講不下去。可是，每次她的心稍微軟下來的時候，她就會開始跟人講述那件使她傷心的事，好像她有意這樣做似的。

「她既年輕又美麗，」她說，「你知道，安娜，我的青春和美麗都被誰消磨了？被他和他的孩子們。我為他操勞，我的一切都在操勞上耗盡；如今他遇上一個新鮮的下賤貨，樂得忘乎所以。他們兩個一定在背後說我，或者根本就不談任何涉及我的事情。你明白嗎？」她眼中又重新燃起憤怒之火。「以後他還會對我說……可是我能相信他嗎？再也不能了。不，一切都完了，包括安慰、勞動的快樂、痛苦的報應……你想我能相信他嗎？我剛才教格里沙念書，這本是我的一種樂趣，如今卻成了痛苦。我何必這樣勞累呢？為何要把這些孩子生下來呢？最可怕的就是，我突然間完全變成了另一種心態，以前對他所有的愛，如今都成為憎恨，是的，是憎惡和仇恨。我現在真想殺死他，然後……」

「多莉，親愛的，我了解你，你別再折磨自己了。你過於傷心，把很多事情都看走樣了。」

多莉沉靜下來，二人沉默了一會兒。

「怎麼辦呢？安娜，你替我想想，幫幫我吧。我反覆考慮，可是仍然束手無策。」

安娜也想不出辦法，不過嫂嫂的每句話和每個面部表情都在她的內心深處引起了共鳴。

「我只說一點，」安娜開口了，「我是他妹妹，我知道他的脾氣性格。他對什麼事都容易忘記（她在額前做了一個手勢），容易極度著迷，也容易極度後悔。他至今都不知自己怎麼會做出那種事來。」

「不，他不僅現在知道，以前也知道！」多莉插嘴說，「但是我呢……你忘了我……難道我會好過些嗎？」

「你聽我說，當他把這件事告訴我時，老實說，我還不知道你的處境有那麼痛苦。我只看到他那一方面，只看到家庭被搞得亂了套，因此我為他難過；可是同你談話以後，我作為一個女人，看法就變了；我看到了你的痛苦，我簡直無法對你說，但是，多莉，親愛的，我完全能理解你的痛苦，只不過有一件事我還不甚了解，我不知道，不知道如今你心中對他還存有多少愛。這個只有你自己清楚，到底這一點兒愛還夠不夠寬恕他。如果還有的話，你就寬恕他吧！」

「不！」多莉開口道，可是安娜馬上打斷了她的話，又吻了一下她的手。

「我比你更了解上流社會，」安娜說，「我了解像斯季瓦這樣的男人，了解他們對這類事情的看法。你說他與那個女人會一起議論你，這種事是絕不會有的。這些男人雖然不忠實，可是他們卻把家庭與妻子看得很神聖。相反，他們瞧不起那樣的女人，不會讓她們破壞自己的家庭。他們在家庭和這些女人之間劃了一條不可逾越的界線。我不明白這是為什麼，但事實確實如此。」

「是啊，可是他也吻過她……」

「多莉，聽我說，親愛的。我清楚地記得斯季瓦愛你的樣子。我還記得他跑到我那兒，流著淚談到你的情景。你在他心目中是多麼富有詩意，多麼崇高。我知道，他同你一起生活得越久，就把你看得越崇高。我們總是笑他在每句話之後都要插進一句『多莉真是一個了不起的女人』。你永遠都是他所崇拜的偶像，現在仍然如此。他這次對你不忠也並不是他有心……」

「如果再有這種事發生呢？」

「我想，這是絕不可能的。」

「那麼，要是換了你，你能原諒他嗎？」

「不知道，我現在也說不好……不，我會原諒他。」安娜想了一下說。她在心中想像了一下這樣的情形，補充說：「不，我能。是的，我會原諒的。可能我同原來有點不一樣，但我會原諒他，就像根本沒發生過那件事一樣。」

「那是當然了，」多莉立即插嘴說道，似乎她此時想說的已經想過很多次了，「要不然就算不上原諒了。既然原諒，就應該完全原諒才是。」她說罷站起身來，一路上摟著安娜：「親愛的，你來了我真高興！我現在心裡好過些了，好過多了。」

chapter 20

美好年華

整整一天安娜都在哥哥家裡，沒有見任何其他人，雖然有幾個熟人知道她來了，當天就來拜訪她，可是她沒有接見任何人。整個早上安娜只是和多莉以及孩子們待在一塊兒。她只打發人給哥哥送了張字條，讓他中午一定要回家吃飯。「你回來吧，上帝是仁慈的。」她這麼寫道。

奧布隆斯基回家吃午飯。妻子同他講話又用「你」相稱，這是好久沒有過的事了。夫妻之間還有隔閡，但已經不再講離異之類的話了。奧布隆斯基由此看出了和解的希望。

剛吃過飯，基蒂就過來了。她認識安娜，但不很熟，現在來到姐姐家，不免有些緊張，不知道那位人人稱讚的彼得堡上流社會的貴夫人將怎樣接待她。但是她卻博得了安娜的喜歡——這一點她立刻就看出來了。安娜顯然對她的美麗年輕很是欣賞；基蒂還沒定下神來，就已經感覺到自己不但受安娜的影響，而且也愛慕她，就像一般年輕女子對年長婦女所滋生的愛慕之心一樣。安娜根本不像社交界的貴婦人，也不像一個八歲孩子的母親。要不是她眼睛裡有一種使基蒂吃驚和傾倒的既嚴肅又時而顯得憂鬱的神情，憑她動作的靈巧，模樣的清麗，以及時而透過微笑時而透過目光流露出來的勃勃生氣，她看上去很像一個二十歲的女子。基蒂感覺安娜是十分單純而又毫無掩飾的，但她心中卻存在著另一個複雜而浪漫的更為崇高的境界，而那境界是基蒂望塵莫及的。

飯後，當多莉走到自己房裡去的時候，安娜迅速起身走到哥哥面前，他正在點燃一支雪茄。

「斯季瓦，」她對他說，高興地使著眼色，一邊替他畫著十字，一邊向他示意著門邊，「去吧，上帝保佑你。」

他扔下雪茄，明白過來她的意思，就走到門外去了。

奧布隆斯基走後，安娜又回到沙發上。她坐著，被孩子們團團圍住。不知是因為孩子們看出媽媽喜歡這位姑媽，還是因為他們自己覺得她身上有一種特殊的魅力，那兩個大點的孩子，跟孩子們常有的情形那樣，小的那兩個孩子跟在大的後面，從用餐前就一直跟著他們新來的姑母，不肯離開她半步。和姑母緊挨著，撫摸她，握住她那纖細的雙手，吻她，玩弄她的戒指，或者至少摸一摸她的衣裙，這在他們中間已經成為一種遊戲了。

「來，來，像剛才那樣坐。」安娜說，在她原來的地方坐下。

於是格里沙又把頭鑽到她的胳膊底下，貼在她的衣服上，露出一副得意而幸福的神氣。

「你們什麼時候舉行舞會呢？」她問基蒂。

「下星期，而且還是一場盛大的舞會呢。是那種時時刻刻都讓人感到愉快的舞會。」

「哦，有時時刻刻都讓人感到愉快的舞會嗎？」安娜含著柔和的譏刺說道。

「這雖然奇怪，但的確是有的。在博布里謝夫家裡，無論什麼時候都是愉快的，在尼基京家裡也是，而在梅日科夫家裡就總感覺很沉悶。您沒有注意到嗎？」

「不，我的寶貝，對我來說已經沒有什麼快活的舞會了。」安娜說。基蒂在她的眼睛裡發現了那片沒有向她開放的神秘世界。「我覺得，有些舞會只是不大沉悶，不大叫人厭倦而已。」

「但是您怎麼會在舞會上感到沉悶呢？」

「我怎麼就不會在舞會上感到沉悶呢？」安娜問。

基蒂覺察出來安娜知道這句話會得到什麼回答。

「因為您總是比誰都美。」

安娜是擅長臉紅的。她的臉微微泛紅，說道：「第一，從來沒有這回事；第二，即便是這樣，對於我來說那又有什麼用呢？」

「您會來參加這場舞會嗎？」基蒂問。

「我想不能不參加吧。喏，拿去吧。」她對塔尼婭說，她正在試圖把那寬鬆的戒指從她姑母那雪白而纖細的手指上拿下。

「真高興您能去呀，我真想在舞會上看到您呢。」

「那麼，要是我一定得去的話，因為想到這會使您感到快樂，也就可以得到安慰了……格里沙，可別揪我的頭髮了，已經夠亂了。」她說著，理了理格里沙正在玩弄的一綹散亂了的頭髮。

「我想您赴舞會時會穿紫色的衣裳吧？」

「為什麼一定要穿紫色的呢？」安娜笑著問，「喂，孩子們，去吧，去吧。你們聽見了沒有？古莉小姐在叫你們過去喝茶哩。」她說著，把孩子們從她身邊支開，打發他們到餐廳去了。

「不過我知道您為什麼想拉我去參加舞會。因為您對於這次舞會抱著很大的期望，您希望所有人都在場，所有人都去參加呢。」

「您如何知道的呢？是呀。」

「啊，您現在的年華多麼美好！」安娜繼續說，「我清清楚楚地記得，就好比瀰漫在瑞士群山中的蔚藍色的霧。這種蔚藍色的霧籠罩著童年即將結束時那個幸福年代的一切，那幸福而又歡樂的廣闊世界漸漸變成一條越來越窄的道路，而走進這條窄路是又快樂又惶恐的，雖然它看起來輝煌燦爛。誰沒有經歷過這個階段呢？」

基蒂微笑著，沉默著。「她是怎樣經過這個階段的呢？我真想知道她的全部戀愛史啊！」基蒂想著，記起了她丈夫卡列寧那副俗氣的容貌。

「我已經知道了那件事，斯季瓦告訴我了，祝賀您。我非常喜歡他呢，」安娜繼續說，「我在火車站遇見沃倫斯基了。」

「啊，他到那裡了嗎？」基蒂問，臉漲得通紅，「斯季瓦都對您說了什麼？」

「斯季瓦全告訴我了。我真高興！我昨天是和沃倫斯基的母親坐同一輛車來的莫斯科，」她繼續說，「他母親一直同我談著他的事。他是他母親的寵兒。我知道做母親的都有點偏心，但是……」

「他母親都對您說了些什麼？」

「可多啦！我知道他是她的寶貝，他這人頗有騎士風度……比方說，他母親說到他要把全部財產都讓給哥哥，他小時候就做過不尋常的事：救起了一個溺水的女人。總之，他簡直是一位英雄呢。」

安娜邊說邊微笑著，又想起了他在火車站交給窮人的那兩百盧布。

不過，她沒有講到那兩百盧布。不知怎麼搞的，一想到這件事，她就有點不愉快。她覺得這事同她有點關係，而那種情況是不應該發生的。

「老夫人再三邀請我上她家去，」安娜繼續說，「我也很願意看到這位老太太，我明天就去她那兒。啊，感謝上帝。」安娜補充說，改變了話題立起身來，基蒂看得出來，她心中好像有什麼不快。

「不，我是第一個到的！不，是我！」孩子們剛喝完茶，就叫喊著向安娜姑姑跑過來。

「大家一起過來！」安娜微笑著說，迎著孩子們跑去，把這些歡天喜地的孩子摟在懷裡，一起倒在地上。

chapter 21

和好

到大人們用茶的時間，多莉才離開房間，卻沒看到奧布隆斯基走出來。他一定是從妻子房間的後門出來了。

「我怕你在樓上住會冷，」多莉對安娜說，「我想要你搬下來，那樣我們也能夠離得近點兒。」

「嗨，您就別再為我操心了。」安娜回答，打量著多莉的臉，竭力想看出有沒有和解。

「你住這兒光線也好一點兒。」嫂子回答說。

「我告訴你吧，我就跟旱獺一樣，不管什麼地方都能夠睡著。」

「你們在談什麼呀？」奧布隆斯基從書房裡走出來，向妻子問道。

聽他的口氣，基蒂和安娜馬上就知道他們倆已經和好了。

「我想讓安娜搬到樓下來，可是得換個窗簾。誰也不會換，只好我自己動手。」多莉回答說。

「天曉得，他們兩個是不是完全和好了。」安娜聽出多莉的聲調這樣冷靜，這樣想道。

「啊，多莉，不要總給自己找麻煩事了，」丈夫回答說，「一切由我來做好不好？」

「不錯，看上去的確是和好了。」安娜想。

「我知道這些事你會怎麼做，」多莉回答，「你會叫馬特維去做他不會做的事，而你自己卻跑掉，結果他準會把一切都弄糟。」多莉說這番話的時候，嘴角現出了她平素那譏諷的笑容。

「他們完全和好了，完完全全的，謝天謝地！」安娜思忖著，慶幸自己促成了這次和解，然後她來到多莉面前，吻了吻她。

「絕對沒有的事，你怎麼會這麼瞧不起我與馬特維呢？」奧布隆斯基笑著對他妻子說。

整整一個晚上多莉對丈夫的態度都像往常一樣帶著一點兒嘲諷，而奧布隆斯基則看上去快活而又得意，但是他也有分寸，不至於使人認為他得到寬恕之後就忘記了自己的罪過。

九點半，奧布隆斯基的家人在茶桌前愉快地交談時被一件看似很平常的事情破壞了；不過，不知怎麼搞的，這件平常的事情大家覺得很突兀。大家談論到彼得堡共同的熟人時，安娜立刻站起身來。

「我的相冊中有她的照片，」她說，「順便也讓你們看一下我的謝廖沙。」她流露出當母親的那種誇耀的微笑說。

將近十點了。安娜平日總是在這個時候同兒子道別，並且在自己去赴舞會之前親自安置兒子睡覺。現在她離開兒子這麼遠，心裡感到十分惆悵。不論大家談論什麼事，她都會不由自主地想起她那有著一頭鬈髮的謝廖沙。她渴望看一下他的相片，談一下他的情況。所以方才她抓住一個藉口，就立即站起身來，邁著輕盈而穩健的步伐去取相冊。通往她房間的樓梯，正對著大門台階上的平台。平台很大而又溫暖。

安娜剛離開客廳，前廳內就傳出了門鈴聲。

「這時候能是誰呢？」多莉說。

「來接我還不到時候，還有誰這麼晚來呢？」基蒂猜測著。

「肯定是來送公文的。」奧布隆斯基說。當安娜走到樓梯口，僕人跑上來正要通報有客的時候，來客已經站在燈光下了。安娜朝下一望，立刻就看出此人是沃倫斯基，她心裡頓時生出一種快樂和恐懼交織的奇異感覺。他站在那兒，並沒有脫下外套，而是從衣兜中拿出一樣東西。當她走到台階中央的時候，他抬起眼睛看到了她，臉上顯出似乎是困惑而又驚惶的神情。她向他點了點頭，就上樓去了，背後傳來奧布隆斯基大聲招呼客人進門的聲音，以及沃倫斯基那表示謝絕進去的溫和而又平靜的、聲調不高的聲音。

當安娜拿著相冊回來的時候，他已經不在了。奧布隆斯基說，沃倫斯基是來問明天請一位剛到的名人吃飯的事。「他怎樣都不肯進來。這個人還真有點兒怪。」奧布隆斯基說。

基蒂臉紅了。她以為只有她明白他為什麼跑來，又為什麼不進來。「他到我們家去過了，」她想，「沒見到我，尋思我在這裡，可他又不進來，是因為覺得時間太晚了，更何況安娜在這兒。」

大家彼此看了看，一句話都沒說，接著就開始觀看起安娜的相冊。

一個人在晚上九點半到朋友家去打聽一次預定宴請的細節，沒有進去，這使大家覺得很奇怪。而安娜比任何人更感到奇怪和不自在。

chapter 22 最幸福的一天

通往舞會大廳的大樓梯處燈火輝煌，兩側鮮花滿布，臉搽脂粉、身著紅袍的僕役佇立兩旁。當基蒂和母親踏上大樓梯時，舞會剛剛開始。

當她們站在兩旁擺著花木的梯頂上，在鏡子前面最後整理她們的頭髮和服裝時，她們聽到樂隊開始演奏第一場華爾滋舞時小提琴那準確而清晰的音調。一個沒有鬍鬚的青年，一個被謝爾巴茨基老公爵稱為「花花公子」的那種社交青年，穿著敞開的背心，邊走邊整理著他那雪白的領帶，向她們鞠了一躬，走過去之後又轉過頭來請求和基蒂跳一場卡德里爾舞[19]。因為她已經答應了和沃倫斯基跳第一場卡德里爾舞，所以她答應和這個青年跳第二場。一位軍官正在扣手套的扣子，在門口讓了路，摸摸小鬍子，欣賞著豔如玫瑰的基蒂。

雖然基蒂的服裝、髮式以及一切赴舞會的準備花費了她許多苦心，可是她現在穿著一身玫瑰色套裙飾有複雜花紋的網紗衣裳走進舞廳，卻顯得那麼輕盈灑脫，好像這一切服飾都沒有費過她和她家裡人什麼心思，她把頭髮梳得高高的，頭上插著一朵帶有兩片葉子的玫瑰花。

那是基蒂最幸福的一天。衣服沒有一處不合身，花邊披肩也沒有下滑一點兒，蝴蝶結也沒有皺或

19.卡德里爾舞是一種四人組成兩對，包含六個舞式的舞蹈。

者脫落，粉紅色高跟鞋一點兒也不夾腳，她的所有穿著都使她非常愉快。淺黃色的假髻覆在她的小腦袋上，如同自己的頭髮一般。嵌有肖像的圓形頸飾，用黑絲絨帶子繫著，這條黑絲絨帶子很是美麗。基蒂在家中對著鏡子照自己脖子的時候，感到黑絲絨帶就像會講話一樣。基蒂在舞廳裡對著鏡子又瞧了它一眼，不禁微微一笑。基蒂覺得自己裸露的肩膀和手臂宛如大理石一般光滑涼爽，這種感覺她特別欣賞。她的眼睛閃閃發亮，紅潤的雙唇因為意識到自己的魅力而不由自主地泛起笑意。

她剛跨入大廳，走到一群花團錦簇的女士跟前時，馬上就有人前來邀請她跳華爾茲。來邀請的人是被稱為最好的舞伴、舞會主角、著名的舞蹈指導和舞會主持人、英俊魁梧的已婚美男子戈魯什卡・柯爾森斯基。他剛和巴尼娜伯爵夫人跳過第一場華爾滋，他看見基蒂走進來，就以那種舞蹈教練所特有的灑脫不羈的步伐跑到她跟前，鞠了一躬，也不問問她是否願意，就伸手去摟住她的細腰。

「太好了，您準時來到，」他摟住她的腰，對她說，「要是遲到可就不好了。」她彎起她的左臂搭到他的肩頭，穿著淡紅皮鞋的那雙小腳敏捷而飄逸地移動著步子，在光滑的嵌木地板上有節奏地和著音樂節拍轉動起身體來。

「同您跳華爾滋簡直是一種享受。」他在跳華爾滋開頭的慢舞步時對她說。「您跳得真不錯，這麼輕盈準確。」他對她說，這些話他差不多對所有的好舞伴都說過。

她聽了他的恭維話，微微一笑，接著從他的肩頭望出去，繼續打量整個舞廳。她不是初涉舞場的女孩，在她的眼裡，舞廳裡的一張張面孔不會匯成光怪陸離的一片；她也不是那種感覺舞場膩味的女子，在舞場上看到的都是熟悉的面孔，反而會令人生厭。她是介於這二者之間的：她非常興奮，不過也表現得相當沉著冷靜，不至於影響到她觀察周圍的一切。她看到社交界的精英們都聚集在大廳左邊的角落，她在那兒也看見了斯季瓦，接著又看到了身穿黑絲絨衣服的、有著漂亮頭部和優美身段的安娜。還有他也在那兒。自從她拒絕列文求婚的那天晚上開始，就再也沒有見過他。基蒂那雙銳利的眼睛立刻認出了他，並且發現他在看她。

「您還願意再跳一次嗎？您累嗎？」柯爾森斯基微微喘著氣對她說。

「不了，謝謝您。」

「送您上哪兒去呢？」

「安娜似乎在那邊，請把我送到她那裡去吧。」

「遵命。」

安娜並沒有如她所希望的那樣穿著紫色衣裳，而是穿著一件袒胸的黑絲絨連衣裙，露出了那像象牙雕成的光滑豐滿的肩膀、胸脯，以及圓圓的胳膊和細嫩的小手。她的連衣裙上邊鑲滿了威尼斯式的凸花邊。烏黑的頭髮中戴著一個小小的三色堇花環，黑緞帶上的白色花邊之間也鑲嵌著一條相同的花帶。她的髮式倒沒有什麼引人注目之處；引人注目的是那些老從後頸和鬢角處露出來的一圈圈不馴的鬈髮，這使她更加美麗動人。在她那宛如象牙雕成的脖子上，掛著一串珍珠項鍊。

基蒂每天看見安娜，愛慕她，想像她總是穿著紫色衣服。可是現在看見她穿著黑色衣服，才發覺以前並沒有真正了解她的全部魅力。現在在她面前的安娜是全新的、完全出乎她意料之外的一個人。她現在才明白，安娜的魅力就在於她這個人永遠要比她的穿著更突出，她的服飾從來都不惹人注目。她身上那件鑲著華麗花邊的黑衣服就很平常，這只是一個鏡框，引人注目的是鏡框中的這個人：她單純、自然、雅致、快樂而富有生氣。

安娜像平常一樣，筆直地站在那裡。基蒂走到這群人跟前的時候，她正微微歪著頭跟府邸的男主人說著話。

「不，我不會落井下石的。」她正在回答他什麼問題。「雖然我不明白。」她聳聳肩膀繼續說。然後像大姐姐對待小妹妹那樣和藹地微笑著，轉身向基蒂打招呼。她以女性特有的眼光迅速地掃視了一下她的穿著，輕微地點了點頭，基蒂領會到自己的服飾和容貌得到了她的讚賞。「您是跳舞跳到這大廳裡來的吧？」她補充了一句。

「這是我最忠實的舞伴之一。」柯爾森斯基向素未謀面的安娜鞠了一躬說。「公爵小姐真是給我的舞會增添了很多歡樂和光彩。安娜，請賞臉跳一場華爾滋吧。」他彎腰邀請道。

「你們認識嗎？」主人問。

「我們有什麼人不認識啊？我和我老婆就像一對白狼，人人都認識我們。」柯爾森斯基說，「跳場華爾滋吧，安娜。」

「如果能不跳的話，我就不跳了。」她說。

「但是今天晚上不跳可不行。」柯爾森斯基說。

這時沃倫斯基走上前來。

「噢，既然今天非跳不可，那就來吧。」她說話的時候都沒有理會到沃倫斯基正在向她鞠躬，立刻把手搭到了柯爾森斯基的肩頭上。

「她為什麼會對他不滿意呢？」基蒂想，看出安娜是存心不向沃倫斯基回禮。沃倫斯基接著走到基蒂面前，向她提起跳第一場卡德里爾舞的事，而且他表示很抱歉，因為這麼久都沒去看她。她等著他邀請跳華爾茲，可是他沒有邀請。她不解地瞧了他一眼。他臉紅了，慌忙請她跳華爾滋，可是當他摟住她的細腰，剛邁出第一步時，音樂突然停止了。基蒂凝視著他那和她挨得很近的臉，她這情意綿綿的凝視沒有得到他的任何回應，在以後好長一段時間——好幾年以後——她還會為了這場痛苦的羞辱而傷心。

chapter 23 瑪佐卡舞

沃倫斯基和基蒂跳了好幾場華爾滋。基蒂走到母親面前，剛和諾德斯頓伯爵夫人說了幾句話，沃倫斯基就又走過來邀請她跳第一場卡德里爾舞了。他們跳卡德里爾舞的時候，並沒有談什麼有特殊意味的話，只有一次，當他問起列文是否還在這裡，並且說他很喜歡他時，才真正觸動了她的心弦。

基蒂對卡德里爾舞並沒有抱什麼希望。她一直激動地期待著瑪佐卡舞的開始。她認為一切都會在跳瑪佐卡舞時見分曉。可是他在跳卡德里爾舞時並沒邀請她跳瑪佐卡舞，這並沒有讓她感覺到任何不安。因為她相信他準會和她一起跳瑪佐卡舞，就像以往的舞會一樣，因此她謝絕了五個青年的邀請。

整個舞會，直到最後一圈卡德里爾舞，對基蒂來說，就像一個充滿歡樂的色彩、音響和動作的美妙夢境。但當她同一個推託不掉的、令人討厭的青年跳最後一圈卡德里爾舞時，她湊巧做了沃倫斯基和安娜的對舞者。基蒂從舞會開始到現在，還沒有和安娜碰到過，現在她所看到的安娜，又是一副讓她備感意外的、完全不同的樣子。她在安娜身上看見了自己曾經因成功而出現的興奮模樣。她看到安娜已在其他人傾慕的眼神中陶醉了。她非常清楚這種心情和它的特徵，並在安娜身上也發現了這些特徵。看到了她不由自主地蕩漾在唇上的幸福而興奮的微笑，以及她那優美、準確和輕盈的動作。

「是誰使她如此陶醉？」她問自己，「是大家還是一個人？」同她跳舞的青年講話中斷了，怎麼也接不上來。她沒有去幫那個青年擺脫窘態，表面上服從柯爾森斯基快活洪亮的號令一會兒隨大家一起走成大圈，一會兒又拖成一條鏈條，一面卻暗自觀察著，她的心揪得越來越緊了。「不，並不是大家的讚賞使她陶醉，而是某一個人的崇拜讓她這麼陶醉。究竟是誰呢？難道是他？」每次他同安娜說話的時候，安娜的眼睛就閃耀出喜悅的光輝，紅唇上也浮起幸福的微笑。她好像在極力克制著自己，盡力不露出快活的痕跡，而那快活的情緒在臉上卻不知不覺地流露出來。

「那他感覺是怎樣的呢？」基蒂看了一眼沃倫斯基，立即恐懼起來。因為她在他身上也看見了在安娜臉上反映出的那種東西。他往日那種沉著的風度和泰然自若的神色都到哪兒去了？不，現在他每次對她說話，總是稍低下頭，好像要拜倒在她面前，而他的眼神裡，卻只有順從和惶恐。「我不想褻瀆您。」他的眼神彷彿這麼說，「但我要拯救自己，我不知該怎麼辦。」他的表情是基蒂從未見過的。

他們談到彼此都認識的一些人，話題無關緊要，但基蒂卻覺得他們說的每一句話都在決定他們兩人和基蒂的命運。而且奇怪的是，雖然他們的確是在談論什麼伊萬・伊萬諾維奇的法語說得多麼可笑，什麼葉列茨卡婭怎樣可以找到一個更佳的伴侶之類的話，但是這番話對他們來說卻有著非凡的意義，這一點他們和基蒂都感覺到了。基蒂有這樣的感覺，他們也有這樣的感覺。整個舞會，整個世界，在基蒂的心中都籠罩著迷霧。只有她所受的嚴格教養在支撐著她，使她還能照規矩行事。

不過，在開始跳瑪佐卡舞之前，令基蒂害怕和失望的時刻也出人意料地到來了。她之前謝絕了五位男士的邀請，現在卻沒人想要請她跳瑪佐卡舞。誰也不會想到至今還沒有人邀請她。應當對母親說她身體不舒服，要回家去，可是她又沒有勇氣這麼做。她覺得自己徹底崩潰了。她走進小客廳，一臉頹然地坐到安樂椅上。裙子像雲朵一樣包裹著她那苗條的身軀。一隻纖細而又柔嫩的玉臂露了出來，無力地耷拉下來，陷進粉色舞裙的摺皺裡。她另一隻手拿著扇子，急促地使勁搧著她那火辣辣的臉。她那模樣就像一隻蝴蝶，正準備展開彩虹般的翅膀飛走，可是她的心卻被可怕的絕望刺痛了。

「也許是我自己誤會了，或許並不是那麼回事？」她回想著自己剛才所見到的一切。

「基蒂，你怎麼啦？」諾德斯頓伯爵夫人無聲無息地從地毯上走到她跟前，說，「我不明白。」

基蒂的下唇戰慄了一下，急忙站了起來。

「基蒂，你不去跳瑪佐卡舞嗎？」

「不，不。」基蒂含著眼淚，聲音有點發抖。

「他在我面前公然請她跳瑪佐卡舞，」諾德斯頓伯爵夫人說，她知道基蒂明白她指的是哪兩個人，「她說：『您為什麼不邀請謝爾巴茨基公爵小姐一起跳呢？』」

「哼，這和我無關！」基蒂回答道。除了她自己，誰也不了解她的處境，誰也不知道她已拒絕了一個男人的求婚；也許她是愛這個男人的，拒絕的原因是她信任另一個人。

諾德斯頓伯爵夫人找到了和基蒂跳華爾滋的柯爾森斯基，讓他去請基蒂。

基蒂跳了第一圈，算她走運的是她不用說話，因為柯爾森斯基一直在忙著指揮所有跳舞的人。沃倫斯基和安娜幾乎就坐在她對面。她跳到一處時在遠處看到了他們，後來她又在近處看到了他們。她越看到他們在一起，就越相信自己的不幸已成定局。

安娜微笑著，她的微笑也感染了他。她若有所思，他也變得嚴肅起來。一種超自然的力量把基蒂的目光引到安娜臉上。安娜穿著樸素的黑衣服是迷人的，戴著鐲子的豐滿手臂也非常迷人。那掛著一串珍珠項鍊的脖子、髮式蓬鬆的鬈髮、纖足和手臂的優雅輕快的動作，以及那張生氣勃勃的嬌豔臉蛋，所有這一切都是迷人的，只是這迷人之中帶著一種可怕和殘酷。

基蒂對她比以前更加欣賞，但同時內心也越發痛苦。基蒂覺得自己快要被壓垮了，這種心情完全可以從她的臉上看出來。

沃倫斯基跳瑪佐卡舞碰見她時，居然沒有立刻認出她來——她的變化實在太大了。

瑪佐卡舞跳到一半的時候，安娜跟著大家一起重複跳著柯爾森斯基發明出來的新花樣。她走入圈子中央，挑了兩名男舞伴，又招手把一位女士和基蒂叫過來。基蒂走近她身旁，恐懼地望著她。安娜眯縫著眼睛看著基蒂，握了握她的手，微微一笑。安娜發覺基蒂是用絕望和驚奇的神色來回應她的微笑，就回過頭去和另一位女士快活地聊起來。

「是的，她身上確實存在著某種與眾不同的鬼魅般格外迷人的東西。」基蒂自言自語道。

雖然主人一再挽留，安娜卻不願留在這裡吃晚飯。

「得啦，安娜，」柯爾森斯基用燕尾服的袖子挽住她露在外面的玉臂，「我們來一場科季里昂舞[20]吧，這想法怎麼樣？妙極了！」他慢慢地移動著舞步，要拉她一起跳。主人讚許地笑著。

「不，我不能留在這裡。」安娜笑著回答道。儘管她在笑，可是回答的聲調卻很果斷，柯爾森斯基和主人都聽出來她鐵定不會留下來了。

「不了，說實在的，我在莫斯科你們這個舞會上跳的舞，比在彼得堡整整一個冬天跳的還要多呢。」安娜說話的時候回頭看了看在一旁站著的沃倫斯基，「動身以前還是需要休息一下的。」

「您明天非得走了嗎？」沃倫斯基問。

「是的，我想走。」安娜回答，好像對他大膽的詢問感到吃驚。當她說這句話時，眼中和微笑裡抑制不住的光輝，一直燃燒著他的心。

安娜沒有在這兒吃晚飯就回家了。

20.科季里昂舞是卡德里爾舞的一種變種。

chapter 24 哥哥尼古拉的生活

「是的，我這個人有點使人討厭。」列文從謝爾巴茨基家出來，步行到哥哥那兒去，心裡想，「我同人家老是合不來。人家說我驕傲。不，我其實不驕傲。我要是驕傲的話，就不會使自己落到這步田地了。」他想像著沃倫斯基，他幸福、善良、聰明而又沉著，絕不會像他這樣陷於今晚這種可怕的境地之中。「是的，她一定會挑選他。肯定是這樣的，我誰也不能埋怨，也沒什麼好埋怨的，都是我自己不好。我有什麼權利以為她會願意和我結成終身伴侶呢？我是什麼人，我能算個什麼呢？只是一個誰都不需要、對誰都沒有任何用處的一無可取的人呀。」

於是他回想起他的哥哥尼古拉，愉快地沉浸在這種回憶裡。「他說世間的一切都是污穢醜惡的，這話說得不是很對嗎？我們之前對於尼古拉哥哥的判斷未必很公平吧？自然，根據普羅科菲——他只看見過他穿著破大衣，帶著醉意的觀點看來，他確實是一個讓人看不起的人；我理解他的心。知道我們倆很相像。而我沒有去找他，卻去吃飯，又到這兒來。」

列文走到路燈下，看了看筆記本裡哥哥的地址，就雇了一輛馬車。在上哥哥住處的長長的路途中，列文生動地回想著他所知道的哥哥尼古拉一生中的種種事情。他想起哥哥在大學時代和畢業後的一年中，怎樣不顧同學們的譏笑，過著修道士一般的生活，嚴格遵守一切宗教儀式、祭務和齋戒，極力避免各種各樣的歡樂，尤其是女色；後來，他又是怎樣突然變得放蕩起來，他結交了一班最壞的人，整天沉溺於荒淫無度之中。隨即他又想起了他虐待小孩那樁令他名譽變壞的事件：他從鄉下帶來一個小孩撫養，在盛怒之下，那麼凶狠地毆打他，以致因非法毆打他人而受到控告。他又回想起他和一個騙子之間的糾葛，他輸給那騙子一筆錢，是用一張支票支付的，過後那騙子又把他告了，告他欺騙了他（謝爾蓋替他償付的就是這筆錢）。

接著他又想到他怎樣因為在街上擾亂公共秩序而在拘留所裡被關押過一夜。他想起他因為沒有分到他應得的那份母親的遺產而企圖控告他的長兄謝爾蓋的那件可恥的訴訟和以後他到西部任職的時候，因為毆打當地長老而受到審判的最後那樁不名譽的事件……這一切都十分可惡，但是列文並不像那些不了解尼古拉，不了解他的全部經歷，不了解他的心地的人那樣，把他看得十分可惡。

列文想起了當尼古拉虔敬地履行齋戒、修道和禮拜這些儀式的時期，當他求助於宗教來企圖抑制他的情欲時，大家不但不鼓勵他，反而報之以譏笑，連列文自己也是這樣。他們都打趣他，叫他「諾亞」[21]、「和尚」，可是後來他變得放蕩了，誰也不幫助他，大家都懷著懼怕和嫌惡的心情迴避他。

列文覺得，不管哥哥尼古拉的生活有多麼不像話，可是他的靈魂，並不見得比那些蔑視他的人更壞。他生性放縱，智力有限，這可不能怪他。而其實他始終是想做個好人的。「我要把一切都給他說說，毫不隱瞞地，我要讓他也毫不隱諱地跟我說話，我要向他表示我愛他，也理解他。」當列文在將近十一點抵達地址上的那個旅館時，他暗自下了決心。

「在樓上十二號和十三號房間。」門房回答列文的詢問時說。

「他在家嗎？」

21. 見《聖經・舊約・創世記》。上帝因人類犯罪而發洪水毀滅了全人類，只有諾亞和他的家人在方舟中得救。

「應當在家。」

十二號房間的門半開半掩，隨著裡面射出的一道燈光，飄出一股劣質煙草的濃煙，還傳來列文不熟悉的聲音；但他還是立刻聽出來哥哥在那裡，因為他聽見了他的咳嗽聲。

當他走進門口的時候，聽到那不熟悉的聲音在說：「那全靠辦事的精明度和熟練程度來決定。」

列文朝門裡望了一眼，看見說話的是個滿頭濃髮、身穿短襖的青年，沙發上還坐著一個年輕的麻臉女人，穿一件沒有套袖[22]，也沒有領子的毛料連衣裙。沒有看見哥哥。列文一想到哥哥和那麼一些奇怪的人生活在一起，心裡就有一種劇烈的創痛。沒有誰注意到他的腳步聲，於是列文一面脫套鞋，一面傾聽那個穿短襖的人在說些什麼。他在談一個企業。

「嗨，真該死，那些特權階級。」哥哥一面咳嗽，一面說，「瑪莎！你給我們拿晚飯來，要是還有酒，也弄點來，沒有就去買。」

那女人起身，走到外面的時候，看見了列文。

「有一位先生在這兒，尼古拉。」她說。

「您找什麼人？」尼古拉的聲音生氣地說。

「是我。」列文回答，向亮處走來。

「我是誰呀？」尼古拉的聲音更加生氣了。只聽見他急急忙忙站起，絆了一下什麼東西。列文在對面門口瞧見了哥哥那高大瘦削、背有點駝的身子和那雙神情恐懼的大眼睛。那副模樣，他是那麼熟悉，但是那種粗野和病態卻又使他驚訝。

22. 當時俄國上流社會的婦女在領子和衣袖上總是圍著一些白色的東西。

他比三年前列文最後一次看見他時更瘦了。他身穿一件短上衣，雙手和粗大的骨架似乎更大了，頭髮變得稀疏，上唇上的髭鬚還是和以往一樣筆直，眼睛也如以往一樣古怪而又天真地凝視著來客。

「噢，是科斯佳！[23]」他認出弟弟之後，突然叫喊起來，眼裡閃動著喜悅的光輝。就在這一瞬間，他回頭望了望那個青年，把脖頸和頭痙攣似的動了一下，好像是領帶勒痛了他，這個動作對康斯坦丁來說是那麼的熟悉。於是一種異樣的表情，夾雜著狂暴、痛苦、殘酷的表情流露在他憔悴的臉上。

「我給您和謝爾蓋寫了信，說我不認識你們，也不想同你們認識。您有什麼事？」

他完全不像列文所想像的那樣。列文原來想到他時，把他性格中最彆扭、最壞因而使人難以與他相處的方面給忘記了；而現在當他見到了他，特別是看到他頭部的痙攣動作時，他就想起這一切來。

「我沒什麼特別的事，」他怯生生地回答，「我只是想來看看你。」

弟弟的膽怯顯然使尼古拉軟下來了。他的嘴唇哆嗦了一下。

「哦，真的只是這樣嗎？」他說，「那麼，你進來吧，請坐。要吃晚飯嗎？瑪莎，拿三份晚飯來。不，等等。你知道這位是誰嗎？」他用手給他弟弟指著那位穿短外衣的先生說道，「這是克里茨基先生，從基輔的時候我們就是朋友，一位傑出的人物。自然他受過員警的迫害，因為他不是壞蛋。」

他習慣性地朝房間裡所有的人掃視了一下。他看見站在門口的女人要走，便對她叫道：「等一下，我對你說！」帶著列文所熟悉的那種不善辭令、語無倫次的說話方式，他又環顧了一周，就開始對弟弟說起克里茨基的經歷來，包括他怎樣因為創辦貧寒大學生互助會和星期日學校的事情而被大學[24]

23. 科斯佳是列文的小名。
24. 星期日學校是為工廠的工人舉辦的學校。十九世紀七十年代的革命者把星期日學校看作「到民間去」的一種形式。一八七四年警務部長巴林伯爵向沙皇亞歷山大二世遞呈了報告《革命宣傳在俄國的勝利》，星期日學校就受到嚴厲的監視。許多大學生因為參加星期日學校的工作而被大學開除。

開除；後來又怎樣進了民眾學校當教師，又怎樣從那裡被趕走，後來又為什麼事吃過官司。

「您是基輔大學的嗎？」列文對克里茨基問道，他這麼問只是為了打破隨之而來的難堪的沉默。

「不錯，我是基輔大學的。」克里茨基生氣地回答道，他的臉色開始變得陰沉了。

「這個女人嘛，」尼古拉打斷他的話，指著她說，「是我生活上的女伴，瑪麗亞・尼古拉耶夫娜。我是從妓院把她領出來的。」他這麼說的時候又扭動了一下脖子。「但是我愛她並且尊敬她，誰想要同我來往，」他補充說道，把聲調提高了，又皺起了眉頭，「我就請求他愛她並且尊敬她。她就像我的妻子一樣。如果你認為這樣會有損你的身分，那麼請便，這裡是門。」

他的眼光又詢問般地在每個人身上掃過。

「我為什麼會認為降低了自己的身分呢？真不明白。」

「那麼，瑪莎，叫他們開晚飯：來三份飯，還有伏特加和葡萄酒……不，等一等……不，沒有關係……去吧。」

chapter 25 黑暗齷齪的房間

「那，你看。」尼古拉緊皺著眉頭，抽搐了一下，繼續說。

他顯然已經記不起來該怎麼說和怎麼做了。

「你瞧……」他指指房間一角裡用繩子捆著的一捆鐵條，「你看見了嗎？這就是我們著手從事的一項新事業的開端。我們要搞一個勞動生產組合……」

列文好像沒有在聽他說話。他凝視著尼古拉那張被肺癆折磨得枯黃的臉，越來越替哥哥難過。他沒有心思去聽他講生產合作社的事情，他看得出，這個勞動生產組合只不過是一個避免自己蔑視自己的救生圈而已。尼古拉繼續說：

「要知道，工人受到資本家的壓榨。我們的工人與農夫一樣擔負著所有的勞動重擔，但到最後，不管他們多麼賣力，都不能擺脫像牛馬一樣的處境。勞動所得的所有利潤，原本可以用來改善他們的境遇，讓他們可以獲得閒置時間接受教育，可是所有剩餘價值都被資本家剝奪了。社會變成了這個樣子，他們活兒幹得越多，商賈和地主發的財就更多，他們也就只有永遠當牛做馬了。這種制度應當改變。」他說完話，用詢問的目光望了望弟弟。

「是啊，當然是這樣。」列文凝視著哥哥那突起的顴骨上泛起的紅暈說道。

「所以我們在組織一個鉗工勞動生產組合，組合中的全部生產，包括利潤，主要是生產工具，都是共同所有的。」

「合作社要設在什麼地方呢？」列文問。

「在喀山省的沃茲德列姆村。」

「為什麼要設在村裡呀？村莊裡本來就有很多工作要做。」

「因為現在的農民像以前一樣還是奴隸。有人想要把他們從奴隸地位解救出來，這又會使你和謝爾蓋不高興了。」尼古拉因為列文的反問而變得很惱怒。

列文歎了口氣，打量了一下這個黑暗齷齪的房間。這一聲歎息彷彿使尼古拉更加惱怒了。

「我知道你與謝爾蓋都有著貴族的見解。我知道他把全部智慧都用來為現存的罪惡辯護。」

「不是這樣的，你為什麼要說起謝爾蓋呢？」列文微笑著說道。

「謝爾蓋？就因為這個！」一聽見謝爾蓋的名字，尼古拉突然尖叫道，「就因為這個……還有什麼可說的呢？只是……你為什麼到我這兒來？你瞧不起這樣的事情，那很好，你走吧，走吧！」他從椅子上站起身來並尖叫道，「走！走！」

「我絲毫也沒有瞧不起，」列文怯生生地說，「我甚至也不打算爭論。」

這時候瑪麗亞回來了。尼古拉氣嘟嘟地朝她望著。她連忙走到他跟前，小聲說了些什麼。

「我身體很差，很容易發火，」尼古拉鎮靜了一點兒後，喘著粗氣說道，「還有，你對我談到了謝爾蓋和他所寫的論文。這種文章簡直是胡說，是撒謊，是自我欺騙。一個不懂得正義的人怎麼能寫文章侈談正義？您讀過他的文章嗎？」他問克里茨基，又到桌旁坐下來，把亂七八糟擺了半桌子的香煙撥開，騰出點兒地方。

「我沒讀過。」克里茨基陰沉著臉說，他顯然不願意加入這場談話。

「為什麼不讀呢？」尼古拉現在又對克里茨基發火了。

「因為我覺得沒必要在這上面浪費時間。」

「請問，您怎麼知道會浪費時間呢？許多人都看不懂那篇文章，因為太深奧了。我應另當別論，他的心思我看透了，並且知道這篇文章毛病在哪裡。」

大家都一言不發。克里茨基從容不迫地拿著帽子站起身來。

「您不願意吃晚飯了嗎？那就再見吧。明天把鉗工一同帶來吧。」

克里茨基剛剛離開，尼古拉就笑了笑，使了個眼色。

「他這人其實也並不怎麼好，」他說，「事實上我看到……」這時克里茨基在門外喊了他一聲。

「還有什麼事嗎？」尼古拉說完便走到走廊裡去找他。房內只有列文和瑪麗亞兩個人，列文就和她聊了起來。

「您和我哥哥在一起很久了嗎？」他問她。

「已經一年多了。他的身體很糟糕，酒喝得太多了。」她說。

「他都喝什麼酒？」

「喝伏特加，這對他的身體很不好。」

「真的喝得很多嗎？」列文低聲問。

「是的。」她邊說邊畏怯地向門那邊望去，尼古拉這時恰好走了進來。

「你們在談論些什麼呀？」他皺著眉說，那雙神色慌張的眼睛瞧瞧列文，又瞧瞧她。

「沒談什麼。」列文窘迫地回答。

「你們不想說就不說吧。事實上你和她也沒什麼可談的。她是一個窯姐，而你卻是老爺。」他說完以後，又扭了扭脖子。

「你呀，我看得出來，全都明白，全都掂量過，你為我的錯誤感到惋惜。」他的聲音又提高了。

「尼古拉。」瑪麗亞・尼古拉耶夫娜又來到他面前小聲對他說。

「嗯，好吧！晚飯怎麼樣啦？噢，端來啦。」他看到僕人的手裡端著托盤，就說道。「到這兒來，放過來。」他氣嘟嘟地說，立刻抓起酒瓶，斟了一滿杯伏特加，一口就喝乾了。「你也喝一杯吧，你想喝嗎？」一杯酒喝下去後他立刻變得快活起來，就對弟弟說，「行了，先不要提謝爾蓋了。不管怎麼說，我看見你還是很高興的，我們畢竟不是外人。嗨，喝吧。你說說看，你現在在幹什麼呀？」他津津有味地咀嚼著一片麵包，又倒滿一杯酒，繼續往下說，「你生活得怎樣？」

「我仍然是一個人住在鄉下，搞搞農業。」列文答道，哥哥那又吃又喝的饞相使他感到驚駭，不過他儘量裝作沒看見。

「你怎麼不結婚啊？」

「沒機會。」列文微微漲紅了臉說。

「怎麼可能呢？我是完蛋了！我以前說過，現在還是這樣說，要是當年我需要的時候把我名下的那份產業給了我，我的整個生活就會是另一種樣子。」

列文急忙轉移了話題。

「你知不知道，你的萬紐什卡在波克羅夫斯克是我的辦事員。」他說。

尼古拉抽動了一下脖子，思忖起來。

「告訴我，現在波克羅夫斯克的情形怎樣？房子還在嗎？還有那些白樺樹，還有我們的教室。園丁菲力浦還活著嗎？那亭子和沙發我還記得清清楚楚呢！房子裡的東西好好照看，不過你得快點兒成個家，把以前有的東西重新擺設起來。如果你妻子人很好的話，到時我一定會去看你的。」

「你現在就跟我到我那兒去吧，」列文說，「我們肯定會過得很快樂的！」

「只要在你那兒不會遇見謝爾蓋，我就會到你那兒去的。」

「你不會遇到他的。我是一個人生活，完全不依賴他。」

「是的，不過無論怎麼說，你必須在我同他之間選擇一個。」他有點兒膽怯地看著弟弟的臉說。

他這個樣子讓列文深受感動。

「要是你願意在這方面聽聽我的真心話，我就告訴你，在你和謝爾蓋的爭論中我沒有袒護你們中的任何一個。你們兩個都不對。你不對的地方比較外露，他不對的地方比較隱蔽。」

「噢！你明白了這一點，是嗎？」尼古拉快活地叫起來。

「但是對我個人而言，實話跟你說吧，我其實更看重和你的感情，因為……………」

「為什麼，為什麼？」

列文看重同尼古拉的感情，因為尼古拉的遭遇很不幸，他需要溫暖，不過此話列文不便說出來。於是緊鎖眉頭，又拿起酒來。

「夠了，尼古拉！」瑪麗亞一邊說，一邊伸出她那赤裸的圓滾滾胳膊去搶酒瓶。

「不要管我！不要來糾纏我！看我揍你！」他喝道。

瑪麗亞柔和溫厚地笑了笑，這微笑感動了尼古拉，酒瓶就被她拿走了。

「你以為她什麼也不懂嗎？」尼古拉說，「她對這一切比我們大家都明白。她身上也有某些好的、可愛的地方，對嗎？」

「您從前沒有來過莫斯科嗎？」列文對她說，他只是為了找點話說。

「你不要對她以『您』相稱。她會感到害怕的。除了她想擺脫娼寮那陣，民事法官在審問她時對她稱呼過『您』，再也沒有人這麼叫過她。我的天哪，這世道多麼荒謬啊！」他忽然叫了起來，「那些新機關，那些調解法官，還有自治會，真是豈有此理！」

於是他就講述起他和新機關產生的種種衝突。

列文聽著尼古拉的話。他贊成哥哥認為所有的社會機構都是可惡的這樣的見解，而且自己也常這樣說，但是現在從哥哥嘴裡聽到這種話，卻使他感到不快。

「這一切恐怕我們得到陰間才會弄明白。」列文打趣說。

「陰間？哎呀，我討厭陰間！非常討厭，」他說，他那恐懼而粗野的眼睛盯住弟弟的臉，「現在看起來，要是能擺脫一切卑鄙齷齪和亂七八糟的東西，不論是別人的還是自己的，當然很好，可是我怕死，怕得要命。你喝點兒什麼吧。想來些香檳嗎？或者，我們出去走走。就到吉卜賽人那裡去！我幾乎喜歡上吉卜賽人和俄羅斯歌曲了。」

他的舌頭已經不聽他的使喚了，說的話語無倫次。列文在瑪莎的幫忙之下才終於阻攔住他去外面，並讓他躺了下來。他已經爛醉如泥了。

瑪莎答應有事時就給列文寫信，並勸說尼古拉到弟弟那兒去住。

chapter 26

一切事在人為

列文早晨離開莫斯科，傍晚就到了家。他一路上在火車車廂裡同鄰座旅客談論政治，談論新建的鐵路，並且也像在莫斯科一樣，腦子裡充滿了混亂的思想、自怨自艾的情緒和莫名其妙的羞愧感。但是當他在家鄉的車站下了車，看見了他那外衣領子翻著的獨眼車夫伊格納特的時候；當他在車站朦朧燈光下看見他那墊著毛毯的雪橇，以及他那尾巴被繫住、套上帶著鈴鐺和瓔珞馬具的馬匹時；當車夫一面把他的行李搬上車，一面告訴他村裡的消息，告訴他包工頭來了，帕瓦生了頭小牛的時候——他才感覺自己那混亂的心情漸次被澄清，而羞恥心以及對自己不滿的心情也正在消失。

他現在唯一希望的就是要比從前過得更好一些。第一，他下定決心從此不再對結婚抱以希望，認為婚姻能給予他罕有的幸福，因此，也就不再那麼輕視他現在擁有的東西了。第二，他決心不再耽於骯髒的情欲，因為這次他去求婚，一回想到自己過去這方面的事情便深感痛苦。然後，他想到哥哥尼古拉，決心不再忘記他，要關心他，注意他的情況，萬一遭到不幸，一定去幫助他。他感覺到，那事不久就要發生了。還有，他哥哥講到的關於共產主義那一番話，他聽的時候根本沒把它當作一回事，可是現在這卻使他陷入了思索之中。他認為經濟改革簡直是無稽之談，但是他始終覺得自己的富裕和農民的貧困相比的確是不公平的，現在他下決心為了使自己心安——雖然過去他很勤勞而且生活得也並不奢侈——以後他要更勤勞，而且要更簡樸。這一切在他看來是那麼容易實行，以致他一路上都沉浸在那些愉快的幻想之中。就這樣，他懷著對新的美好生活的憧憬，在晚上八點多回到了家裡。

房子前廣場上的積雪被他的老乳母，如今是他的女管家阿加菲婭・米哈伊洛夫娜的寢室窗子裡的燈光照耀著，她還沒有睡。庫茲馬被她叫了起來，赤著腳半睡半醒地跑了出來，來到台階上。一隻塞特爾種母獵犬拉斯卡，也跳了出來，差一點把庫茲馬絆倒，牠擦著列文的膝蓋，跳躍著，前爪想搭到他的胸膛上，但又不敢。

「老爺，您怎麼這麼快就回來了？」阿加菲婭說。

「我想家了，阿加菲婭。做客雖好，在家更好呀。」他回答著，走進了書房。

書房被端進來的蠟燭漸漸地照亮。房間裡熟悉的東西呈現在眼前：鹿角、書架、鏡子、帶通風口（早就該修了）的火爐、父親當年坐的沙發，還有那張大桌子，上面放著一本攤開的書、一個破煙灰缸和一本他用過的筆記本。他看到這一切，對剛才路上構思的新生活是否能實現，剎那間產生了懷疑。這一切生活陳跡彷彿抓住了他，對他說：「不行，你躲不開我們，你也不可能變成另外的樣子，你還要跟從前一樣：彷徨不定，永遠對自己不滿意，本性難改，自甘沉淪，天天等待著幸福降臨卻得不到幸福，也不可能會得到幸福。」

這是他的東西對他所說的話。而這時他心裡另一種聲音卻在說：不要因循守舊，一切事在人為。於是，他聽從這個呼聲，走到放著一對三十六磅重的啞鈴的角落，用它們做起了啞鈴操，以此振奮一下精神。這時門外傳來了腳步聲，他趕緊把啞鈴放下了。

進來的是男管家。他說，感謝上帝，家裡平安無事，但是蕎麥在新的烘穀器上烘焦了。這件事令列文非常生氣。列文修築的這座新式烤房，一部分是他自己發明的。管家始終不贊成使用這樣的烤房，如今他告訴他蕎麥烤焦了時，心中正暗自得意。列文堅信，蕎麥烤焦是因為他沒有按照他曾經叮囑過幾百次的那些辦法去做。因此，他非常惱火，把管家責備了一番。唯一的一件大喜事是，帕瓦生了小牛，這可是在展覽會上高價買來的名貴良種母牛。

「庫茲馬，拿我的皮襖來。您去拿一盞燈，我想去看一下。」他對管家說。

良種牛的牛圈就在房子後面。列文經過丁香樹旁的雪堆，穿過院子，來到牛棚。冰凍的門一打開，迎面而來一股熱烘烘的牛糞味。那些牛看到不習慣的燈光，都吃了一驚，在新鮮乾草上騷動起來。那頭荷蘭牛黑白相間的寬壯脊背閃閃發亮。套著鼻環的叫作金雕的公牛，在有人走過的時候剛要站起來，隨後又改變了主意，只噴了兩下響鼻。帕瓦是一頭很漂亮的紅色母牛，像河馬一樣巨大，看到有人走進來，就背向來人，護住小牛，在牠身上到處嗅著。

列文走進牛欄，看了看帕瓦，並把紅白相間的小花牛扶起來，讓牠用顫巍巍的細腿站立。帕瓦立即不安起來，正要吼叫時，列文急忙把小牛推到牠身邊，牠才安下心來，沉重地喘了幾聲，用粗糙的舌頭舔著小牛犢子。小牛把鼻子伸進母親懷中尋找乳頭，一撞一撞地吸著乳汁，搖擺了幾下小尾巴。

「照這兒，費奧多羅維奇，把燈拿過來，」列文注視著小牛說，「像牠娘！雖然毛色像牠爹。真好看。身體不僅長，還很寬。費奧多羅維奇，牠很出色，是吧？」他對管家說。因為看見小牛後十分歡喜，他在蕎麥這件事情上對管家產生的不滿情緒也就完全忘記了。

「怎麼會不好呢？不過，包工頭謝苗在您走後第二天就來過了。您要和他談談價錢，」管家說，「機器的事我已向您報告過了。」

這麼一個問題就把列文推到巨大而繁雜的農務上去了。他從牛棚徑直來到帳房，和管家與包工頭謝苗談了一會兒話，然後又回到房裡，徑直來到樓上的客廳裡。

chapter 27 夢想

這所房子寬敞而又古老，儘管只有列文一個人住著，但他佔用了整座房子，而且整座房子都生火取暖。他知道這樣做很傻，甚至很不好，也違反他現在的新計畫，但這座房子對列文來說就是整個天地。他的父母就老死在這片天地。列文認為父母的生活正是自己所追求的完美無缺的理想，他夢想著和自己的妻子，同自己的全家一起重過那種生活。

列文差不多已經不記得母親了。對母親的印象成了列文神聖的回憶。在他的想像中，他未來的妻子應該是一個像他母親一樣秀外慧中的理想女性。

他無法把婚姻拋在一邊而去設想對於女人的愛，並且他首先想到的往往只是家庭，其次才是幫他建立起家庭的女人。因此，對結婚的看法，他與他多數朋友不同。他們認為結婚是社會生活中許多事情之一；但對列文來說，結婚是人生大事，關係到終身幸福。而現在他卻不得不把這件大事給拋開。

他走進往日喝茶的小客廳，拿起一本書在安樂椅上坐了下來，阿加菲婭拿了一杯茶來，照例說了一句：「老爺，我坐這兒了。」說完就在窗子旁邊的一把椅子上坐下。說也奇怪，他覺得他還是沒有放棄自己的夢想，而且沒有這些夢想他就無法生活。不論是同她，還是同別的女人在一起，這個夢想一定要實現。他一面讀書，一面思索著書裡的意思，有時候也會停下來聽聽阿加菲婭喋喋不休的絮叨，但同時，事業以及未來家庭生活的各種情景就會連續不斷地出現在他的想像中。他覺得心底深處有某種東西在漸漸穩定下來。

他聽阿加菲婭說，普羅霍爾忘了上帝，把列文交給他買馬的錢拿去喝酒，喝得爛醉如泥，把老婆打得死去活來。他一面聽她嘮叨，一面看書，回味著由看書引起的思想全過程。他在讀一本丁鐸爾的《熱學》。他想到他曾經批評丁鐸爾只滿足於做實驗的本領而缺少哲學的眼光。他突然又有了一個令他欣喜的想法：「兩年以後我的牛群中就可以有兩頭荷蘭母牛，那時候帕瓦也許還活著，金雕生的一打小女兒，另外加上這三頭牛，那可真不錯！」他又重新拿起書來。

「不錯，電和熱是同一個東西。但在解方程式時能不能用一個數值來代替另一個數值呢？不行。那怎麼辦呢？一切自然力之間的聯繫憑本能也可以感覺到……要是帕瓦的女兒是紅色花斑牛，就太令人高興了，這一群牛，另外再加上這三頭……真是妙極了！我會帶著我的妻子和客人們一道出去看牛群……我的妻子會說：我和科斯佳就像照顧自己的孩子一樣照顧這頭小牛。客人問：您為什麼也對這樣的事感興趣呢？我的妻子會這樣回答：只要是他感興趣的事，我都會感興趣。但是，妻子又是誰呢？」他又想到了在莫斯科發生的那些事，「怎麼辦？那根本不是我的過錯。如今一切都要重新開始。說什麼生活不允許這樣，過去的事情不允許這樣，這全是胡說。必須要努力奮鬥，生活得更美好，比過去好得多。」他抬起頭來，一副若有所思的神情。老狗拉斯卡因為主人歸來的歡喜勁兒還沒完全下去，到外面跑著叫了幾聲，帶著戶外的新鮮空氣回轉來，跑到列文跟前，把頭伸到他的手底下，哀怨地尖叫著，要求他撫摸牠。

「牠只是不會講話，」阿加菲婭說，「這條狗也知道主人回來了，主人悶悶不樂。」

「我怎麼會悶悶不樂呢？」

「難道我還看不出嗎，老爺？像我這把年紀難道會不知道？我從小就在老太爺他們身邊長大。只要身體健康，良心清白就行了。」

列文注視著她，感到非常詫異，她居然這樣了解他的心思。

「那麼，給您再倒杯茶吧？」說完她端著杯子走了出去。

拉斯卡還是把頭伸到他的手底下。他撫摸牠，牠立刻蜷伏在他的腳邊，把頭擱在伸出的後腳上。牠微微張開嘴，嘖著嘴唇，用潤濕的嘴唇更舒服地蓋住牠那衰老的牙齒，怡然自得地安靜下來，列文對牠最後的這個動作看得特別仔細。

「我也就是這樣！」他自語著，「我也就是這樣！沒關係……一切都很好。」

chapter 28

心中的隱私

舞會後第二天的清早，安娜給丈夫打了個電報，告訴他說她當天就離開莫斯科。

「不，我一定得走，一定得走，」她向嫂子解釋改變計畫的原因，說話的語氣就像想起了有數不清的事情要做，「不，還是今天走好！」

奧布隆斯基沒有回家吃飯，但是他約定了七點回來送他妹妹。

基蒂也沒有來，只送來一張字條說她頭痛。只有多莉、安娜陪著孩子們以及英國女教師一道吃飯。他們覺得安娜今天同平時完全不一樣，她不再關心他們，因此他們也不再同姑媽玩，對她走不走都毫不放在心上。安娜一早上都在做動身的準備多莉總是感覺她心緒不寧，而且也有一種煩惱的情緒，那種情緒多莉自己是體驗過的，那不可能沒有來由，而且多半是由對自己的不滿造成的。飯後，安娜回自己房裡換衣服，多莉在她後面跟了過來。

「今天你可真奇怪啊！」多莉說。

「我？我沒有什麼奇怪的，只是覺得有點彆扭。這種情況我常有。我老是想哭。這很傻，但會過去的。」安娜急促地說，通紅的臉俯向一個漂亮的小手提包，正把睡帽和麻紗手帕放進手提包裡。她的眼睛格外發亮，頻頻盈溢著淚。「正如我當時不願離開彼得堡一樣，現在我又不願意離開這裡了。」

「你到這裡來，做了一件好事。」多莉邊說邊凝神望著她。

安娜眼淚汪汪地和她對望著。「別這樣說，多莉。我什麼也沒有做。我常常感到奇怪，為什麼大家都來寵我，把我寵壞了。我做了什麼，我又能夠做什麼呢？你心裡有足夠的愛來饒恕……」

「假使沒有你，天知道會變成怎樣！你多幸福啊，安娜！」多莉說，「你的心地是光明磊落的。」

「英國人說，每個人心中都有隱私。」

「你會有什麼隱私？你那麼光明磊落。」

「有的！」安娜忽然說。流過眼淚之後，出乎意料之外地在她的唇上浮現出狡黠而嘲弄的微笑。

「那，你的那些隱私也一定是有趣的，而不是令你難過的。」多莉微笑著說。

「不，它是讓我難過的。我急著今天就離開而不是明天，你知道這是為什麼嗎？我心中一直憋著一些話，想要對你坦白。」安娜果斷地把身子靠在安樂椅上，然後正視著多莉的臉。

多莉看到安娜的臉一直紅到耳根，紅到脖子上烏黑鬈髮的髮根，不禁吃了一驚。

「是啊，」安娜繼續說道，「你知道基蒂為什麼不願意過來吃飯嗎？因為她在嫉妒我。我破壞了……由於我的緣故，這場本該對她來說是快樂的舞會卻變成了痛苦。不過，說實在的，我並沒有錯，或者錯誤不多。」尖細的聲音強調「不多」兩個字。

「啊，你說這話太像斯季瓦了！」多莉笑著說。

安娜覺得委屈極了。「不，不是！我不是斯季瓦，」她緊鎖著眉頭說，「因為我對自己毫不懷疑，才對你這樣說。」但她講出這句話的那一瞬間，自己就覺得這並不是實話。她不但懷疑自己，而且只要想到沃倫斯基就會情緒激動，她之所以要早點兒走，就是為了避免再和他碰面。

「是啊，斯季瓦對我說過，你和沃倫斯基跳了瑪佐卡舞，而且他……」

「真想不到事情會弄得這麼可笑。我原先只想給他們撮合撮合，結果事情一下子完全變成了另一個樣子。或許是我無意間……」她漲紅了臉，沒有再繼續往下說。

「噢，這一點他們立馬就覺察到了！」多莉說。

「假如他在這方面是認真的話，我將會很失望，」安娜打斷她的話說，「我想這件事都會成為過去，基蒂也肯定不會再恨我了。」

「但是，安娜，說實在的，我倒不怎麼贊成基蒂的這門婚事。如果沃倫斯基能夠在一天的時間裡對你鍾情的話，那麼讓這門婚事了了，豈不更好？」

「哎呀，我的天哪，這未免太愚蠢了！」安娜說。她聽見多莉說出了她的心事，她的臉上再次泛起一片愉悅的紅暈。「你看，我這次一離開，卻和我喜歡的基蒂成為敵人。她是那麼的可愛！你能夠補救這件事的，是吧，多莉？」

多莉好不容易忍住了笑。她愛安娜，不過看到她也有弱點，反而暗暗高興。

「成為敵人？絕對不會這樣。」

「我多麼希望你們大家都愛我，就像我愛你們一樣。我現在更加愛你們了。」她滿含淚水說，「噢，今天我真是太愚蠢了！」她用手帕擦了擦臉，然後開始穿衣服。

安娜馬上就要起程了，遲遲不歸的奧布隆斯基終於回來了，他紅光滿面，喜氣洋洋，散發出酒氣和雪茄煙味兒。

安娜的多愁善感也感染了多莉，當她最後一次擁抱小姑時，低聲對她說：「安娜，你記著，我一生都不會忘記你所給予我的幫助。記住，你是我最親愛的朋友，我曾經愛你，以後也會永遠愛你！」

「我不明白，我怎麼值得你說這樣的話。」安娜忍住眼淚，吻著她說。

「你過去了解我，現在也是了解我的。再見，我的好朋友！」

chapter 29 歸途

「好了，一切都結束了，感謝上帝！」當第三次鈴響後，安娜和一直站在車廂通道裡的哥哥道別的時候，她腦海裡最先浮出的就是這樣一句話。她在軟席上使女安努什卡旁邊坐下，她在昏暗的燈光中向四周環顧著。「感謝上帝，明天就能見到謝廖沙和卡列寧，又可以恢復我過慣的安靜生活了。」

一整天都無比煩惱的安娜，現在總算可以懷著高興的心情安排好自己的旅途了。她用靈巧的小手打開和關上紅色手提包，拿出一隻小靠枕，放在膝蓋上，整齊地蓋住兩腿，舒舒服服地坐下來。那位生病的太太已睡了。其他兩位太太陪她一起說話，那個胖胖的老太婆一邊裹著腳，一邊對車廂的暖氣發著牢騷。安娜跟她們聊了幾句後，看不出這種談話有什麼味道，就要安努什卡取出一盞小提燈，掛在座位的扶手上，接著她又從提包中拿出一把小小的裁紙刀和一本英國小說。

最初她一點都看不進去。先是因為人走來走去，聲音雜亂，特別是火車開動後，又忍不住要去聽那些軋軋的響聲；接著又看到雪片敲打著左側的車窗，黏到玻璃上；看到列車員從身旁經過，他那用衣服裹得很緊的上半身落滿了雪花；還聽到大家關於外邊的暴風雪是多麼可怕的議論，這些情形全都讓她分散了精力。後來就是接連不斷地重複著這一切：車身振動，車輪的響聲，暖氣也忽冷忽熱，在車窗上敲打的雪花，以及黑暗中來回閃動的人影，還有那些人說話的聲音。安娜開始讀書，逐漸入了迷。安努什卡在打瞌睡，戴了手套的那雙寬闊的手緊握住那個放在膝蓋上的紅提包，其中一隻手套已經破了。安娜雖在讀小說，但她明白，她並不樂意讀，或者說不樂意當別人生活的旁觀者。因為她自己對生活的興趣太濃了。她讀到小說中女主人公看護病人，她就渴望自己在病房裡輕輕地走動；她讀到國會議員發表演說，她也想自己去做這樣的演說；當她讀到梅麗夫人騎馬打獵，逗弄嫂嫂，以其勇敢潑辣讓大家感到驚異時，就希望自己也能那樣做。可是她無事可做，只能用她那雙小手玩弄著光溜溜的裁紙刀，耐心地讀下去。

小說裡的男主人公已經到達他英國式幸福的境界，獲得了男爵爵位和領地。安娜想同他一起到那個領地去，可是她突然覺得，他應該害臊，她自己也應當為此感到害臊。但是，為什麼他應該感到害臊呢？「我又有什麼可害臊的呢？」她覺得驚愕，懷著憤怒的情緒這麼問自己。她放下書，靠在椅背上，雙手用力地握著裁紙刀。沒有什麼值得害臊。她重溫了在莫斯科的種種遭遇，一切回憶都是美好而令人愉悅的。她又想起了舞會，想起了沃倫斯基以及他那張多情而順從的臉，想起了和他的一切交往的過程：沒有什麼值得害臊的。但是當她想到這兒的時候，害臊的心情就愈加強烈。彷彿當她想到沃倫斯基的時候，就有個什麼聲音在心中對她說：「溫暖，太溫暖了，都熱起來了。」

「那又怎樣呢？」她在沙發椅上換了個姿勢，語氣堅定地自言自語道，「那有什麼呢？莫非我害怕正視這件事？那又怎樣呢？難道我和這個青年軍官之間會發生某種超出普通朋友關係的其他關係嗎？」她滿不在乎地笑了笑，又拿起書，可是她卻連一句話都不能領會了。她用裁紙刀在車窗玻璃上刮一下，又把光滑冰涼的刀面貼在臉頰上，一種莫名其妙的喜悅突然湧上心頭，她差點兒笑出聲來。她覺得她的神經像琴弦一樣在弦軸上越繃越緊。她覺得她的眼睛越睜越大，手指和腳趾都在痙攣，嗓子眼裡有樣東西在哽住，喘不過氣來；她總是感到一陣陣的疑惑，弄不清火車到底是前進還是後退，或者是根本沒有動。身邊坐著的是安努什卡還是陌生人？「那邊扶手上放的是什麼，是皮襖呢，還是野獸？在這兒坐著的是我自己嗎？是我還是別的女人？」

她生怕自己陷入這種恍惚的狀態，可是有一股力量在拉著她，而她可以隨心所欲地任由這股力量去拉或是擺脫它。她站起身來，想要定定神，她把毛毯掀開，脫下既厚又長的外套上的披肩。她清醒了一剎那，知道那個穿著掉了鈕釦的粗布長外套的瘦瘦的鄉下佬是個生爐子的，他進來看了看溫度表，風雪就隨著他從門口刮進來；但隨後一切又都模糊不清了……這個腰身很長的鄉下佬彷彿在啃牆上的什麼東西，那個老太婆把腿伸得有一車廂長，弄得車廂裡一片陰暗；然後有個可怕的東西隆隆地叫著、敲打著，彷彿在把誰撕得粉碎；隨後一片通紅的火光在她眼前閃爍著，然後一切都被一面豎起來的牆遮住了。安娜感到自己在往下沉。而這一切並不可怕，卻是快活的。一個渾身是雪、衣服裹得緊緊的人對著她的耳朵叫了一聲。她站起身來，她知道說話的那個人是列車員。她要安努什卡把脫下的披肩和頭巾給她拿來，穿戴好以後她就朝門口走去了。

「您想出去嗎？」安努什卡問。

「是啊，我想呼吸呼吸新鮮空氣，這兒太熱了。」她剛打開車門，猛烈的風雪便朝她迎面撲來，和她爭奪著車門，想要把門關上，這讓她覺得很有趣。她拉開門，走了出去。風好像正在等待著她一樣，發出歡快的咆哮聲，竭力要把她捲起來刮走，她用力抓住冰涼的門柱，把衣服按住，走上月台，到了車廂後面。台階上邊的風很猛烈，車廂後邊的月台卻處在靜息狀態之中。她開懷地吸著雪花飛舞的凜冽的空氣，站在車廂旁，環視著月台和燈火輝煌的車站。

chapter 30 再次相逢

暴風雪在火車車輪之間、柱子周圍以及車站轉角處呼嘯著、衝擊著。火車上、柱子上、人們的身上以及一切看得見的東西的半邊都蓋滿了雪，而且越蓋越厚。風暴有了片刻平靜之後，又猛烈地刮起來，看上去簡直不可抵擋。然而，一些人還是在愉快地交談著，奔來跑去，把站台上的墊板踩得嘎吱嘎吱發響，大門不斷地打開又關上。一個人的彎曲身影從安娜的腳邊掠過，接著便聽見錘子敲在鋼軌上的聲音。

「把那份電報遞過來！」從遠處暴風雪籠罩下的黑暗中傳來一個聲音生氣地說。「請到這邊！二十八號！」各種不同的聲音又叫喊起來，人們裹住脖頸，任白雪落滿身上。兩位紳士叼著點燃的紙煙從她身邊走過去。她又深深地呼吸了一口新鮮空氣，正想從暖手筒裡抽出手來握住門柱往車廂裡走的時候，一個穿軍服的男子向她身邊走近了，遮住了路燈那搖曳的燈光。

她回頭一看，立刻就認出了沃倫斯基的面孔。他舉起一隻手放在帽簷旁，又向她鞠了一躬，問她有沒有什麼事，他能不能為她效勞。她好一陣什麼也沒有回答，凝神地望著他。雖然他在陰影中站立著，她卻能看出，或者自以為看出了他的面孔以及眼睛的表情。這又是昨天那麼打動她的那種崇敬的狂喜的表情。她最近幾天不止一次地暗自念叨，就是剛才她還在說著，沃倫斯基對她來說只不過是無數隨處可見的永遠是屬於同一類型的青年之一，她是絕對不容許自己去想他的；可是這會兒，同他剛一見面，她便充滿了快活自豪的激情。她用不著問他怎麼會來到這兒。這一點她知道得非常確切，就像他對她說：他來到這裡，是因為她在這裡。

「我不知道您也要去。您為什麼要去呢？」她邊說邊放下她那本想用來抓門柱的手。抑制不住的歡喜和活力閃耀在她的臉上。

「我為什麼要去呢？」他重複著說，直視著她的眼睛，「您知道嗎，您到哪兒，我就跟到哪兒，」他說，「我也沒辦法呀。」

就在這時，風彷彿克服了重重障礙，把車廂頂上的雪吹落下來，還把什麼地方的破鐵皮吹得哐啷發響。前面，機車汽笛發出淒涼、哀怨而凝重的聲音。現在關於暴風雪的一切恐怖景象在她看來似乎顯得更為壯麗了。他說了她心裡所希望他說的話，但是從理智上說她卻很怕聽到這種話。她沒有回答，從她的臉上他看出了她內心的衝突。

「要是我說的話使您不高興，那就請您原諒。」他恭順地說。

他說得很是文雅謙恭，但又是那麼的堅定，那麼的執拗，讓她好久都答不上話來。

「您說的話確實錯了，我請求您，如果您真是一個好人的話，就請忘記您所說的，就像我把它忘卻了一樣。」她終於開口了。

「您的每一句話，每一個舉動，我都永遠不會忘記的，也永遠忘不掉……」

「夠了，夠了！」她大聲說道，突然想裝出一副嚴厲的表情，但是他的眼睛卻在那麼貪婪地凝視著她。於是她一手抓住冷冰冰的門柱，跨上踏級，急忙走到車廂的平台裡。她在這小小的平台上站住，腦子裡想著剛才發生的事。無論是自己說過的話，還是他說過的話，她都想不起來了，但是她卻在本能的引導下意識到，那片刻的談話使他們之間的距離可怕地拉近了；她為此感到惶恐，也同樣感受到了幸福。停了幾秒之後，她走進車廂，在自己的座位上坐下。以前使她苦惱的那種緊張狀態不但又恢復了，而且變得更加強烈，以致她時時都懼怕自己由於緊張過度，而會有什麼東西在她胸中爆裂。她徹夜未眠。但是在這種神經質式的緊張中，在充溢在她腦海中的幻影中，並沒有什麼讓她不愉快或感到憂鬱的地方；相反，卻有一些幸福的、熾熱的以及令人激動的快感。將近天明的時候，安娜坐在軟席上小睡了一會兒，她醒來時，天色已經大亮，火車駛近了彼得堡。有關家庭、丈夫、兒子的種種想法以及今天和往後種種瑣事，立刻湧上她的心頭。

火車在彼得堡車站剛剛停下，她就走下車來，第一個映入她眼簾的就是丈夫的面孔。「哎喲！他的耳朵怎麼會變成那種樣子呢？」望著他那冷淡而又威風凜凜的神采，特別是那雙讓她感到非常驚訝的撐住圓帽邊緣的耳朵，她這樣想著。他一看見她，就朝她走過去，嘴上浮起他那慣常的嘲笑，那雙疲倦的大眼睛直瞪著她。當她遇見他那執拗而疲倦的目光時，一陣不愉快的感覺揪住了她的心，彷彿她原來希望看見的他不是這個樣子。特別使她驚異的就是當她見到他的時候心中竟然產生了一種對自己不滿的情緒。那種情緒，是在她和丈夫的關係中經常會產生的，而且早已習慣了的一種好像覺得自己在作假的感覺；但是這一點她從前一直沒有注意過，現在她才清楚而痛苦地意識到了。

「哦，你看，你那溫存的丈夫，還像新婚後第一年那樣溫存，望你望得眼睛都望穿了。」他用尖細的聲音和對她慣用的腔調慢吞吞地說。誰要是真的用這種腔調說話，準會被人笑話的。

「謝廖沙還好嗎？」她問。

「這就是對我的熱情的全部報答嗎？」他說，「他很好，很好。」

chapter 31 生活的唯一意義

那一夜沃倫斯基也無法入睡。他坐在座位上，一會兒直愣愣地瞪著前方，一會兒打量著進進出出的人。如果說他一向以自己鎮定沉著的樣子使不熟悉他的人驚奇和不安的話，那麼此時此刻他似乎變得更加傲慢自負了。他看那些人就彷彿在看一件什麼物品。與他相對而坐的那個青年，是一個區法院裡的職員，有點兒神經質，非常討厭他的這副模樣。這個青年向他借火點煙，和他說話，甚至又捅了捅他，想讓他明白他不是一件物品而是一個人，可沃倫斯基還是像凝視著一盞燈一樣凝視著他。年輕人實在受不了——已失去了自控能力——於是做了個鬼臉。

可是沃倫斯基此刻眼前什麼東西也看不到，什麼人也沒有看見。他覺得自己像個皇帝，倒不是因為他相信他給安娜留下了什麼不尋常的印象——這一點他還缺乏自信——而是因為安娜帶給他一種幸福和自豪的感覺。

這一切究竟會有怎樣的結局，他不知道，甚至也沒有去想。他感到他以前所浪費和分散的精力，現在都集中到一點，並且精力充沛地去追求一個崇高的目標。他因此而感到幸福。他只知道他對她講了實話，她到哪裡，他也到哪裡；他發現生活的全部幸福，生活的唯一意義，就是看見她、聽到她的聲音。他在博洛戈夫車站下車去喝礦泉水的時候看見了安娜，情不自禁地說出的第一句話，就是把自己心裡所想的告訴她。他很高興把這些話告訴了她，現在她已經明白了他的心意，而且也在想著這件事。回到車廂以後，他一直回憶著和她見面的各種情景，回想著她所說的每一句話，腦際中浮現出的那一幅幅關於未來的圖景頓時讓他心神蕩漾。

到達彼得堡火車站時，儘管徹夜未眠，他仍感覺自己精力飽滿，好像洗了個冷水澡一樣。他站在車廂旁邊，等待著她下車來。「我想再看她一眼，」他情不自禁地微笑著，自言自語，「我要看看她走路的姿態，看看她的臉龐。說不定她會說些什麼，會回過頭來，瞟我一眼，微微一笑。」可是，還沒有看到她之前，他卻先看見她的丈夫正由站長恭恭敬敬地陪同著穿過人群。「噢，對了！那是她的丈夫！」這時沃倫斯基才第一次真正理解到，丈夫才是真正和她聯繫在一起的人物。他原來也知道她是有丈夫的，可是卻不敢相信他的存在，直到現在他親眼看到了這個有頭、有肩膀、穿著黑長褲的人，特別是當他看見這位丈夫露出所有者的神氣，泰然自若地挽起她的胳膊時，他才完全相信這一點。

看見卡列寧，看見他那彼得堡式的新刮的臉，躊躇滿志的神情，頭戴一頂圓禮帽，背有點兒駝，沃倫斯基才相信他的存在，頓時就有了一種不快之感。就像一個口渴得要命的人，費了很大力氣來到泉水邊，卻發現泉水中有一隻狗、一隻羊或者一頭豬，牠們飲了水還不算，還把水給攪渾了。卡列寧走路的時候擺動著屁股，腿腳看上去也不靈便，這種步態讓沃倫斯基看著很反感。他認為只有自己才有愛安娜的絕對權利。安娜還是那樣，她的神態還是那樣使他覺得精神振奮，情緒激越，心裡充滿幸福，備受鼓舞。這個時候他的德籍僕人從二等車廂那邊跑過來，他吩咐僕人提上行李先走，自己則走到了安娜跟前。看到他們夫妻別後第一次見面的情景，他憑著一個戀人敏銳的觀察力，注意到她和丈夫講話時感覺有點兒拘束。「不，她不愛他，不會愛他的。」他心裡這樣斷言道。

他從後頭走近她的時候，就欣喜地注意到，她已經感覺到了他在向她走近。她本來想要回頭看一下，可是猜想肯定是他之後，就又轉身和丈夫講話了。

「您昨天晚上睡得好嗎？」他同時向她和她丈夫鞠躬，讓卡列寧以為是在向他鞠躬，至於他認不認識沃倫斯基，倒無所謂。

「謝謝您，很好。」她回答。

她臉上現出了一點兒疲憊，那股不時從微笑和眼睛裡顯露出來的生氣已經消失了。然而，在她對他的一瞥中，她的眼睛裡卻有一種東西閃了閃。雖然這火花一閃就熄滅了，他卻因這一瞥而感到幸福。她看了看丈夫，想確定他是不是認識沃倫斯基。卡列寧不滿地看著沃倫斯基，茫然回想著他是什麼人。沃倫斯基的平靜和自信在這兒遇到了卡列寧的冷淡和自負，就像鐮刀碰到石頭上。

「這是沃倫斯基伯爵。」安娜介紹說。

「噢！我想我們好像認識。」卡列寧冷冷地說。接著又對安娜說：「你同母親一道去，卻同兒子一起回。」他一字一頓、清清楚楚地說，好像說一個字就是拋出一個盧布來。「想必您是休假回來的吧？」他說完，還不等他回答，就又用戲謔的語氣問妻子道，「怎麼樣，離開莫斯科的時候掉了很多眼淚吧？」

他這樣對妻子講話，為的是讓沃倫斯基知道他想要跟她單獨待在一塊兒。他轉身向沃倫斯基用手觸了觸帽簷。可是沃倫斯基卻對安娜說：「希望能有幸去府上拜訪。」

卡列寧用疲倦的眼睛看了看沃倫斯基。

「歡迎，」他冷淡地說，「我們每週一招待客人。」然後他就完全把沃倫斯基撇開，對妻子說：「正好我有半小時空來接你，可以向你表示我的熱情。」他仍然用戲謔的口氣。

「這我可受不了，你把你那份體貼說得太嚴重了。」她用同樣戲謔的語氣說道，同時也情不自禁地傾聽著在他們身後跟著的沃倫斯基的腳步聲。「這和我又有何相干呢？」她心裡想，接著就詢問丈夫，她不在家裡時謝廖沙怎麼樣。

「啊，好極啦！瑪麗埃特說他很乖，並且……恐怕我要讓你傷心了……他可不像你丈夫一樣這麼想你。但是我要再次感謝你，我親愛的，你賜給了我這一天的時間。我們親愛的『茶炊』（這是他給社交界馳名的利季婭・伊萬諾夫娜伯爵夫人起的外號，因為她只要一遇到事情就會激動不已或者生氣不安）也會高興得要命，她有好幾次都問起你。說實話，要是允許我冒昧奉勸，你今天應該去看看她。她這人不論對什麼事都是挺熱心的。現在她除了自己一大堆要操心的事外，還很是關心奧布隆斯基夫婦是否和好的事。」

利季婭・伊萬諾夫娜伯爵夫人是她丈夫的朋友，在彼得堡社交界某個小圈子裡是一個焦點人物，安娜因為丈夫的關係和她最親近。

「我給她寫過信了。」

「但是她還想要聽一聽詳細情形是怎樣的。我的朋友，如果你不太疲勞的話，就去一次吧。孔德拉季會給你駕車的，我還得到委員會那裡去。這樣的話我就不會獨自一個人吃飯了，」卡列寧已經不再用譏諷的語氣說話了，「你也許不會相信，我多麼習慣……」

於是他久久地握著她的手，帶著一種異樣的微笑扶她上了馬車。

chapter 32 回歸家庭

家中最先跑出來迎接安娜的是她的兒子。他不顧家庭女教師的呼喊，跑下樓來迎接她，歡天喜地地叫喊著：「媽媽！媽媽！」他跑到她跟前，摟掛在她的脖子上。

「我告訴過您，是媽媽！」他對家庭教師叫道，「我就知道！」

兒子也像丈夫一樣，讓安娜有一種近乎失望的感覺。她把兒子想像得比實際上更好。但是她不得不回到現實中來欣賞他的本來面目。其實，兒子的本來面目也是十分可愛的：金色的鬈髮，藍色的眼睛，優美而結實的小腿上緊緊地裹著一雙長筒襪。兒子在她身旁和她親吻著，讓她幾乎體會到了一種近似肉體的快感。她看到兒子用單純、充滿信任和親切的目光注視著她，聽到兒子說出那些天真的問話，又感覺到了一種精神上的慰藉。安娜取出多莉的孩子們給兒子帶的禮物，告訴他莫斯科有一個叫塔尼婭的小女孩，自己會讀書還會教別的孩子讀書。

「那我沒有她好嗎？」謝廖沙問。

「我看你是世上最好的孩子。」

「這個我知道。」謝廖沙微笑著說。

還沒等安娜喝完咖啡，僕人就通報說利季婭・伊萬諾夫娜伯爵夫人前來拜訪。伯爵夫人高大而肥胖，可是臉色憔悴蠟黃，然而卻有著一對美麗的、若有所思的黑眼睛。安娜很喜歡她，但是今天她彷佛第一次發現她身上的各種缺點。

「怎麼樣，親愛的，橄欖枝[25]送到了沒有呢？」伊萬諾夫娜伯爵夫人一走進房門就問道。

「是的，一切都了結了。不過這一切並不像我們原先想像的那麼嚴重。」安娜回答，「總的來說，我嫂嫂也太急躁了。」

愛管閒事的伯爵夫人有一個習慣，那就是對與她無關的事從來都不耐心去聽。她打斷安娜的話說道：「是的，世界上存在著很多苦惱和邪惡，今天可真讓我傷透了腦筋。」

「怎麼回事呢？」安娜極力忍住笑。

「為真理而鬥爭，費力不討好，我有點厭倦了，有時簡直有點洩氣了。姐妹會（這是一個宗教愛國慈善機構）原本可以順利地進行下去，可是和這些先生一起卻幾乎做不成什麼事情，」伯爵夫人用無可奈何的嘲諷口氣說，「他們抓住一種想法，就加以歪曲，然後就總是討論一些粗俗無聊的問題。僅僅有兩三個人，包括你丈夫在內，了解這個事業的全部意義，可是其他人呢，他們只會壞事。普拉夫金昨天寫信給我……」

普拉夫金是一位僑居國外有名的泛斯拉夫主義者。伯爵夫人把這封信的大意跟安娜說了一遍。

然後伯爵夫人又講述了其他一些不愉快的事，說有人企圖反對教會合併運動，就匆匆地走了，因為她還要去參加一個團體的會議和斯拉夫委員會的活動。

「這一切和以前沒什麼變化，為什麼我以前沒有注意到呢？」安娜自言自語道，「難道是因為她今天特別氣憤的緣故嗎？確實也很好笑，她的主要目的是要行善，而她又是一個基督徒，但她總是氣

25. 橄欖枝為和平的一種標誌，此句的意思是問安娜調解成功沒有。

呼呼的，到處樹敵，並且那些敵人都是基督教和行善活動的死對頭。」

伊萬諾夫娜伯爵夫人走了以後，又來了一位朋友，那是一位官太太。她講了一些城裡的新聞。三點時她也走了，答應來吃晚飯。卡列寧仍然待在部裡沒有回來。安娜獨自一人用晚餐前的時間照顧兒子吃晚飯（他是和父母分開吃的），然後收拾自己的東西，查看桌上堆著的便條和信件並且一一寫了回信。

她在路上曾有的那種無端的羞恥和興奮完全消逝了。在習慣的生活環境中，她又覺得心安理得，無可厚非。

想起昨天的心情她感到很吃驚。「發生什麼事了呢？什麼事也沒有。沃倫斯基說出那些傻話，也就算完了，我的回答也很得體。這件事沒必要跟丈夫提起，也不能提起。告訴他反而會把小事鬧大。」她回想起她曾告訴丈夫，在彼得堡，她丈夫手下有個青年差點向她求愛，但卡列寧卻回答說，這類事情凡是參加社交活動的女人都會碰到，他完全相信她是有分寸的，並且他也決不會讓猜疑心來貶低她和自己。「這麼看來，就不必說了？是啊，感謝上帝，並沒有什麼好說的。」她自言自語道。

chapter 33 丈夫

卡列寧從部裡回來時就四點了。像往常一樣，他沒有立馬上來看安娜，而是先在書房裡接見了等候著他的請願的人們，接著又在秘書拿來的一些公文上簽了字。用餐時來了幾個人：一位老太太、卡列寧的表姐、一位局長和他的夫人，還有一位被引薦到卡列寧部下工作的年輕人，安娜在客廳裡招待了他們。五點，彼得一世的青銅大鐘還未敲完五下，卡列寧就進來了。因為他吃過飯後馬上就要出去，所以已穿戴整齊：佩著兩枚勳章，繫著白領帶。卡列寧一天中的每分鐘都已經被分配和占滿了。他嚴格恪守著時間，就是為了能按時辦完每件擺在面前的事。這就是他的信條。他走進客廳，向每位客人點頭致意，朝妻子微笑著匆匆坐下來。

「是啊，我的孤獨日子結束了，你不知道一個人吃飯是多麼的不舒服呀。」（他特別著重不舒服這個字眼）

進餐時他與妻子談了一點莫斯科的事，嘴角的微笑透露著譏諷，詢問了她關於奧布隆斯基的情況；不過，談話大都是一般性的，都是些彼得堡官場上和社會上的事情。飯後，他陪了客人半小時，又微笑著握了握妻子的手，乘車去參加會議。

安娜那天晚上既沒有到貝特西・特維爾斯基公爵夫人那裡去——雖然公爵夫人聽見她回來了就邀請她去赴晚會——也沒有到她已經預訂好了包廂的劇場去。她不出去的原因主要是她要穿的衣服還沒有做好。總之，安娜在客人們告別後忙著收拾衣服時，感到非常懊惱。這是因為她本來就是一位懂得怎樣在穿著上不用花費許多錢的能手。在去莫斯科之前，她拿了三件穿過的衣服交給女裁縫修改。這衣服安娜要求女裁縫要改得讓人認不出來，並且應該在三天以前改好的。結果兩件衣服根本沒有改，一件衣服改得也不稱心。女裁縫走來解釋，說這樣改更合適些，可安娜還是堅持認為照自己的意思做更好，還為此對女裁縫發了很大的脾氣。事後想想，安娜還感覺很慚愧哩。為了能夠完全平靜下來，安娜走進了兒童室，和她的兒子一起度過了整整一個晚上，親自安置他睡了，並給他畫了十字、蓋上被子。她感到心境輕鬆、平靜。她非常清楚地看到，她在火車上認為意味深長的際遇，其實只是社交生活中一件平凡的小事，無論在別人面前還是在自己面前，她都沒有什麼可羞愧的。安娜拿了一本英國小說在火爐旁坐下，等待著丈夫。

九點半，她聽到了他的鈴聲，他走進房間來了。「你可回來了！」她向他伸出一隻手說。

他吻了一下她的手，坐在她身旁。

「我覺得，你這次旅行整體來說還是順利的。」他對她說。

「是的，一切順利。」她回答道，於是她把各種事情從頭至尾講給他聽：她同沃倫斯基伯爵夫人同車去莫斯科，鐵路上發生的意外事故。接著又提到她怎樣憐惜哥哥，後來又可憐多莉。

「儘管他是你的哥哥，但我認為也不能寬恕。」卡列寧認真地說。

安娜微微地笑了。她明白，他這麼說是為了表明他不會因為是親戚而不說出自己的真實想法。她知道丈夫的脾氣，也很喜歡他這點。

「一切都圓滿解決了，你也回來了，我很高興。」他繼續說，「噢，有關議會通過的我那個新法案，那邊的人有什麼看法嗎？」

安娜心裡有些不安，她對這個法案的談論一無所知，她竟把他那麼看重的事情給忘記了。

「這裡正好相反，引起了很大回響。」他得意揚揚地笑著說。

她心裡明白，卡列寧很想針對這件事對她說一些令人興奮的事，因此，她就故意向他提了很多問題，引他說出來。他興致勃勃地說了這個法案通過後他受到讚揚的情形，臉上掛著得意揚揚的笑容。

「我非常非常高興。這證明，對這件事，終於在我們中間開始形成一種明智而堅定的看法。」

卡列寧就著奶油和麵包喝過第二杯茶後，就起身到自己的書房去了。

「今天晚上你也沒去什麼地方，肯定覺得無聊吧？」他問。

「沒有啊！」她答道，也站起身來，陪著他向書房走去。「你現在在看什麼書呀？」她問。

「我正讀利爾公爵的《地獄篇》，」他回答道，「這本書太好了。」

安娜微笑著就像人們對著心愛的人的弱點發出微笑一樣。她挽住他的胳膊，把他送到書房門口。她知道晚上讀書是他必不可少的習慣。她也知道，他雖公務繁忙，幾乎沒有閒置時間，但還是把了解知識領域的一切大事作為己任。她還知道，他真正感興趣的是政治、哲學和神學方面的書籍，藝術不合他的性情。然而，即便這樣，或者正因為這樣，卡列寧才沒有忽略藝術領域任何引起反響的重大現象。他覺得博覽群書是自己的責任。她知道，卡列寧在政治、哲學和神學方面經常持懷疑態度，也可以說他對其有所研究。可是對於他一無所知的藝術、詩歌，尤其是音樂上的問題，他的觀點卻十分明瞭而堅決。他愛談莎士比亞、拉斐爾、貝多芬，愛談新派詩歌和音樂的意義，並對各種文藝流派都做了明確而系統的分類。

「好啦，上帝保佑你。」她站在書房門前說，看了看書房裡安樂椅旁邊已為他擺好的帶燈罩的蠟燭，還有一瓶水，「我要往莫斯科寫封信啦。」

他緊緊地握了握她的手，吻了它一下。

「他畢竟是一個好人：忠實，善良，而且在自己的事業上非常優秀，」安娜回到房間裡，自言自語，彷彿在一個指責他、說他不值得愛的人面前替他辯護一樣，「他的耳朵有點奇怪，怎麼突出來了呢？可能是他把頭髮剪得太短的緣故吧？」

十二點整，當安娜還坐在桌邊給多莉寫信的時候，她聽到了丈夫穿著拖鞋的平穩腳步聲，卡列寧已梳洗完畢，腋下挾著一本書，走到她跟前來。「是時候了，是時候了！」他說，臉上掛著會心的微笑就走進寢室去了。

回想起沃倫斯基看卡列寧時的那種眼光，安娜在心裡想：「他有什麼權利那樣看他呢？」

她脫了衣服，走進臥室，可是她臉上不僅沒有她在莫斯科生活時從眼中和微笑中煥發出來的那股生氣，相反，激情的火花彷彿已在她心中熄滅，遠遠地隱藏到什麼地方去了。

chapter 34

輕鬆快樂的世界

沃倫斯基離開彼得堡去莫斯科的時候，讓他的朋友和要好的同事彼得里茨基幫他照管在莫爾斯基大街上的那幢大房子。彼得里茨基是個年輕的中尉，身分並不十分顯貴，不但沒錢，還老是負債累累，晚上總是喝得爛醉，常因一些荒唐可笑、不光彩的醜事被監禁起來。但是僚友和長官都很寵愛他。十二點，從火車站回到住宅的時候，沃倫斯基看見大門外停著一輛他很熟悉的出租馬車。當他還在打門鈴時，就聽到門裡男人的哈哈笑聲，一個女性含混不清的聲音和彼得里茨基的叫聲：「如果是個流氓，那可不能讓他進來！」

沃倫斯基悄悄地溜進了前廳。彼得里茨基的一個女友，西爾頓男爵夫人，長著玫瑰色小臉和淡黃色頭髮，穿著一件淡紫色的綢緞連衣裙，光彩奪目，她用巴黎話聊著閑天，像隻金絲雀，聲音充滿了整個屋子，此刻她正坐在圓桌旁煮咖啡。彼得里茨基穿著大衣，騎兵隊長卡梅羅夫斯基，大概是一下班就跑過來了，還是全身軍裝，他倆坐在她兩邊。

「啊！沃倫斯基！」彼得里茨基大叫一聲跳了起來，「啪」的一聲推開了椅子。「我們的主人回來了！男爵夫人，快拿新咖啡壺給他煮點咖啡吧。啊，真是沒想到！我希望你書房裡的這件裝飾品能使你滿意，」他指著男爵夫人說，「你們是認識的吧？」

「我想是認識的，」沃倫斯基帶著一種愉快的微笑說，緊緊握著男爵夫人那雙小手，「可不是嗎，我們是老朋友哩！」

「您是旅行回來的吧？」男爵夫人問，「那麼……我就要走了。哦，要是礙事的話我馬上就走。」

「您隨意，就當在家裡一樣，男爵夫人。」沃倫斯基說。「你好啊，卡梅羅夫斯基？」他補充說，冷冷地和卡梅羅夫斯基握了握手。

「聽聽，您就講不出這樣漂亮的話。」男爵夫人轉向彼得里茨基說。

「不，為什麼這麼說？吃了飯以後我同樣可以講得那樣好。」

「吃過飯講就不稀奇了！好吧，我來給您煮咖啡。您去洗個臉收拾一下吧。」男爵夫人說著又坐下來，用心地旋轉著新咖啡壺的小螺旋。「皮埃爾，把咖啡給我。」她對彼得里茨基說。她叫他皮埃爾，是對他的姓的暱稱，她並不掩飾和他的關係。「我再加點進去。」

「小心，您會把這弄壞的！」

「不，我不會弄壞！噢，您太太呢？」男爵夫人突然說到，中止了沃倫斯基和他的同僚的談話，「我們已經把您招贅出去了哩。您找到夫人的合適人選了嗎？」

「沒有，男爵夫人。我生來是個吉卜賽人，死後還是個吉卜賽人。」

「這樣倒更好了，來握握手吧。」

男爵夫人並不放開沃倫斯基，開始邊笑邊告訴他她最近生活上的計畫，尋求他的建議。「他無論如何也不同意我離婚！哦，我該怎辦才好呢？（他，是指她的丈夫）我真想告他去。您有什麼高見？卡梅羅夫斯基，留心咖啡啊，它已經開始滾了。您瞧，我忙的事多著呢！我要起訴，因為我要我那份財產。您知道他這人真是豈有此理，居然說我對他不忠實，」她輕蔑地說，「竟想侵佔我的財產。」

沃倫斯基愉快地聽著，時不時地對這個嬌豔少婦有趣的嬌聲細語，隨聲附和上幾句，一半認真一半玩笑地給她出著主意。總之，他善於採用平日同這類女人談話慣用的腔調。在他的彼得堡天地裡，所有的人分成截然相反的兩類。一類是低級的：庸俗、愚蠢尤其可笑。他們認為一個丈夫只應同一個合法的妻子共同生活；男人則必須要有丈夫氣概、有自制力，還要養育孩子、自食其力、償付債款，做各種各樣愚蠢的事。還有另外一種人，其主要特徵是：風流、漂亮、慷慨、勇敢、快活，毫無拘束地沉湎於情欲中，對其他一切事情都盡情嘲諷，他們才是真正的人，沃倫斯基他們就屬於這類人。

沃倫斯基因為剛從莫斯科回來，最初一陣子仍然沉浸在對另一個世界的印象中，讓他在剛看到家中情形的那一剎簡直不知所措了。可是他很快又找到了以前的感覺，好像把腳伸到了一雙舊拖鞋裡，重回到了以前那個輕鬆快樂的世界。

咖啡結果還是沒有煮好，卻濺了大家一身，燒乾了，起了它必然會起的作用，那就是引得哄堂大笑，也弄髒了昂貴的地毯，還有男爵夫人的衣服。

「好啦，現在再見了，不然您永遠也不會去洗臉了，一位體面的紳士的主要缺點卻是不愛乾淨，這會使我良心有愧的。您覺得我應該用刀捅他的喉嚨嗎？」

「一定要，設法讓您的小手貼近他的嘴唇。他吻一吻您的小手，事情就會圓滿收場。」沃倫斯基回答說。「那就今天在法蘭西劇院見！」她說完就走了，衣裙聲漸漸遠去。

卡梅羅夫斯基也站了起來。沃倫斯基還不等他走就和他握了握手，然後徑直走進盥洗室。在他洗臉時，彼得里茨基向他簡要地說了說自己的境況：他父親說不再給他錢，也不肯替他還債。裁縫要控告他，另外有個人也威脅要叫他坐牢。團長宣佈，他要是再幹這種醜事，就得離開軍隊。男爵夫人已經使他討厭透了，她就像一根辣蘿蔔，尤其是她總想給他錢用。現在他想帶另一個女人回來讓沃倫斯基看看。這個女人貌若天仙，純粹的東方風味，「女奴利百加型的，氣派，可口，你知道吧。」彼得里茨基為了不讓沃倫斯基了解他境遇的底細，就講起了一切有趣的事。在如此熟悉的環境中，聽著彼得里茨基講那些熟悉的事，沃倫斯基快樂地體會到一種回到他過慣了的無憂無慮的彼得堡生活的快樂。

「這絕對不可能！」他洗完自己黝黑健壯的脖子，放下盥洗池的踏板，大聲叫喊起來，「絕不可能！」他聽說洛拉拋棄了費爾京戈夫和米列耶夫同居後驚訝地喊道：「他還像以前那樣愚蠢得意嗎？對了，布祖盧科夫怎樣了？」

「哦，太搞笑了，布祖盧科夫鬧了一個笑話！」彼得里茨基高聲嚷起來，「你知道他是一個舞迷，從不放過每一場宮廷舞會。有一次，他戴了新式頭盔去參加一個盛大的舞會。你看見過新式頭盔嗎？十分漂亮，也很輕。只是他站在那兒……不，你先聽我說嘛……」

「我在聽啊。」沃倫斯基答道，邊用粗毛巾用力地擦著身子。

「這時，親王夫人同一位什麼大使走過來，算他倒楣，他們正在談論新式盔形帽。親王夫人想讓那位大使看看這種新式盔形帽，剛好看到我們這位心肝兒。親王夫人就請他把頭盔遞給她看看，可是他不肯。大家示意他快把帽子遞給她。但他就是不給，呆呆地站在那裡。後來有人一把搶過去，遞給親王夫人。『這可是頂新式帽子啊！』親王夫人說。她把帽子翻過來，『嘩啦』一聲從裡面倒出東西來了！一只梨子，一些糖果，足足有兩磅重的糖果！他竟把這些東西都藏了起來，這個活寶！」

沃倫斯基捧腹大笑。很久之後，他們在談論其他事情的時候，一提起頭盔，他還禁不住哈哈大笑，露出他那兩排整齊的牙齒。

沃倫斯基聽完了種種趣聞，由僕人幫助穿好制服後，便前去報到了。報到完後，他想到哥哥家去坐坐，接著再到貝特西家去，然後再拜訪幾家，以便進入可以遇到安娜的交際場所。按照他在彼得堡生活的老習慣，他這一出去，不到半夜不得回。

第二部

chapter 1

心碎

冬末，為了了解基蒂的健康狀況，謝爾巴茨基家舉行了一次醫生會診，以制訂挽救她日益衰弱的身體的治療方案。她在春季的時候病了，隨著時間的推移，她的身體狀況越來越差。家庭醫生給她開魚肝油，接著開含鐵劑，後來又開了硝酸銀，可是三種藥物都不見效。他就建議基蒂開春出國療養，還請來一位名醫。

這位名醫是一位年紀不大而又十分漂亮的男子，他要求檢查病人的身體。他似乎帶著異樣的樂趣堅持說處女的羞怯是未開化思想的殘餘，再沒有什麼比年輕男醫生檢查少女裸體更自然的事了。他認為這是很自然的事，因為他每天都這樣做，而且他沒有感到有什麼不好的地方，他認為處女的羞怯不僅是野蠻時代殘留的心態，而且也是對醫生的不敬。

他們只好答應了他的要求，因為公爵夫人相信這位名醫有高明的學問，只有他才能挽救基蒂。儘管所有的醫生上的都是同樣的學校，讀同樣的書，學同樣的學科，儘管也有人說這位名醫是個庸醫，但不知為什麼公爵夫人相信他有不一樣的能力，只有他才能挽救基蒂。這位名醫對羞得驚慌失措的病人進行了一番仔細的檢查和觸摸之後，認真地洗了洗手，站在客廳裡同公爵說話。公爵皺著眉頭，一面咳嗽，一面聽醫生講解病情。公爵閱歷豐富，頭腦聰明，自己又沒有病，且不相信醫學，「吹牛大王！」他聽著這位名醫喋喋不休地談論他女兒的病情時這樣想。而這位名醫努力抑制住自己對這位老紳士的蔑視，費力地遷就著他的理解水準。他覺察出和這老頭子談是沒有用的，家中的主要人物是母親，他決定在她面前炫耀一下他的本領。就在這時，公爵夫人和家庭醫生一起進了客廳。公爵走開了，他認為這場戲太滑稽可笑，但竭力不讓人察覺他的想法。公爵夫人十分驚慌，不知如何是好。她覺得她對不起基蒂。

「哦，醫生，我們的命運掌握在您的手上，」公爵夫人說道，「把實情都告訴我吧。」她原本是想說，「她還有希望嗎？」但是她的嘴唇發抖著，怎麼也說不出，只是問了一句：「哦，醫生？」

「請您耐心等待一下，公爵夫人。我需要和我的同事商談一下，然後再告訴您詳情。」

「需要我們先走開嗎？」

「您隨便。」

公爵夫人邊歎氣邊走了出去。

只剩下兩位醫生的時候，家庭醫生怯生生地講出自己的意見，認為她患的是初期肺結核，但是，名醫聽著他說，在家庭醫生說到一半時瞧了一眼他的大金錶。

「可以這麼說，」他說，「但是……」

家庭醫生的話雖然被打斷了，但他還是恭敬地說了一半就打住了。

「您要知道，是不是初期肺結核，我們還無法診斷；沒有發現空洞以前，不能確定。但懷疑是可以的。我們可以針對現在的情況進行猜測：初期的肺結核症狀已經存在，比如營養不良、精神容易激動，等等。但真正的問題是：在初期肺結核症狀的情況下，用什麼方法去維持病人的營養呢？」

「可是，想必您也了解，如果得這種病應該是存在某些精神上、道德上的原因。」家庭醫生露出微妙的微笑，大膽插嘴說。

「你說得對，我也注意到這一點，」名醫說到這裡又瞧了一眼他的大金錶，「非常抱歉，可以問一下亞烏斯基橋修好了嗎？不知道是否還需要繞道走？」

「噢！已經修好啦。」家庭醫生回答。

「啊！修好了。那我只要二十分鐘就可到達目的地了。那麼，我們剛才說過問題在於：增加營養，調理神經。兩者相互關聯，必須雙管齊下。」

「可是，還需要到國外去療養嗎？」家庭醫生問道。

「我反對出國療養。請您注意：如果是初期肺結核——我們無法診斷——那麼出國療養沒有什麼好處。我們現在需要做的是找出一種藥——它既可以加強身體的營養而又不對身體造成進一步的傷害。」於是名醫拿出了他想到的蘇登[26]溫泉治療方案，主要考慮此藥方對人體有益處而沒有任何傷害。

家庭醫生認真聽取了這個方案，神情恭恭敬敬。

「可是您看，」家庭醫生像是提醒名醫一樣，「到國外療養不僅可以改變日常的生活習慣，換換環境，更可以避免睹物傷情。再說，病人的母親也抱有這種想法。」

「噢，這麼說來，那就讓她們去吧！但那些德國的江湖遊醫會害人的……可不能讓她們聽……哦，就讓她們去吧。」他又看了看錶。

「哦！時候不早了。」名醫朝門口走去，他對公爵夫人表示（他說這話完全是出於禮節），再去看看病人。

「什麼？再檢查一次?!」母親恐怖地叫道。

26.蘇登是德國威斯巴登附近的小村和療養地，有溫泉。

「噢，不是的，公爵夫人，我只是想再問幾個細節問題。」

「噢，請吧。」

於是母親只好陪著醫生再到客廳去看基蒂。基蒂站在客廳中，身體消瘦，面頰緋紅，眼睛由於害臊而閃出一種特殊的光芒。醫生剛進房間，她頓時就滿臉漲紅，眼裡溢滿淚水。在她看來，她的病和治療同樣無聊，甚至可笑！她認為給自己治病，就像把打破的花瓶拼合起來一樣荒唐。她的心碎了，他們卻想用藥丸和藥粉來治療？真是荒唐！可她又不能傷母親的心，母親現在已經覺得對不起她了。

「公爵小姐，您坐下。」名醫說。

他笑瞇瞇地在她對面坐下，按脈搏，又向她提一些討厭的問題。她回答的時候忍不住生氣了，站起身來：「醫生，實在對不起，我覺得這根本沒必要，同樣的問題您已經問過我三次了。」

名醫沒有生氣。基蒂走出房間後，名醫對公爵夫人說：「生病就愛發火，不過我已經檢查完了。」這位名醫把公爵夫人看作一位絕頂聰明的女人，向她科學地分析了公爵小姐的病情，堅決主張採用那種毫無用處的飲水療法。至於要不要出國療養，醫生陷入了沉思，好像在解決一個重大問題。最終他宣布：她們可以到國外去，但一定不要輕信外國的庸醫，有事儘管來找他。

醫生走後，母親回到女兒房裡來，她顯得快活多了，像是有什麼好事降臨似的。而基蒂也裝出快活的樣子，她現在幾乎得經常裝假。

「媽媽，我其實很健康。可如果你想出國，那我們就去好了！」她說著，極力表現出自己對這次出門的興趣，接著說起了出門要做些什麼準備。

chapter 2

雖然是恥辱也得克服

醫生剛走，多莉就來了。雖然她產後剛剛下床（她在冬末又生了一個女嬰），也不管自己有許多煩惱和憂愁，拋下吃奶的嬰兒和生病的女孩，跑來打聽對基蒂的命運今天所做的決定。

「哎，情況如何？」她走進客廳，連帽子都沒來得及摘下就問道，「看你們的快活表情，一定是有好消息告訴我吧，是嗎？」

家裡面的人雖然想把醫生的話都轉告給她，可是醫生有條不紊地講了那麼久，要傳達他的話卻很不容易。唯一能講明白的是他們決定出國旅行一次。

多莉心裡不禁歎了口氣。她的貼心的妹妹就要到國外去了。而她自己的不愉快生活還是要自己承擔。自從她和奧布隆斯基和好後，她就總是遷就丈夫。安娜幫助彌補起來的裂縫看來並不牢固，家庭的和睦氣氛總在老地方遭到破壞。倒沒有什麼新的事，可是奧布隆斯基總是不回家而待在外面，錢也總是花得乾乾淨淨。多莉常懷疑丈夫不忠誠，這給她帶來了無盡煩惱。她竭力使自己不要有這種想法，不想再去感受因嫉妒帶來的痛苦。第一次因為嫉妒而爆發的滋味已經品嘗過了，就是之後發覺丈夫再怎麼對自己不忠，也絕對不會像第一次對她的打擊那麼大了。發覺這樣的事，只能破壞她的家庭生活。她只能選擇繼續聽任自己被欺騙。她雖然輕視他，但更是看不起自己這個弱點。此外，瑣碎家務不斷地折磨她：一會兒嬰兒吃不飽了；一會兒奶媽走了；一會兒（就是現在）一個孩子又病了。

「多莉，你的幾個孩子都好吧？」母親問道。

「唉，媽媽，你自己的苦難還少嗎？莉莉生病了，我怕她得的是猩紅熱。我現在家來是想問問妹妹的情況。哎，如果莉莉得了猩紅熱的話，真希望不是，可如果真是，恐怕我要一直待在家裡了。」

醫生走後，老公爵也從書房裡走出來，他轉過臉讓多莉親吻，同她說了幾句話，然後對妻子說：

「你們決定了嗎？要走嗎？你們想讓我做什麼呢？」

「噢，親愛的亞歷山大，我想你還是待在家裡的好。」他妻子說。

「好吧，隨你們的便。」

「媽媽，為什麼不讓爸爸和我們一起去呢？」基蒂說，「一塊去他高興，我們也愉快。」

老公爵站起身來，摸摸基蒂的頭髮。她仰起頭，勉強笑著望望父親。她總覺得，在家裡父親比誰都了解她，雖然他很少談到她。她是家裡最小的孩子，是父親的掌上明珠。她覺得，正是他對她的愛使他洞察一切。當她的目光與他那雙帶著仁慈的藍眼睛交匯時，她感到父親看透了她，看出她心裡各種不好的念頭。她把頭伸過去，臉紅紅的，希望他親吻它，可他只是輕輕地拍了拍她的頭說：

「這些假髮真可惡，讓我感覺不到真正的女兒，只是摸到不知哪個死人的毛。哦，多琳卡[27]，」他對大女兒說，「你那位公子哥兒在幹什麼呀？」

「沒忙什麼，爸爸，」多莉答道，她知道父親是問她丈夫，「他大部分時候在外面，我也難得見到他的人。」她忍不住露出自嘲的冷笑，補充了一句。

「啊？他還沒到鄉下去處理賣樹林的事嗎？」

---

27. 多琳卡是多莉的小名。

「他一直準備著動身，但還沒去。」

「哦，這樣啊！」公爵又轉過身來對妻子說，「那麼我也該去嗎？我聽從你的吩咐。」他一面坐下來，一面對妻子說。「我告訴你怎麼辦吧，卡佳[28]，」他對小女兒說，「你有朝一日醒來說：『我可是完全健康了，我真快活，又可以大清早同爸爸踏著冰雪去散步了。』是吧？」

父親的這句話聽起來似乎很簡單，可基蒂一聽就感到很驚慌，像是做了錯事被人揭發一樣。「是的，他全知道，也都明白。他是在告訴我，雖然是恥辱也得克服。」她不敢回答父親的話，還沒開口就哭了出來，從房間裡衝了出去。

「好端端的，你開什麼玩笑！」公爵夫人數落著丈夫，「你總是……」她喋喋不休地嘮叨起來。

聽著妻子的責備，公爵有好一會兒一言不發，也越來越愁眉不展。

「她多麼傷心，可憐的孩子，你不知道，只要稍稍暗示一下那件事，唉！是我看錯人了！」公爵夫人自言自語道。聽她聲調的變化，多莉和公爵明白她指的是沃倫斯基，「我真不明白，為什麼就沒有法律來制裁這種可惡的壞人。」

「唉，我不要聽了！」公爵悶悶地說，從安樂椅上站起來要走，可到了門口又停住了，「法律是有的，老媽媽，既然你逼得我開口，那我就告訴你，這一切都是誰的錯：是你，是你，都是你。制裁這種壞傢伙的法律一直都有，現在還有！是的，要不是發生了那種不該發生的事，我就會去找他，雖然我老了，也要跟那個紈絝子弟決鬥。唉，現在又來給她治什麼病，還把那些庸醫請到家裡來。」

公爵顯然還有許多話要說，但公爵夫人一聽到他在談嚴重問題時的這種語調，人就軟了下來，感

28. 卡佳是卡捷琳娜的小名。

到十分懊悔。「亞歷山大（法語Alexan-dre）。」她向他走過去，放聲哭起來。

公爵本來還有很多話要說，但她一哭，公爵心就軟了，他走到她面前：「好了，得了，得了！我知道你也很難受，這也是沒有辦法的，其實也不是什麼大事。上帝是仁慈的……感謝……」他說，自己也不知道在說些什麼。他的手上感覺到公爵夫人和淚的親吻，他也回吻了她。然後走出了房間。

基蒂含淚跑出房間後，憑著做母親和家庭主婦的本能，多莉馬上就感覺到，下面都是女人應盡的職責了，應該由她來完成。她脫下帽子，也做了捲袖子的精神準備，打算去幹。當母親責怪父親的時候，她試圖在女兒的本分內去勸阻母親。後來父親雷霆大發的時候她沒作聲，因為她為母親感到羞愧。當父親轉眼間又恢復了往常的溫和時，她對他產生了好感。父親走後，她就準備到基蒂那裡去安慰她一番。對她來說，這是非做不可的最要緊的一件事。

「媽媽，其實我很早就想告訴你們，列文上次來我們家是想向基蒂求婚。這件事你知道嗎？」

「我不知道，但那又怎樣？」

「基蒂大概拒絕了他吧？她沒對您說過嗎？」

「沒有，無論這個還是那個都沒說過。她太自作主張了。我知道，一切都是為了那個人……」

「是啊，你們想想看，她居然拒絕了列文。但我知道，要不是為了那一個，她是不會拒絕列文的……到後來那一個又狠狠地欺騙了她。」

公爵夫人覺得自己在女兒面前問心有愧，感覺十分可怕，就生起氣來。

「唉，我真弄不明白！如今女孩子們都要自作主張，什麼話也不告訴我這個做母親的……」

「媽媽，我去看看她。」

「去吧，難道我會不叫你去？」母親說。

chapter 3

姐妹心事

基蒂的房間十分雅致，是一間漂亮的粉紅色小房間，裡面陳設著古老的薩克森瓷器[29]玩偶，而基蒂自己兩個月以前還像這間房子一樣洋溢著粉紅色的青春和歡樂——走進這個房間，多莉想起了去年她們一起佈置這個房間時是怎樣的滿懷深情和憐惜。她看到基蒂坐在門口的一把矮椅子上，眼睛直直地盯著地毯的一角，心當時就涼了。基蒂抬頭看了姐姐一眼，臉上依舊是那冷漠、嚴峻的表情。

「我這次回去以後，就要長期待在家裡，你也不能來看我了。」多莉說著，在她身邊坐下，「咱們談談吧。」

「談什麼？」基蒂慌張地問道，驚訝地抬起頭。

「還能談什麼，你的痛苦唄！」

「我沒有痛苦啊。」

「得了，基蒂。難道你真以為我不知道嗎？我全知道。聽我說，這沒有什麼了不起，我們大家都經歷過哩。」

基蒂沒開口，她臉上的表情很嚴肅。

29. 原文為法語。

「他不值得你為他痛苦，」達里婭接著說，直奔主題。

「不，他輕視了我，」基蒂用顫抖的聲調說，「咱們還是不要談這個吧！不要談這個！」

「誰說的？誰也沒有這樣說過啊。我相信他愛你，現在依然愛你，要不是……」

「別說了，我最不想要的就是這種同情！」基蒂大喊道，突然生氣極了。她背轉身子靠著椅背，臉上泛著紅暈，手指隨著激動的情緒顫抖著，兩隻手不停地抓捏著衣帶上的鈕釦。多莉了解她妹妹的習慣，在激動時會捏緊兩手；她知道她一生氣，就會不顧一切，說出許多不該說的氣話來。多莉想安慰她，但已經無濟於事了。

「你想讓我感覺到什麼，姐姐，什麼呢？嗯？」基蒂快速地說，「你是認為我愛上了一個絲毫不關心我的、薄情寡義的男子，而且你認為我會因為愛他而死嗎？這種話虧你做姐姐的說得出口，你還以為……以為……你同情我！……我可不要這種同情和做作！」

「基蒂，你這樣說太不公平了！」

「不要說了，你不要這樣折磨我！」

「可是我……與你認為的完全相反……我怎會不知道你難受呢……」

但是激怒的基蒂根本聽不進她的話。

「我不難受，也不需要安慰。我有我的自尊，我永遠不會讓自己去愛上一個不愛我的男子！」

「是啊，我也沒說……有件事……你告訴我真話，」達里婭拉著她的手接著說，「告訴我，列文向你提出來了嗎？」

一提到列文，基蒂似乎連最後的自制力也喪失了。她從椅子上跳起來，把鈕釦撕下來，扔到地上，兩手激烈地比畫著，做著手勢說：「為什麼又把列文扯進來？我真不明白你為什麼要這樣折磨我。我說過，現在再說一遍，我這人挺自負，我絕對不會，絕對不會像你那樣，回到一個對你變了心，愛上另一個女人的男人身邊去。我真不懂，這一點我真不懂！你辦得到，我可辦不到！」

說完這些話，她望了姐姐一眼。只見多莉默不作聲地坐在那裡，耷拉著腦袋，顯得很憂愁。基蒂沒有像原本打算的那樣衝出房間，卻在門旁坐下，用手帕掩住臉，垂下頭來。

接下來的是漫長的兩分鐘沉默，多莉在想自己的心事。她經常感受到的委屈，經她妹妹一提起，又使她感到特別心痛。她沒有料到妹妹會這樣冷酷，因此對她很生氣。突然，她聽到衣服的窸窣聲，以及隨之而來的淒惻的、遏制著的嗚咽聲，接著感到一雙手臂摟住她的脖頸，基蒂跪到了她面前。

「多琳卡，我是多麼的不幸而可惡呀！」她懊悔地低聲說著，把掛滿淚痕但又可愛的臉埋在達里婭的裙子裡。

眼淚是不可或缺的潤滑油，彷彿沒有它，姐妹間互相信賴的機器就不可能暢快地運轉。兩姐妹流了一陣眼淚之後，沒有繼續談論她們的心事。因為，雖然她們談論的僅是不相干的事，可是她們現在卻已互相理解了。基蒂明白，她在氣頭上說的關於丈夫變心和妻子委曲求全的話，深深刺痛了可憐的姐姐的心，多莉也明白了她想要了解的一切。她現在不懷疑她的推測是正確的，那就是，現在基蒂心中所有的悲痛，那些無可慰藉的悲痛正是由於列文曾向她求婚，但她卻拒絕了他，而不幸的是她深愛的沃倫斯基卻在這時欺騙了她。多莉知道基蒂現在情願選擇去愛列文，去憎惡沃倫斯基了。這些想法基蒂一句也沒有說出來，她只談了談自己的心情。

「我現在努力讓心裡沒有痛苦，」她說著話，心情漸漸平靜下來了，「但在我看來，一切都那麼可怕、討厭、粗野，特別是我自己，你能理解嗎？你根本想不到我對一切抱有多麼卑劣的想法呀？」

「哦，那你會有什麼卑劣的想法？」多莉微笑著說。

「最骯髒、最卑劣的，我簡直沒法告訴你。這不是憂愁，也不是煩惱，而是要壞得多。彷彿我心中一切美好的東西都消失了，只剩下一些最醜惡的東西。唉，怎麼對你說呢？」看著姐姐那迷惑的眼神，她接著說，「剛才爸爸對我說的話讓我覺得，他以為我所需要的就是結婚。在我看來，媽媽帶我赴舞會好像只是想把我趕緊嫁出去了事。我明白事實不是這樣的，但我就是驅散不了這些念頭。而那些所謂的求婚者——我根本就看不順眼。我老覺得他們在上下打量我。以前我穿跳舞的衣服出去，覺得簡直是一種享受，現在卻感到害臊，不自在。唉，有什麼辦法呢！醫生……哼……」

「還有……」基蒂猶豫了一下，她本想說下去，但自從她心裡發生了這樣的變化以後，就十分討厭奧布隆斯基。她一看見他，腦袋裡就禁不住浮現出最粗鄙醜惡的概念。「啊，現在一切事物在我眼前呈現的都是最粗鄙、最可憎的形象，」她繼續說，「這就是我的病，也許馬上會好的。」

「那你別想這些。」

「我根本沒辦法不想這些，只有在你家裡和小孩們在一起時我才感到快活一些。」

「你不能來我家多可惜呀！」

「啊，我會去的。我得過猩紅熱了，不怕傳染，我一定要說服媽媽讓我去。」

基蒂執意去姐姐家。孩子們害的確實是猩紅熱，她看護他們。姐妹倆照顧六個孩子，直到他們痊癒，可是基蒂的健康並沒有好轉，大齋節時，謝爾巴茨基一家人到外國旅行去了。

chapter 4

彼得堡的上流社會

彼得堡的上流社會實際上是一個大圈子，大家彼此都有來往。但在這個龐大圈子裡還有許多小圈子。安娜在三個不同的小圈子裡都有朋友。一個是她丈夫的政府公務人員的圈子，包括丈夫的同僚和下屬，成員五花八門，關係盤根錯節。安娜最初對這些人懷著近乎虔敬的感情，而現在這種感情已煙消雲散。現在她和他們很熟悉，就像同住一個小縣城裡的人們那樣。她知道他們各自的習慣和嗜好、每個人的難言之隱；知道他們彼此的聯繫以及各自同核心人物的關係；知道如何維持自己的地位，明白誰和誰屬於同一陣營、誰和誰在哪方面存在分歧，在哪方面意見相同。然而，安娜對這個社交圈子從來就不感興趣。儘管伊萬諾夫娜伯爵夫人屢次勸導，安娜還是儘量躲避著。

安娜接近的另一個小圈子，就是卡列寧用來平步青雲的社交圈子。伊萬諾夫娜伯爵夫人是這個圈子的核心人物。它由那些年老色衰、仁慈虔敬的婦女和聰明好學、功名熏心的男人形成。這個圈子裡的一個聰明人把它稱作「彼得堡社會的良心」。卡列寧十分重視這個社交圈。在彼得堡生活後，憑著善於和形形色色的人相處的稟性，安娜最先在這個圈子裡交到了朋友。可是現在呢？自從她從莫斯科回來，覺得這個圈子叫人十分反感。在她看來，她自己和他們所有的人都裝腔作勢。在這個圈子裡，她覺得厭煩、不自然，因此她儘量少到伊萬諾夫娜伯爵夫人家去。

和安娜有關係的第三個圈子則是道道地地的交際界。這兒是舞會、宴會、喬裝打扮的天地。這個社交界一直抓著宮廷，免得墮落到「半上流社會」的地位。這個圈子裡的人自以為瞧不起「半上流社會」，其實他們的情趣不僅相似，而且簡直是一模一樣。安娜通過貝特西公爵夫人和這個圈子保持著關係。貝特西是安娜的表嫂，她每年都有十二萬盧布的收入。安娜剛進入這個交際圈時，公爵夫人就特別喜歡她，照顧她，把她拉進她們這個圈子，還常常嘲諷伊萬諾夫娜伯爵夫人的那個圈子。

「當我老了，變醜了，也許也會像她那樣，」貝特西公爵夫人說，「但您這麼年輕美貌的女人，進她那種養老院還未免過早了。」

起初，安娜盡可能地躲避貝特西公爵夫人的圈子，因為那裡的交際費用太高，超過安娜的收入，而且她打心眼裡比較喜歡第一個圈子；但從莫斯科回來後，情況就反過來了。她對那些道義上的朋友避而不見，反而經常進出較大的交際場所。在那裡她常常碰到沃倫斯基，每次相逢時的歡樂都讓她心曠神怡。在貝特西公爵夫人家裡，他們的相遇更是經常。貝特西公爵夫人娘家也是沃倫斯基一族的，她是他的堂姐。只要是可能見到安娜的地方，沃倫斯基都去。只要有機會，他就向她傾訴愛情。安娜從沒給過他相應的鼓勵，可是每次遇到他，她心裡都會湧起初次見到他時的那種興奮。只要一見到他，她的眼裡就會閃出歡樂光芒，嘴唇上就會蕩漾微笑，她無法抑制這種快樂的表情。

剛開始，安娜真以為自己對沃倫斯基的大膽追求並不在乎。但是從莫斯科回來後不久，她去參加一個晚會，原以為會見到他，可是沒有見到，就感到悵然若失，因此明白她一直在欺騙自己，他的追求不僅沒有使她感到討厭，反倒成了她所有的樂趣。

當時名歌星[30]正在劇院進行第二次演出。幾乎所有社交界的人都來到這裡。沃倫斯基在前排座位上

30. 指克里斯丁・尼爾松（一八四二至一九二一年），著名的瑞典首席歌星。

看到了他堂姐，還沒等到幕間休息，他就到她的包廂裡去了。

「您怎麼不來吃飯呢？」她對他說。「談戀愛的人眼睛真尖，尖得叫人吃驚，」她又笑著補充道，聲音輕得只能他一人聽到，「她沒有來，等歌劇完了您來我家吧。」

沃倫斯基面帶詢問地看著她，而她點了點頭。他微微一笑向她表示感謝，隨即在她身邊坐下來。

「您嘲笑別人的那些風涼話，我可都記得清楚！」貝特西公爵夫人接著說，她一直注視著兩人在情場上的發展，把這當成一種特殊樂趣，「如今這一切都到哪兒去了！您被人家拴住了，我的寶貝。」

「我還希望被拴住呢，」沃倫斯基泰然自若地微笑著說，「說實話，要說我有什麼不滿的話，那就是我覺得被人抓得還不夠牢。感覺快要沒希望了。」

「您還會有什麼希望呢？大家開誠佈公吧。」貝特西公爵夫人為朋友感到氣憤，可她的眼睛裡閃爍的火花表明，她和他一樣了解他有什麼樣的希望。

「沒啥希望，」沃倫斯基微笑著，露出兩排整齊的牙齒，「對不起。」他說著，從她手裡拿過望遠鏡，越過她那裸露的肩膀，朝對面一排包廂望去，「我怕我要變成笑柄了。」

實際上他十分清楚，自己在貝特西公爵夫人及交際界所有人的眼中並沒有可以嘲笑的地方。他也清楚，做某一個少女或任何沒主的女人的單戀者，在這些人心裡也許是可笑的，可要是追求一位已婚的婦人，冒著生命危險、肆無忌憚地勾引她私通，這不僅不可笑，反而會被認為是有敢作敢為的氣概。想到這裡，他的鬍鬚下面充滿了驕傲、得意的詭笑。他放下望遠鏡，看了看堂姐。

「您到底為什麼不來吃飯呢？」她一面說，一面欣賞他。

「其實我該告訴您的，那時我忙不過來，您猜我在做什麼？您猜一百遍、一千遍也猜不到：我在給一個丈夫和侮辱他妻子的人當調解人呢。真的！」

「是嗎，那調解成功了嗎？」

「快了。」

「這事您一定得跟我說說，」她說著站起身來，「下次休息您到我這來吧。」

「不行啊，我還得到法蘭西劇院去。」

「你不聽尼爾松演唱了？」貝特西公爵夫人十分驚愕地問，無論如何，她也弄不明白別的合唱隊哪裡唱得比尼爾松好。

「有什麼辦法呢？我和人家約定在那裡見面，都是為了調解那件事。」

「和事佬能得福啊，可以進天國了，」貝特西公爵夫人說，她隱隱約約記得好像是聽什麼人說過這句話，「那您就坐下來，說說是怎麼回事吧！」接著她坐了下來。

chapter 5

調戲醜聞

「這事有點兒荒唐，太有意思了，我很想講給您聽聽，」沃倫斯基說，眼裡充滿詭異的笑容，「但我不說出這些人的名字。」

「那就讓我來猜吧，這倒更有趣。」

「您聽著：有兩個愉快的青年，坐著一輛車，他們上一個朋友家吃飯，情緒特別好。他們看見一位漂亮女人坐馬車超過了他們，並且回頭看了一眼。因此，他倆就用足勁地趕車去追那女子。令他倆吃驚的是，那個漂亮女子的馬車就在他們要去的那家大門口停住了。那女子跑上樓去。他們看到的只是她那露在短面紗下邊的紅唇和一雙秀麗小巧的腳。」

「您說得這麼繪聲繪色，我想您肯定是兩人其中的一個囉。」

「您剛才怎麼說的？哦，這兩個年輕人走進朋友家裡，朋友設宴替他們餞行。吃飯時，他們打聽樓上住著什麼人。那家的僕人回答說，這裡確實住著很多女子。吃過飯後，兩個年輕人就到主人家書房裡給那位不知姓名的女子寫信。他們寫了一封熱情洋溢的信，表達愛慕之情，還親自把信送到樓上，想把信裡沒表達清楚的內容當面再說明一番。」

「您怎麼把這些醜事也告訴我呢？那後來呢？」

「他們按了門鈴，開門的是一個使女。他們把信交給她，還再三表示，他們愛那個女人愛得神魂顛倒，要是不能見她，簡直就會死在門口。那使女愣住了，把他們的話傳了進去。突然一位長著臘腸般絡腮鬍的紳士走了出來，並鄭重地說這層樓上除了他的妻子沒住別的女人，把他們兩個趕了出去。」

「後來怎樣？」

「這是最有意思的部分。原來這是一對幸福的夫婦，九品文官和他的夫人。九品文官提出申訴，我就當了調解人，而且是個挺不錯的調解人！我敢保證，塔列蘭[31]也沒法和我比。」

「這有什麼困難的呀。」

「您聽著，我們照例賠了罪，留香腸鬍子的九品文官開始有點心軟了，但還是想表示自己的情緒：他大發雷霆，滿口粗話。我只得又施展自己的外交才能了。『您說他們行為不好，這我承認，可是請您原諒，這是一場誤會，他們年少輕狂，並且他們剛在一道吃過早飯。您知道他們現在很後悔，請您大人大量，原諒他們的過錯。』九品文官心又軟了：『我答應您，伯爵，我也願意原諒他們，可您知道，我妻子，一個可敬的女人，竟然遭到這兩個惡少痞徒的追蹤和無理的對待……』您要知道，『惡少痞子』當時就在場，我只好給他們調解。我又運用外交手腕，可是事情剛要結束，我們的九品文官又冒火了，臉又漲得通紅，香腸鬍子又豎起來了，我只好再一次施展我的外交手腕了。」

「哦，這事要告訴您！」貝特西公爵夫人笑著對走進包廂的一位太太說，「簡直把我笑死了。」

「嗯，祝您成功。」她補充道，把沒拿扇子的那根手指頭伸過去，讓沃倫斯基和她吻別，接著聳了聳肩，讓收上去的束胸溜下去一點兒，使香肩和束胸裸露在燈光、汽車燈光和眾人的注視之下。

沃倫斯基乘車去了法蘭西劇院。他確實要去看看那位從不錯過法蘭西劇院一場演出的團長，向

31. 塔列蘭（一七五四至一八三八年），法國一個不重國際間道德而善於玩弄手段的外交家。

他報告這三天來他起勁地忙碌著的調解工作。這件事的兩個當事人，一個是沃倫斯基喜歡的彼得里茨基，另一個是剛到團裡的、可愛的克德羅夫公爵。最重要的是，這件事關係到整個團隊的名譽。

兩個當事人都是沃倫斯基騎兵聯隊的。九品文官來向團長告狀，控告他手下的兩個士兵調戲了他妻子。據文官說，他的年輕妻子（他們結婚才半年）和她母親在教堂做禮拜，她因為懷了孕，忽然感到不舒服，再也無法站立下去，看到一輛馬車，就雇了車回家。卻沒料到兩個軍官追趕她，她嚇慌了，身體也更不舒服，一回家就跑到樓上。文官已經從辦公處回家來了，聽到門鈴聲和說話的聲音，想走出來看個究竟，看見兩個持有信件的喝醉酒的軍官，就把他們推出去。他要求嚴辦他們。

「是啊，不管怎麼說，」團長邀請沃倫斯基在身旁坐下，對他說，「彼得里茨基越來越不像話了，他沒有一星期不鬧醜事的。那個官員不肯就此罷手，他會繼續往上告的。」

沃倫斯基知道這件事很不光彩，並且不能通過決鬥來解決，只能想方設法勸這位九品文官消消氣，私下了結。團長知道沃倫斯基是個聰明機靈的人，而且他一向關心團隊的名譽，所以就把他找來。他們商量以後決定，讓沃倫斯基帶彼得里茨基和克德羅夫去向九品文官賠罪道歉。

一到法蘭西劇院，沃倫斯基就同團長一道走進休息室，向他報告了自己的成功和失敗。團長思考一番之後，決定不受理此案，但後來出於好奇，他詢問了沃倫斯基整個會見的情形；當沃倫斯基述說那位九品文官怎樣平靜了一會兒之後又想起一些小事而冒起火來，以及他如何說完調解話的最後半個字便見機而退，而把彼得里茨基推到前面去的時候，團長便忍不住大笑起來。

「這事真不像話，但挺好笑。克德羅夫是鬥不過這位先生的！他大為生氣，是嗎？」團長笑著反問。「您覺得克萊列今天怎樣？她真叫人驚詫呢，」他又說到新來的法國女演員，「不論你多麼經常看見她，她每天都不一樣。也只有法國人才能這樣啊！」

chapter 6

不能直說的事

最後一幕還沒結束，貝特西公爵夫人便離開劇院乘車回家了。她走進梳妝室，剛剛在蒼白的長臉上撲了些粉，擦擦勻，梳了梳頭髮，吩咐僕人在大客廳裡擺好茶，這時馬車一輛接一輛來到她那濱海大街的大住宅門口。來客們在她家寬闊的大門前下了車。

剛梳洗打扮好的女主人幾乎和客人們在同一時刻分別從兩道門走了進來。大客廳的牆是深色的，鋪著柔軟的地毯，桌子被燈光照得通亮，燭光下的桌布白得耀眼，桌上擺著銀茶炊和晶瑩的瓷茶具。

女主人摘下手套，在茶炊旁坐下。僕人們默不作聲地把椅子擺好，並把參加聚會的人們分成兩部分坐下。一組坐在女主人一邊，挨著茶炊；另一組坐在客廳另一頭，靠近那位穿著黑絲絨衣服、掛著兩條黑色濃眉的美麗的公使夫人。兩個圈子裡的人開始了交談，他們的談話像往常一樣遊移著，彷彿在探索究竟該說些什麼，談話的內容還時不時地被招呼聲、寒暄聲、送茶叫喊聲打斷。

「她是一位才藝精湛的演員，她肯定研究過考爾巴赫[32]，」公使夫人所在的那個圈子的一位外交官說，「你沒留意到她躺下去的姿勢……」

「啊，不好意思，我們還是不要談尼爾松了！談她也談不出什麼新鮮東西了。」一位穿老式綢衣

32. 考爾巴赫（一八〇四至一八七四年），德國畫家。考爾巴赫除了大壁畫以外，還畫了莎士比亞和歌德等的著作中的插畫；在尼爾松創造奧菲麗雅、苔絲德蒙娜和甘淚卿的歌劇角色時，這些畫像似乎提供給了她很有用的啟示。

服、沒有眉毛、不戴假髮、生著淺黃色頭髮的紅臉胖太太說。她就是米亞赫卡婭公爵夫人。她以單純、態度粗野出名，因此綽號是淘氣的孩子。米亞赫卡婭公爵夫人坐在兩個圈子的中間，有時候加入這個圈子，有時候又加入那個圈子。「今天我就聽到有三個人談到考爾巴赫，談的都是同樣的話，彷彿預先串通好了。我不明白他們怎麼這樣喜歡這句話。」

談話被她的幾句評語打斷了，人們不得不另找新的話題。

「您給我們說些什麼有趣的事情吧，不要聽惡毒的東西。」公使夫人說，她是深諳英語閒話的優雅說話藝術的。公使夫人對此時不知該從哪說起的外交官說。

「這恐怕很難做到，因為刻薄的話題才可笑，」他微笑著說，「但是我可以試試，請出個題目吧，關鍵在於題目。有了題目就容易做文章了。我常在想，就算上世紀的著名演說家到現在恐怕也很難說出俏皮話。俏皮話都聽厭了……」

「早有人說過了。」公使夫人面帶微笑打斷了他。

談話開始得很文雅，但因為太文雅了，談談就冷場。因此只好採取萬全之策——繼續說刻薄的話。

「你們有沒有發現，圖什克維奇有點法國國王路易十五的風度呢？」外交官瞟了一眼站在桌旁的那個一頭淡黃頭髮的清秀年輕人說。

「是的！他的氣派和這個客廳很般配，因此他常到這裡來。」

談話得到了大家的回應，因為這話暗含著一件在這個客廳裡不能直說的事——那就是圖什克維奇和女主人的關係。

在茶炊和女主人旁邊的人們的談話，同樣也少不了三個話題，最新的社會新聞、劇院和對別人的指摘，但最後也集中到講人家壞話這個題目上。

「你們聽說了嗎？瑪律蒂謝娃，不是女兒是母親，為自己定做了一件鮮紅色的外套。」

「啊！不會吧，那真是太可愛了！」

「我奇怪她也不傻，那麼聰明為什麼就看不出自己有多可笑呢？」

大家都來議論和嘲笑可憐的瑪律蒂謝娃，嘰哩呱啦地議論，就像燒著的篝火那樣劈哩啪啦的。

貝特西公爵夫人的丈夫是一個和藹的胖男人，熱心的版畫收藏家。當他知道妻子有客人，就在去俱樂部之前到客廳裡來了一會兒。他從毛茸茸的地毯上輕輕地走到米亞赫卡婭公爵夫人面前。

「您認為尼爾松怎樣？」他問。

「啊，您嚇死我了，怎麼不聲不響地溜到人家面前呢？」她接著說，「您不懂音樂，就別和我談歌劇了吧。我還是陪您談談您的彩陶和版畫吧。您近來在古玩店又買了些什麼珍寶呀？」

「需要我拿給您這個外行看看嗎？」

「給我看看吧。我在那些……他們叫什麼來著？……那些銀行家家裡見識過了……他們有非常精美的版畫。他們拿給我們看過了。」

「哦，您去過舒茨布爾格家？」女主人回過頭來問道。

「是啊，親愛的。他邀請我和丈夫去做客，還告訴我做飯用的調味汁花了一千盧布，」看大家都在聽她說，米亞赫卡婭公爵夫人便接著大聲說，「那調味汁顏色有點兒發綠，很糟糕。我們也得回請人家呀，我花了八十五戈比做了調味汁，大家都吃得很滿意。我可沒能耐做一千盧布的調味汁！」

「她真了不起呢！」女主人說。

米亞赫卡婭公爵夫人的談話常常會有這種效果，原因在於，儘管她說話常常像現在這樣不怎麼恰當，可她講的都是些多少有點意思的家常事。在她所處的社交圈子裡，這種話反倒能產生最機智的警句效果。米亞赫卡婭公爵夫人不明白怎麼會有這樣的效果，但她知道它有，並且利用了這種效果。

人們都在聽米亞赫卡婭公爵夫人說話，所以公使夫人周圍的談話也停止了。女主人想把兩組人拉到一起，就對公使夫人說：「你們真的不喝茶嗎？還是來我們這邊吧。」

「不用了，我們在這邊談得很愉快。」公使夫人笑著回答，邊讓人們繼續剛才的話題。他們正在評論卡列寧夫婦，談得很愜意。

「安娜打從莫斯科回來後，人都大變樣了。她使人覺得有點兒怪怪的。」她的一位女朋友說。

「最大的變化是，她帶來了沃倫斯基的影子。」公使夫人說。

「那有什麼啊？格林兄弟[33]有一個童話說：如果一個男人沒有影子，那一定是對他所犯錯誤的懲罰。我到現在也不理解這算什麼懲罰呢？不過，一個女人要是沒有影子，她一定過得不開心。」

「也是，不過有影子的女人往往都沒什麼好結果。」安娜的那個朋友說。

「你們這幫嚼舌根的，」米亞赫卡婭公爵夫人聽到這些談論，立即插進來說，「安娜是個難得的女人。我雖然討厭她丈夫，但是我十分喜歡她。」

「您怎麼會討厭她丈夫？他可是個優秀的人物。」公使夫人說，「我丈夫說，像他這種雄才偉略的人整個歐洲也沒幾個。」

「我丈夫也這樣說過，但我不相信，」米亞赫卡婭公爵夫人說，「要不是做丈夫的都這麼說，我們早就看清他的本來面目了。照我看，卡列寧只不過是個傻瓜。」

「您今天也夠刻薄的啊！」

33. 格林兄弟為德國有名的童話家，兄名雅各（一七八五至一八六三年），弟名威廉（一七八六至一八五九年）。

「沒有啊，我沒有別的辦法。我們兩個中間總有一個是傻瓜。哦，不過您也知道，天下沒有人會說自己是傻瓜的。」

「**人們不滿足於自己的錢財，卻都滿足於自己的智慧**。」外交官念起兩句法國名言。

「是啊，是啊，」米亞赫卡婭公爵夫人趕緊對他說，「不過我絕不同意你們侮辱安娜。她人那麼好，那麼可愛。要是人們都喜歡她，像影子一樣跟隨她，她又有什麼辦法呢？」

「其實我也不是責備她，」安娜那個女朋友爭辯道，「這也不能表明，我們就有權利說她壞話。」米亞赫卡婭公爵夫人把安娜的女朋友狠狠地數落了兩句，接著站起身和公使夫人一起走到桌子旁邊，加入另一個圈子對普魯士國王的談論。

「你們在說誰的壞話啊？」貝特西公爵夫人問。

「卡列寧夫婦。公爵夫人給卡列寧做了一個測試。」公使夫人微笑著坐到桌旁說。

「但我們沒聽見。」女主人邊說邊向門口張望。「啊，您可算到了！」她對走進來的沃倫斯基說。沃倫斯基認識房間裡所有的人，而且同他們天天見面，因此他進來時從容自若，好像他才離開大家一會兒就回來似的。

「是問我從哪兒來嗎？」他像是在回答公使夫人的詢問，「好的，那就坦白吧，我從滑稽歌劇院過來。雖然我去過那兒很多次了，但一直覺得新鮮有意思。真是太好了！我知道這有點不成體統，但我一看歌劇就打盹，而要是看滑稽歌劇就能堅持到最後一分鐘，還覺得津津有味。今天晚上……」

他提到一個法國女演員的名字，正想講點關於她的什麼趣聞，可是公使夫人假裝害怕的樣子，打斷他的話：「行，不說了，其實那些可怕的事大家也都知道。」

「要是它也像歌劇那樣流行，大家肯定都去。」米亞赫卡婭公爵夫人低聲附和道。

chapter 7 幸與不幸的極端

聽門外的腳步聲，貝特西公爵夫人就知道肯定是卡列寧夫人，就向沃倫斯基使了個眼色。他望望門口，臉上露出一種古怪的表情。他興奮地、凝神地同時又膽怯地瞧著走進來的人，緩緩地欠起身來。安娜走進客廳，她像往常一樣，挺直身子，眼望前方，步態輕快而穩健，那步伐是與社交界所有的婦人卓然不同的。她幾步跨到女主人面前，和她握了握手，微微一笑，接著帶著同樣的微笑看了沃倫斯基一眼。沃倫斯基深深地鞠了個躬，拿把椅子讓她坐下。

她微微地點了下頭作為回答，臉漲紅了，皺著眉頭。接著連忙向熟人點頭致意，握著一隻隻伸過來的手，又對女主人說：「我剛從利季婭伯爵夫人那邊過來，本來想早點過來的，但是被留住了。約翰爵士在她那裡，他這人很有意思。」

「噢，就是那位傳教士吧？」

「是的，他講印度的生活講得很有趣。」

安娜的來臨打斷了剛才的談話，就像風吹燈光那樣搖曳不定。「約翰爵士！是的，我見過他。他很健談，弗拉西耶娃十分迷戀他。」

「小弗拉西耶娃要嫁給托波夫了，不是嗎？」

「是的，聽說已經定了。」

「我真敬佩他們的父母，聽說他們是戀愛結合的。」

「憑感情？您的思想倒很時髦！如今還有誰談感情？」公使夫人說。

「那有什麼辦法啊？這落後的老一套風俗並沒有完全消失。」沃倫斯基說。

「有這種風氣的人可壞事了。我知道的幸福婚姻都是靠理性結合的。」

「是的，不過被人忽視的愛情一旦爆發出來，依靠理性結合的幸福就會消失的。」沃倫斯基說。

「我們所謂建立在理性基礎上的婚姻，是指雙方都不再放蕩了。就像得猩紅熱一樣，每個人都得患一次才能獲得免疫力。」

「照這麼說，戀愛就像種牛痘似的，要提前進行人工接種啦。」

「我年輕的時候愛上了一個教堂執事，也不知這對我是否有好處。」米亞赫卡婭公爵夫人說。

「呃，說實在的，我覺得要想懂得愛情就得先犯一個錯誤，然後再改過。」貝特西公爵夫人說。

「連結過婚的都是這樣嗎？」公使夫人開玩笑似的說。

「改過不分早晚。」外交官引用了一句英國諺語。

「就是。」貝特西公爵夫人接過話說。「必須先犯錯再改正。您對這點有什麼想法？」她問安娜。

「我覺得，」安娜擺弄著摘下來的一隻手套說，「我看……如果說有多少個人就有多少條心，那麼有多少顆心就會有多少種戀愛。」

沃倫斯基盯著安娜，屏息靜氣地聽她會說出什麼話來。等她說出這番話後，他像脫離了危險一樣舒了一口氣。突然，安娜對他說：「我收到從莫斯科來的一封信，信上說基蒂病得很厲害。」

「真的嗎？」沃倫斯基皺著眉頭說。

安娜板著臉看了他一眼。「您不關心這件事嗎？」

「不，我很關心。如果方便的話，請告訴我信上都是怎樣說的。」

安娜站起身，向貝特西公爵夫人走去。「請給我杯茶。」她站在貝特西公爵夫人的椅子後面說。

貝特西公爵夫人倒茶時，沃倫斯基走到安娜面前。「他們的信上是怎麼說的？」他又問了一次。

「我常常想，男人不懂得何謂卑鄙，嘴上卻侈談卑鄙二字。」安娜說，不正面回答他的問題。「我很早就想告訴您這點。」她補充了一句，便走了幾步，在角落裡一個堆滿紀念冊的桌子旁坐下。

「您的意思，我一點也不明白。」他一邊說著話一邊把茶杯遞給了她。

她瞥了一眼她身旁的沙發，他馬上就坐下來。

「是的，我早就想對您說，」她說，眼睛並不望著他，「您所做的我感覺不對，是的，很不對。」

「唉，難道我不知道自己所做的一切是不對的嗎？可是，您有沒有想過是誰讓我這麼做的呢？」

「您為什麼對我說這種話？」安娜嚴厲地瞪著他說。

「您心裡是知道為什麼的，對嗎？」他的目光直直地迎上她的視線，大膽而激動地說道。

這次並非他，而是她面色發窘了。

「這事只能說明您的無情。」她嘴上雖這麼說，目光卻明顯表明，她心裡知道他是有情的人，就因為知道這個，那難以拒絕的感覺，讓她怕他。

「您剛才說那些事情只是一個過錯，那並不涉及愛情。」

「您記住，我禁止您說這個討厭的詞。」安娜打了個哆嗦說。但她立刻感到，她用「禁止」這個詞就等於承認自己對他有一定的權力，這樣正好鼓勵他傾訴對她的愛情。「這句話我一直以來就想和您說了，」她接著說，用堅定目光看著他的眼睛，滿臉漲得通紅，「今晚我特地來到這裡，是因為我知道會在這裡遇到您。我想告訴您，這事我覺得應該結束了。我還從沒在人家面前羞愧過，而您的所作所為卻讓我感覺自己好像有什麼過錯。」

他看著她，她臉上露出的那種與眾不同的精神上的美讓他心都醉了。

「您想讓我怎麼做呢？」他直接問道，表情很嚴肅。

「我要您到莫斯科去，請求基蒂寬恕。」她說。

「您是不會讓我這麼做的，對嗎？」他說。他已看出她在強迫自己說出這些不願意說的話。

「如果您真像您講的那樣愛我，」她低聲說，「那您就按照我說的去做，好讓我心裡得到平靜。」

他頓時喜笑顏開，心生雀躍。「難道您不知道，您就是我的全部生命？我不能平靜，您也不會平靜。我整個人，我的愛情……是的……我不能把您和我分開來想。我覺得您和我是一個整體。如果不能和您融為一體，我覺得我和您都無法得到安寧，那樣只會有絕望與不幸。可是只要我們在一起，那就會很幸福，很幸福！難道我們不可以做到嗎？」他說話很輕，好像只張了張嘴，可是安娜全聽到了。

安娜雖然竭力想說些應當要說的話，卻什麼話都沒說出口，只是用充滿愛意的眼神看著他。

「幸福終於降臨了！」他欣喜若狂，「我原來都快絕望了，以為不會有什麼結果了，可是忽然來了希望！她愛我。她自己也承認了。」

「就算是為了我，你照我說的做吧。那樣的話請您今後再也不要和我提了，讓我們成為好朋友吧。」她雖然嘴上是這麼說，但眼睛卻出賣了她，明明表示出來的是不同的另一種話。

「我們是不可能做朋友的，我們不可能，這您自己也清楚。我們要麼成為天下最幸福的人，要麼成為最不幸的人，這全都取決於您。」

她聽他說完，本來想說點兒什麼，可是沒來得及便被他搶在前邊說：「實際上我沒有太多請求，只有一個——請您允許我能抱著一絲希望的權利，那痛苦思念您的權利，就如同我現在做的一樣。假如你不允許我這麼做，我立馬就走。要是我在您面前使您難受的話，那我就不再讓您見到我了。」

「我並沒有要趕您走。」

「我懇求您不要做出什麼改變，就讓一切仍跟原先一樣吧，」他用顫抖的聲音說著，「噢，看呢，您的丈夫過來了。」他剛說完這一句，卡列寧就邁著他那穩重的方步緩緩地走進來了。

他只是快速地瞥了一眼妻子和沃倫斯基，走到女主人面前，坐下來喝茶，用他那從容不迫、一向洪亮的聲音開始說話，並且帶著慣常的戲謔口吻取笑別人。

「在座的都是您的蘭姆布利耶人士[34]呀，」他環顧四周說，「噢，我看全部都算是格雷斯和繆斯[35]呀。」貝特西公爵夫人忍受不了他這種所謂的訕笑語調。聰明的女主人立刻引導他談論起普遍兵役制[36]這種嚴肅的話題。聽到女主人提到這個問題，卡列寧的精神勁立刻上來了。在談到其中一項新條令時，他和抨擊他觀點的貝特西公爵夫人辯論起來。

可是，沃倫斯基與安娜依然坐在小桌子一旁，彷彿沒有聽到這邊的爭論。

「他們兩人可是真有點兒不像話了。」一位太太看了看沃倫斯基和安娜以及她的丈夫，意味深長但卻輕聲地說道。

「我不是對您說過了嗎？」安娜的女朋友回答。

不僅僅是這兩位太太，客廳裡幾乎所有的人，甚至連米亞赫卡婭公爵夫人和貝特西公爵夫人本

34. 蘭姆布利耶原為巴黎蘭姆布利耶公爵夫人（一五八八至一六六五年）所組織的文藝沙龍，為政治家、作家、詩人集會之處，他們自命為「審美的示範人」，在此泛指充滿機智與禮法的社交界。
35. 格雷斯，希臘神話中司美、優雅、喜之女神；繆斯，希臘神話中司文藝、美術之女神。
36. 一八七四年一月一日頒佈了一道諭旨，採用短期（六年）普遍兵役制代替二十五年的兵役法。兵役普及所有階層。貴族喪失了最後的特權：免服兵役。

人，都向離開大夥談話圈子的兩個人看了幾眼。唯獨卡列寧彷彿沒有注意到，還是起勁兒地說著話。貝特西公爵夫人察覺到大家不愉快的心情，就不動聲色地拉了個人代替自己聽卡列寧的長篇大論，自己則走到安娜面前。

「您丈夫說話準確明晰，我一向很欽佩，」她說，「哪怕是最深奧的道理經他一說我就明白了。」

「哦，是的！」安娜說，臉上洋溢著幸福的微笑。其實她對於貝特西公爵夫人所說的話一個字都沒聽明白。於是她也走到大桌子旁邊，參加了大家的談話。

卡列寧在這裡坐了半個鐘頭，想要妻子和他一起回家。安娜沒有看他一眼，就說要留在這裡吃晚飯。於是卡列寧鞠躬和大家告別，退出了客廳。

安娜的馬車夫，一個身穿光亮皮外套的肥胖韃靼老頭，好不容易才制伏那匹在門口凍得不安寧的灰色左側副馬。看門人站在大門前，手扶大門。而僕人拉開車門，站在那裡等待著。安娜用她可愛的小手敏捷地解著纏在皮襖上的袖口花邊，垂著頭喜滋滋地聽著沃倫斯基對她說著話。

「就算您什麼也沒有說過，就算我也沒有什麼要求，」他說，「不過我想讓您知道，我所請求的不是友情。我的生活裡只可能存在一種幸福，那就是您很厭惡的那個詞……對，是的，那就是愛……」

「愛……」她沉思著慢條斯理地重複了一遍。當她終於把袖口上的花邊從皮衣上解下來時，她忽然回答道：「我厭惡這個詞兒，因為它對於我來說有太多的含義了，要比您現在所理解的多得多。」她凝視了一下他的臉，說道：「再見！」

她把手伸向他，讓他握了握，步履快速而輕盈地從看門人旁邊走過，坐進馬車裡。

她的眼神以及她手的觸摸，像火一樣在他身上燃燒起來。他吻了吻手掌上同她接觸的地方，得意揚揚地回家去，因為他意識到今晚比前兩個月更接近他的目標了。

chapter 8

不合理的荒謬現實

卡列寧看見他妻子安娜和沃倫斯基遠離大家坐在另外一張桌旁，熱烈地在說著什麼，並沒有感到有什麼異常，但他發覺別人都認為他們的行為有些異常和有失體統，他想著要跟妻子談一談這件事。

回到家後，卡列寧還是和往常一樣走進書房，坐在他的安樂椅上，他翻開一本論教皇主義的書，翻到夾有裁紙刀的地方，像平日一樣讀到一點。他只偶爾擦擦他那突出的前額，搖搖頭部，彷彿在驅趕什麼。在通常的時間，他站起身來，梳洗了一下準備就寢。這時安娜還沒有回來。他腋下挾著一本書，往樓上走去。今晚，他的思想不像往常那樣對公務加以深思熟慮，而是被他妻子和與她有關的某些不愉快的事情佔據了。他一反常規，沒有立即上床睡覺，卻背著兩手在房間裡踱來踱去。

當卡列寧決定要和妻子聊聊這件事的時候，那看上去是一件非常容易和簡單的事情。但是當他開始認真考慮這新發生的情況時，他覺得事情很複雜很棘手。

卡列寧並沒有因為這件事而產生嫉妒。猜疑，他認為是對妻子的侮辱，而對妻子應該信任。至於為什麼應該信任，也就是說應該完全相信他那位年輕的妻子會永遠愛他，他沒有問自己，但他對她從沒有過不信任，因為一向信任她，並且對自己說應該信任她。雖然他一直認為嫉妒是一種可恥的情緒，人們應當信賴別人。他的這種信念到現在還是很牢固，可是今晚他首次感覺到他面臨著一些不合理的荒謬現實，他感覺不知道怎樣去辦才好。

卡列寧正面臨這樣的現實，就是他妻子有可能愛上另一個男子。在他看來，這是多麼荒謬和不可思議呀。可這就是生活本身。卡列寧一生幾乎都在關係密切的官場中過日子，做工作。而每當他遇到事情與現實發生衝突的時候，他就會選擇逃避現實。現在他正在體驗這樣一種心情，彷彿一個人泰然自若地走上深淵上的橋樑時，突然發現橋斷了，面對的是無底深淵。那深淵其實就是現實本身，而橋樑就是卡列寧所過的那種與現實脫離的生活。他第一次想到他的妻子可能愛上別人，不禁大吃一驚。

他沒有脫衣服，只是邁著穩定和緩緩的步伐在地毯上走來走去。他走過只有一盞燈照明的飯廳裡發出響聲的鑲花地板，以及在燈光暗淡的客廳——那裡燈光僅僅照射到掛在沙發上面的那幅大的他自己的新畫像上面——來回走著。他又走進她的起居室，裡面點著兩支蠟燭，照著她親友的畫像和她寫字台上那些他熟悉的精美小玩意兒。他穿過她的房間，走到臥室門口，又往回走。

他走來走去彷彿給自己下決心一樣說：「是的，我一定要解決和加以制止這件事，我一定要向她表達我對這件事的意見和我處理此事的決心。」於是他又往回走。「可是我要表示什麼——什麼決心呢？」他就站在客廳裡自言自語，始終得不出答案。「但是究竟，」他在走到她的房間之前問自己，「可是究竟說什麼呢？做出什麼決定呢？」

「到底出了什麼事啦？」他在回起居室去時問自己，「什麼也沒有。她同他談了很久。那有什麼關係？一個女人在交際場所同人家談談話又有什麼稀奇的？而且，最重要的是嫉妒會貶低我和她。」他在走進她的房間時對自己說。但是這個格言，雖然以前他那麼看重，可現在好像已經沒有一點分量了，而且感覺沒有一點意義了。他從寢室門口又轉頭回來。等他一走進幽暗的客廳，他心裡某些聲音就對他說事情不會這樣簡單。如果在場的人都注意到了這件事，那就肯定有蹊蹺。於是等他又到餐室時已暗自對自己說：「是的，我一定要解決和加以制止這件事，一定要表示我對這事的意見……」而等他走到客廳轉角處時他又問自己：「我應該怎樣去解決呢？」於是他又問自己：「到底發生了什麼事呢？」於是他又自己回答自己：「肯定沒有什麼。」並且又想起嫉妒是一種侮辱他妻子的感情。只是每一次等他走到客廳時他又相信他們之間有什麼事情發生了。他的思緒同他的身體一樣兜著大圈子，卻碰不到什麼新東西。他意識到這一點，擦擦前額，在妻子的起居室裡坐了下來。

他坐在那裡，眼睛看著她的桌子，上面擺著一個帶著吸墨紙的孔雀石資料夾和一封還未寫完的信。他開始想她的事，考慮她有些什麼想法和情感。他第一次生動地想像著她的個人生活、她的思想、她的願望。一想到她可以而且應該有她自己獨立的生活時，這念頭在他看來是那麼可怕，他趕緊甩掉這個念頭。這是他害怕窺探的深淵。卡列寧從不會在思想和感情上替別人打算，設身處地替別人著想不是他的風格。他認為這種做法是有害的和危險的胡思亂想。

「最可惡的是，」他想，「這種無聊的煩惱恰好是在我的事業快要完成的時候（他在想他當時提出的計畫），在我正需要平靜的心境和精力的時候落到我的身上。怎麼辦呢？我可不是那種一遇到麻煩和驚變就沒有勇氣正視的人。」

「我必須考慮一下，儘快做出決定，然後就不再把它放心上。」他大聲說。

「她心裡產生了的，或者正在產生的感情問題的想法，不關我的事，而是她的良心問題，屬於宗教範疇。」他自言自語，意識到新出現的情況可以歸結為什麼性質的問題，因而感到欣慰。

「因此，」卡列寧又自言自語道，「她的感情問題是她的良心問題，和我不相干。我的義務十分明確：我是一家之長，我有義務指導她，因此對她也負有部分責任。我應當指出我所發現的危險，警告她，甚至行使我的權力。我應當把我的看法向她說出來。」

於是，今晚將要對妻子說的話很明確地在卡列寧的腦海裡形成了。他一面考慮要說的話，一面又因為家庭問題這麼不知不覺地耗費他的時間和精力而感到惋惜。雖然如此，他的頭腦裡還是像起草公文一樣清楚地組織好了當前這次講話的形式和順序。「我要充分說明以下幾點：第一，說明輿論和體面的重要性；第二，說明結婚的宗教意義；第三，如果必要，暗示我們的兒子可能遭遇的不幸；第四，暗示她自己可能遇到的不幸。」於是，卡列寧十指交叉著，手心朝下用力扳直手指，指關節發出「咯咯」的響聲。

這種把手指交叉弄得「咯咯」作響的壞習慣常常使他鎮靜下來，恢復了他需要的清醒和理智。聽到馬車駛到前門的聲音，卡列寧便在房子中間站住了。

聽到了一個女人上樓的腳步聲，卡列寧站在那裡準備發表意見，緊壓著交叉的手指，看會不會再弄出聲音來。只有一個關節發出「咯」的一聲。

聽著樓梯上那輕微的腳步聲，他知道她已走近，儘管他對自己的言辭很滿意，卻對馬上到來的談話感到恐懼。

chapter 9

對妻子的警告

安娜低著頭，擺弄著頭巾的穗子走進來。她滿面紅光，但這紅光不是愉快的光芒，卻像黑夜裡可怕的火光。安娜抬起頭，看到丈夫，像剛從夢中醒來一樣對他笑了笑。

「真奇怪，你還沒睡呀！」她說著把頭巾解下，沒有停留便徑直朝梳妝室走去。「該睡覺了，卡列寧。」她在梳妝室裡說。

「安娜，我有話要對你講。」

「和我說？」她從裡面出來看著他，驚訝地問。「這是怎麼回事？談什麼呀？」她坐下來問，「哼，你要談，那就談吧。不過最好還是睡覺。」

安娜脫口而出，她聽著自己說的話，驚訝於自己撒謊的本事。這謊話多麼簡單，好像她真的要去睡覺。她感覺自己披上了一副戳不穿的謊話鎧甲，好像冥冥之中有股無形的力量在支援和推動她。

「安娜，我要警告你。」他說。

「警告我？」她說，接著反問他，「是什麼事需要你警告我呀？」

她看上去很隨便，很快活地看著他。只有當丈夫的可以從她的語調以及說話的意思裡發現什麼不自然的地方。他知道只要他上床比平時遲五分鐘，就會引起她的注意，就會詢問原因；他知道，她無論遇到高興的、快樂的事還是苦惱的事，都會立刻告訴他。但是現在，他看得出來，她既沒有顧及他的心情，也不談論她自己，他覺得不正常的外表下面必定隱藏蹊蹺。他意識到，她在此之前一直向他開放的心扉如今已經對他關閉起來。不僅僅這樣，從她的語調裡甚至可以聽出來，她並沒有為此感到羞愧，彷彿就是在直截了當地對他說：「你想得對，我就是關閉起來了，而且應該關閉，將來我也要這樣。」他現在的心情，就好像一個人回到家裡，卻發現家門鎖著。「但說不定還能找到鑰匙呢。」卡列寧思索道。

「我之所以想警告你，」他輕聲說，「那是因為不小心謹慎和不檢點會讓你在交際界給別人留下議論的話柄。今天晚上你和沃倫斯基伯爵（他堅決地、從容不迫地說出這個名字）過分起勁地談話，這引起了大家的注意。」

他一邊說一邊望望她那雙含笑的、可怕的眼睛。此刻這雙眼睛可怕得令他難以捉摸。他一面說，一面就覺得他的話等於白說。

「你總愛這樣子，」她回答說，彷彿完全不理會他的意思，「我煩悶，你不高興；我快活，你又不高興。我現在不煩悶了，這又惹你生氣嗎？」

聽她說完，卡列寧的身子哆嗦了一下，他扳著手指希望著能發出點兒響聲。

「哦，請你不要再扳手指了，我真的不喜歡你這個樣子。」她說。

「安娜，你為什麼變成這個樣子了？」卡列寧輕聲地問，極力抑制住自己，不再扳手指了。

「到底什麼事啊？」她用半真半假的驚訝口吻說，「你要我怎麼樣？」

卡列寧沉吟了片刻，拭了拭前額和眼睛。他原本只是想警告妻子別在眾目睽睽之下犯錯，便情不自禁地為她的良心而感到不安，並同他憑空虛構的一種什麼障礙做著鬥爭。

「是這樣的，我是打算告訴你……」他冷漠但鎮定地接著說，「請你聽我把話說完。你也知道，我一向認為嫉妒是一種低級的、侮辱人的感情，並且我也絕不允許自己被這種感情左右。然而，有些人人皆知的禮節，誰違背了它就會受到懲罰。今晚不是我，而是大家都注意到，你的行為舉止不大得體，這從你給大家造成的印象中可以做出判斷。」

「我真是不明白，」安娜聳了聳肩說。她心想：他自己並不在乎，讓他不舒服的是其他人注意到了。「今天你的身體不舒服吧，卡列寧？」她補充了一句，站起身來，正要向門口走去，可是他搶先一步，好像想留住她。

他臉色很難看，安娜從沒見過他這個樣子。她站住了，抬起頭，一隻手麻利地從頭上取下髮夾。

「那好，你說吧，我就聽聽你還有什麼話要說，」她平淡地、嘲諷地說，「我甚至很有興趣聽聽，因為我想知道是怎麼回事。」她說話的口氣十分平靜、自然，言辭也無懈可擊，連她自己都覺得驚訝。

「我沒有權利刨根問底地追究你的感情，而且我一直認為這不僅沒有好處，甚至還是有害的，」阿列克謝開口說，「我們在窺探自己的內心時，時常會發掘被忽視的感情。你的感情事關你的良心；而我對你、對我自己、對上帝有義務指出你的責任。你我生活上結合在一起，這種結合不是人為的，而是上帝促成的。破壞這種結合就是犯罪，這種罪過是要受到嚴厲懲罰的。」

「我怎麼一句也聽不明白。啊，天哪，多想去睡覺呀！」她說著，手麻利地撩撥著頭髮，摸索著留在裡邊的髮夾。

「安娜，看在上帝的面上，請你不要這樣，」他溫和地說，「也許是我錯了，但是你要知道，我說這些話不僅僅是為了我自己，也是為了你。我是你的丈夫，我愛你。」

她的臉在剎那間陰沉下來，眼裡嘲諷的火花也消失了。顯然，「我愛你」這個字眼讓她氣憤了。她想：「愛？難道他也會愛？如果他不是聽說有愛這種東西，他恐怕一輩子也不會使用這個字吧。他根本不懂得什麼叫愛。」

「卡列寧，我真的不明白，」她說，「你有什麼想法就直接說出來吧……」

「對不起，請先讓我把話說完，我真的愛你。不過我不是在說自己。這事主要和兩個人有關，最重要的一個是我們的兒子，另外一個是你自己。我再說一遍，也許我的話根本就是多餘的、不合時宜的，也許我是因為有誤解才說出來的。如果你覺得還有一丁點兒道理的話，那就請你想一想。如果你心裡有什麼想法，你就告訴我吧。」卡列寧沒有意識到說出來的完全不是自己原來準備好的那一套。

「我沒什麼好說的，並且……」她強忍住笑，匆匆說地，「確實該睡了。」

卡列寧長歎了一口氣，向寢室走去，沒再說什麼。

等到安娜進寢室時，他已經上床了。他的嘴緊閉著，眼睛有意迴避她。安娜在自己的那張床上躺下來，一直等著他再一次張口和她說話。可是他沒有作聲。她一動也不動地等了好一陣，終於把他忘記了。她想著另一個人。她看見他，並覺得一想到他，她的心就充滿了激動和罪惡的喜悅。突然，她聽到一陣平穩而輕微的鼾聲。剛開始，好像是阿列克謝害怕自己的鼾聲，停了一會兒，可是呼吸了兩次以後，又傳出那種響聲來。

「來不及了，已經來不及了。」她偷偷地笑著對自己說。她睜著眼睛，一動不動地躺了很久，彷彿能看到自己的眼睛在黑暗中閃爍著光芒。

chapter 10

不能穿越的壁壘

從那以後，卡列寧和他的妻子也沒有發生什麼特別的事情，他們開始了新的生活。

安娜照常出入社交界，到貝特西公爵夫人那裡去的次數也越來越多了，並且幾乎處處都能遇到沃倫斯基。

卡列寧看到這種情況，但是也沒有辦法。他想要和她坦誠相待的一切努力，都被她用一道他不能穿越的、快活的、帶有迷惑性的壁壘阻擋住了。表面上一切如故，實際上他們內在的關係完全變了。

卡列寧這位在政界如此有力的人物，在這方面卻覺得束手無策，像頭公牛一樣垂頭喪氣，他服服貼貼地等待著他已覺察到的、懸在他頭上的利斧。

他每次想到這件事，總覺得應該再試一次，認為用善心、溫情和規勸來挽救她，使她醒悟，還有一線希望，因此他每天都準備和她談一次話。但每次他一開始和她談話，就感覺到那個主宰著她的邪惡和欺騙的魔鬼，同樣也主宰著他；他和她說話時會不由自主地用了他平素用的那種語調，那是嘲諷任何說他現在這種話的人的。用那樣的語調，說出他想要對她說的話是不可能的了。

chapter 11

夢中的兩個丈夫

幾乎在整整一年裡，沃倫斯基生活裡所有的欲望現在都被唯一的那個欲望取代了；對安娜來講，他的願望是一個驚人的、不會實現但令人嚮往的幸福夢想；現在他們總算得到了滿足。他面色蒼白，下頷顫抖，站在安娜面前，懇求她鎮靜，而他自己也不知道為什麼要她鎮靜，怎麼才能使她鎮靜。

「安娜！安娜！」他說著，聲音發抖，「安娜，看在上帝的分上！」

然而，她那曾自負而快活地高昂著的頭，如今卻羞愧得不敢抬起來。他越是大聲，她的頭越發低下。她全身發抖，從沙發滑到了地板上，滑到了他腳邊，要不是他把她扶住，她就會摔倒在地毯上。

「上帝呀，原諒我吧！」她抽抽噎噎地說，把他的手牢牢地放在自己的胸前。

她覺得自己罪孽深重，只能俯首求饒，如今她在生活中除他以外，已沒有別的人，因此她只能向他要求饒恕。而他則感覺自己像個殺人兇手，正看著一具被自己殺死的屍體。這具被他殺死的屍體就是他們的愛戀，他們剛開始的愛戀。回想起為了做成這件事而付出的可恥的、可怕的代價，真使人又怕又恨。她這種精神上赤裸裸的羞愧感，也傳染給了他。然而，不管兇手面對著屍體是多麼膽戰心驚，他還得把這屍體剁成碎片，掩藏起來，還得享用兇手通過謀殺所獲得的東西。

兇手急不可待的、帶著瘋狂的熱情撲到屍體上，又舔又咬，在她的臉和肩上拚命吻著。她握住他的手一動不動。是的，這些吻是用羞愧換來的。是的！就連這隻手，這隻將永遠屬於自己的手，也是我同謀的手。她拿起這隻手吻了吻。他跪下來，想瞧瞧她的臉，可是她把臉藏起來，一句話也沒說。最後，她好不容易才控制住自己，站起來，把他推開。她的臉還是那麼美麗，而且更加惹人愛憐。

「一切都結束了，」她說，「請記住，除了你，我已經一無所有了。」

「我當然會記住如同我生命的東西。就為這樣的幸福時刻……」

「你說幸福！」她厭惡而恐懼地說，這種恐懼不由得也感染了他，「請看在上帝的面上，不要再說下去了，什麼也別再說了。」她霍地站起來，把他擺脫掉。

「什麼也別再說了。」她接著又重複了一遍，帶著一臉他不能理解的冰冷的、失望的表情離開了他。她感覺，此時已經不能用語言來表達她將要邁進新生活的羞愧、欣喜和恐懼的心情，她一點都不想說出這種心情，彷彿不想用不適當的語言褻瀆了這種感情。但是此後，到了第二天、第三天，她不僅還是找不到語言來表達這種錯綜複雜的心情，甚至連思路也理不出來。

她在心裡對自己說：「不，如今我還不能夠好好想這件事，就等以後我定下心再說吧。」可是她覺得她的心情好像永遠也不會平靜下來。每當她想到，她做了什麼，她將會怎樣，她應該怎麼辦，恐懼就會襲上心頭。她便把這些思緒排除掉。

「以後，以後，」她在心裡說，「就等我的心平靜下來再說吧。」

可是當她在睡夢裡，她面臨的那些不成體統的境況就會毫無遮掩地展現在她眼前。幾乎每晚都有一個同樣的夢來纏著她。在她的夢裡，兩個人都是她的丈夫，都想極力和她親熱。這邊卡列寧哭泣著吻她的手說：「現在我們是多麼幸福呀！」另一邊沃倫斯基也在那兒，他也變成了她的丈夫。

她感到奇怪的是，以前她覺得這是不可能的，如今她卻笑著對他們說，這樣簡單多了，現在他們兩人都感到滿足和幸福。但是這種夢好像魔鬼一樣折磨她，把她嚇醒了。

chapter 12

漸漸消散的痛苦記憶

剛從莫斯科回來的幾天，列文一想起他被拒絕的恥辱還是渾身顫抖，滿臉通紅。他自言自語說：「從前我考物理得一分留級，也像這樣面紅耳赤，渾身哆嗦，認為全完了。當我把姐姐托我辦的事辦錯了的時候，也覺得自己一點兒用也沒有。可那又怎樣呢？只不過時隔幾年，每當我回想起這些事來，就會奇怪我當時為什麼會那樣難受。我想這場苦惱結果也會這樣吧。或許過些時候，我對於這件事就會釋然於心了。」

但是，三個月過去了，他對這事仍然念念不忘，還是像起初那樣，一想起來就感到痛苦。他不能平靜下來，因為他早就那麼想過家庭生活，深感自己已經達到結婚的年齡，卻一直沒有成家，而且希望越來越渺茫了。他苦惱地覺得，就如同他周邊所有的人感覺的那樣，像他這種年紀的男子是不適合於獨身的。他想起去莫斯科之前，有一次對著牧人尼古拉，一個他喜歡與之攀談的心思單純的農民說：「哦，尼古拉！我打算去討親呢。」而尼古拉卻像談一件毫無異議的、非常確定的事情一樣快速地回答：「是時候了呢。」

位子既然已經被別人佔據了，他就試著在腦子中把自己所認識的所有女子一個個地放到那個位子上，但他總是感覺那是根本行不通的。而且一想到所遭遇的拒絕和自己在這事件中所扮演的角色，他就羞愧得痛苦不堪。儘管他常常對自己說這並不能怪自己，但是那種回憶，就像其他類似的屈辱往事一樣，使他痛苦、羞愧。他的過去，像別人一樣，他以前也有過自認為是放蕩的行為，因此該受良心譴責；但回憶那種放蕩行為，遠不如回憶這些微不足道而可恥的事那麼痛苦。這些創傷永遠不會癒合。除了這些往事，現在又加上他遭到的拒絕和那晚自己在眾人眼中表現的可憐相。可是，時間和工作發揮了作用。痛苦的記憶逐漸地被田園生活中的小事——他認為是微不足道的但事實上是重要的——掩蓋住了。他對基蒂的想念一天少似一天了。他在急切地盼望著她已婚或即將結婚的消息，希望這樣的消息會像拔掉一顆病牙那樣根除他的隱痛。

轉眼間，春天來了。這是一個美好可愛的春天，一個實實在在的春天。這是一個植物、動物和人類皆大歡喜的少有的春天。這美好的春天更鼓舞了列文，幫他淡忘了過去的一切，堅定了他安排獨身生活的決心。回到鄉下後，雖然他制訂的許多計畫都沒有實現，但他最重要的決心——力求純潔的決心——他已做到了。他沒有了以前那種每次失敗之後感到苦惱的羞恥之念，他能夠正視所有的人。

二月份，他收到瑪麗亞一封信，說他哥哥尼古拉的健康狀況越來越差了，可他不願醫治。因此，列文去了莫斯科一趟，去看望他哥哥，說服他去看醫生，還讓他到國外海水浴場去療養。他成功地說服了哥哥而沒有惹他生氣，還借了路費給哥哥。

列文對自己做的這件事情非常滿意。除了讀書和春天要做的農事以外，列文還在那個冬天著手寫了一部講述農業的著作，力圖闡明在農業中勞動者的性質與氣候和土壤一樣，都是絕對因素，因而農業學的一切原理不應僅僅根據土壤和氣候兩個因素，而且要根據土壤、氣候和勞動者三個因素的某種一成不變的特性推定出來。所以，雖然孤獨，或者正是由於孤獨吧，他的生活才顯得十分充實。只是偶爾，他感覺到一種不滿足的欲望，就是急切地想把纏繞在他腦海的各種思想告知除阿加菲婭以外的什麼人，雖然他和她也經常談論物理學、農業原理特別是哲學，其中哲學是阿加菲婭最喜愛的話題。

春天氣溫回升很慢。大齋期最後兩三個星期天氣晴朗而酷寒。白天，冰雪在陽光下開始融化；夜裡，氣溫又降到零下七攝氏度；雪面上硬梆梆地凍了厚厚的一層冰，他們可以坐著車在沒有路的地方順暢通過。復活節的時候還是滿地的白雪，但是突然之間，在復活節第二天就刮了一陣暖和的風，接著烏雲籠罩了大地，溫暖的、猛烈的雨足足下了三天三夜。終於在星期四，風停了，但是灰色的濃霧瀰漫了大地，彷彿在掩藏著自然界中所有變化的奧秘一樣。在濃霧裡面，水在流淌著，伴隨著坼裂和漂浮的冰塊，混濁的、泡沫翻飛的急流奔馳著。

過完復活節的一周後的第一天，黃昏的時候，雲消霧散，烏雲變換成朵朵輕雲，天空變得晴朗了，真正的春天終於到來了。

早晨，太陽燦爛而溫暖地升起，迅速地融解了覆蓋在水面上如同蟬翼的薄冰，暖暖的空氣伴隨著從甦醒的土地上升起來的氣霧而顫動著。冬天枯黃的草又返青了。柔嫩的青草伸展出微小的葉片；不僅是雪球花和紅醋栗的枝芽，連同樺樹那略帶黏性的嫩枝都開始生機勃勃了；金黃色的花朵綴滿枝頭，一隻蜜蜂嗡嗡地飛來飛去。看不見的雲雀在天鵝絨般的綠色田野上空，在蓋滿冰塊的留茬地上空婉轉歌唱；鳳頭麥雞在積滿黃褐色塘水的窪地和沼澤上空聲聲哀鳴；白鶴和大雁發出春天的歡呼，在高空飛過。那些脫落了毛但還沒有長全的家畜在牧場上吼叫起來了；彎著腿的小羊羔圍著牠們那掉了毛的、咩咩地叫著的母親歡蹦亂跳；敏捷的孩子奔跑在印滿了還未酥軟的赤腳印跡的乾巴巴的路上，一邊可以聽見在池旁洗衣的農婦們的快活閒談聲，另一邊能聽到農民們在院子裡修理犁耙的斧聲。真正的春天到來了。

chapter 13

惱怒

列文穿上長筒靴，第一次不穿皮大衣而穿上呢子短襖，出去巡視農場。他一路上走過在太陽光裡閃閃發光的溪流，走過還未融解的冰面，走過已被陽光消融冰雪的爛泥地。

一年之計在於春。列文來到戶外，他還不知道他那心愛的農場今後要辦些什麼事業，可是他感覺他已經有了許多絕妙的規劃和設計。他先是走過去看看家畜，母牛在圍場裡暖洋洋地曬著太陽，牠們大多都已經換上了光滑的新毛，哞叫著想到草地上去。列文看了一會兒被他照顧得無微不至的母牛，就吩咐牧人把牠們都放到草地上。

列文接著把注意力放到今年新生的小牛上面，牠們個個長得都特別好。最先出生的那些小牛已經快趕上普通農家母牛那麼大了。而帕瓦生的女兒現在才三個月，但個頭卻比一歲的牛還大。列文吩咐人把料槽抬到外面來，在圍場上餵乾草。圍場已經一個冬天沒有用了，秋天做好的木欄已經壞了。他立馬差人去找木匠，本來按他的吩咐，木匠這時應該在製造打穀機，可是他竟還在修理原本該在謝肉節之前就修理好的耕耙工具。這讓列文感到非常惱怒，農場上的事總是這麼懶懶散散的。他曾經竭盡全力來與此鬥爭，但這樣的事還是一再遇到。列文差人去找管家，可是又覺得應該親自去找他。這時他看到管家容光煥發的，穿著他那件羔皮鑲邊的皮襖從打穀場那兒走過來。

「我的管家，為什麼木匠沒有製造打穀機？」

「哦，我昨天就要向您報告了，耙子要修理，因為要耙田了。」

「那他們冬天幹什麼去了？」

「您的意思是說，我們要木匠有什麼用嗎？」

「你把小牛圍場的木欄放在哪裡了？」

「我叫他們把它搬到原來的地方了，真拿這幫人沒有辦法！」管家揮著手說。

「不是這幫人沒有辦法，是您這位管家沒有辦法！」列文惱火地說。「我花錢養著您有什麼用呢？」他嚷了起來。可是列文一想這話也起不了什麼作用，於是話說了一半就不說了，只是歎了一口氣，接著問道：「地裡怎麼樣，可以播種了嗎？」

「圖爾金那邊的地，明天或者後天就可以播種了。」

「那我們的三葉草呢？」

「我已吩咐瓦西里和米什卡去了。他們此刻正在播種哩。只不過不知能夠種好。因為地太濕啦。」

「咱們種了幾俄畝？」

「差不多六俄畝。」

「為什麼不全種呀？」列文大聲嚷道。

三葉草竟然只種了六俄畝，而並不是把十二俄畝都播上種，這更使他惱怒了。遵循農業理論和他本身積累的經驗，三葉草必須要趁早播種，甚至在雪還沒有融化之前播種，才會有好收成。

「實在沒有人差遣了。這幫子人能有什麼法子呢！有三個人沒來，還有謝什麼……」

「我認為你應該把乾草的事放一放。」

「我已經把這事放下了呀。」

「那麼人都到哪裡去了呢？」

「五個人在調製蜜餞，四個人在翻曬燕麥，是為了怕它發黴，尊敬的康斯坦丁・德米特里奇。」

列文非常明白，說「怕它發黴」就是說他的英國燕麥種已經壞了，他吩咐的事沒有一件照著做。

「大齋期以前我就說過的，一定要安裝通風道！」他叫喊道。

「您真的不用擔心，到時候我們會把所有的一切都給您辦得妥妥當當的。」

列文怒氣沖沖地把手一揮，走進穀倉去看燕麥，然後回到馬廄那裡去。燕麥還沒有壞。雇工們在用鏟子翻燕麥。列文吩咐他們照著他說的去做，又從裡面調撥了兩個雇工幫助播種三葉草，這才把因管家所做而生的氣消了點。真是的，天氣這麼晴朗，為什麼要生氣呢？

「伊格納特！」他對那捲起袖子正在井邊洗馬車的車夫叫道，「給我備馬……」

「您想用哪一匹？」

「嗯，就用科爾皮克吧。」

「好的。」

列文趁著車夫備馬的工夫，把一直在一邊轉來轉去的管家叫到面前，想同他和好，就跟他談起這個春天的農活和農場計畫來。運送肥料的事需要早些開始，最好在鋤第一遍草之前就全部做完。遠處那塊田可以不用耕了，應該要把它換成休耕地。刈草一律雇人，而且要付現錢，不採用對分制[37]。管家在用心聽著，很明顯他極力想要表示贊成主人的想法，可還是流露出列文早已熟悉並總是為之惱火的無能為力的沮喪神氣。那表情明顯在說：這一切聽上去儘管都不錯，可最後還是得看天意。

37. 雇主和農民按對分制種地和分配收穫物。

管家的表情令列文極為痛心。可是有什麼辦法呢，他雇用過的所有管家都是這個樣子。他們對於他提出的想法全部都採取一樣的態度，因此他現在也不再生氣，而是感到傷心，覺得更加需要堅決反對這種老是同他作對的習慣勢力。這種習慣勢力他想不出叫什麼好，權且稱之為「聽天由命」。

「這要看我們是否忙得過來，尊敬的康斯坦丁・德米特里奇。」管家回答。

「告訴我，為什麼忙不過來？」

「我們現在最起碼還需要十五名工人，可是雇不到。今天來了幾個，幹一個夏天要七十盧布。」

列文沉默了。習慣力量又開始來和他作對了。他知道不管他們怎麼努力，以現在的價錢，最多只能雇到三十七八個人，有過雇四十人的情況，更多則不可能。但他還是不能不同這種阻力做鬥爭。

「如果實在沒人來，那你就打發人到蘇雷和切菲羅夫卡找人。我們總得去找人呀。」

「我會派人去的，」管家瓦西里・費奧多羅維奇垂頭喪氣地說，「可是馬匹都沒有力氣了。」

「馬匹我們可以再添幾匹，我知道這個沒問題，」列文笑著補充說，「您總是小手小腳的。今年我可不讓您照您那一套辦了。一切我都自己來。」

「東家您要親自來照管，我們當然是很高興。可是您本來就睡眠少。……」

「你說他們幾個現在在樺樹林那邊播種三葉草是嗎?我要去看一看。」說完他就跨上車夫牽來的栗色小馬科爾皮克。

「小河那邊現在已經不能過了，康斯坦丁・德米特里奇。」車夫叫道。

「噢，那我從樹林裡走。」

列文騎著這匹很久沒有活動的小馬。牠在水池邊打著響鼻，晃動著韁繩，敏捷的蹄子踏著院子裡的泥水，出了大門，直朝田野走去。

他之前看了看畜欄和糧倉，心裡就感覺非常快活。此刻到了田野上，他的心情更感愉快了。小駿馬的溜蹄使列文的身子有節奏地左右搖晃。他穿過那還留著殘雪和地上的腳印正在融化的樹林，吸著雪和空氣散發出的溫暖而清新的氣味，興致勃勃地欣賞著樹皮上長著青苔、枝條上暴出點點嫩芽的樹。在他走出樹林後，他眼前展現出了一大片綠色的平坦而又遼闊的原野。這裡沒有不毛之地和沼澤，有的只是窪地裡還殘存的零零散散未融化的雪。他看到農家的馬帶著小馬駒在糟蹋他的草地，就讓他碰到的一個農夫把牠們都趕走。他碰到了農夫伊派特，問他：「嗨，伊派特，快要播種了吧？」

伊派特回答：「我們需要先耕地呀，康斯坦丁・德米特里奇。」

雖然伊派特是用嘲諷的口吻和他說話，但列文並沒有感到惱怒。因為越向前走他越感到愉快，腦子裡面浮現出的農事計畫，一個比一個好。他計畫把自己所有的田地全部按照南北線方向栽種上一排柳樹，這樣雪就不會積得太久；把田野劃成六塊耕地，再劃三塊種牧草，在田野盡頭建一座飼養場，為了方便施肥，可以再建造一個可移動牲畜欄。這麼一來，所有土地就會由三百俄畝小麥，一百俄畝馬鈴薯，一百五十俄畝三葉草組成了，就不會再有一畝的土地荒廢了。

列文裝了滿腦子的夢想，為了避免馬兒踐踏了青苗，他小心翼翼地讓馬靠著地邊走，一直走到正忙著播種三葉草的幾個雇工跟前。一輛裝種子的大車不是停在田邊上，而是停在田當中，冬小麥被車輪軋壞，被馬蹄踩壞了。兩名雇工坐在田邊上，看樣子像是大夥一塊兒抽袋煙。大車上放著用來拌種子的泥土，泥團都被壓成硬塊。看到主人來了，瓦西里就朝大車走去，米什卡也開始播種。這太不像話了。可列文一向不願對雇工發脾氣。瓦西里走過來，列文叫他把馬牽到田邊上去。

「老爺，沒事的，麥子還能長起來的。」瓦西里說。

「別貧嘴了，」列文說，「照我說的辦吧。」

「好的，您啊。」瓦西里邊說邊去拉馬籠頭。「您看我們種得多好呀，康斯坦丁・德米特里奇，」他奉承般地說，「只是難走得要命！草鞋上足足有一普特[38]泥巴。」

「你們怎麼沒敲碎土塊？」列文問。

「我們會揉碎的。」瓦西里說著拿起一大把種子，在手心裡把泥團弄碎。

其實這也不能怪瓦西里，是別人把沒有篩過的泥土裝上了車。但是這事確實令人不快。每次遇上看起來不如意的事，列文總試著把它想像成好事，他曾不止一次地用這種有效的辦法來澆滅自己的火氣。現在他又試著用這種方法了。他看了看米什卡如何播種。當看到米什卡腳上拖著大泥巴團子，費勁地往前走時，他就從馬上下來，接過瓦西里手中的笸斗，開始親自播種。

「你剛才播種到哪兒了？」

瓦西里用腳指了指一個地方，列文便認真地播起種來。就像走在沼澤中一樣，十分吃力，列文播完一行就滿頭大汗。他停下來，把笸斗交給了瓦西里。

「老爺，呃，到夏季看到這一行，您可別罵我啊！」瓦西里說。

「怎麼了？」列文愉快地問，感覺自己的好方法起了效果。

「到夏季您來看看吧，到時就看出不同啦。您看看去年春天我播過的地方，簡直像種的一樣齊！我這個人幹活就像給親生父親幹活一樣賣力。我做事不喜歡馬虎，也容忍不了其他人馬虎。對東家有好處也就是對我們有好處。您看看那邊，」瓦西里用手指著那邊的田野說，「真叫人心裡高興啊！」

「瓦西里，今年春天真是個明媚的季節。」

38. 普特是沙皇時期俄國的計量單位。一普特等於四十俄磅，約等於十六・三八千克。

「是啊，幾時有過這麼好的春天，連老年人都記不起來了。我們家裡，老頭子也播了半畝光景的小麥。他說你簡直分不清是小麥還是黑麥。」

「你家已經播種上小麥了嗎？」

「是您前年教給我們的，您還送給我一蒲式耳[39]種子呢。我們賣掉四分之一，其餘的都種下去了。」

「哦，你要仔細點兒，把土塊捏碎，」列文說著向馬走去，「還得看看米什卡，要是麥子出好了，每俄畝給你五十戈比。」

「謝謝老爺！您對我們已經很好了。」

列文騎上馬，向種有隔年三葉草的田野，向已經耕過準備種春小麥的田野跑去。

殘莖中的三葉草出得十分好，全都返青了，從去年的小麥殘稈中長出來，綠油油的一片。馬在還沒有完全化凍的泥土裡走著，發出撲哧撲哧的聲音，在冰雪融化的壟溝裡，泥都淹沒到馬的膝蓋上面。田地翻耕情況基本很好，再過幾天就可以耙地、下種了。一切都好，一切都令人心曠神怡。回家時列文打算涉過小溪，希望水能退掉。他果真涉過了小溪，還驚飛了兩隻野鴨。「肯定還有秋鶴。」他心想。在快到家的拐彎處他遇到了看林人，看林人也認為他的猜測是對的。

列文策馬向家奔去，想早點兒吃晚飯，準備好獵槍在傍晚時分去狩獵。

39. 一蒲式耳合三六千克。

chapter 14 快樂不在於發現了真理

當列文興沖沖地馳近家門的時候，他聽到了大門外的響鈴聲。

「哦，應該是從車站來的吧，」他想，「現在正是莫斯科班車到達的時候……會是誰呢？會不會是哥哥尼古拉？他不是說過可能到溫泉浴場去，也可能上你那兒嗎？」想到這些的那一剎那，他感到驚慌和困惑，就怕尼古拉哥哥的到來會攪亂他這個春天的愉快心情。可他馬上因懷著這樣的心情而羞愧，便立刻敞開了心靈的懷抱，懷著一絲喜悅和期待，從心底希望這是他哥哥。他縱馬向前，從洋槐樹後面奔馳而出。他看到了一輛從車站駛來的出租用的三匹馬拉的雪橇，裡面坐著一位穿皮大衣的紳士，這人不是他的哥哥。「啊，但願是個談得來的有趣的人。」他想。

「啊！」列文愉快地叫起來，兩隻手高高地舉起來。

「貴客來臨啊！噢，看見你我真高興呀！」他大聲說道，認出了奧布隆斯基。

「我到底能否探問她結婚了沒有，或者她什麼時候結婚？」他在心裡思索著。

在如此美好的春日裡，就是想到她，他也沒感到傷心。

「你沒想到我會來吧，嗯？」奧布隆斯基說著下了雪橇。他的鼻子上、臉上和眉毛上都濺著泥，但是容光煥發，精神抖擻。「跑來看看你，這是一。」他一面說，一面擁抱他，同他親吻，「其次是來打獵，第三是來賣葉爾古紹沃的樹林。」

「太好了！多麼美好的春天呀！你為什麼坐雪橇來啊？」

「康斯坦丁・德米特里奇，坐馬車恐怕比這還糟呢。」和他也很熟悉的馬車夫回答道。

「啊，我非常、非常高興看見你。」列文說，臉上掛著孩子般歡喜的純真微笑。

列文帶著他的朋友到其中一間客房去，而奧布隆斯基的行李也同時搬入了那個房間。列文趁著他一個人在那裡洗漱換衣的時候，走到帳房找人吩咐關於耕地和種植苜蓿的事。一直以來非常顧及家庭體面的阿加菲婭在前廳看見列文，就向他請示怎樣備飯。

「我覺得就隨你的意思去做吧，但是要快一點。」他交代完這些，就去管家那裡了。

當他吩咐完事情返回來時，奧布隆斯基已經洗好了臉，梳好了頭髮，正喜笑顏開地從房間裡走出來。於是，他們就一道上樓去了。

「哦，終於來到了你這裡！現在我明白你在這裡所幹的神秘事業了。說實在的，我真羨慕你呢！多好的房子，一切都是多麼出色呀！明朗、快樂。」奧布隆斯基愉快地說著，好像忘了這裡並不是四季如春，「你的乳母真是太可愛了！不過，或許那些繫著圍裙的美麗使女對我會更合意。但是考慮到你偏向嚴肅的修道院式生活，那這樣子就最好了。」

奧布隆斯基對著列文談了很多有意思的消息，但令列文特別感興趣的是他哥哥謝爾蓋計畫在夏天時到鄉間來看望他。

雖然奧布隆斯基一直在說，但一句也沒有提關於基蒂和謝爾巴茨基家的事，他只轉達了他妻子的問候。列文感謝他的關心，十分歡迎他的來訪。列文一向過著孤單的生活，心裡有許多思緒、感觸平時無法對人訴說。現在他把春天那種滿含詩意的歡喜、他在農事上的成敗和新的計畫、他對他閱讀的書的感想和批評，以及他自己預備書寫的著作的大概意思——那著作，儘管他自己也沒有覺察到，實際上是以批判一切有關農業的舊著作為基礎的——通通告訴了奧布隆斯基。奧布隆斯基本就很風趣，不管什麼事情只要稍加暗示就可以領悟。於是，在這次訪問中就感覺格外的妙趣橫生了。列文還發現他待人接物彬彬有禮，情感親切細膩，覺得很高興。

阿加菲婭和廚師費盡心思準備把晚餐弄得格外豐盛，使得這兩位餓慌了的朋友一坐下，不等正菜上來，就大吃黃油麵包、鹹鵝和醃蘑菇。列文又吩咐先送湯來，不用等餡餅烘好，而廚師原想用他拿手的餡餅來博得客人的讚賞。雖然奧布隆斯基已經習慣了完全不同風格的飯菜，他依舊感覺這一切都非常鮮美：草浸酒、麵包、黃油，特別是美味的鹹鵝、野生菌、蕁麻湯、白醬油子雞和克里米亞葡萄酒。這一切都是多麼精美可口呀！

「太棒了，太棒了！」他在吃過燒肉後又抽上一支粗的雪茄，「我到你這裡，就好像從一艘喧鬧而顛簸的輪船上來到寧靜的海岸。那麼，你說勞動者這個因素應當研究，它還決定著農業方法的選擇。當然，我對這些完全是個門外漢，但是我想它的理論以及應用對於工人應該也是有影響的。」

「你說得對，可是等一等，我並不是在談論政治經濟學，而是在談論農業科學。它理應像自然科學那樣去觀察現存的現象，對於工人應該從經濟學或人種學的角度來觀察……」當列文談到這裡時，阿加菲婭端著果醬走了進來。

「噢，阿加菲婭，」奧布隆斯基說，吮吸著自己肥胖的指尖，「太感謝你了，多麼美味的鹹鵝，多麼美味的草浸酒啊！我們到出發的時候了吧，你覺得呢，科斯佳？」

列文望了望窗外落到光禿禿的樹梢後的太陽。「對，是該出發了。」他回答，接著轉向庫茲馬，「準備馬車吧。」於是庫茲馬跑下樓套馬車去了。

奧布隆斯基跟著走下樓去，小心翼翼地取下包著他那獵槍漆匣的帆布套，打開匣子，接著把那貴重的新式獵槍組裝起來。庫茲馬彷彿確定會得到一大筆賞錢做酒錢，寸步不離奧布隆斯基，幫他穿上了長筒襪和靴子，而奧布隆斯基也很高興把這些事交給庫茲馬去辦。

「科斯佳，和大家說一聲，如果商人里亞比寧來了……我約他今天過來的，就把他領進來，讓他等我一下……」

「哦，你是想把樹林賣給里亞比寧嗎？」

「是的。你認得他嗎？」

「當然認得。我同他打過『一言為定』的交道。」

奧布隆斯基大笑起來。「『一言為定』是那個商人最愛說的話。

「是的，他說話的那副神情十分可笑……牠知道牠的主人要到什麼地方去啊！」他又補充道，輕拍著拉斯卡，在列文身邊轉來轉去，一會兒舔舔他的手，一會兒又舔舔他的靴子和獵槍。

當他們出來的時候，馬車已停在門口了。

「雖然不遠，但我還是叫他們套了馬車；不過，要是你願意，我們也可以走著去！」

「不，我們還是乘車去吧。」奧布隆斯基說，跨上了馬車。他坐下，把虎皮毯蓋在膝蓋上，接著點燃了一支雪茄：「你怎麼不抽煙！雪茄——這不只是一種享受，簡直是人間妙品，其樂無窮。這才是生活呢！多麼美好！我真希望過這樣的生活！」

「誰阻撓你過那種生活了呢？」列文笑著說。

「不，你才是個幸運兒呢！隨心所欲。你喜歡馬就有馬；喜歡狗就有狗；想打獵就打獵；願意耕作就耕作。」

「或許是由於我喜愛我所擁有的東西，我有什麼就享受什麼，缺少什麼也不苦惱。」列文說著，想到了基蒂。

奧布隆斯基明白他的意思，看著他卻沒說一句話。

奧布隆斯基靠著慣有的機敏注意到，列文害怕提到謝爾巴茨基家，就一句也沒提到他們，因此，列文也非常感激他；其實列文很想打聽一下那椿使他如此痛苦而又沒有勇氣開口的事情。

「呃，你的事情如何啊？」列文想到，只考慮自己的問題是不好的，就問道。

奧布隆斯基的眼睛愉快地閃爍著。「我知道你有了一份口糧後，不會還想要新的麵包卷——在你看來，那是一種罪惡，但我覺得沒有愛情就無法生活，」他說著，以自己的意思去理解列文的話，「我生來就是這麼一個人，有什麼辦法呢！說實在的，這種事對別人沒有什麼大害，卻能給自己帶來極大的樂趣。」

「呀！那又有什麼新鮮事嗎？」列文問道，「你又有什麼新鮮事？」

「是呀，老弟！你知道奧西安[40]筆下的那種女人……那種在夢裡才能見到的女人……啊，現實生活中也有這種女人，這種女人很可怕。依我說呀，女人這東西不論你怎樣研究，她永遠都是新鮮的。」

「那還是不去研究的好。」

「那可不是，有位數學家曾說過，快樂不在於發現了真理，而在於尋求真理的過程。」

列文默不作聲地傾聽著，無論他怎麼盡力，也無法摸透他朋友的心，無法懂得他的感情和他研究女人的樂趣。

40. 奧西安是三世紀傳說中克爾特人的英雄和彈唱詩人馬克芬森（一七三六至一七九六年）。

chapter 15

狩獵時光

打獵的地點在離河不遠的小白楊樹林中。馬車剛到樹林旁，列文就下了車，帶著奧布隆斯基到了一塊冰雪完全融化、長滿青苔的空曠草地旁。他自己來到另外一邊一棵雙幹孿生的白樺樹旁，把獵槍擱在一根低矮的枯枝上，脫下長袍，整整腰帶，活動著兩條胳膊看是否靈活自如。

灰毛老狗拉斯卡緊跟在他們後面，小心翼翼地在列文對面蹲下來，豎起耳朵。太陽慢慢地在茂密的大森林後邊落下去。點綴著楊樹林的幾棵白樺樹，在落日的餘暉中更映襯出它那硬朗飽滿的枝條。從積著殘雪的密林裡，隱隱約約傳來蜿蜒的小溪的潺潺流水聲。不時地有小鳥嘰嘰喳喳地叫著，在大樹之間飛來飛去。

萬籟俱寂，可以聽見隔年落葉由於泥土解凍和青草萌芽而發出的沙沙聲。「真有意思！不僅能看到青草生長，竟然還能聽到它們生長！」

列文看到小草旁有一片石板色的濕淋淋的楊樹葉在顫動便自言自語道。他站著耐心聆聽著，一會兒向下看看長滿青苔的潮濕地面，一會兒瞅瞅豎耳聆聽的拉斯卡，一會兒眺望延伸到山腳的那片早已光禿禿的、一眼望不到邊的樹林，一會兒又抬頭仰望綴滿雲朵、漸漸變暗的天空。

一隻鷂鷹悠然搧動兩翼，在遠處樹林上高高飛過；另一隻也以同樣的動作朝同一個方向飛去，接著便消失了。鳥兒在樹林裡越叫越響，聲音越來越嘈雜。不遠處貓頭鷹也叫了起來。拉斯卡猛地提高了警惕，緩緩向前走了幾步，側耳聆聽。溪流那邊傳來了布穀鳥的咕咕聲，像往常一樣，牠剛開始叫了兩聲「布——穀」，接著就沙啞地亂叫起來，叫聲響成一片。

「聽！已經有布穀鳥了！」奧布隆斯基從灌木叢後面走出來說。

「我聽到了，」列文回答，不滿自己聽來也覺得討厭的聲音打破了林中的寂靜，「應該快來了。」

奧布隆斯基又隱藏到灌木叢裡。列文只看見火柴一亮，接著就出現通紅的香煙頭和一縷青煙。咔嚓！咔嚓！——傳來奧布隆斯基扳上槍機的聲音。

「快！聽！那是什麼在叫？」奧布隆斯基問，他讓列文仔細聽一種拉長的叫聲，極像小馬駒淘氣時發出的嘶鳴聲。

「噢，你不知道嗎？這是一隻公兔在叫呀。噓，別講話了！你仔細聽，飛來了！」列文差點尖叫起來，趕緊槍上膛。

遠處傳來尖細的鳥叫聲，按照打獵人所熟悉的節拍，過了兩秒又傳來第二聲、第三聲，在第三聲之後就聽到粗嘎的啼聲。

列文環顧周圍，在他跟前的灰藍色天空中，在縱橫交錯成一片的楊樹林柔嫩的新芽上，飛來了一隻鳥兒。那鳥一直朝他飛來。「霍爾」聲越來越近了，好像有人在你耳邊一下下地用力把布撕成一條條的。已經看見那隻鳥的長喙和脖子了。就在列文瞄準的一剎那，從奧布隆斯基站著的灌木叢中發出一束紅光。那隻鳥像箭一般落下來，接著又掙扎著向上飛起。又閃出一道紅光，聽到一聲槍響。那鳥拚命拍打著翅膀，彷彿想停留在空中。但牠只停留了一會兒，就啪嗒一聲重重地落進了爛泥裡。

「沒射中嗎？」奧布隆斯基大喊起來，他被槍管冒出的煙遮擋了視線，看不清前面。

「在這裡呢，看！」列文用手指著拉斯卡說。那狗正豎著耳朵，搖晃著牠那高高翹起的毛茸茸的尾巴，不慌不忙一步步走過來，彷彿有意要延長這種快樂，而且似乎面帶笑容，把死鳥叼給主人。

「我真高興，你射中了。」列文說，但同時也因為自己沒射中這隻秋鶴而懷著嫉妒的情緒。

「右槍筒那下打得真糟糕，」奧布隆斯基邊裝槍彈邊回答說，「噓……又來了。」

果然又傳來了一聲聲的尖叫。兩隻秋鶴互相追逐嬉戲著，沒有發出「霍爾」的叫聲，只是尖叫著徑直飛到了獵人們的上方。四聲槍響後，秋鶴便像燕子一樣在天空中翻了個筋斗就不見了。

這次打獵收穫不小：奧布隆斯基又打了兩隻鳥，列文也打了兩隻，其中一隻沒有找到。天色黑下來了。透過白樺空隙可以看見銀白色的金星在西方低垂，閃耀著溫柔的光輝；亮度不是很強的大角星在東邊天空中閃耀著紅紅的火光。列文在頭正上方看見了北斗星，若隱若現。秋鶴已經不再飛來了，但列文還是決定再等等，等金星升到他面前的白樺樹枝梢頭，等北斗七星完全顯露出來。金星已經升到了樹梢上。北斗星的斗和斗柄在蒼茫的天空中已經十分清晰了，可是他還在等待。

「咱們該回家了吧？」奧布隆斯基說。樹林裡一片寂靜，沒有一隻鳥雀飛動。

「再等會兒吧。」列文回答。

「隨便。」他們站在那兒，相距十四五步光景。

「斯季瓦！」列文出其不意地說，「你為什麼不告訴我，你的姨妹結婚了沒有，或者打算什麼時候結婚？」列文覺得自己十分沉著，不管聽到什麼樣的回答都不會情緒波動。然而，奧布隆斯基的回答卻是他做夢也沒想到的。

「不管過去還是現在，她從沒想過要結婚。她病得很厲害，醫生叫她到國外療養去了。大家甚至為她的性命擔心呢。」

「你說什麼！」列文喊了起來，「病得嚴重？她怎麼啦？她怎會……」

他們說這些話時，拉斯卡豎直了耳朵，仰望著天空，又責怪般地看了他們一眼。「他們為什麼非得這個時候談話，」拉斯卡好像在想，「鳥飛來了……瞧，真的飛來了，他們要錯過機會了……」

就在這時，兩人突然聽到一聲刺耳的鳥叫聲，他們同時抓起了槍，兩道火光一閃，幾乎在同一時間響了兩聲。一隻在局空飛翔的秋鶴，一下子收攏翅膀，掉進樹叢裡，把嫩枝都壓彎了。

「太好了！兩槍同時射中！」列文喊道，和拉斯卡一起跑到叢林裡找秋鶴。

「啊，剛才說到什麼不愉快的事情了？」他回想著，「對了，基蒂病了……有什麼辦法呢，真叫人難過。」

「啊，找到了！真能幹。」他說著從拉斯卡的口裡接過那隻帶著體溫的秋鶴，把牠裝到差不多快滿了的獵袋裡。「斯季瓦，找到啦！」他喊道。

chapter 16

希望

在打獵回來的路上，列文細緻地詢問了基蒂的病情，了解了謝爾巴茨基家的出國計畫，聽到的消息使他高興，雖然他羞於承認。高興的是他還有希望；更高興的是，她使他遭受的那種痛苦，如今她自己也嘗到了。然而，當奧布隆斯基談到基蒂生病的原因，並且提到沃倫斯基的名字時，列文打斷了他：「我沒有絲毫權利來打探別人家的私事，並且，說實在的，我也沒有興趣。」

奧布隆斯基隱隱地一笑，列文的臉色剛才還是那麼快樂，一下子卻變得如此陰鬱。

「你與里亞比寧的樹林交易徹底談妥了嗎？」列文問。

「是啊，已談妥了。價錢還挺不錯呢，三萬八千盧布。先付八千盧布現款，剩下的六年內付清，我都跑煩了。沒有人願意出比他高的價錢了。」

「那你等於是把你的樹林白白送出去了。」列文憂鬱地說。

「怎能說是白白送出去呢？」奧布隆斯基帶著笑容說，明白這時在列文看來什麼都是不滿意的。

「因為那片樹林每俄畝至少能值五百盧布。」列文答道。

「是嗎，你們這些土財主！」奧布隆斯基半開玩笑地說。「你們這種瞧不起我們城裡人的口氣真叫人受不了！不瞞你說，我一切都算過了，樹林賣到好價錢，我簡直擔心對方變卦呢。」奧布隆斯基說，「而且薪木每俄畝地也達不到十三俄丈，他差不多每畝地給了我二百盧布。」

列文輕蔑地笑了笑，他想：「我知道，這種作風不光他一個人有，城裡人個個都有。十年裡，他們只下過兩三次鄉，鄉里話只學會了兩三句，就到處亂用，自信什麼都懂了。什麼『木材』了，『三十沙繩』了，說得頭頭是道，其實一竅不通。」

「樹怎麼能數啊？」奧布隆斯基大笑起來，還在想著怎樣使朋友擺脫不愉快心情，「數沙子，數星光，只有那些有天大本領的人才能辦到……[41]」

「里亞比寧就是那種有天大本領的人。商人買賣樹林，沒有不數樹的。你那片林子我很熟悉，我年年都到那邊去打獵，你那座樹林每畝值五百盧布現鈔，他卻只給你兩百盧布，還是分期付款。那就相當於你白白地送他三萬盧布。」

「得啦，別空想了，」奧布隆斯基像在訴苦似的說，「那為何其他人都不願出比他高的價呢？」

「那是由於他和其他商人相互串通好了，他收買了他們。我同那些人打過交道，我了解他們。要知道，他們不是商人，而是投機販子。」

「哦，別說了吧！我看你今天心情很不好。」

「才沒有。」列文憂鬱地說。他們已經到家了。

大門口停著一輛包著鐵皮和皮革的馬車，車裡坐著一個面色紅潤、腰帶勒得很緊的人，他就是里亞比寧的車夫。里亞比寧已進了房間，在前廳裡迎住了這兩個朋友。他是個高高的、消瘦的中年人，留著小鬍鬚，尖下巴剃得光光的，一雙高高凸出的眼睛顯得無神。他身穿一件藍色的長襟禮服，鈕釦一直到了腰下。腳穿的高筒皮靴在腳踝處有些褶皺，而小腿那部分一點摺皺也沒有。皮靴外邊套著一

41. 奧布隆斯基引用的是傑爾查文的頌歌《上帝》開頭的兩句。

雙大套靴。他用手帕把整個臉都擦了一下，拉了拉原來就很整齊的禮服，笑容可掬地迎接他們，他向奧布隆斯基伸出一隻手來，像是要抓住什麼東西一樣。

「哦！您來了，」奧布隆斯基邊說著邊把手伸出來，「太好了。」

「對於閣下吩咐，我可不敢違背，也不管道路這麼壞，幾乎一路徒步來的，不過還是按時到了。」

「我向您問好！康斯坦丁・德米特里奇。」他對列文說，竭力想握列文的手。可是列文皺起眉頭，裝作沒有看見他的手，同時把秋鶴取出來。

「兩位是去狩獵快活了吧？這是什麼鳥兒？請問。」里亞比寧補充了一句說，不以為然地看了秋鶴一眼。接著說：「這味道，一定很不錯的吧。」接著他帶著不屑一顧的表情搖搖頭。

「要到書房裡去嗎？」列文陰沉著臉，皺著眉頭，用法語問奧布隆斯基，「你們到書房去談吧。」

「好，哪兒都行。」里亞比寧神氣十足地說。里亞比寧走進了書房，慣性地向周圍打量一圈，他瞅了瞅書櫃，就像看秋鶴那樣不以為然地搖搖頭，心想要是他，怎麼也不會花這麼多錢去買書。

「怎麼，錢帶來了嗎？」奧布隆斯基問，「請坐吧。」

「您放心，錢我們是肯定不會捨不得的。我是特地來和您當面談談。」

「談什麼？哦，您請坐。」

「好的。」里亞比寧邊說邊坐了下來，很不自在地把胳膊肘放在椅背上。

列文已把獵槍放入櫃裡，剛要出門，聽到商人的話，就停下了腳步。「您其實已經白白地拿走了人家一片樹林，」他說，「可惜他到我這裡太晚了，否則我會替他定個價錢的。」

里亞比寧站起來，一言不發地笑著從頭到尾端詳著列文。

「康斯坦丁・德米特里奇太吝嗇了，」他笑著對奧布隆斯基說，「你簡直沒有辦法買他的東西。我買他的小麥，出了好大的價錢。」

「那我為何就得把自個兒的東西白白送給您呢？我又不是撿到的、偷來的。」

「不好意思，現在，偷竊是不可能的了。這年頭都得按法律辦事，一切都得正正當當。不過憑良心說，那座樹林太貴，實在不上算。我要求稍微讓一點價。」

「你們交易談妥了嗎？如果談妥，就不用商量價錢了，要是沒談妥，那片樹林我買了。」列文說。

里亞比寧臉上的微笑剎那間不見了，剩下的只有像鶴鷹般狠毒的神情。他用瘦巴巴的手指麻利地解開禮服鈕釦，迅速地拿出一隻鼓鼓囊囊的破舊皮夾子。

「請收下這些錢吧，樹林是我的了。」他說著，迅速畫了個十字，伸出一隻手。「我里亞比寧做交易就這樣，絕不在乎小錢。」他補充說，晃了晃皮夾子，緊皺著眉。

「如果我是你，就不會這麼著急。」列文說。

「那怎麼行，你知道我都已經答應了。」奧布隆斯基驚詫地說。

列文走出房間，「砰」的一聲關上門。里亞比寧看了看門，笑著搖了搖頭：「這簡直是年少輕狂——完全是孩子脾氣哩。哦，憑良心說，我買下這片樹林，請您相信，純粹是為了名譽，就想讓人家知道，買奧布隆斯基家樹林的不是別人，正是里亞比寧。至於賺不賺錢，只好聽天由命了。我可以對上帝發誓。請您在這張地契上簽個字。」

一點後，那商人就仔細掩上衣襟，口袋裡藏著契約，坐上他那遮蓋得嚴實的馬車，回家去了。

「是啊，」管家答道，把韁繩交給他，蓋上皮車篷，「不過我還是要為這樁買賣向您道賀啊，米哈依爾・伊格納季奇。」

「哦，哦……」

chapter 17 上當受騙的買賣

奧布隆斯基走上樓去，口袋裡塞滿了那商人剛剛預付給他的三個月的期票。樹林買賣已經成交，錢已到手，打獵成績又出色，奧布隆斯基高興極了，因此，他很想消除列文的不愉快情緒。他希望這一天像開始那樣愉快地結束。

列文的確悶悶不樂，儘管他竭力表現出對這位可愛的客人的盛情和殷勤，可他還是控制不了自己的情緒。基蒂沒結婚的喜訊讓他情緒開始波動起來。

基蒂沒有結婚，反而病了，為了一個她所愛的人冷落她而病了。這種屈辱似乎也落到了列文頭上。沃倫斯基冷落了她，而她又冷落了他列文。沃倫斯基因此有權利輕視列文，所以他是他的敵人。可列文並沒想到這些，他只是模模糊糊地感覺到，在這件事上有什麼地方侮辱了他。不過，現在他不是因為這件事破壞了他的情緒而惱火，而是對當前許多事情看不順眼。出賣樹林這樁愚蠢的騙局交易，這樁使奧布隆斯基上當受騙的買賣是在他家裡成交的，這令他惱怒。

「結束了嗎？」他迎住走上樓來的奧布隆斯基問，「想吃晚飯嗎？」

「可以，我不反對。在鄉下，我的胃口好極了！你為什麼不留里亞比寧吃晚飯？」

「該死的傢伙！」

「你怎麼能那麼對他啊！」奧布隆斯基說，「就連和他握手都不肯，怎麼連手都不和他握呢？」

「我從來不和奴才握手，況且奴才都比他強一百倍。」

「真是頑固不化！那麼，你對階級融合有什麼看法？」奧布隆斯基說。

「這讓我想吐，誰願意誰就結合好啦。」

「我覺得你真是個徹頭徹尾的老頑固。」

「是嗎？我從來也沒想過，我是個什麼人。我只知道我是康斯坦丁・列文，別的再沒有什麼了。」

「還是情緒糟糕的康斯坦丁・列文。」奧布隆斯基微笑著說。

「沒錯，我是情緒糟糕，你知道為什麼嗎？就因為你稀裡糊塗地把林子賣了。」

奧布隆斯基眉頭緊皺，他那模樣，就好像無緣無故受了別人的埋怨和責罵，感到委屈和失望。

「唉，得了吧！」他說，「一個人不論什麼時候賣掉什麼東西，總是立刻會有人說：『這要值錢得多。』是不是？可是當你出賣的時候，誰也不肯出大價錢……是的，是啊，我看得出來你痛恨那個不幸的里亞比寧。」

「也許吧。可你知道為什麼嗎？也許你又要叫我老頑固了，或者其他別的可怕名稱。但我覺得，我們所屬的貴族階層在各方面都正走向敗落，我感覺十分惱怒、痛心。不管如何打破階級界限，我還是願意做貴族。沒落並不是由於奢侈。要是由於奢侈，倒也無所謂。過闊綽的生活，這原是貴族的習慣，只有貴族才會這樣過日子。我們周圍的農民現在都在買地，這我並不痛心。老爺什麼事情都不幹，而農民天天勞動，把不幹活的人擠開也是合理的，我為農民高興。但是，如果貴族因為——我不知該怎麼說——因為天真無知而敗落，那就讓人覺得痛心。這兒就有一個波蘭投機家，用半價從住在尼斯的一位貴婦人那裡買到了那塊很好的土地。那兒又有人向商人抵押田地，一畝只押到一盧布，其實值十盧布。今天你又無緣無故送給那個騙子三萬盧布。」

「那該怎麼樣？難道一棵棵去數？」

「一定要數。你沒數過，里亞比寧可是數過了。他的兒女以後就有生活費和教育費了，而你的孩子們就沒有了！」

「不會吧，這麼去數，未免也太小氣了。我們有我們的事，他們有他們的事，再說總得讓他們有點錢可賺。總之，事情已經過去，也就算啦。哦，煎蛋上來了，那可是我最喜歡的食品。阿加菲婭還會給我們喝可口的草浸酒。」

奧布隆斯基在桌旁坐下來，開始和阿加菲婭說笑，再三對她說，這樣好的午飯和晚飯他好久沒有吃過了。

「您還誇獎幾句，」阿加菲婭說，「但是康斯坦丁・德米特里奇呢，不管你給他吃什麼，就算是麵包皮，他也是吃了就走。」

儘管列文極力控制自己，但還是悶悶不樂，寡言少語。他想問奧布隆斯基一個問題，但又拿不定主意，找不到合適的言語或者恰當的機會。奧布隆斯基已經回到樓下自己的屋裡了，脫去衣服，洗了臉，穿上有皺紋的睡衣，上了床，而列文還在他房裡磨磨蹭蹭，談著各種瑣事，想問的事卻不敢啟齒。

「這香皂做得真精緻。」他打量著一塊香皂說。這是阿加菲婭為客人準備的，不過奧布隆斯基沒用。「你瞧，這簡直像一件藝術品呢。」

「是的，現在東西都非常講究，」奧布隆斯基說，一邊舒舒服服地打著哈欠，眼裡淚汪汪的，「就像劇院，還有各種娛樂場所……啊——啊！」他打起哈欠，「到處都有電燈……呵——呵——呵！」

「是啊，有電燈。」列文說。「是啊。可這會兒沃倫斯基在哪兒呀？」他把肥皂放下突然問道。

「沃倫斯基？」奧布隆斯基停止打哈欠說，「在彼得堡。你剛離開不久他就離開了，從此再也沒去過莫斯科。你知道，科斯佳，說實話，」他繼續說，並把胳膊肘支在桌子上，用一隻手托著他那紅潤的、帥氣的臉龐，因為睡意而惺忪的眼睛像星星一樣閃閃發光，「這是你自己的錯，你見了情敵就害怕了。我說不清你倆誰佔優勢。你為什麼不衝刺呢？我當時就對你說過……」他沒有張嘴，光用牙床打了個哈欠。

「他知不知道我向她求過婚呢？」列文望著他想，「他臉上有種外交官般的狡猾神情。」他感覺自己的臉漲紅了，一言不發地緊盯著奧布隆斯基的雙眼。

「如果說她當時有點兒什麼的話，那也只不過是被他的外表迷惑，」奧布隆斯基接著說，「他那道地的貴族氣派，再加上他的社會地位，倒不是使她，而是使她母親動了心。」

列文緊皺眉頭。他被拒婚所經受的屈辱，像新創傷一樣在心頭作痛。不過，他是在家裡，在自己家裡是可以得到寬慰的。

「等等，等等，」他打斷奧布隆斯基的話，「你說到什麼貴族氣派。請問，沃倫斯基或別人，竟然如此瞧不起我，他們的貴族氣派究竟在哪？一個人，他的父親靠鑽營拍馬起家，母親天知道同誰沒有發生過關係……不，對不起，我認為我們這些人才是貴族。我們的家庭淵源可以追溯到三四代祖宗，他們為人誠實，具有很高的文化素養（至於才能和智慧那是另一回事），就像我父輩和祖輩那樣。我認識很多像我們一樣的人。你認為我一棵棵數樹是吝嗇，而你卻白白地送給里亞比寧三萬盧布。你有地租和其他我不知道的收入，而我卻沒有，所以我珍視祖產和勞動所得……我們是貴族，可不是那種專靠權貴們的恩典過日子，只要二十戈比就可以收買的人。」

「你在指誰呀？我同意你的看法。」奧布隆斯基用快活的、真心誠意的口氣說，雖然他感覺列文所說的幾個小錢兒就能收買的人也包括他在內。列文興奮起來，這讓他真的感到快樂：「你是在指誰呀？關於沃倫斯基有很多你說得不對，這個暫且不說。但我現在不同你談那個。我跟你直說吧，我要是你，就一定同我去莫斯科。」

「不，不管你知不知道，我對你說吧，我曾經求過婚，遭到了拒絕。因此，現在對我而言，那只不過是個令人難為情的悲痛往事罷了。」

「什麼？簡直是胡說！」

「好吧，這事咱們不談了。要是我得罪了你，那就請你原諒。」列文說。他現在已經說出了心裡的話，心情又像早上那樣好了。「斯季瓦，你沒有生我的氣吧？你別生氣。」他一邊說，一邊笑著拉住他的手。

「當然不會，一點也沒有，有什麼好生氣的。我十分高興，我們都講出了自己的心事。清晨狩獵也十分有意思。去不去呀？我情願不睡覺，打完獵就直接去車站。」

「太好啦。」

chapter 18

少年維特式的狂熱

雖然沃倫斯基的內心完全沉浸在愛情裡，可從外面看來，他的生活仍舊絲毫沒有變化地沿著上流社會和軍隊活動的一貫軌道進行著。軍團的活動在沃倫斯基生活裡占主要位置，因為他熱愛軍團，更重要的是團裡的人都很喜歡他。他在團裡不僅受歡迎，而且備受尊敬，因為他非常富有，很有教養，又有才氣，前程遠大，名譽地位都擺在面前，可他並不把這一切放在眼裡，卻把全團以及同僚的利益時刻放在心上。沃倫斯基知道同僚對他的這個看法。所以除了喜歡這兒的生活外，他還覺得必須讓同事們繼續保持對他的這種看法。

毋庸置疑，他沒有同任何一個同僚談過他的戀愛問題，即使在與別人縱情狂飲時也沒洩露過秘密（其實他從來沒有醉得喪失過自制力），還要堵住那些向他暗示他這種關係的輕浮的同僚的嘴。雖然他的風流幾乎傳遍全城，人們也或多或少地猜到了他和安娜的關係，可大多數年輕人仍然妒羨他在這種事情上碰到的最引人注目的地方，那就是卡列寧身居高位，他們羨慕這段關係在社交界的影響力。

大部分嫉妒安娜的少婦，對於人家說她「清白無辜」，早已非常反感，如今眼看輿論開始變得合乎她們心意，就十分高興，巴不得把輕蔑的情緒一股腦兒往她身上發洩。她們已準備好了泥土，時機一到就扔到她身上去。大部分年紀較大的人和一些大人物，對這種將要發生的社交界醜聞感到不快。

沃倫斯基的母親聽到兒子的豔事以後，起初感到高興，因為按照她的觀念，沒有什麼比上流社會中的風流韻事更能使一個公子哥兒增色的了；她感到高興，還因為她十分喜歡卡列寧夫人，一路上同她談過許多關於自己兒子的事，事實上她也和沃倫斯基伯爵夫人心中那些漂亮端莊的女人沒什麼不同。然而，最近當她聽說兒子不肯擔任某個很有前途的職位，仍然想待在團裡以便經常和安娜相見時，她就改變了原來的態度，特別是聽說某個大人物為此對兒子很不滿時。她不高興的是，她從多方面得知，兒子同卡列寧夫人的私情並非她過去讚許的那種能帶來輝煌前程的風流韻事，而是一種可能會導致他幹出蠢事的少年維特式的狂熱[42]。從他突然離開莫斯科後，她就一直沒見過他。她派大兒子讓他回來看她，必須回來。

哥哥對他的行為很反感。他沒有分析弟弟談的是一種怎樣的戀愛，是高尚的還是庸俗的，是熱烈的還是不熱烈的，正當的還是不正當的。但他明白，這次戀愛事件使弟弟要去奉承的那些人產生了厭惡，因此他對弟弟的行為很不滿意。

除了軍務和社交之外，沃倫斯基還有一個嗜好：玩馬。他酷愛賽馬。

今年要舉行一場軍官障礙賽馬。沃倫斯基已經報名參賽了，還買了一匹英國純種馬。儘管他沉醉在愛河中，但對這次比賽還是熱情高漲。

這兩種迷戀互不衝突。相反，他正需要一項同戀愛無關的活動和嗜好，使他有時能擺脫過分興奮的情感，在精神上得到調節和休息。

42. 維特是歌德的名著《少年維特的煩惱》中的主人公，為了他所愛的女孩與別人結婚而自殺。

chapter 19

賽馬

在克拉斯諾村賽馬那天，沃倫斯基比以往更早地來到軍隊的公共食堂用餐。他無須過分嚴格地節制飲食，因為體重四個半普特，正合標準，但也不能再胖了，因此他不吃澱粉和甜食。他坐下，解開上衣鈕釦，露出裡面的白背心。他把兩個胳膊肘支在桌子上，邊等著叫的牛排，邊看一本在他碟子上攤開的法國小說。他盯著書，只是為了不和那些進進出出的士官談話，他正在思索著什麼。

他想到安娜答應在賽馬後同他見面。他已經有三天沒有見到她了。她丈夫剛從國外回來，他不知道今天能不能見到她，也不知道怎樣去打聽消息。他們最近一次見面是在他堂姐貝特西公爵夫人的別墅[43]。他一般不到卡列寧家的別墅去。現在他卻想到那裡去，他甚至考慮怎麼個去法。

「當然得說是貝特西公爵夫人讓我來問她是否去看賽馬。我一定要去。」他打定主意，便抬起頭來不再看書。他生動地想像著看見她的歡樂情景，不由得喜形於色，滿臉生輝。

「派人到我家去通知，讓他們儘快安排好三匹馬篷車。」他對那個給他端上一銀碗熱氣騰騰的牛排的僕人說，然後把碟子拉到跟前吃起來。

從隔壁檯球房裡傳來了球的碰撞聲和談笑聲。兩個士官出現在門口：一個是長著一副瘦削柔弱面

43. 當時在俄國城市裡供職的人夏天通常總在郊外租一所別墅，家眷住在別墅裡，而在城內有職務的人就可以來回往返。

孔的年輕人，最近剛從貴冑軍官學校加入聯隊；另一個是位胖胖的老軍官，腕上戴著手鐲，生有一雙眼皮浮腫的小眼睛。

沃倫斯基瞅了他們一眼，就皺起眉頭，斜著眼看起書來，彷彿沒注意到他們似的，他一面看書一面吃。

「怎麼，加上油好去比賽嗎？」那個胖軍官在他旁邊坐下來，說。

「是啦。」沃倫斯基皺著眉頭答道，拭拭嘴角，也不看那士官一眼。

「你就不怕發胖嗎？」對方邊說邊替那年輕士官拉過一把椅子來。

「什麼？」沃倫斯基有點不悅地問，臉上露出厭惡的表情，兩排整齊的牙齒也露了出來。

「你不怕發胖嗎？」

「來人，雪利酒！」沃倫斯基說，他把書挪到另一邊，繼續讀下去。

那個胖乎乎的士官拿起一張酒單，轉向年輕士官問：「我們喝什麼酒？你點吧。」他說著把酒的名單遞給他，望著他。

「那就喝萊茵葡萄酒吧。」青年士官說著膽怯地瞟了沃倫斯基一眼，竭力去摸他那幾乎看不見的髭鬚。見沃倫斯基沒轉過身來，年輕士官就站了起來。「我們到檯球房去吧。」他說。

那胖軍官順從地站起來。他們朝門口走去。

這時，身材魁梧的亞什溫大尉走了進來，他用一種高傲而輕蔑的態度向兩位士官點了點頭，就走到沃倫斯基身旁去。

「噢！你在這兒！」他叫起來，用大手重重地拍了拍沃倫斯基的肩膀。沃倫斯基生氣地轉過頭來，但是一看到是大尉，他臉上馬上露出了他特有的平靜和堅定的親切神情。

「你真聰明，」騎兵大尉用洪亮的男中音說，「現在吃一點，再喝上一小杯。」

「不了，我實在不想吃。」

「真是形影不離的好搭檔。」亞什溫大尉補充道，嘲諷地瞟了一眼剛剛離開的兩位士官。他彎著緊緊裹在馬褲裡的長腿，坐在椅子上，那椅子對他來說簡直是太矮了，他的兩膝都不得不彎成了銳角。「你昨天怎麼沒去克拉斯寧劇院？努梅羅娃可相當不錯啊。你去哪兒了？」

「我在特維爾斯基家耽擱得太久了。」沃倫斯基說。

「噢！」亞什溫大尉應聲答道。

亞什溫，一個賭徒和浪子，此人放蕩不羈，常常做些缺德事。他是沃倫斯基在聯隊裡最好的朋友。沃倫斯基喜歡他，一方面是因為他體力過人，這從他能夠縱情狂飲，能夠徹夜不眠而毫無倦意就看得出來；另一方面是因為他有堅強的意志力，這種意志力表現在他與同僚和長官的關係上，他獲得了他們的敬畏。這種意志力還表現在賭博上，他能下上萬的賭注，而且無論喝得多麼醉，賭博時仍能像往常那樣熟練、果斷，他甚至因此被稱為英國俱樂部第一流的賭客。

沃倫斯基尊敬且喜歡亞什溫，尤其是因為他覺得亞什溫喜歡他並不是為了他的姓氏和財富，而是因為他本人。在所有的人中，沃倫斯基只喜歡和他一個人談自己的戀愛問題。他覺得亞什溫看起來雖然蔑視一切感情，卻是唯一能夠理解他那飽含生命的強烈熱情的人。此外，他相信亞什溫確實討厭流言蜚語，而且能正確理解他的感情，也就是說，知道並且相信他這次戀愛不是玩笑，不是兒戲，而是把它當作一件嚴肅得多、重要得多的事情。

沃倫斯基從沒對他說過自己的這場戀愛，但他知道他全明白，而且也對此有正確的理解，他很高興能從他的眼神裡看出這點。

「哦，是的！」他聽沃倫斯基說在特維爾斯基家時回應道，他的黑眼睛閃閃發亮，他捋著左邊的鬍子，按照自己的壞習慣把鬍子塞進嘴裡。

「哦，你昨天幹什麼了？贏了嗎？」沃倫斯基問。

「八千盧布。但有三千盧布不能算數，他不見得會給呢。」

「啊，那你在我身上輸了也不要緊。」沃倫斯基微笑著說。（在這場賽馬比賽中，亞什溫在沃倫斯基身上下了一大筆賭注）

「我肯定不會輸。倒是馬霍京有點危險性。」於是談話就轉到對今天賽馬的猜測上來。沃倫斯基此刻只能想到這件事了。

「走吧，我吃完了，」沃倫斯基說著站起身來向門口走去。亞什溫也站了起來，伸直了他那大長腿和背。

「我吃飯還有點太早，但得喝點酒。我馬上就來。喂，酒！」他大叫一聲，那聲音在喊口令時就叫得極響，現在把玻璃窗都震動了。

「不用了，不用了，」他馬上又喊道，「你回家去，我同你一道走。」接著就和沃倫斯基一道走了。

chapter 20

芬蘭小屋

沃倫斯基租了一座寬敞清潔的、用板壁隔成兩間的芬蘭式小屋。

彼得里茨基在野營的時候也和他一起住。當沃倫斯基和亞什溫走進小屋的時候，彼得里茨基已經睡著了。

「起來，你睡得差不多了。」亞什溫說，走到板壁那邊去，在彼得里茨基的肩膀上推了一下，他頭髮蓬亂、鼻子埋在枕頭裡正睡得香。

彼得里茨基忽然爬起來跪在床上，四下張望。「你哥哥來過這裡，」他對沃倫斯基說，「那該死的傢伙，他叫醒了我，並且說還會來。」說完接著又拉上毛毯，撲到枕頭上。他對掀掉他被子的亞什溫氣沖沖地說：「別搗蛋了！」他轉過身子，睜開眼睛，「你最好還是說說，喝點什麼好，我嘴裡難受極了……」

「伏特加最好了。」亞什溫低聲說。「捷列先科，給你主人拿瓶伏特加，再拿幾根黃瓜。」他叫了一聲，顯然對自己的嗓子很得意。

「喝點兒伏特加行嗎？嗯？」彼得里茨基邊揉眼睛邊皺著眉頭問，「你也來點吧？一塊兒喝，就喝一點兒！沃倫斯基，你喝點兒嗎？」彼得里茨基說完起來了，用虎皮毯子裹住身體，來到裡屋門口，把兩隻手舉起來，用法語唱了起來：「『……從前圖勒國有一個國王。』[44]沃倫斯基，你就喝點吧？」

「去你的吧！」沃倫斯基說著，開始穿僕人拿過來的長禮服。

「你這是上哪兒去？」亞什溫問他。「瞧，還有一輛三駕馬車呢。」他看見門外有一輛馬車駛過來，又說了一句。

「到馬廄去，我還得看看布良斯基，問問馬的情況。」沃倫斯基說。沃倫斯基確實說過到離彼得戈夫大約十俄里[45]遠的地方去看看布良斯基，順便把買馬的錢給他，也確實希望及時趕到那裡。然而兩位同僚馬上明白了，他不僅僅是去那兒。

彼得里茨基接著唱起來，還把一隻眼睛擠了擠，努著嘴好像在說：「我們都明白你要找的是個什麼樣的布良斯基。」

「你可別遲到啊！」亞什溫只說了這一句。接著為了改變話題，就說：「我那匹黑鬃栗色馬怎麼樣？跑得好嗎？」他眼望窗外，問起以前賣給沃倫斯基的那匹駕轅的馬。

「等等！」彼得里茨基突然對已走出門的沃倫斯基喊道，「你哥哥給你留了一封信和一張字條。等等，我把它放哪兒了？」

沃倫斯基停下了腳步：「嗯，在哪裡？」

「放在哪兒啦？這倒是個問題！」彼得里茨基伸出食指，摸著鼻尖，像煞有其事地說。

「別胡鬧了，快告訴我呀！」沃倫斯基笑著說。

「我沒生過壁爐。好像就在這兒。」

44. 這是歌德的《浮士德》中甘淚卿的歌詞首句。
45. 一俄里合一・〇六千米。

「行了，別鬧了！那封信究竟放在哪兒？」

「嗨，我真的忘記了。莫不是我做夢看見的吧？等一等，等一等！你何必生氣呢！要是你也像我昨天那樣一個人喝了四瓶伏特加，也會忘記睡在哪兒了。等一下，讓我好好想想！」

彼得里茨基走進屋裡，躺在自己的床上：「等一等！那時我這樣躺著，他站在那裡。對了，對了，對了……就在這兒！」彼得里茨基從褥子底下取出一封信。原來他把信藏在那裡了。

沃倫斯基接過信和字條。正如他所料，母親來信責怪他為什麼不去看她，哥哥的字條說要和他談一談。沃倫斯基明白這都是與那件事有關的。「這關他們什麼事呢！」沃倫斯基心裡想，把信一折，塞到禮服的兩個鈕釦間，好在路上好好看一看。他在住處的過道裡遇到了兩名軍官，一個是他團裡的，另一個是別的團的。沃倫斯基的住所一直是軍官們經常聚會的地方。

「你去哪兒呀？」

「到彼得戈夫去，辦點兒事。」

「馬從皇村運送來了嗎？」

「來了，我還沒見到過呢。」

「聽說馬霍京的那匹角鬥士[46]瘸了。」

「胡說！不過，這樣的爛泥地怎麼賽馬呢？」另一個人說。

「看，我的活菩薩來了！」彼得里茨基看見有人進來就喊起來。這時勤務兵正端著一個盛有伏特加和酸黃瓜的盤子，站在他面前。「是啊，亞什溫叫我喝點酒提提神。」

46. 馬名。

「哦，昨晚你們可把我們整慘了，」走進來的兩個人有一個說道，「一夜沒讓我們睡覺。」

「啊，收場更有意思！」彼得里茨基說，「沃爾科夫爬到屋頂上，告訴我們他十分傷心。我就對他說聽點音樂吧，來點兒葬禮進行曲吧！結果沃爾科夫在房頂上聽著葬禮進行曲睡著了。」

「喝吧，一定要喝點伏特加，然後喝點礦泉水，還要多喝點檸檬汁，」亞什溫站在彼得里茨基身邊，像母親哄小孩兒吃藥一樣，「最後還要稍微喝點兒香檳，就這麼一小瓶。」

「說得有道理。嗨，沃倫斯基，和我們一起喝吧。」

「不行，我今天不能喝酒，各位先生我先走了。」

「你是擔心增加體重嗎？好吧，那我們自己來喝。給我們來點礦泉水和檸檬汁。」

「沃倫斯基！」他聽到有一個人喊他，這時他已經走到過道裡了。

「你叫我有什麼事嗎？」

「我看你最好是把頭髮理短一點，要不在你那光禿禿的頭頂上顯得太長了。」

的確，沃倫斯基很早就開始謝頂了。他快活地笑起來，露出一排整齊的牙齒，接著把帽子拉到禿頂上，走出門外，坐上馬車。

「去馬廄！」他說。他剛想把信掏出來再好好看看，可馬上改變了主意，他不想在賽馬前分心。

「以後再說吧……」

chapter 21

必須結束虛偽生活

這個臨時馬廄是用木板搭的棚子，就在跑馬場旁邊。他的牝馬昨天應該就已經送到那裡了，他還沒有見過他的馬。最近幾天，他沒有騎馬練習，卻交給馴馬師去訓練，因此他現在一點兒也不知道這匹馬過去和目前的情況。他還沒有下馬車，他的馬夫，也就是所謂的「馬童」大老遠便認出他的馬車，還把馴馬師叫出來。馴馬師是個乾瘦的英國人，臉上的鬍子刮得乾乾淨淨的，只在下巴上留了一撮鬍鬚。他穿著長筒靴和短衣，邁著騎手那種不靈活的步伐，張開雙臂，左右搖晃地走出來迎接他。

「哦，佛洛佛洛[47]怎麼樣啊？」沃倫斯基用英語問道。

「很好，閣下。」英國人先用英語再用俄語回答，聲音是從嗓子裡什麼地方發出來的。「不過您還是不要進去的好，」他邊說邊舉起帽子致意，「我剛給牠套上籠頭，牠有點兒不安穩。您最好不要去，以免使牠激動。」

「不，我得進去看看，我要看看牠。」

「那就進去吧。」英國人皺著眉頭，仍舊用嗓子裡的聲音說道。他擺動著胳膊，搖搖晃晃地走在前面。

47. 馬名。

他們來到馬棚前的一個小院裡。值班的是個身穿乾淨短上衣十分英俊的小夥子。他手裡拿著一把掃帚，走過來迎接他們，然後尾隨其後。馬棚中的五匹馬都在自己的圈裡。沃倫斯基知道，馬霍京，他的對手的那匹身長約二俄尺五俄寸的高大栗色駿馬角鬥士，今日估計也該送到這兒來了。這匹馬他從沒有見過，現在沃倫斯基想見角鬥士的心情要比見自己的馬更急切。然而沃倫斯基明白，按照賽馬禮節上的規定，他不僅不能去看那匹馬，甚至連打聽一下也是有失體統的。他走過走廊時，有個年輕人正好打開了左邊第二間馬廄的門，沃倫斯基看到了一匹高大的棗紅色馬和牠那四個潔白的蹄子。他知道這就是馬霍京的角鬥士，他像避免看到被拆開了的別人的信件一樣，扭轉身子，徑直走進佛洛佛洛的廄室。

「這匹是馬克……馬克……我怎麼也說不出來那個名字。」英國人轉過頭去說，用他那指甲髒兮兮的大拇指指著角鬥士的馬廄。

「你是指馬霍京吧？呃，那可是我的對手。」沃倫斯基說。

「那匹馬要是讓您騎的話，」英國人說，「我一定買您的票。」

「佛洛佛洛是有些神經質，但是更強壯些。」沃倫斯基聽到有人讚美他的騎術，高興地笑著說。

「障礙賽馬主要靠騎術和魄力，pluck。」英國人說。

提到pluck，也就是精力、膽量的意思，沃倫斯基感覺信心十足，他堅信世界上再也沒有人比他還有勇氣。

「您真的認為不用再訓練了嗎？」

「不需要。」英國人回答。「請不要大聲說話。馬有點煩躁。」他補充道，向對面那間鎖著的馬廄點了點頭，從那間馬廄裡傳來馬蹄踏在乾稻草上的響聲。

他把門打開，沃倫斯基便走進只有一個小窗戶的、光線微弱的單間馬廄裡。單間馬房裡繫著一匹戴籠頭的深栗色馬，在新鮮乾草上倒換著馬蹄。沃倫斯基環顧昏暗的馬廄室，情不自禁地仔細端詳起自己的愛騎來。

佛洛佛洛是一匹中等身材的馬，從體形看，沒什麼可挑剔的地方。這匹馬具有十分了不起的優點，那就是牠的血統，這足以讓人忘記牠所有的缺點。按英國人的說法，這就是最奏效的馬種。在像綢緞般細嫩、光滑的皮膚下面，筋脈從皮肉下面凸出，看上去像骨頭一樣堅硬。瘦削的腦袋上長著一雙突出的閃閃發亮的快樂眼睛，鼻子部分特別長，張開的鼻孔裡露出充血的薄膜。牠的全身特別是頭部具有一種既剛毅又溫柔的神態。牠像是能通人性的動物，只是不能說話而已，因為牠們的口腔結構不准牠們講話。

最起碼，在沃倫斯基看來，他看牠時所體會到的那種心情，牠全都能懂。沃倫斯基剛走進去，牠就長長地歎了口氣，凸起的大眼睛使勁歪斜著，以至於眼白都發紅了。牠從對面瞧著進去的人，擺動籠頭，富有彈性地倒換著蹄子。

「您看，牠真不安靜啊。」英國人說。

「哦，親愛的！哦！」沃倫斯基向馬跟前走去，嘴裡還說著安慰話。

可是他越靠近牠就越興奮。直到他走到牠頭跟前時，牠才忽然安靜下來。牠的筋脈在又薄又軟的毛皮下顫動著。沃倫斯基拍著牠厚實的頸部，把高聳的脖頸上垂下的一撮鬃毛梳理好。他把臉靠近牠那像蝙蝠翅膀一樣靈敏的鼻孔上。牠那張得大大的鼻孔一吸一呼地喘著氣，聲音十分響亮。接著牠抖動了一下，豎起尖尖的耳朵，朝著沃倫斯基伸出牠那又厚又黑的嘴唇，彷彿想咬他的袖子。但是牠一想起戴著籠頭，就抖動一下，又倒換起牠的細腿來。

「安靜點兒，寶貝，安靜點兒！」他又撫摸一下牠的臀部說。他看到馬的情況很好，就高高興興地走出了馬廄。

馬的興奮情緒似乎也傳給了沃倫斯基。他覺得血液都向心房湧去，他也像馬那樣，盼望著蹦跳，渴望咬人，這讓他既興奮又害怕。

「好，那就全靠您了，」他對英國人說，「六點半到場。」

「好的，沒問題，」英語人說，「您接著要去哪兒呀，閣下？」他突然用了「閣下」這一稱呼，這差不多從來沒有用過。

沃倫斯基詫異地抬起頭，故意不看英國人的眼睛，只望他的前額，奇怪的是他怎麼敢提這樣的問題。但當他明白英國人提這樣的問題，並不是把他當作主人，而是當作騎手，便回答道：「我要去布良斯基那裡一趟，一個鐘頭後回來。」

「這個問題今天別人都問過我好幾遍了！」他心裡想著臉漲紅了，他可是很少這樣啊。英國人注意到了他的變化，看了看他，他說：「不要生氣，也不要煩躁。」好像知道他要去哪裡。

「好的。」沃倫斯基笑瞇瞇地說，接著跨上馬車，命令車夫到彼得戈夫去。

他還沒走多遠，打早晨就預示有雨的烏雲臨頭了，下起了傾盆大雨。

「真倒楣！」沃倫斯基蓋上車篷，心想，「本來路就滑，現在可好，都要變成沼澤地了。」他獨自坐在拉上車篷的馬車裡，拿出母親的信和哥哥的字條，看了一遍。

是的，翻來覆去就那麼一回事。不管是母親還是兄長，大家都認為必須干涉他的戀愛。這種干涉使他感到氣憤——這種情緒在他是少有的。「和他們有什麼關係？憑什麼大家都覺得有權利管我？他們怎麼都盯著我不放呢？是由於他們察覺這事難以理解？要是這只是社交圈裡普通的風流韻事，他們絕對不會干預我的。他們覺得這回有點兒不同：不是逢場作戲的遊戲，對我來說，這個女人比生命更重要。這點他們理解不了，所以就憤怒了。不管現在和以後我們的命運如何，都是我們自己的事，不會怨天尤人的。」他用「我們」這個詞把自己和安娜聯繫起來了，「哼，輪不到他們來教訓我們該怎樣生活。他們根本不懂得什麼叫幸福，他們不知道，我們要是沒有愛情，就根本談不到什麼幸福或者不幸，因為根本就活不成。」他想。

他對大家的干涉非常生氣。他覺得他同安娜的戀愛並非一時的衝動，像上流社會的一般風流韻事那樣，瞬息即逝，除了愉快或者不愉快的回憶，在生活中不會留下一點痕跡。他覺得他和她的處境都非常令人尷尬，很難對社交界的人們說謊，偽裝或隱瞞他們的愛情。當他們陶醉在戀愛中而達到忘我境界的時候，又怎麼會顧及他人？

他回想起自己再三違反本性地欺騙別人的情形，他還感受到自從他同安娜有了關係以後間或湧上心頭的奇怪心情。這是一種難以表達的厭惡感：是討厭卡列寧，還是討厭自己呢？還是厭倦整個社交界呢？他也搞不清楚。他總是竭力地排擠這種情緒。這會兒，他搖了搖頭抖擻了一下精神，繼續想自己的心事。

「是啊，以前她雖不幸，可她高傲並且能心安理得。現在，雖然她一直不露聲色，但她不能再心安理得地保持尊嚴了。是啊，這種情形該結束了。」他暗自決定。

他頭腦裡第一次冒出清晰的決定：必須結束這種虛偽的生活，而且越快越好。「拋棄一切，我和她相親相愛地隱居到什麼地方去吧。」他自言自語道。

chapter 22

這件事情的全部意義

雨下了不長時間。當沃倫斯基駕著馬全速馳騁，駛近目的地時，太陽又出來了。他鬆開韁繩，兩邊拉邊套的馬在泥濘的地面奔跑。路兩旁別墅的屋頂上、街兩旁庭院的菩提樹上掛滿了水珠，閃著晶瑩的光輝。水珠快活地從枝條上滴下，水從屋簷上涓涓流下來。他不再考慮這場雨會怎樣損壞跑馬場，卻高興地想到，多虧這場雨一定能同她單獨見面，因為卡列寧剛從溫泉回來，還沒從彼得堡來這兒。沃倫斯基盼望她是一個人在家。

為了不引人注意，像往常一樣，他還沒過橋就下了車，徒步向那幢房子走去。他沒有走向大門那邊，卻走進了院子裡。

「你們主人回來了嗎？」他問園丁。

「沒有。太太在家。您走前門吧，那邊有僕人會給您開門的。」園丁答道。

「不了，我就從花園穿過去吧。」

確定了只有她在家，他想給她一個驚喜，因為他事先並未約好今天來，而且她也絕對想不到他在賽馬之前還會來看她。他握著佩刀，小心翼翼地沿著兩邊種有花草的沙石小徑朝花園的涼台走去。現在，沃倫斯基完全忘了他在路上所想的自己處境的艱難。他一心想的是馬上可以看見她，不是在想像中，而是真正看見她活生生的整個人。當他躡手躡腳地踏著緩斜的台階走上露台的時候，他忽然想起了他時常忘記的他們關係中最痛苦的一方面，這時，他想起了經常忽視的東西。她那帶著詢問，在他看來好像是含有敵意的眼神的兒子，他成了他倆關係中最頭疼的障礙。

這小孩比任何人都經常地成為他們關係的障礙。當他在的時候，沃倫斯基和安娜不僅不能談在別人面前無法說的親密話，甚至不說孩子聽不懂的暗語。這一點他們沒有商量過，而是自然形成的默契。他們認為欺騙孩子是可恥的。當著他的面，他們像普通朋友一樣談話。雖然如此的小心，沃倫斯基還是常看到這小孩凝視他的那種迷惑的眼神。這孩子對他的態度很奇怪，搖擺不定，令人難以捉摸：有時很親密，有時卻又冷淡而隔閡。彷彿這小孩察覺到了這個人與他母親有某種特別的關係，那關係卻是他所難以理解的。

事實上這孩子確實感覺到了他理解不了的這種關係。他竭力想弄懂，他應該怎樣對待這個人，可是怎麼也弄不懂。他憑著孩子的敏感清楚地看出他的父親、家庭教師和保姆，不但都不喜歡沃倫斯基，而且常常厭惡地、恐懼地望著他，雖然他們從來沒有提到過他，但母親卻把他看作最好的朋友。

「這是怎麼回事？他是個什麼人？應該怎樣愛他？我弄不明白，是我錯了，還是我生得太笨，還是我是壞孩子？」孩子常常這樣想。就因為如此，他的臉上常常露出試探、詢問，有時還帶點敵意的神氣，只要小孩在場，沃倫斯基心裡總有一種異樣的莫名其妙的厭惡心情，那是他新近經常感覺到的。他在場時，沃倫斯基和安娜都會產生這樣一種感覺，就好像一個航海家通過羅盤知道他急速航行的方向偏離了正確的航線，可要馬上停止航行又非他力所能及，所以就載著他偏離得越來越遠了，而要自己承認誤入歧途就等於承認自己要滅亡了。這小孩所懷有的對人生的天真見解，就像一個羅盤，帶著他對生活的天真看法，指出他們偏離他們明明知道但又不敢正視的正確方向有多遠。

這次謝廖沙不在家，只有她一個人在。謝廖沙出去散步正好碰上下雨，現在還沒回來，她正坐在涼台上等著他。她遣了一個男僕和一個使女去找他。她身穿鑲著寬幅繡花的白色連衣裙，她低下黑色鬈髮的頭，前額緊貼著放在欄杆上的一把冰涼的噴水壺。她那雙戴著他很熟悉的戒指的好看的手抱住水壺。她的整個體態、頭、脖子和雙手的美麗，每次都讓沃倫斯基傾倒，就像見到什麼新奇的東西一樣。他站住了，狂喜地望著她。她沒有聽見他的腳步聲。但是，當他剛想再向她走近點時，她就感覺到他了，於是她推開水壺，把泛著紅暈的臉轉過來。

「怎麼了？你生病了嗎？」他走過去用法語問她。他原本打算跑到她跟前的，但考慮到附近可能有人，他朝露台門望了一下，漲紅了臉。

「沒有，我很好，」她說，站起身來，握緊他伸過來的手，「我沒料到……你會來。」

「啊！你的手好涼呀！」他說。

「你嚇我一跳，」她說，「我正在等謝廖沙，他去散步了。他們會從這兒回來的。」

雖然她努力使自己鎮定，可她的嘴唇還是在顫抖著。

「請原諒我來這裡，可我一天不見你都受不了。」他接著說，還是用的法語，以避免俄語中的「您」和「你」這兩個字眼，前者聽起來感覺太冷淡，後者卻又親密到危險的地步。

「怎麼能說是原諒呢？我十分高興呀！」

「可是，你要麼是身體不好，要麼就是心中有煩惱。」他接著說，還是握著她的手沒放下。他彎下腰對著她問：「你在想什麼呢？」

「還是想那件事情呢。」她微微笑著說。

她講的是真話。無論什麼時候問她在想什麼，她總是準確無誤地回答：想著一件事，想著自己的幸福和不幸。剛才他來的時候她正在想：為什麼別人，比如貝特西公爵夫人（她知道她和圖什克維奇的那種關係），他們就根本不把這當一回事，而她卻如此痛苦呢？她感覺很奇怪。特別是今天，這個念頭讓她特別痛苦，也不知是什麼原因。她問他有關賽馬的事。他回答她的問題，看見她情緒激動，竭力想排遣她的愁悶，便用極平靜的語氣詳細告訴她賽馬前的準備工作。

「告訴他，還是不告訴他？」她望著他那雙平靜而又溫存的眼睛想，「他這樣快活，這樣一心忙著他的賽馬，他是不會理解這件事的，他不會明白這件事對於我們的全部意義。」

「不過你還沒告訴我，當我進來的時候你在想什麼，」他打斷了自己的話說，「請告訴我吧！」

她沒有回答，微微地低下了頭，她緊皺眉頭探詢般地看著他，她美麗的眼睛在長長的睫毛下閃爍著。她玩弄著摘下的一片樹葉，那是為了掩飾自己的手在發抖。見此情形，他的臉上露出了曾經博得她芳心的那種完全順從、奴隸般的忠心神情。「我知道你心裡煩惱，我卻不能為你分憂，我又怎麼能有片刻安寧呢？請你看在上帝的份上告訴我吧！」他又懇求道。

「是的，假如他不明白這件事的全部意義，我肯定不能原諒他。因此，還是別告訴他好，何必考驗他呢？」她思忖著，眼睛一直盯住他，感覺拿著葉子的手抖動得更加厲害了。

「看在上帝面上吧！」他拉著她的手不斷地說。

「我要不要告訴你呢？」

「要，要，要呀……」

「我懷孕了。」她低聲慢慢地說。她手裡的葉子抖得更加厲害了，但她一直盯著他，看他聽到這話做何反應。他臉變得煞白，想說什麼卻又沒說出來，他放開她的手，把頭垂下去。「是啊，他了解了這件事情的全部意義。」她想，於是感激地握緊了他的手。

可是如果她以為他明白這件事情的全部意義，就像她一個女人所了解的那樣，那就錯了。一聽到這消息，他十分強烈地感覺到，他心裡又充滿了對某一個人的極其厭惡的情緒。甚至是原來的十倍！然而，他同時又覺得自己所渴望的轉變的關鍵時刻現在已經到來了，覺得已經不可能繼續瞞住她的丈夫，必須把這尷尬的狀態結束。然而，她身上的激動情緒也傳染了他。他用溫柔的目光瞧了她一眼，吻了吻她的手，站起身來，在露台上默默地走來走去。

「是的，」他說，堅定地走到她面前，「你我都沒把我們的關係當作兒戲，現在我們的命運已塵埃落定。我們必須了結，」他環顧一下四周說，「了結我們現在所過的這種不能公開的、偽裝的生活。」

「了結？如何了結？阿列克謝。」她低聲地問。她現在平靜了，臉上洋溢著溫柔的微笑。

「離開你的丈夫，我們結合在一起。」

「我們早就結合在一起了。」她答道，聲音低得幾乎聽不見。

「是的，但現在是要完完全全、真真正正地結合。」

「那該怎麼個做法，阿列克謝，告訴我該如何做？」她憂鬱地嘲弄著自己走投無路的處境說，「難道有什麼辦法走出困境嗎？難道我不是我丈夫的妻子嗎？」

「不管什麼處境，總會有辦法脫離的。我們得下定決心，」他說，「任何別的處境都比你現在的處境好。誠然，我知道你為了那些有多麼苦惱——為了社會，為了你的兒子、你的丈夫。」

「啊，一點都沒因為我的丈夫，」她面帶平靜的微笑說，「我才不管他，根本就沒有他這個人。」

「不是這樣的，我了解你。你也為了他煩惱著。」

「是啊，可他根本就不知道。」正說著她的臉漲紅了，她的兩頰、她的前額、她的脖頸全紅了，眼裡充滿了羞愧的淚水。

「我們還是不要談他了吧。」

chapter 23 不願正視的東西

沃倫斯基竭力讓安娜和他商量他們的處境問題，但每次她都像現在回答他的挑戰那樣，說得不著邊際，使人不得要領。彷彿她內心有一種自己都不清楚或者不願正視的東西；每次一談起這個，就好像真正的安娜已經隱退到內心深處，展現在眼前的是另一個古怪、不可思議、他不喜歡甚至害怕的女人，她老是跟他作對。然而，今天沃倫斯基下定決心把所有的話都說出來。

「他知不知道，」沃倫斯基用他一貫鎮定堅決的口氣說，「他知不知道都沒有關係，我們再也不能……您絕不能再這樣生活下去了，尤其是現在。」

「那照你說該怎麼辦？」她仍舊用那種略帶自嘲的口氣問道。她本來擔心他對她懷孕一事會漫不經心，現在又唯恐他認為必須採取什麼措施了。

「把一切都告訴他，然後離開他。」

「很好。如果我這樣做了，」她說，「您知道，這麼一來會有什麼後果嗎？我預先把一切都告訴您。」她那雙在一分鐘之前還很溫柔的眼睛現在射出了一道邪惡的光芒。「什麼，您愛上了另外一個男人，還和他發生了罪惡的關係？我曾經警告過您，要考慮宗教、民法和家庭各方面的後果。您不聽我的話。現在我不能讓您敗壞我的名譽……（和我兒子的名譽）」她本想這麼說，可她不能嘲諷自己的兒子，就沒說到兒子，「『敗壞我的名聲』如此之類的話，」她又補充了一句說，「總之，他會用官腔官調明白地告訴我，他不會讓我走的，他會積極採取措施消除這個醜聞。他也會鎮定而有步驟地按他所說的話去做。結果就是這樣。他不是一個人，而是一台機器，當他生氣的時候簡直是一台凶狠的機器。」

「但是，安娜，」沃倫斯基溫和、誠懇地安慰她，竭力讓她鎮靜下來，「無論如何得告訴他，然後看他的做法再採取對策。」

「怎麼，難道還要逃跑嗎？」

「逃跑有什麼不行？不能再繼續這樣生活下去了。這不是為了我自己，我知道您太辛苦了。」

「是啊，逃跑，讓我做您的情婦嗎？」她憤怒地說。

「安娜！」他用溫柔的口氣責備她。

「是呀，」她接著說，「做你的情婦，把一切都毀掉……」她本想說斷送我的兒子。然而她不忍心說出口。

沃倫斯基不明白，像她這麼堅強又真誠性格的人，怎麼會願意過這種秘密的、虛偽的生活而不願擺脫它呢？他卻沒有想到，其中最主要的原因就是她不忍心說出口的那個字眼——兒子。每當她想起兒子，想到他以後會如何對待這個甩了自己父親的母親時，便對自己的行為感到十分害怕，簡直無法認真思考，只能像一般女人那樣，用虛偽的判斷和語言來安慰自己，好讓一切保持原狀，並忘記兒子將會怎樣對待她這個可怕的問題。

「我懇請你，懇求你，」她抓住他的手，忽然用一種與以往截然不同的懇切溫柔的聲調說，「以後再也別提這件事了！」

「可是，安娜……」

「再也別說了。我處境的屈辱、可怕，我都知道，但這事並不像你想像的那麼容易解決。別再管我了，你就聽我的吧。再也別提這件事了。你能答應我嗎？……不，不，你一定要答應我！……」

「我當然都能答應你，但是我不能安心，特別是你剛才說了那種情況之後……」

「我！」她又說，「是的，我有時感到痛苦，但這會過去的，只要你永遠不再和我談這件事。你一同我談這件事，我就痛苦。」

「我真搞不懂……」他說。

「我明白，」她打斷了他的話，「你很真誠，說謊讓你覺得難受，我替你難過。我常覺得，你為了我而斷送了自己的一生。」

「最近我也這麼想，覺得你因為我斷送了自己的一生。」他說，「你怎能因為我而把自己的一切都犧牲了呢？我一定不會饒恕自己為你帶來這麼多不幸。」

「我怎麼會不幸？」她依偎在他身旁，帶著異常興奮的、愛戀的微笑瞧著他說，「我好像一個饑餓的人，有人給了他食物。他會因衣衫襤褸感到害臊，但他卻不是不幸的。我不幸嗎？不，這正是我的幸福啊……」正在這時，她聽到了兒子回來的聲音，她迅速地瞟了一眼涼台。她的目光裡燃饒著他所熟悉的火焰，她抬起戴著戒指的漂亮的手，一下捧住他的頭，望了他好一陣，接著把自己的臉湊上去，用帶著笑容的唇快速地吻了一下他的嘴和兩隻眼睛，然後把他一推。她想走開，卻被他拉住了。

「什麼時間？」他迷戀地看著她，小聲問道。

「今天晚上一點。」她低聲答道，深深地歎了一口氣，就邁著矯捷的步伐去迎接兒子。

謝廖沙在大花園中遇到了下雨，就和保姆一塊坐在亭子裡等了一陣子。

「再見，」她對沃倫斯基說，「一會兒就該去看賽馬了。貝特西公爵夫人說過來和我一塊兒去。」

沃倫斯基看了看錶，立馬走了。

chapter 24

賽馬場

當沃倫斯基在卡列寧家的涼台上看錶的時候，他是那麼激動，如此心神不定，以致雖然看了錶盤上的指標，卻沒有看清楚究竟是幾點。他完全陶醉在對安娜的迷戀中，想都沒想現在幾點了，還有沒有時間去布良斯基那裡。他走到車夫跟前，馬車夫正在一棵茂盛的菩提樹樹蔭下面，坐在車台上打瞌睡。他走過去叫醒了他，他真敬佩那群盤旋在流汗的馬身上的牛虻。直到走了七里左右，他才醒悟過來，看了看錶，知道已經五點半了，他要遲到了。

今天有好幾場比賽：先是騎兵比賽，接著是士官兩里比賽，接下來是四里比賽，再接下來才是他參加的比賽。幸虧還來得及趕上他的那場比賽。可是如果他到布良斯基那裡去的話，他只能剛好趕上，而那時候全宮廷的人一定都已經就座了，那樣不大好。可他已經答應布良斯基要到他家去一下，就吩咐車夫，不要顧惜馬車，繼續趕路。

到了布良斯基家裡，他只停留了五分鐘就匆匆地乘車趕回來。急速行駛讓他安靜了很多。他和安娜關係中所有讓人痛苦的東西，他們談話產生的讓人迷茫的感覺，都從他腦海裡消失了。他現在懷著喜悅和興奮的心情想著賽馬，想著幸虧他來得及趕上，而今夜與安娜約會的喜悅更是像一道火光那樣，不時地在他腦子裡閃過。

他超過一輛輛從別墅和彼得堡趕來觀賽的馬車，賽馬氣氛越來越濃，他賽馬的興奮就更強烈了。

他的住處沒有一個人——他們全到賽馬場去了，只有他的僕人在門口等他。他換衣服的時候，僕人告訴他第二場比賽已經開始，好幾位先生來找過他，馴馬師從馬廄跑來過兩次。

從容地換上衣服（他從沒慌張過，從來不曾失去過自制力），沃倫斯基吩咐車夫驅車到馬房。從馬房那裡他已看見賽馬場上人山人海。走向馬廄的時候，正好遇見馬霍京的那匹紅棕色角鬥士，披著藍邊橘黃馬衣，豎起兩隻青色大耳朵，被牽到賽馬場上去。

「科爾德在哪裡？」他問馬童。

「在馬棚裡準備馬鞍。」

在開著門的單間馬廄裡，已備好馬鞍的佛洛佛洛站在那裡。他們正打算把牠牽出來。

「我不會太晚嗎？」

英國人先用英語又用俄語說，「不用急。」

沃倫斯基又看了一眼那渾身顫動的牝馬，看了看牠那優美可愛的身體，依依不捨地離開牠，走出了馬廄。為了免於引人注意，他趁最有利的時機向亭子走去。兩里比賽馬上就結束，所有的眼睛都盯著跑在前面的一個近衛騎兵士官和一個在後面追趕的輕騎兵士官，兩人都在使出最後力氣衝向終點。

沃倫斯基故意避開那沉著冷靜、自由自在地在亭子前面交談、走動的上流社會那群人。他知道卡列寧夫人、貝特西公爵夫人和他的嫂子都在那裡，他有意不走近她們，以免亂了心思。但是迎面走來的熟人不斷地攔住他，告訴他剛才兩場比賽的詳細情況，還問他為什麼遲到。

騎手們都被召集到亭子裡去領獎，所有的注意力都集中到那裡。這時，沃倫斯基的哥哥亞歷山大，一個戴著金邊肩章的上校走到他跟前。他生得和沃倫斯基一樣強壯，雖然身材不高，卻比他更漂亮、更紅潤，他有著一個紅鼻子和一副坦誠的醉醺醺的面孔。

「收到我的字條沒有？」他說，「你這人總是找不到。」

亞歷山大雖然過著放蕩的生活，特別是因酗酒出名，卻完全是宮廷圈子裡的人。

「接到了，我真不理解你擔心什麼。」沃倫斯基說。

「我擔心是因為我剛才聽說你不在這裡，而且還聽說星期一有人看見你在彼得戈夫。」

「有些事局外人沒有必要操心，你擔心的那件事就是。」

「是的，如果那樣的話，你就可以脫離軍職。」

「我請求你不要管別人的事，這就是我想說的。」

沃倫斯基的眉頭緊皺，臉變得蒼白，他那突出的下頷開始發抖，他輕易不會這樣。他是個富於溫情的人，不輕易生氣，可是他一旦生氣了，並且下頷發抖的時候，那麼，亞歷山大知道，他就成危險的人了。「我只是把母親的信轉交給你。寫封回信給她吧，比賽以前可不要鬧情緒。好運！」他微微一笑補充道。說完就走開。

緊接著又一聲親切的招呼使沃倫斯基停住了腳步。「連朋友都不認識了嗎？你好呀，我親愛的？」奧布隆斯基說，在彼得堡顯貴中間，他也像在莫斯科一樣出眾，滿面紅光，神采奕奕，絡腮鬍子整齊發亮，「我是昨天到的，很高興看到你勝利。我們什麼時候再見呢？」

「明天到食堂來吧。」沃倫斯基說著抓住他外衣的袖口，道了歉，然後向賽馬場中央走去。參加障礙賽馬的馬匹正被牽到那邊。

已經比賽完的馬，一個個汗流浹背，筋疲力盡，被馬童領到馬廄去，而準備參加下一場比賽的新馬一匹接一匹地出現。牠們大多數是英國種的，精神抖擻，戴著籠頭，肚帶勒得緊緊的，彷彿奇怪的巨鳥。佛洛佛洛被牽到右邊，纖瘦俊俏，長長的腿脛像安裝了彈簧一樣富有彈性，牠抬起蹄子不停地蹬踏著。離牠不遠是角鬥士，牠的兩隻耳朵垂著，人們正從牠身上把馬被取下來。這匹牝馬高大勻稱的美麗身材，出色的臀部和蹄子上面短得異樣的腳脛，都引起了沃倫斯基的注意。他剛要向自己的坐騎走去，卻又被一個熟人攔住。

「啊，卡列寧在那裡！」那個熟人說，「他正在找他的妻子，她在亭子那邊哩。你沒看見她嗎？」

「沒有。」沃倫斯基說著徑直走到他的牝馬那裡去，看都沒看他朋友所指的那個亭子。

沃倫斯基還沒來得及檢查馬鞍，而他本應對此有所指示的，騎手們就被叫到亭子裡來抽籤決定他們的號碼和出發點。十七個軍官集中到亭子裡來抽籤。他們神情莊重嚴峻，許多人臉色發白。沃倫斯基抽了第七號。只聽得一聲叫喊：「上馬！」

隨著這聲叫喊，沃倫斯基和其他的騎手一起成了大家關注的焦點。沃倫斯基不免有些緊張，但在這種情況下，他的動作總是格外沉穩，不慌不忙地向他的馬走去。科爾德穿上了最講究的衣服，扣上黑禮服的鈕釦，撐住兩頰的僵硬領子。沃倫斯基像平時那樣鎮靜而又莊嚴。他站在馬前面，親手牽住佛洛佛洛的兩根轡繩。佛洛佛洛還是像患有熱病一樣顫動著。牠的眼裡充滿了怒火，斜視著走過來的沃倫斯基。沃倫斯基把手指伸進牠的腹肌下面。牝馬越發斜著眼睛看著他，露出牙齒，豎著耳朵。英國人蹶起嘴唇，對凡是檢查他所裝配的馬鞍的人，總是報以微笑。

「您騎上去，牠就不會這麼興奮了。」

沃倫斯基瞟了他的對手們最後一眼。他知道，比賽的時候他就看不見他們了。有兩名騎手已經向出發的地方駛去。加利欽，沃倫斯基的朋友，也是他可畏的對手之一，在一匹不讓他騎的栗色牝馬旁邊繞圈子。一位穿著緊身馬褲的小個子輕騎兵士官策馬馳去，像貓一樣彎腰伏在馬鞍上，想模仿英國的騎手。庫佐夫列夫公爵臉色煞白，騎在那匹從格拉波夫斯基養馬場運來的純種牝馬上，由一個英國馬夫拉著韁繩。沃倫斯基和他所有的同僚都知道庫佐夫列夫那「脆弱」的神經和很強的虛榮心。他們知道他害怕一切，害怕騎戰馬，但這次正因為比賽危險，有可能摔斷脖子，每道障礙物旁都站著一名醫生，停有一輛綴有紅十字標誌的救護車和護士，他才決定參加比賽。他們的目光相遇了，沃倫斯基親切又帶鼓勵地對他點了點頭。只有一個人他沒看見，那就是他的勁敵，騎在角鬥士上的馬霍京。

「不要著急，」科爾德對沃倫斯基說，「一定記住：在靠近障礙物的時候不要限制牠，也別鞭打牠，牠高興怎麼樣就怎麼樣。」

「好的，好的。」沃倫斯基說著接過韁繩。

「要是可以的話，你儘量跑在前頭；可是即使你落在後面也別失望，一直要堅持到最後一分鐘。」

牝馬還沒有來得及動動，沃倫斯基就已輕快矯健地踏上裝著鐵齒的馬鐙，靈活而又穩當地坐在那咯吱作響的皮馬鞍上。他把右腳也伸進馬鐙，熟練地在手裡把兩根韁繩弄齊。科爾德鬆開手了。彷彿不知道先邁哪一隻腳才好，佛洛佛洛伸長脖頸拉直了韁繩，牠像裝有彈簧一樣亂動起來，使騎在牠柔韌背上的沃倫斯基左右搖晃。科爾德加快腳步跟在後面。興奮的馬拉緊韁繩，忽東忽西，拚命搖擺，想把騎手摔下來。沃倫斯基努力想用聲音和手來讓牠鎮定下來，卻沒有用。

他們向出發點跑去，已經接近賽馬場周圍的小河。賽馬的人大都跑在前面，後面也有不少。這時，沃倫斯基忽然聽到身後有馬馳過泥地的聲音。騎在那匹白色蹄子、兩耳下垂的角鬥士背上的馬霍京超過了他。他微微一笑，露出滿口大牙。而沃倫斯基卻只能生氣地望著他。他本來就不喜歡馬霍京，現在更是把他當作最可怕的對手。他在他身邊疾馳過去，驚了他的馬，為此他感覺十分生氣。佛洛佛洛忽然大跑起來。牠跑了兩步，對拉緊的韁繩很生氣，就變成走搖擺不停的碎步，把騎手顛得更加厲害。科爾德也皺起了眉頭，小跑著跟在沃倫斯基後面。

chapter 25 不可原諒的錯誤

參加這場賽馬的軍官共有十七位。比賽將在亭子前邊四俄里遠的橢圓形廣場上舉行。賽馬場上一共設置了九個障礙：分別是小河、亭子前面一道約有兩俄尺高的大柵欄、一條乾溝、一條水溝、一道斜坡、一道愛爾蘭風格的土壩，然後就是兩條水溝和一條乾溝。比賽終點就在亭子對面。但比賽不從場子裡開始，而是從離場子兩百米開外的地方開始。在這一段距離中設置了第一個障礙——一條築有攔水壩的約莫三俄尺[48]寬的小河，騎手們可以隨意地跨越，也可以蹚水過去。

騎手們排成一行，起跑了三次，可是每次總有誰的馬搶先跑出去，只好重來。發令起跑的老手——謝斯特林上校都差點發火了。直至第四次他才喊出了：「出發！」騎手們就立馬跑起來。

在騎手們整列待發之時，在場的所有目光和望遠鏡全都聚集到這群身著五顏六色服裝的人身上。

「出發了！出發了！」一陣寂靜的等待之後，突然有人喊起來。

為了看得更清楚，觀眾們有的成群結隊地跟著跑，有的獨自一人在場上奔跑。起初圍在一起的騎手們跑起來後就立馬拉開了距離，可以看到他們有的幾個一起，有的一個緊接著一個地朝小河馳去。觀眾似乎覺得他們跑在一起，但對騎手們來說，幾秒之差關係可就大了。

48. 一俄尺合〇・七一米。

由於過度急躁興奮，佛洛佛洛在剛開始那一剎那稍微猶豫了一點，結果好幾匹馬搶到了前邊。沃倫斯基全力扯著韁繩追趕，還沒等到小河邊，就已經超越了三匹馬。他前面只有馬霍京的棗紅色角鬥士在快活、平穩地擺動著臀部。跑在最前面的是那匹名叫狄安娜的威武駿馬，牠上面載著半死不活的庫佐夫列夫。

在開始的一段時間裡，沃倫斯基還是沒法使自己和坐騎安靜下來。他在第一道障礙——小河之前，還無法完全駕馭馬的行動。

角鬥士與狄安娜幾乎一塊到達小河並縱身一跳，躍到了對岸。佛洛佛洛悄無聲息跟在後面騰空一躍，像飛一般。然而就在沃倫斯基感覺騰身空中的一瞬間，他猛然發現，庫佐夫列夫和狄安娜幾乎就在他的馬蹄下面的小河對岸上掙扎。至於具體細節，沃倫斯基是後來才知道的。這一瞬間他只看到，佛洛佛洛在對岸落腳的地方，可能正好踩住的是狄安娜的腿或者頭。然而，佛洛佛洛就像一隻從高處跳下來的貓一樣，使勁地伸長了腿和背部，跳過臥倒在地的那匹馬，向前跑去。

「噢，親愛的真是太棒了！」沃倫斯基心裡說。

等跨過河，沃倫斯基的心已經徹底放鬆下來了，開始任意駕馭牠，企圖跟在馬霍京後面越過大柵欄，然後在二百沙繩左右的平地上超過他。

大柵欄就矗立在皇亭對面。在那裡皇上、全體朝臣和成群的平民百姓都會關注著他們的表現，沃倫斯基看著和他相隔一個馬身的馬霍京。這個時候他們已越來越接近「鬼柵」（這是那堅固的柵欄的名稱）。沃倫斯基已經明顯感覺到從各個方向看著他的眼睛，但除了那匹馬的耳朵和脖子，迎面飛來的地面，在他前面快速地擊著節拍、始終保持同樣距離的角鬥士的白腿和臀部外，他什麼也沒有看見。角鬥士縱身一躍，沒有發出撞擊什麼東西的聲音，搖擺尾巴，接著就閃過沃倫斯基的眼睛不見了。

「漂亮！」只聽到有一人在叫喊。

就在某人叫喊的一瞬間，柵欄的木板已經清晰地在沃倫斯基眼前閃現出來。他的馬絲毫不用改變動作就飛越過去了，木板消失，只聽得後面發出砰的一聲。他的馬被跑在前頭的角鬥士激怒了，在柵欄前面飛騰得太早，後蹄碰了一下柵欄。牠的一隻後蹄碰到了障礙物。可是牠的速度沒有任何變化，沃倫斯基感覺到一堆泥團子向臉上飛過來。他再一次注意到前邊的馬的臀部、牠的短尾巴以及依然不能縮短距離的節奏快速的白色的腿。

就在沃倫斯基想到超越馬霍京的一瞬間，佛洛佛洛彷佛已經明白了他的心思，沒有等待任何催促，自己已經拚命加快了步伐，主動向有利的方向，即圍繩那一側追趕馬霍京。而馬霍京則緊貼圍繩不讓牠從這裡通過。沃倫斯基剛剛想到要從外側追過去，佛洛佛洛通靈般早就改變步子，開始從外側追過去。佛洛佛洛因為奔跑出汗而變了顏色的脊背，已經慢慢和角鬥士的臀部平行了。這時兩匹馬並肩奔跑了幾步。當他們接近下一個障礙物的時候，沃倫斯基不想兜大圈子，於是他開始握牢韁繩鞭策馬兒，很快在斜坡上超過了馬霍京。他一下子瞥見了馬霍京滿是泥漿的臉，甚至發現他微微一笑。沃倫斯基雖然趕上了馬霍京，但還是能感到他就緊緊地追在身後，依舊能夠聽到身後角鬥士有節奏的蹄聲和急速的、精神飽滿的喘息聲。

後面兩道障礙，水溝和柵欄，輕易地越過去了。然而沃倫斯基聽到角鬥士的喘息聲和蹄子聲越來越清晰。他驅趕馬奮力前進，快活地覺得牠輕鬆地加快了步伐，角鬥士的蹄聲又像以前那麼遠了。

沃倫斯基跑在最前面。這就是他所希望的，也是科爾德曾勸告過的。現在他堅信能夠獲勝。他越是快活，也就越覺得佛洛佛洛可愛。他想往後看一眼，卻又不敢，就努力使自己鎮定下來，也不去策馬，他覺得角鬥士在保留著後勁兒，所以也要讓自己的馬留點後勁兒。就只剩下最後一道障礙物了，這也是最難的一道。要是他能搶在其他人前面跨越牠，他就會第一個到達終點。他漸漸地向愛爾蘭式土壩馳去。他和佛洛佛洛在很遠的地方就看到這道土壩了，一瞬間他和馬都遲疑了一下。他發現馬耳朵上表示出來的猶豫，就揚起鞭子，但他立刻感到不應懷疑：馬知道該怎麼辦。牠正加快步伐，抵達土壩邊，後蹄一蹬地，就像他所希望的那樣，穩穩當當地縱身一躍，使勁兒向前一衝，就遠遠地飛到了水溝那邊。佛洛佛洛繼續保持著那種步伐節奏，毫不費勁地往前奔跑。

「漂亮，沃倫斯基！」他聽見人群的歡呼。他知道那是站在障礙物旁的他團裡的同僚和朋友。他聽見了亞什溫的聲音，但沒有看見他。

「噢，我的心肝兒！」他一面想著佛洛佛洛，一面聆聽著身後的動靜。「牠也跨過來了！」聽到身後的馬蹄聲，他心裡想。現在只有最後一道寬兩俄尺的溝渠了。沃倫斯基看也不看水溝一眼，只想拉開距離跑在最前面。他開始上上下下拉動韁繩，好讓馬頭按照疾馳的節奏起落。他覺得馬正用盡牠僅存的力量。不僅牠的脖子和肩膀濕透了，就連牠的鬣毛、腦袋和尖耳朵上都汗如雨下，牠的呼吸劇烈而短促。但他知道牠的餘力還是能跑完最後兩百沙繩距離的。

沃倫斯基覺得自己越來越貼近地面，馬奔得更加輕靈了。佛洛佛洛像鳥兒一樣輕易地飛越了水溝。可就在這一剎那，沃倫斯基忽然驚駭地發現，自己犯了一個不可原諒的糟糕錯誤，他沒跟上馬跑的節奏，一屁股跌坐在了馬鞍上。他位置忽然改變，讓他清醒地認識到所發生的可怕事情。還沒等他明白究竟發生了什麼事，栗色馬的白色蹄子就在身旁一閃，馬霍京從身旁飛馳過去。沃倫斯基的一隻腳碰著了地面，馬也向他這隻腳這邊倒了下去，他剛來得及把腿抽出來，馬兒就一歪身倒在地上。牠痛苦地喘著粗氣，拚命用力扭動牠那被汗打濕了的細脖子想站起身來，卻怎麼也站不起來。牠在他腳旁的地上掙扎著，好像一隻被擊落了的鳥。沃倫斯基笨拙的動作讓牠的脊樑骨斷了。不過這是後來才知道的。現在他只看到馬霍京跑遠了，而自己卻蹣跚著站在一片泥裡，佛洛佛洛躺在他跟前，痛苦地喘著粗氣，牠轉過腦袋，用那雙漂亮的眼睛盯著他。沃倫斯基還是不明白到底出了什麼事，就用力拉韁繩。馬又像一條魚似的掙扎起來，把馬鞍兩側擦得沙沙發響，又伸出兩隻前腳，但沒有力氣抬起後半身，立刻又渾身哆嗦，橫倒下去。沃倫斯基的臉因為著急變了樣，臉色煞白，下頜哆嗦著，他用靴子的後跟踢了踢馬腹，又去用力拉韁繩，但馬沒有動，卻把鼻子埋進泥裡，用牠那雙好像在說話的眼睛瞪著主人。

「唉——」沃倫斯基抱著頭呻吟著。「唉——看我都做了些什麼事！」他喊道，「比賽輸啦！這是我自己不好，真丟人，不可饒恕呀！可憐我這匹心愛的馬被我給毀了！哎呀呀！我做了什麼呀！」

觀眾、醫生以及助手，還有同團裡的軍官們全都朝他跑來。他很懊悔的是，自己卻是好好的。馬的脊骨斷了，大家決定把牠一槍了事。沃倫斯基什麼問題都答不出來，不能和任何人交談。他沒有拾起跌落在地的帽子，轉身走出賽馬場，漫無目的地遊蕩。他覺得自己很不幸。他生平第一次領會到如此難受的不幸，而且是他自己造成、不可補救的不幸。

亞什溫拿了帽子追上他，把他送回宿舍，半小時之後沃倫斯基清醒過來。然而，這場賽馬記憶一直留在他心裡，成為他一生中最大的痛。

chapter

26 戴綠帽子的丈夫

卡列寧和他妻子的關係表面上一如既往。唯一的變化就是他比以前更忙了。同往年一樣，一開春他就到國外溫泉去療養，以恢復由於年復一年繁重的冬季工作而受損的健康，並像往年一樣，七月份回來，立即精力充沛、專心致志地投入日常工作。他的妻子也像往年一樣，搬到郊外的別墅去避暑，而他也一樣仍舊留在彼得堡。

自他們從特維爾斯基公爵夫人的晚會回來進行了那次談話後，他再也沒有向安娜提起他的猜疑和妒忌。他那種慣於模仿別人說話的腔調，現在用來對待妻子再適合不過了。他對妻子只是稍微有點冷淡。好像只是因為她第一次深夜拒絕他談話而對她有點不滿，對她的態度上有幾分煩惱，除此之外也沒什麼了。「你不是不願意和我坦誠相對嗎？」他彷彿在心裡對她說，「那你就後悔吧。因為現在不管你怎麼請求，我也不會和你坦誠相對了。這樣你更倒楣！」他在心裡想，就像企圖撲滅火災卻沒成功的人，會因為自己沒有成功而惱怒地說：「啊，好啊！你就盡情地燃燒吧！」

這個在事業上是如此聰明機敏的人，竟不懂得這樣對待妻子是很不明智的。他之所以不懂得這一層，是因為知道自己目前的處境實在太糟了，索性把他對家庭，即對妻兒的感情緊鎖在心裡。他原本是一位那麼體貼的父親，卻從今年冬末變得對兒子十分冷淡，並且還用對待妻子的嘲弄口吻對待他。

「啊哈，年輕人！」他見他的時候總是這樣稱呼。

卡列寧逢人就說，他今年公務空前繁忙；但他沒有意識到，今年正是他自己給自己想出許多工作來，這是他把他對妻子和家庭的感情深鎖在心裡的一種手段。他就只好用工作折磨自己。然而，那些感情和想念藏在裡面時間越長就變得越可怕。如果誰有權利問卡列寧對他妻子的行為怎麼看，溫和敦厚的卡列寧不但不會回答，還會大為生氣這樣問的人。因此，每當有人問起他妻子的健康時，卡列寧就現出一種高傲而嚴肅的臉色。卡列寧十分不想去思考妻子的行為和感情，而他也真的做到了。

卡列寧家的固定避暑別墅在彼得戈夫，伊萬諾夫娜伯爵夫人每年也到那裡避暑，和安娜比鄰而居，和她經常來往。今年伊萬諾夫娜伯爵夫人沒到彼得戈夫來，也一次沒到安娜家裡來，而且她在與卡列寧的談話中暗示了安娜同貝特西公爵夫人和沃倫斯基的接近有些不妥。卡列寧嚴肅地制止了她的談話，竭力表示他妻子沒有什麼可疑的地方。從此以後他就儘量避免見伊萬諾夫娜伯爵夫人。他不願看到，也沒有看到，社交界有許多人都在用白眼看著他的妻子；他不想了解，也不理解妻子為何堅決主張住到貝特西公爵夫人住的、距離沃倫斯基聯隊的野營地不遠的皇村去。他不去想這個，也沒有想到這個。雖然他自己不承認這一層，也沒有任何證據和疑問——他是一個戴綠帽子的丈夫，因此是極其不幸的。

在和他妻子一起走過的八年幸福生活中，卡列寧不止一次地看著別人不貞的妻子和受了欺騙的丈夫，他當時還在心裡想：「人為何會墮落到這種地步？他們為何不了結這種可怕的處境呢？」可是現在，當災難落到他自己頭上時，他不僅不考慮如何結束這種局面，甚至根本不願意正視它，不願正視的原因是這種事實在太可怕，太不體面了。

從國外回來後，卡列寧來過別墅兩次。一次是在這兒吃午飯，另一次是同客人們一起度過黃昏，可是像往年一樣，一次也沒有過夜。

賽馬那天是卡列寧十分忙碌的一天。但當他安排一天的活動日程時，他決定早一點吃完午飯到別墅去看望妻子，再從那裡去賽馬場。由於宮廷裡的文武百官都會去，他當然也非去不可。他想去看他的妻子，不過是因為他決定每週去看她一次，以做做樣子。

此外，那天正好是十五，按他們慣常的規定，他得給妻子一筆生活費。憑他慣有的控制自己思想的能力，他不再讓自己更多地去想妻子的事。

那天早上，卡列寧非常忙碌。前天晚上伊萬諾夫娜伯爵夫人還附來一封信，請他接見一位旅行家，說從各方面考慮他都是一個很有趣和很有用的人。卡列寧昨晚沒來得及讀完它，直到今天早上才把它讀完了。接著來了個請願者，然後又是卡列寧稱作日常事務的報告、接見、任命、免職、賞賜、年金和俸祿的分配、通信等，這消耗了他很多時間。接下來是他的私事：醫生和帳房來訪。帳房沒佔用多少時間，他只把卡列寧需要的錢給了他，並簡略地報告了一下並不很好的狀況，今年旅行次數多，費用增加，因此開支比往年大，以致入不敷出了。而醫生是彼得堡的名醫，又和卡列寧有交情，所以佔用了不少的時間。卡列寧沒料到他今天來，看到他很驚奇。當醫生十分仔細地詢問他的健康狀況，聽診他的胸部，叩擊和觸摸他的肝臟時，他就格外驚奇。卡列寧不知道，是他的朋友伊萬諾夫娜伯爵夫人覺得他今年健康不及往常，才請求醫生來給他檢查。「為了我，請您給他檢查一下吧。」伊萬諾夫娜伯爵夫人對醫生說。

「我為了俄國這樣做，伯爵夫人。」醫生回答。

「一位極其寶貴的人才！」伊萬諾夫娜伯爵夫人說。

醫生對卡列寧的健康狀況感到很不滿意。他發現他肝臟腫大，營養不良，溫泉並沒有發揮什麼效果。他勸他儘量多運動，儘量緩解精神上的緊張，最重要的是不要有任何憂慮——說實在的，這對卡列寧來說就像讓他不呼吸一樣難辦到。醫生走了，給卡列寧留下了不高興的感覺，就是他得了一種什麼病，而且是無藥可救了。

醫生走時，正好在台階上碰到了他的朋友，卡列寧的秘書斯柳金。他們是大學同學，雖然難得見面，彼此卻很尊重，交誼很深。因此醫生把他對病人的看法坦率地告訴了他，而這樣的意見他對其他任何人都是不會講的。「真高興您來看他了！」斯柳金說，「他身體不舒服，我覺得……哦，您覺得他怎樣呢？」

「告訴您……」醫生一邊說著，一邊越過斯柳金的頭招手示意車夫把馬車趕過來。「是這樣的，」醫生用他白皙的手拉住鞣皮手套的一根指頭，把它拉好了說，「一根弦，要是不把它拉緊，要弄斷它是很困難的；要是把它繃緊到最大限度，只要用一根手指往弦上一按，它就會斷掉。從他對職務的勤勉和忠誠來看，他被拉緊到了極點；再加上有外來的負擔壓在他身上，而且還是不輕的負擔。」醫生意味深長地揚起眉毛總結道。「您去看賽馬嗎？」他走下台階向馬車走去的時候補充問了一句，「是，是，當然這要費很多時間呢！」醫生含糊其詞地回答他沒聽清楚的斯柳金的一句什麼話。

醫生剛走，那位有名的旅行家就來了。卡列寧憑著剛看完的小冊子和以前對此問題積累的知識與他交談，使旅行家對他知識的淵博和見解的卓越感到驚奇。

旅行家還沒走，就有通報說省裡的首席貴族也來訪彼得堡，卡列寧必須和他商談一次。首席貴族走後，還要和秘書一起幹完全部日常事務，最後還要為一件重要的事去訪問一位要人。直到五點吃飯時，他才回來，同秘書一起吃了飯，又邀請他一起坐車到別墅，然後去看賽馬。現在卡列寧與妻子會面的時候常常極力找一個第三者在場的機會，這連他自己也沒有意識到。

chapter 27 弄虛作假

安娜站在樓上的鏡子前面，由安努什卡幫忙往連衣裙上繫最後一個蝴蝶結。正在這時她聽到大門口有車輪軋碎石子的聲音。

「貝特西不會這麼早來的。」她想著朝窗外看了一眼，看到一輛馬車，接著一頂黑禮帽還有她那麼熟悉的兩隻耳朵正從馬車中露出來。「真倒楣，難道他來過夜？」她心想。這可能會有可怕的後果，她害怕極了，就毫不猶豫地裝出一副高高興興的樣子，跑下樓去迎接他。她覺得她所熟悉的撒謊與欺騙的伎倆又使出來了，就索性一不做二不休，向他說出一些連她自己也莫名其妙的話來。

「噢，太好了！」她一邊把手伸向丈夫，一邊滿臉笑容地招呼像自家人一樣的斯柳金。「我想你今晚一定會在這兒住吧？」這是弄虛作假的精神教給她的第一句話，「我們現在就可以一起走了，可是我約了貝特西，她會坐車來接我。」

聽見貝特西的名字，卡列寧皺緊了眉頭。

「啊，我就不拆散你們這對難捨難分的老搭檔了，」他用一貫的嘲弄口氣說，「我就和米哈依爾・瓦西里耶維奇一起去吧。正好醫生也建議我多運動。我走過去，就當在溫泉療養吧。」

「不用著急，」安娜說，「你們要喝茶嗎？」

她按了一下門鈴。「上茶，順便告訴謝廖沙一下，說他父親過來了。你身體怎麼樣？還好嗎？

噢，米哈依爾・瓦西里耶維奇，您沒有來過我這兒呢，您瞧瞧，我這裡的陽台多好。」她交替著同他們兩個人談話。

她說的話雖然簡單而隨便，但說得太多太快。她自己也感覺到了這一點。特別是她從米哈依爾・瓦西里耶維奇看著她的好奇眼神裡，感覺到他好像在打量她。

米哈依爾・瓦西里耶維奇接著走到涼台上去了。

她在丈夫身旁坐下。「你臉色不太好。」她說。

「是的，」他答道，「醫生今天來過我這兒，占去了我一小時。我想大概是我的哪位朋友叫他來的：把我的健康看得過重了。」

「別這麼說，醫生怎麼說？」

她詢問了他的身體狀況和公務情形，建議他休養一陣子，並搬到她這裡來。

她說這些話時顯得快活、急促，眼中閃出異樣的光芒，然而卡列寧絲毫沒有注意她的語氣有什麼奇異。他只聽這些話本身的意義。因此，他的回答也是簡簡單單的，雖然是用嘲弄的口氣。這次談話從頭到尾沒什麼特別的地方，然而後來每當安娜回憶起這短短的會面，就羞得痛苦難言。謝廖沙在女家庭教師的帶領下走過來。如果卡列寧願意也敢於觀察一次，他就會留意到，謝廖沙先望一眼父親後望一眼母親那種膽怯惶恐的眼神。可是他什麼也不想看，什麼也沒有看見。

「噢，年輕人！他長大了。已經是一個大人了。還好嗎，小夥子？」

他把手伸向嚇慌了的謝廖沙。謝廖沙原本就有點兒害怕父親，現在卡列寧又稱他小夥子，再加上他頭腦裡出現了一個不知是敵人還是朋友的沃倫斯基，他就想躲開父親。他回頭望望母親，彷彿在尋求保護。他只有同母親在一起時才覺得快樂。接著，卡列寧開始和家庭教師談話，用一隻手摟著兒子的肩膀。安娜看出他已經眼淚汪汪了。

兒子走進來的時候安娜頓時就漲紅了臉。現在她看到謝廖沙不自在的模樣，就趕忙站起來，把卡列寧的手從兒子的肩上拿下來，吻了吻兒子，把他領到陽台上，自己又立刻返回屋裡。

「時間也不早了，」她看著錶說，「貝特西怎麼還沒來呢？」

「是啊。」卡列寧說著站起身來，雙手交叉著扳手，指關節發出咔吧咔吧的聲音。「我給你送了些錢來，光靠童話是填不飽肚子的，」他說，「我覺得你該需要錢吧。」

「不，不需要……是啊，需要。」她眼睛不看他，臉紅到頭髮根，「我以為，你看過賽馬然後順便來這裡。」

「當然！」卡列寧回答說，「啊，彼得戈夫的大紅人，貝特西公爵夫人來了。」他望了望窗外馳來一輛座位高得出奇的全副皮馬具的精美英國馬車，補充說：「多麼豪華！好啦，我們也走吧。」

貝特西公爵夫人沒有下車，只是一個戴著黑帽子、披短斗篷、腳穿半長筒靴的僕人在門口跳下車來。

「我走了，再見吧！」安娜說，吻了一下兒子。她又走到卡列寧跟前，把手伸向他：「真是太感謝了，還讓您特意跑過來。」

他吻了她的手。

「那就再見了。回頭您來喝茶，那就更好了！」她說完就快活地走出去。但是一等到看不見他了，她就想到她手上被他嘴唇接觸過的地方，不禁厭惡地打了個寒噤。

chapter 28 丈夫和情夫

卡列寧到賽馬場的時候，安娜早已在亭子裡，就坐在貝特西公爵夫人身旁，所有上流社會的人全聚集在這個亭子裡。

她老遠就看見了丈夫。兩個人，丈夫和情夫，是她生活的兩個中心。無須依靠外部感官她就能感知他們近在眼前。她看到他向亭子走來，看到他時而鞠躬回答著諂媚的恭維，時而和同僚交換著親切、漫不經心的寒暄，時而殷勤地脫下他那壓到耳邊的大圓帽子，等待著權貴青睞。她熟悉他的這一套，並且還有點厭惡這些。「貪圖功名，追逐升遷，這就是他靈魂裡的全部貨色，」她想，「至於崇高思想啦，熱愛教育啦，篤信宗教啦，這一切僅是往上爬的手段罷了。」

她知道他在尋找她，這從他向婦女坐的亭子眺望的眼神就能知道（他一直望著她的方向，但是在海洋般的面紗、絲帶、羽毛、陽傘和鮮花中根本就認不出他的妻子），但她故意不去看他。

「阿列克謝！」貝特西公爵夫人叫他，「您一定沒有看見您的夫人吧？瞧，她就在這裡！」

他露出冷冷的微笑。

「這裡真是五光十色，不免叫人眼花繚亂了。」他說著向妻子微微一笑，就像一般做丈夫的同妻子剛分開一會兒又相見一樣。接著他又同公爵夫人和其他熟人打招呼，給每人以應得之份——也就是，和婦人們說笑，同男人們親切問候。靠近亭子的下面站著一位卡列寧所尊敬的、以其才智和教養而聞名的侍從武官。卡列寧就和他攀談起來。

在兩場賽馬之間有一段休息時間，因此他們的談話沒有受到干擾。侍從武官反對賽馬，卡列寧不同意他的觀點。安娜一字不漏地聽著他那抑揚頓挫的尖細聲調，但在她聽來都是虛偽的，十分刺耳。

四俄里障礙賽開始時，她身子向前探著，全神貫注地盯著沃倫斯基，看他走近馬旁，接著縱身上馬，同時聽著丈夫那令人討厭的、喋喋不休的說話聲。她為沃倫斯基擔心已經很痛苦了，但更令她痛苦的是她丈夫那熟悉的尖細聲音，在她聽來彷彿是永無休止。

「我是個壞女人，是個墮落的女人，」她想，「但我不愛撒謊，我不能容忍謊言，可他（丈夫）撒謊卻是家常便飯。他明明知道這一切，也看到這一切，卻還能如此平靜地談話，他到底還會有什麼感覺？如果他殺死我，或者殺死沃倫斯基，我倒還尊敬他哩。不，他需要的只是虛偽和體面罷了。」

安娜卻並沒考慮她究竟要求丈夫怎麼做，究竟要他做一個什麼樣的人。她根本不了解，卡列寧今天話這麼多，只是他內心煩惱和不安的表現。就像一個受了傷的小孩，跳蹦著以活動全身筋骨來減輕痛苦，卡列寧同樣也需要精神上的活動來使自己不想妻子的事。一看到她，看到沃倫斯基，聽到人們經常提起他的名字，他就不能不想起這些事情。正像一個孩子慣於蹦蹦跳跳一樣，他也慣於說些聰明得體的話。他說：「士官騎兵賽馬的危險是不可避免的。如果說英國願意炫耀軍事歷史上的輝煌業績，那騎兵應是最光輝的，因為它在歷史上發展了人和馬各自的能力。我認為運動具有重大意義，而我們往往只看到最膚淺的表面現象。」

「這不是表面的，」特維爾斯基公爵夫人說，「他們說有一個士官折斷了兩根肋骨哩。」

卡列寧臉上掛著他那一貫的微笑，露出了牙齒，卻沒再表示什麼。

「公爵夫人，我們知道那不是表面的，」他說，「而是內在的。但是我們說的問題不在這裡。」於是他又轉向那位一直在和他認真交談的侍從武官說：「別忘了，那些參加賽馬的人都是以此為業的軍人，還得承認，任何職業都有不利的一面。賽馬原是軍人的天職。拳擊和西班牙鬥牛之類的畸形運動具有野蠻的特徵，而體育運動卻是文明的標誌。」

「不，我以後再也不來了，這太讓人緊張了！」貝特西公爵夫人說，「不是嗎，安娜？」

「緊張是緊張，但我捨不得走開。」另一個婦人說。

「如果我是一個羅馬婦人的話，我是不會放過任何一次格鬥表演的。」

安娜一句話也沒說，只是拿著她的望遠鏡，盯住一個地方。

這時，一位魁梧的將軍穿過亭子。卡列寧中斷了談話，急忙卻不是莊嚴地站起身來，恭敬地向將軍鞠躬。

「您沒參加賽馬嗎？」將軍半開玩笑地說。

「我參加的競賽難度可更大啊。」卡列寧謙卑地回答。

這回答並沒有什麼特殊含義，但將軍卻裝出一副從聰明人嘴裡聽到聰明話的神氣，彷彿他完全能領會這話的俏皮之處。

「有兩方面，」卡列寧接著說，「演員和觀眾兩方面；我承認，愛看這種運動確實是觀眾文化程度低的表現，可是……」

「我們打賭吧，公爵夫人！」下面傳來奧布隆斯基向貝特西公爵夫人說話的聲音，「您賭誰贏？」

「安娜和我都確信庫佐夫列夫贏。」貝特西公爵夫人回答。

「我覺得沃倫斯基會贏。一副手套吧？」

「好的！」

「多麼好看呀，可不是嗎？」

當周圍有人說話時，卡列寧沉默了一會兒，但接著又開口了：「我同意，但需要勇氣的運動不是……」他打算繼續。這時騎手們出發了，一切談話都停下來了。卡列寧也安靜下來，每個人都站起來，把視線轉向小河邊。卡列寧對於賽馬並不感興趣，因此他沒看騎手們，只是用他那雙疲倦的眼睛漫無目的地打量著觀眾。他的目光停在安娜身上了。

安娜臉色蒼白而嚴峻。除了一個人以外，她顯然什麼也沒有看見。她屏住呼吸，手痙攣地緊握著扇子。他看了看她，連忙回過頭去打量著其他的面孔。

「這裡的每位婦人都很興奮呢，這是很自然的啊。」卡列寧自我安慰道。他竭力控制自己不看她，但目光又不由自主地被吸引到她身上。他又端詳著她的臉，想盡力不讓自己看出那流露在上面的明顯的神情。然而事與願違，他懷著恐怖的心情，在上面看出了他不想看到的神色。

庫佐夫列夫在小河旁第一個墮下馬來讓所有的人都激動起來，但是卡列寧在安娜蒼白的、得意的臉上清楚地看出來，她所關注的並不是跌下馬的那一個。當馬霍京和沃倫斯基越過了大柵欄之後，緊跟在他們後面的一個軍官一頭栽倒在地上，失去了知覺，觀眾中發出一片恐怖的驚叫聲。但卡列寧看出，安娜甚至都沒有注意到這個，她好不容易才弄清楚周圍的人在談什麼。他更頻繁地、固執地凝視著她。雖然安娜的全部心思都到了飛馳的沃倫斯基身上，卻也感到丈夫正用冷冷的眼光在旁盯著她。

她驀然回過頭來，詢問般地望了他一眼，微微皺起眉頭，又回過頭去。

「對，我就這樣。」她彷彿在對他說，就再也沒回頭看他。

這場比賽搞得很不幸，十七個騎手當中有一半都落馬摔傷了。比賽即將結束之時，大家都惶惶不安，由於沙皇很不高興，以致大家更加不安了。

chapter 29 驚慌失措

觀眾都大聲表示不滿，還在重複著有人說過的一句話：「就差在競技場裡玩獅子啦！」人們都感到場面嚇人，因此當沃倫斯基翻下馬來時，安娜大叫一聲也沒什麼特別的。可是安娜接下來有點兒失態，她驚慌失措，像一隻被捕的鳥兒那樣撲騰掙扎：忽而站起來走開，忽而對貝特西公爵夫人說話。

「走吧，走吧。」安娜說。

但是貝特西公爵夫人沒聽到，這時她正彎著身子和她跟前的一位將軍說話。

卡列寧來到安娜面前，殷勤地把胳膊伸過來，「如果您樂意，我們走吧。」他用法語說，可安娜正全心聽那位將軍說話，沒有留意到丈夫。

「聽說，腿也摔斷了，」將軍說，「這真是太不像話了。」

安娜沒回答丈夫，拿起望遠鏡，向沃倫斯基落馬的地方眺望。可是離那兒太遠了，再加上那邊擠了那麼多人，她根本一點都看不見。她放下望遠鏡，正想走開。這時一位軍官騎馬跑來，向沙皇彙報情況。安娜把身子探向前面，想聆聽一下他說什麼。

「斯季瓦！斯季瓦！」她喊她的哥哥。哥哥沒聽到她的喊叫，她便又想起身向外走。

「我再一次向你伸出我的手臂，要是你願意走的話。」卡列寧伸出胳膊說。

她厭惡地躲開他，看也不看他一眼說：「不，不，別管我，我要待在這兒。」

這時她看到一名軍官從沃倫斯基落馬的地方穿過賽馬場向亭子跑來。軍官帶來消息說，騎手沒有受傷，但馬折斷了脊樑骨。

安娜一聽見這個消息，立刻坐下來，用扇子掩面。卡列寧知道她哭了，她不但控制不住淚水，還抑制不住哭聲，哭得胸脯一起一落的。卡列寧用身子擋住她，給她時間恢復常態。

「我第三次向您伸出我的胳膊。」他過了一會兒又向她說。安娜望望他，不知說什麼好。貝特西公爵夫人走來替她解圍：「不，是我邀請安娜來的，我說過送她回去。」

「不好意思，公爵夫人，」他堅決地盯著她的眼睛，客氣地說，「我看安娜身體不太好，我想讓她同我一道走。」

安娜緊張地環顧四周，乖乖地站起身來，挽住了丈夫的胳膊。

「我派人去他那裡問問，到時候讓人把消息告訴你。」貝特西公爵夫人小聲對她說。

離開亭子時，卡列寧像平常那樣和碰到的熟人問候，安娜也像往常一樣寒暄。她挽住丈夫的胳膊，失魂落魄地跟著他走，就像在夢中一樣。

「他摔死了沒有？這是真的嗎？他會不會來？今天我能見到他嗎？」她思忖著，默不作聲地坐進了卡列寧的馬車，一聲不發地離開了人群。雖然他看到了這一切，但還是不願去想妻子的實際狀況。他覺得只看到一些表面現象，看到她行為有失檢點，認為提醒她是自己的職責。然而，要他做到僅僅提醒，而不說別的又是很困難的。他本想提醒她，她行為如何的失態，可是一開口卻不知不覺地說了些毫不相干的話。

「然而，我們大家都愛看這種殘酷的場面，」他說，「我注意到……」

「什麼？我不懂。」安娜輕蔑地說。

「哦，這下子要攤牌了。」她想，心裡有點害怕。

「我必須告訴您，您今天的舉止有點失態。」他用法語對她說。

「我怎麼失態了？」她喊道，頭迅速地轉過來，盯著他的眼睛，現在她臉上已經徹底沒有了以前那種掩飾的愉快，而是一副堅毅的神態，但這副神態還是難以掩飾她內心的恐懼。

「注意！」他指著車夫身後開著的小車窗對她說，然後彎著身子，關上了窗戶。

「您認為我如何失態了？」她重複問道。

「您在一個騎手落馬時，沒有遮掩住自己痛心失望的心情。」

他等待她的辯白，可她盯著前面，默不作聲。

「我曾要求您在交際場所注意您的一舉一動，免得那些惡毒舌頭說您的閒話。我一度談到過內心活動問題，現在我不談這個。我說的是行為。您的行為太不像話了，我希望以後不會再發生這種事。」

他的話她連一半都沒聽進去，在他面前，她覺得害怕，但心裡還是一直在想，沃倫斯基是真的沒摔著嗎？等他說完的時候，她假裝帶著嘲笑的神情笑了笑，沒回答，因為她根本就沒聽清他說了些什麼。卡列寧剛開始時理直氣壯，但當他清楚意識到他在說什麼時，她感受到的恐懼也傳染了他。他看見她這種嘲弄的微笑，心裡產生一種莫名其妙的迷惘。

「她是在嘲笑我的猜疑嗎？是的，她馬上就要說她上次對我說過的那些話了，說什麼我的懷疑是荒唐的，是沒有依據的。」

現在他面臨著所有真相即將全部揭穿的時刻，他最希望的是，她還會像上次一樣以嘲弄的口吻回答他說，他的猜疑是可笑的，毫無根據。他知道的情況實在太可怕了，因此他現在打算什麼都相信。

「可能是我說錯了，」他說，「那就請您原諒。」

「不，您沒說錯，」她絕望地瞧了一眼他那冷冰冰的面孔，慢吞吞地說，「您沒有錯。我感到絕望，也無法不這樣。我聽您說話，心裡卻在想他。我是他的情婦，我愛他。您讓我難以忍受，讓我害怕，讓我厭惡……我任憑您處置好啦。」

她向馬車座位的角落一靠，雙手捂著臉，放聲痛哭起來。卡列寧一動也沒動，一路上，直到別墅，他這種神態始終沒有改變。快到家的時候，他帶著這種神態向她轉過頭去。「好的！可是我請求您至少維持表面上的體統，一直到……」他的聲音在顫抖，「直到我想出辦法維護我的聲譽，而且把那辦法告訴您。」

他先下了車，當著僕人的面默默地握了握她的手，又坐上馬車，回彼得堡去了。他剛走不久，貝特西公爵夫人的僕人送來一張字條：「我派人見過阿列克謝，詢問他的身體狀況，他回信說很好，沒受傷，只是心裡感到窩囊。」

「看來，他會來的！」安娜想，「我把一切都告訴了他，我做得真痛快！」

她看了看錶，還有三個鐘頭。回想起最後一次約會的情景，她頓時熱血沸騰起來。

「上帝呀，多麼幸福！啊，這太可怕了，可我喜歡看他那張臉，我喜歡這奇幻的人兒……丈夫！哼……我和他已經結束了，感謝上帝。」

chapter 30 十全十美的完人

在謝爾巴茨基一家前往的德國小溫泉浴場，也像一切有人聚集的地方那樣，照例出現一種可以說是社會結晶現象。在那裡，每個社會成員都被安排在一定的、不變的位置上。

謝爾巴茨基公爵及夫人與女公子，憑著他們住的房子、他們的聲望和往來的朋友，馬上就被安排到恰如其分的位置上。

今年，溫泉浴場來了一位真正的德國公爵夫人，因此社會的結晶運動就進行得更加起勁了。謝爾巴茨基公爵夫人一心想讓女兒結識這位德國公爵夫人，因此，他們在到溫泉浴場的第二天就舉行了禮儀性的見面儀式。基蒂身穿一件在巴黎定做的、美麗素雅的夏季連衣裙，向公爵夫人深深地行了個嫻雅的屈膝禮。公爵夫人說：「我希望，這張漂亮的小臉上不久便會重現玫瑰。」

這樣，謝爾巴茨基一家的生活軌道就已經安排好了，無法擺脫了。他們還結識了一位英國貴婦、一位德國伯爵夫人和她在最近那次戰爭中受傷的兒子、一位瑞典學者，以及康納特兄妹。然而，與謝爾巴茨基一家來往最密切的卻不是他們，而是莫斯科的瑪麗亞・葉夫根尼耶夫娜・勒季謝娃夫人和她的女兒——基蒂不喜歡她，因為她和她一樣，也是為戀愛而病的——以及一位來自莫斯科的上校。

這位上校基蒂小時候就認識，並且那時總見他穿制服佩肩章，可現在卻袒露脖頸戴一條花領帶，瞇著一雙小眼睛，那神情非常好笑。他還總愛纏住別人，讓人厭煩。當生活就這樣固定下來後，基蒂又覺得厭煩了，並且公爵去了卡爾斯巴德[49]，只剩下她們母女。她對她所結識的人不感興趣，覺得從他們身上得不到什麼新東西。她在溫泉浴場，最大的樂趣就是觀察和猜測那些她所不熟悉的人。基蒂喜歡猜想別人身上最優秀的品質，特別是猜測那些不認識的人，這是她的個性。她猜想那些人是誰，他們是什麼關係，他們是什麼樣的人，有什麼高貴的品質，並通過觀察來驗證自己的猜測。

在這些人中間，基蒂最感興趣的是一個俄國女子。她是陪同一位有病的俄國太太到這裡來的。那位俄國太太叫施塔爾夫人，大家都這樣稱呼她。施塔爾夫人屬於上流社會階層，她病得很厲害，走不了路，只有在罕見的好日子裡才坐著輪椅到浴場上來。施塔爾夫人從不和俄國人來往，公爵夫人說，這倒不是因為她的病，而是驕傲。此外，基蒂還發現她同溫泉浴場上為數很多的重病人都很要好，落落大方地照顧他們。基蒂看得出來，這個俄國女子和施塔爾夫人不是親屬關係，也不是她的佣人。施塔爾夫人叫她瓦蓮卡，其他人叫她瓦蓮卡小姐。基蒂不僅喜歡觀察這位女子和施塔爾夫人以及其他不相識的人，還對瓦蓮卡小姐有一種說不出來的喜歡。她們目光交匯時，基蒂覺得瓦蓮卡也很喜歡她。

瓦蓮卡小姐已過了青春妙齡階段，可她彷彿從來就沒有過青春：她看起來既像十九歲，又像三十歲。論長相，儘管面帶病容，也不能說長得難看。要不是生得太瘦，同她的中等個兒相比頭顯得太大，她的形體原本是很美的，不過看樣子她對男人並沒有吸引力。她像一朵美麗的花，花瓣還沒有脫落，就已色褪香消。她之所以沒有魅力，還因為她缺乏那種洋溢在基蒂身上的很多東西——被壓抑著的生命的火焰以及對自己魅力的感覺。

她似乎一直在忙於一項毋庸置疑的工作，因此無法去關心別的事情。她的情況同基蒂正好相反，

49. 卡爾斯巴德，即卡羅維發利，捷克共和國的城市，為著名的礦泉療養地。

基蒂對她也就格外感興趣。基蒂覺得在她身上、在她的生活態度中可以感受到自己正苦苦追尋的東西——超脫於令人厭惡的世俗男女關係之上的生活情趣和生活價值。而不是像她眼裡看到的那種就像擺出的陳列品等著買主似的、可恥的男女關係。對這位素昧平生的朋友觀察得越仔細，基蒂就越堅信她是自己心目中十全十美的完人，她因此更加迫切地想跟她認識。

兩個女子每天都相遇好幾次。每次相遇基蒂都盯著她，好像在說：「您是誰？您在幹什麼？在我心目中，您是十全十美的人對嗎？不過您千萬別認為我會死乞白賴地想和您認識。我只是欣賞您、喜歡您而已。」那個陌生女子的眼神回答說：「我也喜歡您。您非常、非常可愛。我要是有時間的話，就會更加喜歡您了。」她確實總是忙碌著，基蒂見她一會兒把一個俄國人家的孩子從溫泉浴場送回家，一會兒又給一個病婦送去毛圍巾，還幫她圍在身上；有時努力勸慰一個發怒的病人，有時還為不知什麼人挑選喝咖啡時吃的點心。

謝爾巴茨基一家剛來不久，一天早上，溫泉療養地又來了兩個人，人們都嫌惡地注意著他們。一個是背有點駝、個子特高、兩隻手特大的男人，身穿一件短得同他的身材不相稱的大衣，一雙眼睛既天真又烏黑可怕；另一個是相貌並不難看的麻臉女人，衣著簡樸，缺乏風韻。基蒂看出來他們是俄國人，就在腦子裡為他們編織美麗感人的愛情故事。公爵夫人從旅客簿上查出來，他們是尼古拉・列文和瑪麗亞・尼古拉耶夫娜。她接著就向基蒂說，尼古拉這人有多壞。於是基蒂對這兩個人的想像也馬上消失了。基蒂忽然覺得對這兩個人十分反感，倒不是因為母親的那些話，而是因為他是康斯坦丁・列文的哥哥。而尼古拉搖晃腦袋的壞習慣，更加劇了基蒂那種抑制不住的反感。她覺得，他那雙可怕的大眼睛正死盯著她，眼裡反映出憎恨和嘲弄的感情，於是她儘量躲著他。

chapter 31

瓦蓮卡小姐

這是個陰雨的日子，雨下了整整一上午，病人們拿著傘，擁擠在遊廊裡。

基蒂和她的母親，還有莫斯科上校一起散步。他們靠著遊廊的一邊走，努力避開貼著另一邊走動的尼古拉。瓦蓮卡身穿黑色的外套，頭戴一頂寬邊黑帽，領著一個瞎眼的法國女人，從遊廊一頭到另一頭走來走去。她和基蒂每次相遇時，彼此總要交換友好的目光。

「媽媽，我能和她講話嗎？」基蒂問道。

「啊，既然你那麼想認識她，那就讓我先去了解一下。」母親答道。「你覺得她有什麼不同嗎？肯定是專門陪伴病人的。要是你願意的話，那我就去認識一下施塔爾夫人。我認識她的弟媳。」基蒂知道母親有點兒不高興，因為施塔爾夫人好像不願意和她結識，也就沒再堅持讓母親去。

「她這人真好，真可愛！」她凝視著瓦蓮卡說。瓦蓮卡此時正把一個杯子遞給法國女人。「您看，她多麼淳樸可愛啊！」

「你如此迷戀她，真是荒唐。」公爵夫人說。「得了，我們還是回去吧。」她補充道。正在這時，她看到尼古拉帶著那個女人和一位德國醫生迎面走來，而尼古拉怒氣沖沖地大聲同醫生談著什麼。

她們轉身剛要回去，就聽到那邊的爭吵而不是大聲談話了。尼古拉從遊廊上下來，大喊大叫，而醫生也惱怒了。人群都圍了上去。公爵夫人和基蒂趕緊躲開，那上校卻擠進人群去打聽出了什麼事。

過了幾分鐘，上校又追上了她們。

「怎麼回事？」公爵夫人問。

「可恥！」上校回答，「在國外遇見俄國人是一件可怕的事。那個高個子先生同醫生吵嘴，對醫生說了許多粗話，責怪他看病看得不對，還揮著手杖要打人。真是丟臉！」

「啊，這太可惡了！」公爵夫人說，「後來怎麼樣？」

「多虧那位……那位戴蘑菇帽的女子，好像也是俄國人，她上來調解。」上校說。

「是瓦蓮卡小姐吧？」基蒂高興地問。

「是的，是的，是她第一個出來調解的。她挽住那位先生的手臂，把他領走了。」

「您看，媽媽，」基蒂對母親說，「我敬佩她，您還認為荒唐嗎？」

第二天起，愛觀察別人行動的基蒂注意到，瓦蓮卡小姐與尼古拉的女人的關係，已經和她別的被保護者一樣了。她經常走近他們，和他們談話，給那個不會說外語的女人做翻譯。

基蒂愈加急切地懇求母親答應她和瓦蓮卡結識。雖然公爵夫人不願意先表示出攀交那位不可一世的施塔爾夫人，但還是去打聽了一些瓦蓮卡的情況。公爵夫人挑選了一個恰當時機走到瓦蓮卡面前，她當時正站在麵包鋪外面，而女兒正向溫泉浴場走去。

「請允許我和您認識，」她莊嚴地笑著說，「我女兒很欣賞您，您也許不認識我吧。我是……」

「真不好意思，您這麼主動，公爵夫人。」瓦蓮卡連忙答道。

「您昨天對我們那位可憐的同胞可是做了一件大好事啊！」公爵夫人說。

瓦蓮卡的臉變紅了。「沒有啊，我覺得自己沒做什麼事。」她說。

「那可不是，您使那個尼古拉避免了一場不愉快。」

「嗯，是他的女伴讓我去的。我只是盡力使他冷靜下來，因為他病得很厲害，又對醫生不滿。我經常照顧這種病人。」

「哦，聽說您和您姑媽，施塔爾夫人，一起住在芒通。我認識她的嫂子。」

「您錯了，她不是我的姑媽。我喊她媽媽，但我不是她的親屬。我是她養大的。」瓦蓮卡答道。她說得那麼坦白，表情那麼真誠，確實很可愛，公爵夫人現在才明白基蒂敬佩這個瓦蓮卡的原因。

「那個尼古拉打算怎麼樣啊？」公爵夫人問。

「他快要離開這兒了。」瓦蓮卡說。

正在這時，基蒂從溫泉浴場那兒回來了，看見母親已經同那位不熟識的朋友認識了，臉上洋溢著高興的神色。

「哦，基蒂，你就那麼想結識這位小姐……」

「瓦蓮卡，」瓦蓮卡笑著插了一句，「大家都這樣叫我。」

基蒂高興得臉通紅，一言不發地握住這個新朋友的手很久，對方的手沒有回應，只是一動也不動地叫她握著。雖然瓦蓮卡小姐的手毫不在意，但她的臉上卻現出寧靜、快樂而略帶憂鬱的微笑。

「我也早就想認識您了。」她說。

「可您總是那麼忙……」

「啊，沒有啊，正好相反，我一點兒都不忙。」瓦蓮卡正說著，跑來了兩個俄羅斯小女孩，她們是一個病人的女兒，她只好立即離開兩位新朋友。

「瓦蓮卡，媽媽叫你！」女孩嚷道。瓦蓮卡跟著她們走了。

chapter 32

什麼是最重要的事

關於瓦蓮卡的身世和她與施塔爾夫人的關係，公爵夫人打聽到的情況是這樣的：施塔爾夫人是一個多病、熱情的女人。一些人說她一貫折磨丈夫，另一些人則說她丈夫生活放蕩，使她痛苦。她同丈夫離婚後不久生下第一個孩子，但孩子一生下便夭折。施塔爾夫人的親戚朋友們都覺得她多愁善感，怕她承受不了打擊，就把當天夜裡在彼得堡同一所房子裡出生的一個宮廷廚師的女兒替換給了她。

這個女孩就是瓦蓮卡。施塔爾夫人後來才知道瓦蓮卡不是她的親生女兒，卻繼續撫養她，何況沒過多久瓦蓮卡自己的親人也都不在人世了。施塔爾夫人十幾年來一直住在國外南方地區，從沒離開過病床。有人說，施塔爾夫人憑藉慈善和信仰宗教獲得了社會地位。又有人說，她是個品德極其高尚的人，活著就是為了替別人謀福利。誰也不知道她信什麼教——天主教、基督教，還是東正教，但有一點毫無疑問，那就是她和各種教派以及各教派最有權威的人物都很親密。

瓦蓮卡一直陪她住在國外，只要認識施塔爾夫人的人，都認識瓦蓮卡小姐——人們都這樣叫她，而且都喜歡她。

公爵夫人打探了各種情況，覺得女兒接近瓦蓮卡沒什麼不體面，何況瓦蓮卡的一舉一動都頗有教養，法語和英語都講得十分流利。還有更重要的一點改變了公爵夫人的想法，她傳達了施塔爾夫人的話，說因病無緣和公爵夫人見面感到抱歉。

基蒂結識了瓦蓮卡，對這個朋友也越來越著迷，覺得每天都能在她身上發現新美德。

公爵夫人聽說瓦蓮卡很會唱歌，就邀請她晚上來唱歌。

「基蒂會彈琴，我們有一架鋼琴，琴雖不好，但您一定會使我們十分高興的。」公爵夫人說，露出做作的微笑。這微笑令基蒂很不高興，因為她覺得瓦蓮卡並沒有要唱歌的意思。但晚上瓦蓮卡還是帶上樂譜來了。公爵夫人還請來了瑪麗亞・葉夫根尼耶夫娜母女和上校。

瓦蓮卡走到鋼琴跟前，毫不在乎有不認識的人在場。她雖不能為自己伴奏，可按照歌譜唱得很不錯。擅長彈鋼琴的基蒂就給她伴奏。

「您真了不起。」公爵夫人這樣對瓦蓮卡說，她第一首歌確實唱得聲情並茂。

瑪麗亞・葉夫根尼耶夫娜母女也向她表示感謝、讚賞。

「您瞧，多少聽眾圍攏來聽您唱歌呀！」的確，窗外聚集了一大群人。

「我很高興能給大家帶來快樂。」瓦蓮卡簡單樸實地回答。

基蒂看著自己的朋友暗自得意。她欣賞她的才能、她的嗓音、她的容貌，更是迷戀她的那種態度。瓦蓮卡根本不把歌唱得好壞放在心上，對大家的誇獎也毫無反應，她彷彿只是在問：還繼續嗎？是不是聽夠了？

「如果是我，」基蒂心想，「我會對此感到多麼自豪啊！看到窗外這麼多聽眾，我會多麼高興啊！可是她不動聲色。她唯一的動機就是不拒絕我媽媽的要求，要使她高興。她心裡究竟想什麼呢？是什麼賦予了她這種超然的、毫不在乎的力量呢？我好想知道為什麼，好想跟她學學這一點。」基蒂看著她沉靜的面孔想。公爵夫人請瓦蓮卡再唱一支。瓦蓮卡就又唱了一支，聲音清脆、動聽美妙。她挺直身子站在鋼琴旁，用一隻黝黑的瘦手打著拍子。

樂譜的下一支是義大利歌曲。基蒂彈奏完序曲，回頭望了望瓦蓮卡。

「這支就別唱了。」瓦蓮卡漲紅了臉說。基蒂帶著驚詫和詢問的神情凝視著瓦蓮卡的臉。

「好，那就下一個吧。」基蒂說著就急忙往下翻樂譜，她馬上明白了，那支歌一定和什麼事有關。

「還是不用了吧，」瓦蓮卡把一隻手放在了樂譜上微笑著說，「不用了，咱們還是唱這一支吧。」她依舊沉著、平靜而婉轉地唱了這支歌。

瓦蓮卡唱完之後，大家又向她道謝，然後出去喝茶。基蒂與她來到房子附近的小花園。

「那支歌使您想起了一件事，是嗎？」基蒂說。「您不用說是什麼事，」她連忙補充道，「您只要說，是還是不是。」

「不用說，為什麼不說呢？我會告訴你的，」瓦蓮卡真誠地說，並且沒等基蒂回答就接著說，「是的，這裡面有一個回憶，一個讓我痛苦的回憶。我曾經愛上了一個人，給他唱過那支歌。」

基蒂睜大了眼睛，一言不發地、很感動地盯著瓦蓮卡。

「我愛他，他也愛我，可是他母親不樂意，後來他就同別人結婚了。現在他住得離我們不遠，偶爾我還能看到他。您沒想到我也戀愛過吧？」她說這話的一瞬間，漂亮的面孔上掠過一道熱情的火花，基蒂感覺這火花曾經燒遍過她的整個身心。

「怎麼會這樣呢？我要是個男人，一旦見過您，就不會再愛別人了。我只是不明白，他怎麼能屈從母親而把您給忘了，給您造成不幸？他也太沒有情義了。」

「不，他是個很不錯的人，並且我也不能算不幸，恰恰相反，我很幸福。看來，今晚咱們不用唱了。」她說著朝房子走去。

「您太棒了，太棒了！」基蒂喊道，攔著她並親吻了她一下，「要是我有一丁點兒像您就好了！」

「您為什麼非得像別的什麼人呢？您自己本來就很好啊。」瓦蓮卡露出溫柔而疲倦的微笑說。

「不，我一點兒都不好。請您告訴我……等會兒，我們再坐一會兒，」基蒂說著，又讓她在自己的長凳旁邊坐下來，「告訴我，如果一個男人不珍視您的愛，不肯要……想起這個，難道您不覺得受了侮辱嗎？」

「他並沒有輕視我呀。我相信他愛我，可他也是個孝順兒子。」

「那麼，要是他並非因為聽母親的話，而是出於他自己的心意呢？」基蒂說著，覺得自己的秘密洩露了。她那羞得通紅的臉已經洩露了她的心思。

「那就是他不好，我也就不會原諒他了。」瓦蓮卡答道。很顯然，她已經覺察到現在不是在說自己的事，而是在談論基蒂的事了。

「那麼恥辱呢？」基蒂說，「恥辱是永遠忘不掉的。」她想起了最後一次舞會上音樂停止時她望著沃倫斯基的那種眼光。

「這有什麼可恥辱的？又不是您做得不對，是不是？」

「比做得不對更糟糕的是恥辱。」

瓦蓮卡搖了搖頭，把一隻手放在了基蒂的手上。

「有什麼恥辱呢？」她說，「您總不能向一個對您冷淡的人說您愛他吧？」

「當然不會。我從來都沒對他說過一句話，可是他應該明白。不，是從表情和行為上應該明白。我就是到老也忘不了。」

「那又有什麼呢？我不明白。問題是，您現在是不是還愛著他。」瓦蓮卡真誠地說。

「我恨死他了，也不能饒恕自己。」

「那又為什麼？」

「侮辱，恥辱。」

「啊，要是大家都像您這樣感情脆弱，那還得了，」瓦蓮卡說，「每個女人都經歷過這樣的事，這根本就是無關緊要的。」

「那麼，什麼事才是緊要的？」基蒂詫異地盯著她的臉問。

「啊，有好多事都比這個更要緊。」瓦蓮卡答道，一時不知道怎麼說才好。這時聽到從窗口傳來公爵夫人呼喚的聲音：「基蒂，天涼了！要麼把披肩拿去，要麼就進房來。」

「是啊，我該走了！」瓦蓮卡說著站起身來，「我還要順便到貝爾特夫人那兒去看看，她說過讓我去看她的。」

基蒂拉著她的手，眼裡露出十分好奇和懇求的神色，彷彿在問：「到底什麼事最重要？您怎麼能這樣鎮定啊？您要是知道，就告訴我吧！」

可是瓦蓮卡根本不明白基蒂為何要用那種眼神望著她。她只知道今晚還得去貝爾特夫人那裡，並且還得在十二點之前趕回去伺候媽媽用茶。她走進房裡，把樂譜收拾好，向大家告別之後就要走。

「請允許我送您回去吧。」上校說。

「現在這麼晚了，怎麼能一個人走路呢？」公爵夫人隨聲附和著說，「我讓帕拉莎送送您。」

基蒂看得出來，瓦蓮卡一聽說還要有人護送她回家時禁不住笑起來。

「不用了，我常一個人走夜路，什麼事也沒發生過。」她拿起帽子說。接著又吻了吻基蒂，但始終沒有說什麼事最重要，就夾著樂譜，大步走出，消失在夏夜的昏暗裡，把那些秘密——什麼是要緊的事和什麼力量給了她那種讓人欽佩的鎮靜和莊嚴——也一起帶走了。

chapter 33

精神生活

基蒂也認識了施塔爾夫人，這種認識，特別是她對瓦蓮卡的友情，不僅對她產生了強大影響，更重要的是安慰了她精神上的痛苦。

她生活在因為這種結識而展現在面前的一個全新的世界中，一個與她過去的生活毫不相同的、高尚的、美好的世界中——從這個世界的高處她可以冷靜地回想往事——她從這個世界找到了安慰。它向她展示了除了基蒂一直沉淪其中的本能生活外，還有一種精神生活。

這種生活是由宗教展示出來的，但這種宗教與基蒂從小所知道的宗教絲毫不同，它不是通過祈禱儀式，或者是通過可以會見朋友的寡婦院[50]裡的通宵的禮拜，也不是在跟隨牧師背誦斯拉夫語的教義上所表現出來的宗教。這是一種崇高、神秘，同美好的思想感情有聯繫的宗教，這種宗教不僅應該信仰，而且應該熱愛。

基蒂並非從語言中感受出這一切的。施塔爾夫人與基蒂談話時，就像同她心愛的孩子談話一樣。欣賞著基蒂便使她回憶起自己的青年時代，就只有一次她說道：「在人類的一切悲哀中，只有愛和信仰能夠給人以安慰，並且按照基督對我們的憐憫來看，沒有一種悲哀是微不足道的。」可是她立刻轉

50. 寡婦院是一八〇三年在莫斯科和彼得堡成立的慈善機關，收容在國家機關供職至少十年的官員或陣亡軍官的貧病及年邁的寡婦。

移了話題，談別的事情了。然而，從施塔爾夫人的一舉一動、一言一行中，從她那天國般的——像基蒂所稱呼的——眼神中，尤其是又加上她從瓦蓮卡口中聽來的她的全部生活經歷中，總之從各方面領會了基蒂以前所不知道的「最重要的事情」。

她從瓦蓮卡身上領悟到，一個人只要能做到忘我、愛人，就能心安理得，幸福美滿。基蒂就想做一個這樣的人。現在她已經清楚地懂得，什麼是「最重要的事」，便不滿足於對此讚歎一番，而是立刻全心全意地投入展現在她面前的新生活中去。

根據瓦蓮卡敘說的有關施塔爾夫人以及其他人的故事，基蒂已經規劃出她自己未來的生活計畫。她要像瓦蓮卡經常提到的施塔爾夫人的侄女阿琳那樣，無論住在哪裡都去尋找、幫助那些苦難的人，給他們《福音書》，為病人、罪犯和臨死的人讀《福音書》。像阿琳那樣讀《福音書》給罪犯們聽，這個念頭份外的讓基蒂著迷。但這一切都只是基蒂隱秘的夢想，她沒有對母親也沒有對瓦蓮卡講過。

雖然基蒂仍在等待著可以全面執行自己計畫的時機，可是現在，在有如此多患病、不幸的人的溫泉浴場，很容易就能找到學習瓦蓮卡來實施自己的新主義的機會。

剛開始，公爵夫人只觀察到基蒂受到施塔爾夫人，特別是瓦蓮卡的那種所謂的忘我愛人的強烈影響。她看到基蒂不僅模仿瓦蓮卡的所作所為，而且不由自主地在走路、說話甚至眨眼的姿態上也學她的樣。後來公爵夫人發現，在她女兒心中除了這種狂熱之外，還發生了某種嚴重的精神變化。

公爵夫人看基蒂在晚上讀施塔爾夫人給她的一本法文《聖經》，這種事她以前是從未做過的；還看到她躲避社交界的朋友，卻和瓦蓮卡看護的病人，特別是有病的畫家彼得羅夫的貧寒家庭有來往。很明顯，基蒂以在那個家庭擔負看護職責而自豪。這一切都很好，公爵夫人沒有理由反對，況且彼得羅夫的妻子是一個很有教養的女人，那位德國公爵夫人注意到基蒂的行為，也十分讚賞，稱她為撫慰天使。這一切本來都是好事，要是做得不過分的話。公爵夫人看到女兒走了極端，就向她指出。

「凡事不要太過分。」她對她說。

而女兒並沒回答她。她心裡想，牽涉基督教是不能說過分這種話的。有人打你的右臉，連左臉也轉過來由他打；有人要剝你的外衣，連內衣也由他拿去。做到這樣，還有什麼過分可言呢？可是公爵夫人不高興她的這種過分行為，更令她不高興的是她感覺到基蒂不願把心事向她盡情吐露。基蒂也確實對母親隱藏了自己的新見解和熱情。她隱瞞並不是因為她不尊敬，或是不愛她母親，而正是因為她是她的母親。她寧願對別人表露心扉，也不願向母親敞開。

「安娜・帕夫洛夫娜好像好久沒來看我們了，」有一次公爵夫人談到彼得羅夫的妻子說，「我請她來，她好像有點不高興。」

「沒有啊，我沒有這樣覺得，媽媽。」基蒂說著臉紅了。

「你好久沒去看他們了嗎？」

「我們打算明天去登山。」基蒂回答。

「哦，你去吧。」公爵夫人回答，仔細打量著女兒困惑的臉，努力想要猜出她困惑的原因。

那天瓦蓮卡來吃飯，通知說安娜・帕夫洛夫娜改變了主意，明天不去登山了。這時，公爵夫人發現基蒂的臉又紅了。

「基蒂，你沒和彼得羅夫家鬧什麼不愉快吧？」當房間裡只有母女倆時，公爵夫人問，「為什麼彼得羅夫夫人不再送孩子來，自己也不上我們這兒來了？」

基蒂回答說沒和他們發生什麼不愉快，還說她也不明白安娜・帕夫洛夫娜為何對她好像很不滿意。基蒂回答的全是真話。她不明白安娜・帕夫洛夫娜改變對她的態度的原因，但是猜到了幾分。她猜到的原因既不能告訴母親，也難以對自己直言。那種事即使知道，也不好說出口來，萬一弄錯了將會是多麼的可怕和可恥啊。

她不斷回想著她和那個家庭的所有關係。她記得她們初次見面時安娜・帕夫洛夫娜善良的臉上露出的純真喜悅；回憶起她們如何秘密商議病人的情況，如何使病人拋下醫生所禁止的工作，拉他去散步；回憶起那個叫她「我的基蒂」的小男孩對她的依戀，這一切都是多麼的美好啊！接著，她記起了彼得羅夫那穿著褐色上衣的消瘦憔悴的身影，還有他竭力在她面前裝得健壯和活潑的病態的掙扎；記起了他長長的脖頸，稀少的鬈髮，一雙探詢的碧藍眼睛。基蒂初見那眼睛時感到特別的害怕。她想到最初看見他時，她怎樣極力克制像看到一切肺癆病患者時的嫌惡感覺，怎樣千方百計地想出話來跟他攀談。她記起了他盯著她時那種膽怯的、感動的眼神，以及自己感受到的憐憫、不安和隨之而來的意識到自己行善的異樣心情。這一切是多麼美好啊！可是那一切都是過去的事情。現在，就是幾天前，忽然間一切都被破壞了。安娜用虛偽的熱情迎接基蒂，還不斷地觀察基蒂和她丈夫。

他看到她走近，就露出由衷的喜悅。難道這是安娜・帕夫洛夫娜冷淡她的原因嗎？

「是的，」基蒂回想起來了，「難怪前天她有點兒不安，這與她和善的性情很不相稱。她前天懊惱地對我說：『您看，他終於把您盼來了，您不在他連咖啡都不肯喝，也不看看自己衰弱成什麼樣了。』」

「是的，就是這樣的。我把毛毯遞給他，她也不高興。這事本來很普通，可他接手時樣子顯得很尷尬，謝了好半天，弄得我也尷尬起來。還有，他替我畫的那幅肖像是多麼出色。尤其是他的目光，羞澀而又溫柔！是的，是的，一定是這樣的！」基蒂害怕地重複著，「不，不應該，不該這樣！他真不幸啊！」這種顧慮把她新生活的魅力損壞了。

chapter 34

真正的天使

謝爾巴茨基公爵去過卡爾斯巴德以後，又到巴登和基青根[51]看望了幾個俄國朋友，照他所說，是去呼吸了俄羅斯的空氣，直到溫泉療法即將結束的時候他才回到親人這裡。

公爵回來時瘦了，面頰肌肉鬆弛下垂，但是情緒特別好。他看見基蒂身體完全復原，更加高興。可當聽說基蒂和施塔爾夫人及瓦蓮卡做了朋友，特別是聽完公爵夫人講述基蒂身上發生的一些變化後，公爵又困惑起來，產生了慣有的懷疑和恐懼，害怕女兒背著他受到引誘，跑出他的羽翼到他無法到達的地方。幸好公爵一向心寬體胖，這些不愉快的消息終於淹沒在他固有的淳厚樂觀的海洋裡了。

回來後的第二天，公爵身穿長大衣，用那僵硬的領子支住虛腫的兩頰，臉上帶著他那俄國式的皺紋，快活地和女兒一起到溫泉浴場去。

這是一個晴朗的早晨，一切都使人心曠神怡。可是，他們越走近溫泉浴場，碰到的病人就越多。對著這樣井然有序的德國日常，這些病人的樣子更加顯得可憐。不過這種反差已不再使基蒂感到驚奇。可是這些在公爵看來，把六月清晨的燦爛陽光和正在演奏的流行華爾滋快活的舞曲，尤其是那些結實的德國侍女，還有這些從歐洲各處會聚過來的無精打采的人放在一起，顯得太不協調了。當公爵

51. 巴登和基青根均為德國地名，為有名的溫泉。

的掌上明珠挽著他的胳膊散步的時候，他雖然感到十分得意，彷彿又回到了青春年代，可是轉眼他就因自己孔武有力、四肢粗壯而感到不自在，甚至還有點兒害羞。

「給我介紹下你的那些新朋友吧，」他用胳膊夾了夾女兒的胳膊說，「現在我也喜歡起蘇登溫泉來了，因為它治好了你的病。只是你們這兒有點兒陰鬱。這是誰呀？」

他們遇到一個個熟識的和不熟識的人，基蒂一一說出他們的名字。他們在花園入口處碰到了瞎眼的貝爾特夫人和她的領路侍女。法國老婦人聽到了基蒂的聲音，頓時就喜笑顏開，這讓公爵感到非常開心。貝爾特夫人立刻用法國人那種格外熱情的勁頭兒和公爵攀談起來，誇讚他能有這樣一個好女兒，當面把基蒂捧上天，管她叫寶貝、珍珠和撫慰天使。

「啊，如果這樣那麼她應該是二號天使了，」公爵微笑著說，「因為基蒂把這裡的瓦蓮卡小姐叫作一號天使呢。」

「基蒂說得對！瓦蓮卡確實是一位真正的天使，真是的。」貝爾特夫人接著話頭說道。

他們說著話，在迴廊正好遇到瓦蓮卡。只見她拿著一只漂亮的紅色小提包，急匆匆向他們走來。

「你瞧，我爸爸回來了！」基蒂對瓦蓮卡說。

瓦蓮卡做了一個介乎於鞠躬和屈膝禮之間的動作，她做得既大方又自然，然後落落大方地同公爵交談起來，就像同任何人談話一樣。「其實不用說，我已經對您很了解了，」公爵微笑著對她說，基蒂感到很高興，因為看得出父親喜歡她的這個朋友，「請問您這麼匆匆忙忙去哪裡呢？」

「我媽媽在這裡，」她對基蒂說，「她一夜沒睡，醫生勸她出來走走，我想把針線活給她送去。」

「這就是你說的一號天使！」等瓦蓮卡離開以後，公爵對基蒂說。

基蒂感覺到他原本想嘲笑一下她對瓦蓮卡的評價，可他做不到，因為他也很喜歡瓦蓮卡。

「接下來我們就能看到你所有的朋友了，」他接著說，「也能見到施塔爾夫人，如果她願意屈尊見我的話。」

「難道你認得她嗎，爸爸？」基蒂發現公爵一提到施塔爾夫人，眼睛就閃出嘲笑的火花，不禁恐懼地問。

「因為我以前認識她的丈夫，和她也可以說是認識，當然那是在她加入虔誠教派[52]之前的事了。」

「虔誠教派是什麼呀，爸爸？」基蒂驚訝地問道。

「我也不清楚。我只知道她凡事都感謝上帝，遇到什麼災難要感謝上帝，她丈夫死了，也要感謝上帝。這說來很好笑，因為他們原本就生活得很糟糕。」

「基蒂，那是誰啊？看他多麼的可憐！」他問道，不遠處長凳上坐著一個個子不高的病人，他穿著褐色的外套和一條發白的褲子，因為瘦骨嶙峋的腿使得那褲子泛起一些奇異的摺皺。

「哦，那是畫家彼得羅夫。」基蒂紅著臉答道。「旁邊那個是他的妻子。」她指了指安娜・帕夫洛夫娜，補充說道。當他們就要走近的時候，安娜・帕夫洛夫娜顯然是有意走開了。

「他樣子多麼可憐，可是他的臉卻生得多麼可愛！」公爵說，「你為什麼不過去呢？看上去他好像是想和你說話呢。」

「那好吧，我們過去。」基蒂說完就走了過去。「您覺得今天身體還好嗎？」她向彼得羅夫問道。

彼得羅夫站起身來，拄著手杖，怯生生地望了公爵一眼。

「她是我的女兒，」公爵說，「認識您我感到很榮幸。」

52. 虔誠教派是一種宗教學說，認為起最重要作用的是內心篤信宗教，而不是外表的宗教儀式。早在亞歷山大一世時代虔誠主義就在俄國宮廷內傳播，與極端狂熱、殘酷及「壞脾氣」的表現並存。因此「虔誠教派」一詞成為偽善的同義語。

畫家禮貌地鞠了個躬，微笑著，露出兩排份外白淨的牙齒。

「昨天我們都在等著您，敬愛的公爵小姐。」他對基蒂說。

「我原本想去的，但瓦蓮卡對我說，安娜・帕夫洛夫娜叫她捎信給我，說你們不準備去登山了。」

「為什麼說不去呢？」彼得羅夫漲紅了臉，立刻咳嗽起來，一面說，一面用眼睛尋覓妻子。「阿涅塔，阿涅塔[53]！」他叫道，他那瘦削的、白皙的脖子因為喊叫突起了繩索一樣的一條條青筋。

安娜・帕夫洛夫娜聽到叫喊聲，走了過來。

「我問你，為什麼要讓人通知公爵小姐，說我們不去登山了？」他顯得怒不可遏。

「您好啊，公爵小姐！」安娜・帕夫洛夫娜虛偽地打著招呼，一點也不像她以往對人說話的態度。「真是很高興認識您，」她又轉向公爵說道，「我們早就盼望您來了，公爵。」

「你怎麼通知公爵小姐說我們不去了？」畫家再次沙啞地低聲說道，顯得更加生氣了。但是畫家的聲音卻明顯氣力不足，這樣就沒法充分表達出他想表達的語氣，顯然他為此更加懊惱了。

「哎喲，我的天哪！我當時確實認為我們不去了呢。」妻子很不高興地答道。

「當然，既然這樣……」他又咳嗽起來，向他們擺了擺手。公爵舉了舉帽子，同女兒走開了。

「哎呀，哎呀！」他連續地歎息著，「哎呀，真是太可憐了！」

「是啊，爸爸，」基蒂說，「你要知道，他們有三個孩子，沒有僕人，幾乎沒有什麼錢。他只是從畫院領到一點點錢。」她想通過談話竭力消除安娜・帕夫洛夫娜對她轉變態度所引起的不安心情。

「啊，爸爸，那邊那個就是施塔爾夫人。」基蒂指著一輛輪椅對公爵說。遠遠看上去在輪椅上有

53. 阿涅塔是安娜的小名。

一個用灰色和藍色褥子包著的什麼東西，旁邊塞滿了枕頭，那個東西上方還撐著一把太陽傘。輪椅裡的這個「東西」就是施塔爾夫人。負責給她推車的是一個面色陰鬱的德國工人。輪椅旁邊站著一位淺黃頭髮的瑞典伯爵。幾個病人在輪椅旁邊慢慢走著，好像打量什麼稀奇東西一樣，打量著這位夫人。

當公爵走到她近前時，基蒂又從他眼中覺察出了那使她不能理解的嘲弄神色。公爵走到施塔爾夫人面前，和顏悅色，彬彬有禮，用那種只有很少人能講的典雅的法語同她說起話來。

「我不知道您是否還記得我，但是為了感謝您對我女兒的厚意，我覺得需要讓您回想起來。」他說，摘下帽子，拿在手上，一直沒有再戴。

「你是亞歷山大・謝爾巴茨基公爵。」施塔爾夫人說，向他抬起她那天國般的眼睛。基蒂在她的眼神裡發現了煩惱的神色。「看到您我真是感到愉快。說實話，我確實非常喜歡您的女兒。」

「您的身體一直都這樣嗎？」

「我已經習慣這樣了。」施塔爾夫人說完，就把公爵介紹給了那位瑞典伯爵。

「您的樣子倒是沒有什麼變化，」公爵對她說，「我有十年或十一年沒有福氣見到您了。」

「是啊，上帝讓人受苦，也給人忍受苦難的力量。我總在想，拖著這條命幹什麼呢……蓋那一邊！」她怨憤地對瓦蓮卡說。因為瓦蓮卡沒有用毛毯把她的腿裹好。

「我想您想必是出於積德行善吧。」公爵眼中帶著笑說。

「這件事並不是我們能夠斷定的。」施塔爾夫人發覺公爵臉上微妙的表情說。「那麼，親愛的伯爵，這本書是您給我們送來的嗎？」她對那個年輕的瑞典人說。

「啊！」公爵突然看到莫斯科來的上校也站到了一邊，就高聲叫他，接著就向施塔爾夫人鞠了一個躬，帶上女兒還有和他們做伴的莫斯科上校一起離開了。

「您看看，她是我們的貴族，公爵！」莫斯科上校有意帶著嘲諷的神氣說，因為施塔爾夫人不願意和他結交使他感到很是不滿。

「你不必生氣，她一直都是這樣的。」公爵說。

「難道您在她害病之前就認識她？也就是說，在她坐在輪椅上之前？」

「是的。我眼看著她是怎樣躺下的。」公爵說。

「我聽說，她已經有十年沒有下榻了。」

「她不下榻，是因為她的腿短了一截，整個身子難看極了……」

「爸爸，這不可能！」基蒂聽到這話叫喊了起來。

「只要是惡嘴毒舌的人就會這麼說的，我的寶貝。你那位瓦蓮卡可夠受的了，」他又說，「唉，這些害病的太太！」

「不是這樣的，爸爸！」基蒂激動地反駁道，「瓦蓮卡崇拜她。再說，她做了多少善事啊！你隨便問什麼人都行！她和阿琳都是人人知道的。」

「或許是像你說的這樣吧，」他又用胳膊肘夾了一下基蒂的胳膊說道，「既然是做好事，如果不管問誰都不知道，那豈不是顯得更好？」

基蒂並沒有繼續反駁公爵的話，她不想依從父親的看法，不想讓他邁入她內心的聖地，但她還是感覺出來，她整整一個月來保存在心裡的施塔爾夫人神聖的形象，從此如煙消雲散，就像一個模特兒，一旦剝去華麗的衣服，便原形畢露了。如今剩下來的只是短了一截腿的女人，因為模樣太醜，長年躺著，而且這個女人就僅僅因為對她百依百順的瓦蓮卡沒把毛毯蓋好就怨憤地責備她。現在任憑基蒂怎麼使勁兒地想像，也已經不可能把她心中以前的施塔爾夫人恢復原形了。

chapter 35

德國療傷

公爵高興的心情迅速地感染了自己的家人以及他的朋友們，甚至也感染了他們的德國房東。和基蒂一起從溫泉浴場回來以後，公爵邀請莫斯科上校、瑪麗亞・葉夫根尼耶夫娜和瓦蓮卡一起喝咖啡，還吩咐僕人把桌椅搬到花園的栗樹下面，在那裡吃早飯。房東和僕人在他愉快心情的影響下，也變得活躍起來。他們知道他慷慨。

半小時以後，住在樓上的那位患病的漢堡醫生，從窗口羨慕地望著栗樹下這群快樂健康的俄國人。在枝葉投射的搖曳的陰影的圓圈裡，在鋪著潔白桌布，擺著咖啡壺、麵包、奶油、乾酪和冷野味的桌旁，公爵夫人戴著佩著淡紫色絲帶的帽子，坐在那裡一杯杯地分咖啡和奶油麵包。

另一頭坐著公爵，他吃得很香，興高采烈地大聲談著話。公爵把他買的東西一一陳列在身旁，有雕花木匣、玩具、各式各樣的裁紙刀，他每到一處溫泉就要買些諸如此類的東西。他把它們分贈給大家，連女僕麗珊和旅館主人都有一份。他用可笑的蹩腳德語和旅館主人說笑話，十分肯定地對他說醫好基蒂的不是溫泉而是他出色的烹調手法，特別是他的黑梅湯。

公爵夫人嘲笑丈夫的俄國習氣，但自從她來到溫泉以後從沒像今天這麼活潑、愉快過。上校聽到公爵說笑話照例微笑著，但是關於歐洲，他自以為是很有研究的，他總是站在公爵夫人這邊。善良的瑪麗亞・葉夫根尼耶夫娜每聽到公爵講一句有趣的話，就哈哈大笑，就連瓦蓮卡也被公爵的笑話逗得不禁發出輕微而有感染力的笑聲。這是基蒂從沒有見過的。

這一切都使得基蒂快樂，可她總不能放下心來。她父親對她的朋友、對她如此嚮往的生活所表達的詼諧看法無意中向她提出了問題，使她無法解決。在這個疑團之上又加上她和彼得羅夫家的關係的變化，這種變化今天表現得特別清楚和令人不快。人人都很快活，但是基蒂快活不起來，這就使她更加痛苦，她此刻的感覺好像年少時受罰被關在自己房間裡聽著外面姐姐們的歡樂笑聲。

「啊，你怎麼買了這麼多東西？」公爵夫人微笑著說，把一杯咖啡遞給她丈夫。

「我出去散步，嘿，只要一走近小店鋪，他們就一個勁兒地喊：『大人，閣下，殿下。』唉，他們一叫我『殿下』，我就忍不住了，三十塔勒就花掉了。」

「原來你只是因為無聊啊。」公爵夫人說。

「當然是因為無聊了。在那兒無聊得很呀，老太婆，真不知道怎麼打發日子。」

「怎麼會無聊呢，公爵？現在德國有趣的東西多了。」瑪麗亞・葉夫根尼耶夫娜說。

「有趣的東西我全知道了。什麼黑梅湯、豌豆臘腸，我通通都知道。」

「不管怎麼說，公爵，他們的設施很有趣。」上校說。

「有什麼有趣的？他們像一個模子裡鑄出來的銅幣，全都揚揚得意。彷彿把所有的人都征服了。嗨，我有什麼可得意的呢？我誰都沒征服，只好自己脫靴子，自己把它放到門外。早上一起來，就得迅速穿上衣服，到餐廳裡去喝那苦澀的茶。可在家裡就不同了！你可以從容不迫地醒過來，耍耍脾氣，發發牢騷，然後定定神，仔細考慮考慮各種事情，用不著性急。」

「難道您忘了，時間就是金錢嘛。」上校說。

「那得看是什麼時間啦！還有另一種情形，有時你為半盧布可以犧牲整整一個月，而有時你不論花多少錢也換不到半小時。你說是不是，瓦蓮卡？你怎麼悶悶不樂的？」

「我沒怎麼。」

「您去哪兒啊？再坐一會兒嘛。」他對瓦蓮卡說。

「我該回家了。」瓦蓮卡邊說邊站起身，咯咯地笑起來。她理理衣服，告了別，走進屋去拿帽子。

基蒂跟著她走進去。現在在她眼裡，瓦蓮卡也變得有些異常了。

不是她變壞了，只是變得和基蒂想像中的以前的她不一樣了。

「哦，我好久沒這樣笑過了！」瓦蓮卡收拾起太陽傘和提包說，「您爸爸既幽默又慈愛啊！」

基蒂沉默不語。

「咱們什麼時候再見啊？」瓦蓮卡問。

「媽媽打算去彼得羅夫家。您去嗎？」基蒂試探著問瓦蓮卡。

「去啊，」瓦蓮卡回答說，「他們打算回去，我答應去幫助他們收拾行李。」

「那我也去。」

「你別去了吧，您怎麼也去啊？」

「我為什麼不能去呀？」基蒂睜大眼問，抓住瓦蓮卡的傘不讓她走，「我為什麼不能去？」

「不為什麼，您爸爸回來了。況且，他們見了您也會覺得拘束。」

「不，您告訴我，為什麼您不想讓我常常到彼得羅夫家去？您難道不願意嗎？為什麼不願意？」

「我沒說不希望你去。」瓦蓮卡鎮靜地說。

「不，請您告訴我！」

「讓我全部告訴您？」瓦蓮卡問。

「全部告訴我，通通告訴我！」基蒂馬上說道。

「其實也沒什麼事，只是彼得羅夫原本是打算早點走的，而現在卻不想走了。」瓦蓮卡微笑著說。

「說啊！說啊！」基蒂憂鬱地看著瓦蓮卡，迫切地催促著她往下說。

「唉，不知為什麼，安娜・帕夫洛夫娜說，他不想離開，是因為您在這兒。當然，這麼說並不恰當，但是因為這件事，因為您他們發生了爭吵。您知道吧，這些病人的脾氣都是很暴躁的。」

基蒂默不作聲，眉頭皺得更緊了。只有瓦蓮卡一人在說話，極力安慰基蒂。她感覺基蒂馬上就要捲起風暴，只是不知她會用什麼方式，是哭鬧還是說話。

「所以您最好還是別……您要清楚，您千萬別生氣……」

「是我活該！是我活該！」基蒂急速地說，從瓦蓮卡手裡奪過傘來，避開朋友的視線。

看到朋友這種孩子似的脾氣，瓦蓮卡真是想笑，卻又怕傷了她的自尊心。

「怎麼能說是活該呢？我不懂。」她說。

「是我活該，因為這些事全是假的，而非出於本心。別人的事同我有什麼相干？到頭來我倒成了他們夫妻爭吵的原因，彷彿我做了人家沒叫我做的傻事。就因為全都是虛偽的！虛偽！虛偽！……」

「怎麼是虛偽呢？」瓦蓮卡鎮靜地問。

「唉，真是愚蠢、窩囊！我真不應該……一切都是假的！」她說著把太陽傘撐開接著再收起來。

「可究竟是出於什麼目的呢？」

「為了在別人面前、自己面前、上帝面前顯得好一點，為了欺騙大家。不，我再也不幹這種事了！我寧願做一個壞人，那起碼也不是一個撒謊的大騙子！」

「誰是個騙子啊？」瓦蓮卡用譴責的口氣說，「您這話好像是說……」

基蒂正在狂怒上，沒等她把話講完：「我沒說您，沒說您。我知道您是完美無缺的，但我是個傻瓜，又有什麼辦法呢？如果我不是傻瓜，就不會發生這樣的事了。還是讓一切再恢復以前的樣子吧，別再虛偽了。安娜・帕夫洛夫娜與我何干！他們過他們的生活，我自己過自己的日子。我不能變成別的樣子……這一切都不對頭，不對頭！……」

「什麼錯了啊？」瓦蓮卡問。

「所有的都是錯的。我只會憑感情做事，而您卻能按照原則。我就是喜歡您，而您可能是為了拯救我、教導我。」

「您這話是錯的。」瓦蓮卡說。

「我沒說別人，我是在說自己。」

「基蒂！」傳來母親的聲音，「上這兒來，把你的項鍊拿來給你爸爸看看。」

基蒂沒有和朋友和好，高傲地從桌子上抓起項鍊盒子，到母親那兒去了。

「你怎麼了？怎麼臉漲得這麼紅？」父母異口同聲問道。

「沒什麼，」她回答，「我馬上就來。」說著她又往回跑。

「她仍然在這兒！」她心想，「天哪，我該如何對她說呢！我都做了些什麼事啊，我都說了些什麼啊！我為何惹她生氣？我該怎麼辦呢？如何對她說才好呢？」基蒂胡亂想著，在門口停住了。

瓦蓮卡在桌旁坐著，頭上戴著帽子，手裡擺弄著傘，正檢查被基蒂弄壞了的彈簧。她抬起頭來。

「瓦蓮卡，請饒恕我吧！」基蒂走到她跟前，喃喃地說，「我記不起我剛才說了些什麼。我……」

「我確實不是故意傷害您的。」瓦蓮卡笑著說。

她們又和好了。自從父親回來以後，基蒂覺得她生活的整個世界都變了。她不放棄她所學到的一切，但她明白，她想照她的願望生活，那只是自我欺騙……她彷彿醒悟過來，覺得要不裝假，不說假話，覺得要保住她登上的高峰卻又不虛偽和吹噓是何等的艱難啊。此外，她還感覺，自己所生活的這個世界到處都是痛苦、疾病和垂死的人們，這是令人多麼難以忍受啊。她為了要使自己愛這個世界所付出的一切，又是多麼令她心痛。她盼望著快點回到清新的空氣中，返回俄國，返回葉爾古紹沃——她收到信知道多莉姐姐帶著孩子們已經去了那兒。

但她對瓦蓮卡的愛並未減弱。基蒂在同她告別時，要求她到俄國來看他們。

「等您結婚的時候，我肯定會去的。」瓦蓮卡說。

「我一輩子都不會結婚的。」

「那我就一輩子都不去。」

「那好吧，為了這個我就結婚。您可不要食言啊！」基蒂說。

醫生的預言實現了。基蒂恢復了健康，回到了俄國。她不像以前那樣快活，那樣無憂無慮，但很平靜。她在莫斯科的那些憂愁已成為往事。

第三部

chapter 1

田園生活

為了緩解精神上的疲勞，謝爾蓋在五月末住到鄉下他弟弟這裡來了。他不像往年那樣出國旅行，卻在五月末來到鄉下弟弟家裡。他認為田園生活是最美好的，如今便到弟弟家來享受這種生活了。

列文看見哥哥來了，十分高興。因為今年夏天，他就已經期望他的尼古拉哥哥來。然而，雖然列文對謝爾蓋懷著敬愛的心情，還是感覺和他哥哥一起在鄉下不是很舒服。看到哥哥對鄉村的態度，他就覺得不是味兒。對列文來說，鄉村是生活的地方；而對謝爾蓋說來，鄉間不僅是勞動後的休息場所，更重要的是它是有效消除城市腐敗影響的解毒劑，他確信這解毒劑的功效也願意服用它。

對列文說來，鄉下好在於它是勞動的場所，勞動的好處是毋庸置疑的；對謝爾蓋說來，鄉下好卻是因為在那裡可以無所事事。

另外，謝爾蓋對農民的態度也讓列文有幾分惱怒。謝爾蓋老說他了解並且愛護農民，他經常和農民們交談，他懂得怎麼個談法，不擺架子，也不裝腔作勢，每次從這樣的談話中，他都會總結出有利於農民的一般結論，以證實自己是了解他們的。

列文不喜歡對農民持這樣的態度。對列文說來，農民只是共同勞動的主要參與者，儘管他對農民懷著尊敬和近乎血緣般的感情——正如他自己所說的，這種感情主要是他從那農家出身的乳母的乳汁裡吸進去的——儘管作為一個共同勞動者，他常常讚歎這些人的氣力、溫順和公正，但對於共同勞動要求的其他品質，他就不敢恭維了。他常被農民的粗心、懶散、酗酒和說謊激怒。要是有人問他喜不喜歡農民，列文肯定會茫然不知如何回答。

他對農民正如他對其他的一般人那樣，既喜歡又不喜歡。當然，他是個心地善良的人，對人總是愛多於不愛，對老百姓也是如此。他不能把老百姓當作一類特殊的人物來愛或不愛，因為他不僅同老百姓生活在一起，而且他認為自己就是老百姓中的一分子。並且，即使他以主人和仲裁者的身分，尤其是以顧問的資格（農民們信賴他，他們有時從四十里遠的地方來求教於他）和農民們保持著密切的關係生活了很多年，他對農民仍舊沒有固定的看法。

如果有人問他了不了解農民，他會像人們問他喜不喜歡他們一樣不知如何回答。他不停地觀察和了解各色各樣的人，不斷地挖掘他們的新特徵，改變著自己過去對他們的老看法。謝爾蓋正好相反。他把他所不愛好的生活同田園生活相比較，因而愛好和讚美田園生活；他把他不喜歡的那個階級的人同老百姓相比較，因而也就喜歡老百姓；他了解老百姓，把他們看得與其他人截然不同。在他那有條有理的頭腦中對農民生活清晰地形成了固定看法，其中一部分是因為生活本身，而更主要的卻是通過與其他生活方式相比較而做出的結論。他一直都沒改變過對農民的觀點以及對他們懷有的同情態度。

在談論農民問題時兄弟間常發生的爭論中，謝爾蓋總是打敗弟弟，因為謝爾蓋對農民——對他們的特徵、擅長和愛好有固定的看法，而列文卻沒有固定的見解，因此爭論時列文往往自相矛盾。

在謝爾蓋看來，他弟弟是一個優秀的人，他很正直。可是他的頭腦，雖然十分敏捷，卻有點像美國科學哲學家、歷史主義學派主要代表庫恩，很容易受一時的印象所左右，因此充滿矛盾。有時，他會以長兄的懇切，向他解釋事物的真諦，但同他爭論則覺得索然無味，因為他實在不堪一駁。

列文認為哥哥是個智慧超群、教養有素的人，道德高尚，操持公益事業尤具特殊才幹。但是，列文的年紀越大，對哥哥的了解越深，越發覺得，他自己缺少的這種從事公益事業的能力可能並不是什麼美德，恰恰相反，而是一種缺陷——不是缺少善良、正直、崇高的想法和樂趣，而是缺少活力，缺少所謂的激情這種東西，缺少那種引導一個人從眼前的無數條人生道路中選取一條並始終憧憬這一條路的激情。他對哥哥了解越深，越發現哥哥和其他許多公益事業活動家並不真正關心公益事業，而只是理智上認為這種工作是正當的，因此認真去做罷了。列文對這個看法十分肯定，因為他發現，哥哥對待公益問題和靈魂永生問題的興趣並不比對一局棋或一台新機器的巧妙構造多。

此外，列文和哥哥一起在鄉下覺得不舒服，還有一個原因，那就是在鄉下，特別是在夏季，列文總是忙著幹農活兒，夏季的白天雖然很長，但要幹完所有該幹的活兒，時間還是相對較短，而謝爾蓋卻是來這兒休養的。他現在雖在休息，也就是說沒在寫作，卻習慣進行腦力活動，喜歡把浮上心頭的思想用簡明優美的語言表達出來，並且喜歡講給別人聽。他最經常且最自然的聽眾當然就是他弟弟。所以，雖然他們的關係很親密、不用客氣，可列文還是感到留下他哥哥獨自待著總是有點兒不好意思。謝爾蓋喜歡躺在草地上曬太陽，一面沐浴陽光，一面懶散地聊天。

「你不會相信，」他對弟弟說，「這種烏克蘭田園式的懶散對我有多麼愜意。腦子裡什麼想法都沒有，空蕩蕩的。」

但是列文坐著聽他說話感到無聊，特別是因為他知道，如果他不在，農民就會把廄肥運到沒有耕過的地裡，他們會把肥料到處亂撒；並且犁鏵也可能擰不緊，由著它們脫落，過後還會說，新式犁不好用，還是老式木犁好諸如此類的話。

「這麼熱的天，也夠你受的了。」謝爾蓋說道。

「不，我還得去帳房看看。」列文說著就向地裡跑去。

chapter 2

夏季收播交接的時節

六月初，發生了一點小意外，老乳母兼女管家阿加菲婭拿著一瓶剛醃好的菌子往地窖裡送的時候，滑了一下，跌倒了，手腕受傷。當地一位剛從醫學院畢業的好饒舌的青年醫生跑來診治。他檢查了手腕，說沒有脫臼，就給她纏上綳帶。年輕醫生很高興有機會和大名鼎鼎的謝爾蓋談話，為了表達自己對事物的獨特見解，他向謝爾蓋訴說了地方上的一切方言土語，批判縣議會所陷入的不能令人滿意的狀態。謝爾蓋仔細地聆聽著，還問他問題。因為有新的聽眾在場，謝爾蓋興奮起來，他滔滔不絕地說著，發表了幾點一針見血的、很有分量的意見，贏得了年輕醫生的欽佩。他馬上陷入了弟弟十分熟悉的那種隨著出色的熱烈談話而來的興奮心情。醫生走後，謝爾蓋想到河邊去釣魚。他愛好釣魚，因為有這種無聊的嗜好似乎還有點沾沾自喜。

列文正好要到田野和草場上去，就用輕便馬車順便把哥哥送去。

這是夏季收播交接的時節。今年的收成已成定局，明年的播種開始準備，割草的時候已經來臨。黑麥已全部抽穗，但顏色還是灰綠的，沒有灌漿，輕輕地迎風搖曳；碧綠的燕麥和一簇簇散落其中的黃草凌亂地立在遲播的田野上；早種的蕎麥長勢正旺，綠油油的一大片遮住了土地；被牲畜踩得像石頭般堅硬的休耕地已翻過一遍，僅留下幾條沒有耕種過的小路；傍晚，堆積在地裡的乾糞堆散發出的氣味中混雜著草的芳香；在窪地上，河邊的草地伸展得像一片海洋，中間夾雜著一堆堆酸模草的黑色莖稈，正等待收割。

在農作中，這是一年一度中需要農民全力以赴的農事收穫前的短暫休息時期。眼見收成在即，白天晴朗酷熱，夜晚短暫且有露水。

兄弟倆到草場上要穿過樹林。謝爾蓋一路上欣賞著枝葉扶疏的樹林的美景，時而給弟弟指指含苞待放的老菩提樹，一會兒指著今年新生的樹上那些寶石般嫩綠的幼芽。列文不想說，也不想聽人讚賞大自然。他覺得語言根本無法表達他所看到的事物的美麗。他嘴上附和著哥哥的話，心裡卻在思考著別的事。他們駛出樹林，此時他的全部注意力都集中到高處的景色上：在休耕地裡，有的地方野草正在發黃，有的地方被踐踏過，並且被割成一塊塊方格，有的地方積著一堆堆廄肥，有的地方已經翻耕過了。一大排大車依次在田野上駛過。列文數了數車，覺得需要的所有東西都運出來了，感覺十分高興。他一見草地，馬上就想到了割草問題。這總讓他感到非常興奮。來到草場，列文把馬勒住了。

朝露還殘留在茂盛的矮草上，為了不把腳弄濕，謝爾蓋讓弟弟驅車穿過草地，一直把他送到能釣鱸魚的爆竹柳林那邊。列文真捨不得壓壞他的草，但還是把馬車趕到草場上。長得很深的草輕柔地纏繞著車輪和馬腳，把種子沾在濕漉漉的車輻和車轂上。謝爾蓋在灌木叢旁邊坐下，列文把馬牽走拴住，便走進茂密的、像大海般廣袤的墨綠色草場裡去了。在春天如絲綢般柔軟的小草現在已經成熟，幾乎能沒腰了。

列文穿過草場來到路上，遇見一個一隻眼睛浮腫，扛著一個蜂箱的老頭兒。

「怎麼樣？捉到一窩離巢的蜜蜂了嗎，福米奇？」

「根本就捉不著，康斯坦丁・德米特里奇！保住自己就不錯了。這已經是第二次離巢了……多虧小夥子們把那窩蜂捉了回來。他們當時正在耕您的地。他們解下馬，騎著就趕上了……」

「嗯，福米奇，你覺得，現在就開始動手割草還是再等幾天呢？」

「還等什麼！照我們的習慣，是得等到聖彼得節割，不過您總是比別人割得早些。好啊，上帝保佑，草長得很好，足夠牲畜吃的了。」

「你認為天氣如何呢？」

「那得看天了。也許會一直晴朗。」

列文走到哥哥跟前。謝爾蓋一無所獲，可他一點兒也不覺得掃興。相反，看起來好像十分快活。列文知道哥哥和醫生的談話讓哥哥興奮起來了，所以他很想再和別人談談話。列文呢，正好相反，想快點回家，好安排明天割草的人，解決他十分關心的割草問題。

「好了，我們走吧。」他說。

「急什麼呀？再待一會兒吧。看看，你怎麼濕成這個樣子啦！雖然什麼魚也沒獲得，但我還是很高興的。釣魚、狩獵的好處就在於能夠和大自然接近。這銀色的水是多麼美麗啊！」他說。「這綠草茵茵的河畔，」他繼續說，「常常讓我想到一個謎語。你知道嗎？綠草對水說：我們一起顫動吧，顫動吧。」

「我沒聽說過這個謎語。」列文無精打采地答道。

chapter 3 兄弟之間

「你知道我正在想你的事，」謝爾蓋說，「按那位醫生跟我說的話來看，你們縣裡的情況真是太糟了。那小子生得倒不笨。我以前對你說過，現在還是這麼說：你不出席會議，完全不過問地方自治會的事情，這樣不好。要是正派人都避開不管，天知道事情會弄得怎麼樣。我們出了錢用作薪金，可是沒有學校，沒有醫生，沒有接生婆，也沒有藥房——什麼都沒有。」

「哦，我試過，你知道，」列文慢條斯理地、不情願地說，「可是我能力不夠！那也沒辦法啊！」

「你怎麼會能力不夠呢？我不明白。不關心，沒有能力，我看都不是。難道只是因為懶惰嗎？」

「都不是。我嘗試過了，但是我覺得我什麼也做不了。」列文說著，望望河對岸的耕地，他看見一團黑乎乎的東西，無法看清那是一匹馬，還是管家騎在馬上。

「你怎麼就什麼都不能做呢？你嘗試過，可是按照你自己的看法你認為失敗了，因此你就灰心了。你怎麼這麼沒雄心呢？」

「自信心！」列文被哥哥的話刺痛了，說，「我不明白。我上大學的時候，要是有人對我說，別人懂得微積分，我不懂，我就會覺得喪失了自信心。可在這種事上，人首先要相信自己確實有幹這種事的才能，更重要的是要覺得這種事確實很重要。」

「怎麼！難道這種事不重要嗎？」謝爾蓋問，弟弟不重視他所關心的事，尤其是弟弟顯然沒有在聽他說話，這使他感到不快。

「我不認為重要，這件事我不感興趣，那有什麼辦法呢？」列文回答，終於看清了他看見的那團黑東西是管家，管家準是已讓農民離開耕地，他們正把犁翻轉過來。「難道真的全耕完了嗎？」他思忖著。

「哦，不過你也該聽一聽，」長兄說，他那美麗聰明的臉上掛著不高興的神情，「凡事都有個界線。做個忠厚老實、不虛偽、與眾不同的人，這當然很好，這一切我都明白。可說實在的，你說的話不是沒有意義，就是意思不好。你說自己很愛農民，那你怎麼能不顧他們的死活……」

「我從沒這樣說過。」列文想。

「……你可知道他們沒有人幫助就會活不成？無知的娘兒們把孩子活活折磨死，老百姓愚昧保守，聽憑鄉下文書擺佈，你有力量，就因為你覺得這不重要。」這樣一來，謝爾蓋・伊萬諾維奇給他出了一道選擇題，讓他兩者必擇其一，要麼你是智力不發達，不明白自己能做的事；要麼就是你不願為此捨棄你的安逸、你的虛榮，或其他的什麼。

列文覺得他除了屈服別無選擇，除了承認自己對公益事業缺乏熱心之外，再沒有別的路可走了。而這就羞辱了他，傷害了他的感情。

「兩者兼有，」他毅然地說，「我認為這是不可能的……」

「什麼？合理分配資金，提供醫療救助，這難道不可能嗎？」

「不可能，我認為……這地方方圓四千平方千米，有融雪積水，有暴風雪，有田裡的工作，要實現全區的醫療，我看是不可能的。何況我根本不相信醫藥。」

「喂，不好意思。這是不公平的……我可以給你舉出成千上萬個例子……不過學校總得有吧？」

「為什麼要建學校？」

「什麼意思？難道你也懷疑教育的效用嗎？如果對你有用，那對大家也有用。」

列文感覺自己的精神被逼到絕境了，十分惱火，不由得說出了他對公益事業冷淡的主要原因。

「可能這些都是很好的。可是我為何要為建立醫療所和學校這類事操心呢？醫療所對於我來說，永遠不會有用。至於學校，我肯定也不會送我的兒女到學校去讀書，農民也未必願意送他們的兒女到學校去，並且我還不十分確信應該送他們去讀書。」他說。

聽到這種出乎意外的觀點，謝爾蓋當場愣住了，但他隨即想出一個新的進攻辦法。

他沉默了一會兒，拿起一根釣竿又拋進水裡，然後帶著微笑轉向他弟弟：「呃，你看……第一，醫療所是有用的。我們剛剛就給阿加菲婭請了當地的醫生。」

「啊，可我認為她的手腕一輩子都不會直了。」

「那可難說……其次，能讀書寫字的農民像工人一樣對你更有用，更有價值。」

「不，你隨便問問，」列文肯定地說，「雇工會看書寫字反而更糟。他們又不會修路，橋一造好，又會被偷掉。」

「可問題不在這兒。」謝爾蓋緊皺眉頭說。他不喜歡自相矛盾，特別不喜歡辯論時不斷地更換論據，推出新的不連貫的論點，讓人不知如何回答。「可是，你承認教育是人民的福利嗎？」

「我承認。」列文漫不經心地說，但立刻感到自己說得言不由衷。他覺得，要是他承認這一點，那就證明他說過的話根本站不住腳。他雖不知道如何證明，但他知道這肯定會從邏輯上向他證明的，他就等待著那個證明。

結果論證竟比列文預料的要簡單得多。「如果你承認教育是福利，」謝爾蓋說，「那麼，作為一個真誠的人，你就不能不關心這種事業。你不但要對這種事業賦予同情，還要期望為這種事業努力。」

「但我並不承認這是好事。」列文漲紅了臉說。

「什麼！你剛才不是還說……」

「也就是說，我不認為這種事業是好的，也就不認為能辦得到。」

「你又沒試驗過，怎麼知道。」

「哦，如果是那樣，」列文說，其實他根本沒有那種假定，「即使是那樣，我還是不明白我為何要為這種事情操心。」

「怎麼能這樣說？」

「不，既然我們已經談論開了，那你就從哲學觀點上給我解釋一番吧。」列文說。

「我真搞不懂怎麼你要扯到哲學上去。」謝爾蓋說。在列文聽來那口氣簡直就是不承認他弟弟有談論哲學的資格。這使列文十分生氣。「有關係！」列文情緒激動地說，「我認為我們一切行為的動力無非是個人幸福。我是一個貴族，在地方自治會裡，我看不出有什麼東西會促進我的福利。現在道路沒有改善，而且我認為以後也不會改善，在崎嶇不平的路上我的馬也可以載著我奔跑。我不需要醫生和醫療所；也不需要治安官，我用不著向他求助，也絕不會求助於他。學校對我不僅沒有好處，反而有害，就像我剛才對你說的。在我看來，地方制度只會增加我的一些義務：每畝地繳納十八個戈比，坐車進城，在旅館裡過夜餵臭蟲，聽各種人胡說八道，而個人利益也刺激不了我。」

「對不起，」謝爾蓋微笑著打斷他，「個人利益並沒有驅使我們為解放農奴而奮鬥，但是我們卻為這個奮鬥過。」

「不！」列文更激動地說，「解放農民，那是另外一回事。這裡有個人利益。我們想掙脫壓在我們這一切善良人身上的枷鎖。但是當一名地方自治會議員，就得討論需要多少名清道夫，以及決定在不是我居住的城市裡應當如何鋪設下水道；如果做陪審官，需要審訊一個偷了一塊醃豬肉的農民，連著聽上六個鐘頭的辯護人與原告見面的各種胡言亂語，而裁判長這樣審問那個老傻瓜阿廖沙：『被告，你還要否認偷醃豬肉的事實嗎？嗯？』」

列文越說越忘乎所以，模仿起審判長和傻瓜阿廖沙的模樣來。他自以為他的話都說在了點子上。

但是謝爾蓋聽完之後只是聳了聳肩。「哦，你這算是什麼意思呢？」

「我只是想說，那些同我……同我個人利益有關的權利，任何時候我都會盡全力去保護。當年憲兵來搜查我們學生的信件時，我就曾全力保衛我們的權利，我要保衛我所受教育和行動自由的權利。關於服兵役的義務，那是關係著我的兒女、兄弟以及我自己的命運，這我是了解的；只要是與我有關係的事情我都會認真加以考慮；但是如果你要我去考慮怎樣分配縣議會的四萬盧布，或者需要我審判傻瓜阿廖沙——我可就不明白了，而且我也做不來這些事。」列文說起來像大壩決了堤，一瀉千里，滔滔不絕。謝爾蓋微笑地看著列文。

「可是或許明天就會輪到你受審訊，難道在舊刑事裁判所受審訊會更適合你的口味嗎？」

「我不認為我會受到審訊。因為我不會殺人，所以沒有那樣做的必要性。哦，讓我告訴你吧，」他接著說，又跑題了，「我們所享受的地方自治制度和所有這類設施正如我們慶祝三一節[54]插的樺樹枝，看上去像歐洲土生土長的樺樹林，其實我真不願給它們澆水，也不信它們會長為一片樺樹林！」

54. 三一節是指耶穌復活節後的第八個星期日。

謝爾蓋聽完之後，聳聳肩來表示他的詫異，詫異怎麼會一下子又把樺樹枝扯進他們的辯論裡來了，雖然實際情況是他已聽懂他弟弟的意思。「對不起，我想你知道這樣辯論是不成的。」他批評道。

但是列文還是想為他對公益事業缺少熱心的缺點進行辯護，他的這個缺點，他自己肯定是很清楚的，他又接著說下去：「任何活動如果沒有個人利益做基礎，是不可能持久的。這是個極其普通的道理，哲學道理。」他用斷然的語調反覆說著哲學這個字眼，彷彿要表示他有與任何人談論哲學的資格。

謝爾蓋又微笑了，他心想：「列文還有一套合乎他自己口味的哲學呢。」

「得啦，哲學，你還是別談吧，」他說，「自古以來哲學的主要任務就在於尋求個人利益和共同利益之間的必要聯繫。但是問題還不主要在這裡，問題在於我不得不糾正你的比喻。你應該知道樺樹並不是插上的，而是有的採取播種的方式，有的則是栽植的，並且都必須細心呵護。只有那些意識到在他們的制度裡哪些東西是最重要的、最有意義的，並知道怎樣重視這些東西的民族才會真的有前途——而且只有這樣的民族才可以真正配得上稱為有歷史意義的民族。」

就這樣，謝爾蓋逐漸把話題引入了列文不了解的哲學史的範疇，還指點出他的見解上的錯誤。

「至於你不喜歡公益事業，恕我直言，這是我們俄國人的一種懶惰和貴族老爺習氣。但是我相信這只是你一時的錯誤，應該很快就能改正的。」

列文默不作聲。他覺得他被全面擊敗了，但又覺得哥哥並不理解他的話。他不明白哥哥為什麼不理解，只是他不清楚哥哥沒有理解的原因是他自己沒有表達清楚他的意思呢，還是他的哥哥不願意或是不能夠理解他？但他並沒有追根究柢。於是，列文不再反駁他哥哥說的話，他開始想到另外一件與現在說的完全無關的個人事件上去了。

謝爾蓋收拾起最後的釣絲，他們解下馬乘車離開了。

chapter 4

勞動的樂趣

列文同哥哥談話時想起的那件私事是這樣的：去年有一次去看割草，列文對管家大發脾氣。於是他就運用了他認為行得通的消氣的辦法——接過農民的一把鐮刀，親自割起草來。

他挺喜歡割草，並且已經親自割過好幾次了。那一次他割了房子前的整個一大片的草場。而且今年開春他就訂下計畫，要同農民一道從早到晚割幾天草。哥哥來後，他一直在考慮：去割草還是不去。讓哥哥一個人整天待在家裡，他覺得於心不安，又怕哥哥因此取笑他。可是當他此刻穿過草場，想起去年割草的情景時，他差不多又下定了決心，還是要去割草。當他和哥哥激烈地辯論一陣子以後，他又想實施這個計畫了。

「我需要體力勞動，否則我又會發脾氣。」他這樣想著，於是下定決心去割草，他已經不管他會在哥哥或農民面前怎樣侷促不安了。

黃昏時分，列文來到帳房，吩咐好農活兒，還吩咐人到各村子去找明天可以割草的人，讓他們一起去那塊最大、最好的卡利諾夫草場上開工。

「把我的鐮刀拿給季特，叫他磨得鋒利些，明天給我送來，我可能也要割草。」他說。

管家微笑著說：「好的，老爺。」

晚上列文把這事也對哥哥說了。「看這樣，天氣是晴朗了，」他說，「明天我就要開工割草了。」

「我喜歡這樣的活兒。」謝爾蓋說道。

「我太喜歡了。我有時同農民一道割草，明天我要割上一整天。」

謝爾蓋抬起頭來，帶著好奇的眼神望著弟弟。

「什麼？像農民那樣，起早貪黑？」

「是啊，這是十分快活的事。」列文說。

「當作一種鍛煉，這是再好沒有的了，只怕你未必受得了。」謝爾蓋一點兒沒有嘲笑的意思。

「我試過了。剛開始感覺挺困難的，可後來也就習慣了。我想，我不會落在後面的。」

「啊，這樣啊！不過你告訴我，農民們會怎麼看這件事？他們肯定會覺得老爺古怪。」

「不，我想不會。這是一種愉快而又辛苦的勞動，大家沒工夫去想什麼。」

「那你和他們一道怎麼吃午飯？把紅葡萄酒和烤火雞給你送到那裡，未免有點兒不好意思。」

「不，我在他們歇息的時間回來一趟就行了。」

第二天早上，安排農活耽擱了他一會兒，當他來到草場上時，農民們已經在割第二行了。

還在高坡上的時候，他就看見了下面有了陰影的、已經收割了的那部分草場，看見一堆堆割下的發黑的草和一堆堆黑魆魆的上衣——那是割草的農民在開始割第一趟的地方脫下來的。

他走近草場，看見割草的農民一個個緊挨著排成一長串，揮舞著鐮刀，有起有落。他們有的穿著上衣，有的只穿著一件襯衫。他數了數，一共四十二個人。

他們在高低不平的低窪草地上慢慢移動，那裡曾經有一個古老的堤壩。列文認出了幾個熟人，其中有葉爾米爾老漢，他身穿白色的長襯衫，彎著腰，揮舞著鐮刀；還有曾給列文做過馬車夫的年輕人瓦西卡，他幹得很起勁，正甩開臂膀把一排排草掃光。還有季特，一個瘦小的莊稼漢，他做過列文的割草師傅。他走在前邊，並沒有弓著腰，好像在舞弄鐮刀一樣割下很寬的一排草。

列文跳下馬，把牠拴在路邊，就走到季特面前。季特從灌木叢裡取出那把鐮刀，交給他。

「老爺，它快得像剃頭刀一樣，草一碰上就斷。」季特說，笑著摘下帽子，把鐮刀交給列文。

列文拿著鐮刀，試了試。農民們剛割完一排就滿頭大汗了，一個個興高采烈地走在路上，看見列文，就對著他笑笑，但沒有一個人開口說話，直到一個身穿羊皮短襖、滿臉皺紋、沒有鬍子的高個子老頭兒向他說話，大家才說起話來。

「老爺，您得留神，既然上了手，可不能掉隊啊！」那個老頭兒說。

列文聽到割草的農民們壓低的笑聲。「我儘量不掉隊。」他說著站到季特身後，等著一塊兒開始。

「可要小心啊！」老頭又說了一句。

季特讓出地方，列文跟在他後面。草很淺，而且靠近路旁。列文很久沒有割草了，在眾目睽睽下顯得有點緊張，剛開始，儘管他拚命揮舞鐮刀，可還是割得很糟糕。他聽到背後的議論聲：

「鐮刀沒裝好，把太長，看，他腰彎成什麼樣啦。」一個人說。

「得把勁兒用在距離刀口近的地方。」另外一個人說。

「沒關係，會順手的。」老頭兒又說。

「看，他行了……」

「你割得過寬了，會累得疲憊不堪的……東家，這樣可不行。」

「東家在為自己賣力氣幹呀，不行啦！瞧他割得多不整齊！要是我們這樣幹，準得挨罵。」

後面的草比較柔軟。列文聽著他們七嘴八舌，沒有搭理，跟在季特後面，想盡可能割得好些。他們前進了約莫有一百步。季特還是接著往前割，沒有一點兒疲勞的樣子，列文擔心了，怕自己支撐不下去，他實在是累壞了。

他感覺自己用盡了最後一點兒力氣，打算要季特停一停。但就在這時，季特自行停下來，彎腰抓起一把草，把鐮刀擦乾淨，動手磨鐮刀。

列文伸伸腰，喘了一口氣，向四周打量了一下。一個農民在他身後，顯然也很疲倦了，因為他等不及割到列文面前，就停下來，開始磨起鐮刀來。季特把自己的和列文的鐮刀都磨了磨，他們又接著向前割。第二回合還是一樣。季特不斷揮舞著鐮刀，停都沒停，也不感到勞累。列文尾隨其後，竭力不落後。他感到越來越累，終於他覺得一點力氣也沒有了，就在這時，季特又站住磨鐮刀。

他們終於割完了第一排。這麼長的一排著實讓列文感覺很吃力；刈割完以後，季特把鐮刀往肩上一搭，沿著他割過的草場上的足跡慢慢地往回走。列文也沿著自己的腳印走回來。雖然他渾身是汗，脊背也濕漉漉的，像剛從水裡撈出來一樣，但他卻格外高興，原因是自己能夠支持下來。

使他掃興的是，他割的那一行很難看。「我要少動胳膊，多動身軀。」他一邊想，一邊把季特割的那排像切過似的草場和自己割的那參差不齊還有殘餘的一排做著對比。

列文覺得，季特第一排割得尤其快，而這一行又特別長，大概是想試試老爺的力氣。以後幾行就比較省力了，然而，列文還是得用盡渾身解數，才免於落在其他農民後面。

他什麼也不想，什麼也不希望，一心只求不落在農民後面，盡可能把草割好。他耳朵裡只聽見鐮刀割草的嚓嚓聲，眼睛只看到季特漸漸走遠的挺直的身影、割過的一片彎曲的半圓形空地，還有那在鐮刀的利刃下像波浪般慢慢倒下去的青草和花穗。還有一會兒就到這一排終點了——割到那裡就能休息一會兒了。

在活兒幹了一半的當兒，他忽然感到他那熱汗淋漓的肩膀上有一種涼爽的感覺，他不明白這是怎麼回事。他磨刀的時候向天上看了看，天上飄著一片陰沉的烏雲，緊接著落下幾顆大大的雨點。有的農民走過去穿上上衣，有的農民像列文那樣，只是笑著聳了聳肩，享受著令人十分舒適的涼意。

他們割了一排又一排。有的行長，有的行短；有幾行草好，有幾行草壞。列文完全喪失了時間觀念，根本不知道此刻是早是晚。勞動使他產生了變化，給他帶來巨大的樂趣。在勞動中，有時他忘乎所以，只覺得輕鬆愉快。並且這時候他割的草就會十分整齊，幾乎和季特割的一樣優秀了。然而，他只要一想到自己在幹什麼，並且盡力要割得好一點兒的時候，他就會覺得勞動十分吃力，這一排往往就割得不好。

他又割完一排，剛要換一排時季特卻停住了，他來到那個高個子老頭兒跟前，小聲對他說了幾句。他們看了看太陽。「他們在談什麼，為什麼不接著割下一排啊？」列文尋思著，沒有考慮到農民們已經連續不停地割了四個多鐘頭，該吃早飯了。

「該吃早飯了，老爺。」那個老頭兒說。

「到時間了嗎？噢，好的，那就去吃早飯吧。」

列文把鐮刀遞給季特後，同那些到放衣服的地方拿麵包的農民一起，穿過被雨稍微淋濕的一大片割過的草地，向他的馬走去。這會兒他才想到，沒看好天氣，他的乾草讓雨水打濕了。

「乾草會腐爛的。」他說。

「沒事的，老爺，雨天割草晴天收！」老頭兒說。

列文解開韁繩，騎上馬回去喝咖啡了。而此時謝爾蓋剛起床。他還沒穿好衣服去餐室，列文已喝完咖啡，又去割草了。

chapter 5

草場

吃過早飯後，列文在割草行列中的位置變了。他的一邊是個愛開玩笑的老頭兒，這老頭兒要求跟列文並排割草。

那老頭兒挺直身子，兩腳向外撇，穩健地大步向前走去，同時像走路時任意擺動雙臂一樣，輕鬆地把草割下來，堆成整齊的高高的草垛。他就像在變魔術一樣把草堆成又高又齊的一排。好像不是他，而是鋒利的鐮刀自己鑽到綠油油的草叢中勞動著。

年輕人米什卡跟在列文身後。他青春煥發，有一張稚嫩可愛的臉龐，用新鮮草紮住的頭髮由於使勁而抖動著。不論誰向他瞧瞧，他總是報以微笑。很明顯，他肯定不肯承認自己覺得吃力。

列文在他們兩個人中間。天氣十分炎熱，他卻並沒感到割草吃力。滿身的汗讓他覺得涼快，炙熱的太陽烤著他的脊背、頭，還有那袖子挽到肘節的胳膊，卻給了他勞動的狠勁兒和耐力，他越來越投入那種無慮狀態，竟忘記了自己在幹什麼。鐮刀自己在刈割著草。這是幸福的時刻。更令他高興的是，老頭兒割完一排後，來到小溪邊用濕草擦了擦鐮刀，把刀口浸到清澈的河水裡洗濯，又用裝磨刀石的盒子舀了一點水請列文喝，這使列文更感愉快。

「請您嘗嘗我的克瓦斯[55]吧，好喝嗎？」他眨巴著眼睛問。

這種帶有綠萍和鐵皮磨刀石盒鏽味的溫水，列文確實從沒喝過。喝完之後，列文拿著鐮刀，悠然自得地走來走去，現在，他終於可以擦去流的汗，舒展開胸膛吸一口氣啦。他看著排成長列的割草人，欣賞著周圍樹林和田野景象發生的變化。

列文割得越來越熟練，常常忘記自己在幹什麼，覺得彷彿不是他的手在揮舞鐮刀，而是鐮刀自己成了一個具有意識和充滿活力的人在自動刈割；並且感覺好像被施了魔法，不用去思考工作就會井然有序、整整齊齊地圓滿完成。這是最幸福的時刻。

只有當他必須停止這種已變成無意識的活動，必須去考慮時，比如當他割到小丘，或者不好割除的地方時，他才覺得吃力。老頭兒幹這種活一直很輕鬆。遇到土墩，他就改變姿勢，時而用刀刃，時而用刀尖，小幅度地從兩邊割去土墩周圍的草。他一邊幹活，一邊不停地注視和觀察周圍的情形：一會兒撿起一枚野果放進嘴裡，或者放到列文嘴裡，一會兒又用鐮刀尖削掉一截小樹枝；有時看到雌鵪鶉從鐮刀下面飛走了，留下一個鵪鶉窩，有時又從路上逮住一條蛇，用鐮刀像用叉子那樣把牠叉住，讓列文看看，然後扔掉。

無論是列文，還是他背後的那個小夥子，要像這樣改變勞動動作都是很困難的。他們兩人都做著一個緊張的動作——使勁地刈割著，根本無法變換動作，更別說看他們面前的事物。

列文不明白時間怎麼會過得這麼快。要是有人問他割了多久，他會說才半小時，其實已是吃午飯的時候了。當他們割完一行轉過身來時，老頭兒叫列文看看那些從四面八方走來的男女孩子。他們手

55. 一種用麵包或水果發酵製成的清涼飲料。

裡提著一袋袋的麵包和一罐罐開口用破布塞著的克瓦斯，看上去好像十分費力。在高草叢的遮掩下他們若隱若現。

「你瞧，那些小蟲子爬來了。」他指著他們說，接著用手遮住眼睛看了看太陽。他們又割了兩排，老頭兒便停下了。

「嗯，老爺，該吃午飯啦！」他堅定地說。割草的人們來到了小河邊，一個個地跨過割過的草地，走到放上衣的地方。給他們送午飯的孩子們正坐在那裡等著他們呢。農民們聚集在一塊兒——遠些的聚集在大車下面，近的聚集在鋪上草的柳樹底下。

列文也在他們旁邊坐下，他不想回家了。

農民們在老爺面前那種不自在的心情早已消失得無影無蹤，紛紛為吃午飯準備著。有的在洗臉，年輕的漢子們甚至在河裡洗起澡來，有的在收拾休息的地方。他們打開麵包口袋，揭開裝有克瓦斯的罐子。那老頭兒把麵包掰碎，放進碗裡，用匙柄揉壓，從磨刀石盒裡倒些水，再捏碎些麵包放進去，撒些鹽，接著便朝東方禱告。

「老爺，請您嘗嘗我的泡麵包渣吧。」他跪在碗前說。

泡麵包渣是如此美味，以至於列文都不想回家去吃午飯了。他和老頭兒一起吃著午飯，談著家事。他興趣廣泛，還把自己的家事和一切可能引起老頭兒興趣的事都告訴了他。他覺得對老頭兒比對哥哥還親熱，並且因為自己對這個老頭兒所產生這種親熱的感情而禁不住笑了起來。老頭兒又站起來，做了禱告，然後拿一把草當枕頭，在矮樹旁躺下。列文也照他的樣躺下。儘管陽光下糾纏不休的蒼蠅、小蟲子爬得他滿身都是，讓他汗淋淋的臉和身體發癢，他還是很快就睡著了。直到太陽走到了樹叢的另一邊，曬到他身上的時候他才醒來。老頭兒早已起來，坐在那裡給小夥子們磨鐮刀。

列文向周圍看了一下，簡直不認得這地方了：一大片草場已經被割過，堆著一排排散發著芳香的青草，在夕陽的照耀下，散發出一種奇特的清新光輝。以前小河被周圍的草叢遮擋著，而現在，草全被割去了，那在蜿蜒處閃爍著灰白色光澤的河流也顯露出來了。那來回走動著割草的農民們，那尚未刈割的草地上陡壁一般的草牆，還有那在光禿禿的草地上空翱翔的鷂鷹，所有這一切都顯得與原先不同了。列文清醒過來之後，估量著已經割了多少，今天還能割多少。

四十二個人幹的工作真是不少了。在農奴制時代，這麼大一片草場三十把鐮刀還得幹上兩天，而現在幾乎快割完了，就餘下角落裡很小的幾片還沒有割。可列文還是希望今天盡可能地多割一點兒。看著太陽那麼快地落下去，他感覺很懊惱。他一點也不覺得疲勞，一心只想盡可能多幹些，幹得快些，再快些。

「我們應該能把馬什金高地的草也全部割完吧，你認為呢？」他問老頭兒。

「聽從上帝的安排吧，太陽也不高了。讓大家喝點兒伏特加嗎？」

午後吃點心時，大家坐了下來，吸煙的人吸起煙來，這時老頭兒向大家宣佈：「割完馬什金高地，東家請大夥喝伏特加。」

「啊，那趕緊吧！走吧，季特！咱們抓緊點幹吧！晚上好好喝個夠。加油啊！」大夥兒異口同聲地嚷道。割草的人們還不等把麵包吃完，就又幹了起來。

「哎，小夥子們，加油幹！」季特說，像賽跑一樣趕在前頭。

「加油，加油！」老頭兒緊跟在他身後說，很輕易地追上了他，「我要趕上你了，小心呀！」

年輕的和年老的都爭先恐後地割草。他們割得很快，卻沒有把草糟蹋，一行行照樣割得乾淨利索，放得整整齊齊。剩下的那個角落裡的一片只用了五分鐘就割完了。後邊的幾個人剛割完自己的那排草，前邊的人就已經拿起上衣往肩頭一搭，向馬什金高地走去。

當人們帶著叮噹作響的磨石盒子，走到馬什金高地那片樹林的窪地的時候，太陽已經在樹梢上方了。谷地中央的草長得齊腰深，草莖很軟，草葉很寬，樹林裡到處都是三色堇。

大家簡短地商量了一下，是豎著割還是橫著割。緊接著，普羅霍爾・葉爾米爾，這個個頭高大、皮膚黧黑的農民，也是個出名的割草能手，走在行列前頭，回轉頭來，開始割草。大夥兒跟在他後面，沿著谷地走下山坡，又來到山坡上樹林的邊緣。太陽落到了樹林後邊。開始有露了，只有在山坡頂上時割草人還能看到太陽，而在霧氣繚繞的山下，在小山坡背陰處，卻是涼快、多露的陰涼地。大家快活地割著草。青草被嚓嚓地割下來，排得整整齊齊的，還散發著香味。只剩下幾趟很短的草地了，割草的農民從四面八方聚集到短短的一行行草地上，把磨刀石盒震得哐噹作響，一會兒是鐮刀的碰擊聲，一會兒又是快活的吶喊聲。人們爭先恐後地忙碌著。

列文還是夾在年輕人和老頭兒中間割著。老頭兒穿上羊皮襖，依然興致勃勃，談笑生風，動作麻利。樹林裡，雜生在青草叢中的肥大的「白樺菌」，不時被鐮刀割斷。老頭兒每次遇見「白樺菌」，就彎下腰撿起來，放在懷中。「又是一件送給我那老婆子的小禮物。」他說。

雖然割那些潮濕的、細軟的青草很容易，但在谷地陡峭的斜坡上爬上爬下卻不容易。而老頭兒卻滿不在乎。他依舊揮舞著鐮刀，那雙穿著大樹皮鞋的腳穩重地踏著碎步緩緩地爬上陡坡。雖然他的全身，還有垂在襯衣下面的短褲因吃力而不停地晃悠著，可他一路上沒漏過一棵小草或一個菌，並且還照樣和農民們以及列文說笑。列文跟在他後面，常常覺得拿著鐮刀爬那種空手都很難爬的陡坡準會摔跤，但他還是爬了上去，做了他該做的事。他覺得彷彿有一種外力在驅動他。

chapter 6 勞動療法

馬什金高地的草割完了，農民們穿上外套快活地回家去了。列文跨上馬，依依不捨地離開了農民們，跑回家去。他從高地上回頭望了一下，看到窪地上升起一片迷霧，農民們已經看不見了，只聽到他們快樂而粗野的說話聲、笑聲和鐮刀相互撞擊的聲音。

列文渾身大汗，亂髮濕透黏在前額，背部和胸膛也弄得又髒又濕。當他快樂地談笑著，闖進哥哥房間的時候，謝爾蓋已吃過晚飯，在屋裡喝著加冰塊的檸檬水，翻閱著剛從郵局送來的報紙和雜誌。

「我們把整片草場都割完了！太好了，妙極了啊！你今天過得如何？」列文說，徹底忘記了昨天不愉快的談話。

「哎喲！你怎麼弄成這個樣子啊?!」謝爾蓋說著，多少有點不滿地看著弟弟。「那扇門，快把那扇門關起來！」他叫道，「你至少帶進來十隻蒼蠅。」

謝爾蓋尤其討厭蒼蠅，他的房間只有夜間才開窗，門一直關得很緊。

「我敢保證一隻也沒有。不過，如果我帶進來了的話，我會捕捉的。你根本體會不到我今天有多麼快活啊！你今天過得如何？」

「很好，可你真的割了一整天嗎？肯定餓壞了吧，就像狼一樣。庫茲馬把一切都預備好了。」

「不，我倒不急著吃東西，我在那裡吃了點東西。不過我得去洗洗臉了。」

「好的，去吧，去吧，我一會兒就去你那裡。」謝爾蓋邊搖頭邊盯著弟弟說。「去吧，快點。」他笑呵呵地補充說，於是收拾起書本，也準備走。他忽然高興起來，不願意離開弟弟：「噢，剛才下雨的時候你在哪裡？」

「下雨？哎喲！也就下了幾滴雨。我馬上就來。你今天也過得很愜意嗎？那太好了。」說著，列文就去換衣服了。

五分鐘以後，兄弟倆在餐室裡見面了。雖然列文覺得並不是很餓，彷彿他坐下來吃只是為了不讓庫茲馬掃興，可是當他開始吃的時候，他覺得飯菜非常鮮美可口。謝爾蓋微笑著望著他。

「哦，對了，有你一封信，」他說，「庫茲馬，請你到下面把那封信拿來。記得關上門呀。」

信是奧布隆斯基從彼得堡寫來的，列文大聲朗讀著。奧布隆斯基在信中說：「我收到多莉的信，她現在在葉爾古紹沃，一切事情都不怎麼如意。請你到她那裡去一下，給她出出主意，你什麼事都在行些。她見到你一定會很高興。她只剩下一個人，挺可憐的。我的岳母和他們一家人還在國外。」

「太好了！我一定要騎馬去看看她，」列文說，「我們一起去吧。她是個很好的女人，不是嗎？」

「離這裡遠嗎？」

「三十里，可能四十里吧，不過路很好走，坐車去很方便的。」

「我很開心。」謝爾蓋微笑著說。看到弟弟開心的樣子，他顯然也立馬高興起來。

「啊，你胃口真好！」他望著弟弟那俯在盤子上的、曬得又紅又黑的面孔和脖頸說。

「是很好，好極了！你根本想像不到，對各種各樣的愚行來說，勞動是多麼有效的靈丹妙藥。我要用一個新詞『勞動療法』來充實醫學的詞彙。」

「可我認為你用不著這個吧。」

「是的，各種神經上有毛病的人都用得著。」

「是啊，應該試驗一下。我原本打算到割草場看你的，可天氣實在熱得厲害，我走到樹林就一步也不想再往前走了。我在樹林裡坐了一會兒，就穿過樹林到村子裡去，還碰到了你的老乳母，向她打聽了農民們對你的看法。據我了解，他們並不贊同你這種做法。她說：『這不是老爺做的事。』總之，我覺得農民對他們所謂的『老爺的』活動有很嚴格的界定。他們不習慣老爺們越出他們心目中所定下的界限。」

「可能是這樣，但這種樂趣是我有生以來從沒嘗到過的。我看也沒有什麼不對的地方。可不是嗎？」列文答道，「如果他們不喜歡，那我也沒辦法。可我覺得這也沒有什麼不好的。嗯？」

「總之，」謝爾蓋繼續說，「我覺得你今天過得很高興，是吧？」

「真是高興得很。我們割完了整片草場，我還在那裡認識了一個老頭子哩！你根本想像不到他是多麼的有意思啊！」

「哦，那麼你今天過得很高興了。我也是這樣。首先，我解決了兩道棋題，其中一道特別妙，一開頭就出卒子。等會兒我走給你看。其次，我仔細思考了我們昨天的談話。」

「嗯？昨天的談話？」列文吃完飯後滿足地瞇縫著眼睛說，還大聲喘著氣，根本記不得昨天談話的內容了。

「我認為你也是有道理的。我們的分歧在於，你把個人利益當作動力，而我覺得凡是有一定文化素養的人都應當關心公共福利。你說得也許有道理，從物質利益出發開展活動更符合大家的願望。你的性情，正如法國人說的那樣，未免太容易衝動了，你時而需要高強度的、精力旺盛的活動，時而又什麼都不需要。」

列文聽哥哥說著，卻一句也沒聽懂，他也不想聽懂。他只是擔心哥哥向他提什麼問題，因為會被哥哥看出他什麼也沒聽進去。

「這就是我的所思所想，好弟弟。」謝爾蓋說著用手拍了拍他的肩。

「是啊，當然啦。可那又有什麼呢！我並不偏執。」列文答道，露出愧疚的、稚氣的笑容。「我們爭論的是什麼事了？」他心想，「當然，我是對的，他也是對的，都不錯呢。不過我得到帳房去一下。」他站起來，伸了個懶腰，微笑著。

謝爾蓋也微微一笑。「要是你出去的話，我們一塊走吧。」他說，不想離開那滿面榮光、充滿生氣的弟弟，「哦，我們一起到賬房去吧，如果你一定要去的話。」

「哎喲！」列文大叫了一聲，聲音那麼大，把謝爾蓋嚇了一跳：「什麼，什麼事呀？」

「阿加菲婭的手好了嗎？」列文拍拍自己的腦袋說，「我把她給忘了。」

「好多了。」

「哦，我還是去看看她吧。你別去了吧，你沒來得及戴上帽子。」

說著他像打響板一樣「啪」的一聲碰響靴跟，跑下樓去。

chapter 7

唯一的安慰

奧布隆斯基因為要完成一件日常的重要公務到彼得堡去了。這種公務對官場上的人來說是最自然、最明白不過的，但對局外人來說卻難以理解。他為了這種公務，帶上家裡所有的錢，悠然自得地在賽馬場和別墅裡過日子。而為了儘量節省開支，多莉和孩子們一起搬到鄉下去了。她們到了葉爾古紹沃，這塊地原是她的嫁妝，今年春天賣出的那片樹林就在這塊地產上。這裡離列文住的波克羅夫斯克耶大約有五十里路的光景。

葉爾古紹沃古老的豪華宅邸早已拆毀了，老公爵就把廂房重新翻造，加以擴建。大約二十年前，當多莉還是個孩子的時候，廂房還是很寬敞舒適，雖然也像一般廂房那樣，一側靠近甬道，方向朝南。當奧布隆斯基春天為了賣樹林的事去那裡的時候，多莉曾請他去看看那幢房子，還吩咐他把必須修理的地方修理一下。奧布隆斯基，正像所有問心有愧的丈夫一樣，十分關心他妻子的舒適，他親自去察看了那房子，還把他認為需要處理的一切事情都安排妥當。他覺得把印花棉布重新鋪在一切傢俱上，掛起窗帷，掃除庭園，在池塘上架一座小橋，種植各種花卉；可是還有其他許多必要的事情他給忘了，弄得多莉後來吃苦不小。

雖然奧布隆斯基竭力想要做個體貼細心的父親和丈夫，可他無論如何也記不住他是有妻室兒女的。他喜歡過單身漢生活，且迷戀這種生活方式。他一回到莫斯科，便得意揚揚地向妻子宣佈，一切都已準備就緒，房子修飾得像個童話世界。他極力勸她搬到那裡去。在奧布隆斯基看來，不管從哪方面說妻子住到鄉下去都是有益的：對孩子們的健康有益，還可以節省費用，他也更自由。而達里婭也覺得到鄉下去避暑，對孩子，特別是那個得過猩紅熱後還沒有完全復原的小女孩是有益的，並且也可以作為一種逃避卑微的屈辱、逃避那讓她痛苦不堪的債務——虧欠木柴商、魚販、鞋匠的錢——的一種手段。此外，她高興下鄉，還因為她想把基蒂叫到鄉下來住一陣。基蒂將在仲夏時節回國，醫生要她用水浴療法。基蒂從溫泉寫信來說，再沒有比和多莉一塊在葉爾古紹沃過夏天那麼令她高興的了，葉爾古紹沃在她們姐妹兩人心裡充滿了童年的美好回憶。

對多莉來說，在鄉間生活的頭幾天十分困難。她童年時候在鄉下住過。在她的印象中，鄉村是逃避城市各種煩惱的場所，鄉下生活雖不豪華——多莉對此倒是很容易滿足——卻是方便舒適的：一切都充裕，一切都便宜，一切都弄得到，對孩子們也是好的。然而現在，當她以主婦的身分來到鄉下時，卻發現一切和她所想像的完全兩樣。

她們到鄉下的第二天，下了一場傾盆大雨。夜裡，走廊和兒童室裡漏水，只得把小床搬到客廳。養牛的女人說，九頭母牛，有的快要生小牛了，有的剛生過第一胎，剩下的不是太老了，就是乳汁太少，乳酪和牛乳給小孩們吃都不夠。蛋也沒有，也找不到母雞，他們煎和煮的都是些褐紫色的咬不動的老公雞。也找不到擦洗地板的婦人。現在大家都去刨馬鈴薯了。坐車出遊更不可能了，因為有匹馬很難駕馭，在車轅上暴跳著。也沒有洗浴的地方：整個河岸都被家畜糟蹋壞了，並且從大路上可以一覽無遺！幾乎連散步也不可能，因為有家畜從柵欄裂縫裡闖入了庭園，並且還是一頭可怕的公牛，牠怒吼著，那架勢好像是要抵人。可以放衣服的櫃子一個也沒有。衣櫃是有的，但不是櫃門關不攏，就是逢人在旁邊走過就會自行打開來。鐵鍋和瓦罐也沒有，洗衣室裡沒有蒸汽鍋，下房裡連燙衣板都沒有一塊。

沒有得到安靜和休息，卻遭遇到這些在她看來十分可怕的困難，達里婭十分失望。她盡力張羅，還是感到束手無策，時刻都在忍住湧上來的淚水。管家原是司務長出身，生得相貌堂堂，彬彬有禮，奧布隆斯基很喜歡他，因為他不僅儀容俊秀而且恭敬順從，特地把他從看門人的地位提拔上來。對於達里婭的愁苦，他沒有表示一點同情。他只是恭敬地說：「也沒辦法啊，農民就是那麼可惡。」卻沒幫她一點忙。

境況十分艱難。然而奧布隆斯基家也像在別的家庭裡一樣，有一個不受人注目卻極其重要、極其有用的人物——馬特廖娜・菲利莫諾夫娜。她安慰女主人，向她擔保，一切都會好起來的，說著，她自己便不慌不忙地幹起活來。她先和管家的妻子建立了交情，第一天就同她和男管家一起在槐樹下喝茶，商量各種事情。沒多久，金合歡樹下就建起了馬特廖娜俱樂部，是由管家的妻子、領班還有管賬的組合起來的。通過這個俱樂部，生活上的難題漸漸地得到解決。一個星期之後，一切真的好起來了：屋頂修理好了，廚娘找來了，她是領班的乾親。也買到了母雞，母牛也產奶了，院子也用柵欄圍了起來，木匠製了一個用來軋衣服和床單等東西的軋平機，衣櫥安上了鉤子，櫥櫃的門不再自動打開了，還製作了一塊用粗布包住的燙衣板，放在安樂椅扶手和五斗櫥上；下房裡也就散發出燙衣服的氣味來了。

「您瞧！您不是以為什麼都沒有辦法了嗎？」馬特廖娜指著熨燙板說。他們甚至還建造了一個用草苫子圍起來的洗澡棚子，莉莉已開始在裡面沐浴了。達里婭實現了她的部分心願，過上了雖然不平靜，但起碼是方便的田園生活。可達里婭帶著六個孩子根本無法平靜。平常總是一個孩子病了，另一個孩子像要生病，第三個孩子缺乏營養，第四個孩子顯得脾氣暴躁等等。反正是難得有個短暫的安寧時刻。

然而，對達里婭而言，這種忙碌和辛苦卻是她的唯一安慰。如果沒有這些事情，她就會孤零零地想起丈夫不愛她的各種事情。儘管害怕孩子們患病，看著他們疾病纏身或者是身上惡癖的徵兆十分痛苦——對當母親的來說這都是痛苦的。可現在孩子們已經在用微小的快樂彌補她的痛苦了。這種快樂是那麼微小，如同沙裡的金子一樣叫人難以發現。在她心情不好的時候，她只看到痛苦，只看到沙子；可在心情好的時候，她看見的又是快樂和金子。

現在，在鄉間安寧的生活裡，她越來越感悟到這種快樂。看著孩子們，她常覺得自己這個當母親的，對孩子有太多的偏愛，並竭力勸說自己這樣是不對的。她作為母親，太偏愛自己的孩子了，但她還是無法不對自己說，她的六個孩子個個都很可愛，儘管長得不一樣，卻都是少有的好孩子，所以她為他們感到快樂，並引以為豪。

chapter 8 姐弟情深

五月末，當所有的事情都收拾得勉強過得去的時候，她收到了丈夫的信，她曾向他抱怨鄉下紊亂的情況。他在信中請求她原諒，因為他考慮不周，並答應一有機會就來看望他們。然而這樣的機會一直都未到來，直到六月初，達里婭還是獨自一個人待在鄉下。

在聖彼得節前齋戒期的星期天，達里婭領著所有的小孩兒到教堂去領聖餐。她在同妹妹、母親以及朋友們推心置腹地談論哲學問題時，她在宗教上的自由思想常常使他們感到驚奇。她篤信奇怪的輪迴說，卻很少關心宗教教義。可是在家裡，她不僅僅是為了做出表率，而是從心底想嚴格執行教會的一切教規。孩子們最近有一年沒參加領聖餐儀式，這使她十分不安，於是在馬特廖娜的贊同和大力支持下，她決定今年夏天去參加這個儀式。

達里婭事先好幾天就考慮到時候給孩子們穿什麼衣服。現在衣服已經做好或改好洗好了，有的衣服縫和摺皺已經放寬，有的已經釘上鈕釦，連絲帶也準備好了。那個英國女人改這件衣服時，弄錯了位置，肩膀開得太高，結果糟蹋了整件衣服。塔尼婭穿著那衣服顯得肩膀上非常緊，看上去讓人覺得很彆扭。多虧馬特廖娜想出了一個妙招，設法嵌進幾塊三角布，又加上一個小披肩，衣服的毛病這才弄好。可達里婭差點兒跟英國女教師吵起來。即便如此，到了次日早晨，所有事情也都準備妥當了，不到九點——九點是他們要求牧師舉行聖餐的時間——孩子們個個打扮得漂漂亮亮，高高興興地站在門口馬車旁等候母親。

沒有用烈性的烏黑馬套車，靠著馬特廖娜的情面，就用了管家的棕色馬。達里婭因梳妝打扮而耽擱了一陣，終於穿著一身雪白的薄紗連衣裙，出來坐上馬車。

達里婭懷著激動的心情，梳理著頭髮，很用心地打扮了一番。以前，她梳妝打扮是為了讓自己更嫵媚動人；後來，隨著年齡越來越大，容顏漸漸衰老，她就不愛打扮了；可今天她又開始用心而愉快地打扮起來，她不是為自己打扮，不是要自己好看，而是因為她是這幾個可愛的孩子的母親，她不願損害他們一家給人的總印象。她最後照了一次鏡子，感到滿意了。她很漂亮，不過不是從前那種常赴舞會時所希望的漂亮，而是符合她現在所抱持的目的的一種美麗。

教堂裡除了農民、打掃院落的佣人以及他們的家眷以外，沒有別的人。但達里婭知道，也許是自以為知道，她和她的孩子們吸引了眾人讚美的目光。孩子們不僅打扮得乾乾淨淨、漂漂亮亮，而且行為舉止也活潑、有禮、惹人喜愛。阿廖沙雖然還站不太穩卻還是非常可愛的，他總是回過頭來，想看看自己那件上衣的後面。塔尼婭像個大人一樣照顧幾個弟弟妹妹。最小的女孩莉莉對什麼都露出天真的驚訝神氣，特別逗人喜愛。她領過聖餐，又用英語說了一句：「請再給我一點兒。」這時大家都忍不住笑了。

在回家的路上，孩子們都覺得，他們好像做了一件什麼了不起的大事，因此一個個都很安靜。

回到家裡，一切事情都很好。可是吃早飯時，格里沙忽然吹起口哨來，更差勁的是不聽英國女教師的話，因此受罰不准吃甜餅。如果當時達里婭在場的話，在今天這樣高興的節日裡是不會讓孩子接受處罰的；可是她當時不在，事後她不得不維護英國女教師的威信，同意處罰格里沙。這件事使大家多少有點掃興。格里沙邊哭邊說，尼科連科也吹了口哨，可他卻沒有受到處罰，他哭了並不是因為不能吃甜餅，他根本不在乎那個，而是因為對待他不公平。這的確叫人很傷心，達里婭決定同英國女教師商量一下，饒恕格里沙，於是便去找她。當她經過客廳的時候，看到一個動人的景象，使她心裡樂滋滋的，眼淚忍不住奪眶而出。於是，她便饒恕了這個「罪人」。

受罰的格里沙坐在客廳角落裡的窗台上，塔尼婭手裡端著一個盤子站在他旁邊。她假裝要餵洋娃娃吃點心，要求英國女教師答應她把她的一份甜餅拿到兒童室裡來，其實卻是把這份甜餅給弟弟吃。格里沙還在為他受到的不公平待遇哭泣著，他一面吃著姐姐送來的甜餅，一面哽咽地說：「你也吃，我們一起吃……一起吃……」

塔尼婭起初是因為同情格里沙，後來又因為意識到自己的行為高尚，感動得熱淚盈眶，可是她也不客氣地吃起了她的那一份甜餅。看見母親，姐弟倆嚇了一跳。可當他們仔細看清了她的表情以後，知道他們做得很好，便都笑了起來。他們嘴裡還塞著甜餅，雙手捂著笑呵呵的小嘴，把那快活的臉上弄得到處都是眼淚和果醬。

「哎喲！你的潔白的新衣服喲！塔尼婭！格里沙！」母親說道，她想保全那件衣服，但眼裡含著淚水，臉上洋溢著幸福快樂的微笑。

孩子們的新衣裳全換下來了，女孩兒們換上了短衫，男孩子們換上舊上裝，還吩咐備好馬車——使管家懊惱的是他那匹棕色馬又被套上車了——出去採蘑菇和洗澡。兒童室裡傳來了一陣陣興高采烈的喧鬧聲，這喧鬧聲直到他們出門去洗澡才停止。

他們採了滿滿的一籃子蘑菇，就連最小的莉莉也拾到了一個樺樹菇。以前總是古莉小姐先找著一個，再指給她看，可是現在她自己竟找到了一個很大的樺樹菇，引得大家都歡呼起來：「莉莉找到了大蘑菇！」

然後孩子們坐上車來到河邊，把馬拴在樺樹底下，便去洗澡。車夫捷連季則躺在樹蔭底下的綠草地上捲上劣質煙草抽起來。馬兒不停地搖著尾巴驅趕著牛蠅，孩子們持續不斷的歡快叫聲從浴場上向他耳邊飛來。不讓他們調皮搗蛋實在費勁，要記住從各人身上脫下來的襪子、褲子和鞋子，解開又繫上帶子，扣好鈕釦也不容易，可達里婭卻十分高興，她原本就喜歡洗澡，她感覺再沒有比洗澡對這些孩子的健康更有益的事了。撫摩著孩子們一條條胖乎乎的小腿，給他們脫下長襪，抱著這些光溜溜的小身子在水裡泡泡，聽著他們那又驚又喜的尖叫聲，看著這群小天使氣喘吁吁，渾身淌水，瞪著一雙驚恐而又快樂的眼睛，她感覺再沒有比這更高興的事了。

大多數孩子穿好了衣服，這時有幾個打扮得很漂亮的採藥草的農婦走近了洗澡的地方，她們膽怯地站住了。馬特廖娜把其中的一個叫過來，讓她把落在水中的一塊浴巾與一件襯衣拿去曬一曬，接著達里婭就和這幾個農婦聊了起來。開頭那些農婦捂著嘴笑，沒有聽懂多莉的問話，但很快就膽子大了，開始說話，並且由於對孩子們表示了衷心的讚美，馬上讓達里婭產生了好感。

「哎呀，真是個小美人兒，白得像砂糖，」一個農婦讚美著塔涅奇卡，又搖著頭說，「就是太瘦……」

「是啊，她的病剛好。」

「哎呀，她們也給你洗澡了。」另一個對嬰兒說。

「沒有，他才三個月大，」達里婭帶著誇耀般的神情說。

「是嗎！」

「你有孩子嗎？」

「我生了四個，現在只剩下兩個：一男一女。女孩兒在今年開齋期剛斷了奶。」

「她幾歲啦？」

「有兩歲啦。」

「你怎麼給她吃這麼長時間的奶呀？」

「我們這兒的習慣，要吃三個齋期。」

接著談話就轉到了達里婭最感興趣的話題上：生孩子的情況怎麼樣？孩子生過什麼病？丈夫在哪裡？是否常回去？達里婭真捨不得離開這些農婦，她覺得和她們聊天很有意思，她和她們的志趣很相投。最讓達里婭得意的是，這些農婦尤其讚賞的是她有這麼多小孩兒，且個個都那麼活潑可愛。這些農婦令達里婭很開心，卻使那個英國女人生氣，因為她成了她們哄笑的對象。有個年輕的農婦一直盯著她，因為她衣服穿得最慢。當她穿第三條裙子的時候，這個年輕的農婦等不及就說起來：「哎呀，她穿了一件又一件，怎麼穿不完啦！」她剛一說完，大家就放聲大笑起來。

chapter 9 列文來訪

達里婭圍著頭巾，由那群剛洗過澡、頭髮濕漉漉的孩子簇擁著乘車回家，車夫說：「哪家的老爺來啦，大概是波克羅夫斯克村的老爺。」

達里婭看了看前方，看到了列文那熟悉的身影，他戴著灰色禮帽，穿著灰色大衣，正迎面向他們走來，她心裡高興極了。她無論什麼時候見到他都十分高興，而現在，特別是在她最光彩的時候看到他，就更加高興了。沒有誰比列文更懂得她的偉大。

列文一看到她，眼前就浮現出他想像中的未來家庭生活的畫面。

「您簡直就像是後面跟著一群小雞的母雞，達里婭。」

「噢，很高興見到您！」她一面說，一面把手伸給他。

「很高興見到我？而您卻不告訴我您來了。我哥哥住在我那裡呢。我從斯季瓦的信上，才知道您到這兒來了。」

「斯季瓦的信？」達里婭滿臉驚訝地問道。

「沒錯，他來信說您搬來了，他想您會答應讓我來給您幫點兒忙的。」列文說。這話一出口，他立刻感到難為情，連忙住了口。他來到馬車旁，扯下椴樹的兩片嫩葉，放進嘴裡細細嚼起來。他感到很難為情是因為他意識到，達里婭不願意接受外人幫助她做那些本該由自己丈夫做的事。達里婭的確很不高興奧布隆斯基把自己家裡的事推倭給別人的這種作風。她也立刻明白，列文懂得這一點。就因為列文懂得這種細膩的感情，懂得此中微妙，達里婭才特別喜歡他。

「我明白，」列文說，「其實他只是說您想見我，這讓我十分高興。當然，我也能夠想像，您這個城市裡的女主人在城市裡住慣了，在這兒肯定會覺得簡陋，如果您有什麼需要的話，我願為您效勞。」

「啊，沒有！」多莉說。「開始有些不太適應，多虧有我的老保姆，現在一切都安頓好了。」她指著馬特廖娜說。老保姆看見在說她，高興而親切地對列文微笑著。她認識他，還知道這是基蒂可選的佳婿。她特別盼著能夠成就這件好事。

「請上車吧，我們可以往這邊擠擠。」她對列文說。

「不用了，我走一會兒好啦。孩子們，誰願意同我一道跟馬賽跑啊？」孩子們雖然不怎麼熟悉列文，也不知道什麼時候見過他，可他們對他卻絲毫不感到拘束和敵視——他們對那些弄虛作假的大人常常會產生這種奇怪的情緒，並經常因此而受到嚴厲的責罵。不管怎麼樣，裝腔作勢也許能欺騙最聰明、最老練的大人，但即使掩飾得再巧妙，也騙不過一個最遲鈍的孩子。列文身上縱然有種種缺點，但他從不裝腔作勢，因此孩子們很喜歡他，就像他們從母親臉上看出她對他的感情那樣。在他的邀請下，兩個大孩子立刻跳到他跟前，和他一塊兒跑起來，跑得很自然，毫不拘束，就像和保姆、古莉小姐或是母親一塊兒奔跑。莉莉也嚷著要跟他在一起，於是母親便把她交給列文。列文讓她坐在肩上，背著她跑起來。

「不用擔心，達里婭！」他高興地笑著對她說，「我一定不會摔倒，更不會讓她掉下來的。」

看著他靈活、矯健的動作和小心翼翼的謹慎神情，她放下心來，一邊看著他，一邊快活、欣賞地微笑著。

在這兒與孩子們還有他喜歡的達里婭在一塊兒，列文常常體會到那孩子般的快活心情，而達里婭也十分欣賞他這種心情。列文一面同孩子們跑步，一面教他們體操，還用自己那蹩腳的英語逗得古莉小姐咯咯直笑，還不時地對達里婭敘述著自己在鄉下做的事情。

吃過午飯之後，達里婭和他坐在涼台上，談到了基蒂。

「您知道了嗎？基蒂將到這兒來，跟我一起過夏天。」

「是嗎？」他漲紅了臉說。接著，他為了改變話題，便說：「那麼，給您送兩頭母牛來好嗎？如果您一定要算錢，那就一個月付給我五個盧布吧，但是您這樣可就太對不起人了。」

「不用了，多謝。現在我們這兒什麼都有了。」

「哦，那好吧，那我去看看您的奶牛吧，要是您准許的話，我會教教您如何餵牛。關鍵在於飼料。」為了轉移談話內容，列文就對達里婭講起了餵牛的道理，說母牛只是一架變飼料為牛奶的機器，諸如此類的話。

雖然他嘴上談著這個，心裡卻盼望聽到有關基蒂的詳細情況，可又害怕聽到。他害怕的是，自己好不容易平靜下來的心又要起波瀾了。

「是啊。不過這所有的一切都得有人照料啊，可由誰來照料呢？」達里婭沒精打采地說。

在馬特廖娜的幫助下，她已經把家務都安排得妥妥當當了。她不願做任何變動，再說她也不相信列文的農業知識。母牛是製造牛奶的機器這種說法她是懷疑的。她認為這種道理只會妨礙做事。她覺得一切都該十分簡單：只要像馬特廖娜說的那樣，多給花斑牛和白肚皮的牛餵一些飼料和泔水。不要讓廚子把廚房裡的泔水拿去餵洗衣婦飲母牛就行了。這道理很清楚。至於說到麵粉飼料和草類飼料的理論，那是靠不住的，聽不懂的。不過，最主要的是她想談談基蒂的事。

chapter 10

自尊心

「基蒂來信說，沒有什麼比孤獨和安靜是她現在最希望的。」多莉在沉默了一會兒之後說。

「她怎麼樣，好些了嗎？」列文激動地問。

「謝謝上帝，她完全康復了。我一直就不相信她的肺有毛病呢。」

「啊，那太高興了！」列文說。他說這話時，默默地望著她，達里婭覺得他臉上有一種動人的、無可奈何的神色。

「請問，康斯坦丁・德米特里奇，」達里婭帶著她那溫和而又略帶嘲弄的微笑說，「您為何生基蒂的氣呢？」

「我沒有，我怎麼會生她的氣。」列文說。

「不，您生氣了。您在莫斯科的時候，為什麼不到我們家來，也不到她們那邊去呢？」

「達里婭，」他說著，臉紅到耳根，「您怎麼對這一點兒都沒有感覺到。您怎麼一點兒也不同情我，當您知道……」

「我知道什麼？」

「您知道我求過婚，被拒絕了。」列文說。剛才他在談話中流露出對基蒂的滿腔柔情，此刻卻被因為覺得受辱而產生的憤懣之情代替了。

「您怎麼會以為我知道呢？」

「因為大家都知道……」

「這您就誤會了，我根本不知道，雖然我這樣猜測過。」

「那您現在總算知道了。」

「我以前只知道發生了一件事，使她很痛苦。但她請求我再不要提起這件事。既然她沒有告訴我，那麼她也不會對別人說。可你們倆究竟發生了什麼呢？告訴我吧。」

「我已經告訴過您了。」

「什麼時候的事呢？」

「我最後一次到你們家裡去的時候。」

「您知道，」達里婭說，「我替她感到非常難過。您痛苦的只是自尊心受了傷害……」

「也許是這樣，」列文說，「但是……」

她打斷他的話：「可是她，可憐的孩子……我真是替她難過呢，現在我全都明白了。」

「哦，達里婭，請您原諒！」他說著站起身來，「我得走了，達里婭，再見吧！」

「不，再待一會兒，」她抓住他的衣袖說，「等一下，再坐一會兒。」

「請別，別再談這個了吧！」他說著坐下來，覺得他原以為埋葬了的那種希望又在他心中覺醒和騷動了。

「如果我不是喜歡您的話，」她眼裡湧出了淚水，「如果說我以前不像現在這樣了解您……」

那種原以為已經消逝的感情逐漸復活，控制了列文的心。

「是啊，現在我全明白了，」達里婭說，「您不會了解的，因為你們男人是無拘無束的，什麼都可以自己選擇。你們愛什麼人總是自己知道得很清楚；可是一個待嫁女子，懷著未婚女性的羞怯，她只能遠遠地看著你們男人，聽到什麼話只好相信，她也許有，而且常常有這樣一種感覺，感覺不知道說什麼才好。」

「是的。如果不吐露感情的話……」

「不，會吐露感情的；您想想，你們男人看上一個女子，就找上門去，去接近她、觀察她，看看她是不是您的意中人，後來，當您確信您愛她的時候，您就求婚……」

「哦，也不完全是這樣的。」

「不管怎麼說，當您的愛成熟了或者說當您在要選擇的兩個人中看中了一個的時候，您就求婚。可是人家不會去問一個女子。即使希望她自己選擇，她也不可能選擇，她只能回答。」

「是的，在我和沃倫斯基兩人中間選擇一個。」列文想，現在他心中剛剛復活了的希望又死去了，只剩下讓他感到痛苦的壓抑。

「達里婭，」他說，「人可以這樣選擇新衣裳或是其他的物品，但不能這樣對待愛情。選定了就最好……翻來覆去可不成。」

「噢，自尊心，完全是自尊心！」達里婭說，彷彿不重視他的這種感情，因為這種感情與只有女人才理解的其他感情比較就顯得很低下了，「當您向基蒂求婚的時候，她正處在一種無法回答的境地。她遲疑不決，在您和沃倫斯基兩人之間拿不定主意。他，她能天天看見，而您，她卻好久沒看到了。要是她年紀再大一點的話……要是我處在她的位置，就不會猶豫了。我一向對他很反感。事情也就這樣完啦。」

列文想起了基蒂的回答。她說了：「不，那是不可能的……」

「達里婭，」他冷冷地說，「我珍視您對我的信任，但我想您誤會了。不過，不管我做得對不對，您不太重視的那種自尊心讓我根本不可能再想念卡捷琳娜・亞歷山德洛夫娜——您知道，根本不可能了。」

「我再說一句，您知道我是在說我的妹妹，我疼愛她如同疼愛自己的小孩們一樣。我也並沒有說她愛您，我的意思只是說她當時的拒絕並不能代表什麼。」

「我不明白！」列文跳起來說，「您真不知道您是怎麼刺痛了我的心啦！好比您死了一個孩子，人家還要對您說：他是一個多好的孩子啊，他理應活下去呀，您看到他會多高興啊！但是他卻死了！死了，死了！……」

「真是好笑！」達里婭說。雖然列文很激動，她仍然帶著惆悵而又嘲諷的微笑說：「是的，我越來越明白了。」她若有所思地繼續說：「那麼基蒂在這裡的時候，您不來看我們嗎？」

「不，我不來。我當然不會躲避她，可我要盡可能不讓她看到我，免得她討厭。」

「您說得真是可笑得很！好吧，就算我們根本沒有談過這件事。塔尼婭，你來做什麼？」她用法語對走進來的小女孩說。

「媽媽，我的鏟子在哪裡？」

「我說法語，你也要說法語。」

小女孩試著用法語說，但是想不起鏟子用法語怎麼說；母親教了教她，用法語對她說鏟子要到什麼地方去找。這給了列文一種很不愉快的印象。

達里婭的家和她的小孩們的一切，現在對他說來，再也不像剛才那樣富於魅力了。

「她為什麼要跟孩子們說法語？」他想，「這有多彆扭，多做作呀！孩子們也感覺到了這一點。

學會了法語，卻損害了真誠。」他心裡暗自想，卻不知達里婭已經對此事再三考慮過，結果還是覺得即使要犧牲真誠也不能不用那種方法去教孩子們法語。

「您為什麼這麼急著走呢？再待一會兒吧。」

列文留下喝了茶，但他已感到興致索然，坐立不安了。

喝過茶，他走到門廳去吩咐套上馬車，當他回來的時候，他看見達里婭很激動，面帶愁容，眼裡充滿淚水。剛剛列文走到外面去的時候，發生了一件事，把她今天所產生的愉快和對她的孩子們所懷有的誇耀徹底粉碎了。為了爭一個球，格里沙和塔尼婭打起來了。達里婭聽到兒童室的叫聲跑過去看到了可怕的一幕。塔尼婭揪住格里沙的頭髮，格里沙氣得臉色難看極了，揮動拳頭往她身上亂打。多莉看到這種情形，心都要碎了，彷彿黑暗籠罩了她的生活：她發現她那麼引以為豪的孩子其實都是極其平庸的，甚至是不好的，教養很差，粗暴野蠻脾性的孩子，壞孩子。

她氣得說不出話來，也不能思考別的事情，她不能向列文訴說她的不幸。

列文看到她很難過，就努力想方設法安慰她，說這並不能說明有什麼很不好的，凡是孩子都喜歡打架。他嘴上這麼說，心裡卻想：「不，我不會裝腔作勢同孩子們說法語，我的孩子將來不會是這樣的。並且我以後也不會有這種孩子，只要不嬌慣他們，不傷害他們，他們會十分可愛的。沒錯，以後我的孩子不會這樣的。」

他告過別就乘車走了，她也沒再挽留他。

chapter 11 剛剛覺醒的愛情

七月中旬，列文姐姐家地產所在的村——距離波克羅夫斯克村大概二十俄里的一個村子的村長來見列文，向他彙報了那裡的莊稼和草場的情況。他姐姐地產的收入主要靠春季水淹的草地。往年，割下的草是以每畝二十盧布的價錢賣給農民的。列文掌管這份地產後，他觀察了割下來的草，發現價錢應該高些，就定了每畝二十五盧布。農民們不想出這個價，並且列文還懷疑，他們阻礙了其他的買主。於是列文親自到那兒做了安排，用了一部分雇工，按收成分攤的方法去割草。

農民們想方設法來阻撓這種新辦法，然而計畫照樣推行了，第一年草場的收益幾乎就增加了一倍。前年和去年農民們還在表示反對，可依然使用了這種方法處理。今年農民按三分之一分成的辦法來割草，現在村長跑來報告說，草已割完，他怕下雨，就請了帳房，當著他的面分了草，而且已給東家收了十一堆乾草。當列文問起最大的那塊草地共收集了多少乾草時，那個不經允許就匆忙地分草的村長答得很模糊。列文從他的語氣中覺得，這次分草肯定有蹊蹺，便決定親自到那裡去查查這件事。

吃午飯的時候，列文到了那個村裡，把馬放到他的一個要好的老朋友那兒——哥哥奶媽的丈夫的小屋裡，然後就走到蜂場去找這個老頭兒，想從他口裡了解割草的真實情況。帕爾梅內奇老頭兒相貌堂堂，也很好說話，他高興地接待了列文，陪他參觀他的全部產業，詳細介紹了他的蜜蜂和今年蜜蜂分群的情況。但是列文問起割草的事，他卻含糊其詞，不樂意回答。這就更讓列文證實了自己的猜測。他走到草場，查看了草垛。每堆草可能還裝不滿五十車，為了拆穿農民們的把戲，列文馬上叫來拉乾草的大車，抄起一垛運到板棚裡，結果一堆草只裝了三十二車。儘管村長努力辯白，說乾草本來就是有壓縮性的，一堆成大堆就變得乾硬了，他還賭咒發誓說所有的事情都做得很公平，可列文還是堅持己見，不肯讓步，還說未經他同意就分配乾草，因此，他必須把每一堆乾草當作五十車來接收。他們經過長久的爭論以後，問題才這樣解決：這十一堆乾草每堆按五十車計算歸農民，而東家的一份重新分配。這場談判和乾草的分配一直繼續到下午。當分配到最後一批乾草時，列文委託帳房監督餘下的工作，自己坐在插了柳枝以做標記的乾草垛上，讚賞地眺望著農民們熙熙攘攘的草地。

在他面前，沼澤後面的河灣上，有一群穿紅戴綠的農婦，一面活動著，一面快樂地高聲談笑。散開的乾草馬上在淡綠色的草場上變成了彎彎曲曲的灰色草垛。農婦身後緊跟著手持叉子的農民，他們把灰色的草堆垛成了又寬又高的鼓鼓囊囊的草垛。在左邊，大車靜靜地駛過收割乾淨的草地，乾草又被大把大把地裝到大車上，草垛一個接一個地不見了，變成了一輛輛散發著芬芳的乾草車。車上裝得滿滿當當的，一直垂到馬屁股上。

「割得正是時候！一定會有上好的乾草！」一個坐在列文身邊的老頭兒說，「香得像茶葉，哪裡是什麼乾草！就像小鴨子撿起撒給牠們吃的穀子！」他指著越來越大的乾草垛說，「午飯過後已經運走了一大半。」

「是最後一車嗎？」他高聲問一個站在車廂前座，揮動著韁繩繩頭，從他身旁經過的青年。

「最後一車了，老爺！」小夥子勒住馬，笑嘻嘻地回過頭去，望望那坐在大車上也在微笑的面色紅潤的農婦，然後又趕著車向前走。

「這個人是誰呀？是你的兒子？」列文問。

「是我的小兒子。」老頭說，臉上顯出慈祥的笑容。

「一個多優秀的小夥子呀！」

「這小子還算不壞。」

「娶媳婦了沒有？」

「娶了，到今年聖菲力浦節[56]兩年了。」

「怎麼，有小孩了嗎？」

「有什麼小孩！整整一年啥事也不懂，還怕羞呢。」老頭兒回答。「瞧，這乾草多好啊！簡直就像真正的茶葉一樣！」他想轉移話題，就把剛才的話又重複了一遍。

列文更加注意地凝視著伊萬．帕爾梅諾夫和他的妻子。他們正在離他不遠的地方把乾草裝上車。伊萬．帕爾梅諾夫站在車上，接住，放好，那是年輕美麗的妻子遞給他的。她先是一大把一大把地抱給他，然後又用叉子靈活地叉給他。她幹得輕鬆、愉快、利索。壓緊的乾草不容易用叉子叉上，她就先把乾草耙鬆，用叉子刺進去，接著用輕快的、有彈性的動作將整個身子壓在叉子上，然後馬上把她的繫著紅帶的背一彎，她挺起身子，挺起她那白襯衣下面的豐滿胸部，靈活地轉動叉子，一束束的乾草高高地拋上車去。顯然，伊萬竭力想讓她儘量少用力氣，大大地張開雙臂，接住她拋來的乾草，然後把它平鋪在大車上。年輕的農婦耙攏最後一些乾草，撣掉落進脖子裡的草屑，拉正滑到沒有曬黑的雪白前額上的紅頭巾，鑽到大車底下去捆車。伊萬指點著她如何把繩子繫在橫木上，她說了句什麼話，他大笑起來。從兩人的面部表情上可以看出那熱烈的、富有青春活力的、剛剛覺醒的愛情。

56. 聖菲力浦節，耶誕節前的第四個星期日。

chapter 12

唯一

乾草車捆好了，伊萬跳下來，拉著韁繩牽走了那匹溫馴的、毛色光滑的馬。他的妻子把耙扔在大車上，擺動雙臂，大踏步地向聚在一起跳輪舞的農婦走去。伊萬把車趕到大路上，加入乾草車的隊伍裡。農婦們五顏六色的衣衫閃耀著光彩，她們把耙子扛在肩上，大聲喧笑著跟在大車後面走。一個粗聲粗氣未經訓練的女人驀地唱起歌來，唱到重疊句的時候，有五十個不同的、健康有力的、粗細不同的聲音，又從頭合唱起這支歌來。

婦人們唱著歌逐漸走近列文，他感覺彷彿一片烏雲般的歡聲臨近了。烏雲逼近了，籠罩住他，而他躺著的草堆，還有其他的草堆、大車，以及整個草場、遼遠的田野，彷彿一切都和著那粗獷而快樂的、摻雜著呼喊、口哨和拍掌的歌聲的節奏顫動起伏著。列文羨慕這種健康的歡樂情景，很想加入這種愉快的生活，但他無能為力，只有躺著旁觀、傾聽的份兒。當農民們和歌聲逐漸從視線和聽覺中消失時，一種因為孤獨，因為身體不活動，因為自己的憤世嫉俗而產生的強烈憂鬱之情湧上列文心頭。

那幾個因為乾草的事和他爭吵得最凶的農民，他責罵過的、想要欺騙他的農民快活地向他點頭致意。顯然他們沒有而且也不會記恨他，並且對於曾經想要欺騙他這件事也毫不懊悔，甚至根本就不記得了。這一切都淹沒在歡樂的共同勞動的海洋裡。上帝賜予光陰，上帝賜予力量。光陰和力量又都獻給勞動，勞動本身就包含著獎賞。為誰勞動？結果如何？這些都是無所謂的考慮——無關宏旨的。

列文常常欣賞這種生活，常常對過著這種生活的人抱著嫉妒之情；可是今天，第一次，尤其是看了伊萬•帕爾梅諾夫對他年輕妻子的態度而深受影響，他的腦海裡清晰地浮現出這樣的想法，他能否用這種勤勞的、純潔的、共同的美好生活取代現在所過的乏味的、不自然的、無所事事的獨身生活，這取決於他自己。

坐在他身旁的老頭子早已回家去了，人們已經散去。住在附近的就回家去了，離家遠的就聚在一起吃晚餐，準備在草場上過夜。列文沒有讓人發覺，繼續躺在草堆上，觀察著、傾聽著、思索著。留在草地上過夜的人們，在這短促的夏夜幾乎沒有睡覺。起先是大家一起吃晚餐時談笑風生，後來便是唱歌和笑鬧。漫長一天的勞動在他們身上只留下了歡樂。黎明之前，一切才寂靜下來。只聽得沼澤地裡不停的蛙鳴和晨霧瀰漫的草地上的馬嘶。列文甦醒了，從草堆上爬起來，抬頭看看繁星，他知道夜晚已經過去了。

「哦，我該做什麼好呢？我怎樣著手呢？」他自己問自己，極力想把自己在這短暫的一夜裡所體會到的思想感情表達出來。他把體會到的所有思想感情分成了三種不同的思路：一個是拋棄自己過去的生活，拋棄那毫無用處的學識和教育。這種拋棄會帶給他快樂，而且對他來說是簡單容易的。另一種想法就是他現在所渴望過的生活。他清楚地意識到這種生活的樸實、純潔、合理，並且相信在這種生活中他能獲得他痛感缺乏的滿足、安寧和尊嚴。可第三類思想卻圍繞著如何把舊生活轉變為新生活。但這三個念頭沒有一個是明確的。「要娶妻嗎？要勞動嗎？有勞動的必要嗎？離開波克羅夫斯克耶嗎？買地嗎？加入農民一起嗎？娶一個農家女嗎？我該怎麼辦呢？」他又問自己，但找不到答案。「不過，我通宵沒有睡覺，頭腦不清醒。」他自言自語，「以後會明白的。但有一點沒錯：昨天夜晚便決定了我的命運。我以前所做的家庭生活的美夢都是荒謬的，根本不是那麼回事，」他對自己說，「一切都簡單多了，好多了……」

「好美呀！」他抬頭望著正在頭頂上空的那片潔白的羊毛般的雲朵——它正變幻出奇異的珠母貝殼狀雲彩——這樣想，「在這美妙的夜晚，一切都是多麼美好啊！這種珠母貝殼是什麼時候形成的？剛才我望天空，天空中還什麼也沒有，只有兩片白雲。是啊，我的人生也這樣不知不覺地改變了！」

他走出草場，順著大路向村子走去。微風吹來，天空還有點灰暗陰沉。在光明徹底戰勝黑暗的黎明來臨之前，往往會有一個灰暗的片刻。

列文快步走著，凍得瑟縮著，眼睛看著地面。「誰？誰來了？」他心想，聽到鈴鐺聲他抬起頭來。在四十步開外的地方，一輛頂上載著行李的四駕馬車，正沿著野草叢生的大路朝列文迎面馳來。那兩匹轅馬避開車轍緊挨著轅杆，斜坐在車夫台上的馬車夫熟練地掌握著，使轅木對準車轍，讓車輪在平坦的道路上轉動著。

列文只看到了這些，並不想知道來的是什麼人，他淡然地向馬車裡望了一眼。

馬車裡，一個老太婆正在角落裡打盹，而靠著窗子坐著一位年輕女子，兩手拉著白帽子的絲帶，顯然是剛醒過來。她容光煥發，若有所思，內心充滿列文不熟悉的複雜而細膩的活動，經過列文這邊眺望遠方升起的曙光。

就在這景象逝去的一瞬間，那雙真誠的眼睛望了望他。她認出他來，她的臉驚喜得活潑起來。

他絕不會看錯，再也沒有那樣的眼睛了。這樣的眼睛世上只有一雙。能夠為他把生活的全部光明和意義彙集起來的，天下只有一個人，這個人就是她，這個人就是基蒂。他知道她正從火車站坐車到葉爾古紹沃。在那不眠之夜，那些令列文激動不安的所有事情，他所下的一切決心，一下子就都煙消雲散了。他懷著厭惡回想起自己要娶一個農家女的想法。只有在那裡，只有在這輛向另一頭急駛而去的馬車裡，才有可能解開近來弄得他如此苦惱的生活之謎。

她沒有再向外眺望。車輪聲已聽不到了，鈴聲也只是若隱若現，犬吠聲證明馬車已經穿過村子。現在只剩下周圍空曠的原野、前面的村落和他孤零零在荒涼的大路上隅踽獨行。

他抬頭看了一眼天空，因為這雲朵象徵著他昨夜的全部思想感情。天空中再也沒有像珠母貝殼一般的東西了。那邊，在那高不可攀的空中，發生了神秘變化。大半邊天上鋪展著一層越來越小的羊毛般的雲朵，卻沒有一點貝殼的蹤影。天空漸漸變得蔚藍和明亮了；帶著同樣的柔和，卻也是同樣的疏遠，它回答了他眼裡的詢問。

「不，」他對自己說，「不管這單純、快樂的勞動有多好，我也不能再回到這裡來了。我愛她。」

chapter 13 改過自新的機會

除非是卡列寧最親近的人，要不然誰也不會知道這個表面上看上去非常冷靜、非常理智的人，卻有著一種與他的性格截然相反的弱點。卡列寧只要聽到或看到小孩或是女人哭就不可能做到無動於衷。他一看到眼淚就會張惶失措，完全喪失思維能力。他的辦公室主任和秘書知道這一點，總是預先關照來上訴的女人，千萬不要在他面前哭哭啼啼，如果她們不願壞事的話。

「如果讓他看到你的眼淚，他就會冒起火來，不再聽你說話了。」他們都是這樣說。實際上，只要是在這種場合，眼淚確實使卡列寧心中所起的混亂情緒表現為急躁的憤怒。「我無法，無能為力。請您走吧！」遇到這種情況，他總是這樣嚷起來。

在從賽馬場回來的途中，安娜坦白了自己與沃倫斯基間的關係，之後就驀地捂著臉開始哭起來。雖然卡列寧心裡對她充滿憤恨，但同往常一樣感覺到了眼淚在他身上引發的那種激動情緒。他意識到這一點，意識到在這種時刻流露感情是不合適的，就竭力克制，一動也不動，一眼也不望她。在他臉上只是呈現出一種怪異的、如同死人般的僵硬表情，這使得安娜感覺非常不安。

在他們回到家後，他極力壓制住自己的情緒，像平日一樣彬彬有禮地同她道別，說了幾句無關痛癢的話，之後他說明天就會告訴安娜自己的決定。

妻子所說的話已經證明了他所做的最壞的猜疑，這使得卡列寧心裡充滿劇烈的痛楚。這疼痛由於她的眼淚引起對她的憐憫而加劇了。可是，等卡列寧單獨一人坐上馬車的時候，他突然發現自己已經徹底擺脫了這種憐惜和近日折磨他的猜疑與嫉妒的苦惱，這讓他感到既驚奇又歡喜。

他感覺就彷彿是一個人拔除了一顆痛了許久的齲齒，佔據他所有精力的東西沒有了，他又可以正常生活和思考，而不用僅僅只關注自己的一顆牙了。他真想不到自己會否極泰來。這種痛楚既古怪又可怕，可是如今都過去了。他真的又能照舊生活，又能不只考慮妻子的事了。

「一點廉恥都沒有，也沒有感情，更沒有宗教信仰，簡直就是一個墮落的女人！我早就看到了，雖然為了顧惜她，我在盡力欺騙自己。」他對自己說。他確實覺得他早就看到了這一點。他回憶起他們以往生活的細節，以前他不覺得有什麼問題，現在這些細節卻清楚地表明，她一貫是個墮落的女人。「我之前把自己的生活和她的結合起來，真是一個錯誤。雖然是錯了，但是這個過錯不是我造成的，因此我不應當倒楣。因為過錯不在我，」他喃喃自語著，「而在於她。不過，現在我和她已經不相干了。她在我心裡面已經不存在了……」

他甚至已經不再關心她和兒子以後會遇到的一切。他對兒子的感情，也像對她的感情一樣變了。現在他只關心一件事，就是怎樣做才可以對自己更好、更得體、更有利，也就是說怎樣用最妥當的方式擦掉因為她的墮落而濺落在他身上的污泥，繼而重新沿著自己那條活躍的、光明正大的和奮發有為的生活道路前行。

「我不能因為這個下賤的女人做了有罪孽的事就使自己也不幸，我要做的就是找到一個最妥當的辦法脫離因為她做的事而讓我陷入的這種困境。我相信一定會找到這樣的辦法的，」他心裡面想著，眉頭越發緊鎖了，「我不是頭一個，也肯定不會是最後一個。」在《美麗的海倫》裡作者描寫的墨涅拉俄斯，到現在大家仍記憶猶新。先不說歷史上像這樣的例子，就拿當代上流社會妻子對丈夫不忠的事例來說，卡列寧的心裡已經覺得不勝枚舉了。「達里亞洛夫、波爾塔夫斯基、加里巴諾夫公爵、帕斯庫金伯爵、德拉姆……是的，還有德拉姆……都是那樣正直、幹練的人……謝苗諾夫、恰金、西戈寧，」卡列寧慢慢回憶著，「就算人家會刻薄地嘲笑他們，我可從來不曾有過這種想法，我總是很同情他們，覺得他們很不幸。」卡列寧在心裡對自己說，雖然好像這並非實情。他其實從來就沒有同情過這些不幸，反而是聽說妻子對丈夫不忠貞的事例越多，他越是感覺自己了不起。「現在我終於認識到，這樣的不幸可能會發生在任何人身上，而我已經遇到了這種不幸。現在的問題已經變成，需要用最好的方法脫離這種困境。」

於是他又開始一一回憶起那些處在他這種境地下的人所採取過的方法。

「達里亞洛夫選擇了決鬥……」

關於決鬥這種事，在卡列寧年輕的時候還做了特別的關注。這是因為他生來就是一個怯懦膽小的人，而且他自己也非常了解這一點。卡列寧一想起自己要用手槍，就會感到毛骨悚然，他一生從來沒有使用過任何武器。這種恐懼從小就常常使他想到決鬥，使他設想把生命置於這種危險之下的情景。當他功成名就後，尤其是現在有了鞏固的地位以後，他發現自己早已忘記了這種心情，可是，現在這種早先的心情又抬頭了，因為自己的怯懦而感覺到害怕的心情同樣也變得越發厲害。他又反覆想著決鬥的問題，想得出神，雖然知道他在任何情況下都不會同別人決鬥。

「毫無疑問的是我們的社會裡還是存在很多這樣野蠻的人（英國又當別論），」——卡列寧這樣想著，「如果我們進行決鬥，結果將會怎樣呢？假設，我去找他人決鬥。」卡列寧接著想下去，真切地想像著自己參與決鬥以後會度過的那一個晚上，想像著有把手槍瞄準他，他不禁打了個冷戰，並且又一次深信自己是絕不會這樣做的。「假定我找他決鬥。假定他們教會我怎樣射擊，怎樣站立，我扣了槍機，」他閉上眼睛，自言自語，「結果我把他打死了。」卡列寧說，隨後又狠勁地搖了搖頭，彷彿希望趕走這種沒有意義的想法一樣。

「就算我打死了那個人，可是這對於要表明自己與有罪孽的妻子以及兒子之間的關係能有什麼意義呢？如果這樣，我還是得拿主意，決定怎樣處置她。或者可能更毫無疑義的是，我會被他殺死或是打傷。那我是絕對不幹的，因為我是無罪的，然而到頭來卻被殺死或是打傷。這簡直太沒有道理了。而且不僅這樣，決鬥由我提出來本身就不是一種正直的行為。況且，我的那些朋友是絕對不會讓我去決鬥的，他們絕對不會讓一個俄羅斯不能缺少的政治家冒生命危險去決鬥。到底結果會是什麼樣的呢？這樣事實上意味著什麼呢？這就意味著，我事先明明知道不會有什麼危險，卻要用這種挑戰來給自己增添虛假的光彩。這是不正派的，是虛偽的。決鬥是沒有意義的，誰也不希望我決鬥。我的目的就是維護我的名譽，而名譽則是我在官場上，繼續毫無阻礙前行的不可或缺的元素。」

官場上的活動以前在卡列寧的眼裡就已經具有非常重大的意義，現在在他看來它就越發重要了。卡列寧考慮許久後，終於拋棄了決鬥的想法。然後他又跳到了另一個想法上——離婚。這是他記得的那些被侮辱的丈夫選擇的另一種解決方法。

卡列寧又一一回想起所有他知道的離婚案例，卻找不到一件是出於和他相同的目的。在這些案件中，做丈夫的不是出讓就是出賣不貞的妻子；對方因為犯罪而無權結婚，就同新的配偶結不光明的非法婚姻關係。那麼現在就自己的情形來看，卡列寧意識到，如果要獲得合法的離婚，就只能把犯罪的妻子休掉了事，可是看上去彷彿是辦不到的。他認識到，他在如今的複雜生活環境下沒辦法找到法律所需要的用來揭發妻子醜惡罪行的證據，而且他意識到，就算他能找到這樣的證據，因為他們的身分也沒法把它們提供出來，因為如果提供出這些證據來，就會遭到社會輿論對他的傷害，並且一定會讓他遭受比她更大的損害。

離婚的做法最後總要訴諸公堂，這樣會弄得臭名遠揚，這個樣子是對頭冤家最期望看到的。他們正好可以趁此機會來誹謗和貶低他在上流社會以及官場上的高貴地位。他想要達到的目的是息事寧人，從而一點兒也不引起風波。顯然這個目的通過離婚是不可能辦到的。此外，一旦離婚，甚至企圖離婚，妻子顯然將同丈夫斷絕關係，而同情人結合。儘管現在卡列寧自以為很看不起妻子，然而在他的內心深處還是殘留著一絲感情，無論如何都不願看到她順順當當地和沃倫斯基結合，不能讓她覺得犯了罪反而有利。

這件事使卡列寧非常惱怒，每當一想到這個，他心裡就糾結起來，痛苦難堪。於是，他直起身子，然後好一陣皺起眉頭坐在車上，拿毛茸茸的毯子包住他那雙怕冷的瘦骨嶙峋的腿。「我想如果不能正式離婚的話，也可以像加里巴諾夫、帕斯庫金和那個心腸不錯的德拉姆那樣，就是和妻子分居。」他定了定心後接著想，可是他想到這個辦法同樣會讓他出醜，而且緊要的是，分居不是跟正式離婚一樣嗎？最後還是讓自己的妻子投入沃倫斯基的懷抱。「不，這可不行！不行！」他又把毯子拉了拉，高聲說，「我不該倒楣，她和他也不應該幸福。」

經過妻子向他道出實情後，在真相不明時折磨過他的妒忌心，就像忍痛拔掉的病牙一樣，已經消失了。但這種妒忌心被另一種感情所代替：他希望她不僅不能如願以償，而且將為自己的犯罪受到懲罰。他雖然沒有承認自己有這樣的情緒，但是在心底深處他卻是這樣的期望著。妻子應當為自己破壞他內心的平靜與名譽吃苦頭。他又重新細想了一遍決鬥、離婚、分居等辦法，並且再次把它們否定了，到最後卡列寧堅信，唯一可行的方法——就是繼續瞞住事實，然後採取一切手段讓他們斷絕私情，他應當把她留在自己這兒。而且更重要的是，雖然這一點他自己也不肯承認——他要懲罰她。

「我需要把我的打算告訴她，在認真思考過因為她的緣故使家庭陷入困境以後，我認為，除此之外，採取任何其他的解決辦法都會使對方陷入比表面上更壞的狀況。那麼我同意維持這種狀況，當然條件是她必須遵守我的意願，那就是和情人斷絕一切關係。」為了證明他最後想到的這個方法是對的，卡列寧又想到了另一個非常重要的理由來支持他的這個決定。

「只有按照這個決定辦，才符合宗教教義，」他對自己說，「只有按照這個決定辦，我才沒有拋棄犯罪的妻子，而是給了她一個改過自新的機會，並且——不管這事對我來說是多麼的痛苦——我仍然決定犧牲自己的一部分精力去挽救她，幫助她改過自新。」

當然卡列寧同樣知道，其實他不可能對妻子有什麼道德上的感化力，從而讓她產生改過自新的打算。他知道除了虛偽以外，肯定不會有什麼別的結果。儘管在他經歷這些痛苦的時候，從來就沒有想要通過宗教尋求指引，然而現在，當他覺得自己的決定看上去正和宗教教義相符合時，因為他的決定得到宗教上的許可而完全心滿意足，心裡終於平靜下來。一想到在他一生中如此重要的關頭，誰也不能說他的行為不符合宗教教義——在對宗教普遍冷淡和漠不關心的情況下，他始終高舉宗教的旗幟——他就覺得十分高興。

在進一步考慮以後的生活時，卡列寧已然看出，以後他和妻子的關係是不能夠跟過去一樣了。不用說，他再也不可能像以前那樣尊重她了，可是他又想到，就算這樣也不需要有什麼理由的，他不會為她這個不貞的、墮落的妻子而毀掉自己的生活，從而讓自己受苦受難的。「是的，時間會慢慢過去的，當時過境遷，我會把一切都處理好的，一切都會恢復如初的，」卡列寧思忖著，「恢復到這樣的地步，使我不再覺得生活中有過變故。她活該倒楣，可我沒有過錯，我不能因此而受罪。」

chapter 14

給妻子的信

卡列寧快到達彼得堡的時候，不但完全肯定了這個決定，而且寫給妻子的信已打好腹稿。走進門房時，卡列寧匆匆瞥了一眼部裡送來的公文信件，吩咐人把它們都拿到書房裡。

「把我的馬卸下來，今天我什麼人都不見。」他回答門房的問話，帶著一種能表達他心情愉悅的而且相當得意的語調，並且特地加重了「什麼人都不見」這句話。

進了書房裡後，卡列寧先是來回踱了兩次，隨後就在一張大書桌旁站定，在僕人預先點好六支蠟燭的大寫字台旁邊站住，咯咯地扳響手指，坐下來，擺好文具。他兩肘擱在桌上，側著頭，想了一下，接著就動筆寫起來，一刻都沒有停。他並沒有對她使用任何稱呼，信是用法語寫的，只是使用了代詞「您」，這個字眼裡並沒有包含著像在俄語中那樣冷淡的意味。

我們最後一次談話時，我曾向您表示，有關這次談話的問題我將把我的決定書面告訴您。經過認真仔細思考全部情況之後，我現在給您寫信以履行諾言。我是這樣決定的：不管您的行為如何傷害了我，我總覺得自己並沒有權利斬斷因為神而把我們聯繫在一起的紐帶。我認為家庭不能被反覆無常、任性妄為的行為，或者夫婦一方的犯罪所破壞，我想我們的生活還是要照過去一樣繼續下去。這對於我和您來說，以及對於我們的兒子都是非常有必要的。我深信您對於引起現在這封信的那件事，應該已經而且正在悔悟，並且我深信，您會和我一起消除讓我們不和的原因，然後忘卻過去的事。如果不然，您可以推測到您和您兒子的前途會變成什麼樣子。這一切我希望見面時能夠和您詳談。鑒於避暑季節即將結束，我請求您儘快回彼得堡，最遲不要超過星期二。我將為您回來做好一切準備。我請您一定注意，我特別重視我的這個請求。

阿・卡列寧

隨信附上您可能會需要的錢——又及。

他把信讀了一遍，覺得很滿意，特別是他沒有忘記送錢給她；既沒有厲害的措辭，沒有責備，也沒有姑息遷就。最為重要的是，這是他為她的歸來所架起的一座黃金的橋樑。他折好信，用沉重的象牙小刀把它撫平了，就把信和錢一起放進信封裡，他帶著每當他用起他那精緻的文具時才有的滿足感，按了按鈴。

「你去把信交給信差，讓他明天送到別墅交給安娜。」說完，他立起身來。

「好的，大人！需要把茶送到書房裡來嗎？」

卡列寧讓人送茶到書房裡來，於是，他一邊玩弄著沉重的裁紙刀，一邊向圈手椅走去，僕人已經在椅子近旁給他準備好了一盞燈和一本他已經開始閱讀的名為《論埃及象形文字》的法語書。安樂椅上方牆上掛著一個橢圓形金邊鏡框，裡面嵌著由一位名畫家出色地畫成的安娜肖像。卡列寧看了畫像一眼，那深不可測的雙眸正如同他們最後一次談話的那個晚上一樣嘲諷而又傲慢地注視著他。那被畫家絕妙地描繪出來的頭上的黑色飾帶，烏黑的頭髮以及無名指上戴滿戒指的纖細白嫩的手，所有這一切在卡列寧看來彷彿都暗示出一副令人無比難受的傲慢和挑釁的神氣。對著安娜的畫像看了一會兒之後，卡列寧身子顫抖起來，嘴唇也跟著發抖，他立即扭過臉去，急忙在安樂椅上坐下，翻開那本書。他嘗試去讀，可他現在並不能喚起他以前對埃及象形文字所抱有的強烈興趣了。

他雖然眼睛看著書，但是心裡想著別的事。他並不是在想著他的妻子，而是在想著近期在他的官場生活中所發生的、現在變成他的公務上的主要興趣的一場糾紛。他覺得當他現在比之前更深刻地了解這場糾紛時，他感覺到他想出了一個非常好的主意——他可以毫不自誇地這樣說——他會弄清楚事件的全部情況，然後提升他在官場中的地位，借機打敗他的對手，而且會對國家做出很大的貢獻。當僕人剛剛沏好茶退出房間，卡列寧就立身站起，走向寫字台。

他把公文夾堆到桌子中央，露出暗暗得意的微笑，從筆架上取下一支鉛筆，專心致志地閱讀有關當前這個複雜案件的報告。那糾紛具體是這樣一回事：卡列寧作為政客的特色，那是每個步步高升的官吏所特有的，那是和他熱衷功名、克己、正直和自信一道造成了他的地位的，更重要的是他從來蔑視官樣文章，討厭過多的公文往返，他希望儘量接觸活生生的事實，以及厲行節約。

恰巧在六月二日著名的委員會提出需要調查札萊斯克省農田的灌溉問題[57]提的事務是屬於卡列寧的部裡管轄的，這件事變成了鋪張浪費和文本主義的典型實例。卡列寧其實知道裡面的實情。札萊斯克省農田灌溉項目是由卡列寧的前任的前任一手創辦的。這個項目已花費而且還正在花費大量的金錢，但是卻無任何收益，那麼全部事務顯然是不會有什麼好結果的。卡列寧在一接任時就立刻覺察出了這

57. 一八七三年的饑荒之後，出現了許多灌溉薩馬拉草原的方案。不管這些方案的實際意義如何，但它們可以領取津貼，而且是可以不費力氣發財的途徑。

個問題，本想插手處理，但他覺得他的地位還不穩固；他知道這會觸犯太多人的利益，是不明智的。

後來，他就著手忙於別的事了，到現在差點忘了這件事。這個事務完全像其他一切事務一樣，借助慣性自行進行。起初，這個問題是由敵對關係的部門提出，按照卡列寧的意見看來，這是很不正當的，因為每個部裡都有與之相似的或者比這還要糟的事，但由於官場的習慣，沒有人提出來罷了。

現在，既然人家已向他挑戰，他也就只好勇敢地應戰，並要求組織一個專門委員會來調查札萊斯克省農田灌溉工作。他也沒有向對手示弱，他要求組建一個特別委員會來調查安置該省少數民族的情況。並且是在六月二日的委員會上偶然被人提及的，這個案子得到卡列寧的積極支持。他表示這個提案，如果從少數民族的悲慘現狀來看，是刻不容緩的。

這個問題在委員會上引起了好幾個部之間的互相爭論。和卡列寧處於敵對關係的一個部證明了現在少數民族的生活狀況極為興旺，而現在提出的改革措施會破壞他們的繁榮，並且證明如果少數民族地區有什麼不好的地方，那也是因為卡列寧有些方面沒有能夠按照法律所規定的措施實施。於是卡列寧打算這樣要求：第一，組建一個全新的委員會，以便於賦予現場調查少數民族狀況的權力；第二，假如少數民族的生活狀況果真像委員會的公文所呈現出的那樣，那麼就需要任命另一個新的研究委員會，從（一）政治、（二）行政、（三）經濟、（四）人種學、（五）物質、（六）宗教等各方面來研究少數民族的悲慘現實狀態；第三，要求敵對的部報告十年以來該部為防止少數民族出現現在的這種不幸狀態所採取過的措施；第四也是最後一點，要求該部說明為什麼採取行動，按照在委員會呈現的一八六三年十一月五日和一八六四年六月七日的一七〇七五號和一八三〇八號的報告看來，彷彿是和……第十八條及第三十六條附記的根本原則和精神互相抵觸。當卡列寧快速地把這些思想的大意寫下來的時候，臉上顯出得意的神色。

他寫滿一張紙，站起身來，打了打鈴，叫僕人把一張條子送給辦公室主任，要他給他蒐集必要的資料。之後，他在房裡來回踱著，又瞥了安娜的畫像一眼，皺起眉頭輕蔑地微笑著。然後，他又開始閱讀起那本論埃及象形文字的書。他發現他對那本書的興趣恢復了。卡列寧一直看到十一點才上床，而當他躺在床上又想起在他妻子身上發生的事時，他已不再用那麼憂鬱的眼光看待這件事情了。

chapter 15 坦白後

雖然在沃倫斯基對她說，她的狀況不能再這樣下去了，勸她向丈夫坦白全部秘密時，安娜固執而惱怒地反對他的意見，但在心底她覺得自己的處境確實是虛偽的、可恥的，她滿心希望改變這種處境。當她和丈夫從賽馬場回家的時候，她在激動中把全部真相向丈夫坦白了，不管她這樣做是多麼的痛苦，她依然感覺很高興。

丈夫離開之後，她對自己說她很開心，現在一切事情都已經弄清楚了，至少她不用再撒謊和欺騙她的丈夫了。在她看來，彷彿已經沒有任何疑問了，現在她的境況已經永遠明確了。雖然說不定這種新的處境會很壞，卻是非常明確的，不會再有任何曖昧或虛偽的地方。

她想，她說出那句話來以後，會使她自己和她丈夫遭受的苦痛因為一切都變得明確而得到相應的補償。就在那晚，她去見了沃倫斯基，但是她並沒有把她和丈夫之間發生的事情告訴他，雖然為了明確她的地位，應該告訴他。

當她第二天一早醒來後，首先想到的是她對丈夫說的那些話。她覺得那些話實在可怕，以至於她現在簡直無法理解，她怎麼能說出這樣奇怪粗鄙的話來，也無法想像這會有什麼後果。但是話已經說了，而且卡列寧一句話都沒有說就離開了。

「我明明已經看到了沃倫斯基，但是什麼都沒有告訴他。他要走時，我本想把他叫回來，把什麼都告訴他，可是我又改變了主意，因為我覺得那樣有點兒奇怪，為什麼最開始我不對他說呢？為什麼我既想對他說卻又說不出口呢？」

當她想到這個問題的時候，她的臉上火辣辣的羞得滿臉通紅。她已經知道，是什麼原因讓她欲言又止；她知道，是因為她感覺到羞恥。她昨天晚上看上去還是很明確的情形已經變得不但不明確，而且有些使人走投無路了。她為過去從來就沒想到過會有任何恥辱而感到恐懼不安。然後當她一想起丈夫將會採取什麼措施對付她時，心裡就會浮現出一些非常可怕的念頭。

她心裡已經開始設想，首先管家立刻就會把她趕出家門，而她的可恥的事情將會暴露。她問自己，要是她被趕出屋子，她將何去何從？她找不到答案。而當她又想起沃倫斯基的時候，她彷彿覺得他不愛她了，他開始感到她成了他的累贅，她不能獻身於他，因此對他產生了敵意。她彷彿覺得，她對丈夫所說的並且在自己頭腦裡反覆盤旋的那些話，她已對所有的人都說過了，大家都已聽見了。她感覺不敢瞧一眼和她生活在一起的所有人，她不敢傳喚侍女，更不敢到樓下去看望她的兒子和女家庭教師。

侍女已經等候在門外很長時間了，這時候自行走進她的房裡。安娜詢問似的瞧了她一眼，恐懼地漲紅了臉。侍女說她彷彿聽見在叫她，就走了進來，因此向她道歉。她送來了一身衣服和一張便條。便條是貝特西公爵夫人寫給她的。貝特西公爵夫人告訴她，今天上午麗莎・梅爾卡洛娃與施托爾茨男爵夫人同她們的傾慕者卡盧日斯基和斯特列莫夫老頭兒一同去她家打槌球。「您看看吧，就算是研究研究風俗。我等您。」她在結尾這樣寫道。

安娜讀完便條，長長地歎了口氣。

「我沒事，現在什麼也用不著，」她對正在細緻地收拾梳粧檯上香水瓶和刷子的侍女安努什卡說，「你先出去吧，我馬上就穿好衣服下來。我不需要伺候，現在什麼都用不著。」

安努什卡聽她說完就離開了，可是安娜並沒有立刻穿衣服，而是依然像剛才那樣坐在那裡，低著頭，緊握雙手，不時地打個冷戰，看上去好像要做個什麼動作，或者說點兒什麼似的，但接著又不說不動了。她反覆地說：「我的上帝！我的上帝！」但「我的」也好，「上帝」也好，對她來說都是毫無意義的。雖然她一直以來沒有對那些把她教養大的宗教產生過質疑，可是等她處在困難之中她也沒有想過要向宗教求助，正如她不會向卡列寧本人求助一樣。她知道，向宗教求助只能是在拋棄構成她全部生活意義的事情的情況下才行。她現在不僅是感覺到痛苦，而且開始對一種嶄新的、從未體驗過的精神狀態感到恐懼。她發覺在她心裡面的一切都開始變成一個雙重的東西，就如同有時疲勞的眼睛能看到雙重的映射。可是有時她自己也不清楚，她害怕的和希望的，是已經發生的事，還是將要發生的事，她希望的到底是什麼，她自己也不知道。

「哎呀，我到底在幹什麼呀！」她自語道，突然感覺到兩邊的太陽穴疼痛起來。當她定下神來的時候，才發覺自己的手正在撕扯兩鬢的頭髮，並且使勁地按著。她跳起來，開始來回踱起步來。

「咖啡已經為您準備好了，家庭教師和謝廖沙正在等您呢。」安努什卡又來到安娜的房間，結果看到安娜依然是剛才的樣子。

「謝廖沙？謝廖沙他怎麼了？」安娜整個早晨第一次想到兒子，興奮地問。

「我想他大概是又做錯事了。」安努什卡微笑著說道。

「他又做錯什麼了？」

「您把桃子放在拐角處的房間裡，他好像是吃了一個。」安努什卡回答道。

安娜一想起兒子，立刻就從絕境中得救了。她想到了這幾年來她為兒子而活著，作為母親，對兒子所盡的心力——這種心力是真誠的，雖然被大大誇大了，但是或多或少總是有一部分符合實情的成分。她覺得很高興，儘管現在她處在困境中，但她卻有一個不依靠她和丈夫與沃倫斯基的關係移動的支柱。這一支柱正是她的兒子謝廖沙。她想到不管她陷入怎樣的困境，都絕不拋棄兒子不管。就算是丈夫羞辱她，把她趕出家門，哪怕是沃倫斯基也對她冷漠無情，再接著去過他那放蕩不羈的生活，她都不會捨棄謝廖沙。她現在有了自己的生活方向，就是維護自己和兒子的這種關係。那麼為了不讓別人從她手裡把兒子搶走，她現在就應該馬上採取行動。她必須帶上兒子，一同出走：這就是她當前要做的唯一的事。她必須定下心來，擺脫這種痛苦的處境。現在她想到了和兒子直接相關的問題，心裡思忖著立刻就要帶著他一起到其他的地方，這使得她的心情稍稍鎮定下來了。

她連忙穿上衣服，走到樓下，並且是邁著堅定的步伐來到了客廳，咖啡、謝廖沙和家庭女教師照例在那邊等著她。謝廖沙穿一身白衣服，站在鏡子下面的桌子旁，他彎著腰，垂著頭，全神貫注地在玩耍著他採來的花。他的這種神情安娜十分熟悉，他這個樣子酷似他父親。

不過今天家庭女教師臉上露出非常嚴峻的神情。謝廖沙依舊那樣尖聲喊了一句：「噢，媽媽！」接下來就停下腳步，他有些猶疑：到底是放下花，走到母親跟前去請安呢，還是做好花環，然後拿著走過去？

家庭女教師在向安娜打過招呼之後，就開始冗長而詳盡地報告起了謝廖沙的那些頑皮事，可是今天安娜並沒有認真聽她說。她只是在想，要不要把家庭女教師也一塊兒帶走。「不，不帶，」她打定主意，「我一個人走，只帶兒子。」

「是啊，他這麼做真是壞得很。」她摟住兒子的肩膀說道，然後用毫不嚴厲的，甚至是羞怯的目光瞧了瞧兒子。這使孩子又困惑又高興——接著又吻了吻他。「把他交給我吧。」她對著驚奇不已的家庭女教師說道。安娜鬆開握著兒子的手，然後在擺好咖啡的桌子一邊坐下來。

「媽媽！我……我……沒有……」他結結巴巴說道，並且盡力從媽媽的表情中探索出，因為那個桃子的事，他將會遭受怎樣的懲罰。

「謝廖沙，」等家庭女教師一離開，安娜便說道，「這樣做很不好，但是你以後再也不這樣做了吧？你愛我嗎？」

她發覺眼淚已經湧上了她的眼眶。「難道我可以不愛護他嗎？」她心裡面想著，同時凝望著他那雙又驚駭又高興的眼睛，「難道他也會和他父親一樣來斥責我嗎？難道他也會毫不心疼我嗎？」現在眼淚已經順著她的面頰流了下來，於是為了掩飾眼淚，她驀地立起身來，就像跑步一般跑到外面的涼台上去了。

前幾天接連下著雷雨，出現了晴朗而寒冷的天氣。燦爛的陽光穿過被雨水沖洗過的葉子，天氣很冷。因為氣候寒冷加上內心的害怕，她打了個哆嗦。在戶外清新的空氣裡，這種寒冷和害怕的感覺反倒更加強烈了。

「喂，我們到瑪麗埃特那兒去吧？」她對跟在她後面的謝廖沙說道，接著就在涼台的草毯上踱起步來。「難道他們就是不能饒恕我？難道他們根本就不了解，這一切其實都是迫不得已的嗎？」她在心裡對自己說道。

望了望隨風擺動的白楊樹梢和它那些被雨水沖洗過、在寒冷的陽光下閃閃發亮的葉子。她明白他們是不會原諒她的，就像現在這天空，這青枝綠葉一樣，現在一切的東西和所有人都已毫不同情她。於是她重新感覺到，她心裡面的一切又開始變幻成二重的了。「不要，不要再想了，」她喃喃自語，「我需要馬上準備動身了。那麼應該到哪裡呢？什麼時候走呢？我應該帶誰去呢？對，我就到莫斯科去，搭乘晚上的火車。我就只帶著安努什卡和謝廖沙，只帶些最必要的生活用品。但首先得寫信給他們兩人。」想到這裡，她快步走進書房，坐在桌旁給丈夫寫起信來。「既然事情已變成這樣，我已不可能再留在您的家中了。我走了，帶著兒子一起走。我不懂法律，因此不知道兒子應該跟父母中的哪一方；如果沒有他我也就活不下去了。所以請您寬宏大量一點，讓兒子跟著我走吧。」她寫得很快，但是當她寫到請求他寬大一點時——她意識到不相信他會寬大，因為她想到她從沒有看見過他的寬大——她想到需要用幾句感人的話來結束這封信的時候，她停住筆寫不下去了。「我又不能夠提起我的錯誤和悔悟，因為……」

她的思路連貫不起來，又停住了。「不，」她自言自語，「什麼也不必寫了。」於是她就把即將寫好的信撕碎了，接著又重新寫了一封，信裡面沒有提及什麼請他寬宏大量的話，隨後就把信封好了。

此外她想到還需要寫一封信給沃倫斯基。「我已經把全都實情告知了我的丈夫。」她寫完這一句，坐了很久，再也寫不出別的什麼來了。不行，我這樣太粗魯了，太不溫柔太不像女人了。「可是我還能給他寫點什麼呢？」她心裡想著。她臉上又泛起羞愧之色，回憶起他時她感覺很平靜，她並沒有感到有種對他的惱怒，於是她把這只寫了一句話的紙撕了個粉碎。「什麼也不用寫了。」她自言自語。接著收起信紙，走上樓去，向家庭教師和僕人宣佈，她今天要去莫斯科，然後立刻開始收拾起行李來。

chapter 16

永遠有罪的妻子

現在管院子的人、花匠和僕人們在別墅的所有房間裡來來回回忙碌著，他們往外邊搬運著行李，衣櫃和五斗櫃都打開了；派人到鋪子裡買了兩次繩子；地板上撒滿報紙。兩個大箱子、幾個行李袋和用皮帶紮住了的羊毛毯被搬到前廳。現在，一輛四輪轎式馬車和兩輛出租馬車都已經停在門前台階旁等候著。安娜只顧忙著收拾行李，暫時忘記了心裡的慌亂。她現在站在自己書房的桌子邊整理旅行包，此時侍女安努什卡過來對她說，看到有人乘著一輛車子正往這裡趕。安娜看向窗外，就看到卡列寧的信差已經站在台階旁，打算按門鈴了。

「你去看看有什麼事。」她雙手放在膝蓋上，在安樂椅上坐下來，帶著一種準備應付任何局面的鎮定態度說。緊接著僕人就送進來了卡列寧的看上去一封厚厚的親筆信。

「信差現在奉命要等著回話呢。」送信的僕人說。

「我知道了。」等僕人剛走出去，她就立馬用顫抖的手撕開了信。先是從信封裡邊掉出一摞嶄新的紙幣，她沒有顧及，只是立刻抽出信來打開，從頭到尾認真看了起來。她展開信紙，從末尾讀起來。「我將為您回來做好一切準備工作。……我亟盼您能履行我的請求。」又從頭重新把信看了一遍。當她看完第二遍後，感覺渾身發冷，想到有一場出乎她意料之外的不幸要降臨到她的身上了。

早晨一醒來，她後悔不該向丈夫坦白，恨不得收回當初向他說的一番話。而這時當她看完這封信，她感覺到她的那番話就和沒說過是一樣的，這彷彿是如她所願了，可是現在她反而感覺這封信比她所想像到的任何東西都要可怕。

「他說得對！他說得對！」她心裡說，「當然，他一貫正確，他是基督徒，他寬宏大量！呸，這個卑鄙無恥的傢伙！可是，這一點，除了我，誰也不了解，誰也不會了解，可我又不能說出來。別人會說：他是一個篤信宗教、品德高尚、聰明誠實的人；可是他們永遠都看不到我所看見的東西。他們都是不知道的，他在過去的八年是怎樣摧殘我的生命，怎樣摧殘我身體內的所有活力，他從沒有想過我也是一個需要愛情的活生生的女人。他們永遠不可能知道，他是怎樣處處侮辱我，而且之後還揚揚自得。難道我從來沒有努力過嗎？沒有盡心盡力地努力去安安靜靜地過日子嗎？沒有努力求得一個好名聲嗎？難道我沒有盡力去愛他，況且在我實在不能愛丈夫時，我不是在努力想辦法去愛兒子嗎？可是隨著歲月的流逝，我同樣知道，我不會再這樣欺騙自己了。我是一個活人，我沒有罪，上帝把我造成這樣一個人，我需要戀愛，我需要生活。可是現在怎麼樣呢？要是他把我殺了，要是他把他殺了，我可以忍受這一切，我都會原諒這一切的。我真沒想到他會來這一手，他來這一手正是出於他那卑劣的本性。他將保持永遠是對的，而我卻已經墮落了，他還想讓我的處境變得更壞，更墮落……」

他信上寫道：「您可以推測到您和您兒子的前途會變成什麼樣子。」

她一想起這些話就思忖道：「他這簡直就是威脅，他威脅要奪去我的兒子，而且大概是依據他們那些混帳法律，這或許是可能的。他以為我會不明白他為什麼會這樣說嗎？我想他甚至都不相信我對兒子的愛，他是這樣蔑視我，蔑視我這種對兒子的感情，但他知道我不會拋棄兒子，我不能拋棄兒子；沒有兒子，即使同我所愛的那個人在一起，我也不能生活。他心裡當然也清楚，如果我捨棄兒子，離他而去，那麼我的行徑就會和那些最不知廉恥的、最卑劣的女人一樣，這一點他也是很清楚的，而且他已斷定我不會這樣做。」

「我們的生活還是要照過去一樣繼續下去。」她想起信裡另一句話。「現在這樣的日子就已經足夠痛苦的了，這些日子以來生活變得異常可怕。那麼往後又會變成什麼樣子呢？這一切他應該都是知道的，知道我不是為了要得到喘息，想要愛才這樣做的；他清楚，現在除了撒謊和作假外，已經不會再有別的任何東西了；可他還是要無休止地折磨我。我知道他，知道他在謊言裡生活得很不錯，可以說是如魚得水，左右逢源。不，我不能讓他這樣左右逢源，我要衝破他這張想束縛我手腳的謊言的羅網。我想怎樣就怎樣，這樣總比撒謊和作假好。」

「可是我應該怎麼做呀？我的上帝！我的上帝！天下何時有過像我這麼可憐的女人呀？」

「是的，我必須要撕破，必須要撕破！」她使勁憋住淚水，跳起來叫喊著。之後她重又走到寫字台旁，計畫給他寫上另外一封信。但她的心底裡感覺到，她無力衝破任何羅網，無力擺脫原有的處境，不論這種處境多麼虛偽和可恥。

她依舊在寫字台旁坐著，但是沒有繼續寫信，她只是把兩臂搭在桌子上，頭趴在胳臂上，狠勁哭起來，哭得胸脯不斷起伏著，她嗚咽著，就像小孩子那樣使勁哭著。她哭，是因為她曾夢想她的處境快要搞清楚了，但是現在那個夢想已經永遠破滅了。她預料，一切仍將一如既往，甚至比往昔更糟。她覺得她所享有的社會地位，早晨看來還如此卑微，現在對她卻是寶貴的，她沒有力量拿它去換取一個拋棄丈夫和兒子，同情夫姘居的可恥女人的惡名；無論她是怎樣的竭盡全力，她總是不可能變得比原來的她更加堅強。她再也不會品嘗到戀愛的自由，卻會成為一個永遠有罪的妻子，她將時時感到罪行會被揭發的威脅恐嚇，就為了與一個她不可能一起生活的、和她很疏遠的、一身輕鬆、無拘無束的男子結上可恥的關係從而欺瞞了自己的丈夫。她知道事情總會弄到這種田地，而且這事情已經變得越來越可怕，她現在甚至都不敢去想這件事情會如何了結。

她盡情地哭泣，就像小孩子受到處罰時哭泣一樣。這時，聽見僕人的腳步聲，她清醒過來。她轉過臉去，假裝在寫信。

「信差在問您有沒有回信。」僕人進來說。

「回信？好的，」安娜說，「你讓他再等一等吧。寫完我會按鈴的。」

「我還能寫什麼東西呢？」她想，「我一個人又可以決定什麼呢？我知道什麼？我想要什麼？我究竟愛什麼呢？」她再次感到她的心分裂成二重的了。這種感覺使她非常驚駭，於是她就在紛繁蕪雜的想法中抓住了她想到的唯一可以排遣愁悶的一個行動。「我得去找阿列克謝（她心裡是這樣稱呼沃倫斯基的），我想只有他才能指點我應該怎麼做。我應該到貝特西家裡去，或許我可以在那裡碰到他。」她自言自語道。她已經完全忘記了，當昨天她告訴沃倫斯基她不會再去特維爾斯基公爵夫人那裡的時候，沃倫斯基說過既然安娜不去了，那麼他也不去了。她走到桌子旁，給丈夫寫了張字條：

「來信收到。安。」她打了鈴，把它交給僕人。

「今天我們不走了。」她對走進來的安努什卡吩咐道。

「我們是一直不走了嗎？」

「不是的，行李不要打開，放到明天，叫馬車等著。我現在要到貝特西公爵夫人家去。」

「您要換哪件衣服呢？」

chapter 17 邀約

特威爾斯卡婭公爵夫人邀請安娜參加的那場槌球比賽，是由兩位貴婦人和她們的崇拜者發起的。這兩位貴婦人是彼得堡一個出色的新社交團體的主要代表。這個團體喜歡模仿別人的風氣，並自稱為「世界七奇」。然而這兩位太太所屬的團體雖說也是屬於最上層的社會，卻與安娜經常出入的團體是完全敵對的關係。而且，她們的崇拜者之一，斯特列莫夫老頭，顯然是彼得堡最具權威的人士之一，是麗莎·梅爾卡洛娃的傾心仰慕者，並且在官場上同卡列寧是完全敵對的。安娜由於這些顧慮，原本不想去，而且特西公爵夫人唯恐她拒絕，就在信上做了暗示。況且此時安娜急迫地想見沃倫斯基，反而是甘願到她家去了。

安娜到特威爾斯卡婭公爵夫人家裡時才發覺她比所有的客人來得都早。

正當她準備進門時，看到沃倫斯基的那個僕人剛好也走了過來。他把鬍鬚梳理得非常整齊，極像一個宮廷低級侍從。他在門口站住，脫下帽子，讓她先走。安娜認出了他，才記起昨天沃倫斯基告訴過她他今天不會過來了。或許他的這個僕人就是他吩咐過來通知特威爾斯卡婭公爵夫人的。

安娜在前廳脫下外套時，聽到那個像宮廷低級侍從的僕人說起話來連續發著捲舌音「P」，「這是伯爵寫給公爵夫人的。」說完就把便條傳過去了。

她很想問問他家老爺在哪裡。她想回去，送一封信給他，叫他到她那兒去，或者她自己去找他。

可是這幾個辦法無論哪個她都已經不能做了，因為通報她到來的鈴聲已經打響了，而且公爵夫人的僕人已經走到門口替她打開門，側著身子等候著她走進房間裡了。

「現在公爵夫人正在花園裡呢，馬上去通報。您高興到花園裡去嗎？」

安娜還是像在家裡那樣，依舊保持著一種猶豫不定、不知所措的精神狀況，而且她感覺好像比在家時更壞，因為她在這裡什麼事情都不能做，她沒辦法看到沃倫斯基，還得留在這裡，留在那些同她心情格格不入的外人中間。不過，她穿著一套很合身的服裝；她並不孤獨，周圍是她所熟悉的悠閒的人們，她覺得比在家裡輕鬆些，因為她不用去琢磨她應該做些什麼。讓一切就這麼自然地進行著。安娜看見貝特西公爵夫人迎面向她走來，她穿著一身潔白的、漂亮得讓安娜感到吃驚的衣服，安娜跟平常一樣對她微微一笑。這時特威爾斯卡婭公爵夫人同圖什克維奇以及一位年輕的小姐她的親戚一起走過來。小姐能夠被允許在顯赫的公爵夫人家裡度夏，這使得她在外省生活的父母感到十分榮幸。

想必是安娜臉上的神色過於異常，貝特西公爵夫人立刻就看出來了。

「我沒有睡好。」安娜一面回答，一面凝視著向她們走來的僕人。她猜測這個僕人一定是來給沃倫斯基送便條的。

「您的到來，讓我太高興了。」貝特西說道。「我疲憊極了，想趁他們沒來時去喝一杯茶。您走吧。」她轉過身對圖什克維奇說。「您先和瑪莎一起去試試槌球場，就是那塊已經割過草的地方。讓我們一邊喝茶，一邊談談心。咱們來好好聊一聊，你認為這樣可以嗎？」她握住安娜那隻拿傘的手，笑瞇瞇地對她說。

「當然可以，只是今天我不能在您這裡逗留太長時間，因為我還要去弗列達小姐家。我答應去看她已有一百年了。」安娜說。說謊原本與安娜的本性不符，不過在社交場中說謊不僅輕鬆自然，甚至還會讓她感覺到一種樂趣。她為什麼要說一秒以前還沒想到的事，她自己也無法解釋。其實她說出這番話只是想到既然沃倫斯基不會來這裡了，那麼她就不如保證自己的活動自由，因為無論怎樣都必須想方設法與他見面。可是要問她為什麼現在單單說起老女官弗列達，她自己也是解釋不清的，或許是因為她認為去看望老女官弗列達和去看望很多其他的人並沒有任何區別，也不是一定非要去看望這位老女官。可是她認為，要想見沃倫斯基，除了想到這條妙計以外，她是再也想不到更好的辦法了。

「不行，不管怎樣我都不會讓你走的。」貝特西公爵夫人認真打量著安娜臉上的表情說道，「老實說，要不是因為我喜歡您，那麼我肯定會生氣的。如果您是擔心我這裡的人會玷污您的聲譽，那麼我們到小客廳裡去，請把茶端到小客廳裡來。」她照例瞇縫著眼睛對僕人說。她從僕人手裡接過條子，讀了一下。

「阿列克謝也對我們撒謊了，」她用法語對安娜說道，「他在便條上說他不能來了。」她用一種隨便而自然的語氣說著，就彷彿在她的腦子裡一直沒有想到過，沃倫斯基對安娜來說有比槌球愛好者更大的意義。安娜清楚，貝特西公爵夫人其實全都知道，但是她聽見貝特西公爵夫人當著她的面這樣說沃倫斯基的時候，她一時竟相信，她真的什麼都不知道。

「啊！」安娜裝出對這事漠不關心的樣子，語氣平靜地應了一聲，然後又帶著微笑繼續說：「您的朋友們怎麼會損害別人的名譽呢？」這樣說俏皮話，這樣隱瞞秘密，對安娜也像對其他一切女人那樣，是很有吸引力的。這裡面吸引她的並不是隱藏秘密的必要性，也不是為了什麼原因隱藏秘密，而僅僅是隱藏秘密這個動作的本身。

「我是做不到比教皇對天主教更虔誠了，」她說，「斯特列莫夫和麗莎‧梅爾卡洛娃是我們這個社會的精中之精。並且，他們到處都會受到人們歡迎，而我，」她說「我」字時加重了語氣，「我一直就不是一個嚴苛和固執的人。但是我今天實在是沒有時間呀。」

「我想，或許您是不想看到斯特列莫夫吧？其實在官場上就算他和卡列寧在委員會上是敵對的，互相較量，這又和我們有什麼相干呢？但在交際場中他可是我所知道的最可愛的人，還是個槌球迷。您一會兒就會看見，雖然他這麼一大把年紀還愛上麗莎，本身這種局面就是很可笑的，可是您真應該看看他是用什麼本事來應對這種可笑的局面的！他真的非常有趣。您認識薩福・施托爾茨嗎？這真是一個嶄新的，十足典型的人物。」

貝特西公爵夫人一口氣說完了這些話，但從她那快活聰明的眼光中安娜覺得她有幾分了解她的處境，正在替她做著安排。她們坐在小起居室裡。

「不過，我想我還是得寫一封回信給阿列克謝。」貝特西公爵夫人坐在桌前，然後在紙上寫了兩三行字，就把它放進信封裡。

「我信裡告訴他，邀請他來吃午飯。我對他說這裡有一位太太會留下來吃午飯，但缺少一位男子作陪。您看這樣能說服他來嗎？對不起，我要失陪一會兒。請您封好信，叫人送去，」她走到門口說，「我得去安排一下。」

安娜等她走後毫不猶豫地拿起貝特西公爵夫人的信在桌邊坐下，急匆匆地連看都沒看就在下面寫了幾句：「我非常急著見您。請一定到弗列達家裡來，我六點在她的花園裡等您。」她又急忙把信封好，等貝特西公爵夫人回來的時候，安娜當著她的面差人把信送走了。

茶已給她們送來，放在涼快的小客廳的茶几上。兩個女人就像特威爾斯卡婭公爵夫人所說的那樣談起心來。她們兩人熱烈地談論著她們正在等候的幾個客人，說著說著話題就落到了麗莎・梅爾卡洛娃身上。

「她這人很可愛，我一向很喜歡她。」安娜說。

「您是應當喜歡她。她也常常提到您。在昨天看賽馬時她還跑過來看望我，因為沒有見到您，她還感到很失望呢。她對我說，您才稱得上是傳奇中的一個真正的女主人公，而且還說，她要是個男人，準會為您神魂顛倒，斯特列莫夫說，她已經神魂顛倒了。」

「可是，請您告訴我，我怎麼也不明白，」安娜沉默了一會兒說，她的語調很明顯地表達出，她現在問的不是一個隨便的問題，而是一件她認為很重要的事情，「請您一定告訴我，她與那個被稱為米什卡的卡盧日斯基公爵是怎麼一回事兒？我很長時間才會遇見他們一次。您能告訴我這到底是怎麼回事嗎？」

貝特西公爵夫人的眼睛帶著笑意，認真地看著安娜。

「新作風，」她說，「他們都選擇這種新作風。他們毫無顧忌，為所欲為。」

「哦，可是這些與說明她與卡盧日斯基公爵的關係究竟是怎麼樣的有什麼關係呢？」

貝特西公爵夫人突然情不自禁地放聲大笑起來，這種笑在安娜看來應該是少之又少的。

「您這可算是侵入米亞赫卡婭公爵夫人的領地了。這個問題太幼稚了。」貝特西顯然想忍住笑，但是忍不住，於是爆發出一陣富有傳染性的哈哈大笑。「您真應該去問問他們自己。」她努力控制著因歡笑而流出來的眼淚說。

「哎呀，您就盡情地笑吧。」安娜說完也忍不住笑出聲來，安娜接著說，「可我怎麼也不能理解。我不理解丈夫的作用是什麼。」

「她的丈夫嗎？麗莎・梅爾卡洛娃的丈夫會為她拿著厚厚的毛披肩，準備隨時伺候她。至於內幕究竟怎樣，誰也不想知道。您也知道，在上流社會即使梳妝打扮這類事的細節也是沒有人去談論、去琢磨的。這件事就是我說的這個樣子。」

「您是要去參加羅蘭達基的慶祝宴會吧？」安娜想轉移話題，便問到這個問題。

「可是我不想去。」貝特西公爵夫人回答道，眼睛並沒有盯著她的女友，而是動手慢慢地把芳香的茶水倒入一個小小的透明茶杯裡。之後她把茶杯輕輕地推到安娜面前，掏出煙捲，插進銀煙嘴裡，把它點著了。

「我想您是知道的，我現在處於一種幸福的狀況。」她端起茶杯，收起臉上的笑容，面色嚴肅地說，「我覺得很了解您，當然也很了解麗莎。麗莎是一個很單純的人，甚至就像孩子一樣不辨是非。起碼在她年輕的時候並不懂這些。現在她知道，像這樣的不懂事對她正合適。現在她也許故意裝作不懂事，」貝特西公爵夫人帶著一絲俏皮的笑容說，「但是不管怎樣，這應該正適合她。您應該明白，同一件事情如果我們從悲劇的角度看待，那麼就會使其變得很痛苦。但是我們也可以看得很單純，甚至可以很快活地去看。我的意思就是可能現在您看待這件事情偏於悲觀了。」

「我真希望像了解自己那樣了解別人，」安娜若有所思地、嚴肅地說，「那麼我就可以比較一下，我是比其他人壞還是比其他人好呢？當然我認為我比其他人更壞些。」

「太幼稚了，你的想法太幼稚了，」貝特西公爵夫人重複著，「快看，他們到了。」

chapter 18 彼得堡城裡最快活的人

她們兩人先是聽到了腳步聲和一個男人的聲音，接著是女人的說話聲和笑聲。緊接著期待中的客人們走進來了：薩福・施托爾茨和一個名字叫瓦西卡的青年。瓦西卡看上去身體強壯，滿面紅光，精力顯得非常旺盛。很明顯可以看出他經常享用營養豐富的嫩牛排、地菇，還有布林岡紅酒。瓦西卡先是向兩位太太鞠了一躬，望了她們一眼，但緊接著他就跟隨著薩福來到客廳。在客廳裡，他就彷彿是被拴在她身上一樣跟隨著她轉悠起來。他那雙閃閃發亮的眼睛一直盯著她，好像想把她吃掉。薩福・施托爾茨是一位黑眼金髮的女人。她穿著一雙高跟鞋，邁著靈活的步子走過來，就像男人一樣用力握了握兩位女士的手。

安娜是第一次見這位交際場上的新星，並對她的美貌、時髦的裝束和大膽的舉止感到吃驚不已。她把頭上軟綿綿的金髮——她自己的和假髮混在一起梳成如同絞首架那樣的高，以至於使得她的頭看上去和她那豐滿的暴露的胸部一般大小。她的所有動作都是迅速靈活的，她的每次走動，都會使得她的膝頭和大腿從連衣裙下鮮明地暴露出來。這使人不禁產生了這樣的疑問：從她的身後看去，在這撐著很寬大的搖搖晃晃的裙子底下，她那上半身充分袒露、下半身和背部遮得嚴嚴實實的苗條身子究竟有多大？

貝特西公爵夫人急忙開始介紹她和安娜認識。

「您想想，我們差一點就壓死了兩個士兵，」她擠弄著眼睛，開口笑著對她們說了起來，同時向後整理一下被她猛地甩到一邊的裙裾，「當我和瓦西卡一道坐在車裡……」她說了他的姓，向她們做了介紹，臉漲得通紅，咯咯地大笑起來，因為她當著陌生女人的面竟叫了他的小名。瓦西卡禮貌地向安娜行了個禮，但是並沒有和她說一句話。然後他轉身對著薩福說：「您這次賭輸了。現在是我們先到的。您還是交錢吧。」

薩福聽完開心地笑了起來。

「我現在可是沒有錢。」她說。

「啊，又和從前一樣，不過我會記得來討的。」

「好的，好的。哦，」她忽然對女主人說，「我這人可真是忘事……居然給完全忘記了……我這次可是給您帶來了一位客人，正是他了。」

被薩福邀請來的，剛才又被她忘卻的這位年輕的客人可算得上是一個大人物，儘管他年紀很輕，兩位太太卻都站起來迎接。

這位年輕人是薩福的一個新愛慕者。現在他也如同瓦西卡那樣，一直緊跟在她後面。

在他們介紹完沒過多久，卡盧日斯基公爵與麗莎・梅爾卡洛娃以及斯特列莫夫也都到來了。麗莎・梅爾卡洛娃是一個消瘦的一頭黑髮的女人，生著一張懶洋洋的東方型面孔以及——正如大家所說的——一對令人難以捉摸的美麗眼睛。她那身深色的服裝（安娜立刻注意到了，並且大為讚賞）同她的美貌十分協調。麗莎的溫柔和嬌慣與薩福的結實和瀟灑都是一樣的吸引人。

但是如果按照安娜自己的趣味來看，顯然麗莎要更加有魅力。安娜想起剛才貝特西和她談到麗莎時描述她天真無邪小孩般的樣子，可當安娜真正看到她的時候，她認為這情況並不是完全真實。其實麗莎是個不懂事、被慣壞、同時又唯命是從的可愛女人。沒錯，她現在的狀況和薩福相同，她也如同薩福一樣，有兩個追求者，並且一個是年輕人，一個是年老的，他們一刻不停地盯著她，像被拴在她身上一樣寸步不離，並且看上去簡直想用眼睛吞噬她。然而安娜發現她身上卻有著一種超脫她身邊一切的東西，在她的身上閃爍著那種混在一堆玻璃裡的一顆金剛石所放射出的光彩。這光彩從她那對漂亮又深不可測的眼睛裡放射出來。從那雙眼睛裡射出來的既疲倦而又熾熱的眼神異常的真摯動人。不論誰，一瞧見這雙眼睛，就覺得完全了解她，而一旦了解了，就不能不愛她。麗莎一看見安娜，臉上立刻浮現出快樂的微笑。

「哦，看到您我真是太高興了！」她一邊說著，一邊走向安娜。

「昨天在賽馬場上，我剛要上您那兒去，您卻走了。昨天我特別想見到您。那情景實在太可怕了，不是嗎？」她用那種彷彿會把整個心意都表露出來的眼神看著安娜說。

「您說得對，我怎麼也沒有料到，那事會這樣令人激動不安。」安娜漲紅了臉說道。

這時候，大家都站起來，準備到花園裡去了。

「我就不去了。」麗莎微笑著說，然後在安娜面前坐下來。

「我想您也是不想去吧，對嗎？我感覺槌球一點兒也沒有意思！」

「不，我感覺還是挺喜歡的。」安娜回答說。

「您是怎樣做到不厭倦的呢？不論誰見到您總是樂呵呵的。您真會生活，可我感到無聊。」

「您為什麼會感到厭倦呢？你們這一夥兒可是彼得堡城裡最快活的人了。」安娜說。

「也許不屬於我們圈子裡的人們還要厭倦得多。但是我們，當然確切地說是指我自己，並沒有覺得快活，我時常感到非常厭倦，簡直是厭倦透了。」

薩福點燃了一支煙，然後帶著兩位年輕人一起去了花園。而貝特西公爵夫人和斯特列莫夫依然在喝著茶。

「什麼？您說您感到厭倦是嗎？」貝特西公爵夫人問道，「薩福說，他們昨天在你們家裡過得很愉快。」

「唉，我感覺一切都太乏味了！」麗莎・梅爾卡洛娃說道，「是的，那天看過賽馬以後，大家一起去了我家。可是總是這些人，而且總是這一套。整整一個晚上大家就只躺在沙發上。難道這也算快活嗎？那麼，您能告訴我有什麼辦法才會不覺得厭倦呢？」她又轉向安娜問道：「只要對您瞧上一眼，就可以看出，您這個女人不論幸福還是不幸，都不會覺得無聊的。您倒教教我，您是怎麼做到的？」

「我真的是什麼辦法都沒有。」安娜回答道，她被麗莎追根究柢的問題弄得臉都羞紅了。

「我想這便是最好的辦法了。」斯特列莫夫插嘴說道。斯特列莫夫是一個約莫五十歲的人，頭髮倒是有一半已經白了，但是人卻顯得很精神。雖說人長得很難看，但是他的一張臉卻顯得非常機靈而且極富特色。麗莎・梅爾卡洛娃是他妻子的一個侄女，所以只要他一有空就會和她待在一起消磨時間。雖然他在官場上是和卡列寧敵對的，但是一見到安娜・卡列尼娜，他這個上流社會老於世故的聰明人，就竭力裝得對她——自己對手的妻子特別親切。

「那就是什麼都不做，」他微妙地微笑著應和說，「這是最好的辦法。我早就對您說了。」他轉過身去對著麗莎・梅爾卡洛娃說：「如果你要做到不感到厭倦，那麼就別去想您也許會覺得厭倦。這就如同你害怕失眠，就一定不要事先就害怕你會失眠。這正是剛才安娜告訴您的方法。」

「如果我曾經說過這樣的話，那我可太高興了，因為這樣說不僅聰明，而且正確。」

「不，請您告訴我，是什麼原因使人不能夠入睡，不能不感到厭倦呢？」

「為了可以入睡，必須勞動；要心情愉快，也必須勞動。」

「但是如果我所做的事情對任何人都沒有一點用處，我為什麼還要這樣做呢？我不會也不想裝腔作勢。」

「那您可真是無可救藥了。」斯特列莫夫眼睛也沒有看向她說道，見她除了庸俗的客套以外，也說不出什麼來。他在說這些庸俗的客套時——譬如她為什麼回彼得堡啦，伊萬諾夫娜伯爵夫人是多麼的喜愛她啦，等等這些，卻總是帶著一種異樣的神情，讓人認為他會竭盡全力討她喜歡，並且竭力想對她表達尊重之情，甚至看上去還不僅僅是尊重。

這時，圖什克維奇走過來說，大家都在等著他們去打槌球呢。

「別走，請您別走吧。」麗莎・梅爾卡洛娃聽到安娜說要走，就這樣央求著。斯特列莫夫也在一邊給她幫腔。

「和我們今天在座的這些人一塊兒玩後，再去弗列達那裡不遲。」他說著。

「您會發現那會是天壤之別的。再說，您去只會成為她說壞話的對象，您在這兒卻能喚起最美好的感情，和說壞話截然相反的感情。」他繼續勸說著。

安娜遲疑地思考了一會兒。這個聰明人的奉承話，加上麗莎・梅爾卡洛娃對她表示出的孩子般的純真的好感，更重要的是待在這種她所習慣了的社交環境裡，一切都是那麼輕鬆，而等待她去處理的事卻是那麼棘手，使她一時間猶豫不決：要不要留下來，可不可以把向沃倫斯基講述的痛苦時刻再推延一陣？但是突然她又想起，如果她想不出主意，孤單一個人回去的時候，等待著她的又會是怎樣的情況。一想到自己雙手抓住頭髮的那種想來也可怕的樣子，她就同大家告別走了。

chapter 19

收支失衡

雖然從表面上看起來，沃倫斯基整天過著的是輕浮的社交生活，實際上他是個做事有條不紊的人。當他年紀很輕，還在武備學校念書的時候，有一次手頭拮据，向人借錢，遭到拒絕，他感到屈辱，從那個時候起他就再也沒有讓自己陷入那樣的境地中了。

為了能夠保持他的事務處於正常狀態，他會根據情況，每年有四五次關起門來獨自處理各種經濟事務。他把這稱作核算，或者是清理。

賽馬後的第二天，沃倫斯基睡到很晚才起來。他不刮臉，不洗澡，穿上直領制服，把錢、帳單和信件攤在桌上，著手工作。彼得里茨基很了解他的脾氣，知道這時候的沃倫斯基是很容易發脾氣的，所以當他醒來以後，看到他的朋友坐在桌邊忙碌著，就輕輕地穿起衣服，沒有打攪他便出門去了。

凡是碰到自己的事情繁雜棘手的人，總以為只有他才會遇到這種複雜棘手的情況，根本沒有想到別人的私事也會遇到這種情況。沃倫斯基心裡就是這麼想的。而且他在心裡不免帶著幾分得意之情。但是他也並不是毫無理由地想，如果是隨便旁的什麼人處在他這種艱難的情況下，恐怕早就變得狼狽不堪了，恐怕還會幹出一些不好的事來。沃倫斯基覺得，如果避免使得自己陷於這種狼狽境地，就需要把自己的狀況好好整頓一番，弄個明白。

於是，沃倫斯基首先從最容易著手的那部分開始，即核算一下自己的收支狀況。他先是用自己那纖細的筆跡在一頁信紙上寫滿了到現在為止所欠下的賬務，然後把它們加總，算出來後竟然發現自己欠債高達一萬七千多盧布。為了方便計算，他便把那幾百盧布的零頭捨掉了。他數了數現款和銀行存款，發現只剩下一千八百盧布，而在新年以前不會再有什麼收入了。

沃倫斯基又仔細查看了一遍他的欠債，然後把欠債分成三類重新抄寫了一遍。第一類的欠款是必須馬上償還的，或者說不管怎樣都是必須預備好錢準備還帳的，以防備債主來討時可以毫不拖延地償還。這一類的欠款大概占到四千盧布的樣子，其中有一千五百盧布是買馬欠的錢，還有兩千五百盧布是替年輕的同僚維涅夫斯基作保花的錢。

維涅夫斯基在沃倫斯基面前賭博輸給了一個賭棍兩千五百盧布。那個時候沃倫斯基就想要償付那筆錢，但是維涅夫斯基和亞什溫都堅持他們自己來支付，而不應當讓沒有參與賭博的沃倫斯基去付錢。這樣其實也挺好，但同時沃倫斯基也知道，雖然他參與此事只是替維涅夫斯基做了口頭上的擔保，不過他還是要準備好這兩千五百盧布，以防備隨時都可以把錢擲給那個賭棍，可以不用跟他多費口舌。就這樣，他想到為了清償這第一類最緊迫的債務，必須準備好四千盧布。

第二類是比較次要的債務，共計八千盧布。主要是欠賽馬場馬房、燕麥和乾草供應商、英國馬師和馬具商人等人的債務。剩下的最後一類債務是拖欠商店、旅館和裁縫的，這些倒是不用過多憂慮。那麼，他現在至少需要六千盧布才能保證正常開銷，但是現在他手頭只剩下一千八百盧布。對於沃倫斯基，這個被一般人猜想每年得有十萬盧布進賬的人而言，去償付這麼點債務應該是沒有任何困難的，但是現在問題就在於他目前的進項與十萬盧布差得太遠了。

其實只憑父親遺留下的大宗產業這一項，每年就會有二十萬盧布的進賬，但是兄弟們之間還沒有劃分過財產。他的哥哥和一個身無分文的十二月黨人的女兒瓦里婭・奇爾科娃公爵小姐結了婚，現在欠了一身的債。於是阿列克謝那時基本上是把父親產業的全部進項都讓給了他哥哥，只是說定自己每年要兩萬五千盧布就可以了。

當時阿列克謝這樣告訴他的哥哥，說在他結婚之前，這些錢已經足夠他用了，況且他或許是一直都不會結婚的。他的哥哥正統率一個最豪華的團，又是新婚，不得不接受這筆贈予。他的母親也有一份產業，除了上述兩萬五千盧布外，他的母親每年還會補助阿列克謝大概兩萬盧布的錢款，但是阿列克謝把這些錢花得精光。

最近，母親因為他的戀愛事件以及離開莫斯科的事而生了他的氣，如今已經不再補助他錢了。沃倫斯基早已過慣了每年花費四萬五千盧布的日子，今年只有兩萬五千盧布的收入，境況自然就很困難了。他又不能向母親要錢來擺脫困境。他昨天收到母親的一封信，使他特別生氣，因為信中暗示，她願意幫助他在社交界和軍務上取得成功，但不願支持他過有失上流社會身分的生活。

母親計畫收買他的這種意圖深深傷害了他的自尊心，他感覺對她更加冷漠了。可是，他又沒辦法收回自己已經說出口的慷慨大方的話。儘管他現在已經隱隱約約地預感到，自己和安娜的關係中或許會出現一些出乎他意料的情況。他感覺他這個也許永遠不結婚的人一樣需要那十萬盧布的全部進項。只是諾言是不好收回的，況且他只要想起他的嫂子，想起那個親切又善良的瓦里婭只要有機會就會向他提起，她對於他的這種慷慨大方永遠不會忘懷，會永遠珍惜這份情感，他就清楚無論如何是不可能收回那筆贈予了。這種事簡直就跟毆打女人、偷盜或撒謊一樣是不能做的。

現在他能採取的也是不得不採取的一個方法——沃倫斯基沒有半點猶豫就決定用這個辦法，那就是向高利貸者借貸一萬盧布，這是毫無困難的，另外他也要節省自己一般的花銷，然後再賣掉他的幾匹比賽用的馬。

他這樣打定主意後，就立刻寫了一封信給多次叫人來買他的馬的羅蘭達基。然後他又吩咐人去請英國馴馬師和高利貸者，隨後又根據剛才列好的帳單分配好他所需要的錢。做完這些事，他寫了一封冷淡而尖刻的回信給母親。接著又從皮夾子裡取出安娜的三張字條，重讀一遍，付之一炬。他又想起昨天同她的談話，便沉思起來。

chapter 20

捉摸不定的關係

其實沃倫斯基的生活應該是特別幸福的，因為他有一套生活準則，明確規定什麼事該做，什麼事不該做。這套準則包括的範圍雖然有限，卻是毋庸置疑的。並且沃倫斯基一直以來就沒有跨出這個範圍一步。當他在做他所應當做的事時從來都沒有過片刻的猶豫。這些準則已經明確地規定了：應當償還賭棍的賭債，卻沒有必要償還裁縫的賬款；一定不能對男子說謊，反而對女子卻可以；一定不可以欺騙任何人，但欺騙別人的丈夫卻被允許；絕對不可以饒恕人家的侮辱，但是可以侮辱人，諸如此類。

當然這些準則有些是不合理，而且是不對的，但都是不容置疑的，因此，當沃倫斯基做事情是在遵守這些準則的時候，他就覺得心裡踏實，他可以昂起頭來。直到近期，由於涉及他同安娜的關係，他才開始覺得他的準則並非處處適用，將來還會出現一些無準則可循的困難和疑問。

他目前對安娜和她的丈夫的態度他覺得既簡單，又明白。在指導他行動的準則裡，對這個關係有明確的規定。

安娜是個正派女人，把愛情獻給了他。他也愛她，在他看來，她應該獲得與合法妻子同樣的甚至更多的尊敬。他假如讓自己用語言或者是用暗示玷污了她，或沒有對她表現出一個女人所能盼望的那樣多的尊重的話，他是寧可先把自己的手砍掉的。

他對於這個社會的態度也是非常明確的。這件事大家可能知道，可能懷疑，但誰也不應該說出口來。要不然他會設法叫那個饒舌的人閉嘴，而且要使他恢復對於他所愛的女人的不復存在的名譽。

他對她丈夫的態度更是再明確不過了。打從安娜愛上沃倫斯基的那一瞬間起，他就把他對於安娜的權利看成是不可搶奪的。她的丈夫只是一個多餘的、礙事的人。這個人的處境無疑十分可憐，但有什麼辦法呢？丈夫的唯一權利就是要求決鬥，而且沃倫斯基從最初的一瞬間就已經準備好這麼做了。

但是直到最近，當新的內在關係在他和她之間發生時，由於那種關係的捉摸不定倒讓沃倫斯基驚訝了。昨天她剛向他宣佈她懷孕了。他覺得這個消息和她對他的期待完全超越了指導他生活的那套準則。他確實驚慌失措了。當她把她的情況告訴他的最初一剎那，激情指引他要求她離開她的丈夫。他是那樣說了，但是今天仔細一想，他明白地看到還是設法避免那樣做的好，同時，當他暗自在心底這麼說的時候，他同樣害怕那樣去做也許是不對的。

「如果我叫她離開她的丈夫，那就等於說是讓她和我結合在一起。難道我已經做好那樣的準備了嗎？現在我一個錢都沒有了，就算可以想辦法……但我現在在服兵役，怎麼能把她帶走呢？不過，既然我這樣說了，就得準備這麼做，就是說，我應該準備一筆錢，然後離開軍隊。」

他又思考起來。現在是否要退伍的問題已經把他吸引到另外一個暗含的、唯有他自己才知道的、而且幾乎是主要的、已經深深地隱藏在他心裡的生活趣味上去了。

功名心是他少年時代的夢想。這種嚮往，他自己並不承認，卻十分強烈，以致這種欲望發生了衝突。他在社交界和軍界的最初幾步是成功的，可是兩年前他犯了一個愚蠢的錯誤。因為忙於顯示他的獨立性和上進心，他謝絕了上面提供給他的一個職位，他本來希望這樣可以抬高身價，但是結果已經證明他做得太魯莽了。這樣一來，上面已經把他升遷的要求忘在腦後了。他既然已經無可奈何地採取了一個獨立人的立場，接下來他就用極大的聰明機智把這事應付過去了，表面上看來他好像對誰也沒有抱怨，彷彿只願意一個人安安靜靜的，看上去這樣就已經很高興的樣子。其實，他去年去了一趟莫斯科以後，心裡就不快活了。他覺得做一個無所不能、無求於人的人，已沒有什麼了不起，許多人開始覺得他毫無作為，只是個正直善良的小子罷了。由於他和卡列寧夫人之間發生的關係，引起了社會上的巨大轟動，這彷彿給了他一種新的魔力，並且暫時壓制住了咬齧著他的功名心的蠕蟲。但是一星期前他發現那蠕蟲又以新的力量覺醒了。他少年時代的朋友，一位屬於同一交際圈子的人，他在貴族軍官學校的同學，並且和他一道畢業，在學業和體操上，在惹是生非和追求功名上，一向都是他的勁敵，最近從中亞回來。他在那邊連升兩級，獲得了青年將軍難以獲得的獎章。

他剛到彼得堡，人們就已經把他當作第一等的新星談論著。而他和沃倫斯基既是同學又同年，他現在已經做上了將軍，正在等待著一個或者可以影響政局的任命；然而沃倫斯基呢，雖然獨立不羈，風頭很健，並且得到一個絕色女人的愛情，但畢竟只是一個自由自在的騎兵大尉。

「當然我不是羨慕謝爾普霍夫斯科伊，而且也絕對不會羨慕他的，但是從他的升遷上已經提醒了我，人需要等待時機，尤其是像我這樣的男子，飛黃騰達、平步青雲應該是很快的。三年前，他也和我站在同樣的地位。如果我選擇退伍，那就是要破釜沉舟了。但要是我仍舊待在軍隊裡，那我就沒有任何損失。安娜自己也說過她不想改變她現在的處境。我既然有了她的愛情，當然是不能再去羨慕謝爾普霍夫斯科伊的。」他慢慢地拈著小鬍子，從桌旁站起來，在房間裡踱來踱去。他的眼睛更加閃閃發亮。他覺得心情踏實、平靜、愉快，這是每當他明確了自己的處境以後所常有的。一切都非常清楚了，就如同之前每次清理完畢一樣，他刮了鬍子，沖了個冷水澡，就穿好衣服，走出門去了。

chapter 21 男人的絆腳石

「我是過來接你的。你今天洗衣服洗了好久啊，」彼得里茨基說，「怎麼樣，你弄完了嗎？」

「我已經弄完了。」沃倫斯基回答道，眼裡滿是笑意。他非常細心地捋著鬍鬚，就彷彿把事情處理得秩序井然以後，任何過於粗魯和急促的行為都會把這一切條理打亂。

「你每次幹完這些事情就像洗過澡一樣，」彼得里茨基說，「我剛從格里茨基（大家都這樣稱呼團長）那裡過來，他們都在那裡等著你呢。」

沃倫斯基並沒有立即回答，雖然眼睛看著他的同伴，但是心裡面卻在想著其他的事情。

「哦，難道這音樂是從他那裡發出來的嗎？」他問他的同伴，然後認真聆聽著那些傳到他耳邊的非常熟悉的低音喇叭聲、波爾卡舞曲以及華爾滋舞曲的聲音，「今天有什麼喜慶的事嗎？」

「今天謝爾普霍夫斯科伊過來啦。」

「噢！」沃倫斯基說，「我怎麼一點兒也不知道。」

他的眼睛閃出更加明亮的笑意。

他既然已經下定決心，由於愛情賜給了他幸福，那麼為了愛情，他是願意犧牲功名的，起碼現在他已經準備採取這樣的立場了。沃倫斯基是不會對謝爾普霍夫斯科伊有任何嫉妒心的，也絕不會因為他來團裡沒有先來看自己而感到不痛快。謝爾普霍夫斯科伊原本就是他的一個很好的朋友，因此沃倫斯基聽說他回來後是應該感到十分高興的。

「噢，太好了，我太高興了。」

團長傑明住在地主的一幢大住宅裡。賓主全部聚集在樓下的陽台上。在院子裡，首先映入沃倫斯基眼簾的是，一批穿直領制服的歌手站在伏特加大酒桶旁，健壯的團長在軍官們簇擁下，興致勃勃。團長現在站在涼台的第一級台階上，對著圍在一旁的幾個士兵揮舞著手臂，發著指示，他的聲音大得甚至超過了正在演奏的奧芬巴哈的卡德里爾舞曲的聲音。幾個士兵、一位騎兵司務長和幾名軍官連同沃倫斯基一起來到涼台前。團長又走回到桌子旁，端起一杯酒，再一次來到台階上，舉杯提議道：「讓我們為我們的老同事、英雄的將軍謝爾普霍夫斯科伊公爵的健康喝上一杯。烏拉！」

謝爾普霍夫斯科伊跟在團長後面，手裡也端著酒杯，滿面春風地走到了台階上。

「你看上去是越來越年輕啦，邦達連科。」他對直立在他面前的司務長說。司務長已在服第二期兵役，兩頰仍然紅潤，顯得很年輕。

沃倫斯基將近有三年沒見到過謝爾普霍夫斯科伊了。現在的謝爾普霍夫斯科伊蓄起了鬍鬚，顯得更加老成健壯，但風采依舊。他的相貌和風度與其說是英俊動人，不如說是溫文爾雅。沃倫斯基看出來他身上的唯一變化就是他現在多了那種雍容自若的氣派，那通常只有博得名譽並且相信這種名譽會為世人所公認的人才會有的一種氣派。沃倫斯基很清楚這種氣派，所以馬上就從謝爾普霍夫斯科伊的身上看出來了。

當謝爾普霍夫斯科伊正準備走下台階時，看見了沃倫斯基。欣喜的笑容讓謝爾普霍夫斯科伊的一張臉更加光亮了。他猛地點了點頭，然後舉起酒杯和沃倫斯基打招呼，同時用這個姿勢表示他得先去應酬一下司務長。那位司務長已經伸長脖子，噘起嘴唇等待著接吻。

「哦，你來了！」團長叫著，「亞什溫對我說，你現在又在憂鬱呢。」謝爾普霍夫斯科伊快速地吻了一下那風度翩翩的司務長潤濕、鮮嫩的嘴唇，然後又用手絹擦拭了一下嘴，緊接著就走到沃倫斯基的身邊。

「啊，看到你我真高興！」他說完就緊緊地握著沃倫斯基的手，把他拉到一旁去了。

「請您照顧他一下吧！」團長指著沃倫斯基，大聲對亞什溫說。接著往下朝士兵們那兒走去。

「你為什麼昨天不到賽馬場去呢？我本來還希望在那兒能看到你的。」沃倫斯基打量著謝爾普霍夫斯科伊說。

「其實昨天我去過，只是去得太晚了，實在是不好意思。」接著對副官說：「請您替我平分給大家吧！」說完他急忙從皮夾子裡拿出三張一百盧布的鈔票，並且微微漲紅了臉。

「沃倫斯基！你要吃點東西或者是喝點什麼嗎？」亞什溫問道，「哎，應該拿點什麼來給伯爵！我現在就喝點兒這個吧。」

團長家的酒宴進行了很久，大家喝了不少酒。這期間謝爾普霍夫斯科伊多次被他們抬起來，向空中拋去。接著團長也被他們抬起來，向空中拋去。隨後團長和彼得里茨基一同在歌手們面前跳起舞來。後來團長有點累了，坐在院子裡的長凳上，向亞什溫證明俄羅斯比普魯士優越，特別是在騎兵進攻方面。於是，熱鬧的場面一瞬間就停止了。謝爾普霍夫斯科伊進到盥洗室去洗手，在那兒他看見了沃倫斯基。沃倫斯基正在用冷水沖頭。這時他脫掉了制服，把他那多毛的、紅紅的脖子伸到打開的水龍頭下面，用兩手狠勁揉搓著脖子和頭。等沃倫斯基洗完後，他就挨著謝爾普霍夫斯科伊坐下來。兩人坐在長沙發上，開始了一場彼此都很感興趣的談話。

「我經常從妻子那裡聽到你的事。」謝爾普霍夫斯科伊說，「我感到非常高興，你可以時常見到她。」

「她和瓦里婭都非常友好，她們是我在彼得堡高興會見的僅有的幾位婦女。」沃倫斯基笑著作答。他微笑是因為已然預測到了他們的談話即將轉向的話題，而那個話題會令他感到高興。

「僅有的？」謝爾普霍夫斯科伊面帶微笑但不解地問道。

「我也知道你的情況，但不光是通過你妻子，」沃倫斯基說著，臉上已經換上了嚴峻的神情，以此來制止對方暗指的事，「我為你所取得的成功感到十分高興，不過我並沒有感到一點兒奇怪，其實我期望著你可以獲得更大的成功呢。」

謝爾普霍夫斯科伊笑起來。沃倫斯基對他的看法，他聽了顯然很高興，而且他認為無須掩飾這種心情。

「其實我呢，恰恰相反，坦白地說，我原本沒有期望這麼高。但是我很高興，而且非常高興。因為我也是有野心的，這可能便是我的缺點，但是這一點我並不否認。」

「如果你沒有獲得成功的話，或許你就不會坦白承認這一點了。」沃倫斯基說。

「那可沒準兒，」謝爾普霍夫斯科伊又笑了笑說，「我不是說，沒有這樣的成就就活不成，如果這樣，那太無聊了。當然可能是我錯了，但我覺得我幹我自己選擇的這個行當還是有些才能的，而且不論什麼權力落到我手裡，總要比落到我認識的一些人手裡好些。」謝爾普霍夫斯科伊是因為感覺到自己的成功而躊躇滿志地說，「所以我越是接近權力，我就越覺得歡喜。」

「可能對你來說是這樣，但並不是每個人都會這樣。其實我本來也是這樣考慮的，但我現在已經不這麼覺得了，我認為不值得僅僅為此而活著。」沃倫斯基說。

「是的！非常對！」謝爾普霍夫斯科伊大笑著說，「我剛才不是說了嗎？我聽到了你的情況，聽到你拒絕了……當然，我是贊成你的行為的。不過我覺得不論做什麼事情都應該講究方法。我覺得，雖然你的行為本身是沒有錯的，但是你的做法卻很不對頭。」

「反正已經做過了，你就不要再過問了，並且你也是知道的，我從來不後悔自己所做過的事情。而且，我現在的狀況也還算過得去。」

「也還算過得去？這是暫時的。你不會就此滿足的。我對你哥哥就不說這種話。他真是一個可愛的小夥子，就像我們這兒的主人。瞧，他到了！」他聽到「烏拉」的歡呼聲，隨後又加了一句，「他一直都是這樣的快樂，但是你決不會就這樣心滿意足的。」

「可是，我並沒有說過，我現在這個樣子就心滿意足了。」

「應該不只是這樣子，現在像你這樣的人才是非常需要的。」

「什麼地方需要呢？」

「什麼地方需要嗎？當然是社會需要。我們俄羅斯需要，而且需要一個政黨，要不然，我想所有的一切都會變得越來越糟的。」

「你說這句話有什麼含義呢？你難道說的是與俄國共產黨敵對的別爾捷涅夫政黨嗎？」

「我沒有說這個，」謝爾普霍夫斯科伊因為沃倫斯基懷疑他有這種荒謬的想法而惱怒，緊鎖雙眉說，「這都是胡編亂造。而且這種胡編亂造一直都會有的。根本就沒有什麼共產主義者。但是那些搞陰謀的人總是要捏造出一個有害的危險政黨來。這已經變成他們的老一套了。是的，我還是覺得需要一個像你我這樣靠得住的人建立的有權力的政黨。」

「可是這是因為什麼呢？」沃倫斯基連著舉出了幾個有權力的人的名字，「難道你不認為他們是靠得住的人嗎？」

「那只是因為他們沒有獨立自主的財產，沒有高貴的門第，不像我們這樣生下來就接近太陽。因此他們是極容易被金錢或者是恩惠所收買的。況且他們為了保住自己的一席之地，就會想出各種不同的花樣。他們宣傳一種政策，一種甚至連他們自己都不相信的、沒有任何益處的政策；而這種政策在我看來根本就是一種獲得官職和若干俸祿的花招罷了。只要你仔細看看他們手裡面玩的那些花樣，也不過如此。也許我不如他們，比他們愚蠢，雖然我看不出為什麼我就不如他們。不過，至少有一點我比他們強得多，就是我們這種人不容易被收買。而這樣的人現在比任何時候都更需要。」

沃倫斯基認真地聽著，但是引起他注意的不僅僅是謝爾普霍夫斯科伊說的這番話，還有他對事業的態度。他已經在考慮同當權者做鬥爭，並且有他自己的愛憎，可是他在公務上的興趣，卻只限於騎兵連。

同時，通過聆聽這番話，沃倫斯基意識到，謝爾普霍夫斯科伊之所以會成為一位這麼有實力的人物，是與他那毋庸置疑的思考與理解事物的顯著能力，以及那些在沃倫斯基生活的圈子裡不能常見的出類拔萃的聰明和口才密切相關的。無論這是多麼的令他羞愧，在這一點上他不得不嫉妒謝爾普霍夫斯科伊。

「在這方面我缺乏一樣重要的東西，」他回答，「我對權力缺乏興趣。這種欲望我曾經有過，但是如今已沒有了。」

「很抱歉，我認為這並非你的真心話。」謝爾普霍夫斯科伊微笑著說。

「是的，這完全是真心話，這完全是真心話！……至少目前我認為是這樣的。」沃倫斯基為了表示他的誠意，又補充一句。

「是的，如果只是目前我相信這是真的，可是只是目前，但不會持久的啊。」

「也許吧。」沃倫斯基答道。

「你說，也許？」謝爾普霍夫斯科伊彷彿猜著了他的心事一樣，緊接著說下去，「但我要對你說『必定』。也就是為了這個緣故，我想見見你。你的行為是正當的。這一點我明白。但你不應當固執。我只是請求你可以給我行動自由，我並不是要來庇護你……但是話說回來，我為什麼不可以庇護你呢？你也曾經庇護過我很多次呢！而且我希望我們的友誼可以超過這個。」他像女人一樣溫柔地對沃倫斯基笑著說，「不錯，給我行動自由，然後退出你的軍團，我會提拔你，而且不會讓其他人覺察出來。」

「但是，你應該明白，我什麼都不需要，」沃倫斯基說，「我只要求一切和原來一樣就可以了。」

謝爾普霍夫斯科伊聽完就站起身來，正對著他。

「你說，只需要一切都跟原來一樣。我明白這是什麼意思。但你聽我說，咱倆年歲相同，也許你認識的女人比我多。」謝爾普霍夫斯科伊的笑容和手勢表達著，沃倫斯基不用害怕，他會非常斯文的、小心翼翼地碰觸到他的痛處的，「正像誰說過的那樣，你只要了解一個你所愛的妻子，你就比認識幾千個女人更了解女人。」

「我們馬上就來了！」沃倫斯基對著一個向屋裡探頭、來叫他們去團長那裡的軍官說道。

沃倫斯基現在很想很想聽聽謝爾普霍夫斯科伊究竟還會對他說些什麼話。

「這就是我想跟你說的看法。女人——我認為這是男人奔向前程的一個主要的絆腳石。如果你想愛上女人，同時還想有所作為，那將是非常困難的。如果你想輕鬆自在地愛一個女人而不想受到一點兒妨礙，那麼唯一可行的辦法，就是和她結婚。我要怎樣說呢，我要怎樣向你表達出我的意思？」愛打比喻的謝爾普霍夫斯科伊說道，「因為要騰出雙手來工作，唯一的辦法就是把包袱綁在背上——這就是結婚。我結了婚，就有這種體會。我的雙手一下子騰出來了。我結婚以後就有這樣的感覺。可如果你不結婚，不是背著這種包袱，那麼你的手就被完全佔據了，你就做不成任何事情。你只需要看看馬贊科夫、克魯波夫，他們都是為了女人而把自己的前程給毀了。」

「那都是些什麼女人呀！」沃倫斯基回想起了他提及的這兩個人所勾搭上的法國女人和女演員。

「女人的社會地位越鞏固，情況就越糟。好比你不光是用雙手背著包袱，簡直就像是把它從別人那裡搶過來。」

「我想你應該從來沒有談過戀愛。」沃倫斯基望著前方，心中卻想起了安娜，低聲向他說道。

「也許是的。但你要記住我對你說的話，女人永遠比男人更能實事求是。通常我們男人會把愛情看成一件非常了不起的事，但是她們卻總是非常實際。」

「馬上就到，我們馬上就到！」他對進來的僕役說。其實僕人並不是像他所想的那樣來請他們，僕人過來把一封信遞給了沃倫斯基。

「是特威爾斯卡婭公爵夫人差人給您送過來的。」

沃倫斯基看過信後，臉唰地變紅了。

「我的頭有點兒痛，我想我必須要回去了。」他對謝爾普霍夫斯科伊說道。

「哦，好吧，那就再會了。你是會給我行動自由的吧？」

「讓我們以後再談這個吧。等去彼得堡時我會去看望你的。」

chapter 22 花園之約

現在已經是五點多鐘了，為了能及時趕到那裡，並且不用自己的馬，因為大家都認得，於是沃倫斯基乘坐在亞什溫的出租馬車裡，吩咐馬車夫儘量使馬跑得快點兒。這輛舊式的四個座位的出租馬車裡面十分寬敞。他靠在一角，把兩條腿伸到前排的座位上，深思起來。

他隱隱約約地意識到自己已經把一些事情處理得有條不紊了，隱隱約約地回想起謝爾普霍夫斯科伊對他的友誼，還誇獎他是個有用的人才，還有最重要的事——期待眼前的幽會，所有這一切都匯合成生活的歡愉之情。現在這種感覺非常強烈，以至於使他情不自禁地笑起來。他放鬆開兩腿，把一隻腿架到另外一隻腿的膝蓋上，並且用手抓住，輕輕地揉了揉昨天落馬時微微擦傷的那條小腿肚，之後他把身體往後一仰，舒服地深吸了好幾口氣。

「好啊，非常好！」他自言自語。以前他對自己的身體也有過一種愉快的感覺，可是從來沒有像現在這樣珍愛自己，珍愛自己的身體。他感覺深呼吸時胸部肌肉的運動讓他感到快樂，就連那強壯的小腿上微微有點兒疼也讓他感到快樂。這清冷的八月天氣裡是那樣讓安娜感到絕望，卻是令他感到無比的興奮，同時感到他那被冷水沖洗過現在仍然發熱的臉和脖子已經感到涼爽了。在這戶外的新鮮空氣裡，他那小鬍子上搽過的髮膏的香氣，使他覺得特別舒服。他從馬車窗口望見的一切，在涼絲絲的清澈的空氣裡的一切，在淡淡的夕陽下，也像他本人一樣顯得健康、愉快、有力：在落日餘暉裡閃閃發光的屋頂，還有圍牆以及房角鮮明的輪廓，偶爾看到的過路人與輕便馬車的影子，綠樹和草地，那些栽種著馬鈴薯的整齊的田地和房子、一排排的樹木甚至馬鈴薯田壟在夕陽映照下的傾斜的影子。一切看上去都非常優美，就像一幅剛剛畫好、塗上油彩的美麗風景畫一樣。

「快一點，快一點！」他把頭伸到窗外，對馬車夫說。然後從衣兜裡迅速地拿出一張三盧布的鈔票，遞給了回過頭來的馬車夫。於是馬車夫的手在車燈旁邊摸索著什麼東西，接著就聽到了鞭子的響聲，現在馬車在寬闊的大路上更加快速地跑起來。

「現在除了這種幸福外，別的我什麼都不需要了。」他盯著車窗之間連著的骨製的鈴鈕，回想著他最近一次看見安娜時的樣子，「我是越來越愛她了。已經抵達弗列達官邸別墅的花園了，她會在什麼地方呢？她為什麼約我在這裡見面？又是為了什麼會在貝特西的信裡加上一筆呢？」

他直到現在才考慮這個問題，可是已經沒有時間考慮了。馬車還沒有駛進林蔭道，他就命車夫停車。接著不等車停穩他就打開車門，跳下車來，走進通往房子的林蔭道。現在林蔭道上看不到一個人，他接著向右側一看，就看到了她。她的臉上被面紗遮蓋著。他用歡喜的眼神一下子就擁抱了她那種特殊的步態，肩膀的斜度和頭的樣子，使他感覺渾身像有一股電流通過一樣。現在他又以新的力量從兩腿的敏捷動作到肺部呼吸時的運動體會到他自己的存在了，並且感覺好像有什麼東西使他的嘴唇抽搐起來。

安娜走到他跟前，緊緊地攥著他的雙手。

「我請你來，你不生氣吧？我必須見到你。」她急速地說著。沃倫斯基從她的面紗下看見她的嘴唇透露著一種嚴峻、莊重的樣子，他的心情一下子就變了。

「我生氣？不，當然沒有。可是你怎麼來這裡的，咱們到什麼地方去呢？」

「這些都沒有關係，」她挽起他的胳膊說，「我們就一直往前走吧，我想要和你談一下。」

他明白發生了什麼事，這次不會是歡樂的幽會。他在她面前不知所措。他並不清楚她為了什麼憂愁，但是已經隱約感覺到，她憂愁心情已經無意間傳染給了他。

「到底是怎麼啦？究竟發生什麼事了？」他問道，一邊用胳膊肘使勁兒挽著她的手，竭力想觀察出她臉上的所有神情。

她沒有吭聲地向前走了一會兒，然後鼓起勇氣，一下子停住了腳步。

「昨天，我並沒告訴你，」她快速地呼吸著，張嘴說道，「昨天在我和卡列寧回家的路上，我把一切都告訴他了……我說我不能再做他的妻子……我什麼都說了。」

他仔細聽她說著話，身體情不自禁地靠過去，只是希望這樣可以減輕她的痛苦。可是當他聽完她剛講的這一番話，他突然挺直身子，臉上露出高傲和嚴厲的神氣。

「是的，是的！這樣是最好了，簡直是好一千倍呢！我知道，這對於你來說是非常痛苦的。」他說著。但是安娜根本沒有聽他的話，只是從他臉上的神色猜想他的心思。她猜測不到，沃倫斯基臉上的神情完全來自他大腦裡最先蹦出的想法：現在看來一場決鬥是不可避免的了。

其實她的頭腦裡從來沒有想到過決鬥，因此她對他臉上剎那間的嚴厲神氣，做了別的解釋。

自從接到丈夫的信後，她的心裡就已經清楚，一切還會是老樣子，她已經難以脫離自己的處境，不可能拋棄自己的兒子，投奔到情人那兒去。當她在特威爾斯卡婭公爵夫人家裡待了一個上午之後更加堅定了這個想法。但這次約會不管怎樣對她還是非常重要的。她希望這次約會將會改變他們的處境，將她拯救出來。假如他聽到這種消息後，馬上躊躇滿志地、堅定地、沒有一絲猶豫地對她說：「安娜，拋下一切跟我走吧！」那樣的話，她立馬就會拋下自己的兒子，跟著他一道走的。但是現在這則消息並沒有在他身上激發出她所期盼的反應，他好像僅僅是受到了什麼侮辱。

「我一點也不覺得痛苦。這是必然的事，」她惱怒地說，「你看看……」她急速地從手套裡拿出她丈夫的信來。

「我知道，我都知道，」他打斷她的話，接過信來但是並沒有看，只是盡力地想撫慰她，「我現在只盼望一件事情，我只祈求一件事情，那就是了結這種局面，好把我的一生都獻給你的幸福。」

「你為什麼要跟我說這些話呢？」她說，「難道你連我都信不過嗎？如果我是信不過的話……」

「等一下，看看是什麼人來了？」沃倫斯基忽然指了指正往這邊走過來的兩位太太說。「說不定她們會認得我們。」他慌忙拉住她，拐到旁邊一條小路上去。

「啊，現在我才不在乎呢！」她說。她的嘴唇跟著身體哆嗦著。他感覺到，她正在用很奇怪和憤慨的目光從面紗底下看著他。「我說問題就在這裡，這一點我不會懷疑；可是他給我寫些什麼呀，你看看吧。」她又站住了。

沃倫斯基又像剛才聽見她說與丈夫分開的消息時那樣，一邊讀著信，一邊不知不覺地陷入自己和那個遭受到侮辱的丈夫的關係之後在他心中產生的一種自然而然的觸動中。現在，他將信拿在手裡，不由自主地想到，或許今天，或許明天，他就會在自己的家裡看到他的挑戰書，想像著決鬥的情景。那時他將像現在一樣，臉上露出冷漠而高傲的神氣，向空中開一槍，然後面對著被侮辱的丈夫的槍彈。這個時候，他的頭腦裡閃過一個念頭，那就是早些時候謝爾普霍夫斯科伊對他說的話以及他自己在清晨起床時所起的念頭——那就是最好不要把自己捆綁住。可是他清楚，現在還不能把這個念頭告訴她。

他一面看信，一面抬起眼睛來看她。他的眼神裡沒有果斷的表情。她立刻看出，這件事他早就有過考慮了。她已經知道，不論他對她說什麼，他都不會把自己的心裡話說出來。她也知道，她所抱的最後一點兒希望也落空了。這些是她意想不到的。

「那你看，他可以說是一種什麼人，」她聲音顫抖地說，「他……」

「很抱歉，這個樣子反而使我覺得非常快活。」沃倫斯基插嘴說。「看在上帝份上，讓我把話講完，」他繼續說，眼神要求她讓他說明他的意思，「我感覺非常快活，因為事情是絕不會而且不管怎樣都不會像他所想的那樣，維持原狀了。」

「究竟為什麼不會呢？」安娜控制住眼淚說，很顯然她已經不重視他說的話了。她覺得，自己的命運已經不可能改變了。

沃倫斯基原本想說，經過一場他認為無法避免的決鬥之後，這種局面就不會再繼續下去，但他說了別的話。

「不可能讓事情這樣下去。我認為，現在你就離開他。我只是希望，」他感到窘迫，臉也紅了，「你能允許我來安排和考慮我們的生活。明天……」

安娜打斷了他的話，不讓他繼續說下去。

「可是我的兒子怎麼辦？」她喊叫起來，「難道你沒有看見他信上寫的話嗎？他要把他留下，我不能也不願這樣辦。」

「看在上帝的面上，究竟怎麼辦好呢？把兒子留下，還是繼續過這種窩囊的生活？」

「你說對什麼人窩囊？」

「對大家，尤其是對你。」

「你說這是窩囊……還是請不要這麼說吧。現在這樣的話已經對我沒有任何意義了。」她顫聲說。她現在不想聽他的假話。她心中只剩下他的愛情，她要愛他。「你一定要明白，從我愛上你的那天開始，我的一切就變了。對於我來說，這個世界上唯有一樣東西，是的，唯一的東西，那就是你的愛。只要擁有了你的愛情，我就感覺到自己十分高尚、十分堅強，我對什麼事情都不會覺得可恥。我為自己的處境感到自豪，因為……我自豪的是……自豪的是……」她沒有說出自豪的是什麼。羞愧和絕望的淚水把她的喉嚨堵住了。她停了下來，突然放聲大哭起來。

他同樣覺得，有什麼東西哽咽在他的喉嚨裡，他的鼻子發酸，生平第一次覺得想哭。他說不出究竟什麼事使他那麼感動，他可憐她，但他又覺得無法幫助她，最主要的是，他知道是自己給她造成現在的不幸，他做了一件非常不好的事情。

「難道離婚真的不行嗎？」他渾身無力地說。她沒有吭聲，只是搖了搖頭。「難道你就不能帶著你的兒子一起離開他嗎？」

「是的。但這一切得由他決定。現在我得到他那兒去了。」她語氣冰冷地說。一切都會保持現狀的預感沒有欺騙她。

「星期二我會到彼得堡去，希望到時一切都可以解決了。」

「是的，」她說，「只是我們不要再談這個了。」

安娜告訴他到弗列達家花園圍牆邊來接她回去的馬車現在已經到了。於是安娜告別他，坐上馬車回家去了。

chapter 23 什麼也不會改變

每個星期一，是六月二日委員會的例行會議時間。當卡列寧走入會議室時，照例同委員們和主席一一問好，然後一手按住給他準備好的文件，在他的座位上坐下來。在這些文件中有他所需要的材料和他準備做的聲明提綱。但是實際上他並不需要這些文件。因為這一切他都記得，他認為沒有必要在他的記憶裡翻來覆去地重溫他要說的話。

他清楚，當他看到他的政敵注視著他，並且徒勞地假裝出一副冷漠表情的時候，他的演講將會比他現在能夠準備的還要好很多，還要自然地流露表現出來。他覺得他的演說內容是那麼重要，句句都意味深長。不過，在聽例行報告時，他也會露出一副天真無邪的樣子。望著他那青筋畢露的白白的手，那麼斯文地用長長的手指撫摸著前面白紙的兩邊，望著他那露出倦容的頭微微側向一邊，誰也不會想到馬上就會從他的嘴裡滔滔不絕地吐出一些話來，引起軒然大波，致使與會議員們叫喊和對罵，使得議長不得不站出來維持秩序。等卡列寧報告完了之後，又用他那平和而尖細的聲音宣佈，針對處理少數民族的問題他自己有幾點意見向大家陳述，於是大家把注意力又轉移到他的身上。

卡列寧清了清嗓子，並沒有看他的政敵，只是如同他平常演講時一樣，只挑選了坐在他對面的一個人——那個人是在委員會開會時從不發表任何意見的安安靜靜的身材矮小的老人——作為他的眼睛注視的對象，就開始宣告起他的意見來。當他談到基本組織法的時候，他的反對者終於跳了起來，開始做出抗議。同樣作為委員會的一員，被激怒了的斯特列莫夫開始反駁，然後會議簡直變得狂風驟雨一般；不過最終還是卡列寧取得了勝利，他的提案被接受了，成立了三個新的委員會。第二天，在彼得堡的圈子裡都在紛紛談論這次會議。卡列寧感到他取得的成功甚至比他之前預期的還要大很多。

第二天，也就是星期二的早上，卡列寧醒過來的時候，懷著愉悅的心情想起了昨天的勝利。當辦公室主任想討好他，把聽到的有關委員會的情況向他報告時，他裝得若無其事，卻還是情不自禁地笑起來。

與辦公室主任一起忙著處理公事，卡列寧竟然忘記了今天是星期二，今天是他指定安娜回家的日子，所以當一個僕人進來報告她回來的時候，他感到很吃驚，並且產生了一種不快的情緒。

安娜在一大早就抵達了彼得堡，根據她的電報，派了馬車去接她。所以，卡列寧應該清楚她的到來。可是當她到了的時候，他並沒有出門來迎接她。她打聽到他還沒有出門，正與他的秘書長一起忙著辦理公事。她於是差人告訴她丈夫她已經回來了，接著就走進了自己的房間，一邊著手收拾行李，一邊盼望著他來。可是過了一小時還不見他來。她藉口安排家務走進餐室，故意大聲說話，希望他會來，可是他沒有來，雖然她聽見他把辦公室主任送到書房門口，可是，他並沒有出來。她很清楚按照慣例他很快就會去辦公，她希望能在他出門之前看到他，好確定他們之間的關係。

她走過大廳，態度決然地向他的屋裡走去。她走進他的書房，看見他穿著一身文官制服，顯然正準備出門，但他坐在小桌子旁邊，雙臂擱在桌上，無精打采地瞪著前方。她先看到了他，她心裡清楚，他正在思考她的事情。

當他一看見她，想站起來，但又改變主意，接著他的臉唰地紅了，這是她以前沒有看到過的。他迅速站起來，迎著她走來，沒有望她的眼睛，只是往上看著她的額頭和頭髮。他來到她面前，握住她的手，要她坐下。

「您回來了，我很高興。」他在她旁邊坐下說。他顯然還想說些什麼，但是努力了好幾次，然而欲言又止了……即使她對這次見面做好了準備，之前提醒自己一定要蔑視他、埋怨他，但現在卻不知道應該對他說什麼才好，甚至還有點可憐起他來了。就這樣，兩人沉默了許久。「嗯，謝廖沙還好嗎？」他問道，但不等回答又繼續說，「我今天不在家裡吃午飯，我現在就要走了。」

「我原本是計畫到莫斯科去的。」她說。

「不，您可以回到這裡，您做得非常對，非常對。」他說完又沉默了。

安娜看著他不想先開口提那件事，她就自己先開口說起來。

「阿列克謝・亞歷山德羅維奇，」她凝視著他說，雖然他那執拗的目光一直盯著她的頭髮，她也沒有垂下眼睛，「我是一個有罪的女人，我是一個壞女人，但是我依然像之前那樣，就像那一天我告訴您的一樣。我現在過來就是想告訴您，我是什麼也不會改變的。」

「我並沒有問您這個，」他突然堅決而憤恨地逼視著她的眼睛說，「我料到會這樣。」憤怒之下，他顯然又完全恢復了自己的全部力量。「但是，就像之前我告訴過您以及信上寫過的一樣，」他用尖細刺耳的聲音說道，「我現在再重複一遍，我並不一定要知道這個。這事我可以不加過問。並非所有做妻子的都像你這麼好，會這麼急急忙忙地把如此讓人愉快的消息告訴丈夫。」他狠狠地加重了「讓人愉快」這個字眼的語氣，「當社會上還不清楚這件事情的時候，當我的名譽還沒有遭到玷污時，我可以對這件事情採取不聞不問的態度。因此，我只是提醒您，我們的關係應該保持和以前一樣，只有在您自己不惜破壞自己的名聲時，我才會被迫採取行動，以便維護我自己的名譽。」

「但是，我們的關係不可能再像以前那個樣子了。」安娜有些惶恐地看著他，用膽怯的語調說。

當她又看到他那平靜的姿態，聽到他那小孩子般尖細刺耳的、嘲弄的聲音時，對他的厭惡抵消了剛才對他的可憐，她現在只是感到害怕。但不管怎樣，她還是希望搞清楚自己的處境。

「我認為不可以再繼續做您的妻子了，因為我已……」她本來想繼續說下去。

但是他凶狠地、冷冷地笑起來。

「一定是您所選擇的那種生活影響了您的思想。我既很尊敬您，又很蔑視您……您現在對我的話所做出的解釋遠遠比不上我說話的原意。」

安娜歎了口氣，接著低下頭來。

「不過，我不理解，像您這樣具有獨立思考能力的人，」他情緒激動地說下去，「怎麼會對你的丈夫直截了當地宣稱自己的不忠時，竟一點兒都沒有感覺到這種行為應該受到什麼譴責，反而倒覺得那些忠於自己丈夫的妻子應該受到譴責呢？」

「您到底想讓我怎樣做呀？」

「那讓我告訴你，我不希望在這兒見到那個人，要您的行為不至於使社會和僕人對您有閒話……要您不再同他見面。這看來不算過分吧。這樣您就可以享受一個貞潔妻子的權利，這些就是我要告訴您的所有的話。現在我要走了。今天我不在家裡吃午飯。」他站起身來，準備向門外走去。

安娜也站起身來。他只是一聲不吭地低下頭，讓她先離開。

chapter 24

不可逾越的鴻溝

列文躺在草堆上過的一夜，並沒有白過。他經營的農業使他厭煩，引不起他絲毫的興趣。儘管是豐收年景，但像今年這樣遇到這麼多挫折，他同農民之間發生這麼多爭執，卻是一直沒有過的。或者說，起碼在他看來是從來沒有遇到過的。

那麼對於造成這些失敗和敵意的原因，他現在已經完全明白了。他從勞動本身體會到的快樂，因為勞動而和農民的接觸，對他們和他們的生活所感到的羨慕，以及他想著要過那種生活的願望——那願望在那天晚上的時候對他來說已經不是夢想了，而是變成真正的目的。他已細緻地思考了達成那個目的的方法——這一切都大大改變了他對自己所經營的農業的看法，使他再也沒有原先那樣的興致了，而且也使他不能不看到作為整個事業基礎的他同勞動者之間的關係是不愉快的。

一群如同帕瓦那樣的良種母牛，全部使用優良的犁耕過的土地，九塊使用籬笆圈起的平坦耕地，九十畝施足肥營養充足的田地，各式條播機，還有其他，等等——如果這些勞動只是由他自己，或是由他自己以及他的夥伴們——同情他的人所一起完成的，那一切都是很好的。可是他目前看得很清楚（他正在寫一本關於農業方面的著作，他想說明農業經營的主要元素是勞動者，這對他來說大有幫助），他現在所經營的這種農業只不過是他與勞動者之間的一場殘酷而頑強的鬥爭，在這場鬥爭裡，從他這方面，他要不斷地竭盡全力，把一切事情都做到十全十美的理想狀況，以農民為另外一方面，就是一切順其自然做到哪步算哪步。並且在這場鬥爭中，他清楚雖然他這方面是如何的緊張，但另一方面卻顯得毫不努力，甚至是毫無目的，那麼得到的唯一結果是，工作完成得讓任何一方都不滿意，而那些極好的農具、優良的家畜和肥沃的土地，到頭來對誰都沒有益處地白白糟蹋了。更為主要的是，花在現在這種事業上的精力還不僅僅是毫無益處的，眼下，他既已明瞭這種事業的意義，就不能不覺得連他浪費精力的目的也都變得毫無價值了。實際上，他們的鬥爭是為了什麼呢？他在盡力爭取自己的每一個小錢（並且他不得不這樣，因為他只要稍微放鬆一點，他就沒有錢去支付勞動者的工資了），而勞動者們卻只堅持輕鬆愉快地工作，也就是說，像他們平常一樣地勞動。

從他的利益出發，每個勞動者應該儘量多幹活，應該經常留心，不要損壞播種機、馬拉耙、打穀機，應該經常想到他在幹什麼；可是勞動者卻希望幹活盡可能輕鬆愉快些，多休息休息，尤其要緊的是要無憂無慮，不動腦筋。在這個夏天，列文幾乎隨時都可以看到這一點。他吩咐人去割苜蓿用來做乾草，他選取讓他們刈割的地方是長滿了雜草和莠草的、不能留種的最壞的田地，但是一次又一次，他們都在最好的苜蓿地上收割，他們辯駁說是管家要求他們這樣做的，並且說這樣的苜蓿會製成很出色的乾草，用這樣的話來安慰他；可是他很清楚這只是因為那些地比較容易刈割罷了。他派去了一架翻草機，結果還沒翻到幾行就被弄壞了，這是因為坐在駕駛座上，聽著巨大的機翼在頭頂上舞動，農民們感覺很沉悶。而他們卻告訴他：「不用擔心，老爺，女人們很快就會把草地翻好。」

再就是幾張犁實際上已經不能用了，原因是農民在掉轉犁頭時，從來就沒想到過需要把犁頭提起，他只是使勁地把犁頭掉過來，既折磨了馬匹，又毀壞了地面。可他們卻對列文說不用擔心。馬兒可以自由自在地闖進小麥田，因為沒有一個農民願意獨自來做守夜人，即便列文命令不要這樣去做，農民們還是自作主張輪流守夜。還有就是萬卡，他在勞動了整整一個晚上後睡著了。對於他的過失，他感到很後悔，說道：「您想怎樣處置我就怎樣吧，老爺。」因為他把牛放牧到再生的苜蓿地裡去了，並且還沒有給牛喝水。三頭最好的小牛被他們糟蹋死了，而令人難以置信的是小牛竟是因為吃多了苜蓿而死的。可是，為了安慰他，他們告訴他，他有一位鄰居三天就損失了一百二十多頭家畜。

這一切事情的發生，實際上並不是誰對列文或者對他的農場心存惡意；恰恰相反，他了解他們都喜歡他，並把他看作一位樸實的老爺（這是他們最高的讚譽）；至於發生這樣的事故，只是因為農民希望幹活輕鬆愉快、無憂無慮。他的利益，他們不但不關心、不理解，而且肯定同他們最公正的利益相對立。很早之前，列文就已很不滿意自己對待農事的態度。當他看到他的小舟有了漏洞時，或許是有意欺騙自己吧，他並沒有找到而且也不願意去尋找那漏洞。那麼現在他感覺再也不能自欺欺人了。他一直以來所經營的農業，對於他來說不僅開始變得沒有吸引力，而且讓他感覺厭煩了，他對它已經不再感到那麼有興趣了。

尤其是現在，基蒂正在距離他僅僅三十里的地方，他非常想和她見面，但又不能。其實達里婭在他去拜訪她時也曾勸他再來，過來向她妹妹再次求婚，而且她表達的意思彷彿現在她妹妹肯定會接受他的求婚。而當列文自己看到基蒂的時候，還是感到他依舊愛著她；雖然知道她在奧布隆斯基家裡，他卻不能到那裡去。他向她求婚而遭到拒絕，這就成了他們之間不可逾越的鴻溝。

「她不能成為她所愛的男人的妻子，我不能因此就要求她做我的妻子，」他喃喃自語，每當想起這個就讓他感到她的冷漠和敵意，「那麼當我和她說話時是不可能不帶責備的意思的；而我見到她時不由得會產生怨恨；這樣她只會更加憎恨我，這是肯定的了。尤其是現在達里婭對我說了這些話之後，我還可以去看她們嗎？難道我不明白她想要告訴我的意思嗎？我去就要裝得寬宏大量，原諒她，饒恕她。我要在她面前扮演一個饒恕她、把愛情恩賜給她的角色！……多莉為什麼要對我說這番話呢?我要是在無意中看見她,一切就很自然,可是現在已經辦不到了,辦不到了!」

達里婭給他送來一封信,是要向他借一副馬鞍給基蒂用。「別人告訴我,您這有一副女用的馬鞍,」她在信上寫道,「我希望您可以親自給我們送過來。」

這可實在使他忍無可忍了。一個聰明體貼的女人怎麼可以這樣貶低自己的妹妹!他寫了十次字條,都撕掉了,最後就不附回信,派人把馬鞍送去。說他會去是不行的,因為他不可能去;要是說他因事抽不開身,或是他說要離開這裡,因此不能來,那只會更糟。他沒有寫回信,而且帶著一種彷彿是做了什麼丟人的事一樣的心情,叫人把馬鞍送去了,之後他把他覺得厭煩的一切農事都交給了管家處理。

第二天,他就出發到一個偏遠的縣裡去探望他的舊友斯維亞日斯基了。這位朋友的住地周圍有好多極好的松雞出沒的沼澤,他不久前寫信給列文,要他履行很早就答應的到他家小住的諾言。在蘇羅夫斯克縣有好多松雞出沒的沼澤,這早就吸引了列文,只是因為農場上的事務纏身,他一直拖延著沒有去拜訪他。現在他非常高興可以離開謝爾巴茨基家的鄰近,主要是想擺脫農事,因為在他心緒煩惱的時候,打獵是最好的消遣。

chapter 25

農家的幸福生活

因為蘇羅夫斯克縣城沒有鐵路，也沒有驛馬，於是列文就乘坐他自己的四輪馬車去了。半路上，他在一個富裕的農民家停下來餵馬。出來開門的是一個精神抖擻的禿頭老農，兩頰留著寬闊的已經發白的紅棕色大鬍子。他把身子倚靠在門框上，讓列文的四輪馬車進去。這是一個新修的、收拾得非常乾淨和整齊的院子，院子裡擺放著幾架烤製過的木犁。老人向車夫指明了棚屋的位置，然後請列文走進上房。一個穿著乾淨光腳穿著套鞋的年輕女子，正在彎腰清洗穿堂裡的地板。她被跟在列文後面跑的那條狗嚇了一跳，叫了起來，後來知道這狗不會咬人，又立刻對自己的恐懼笑了起來。她抬起挽著袖子的手指了一下上房的門，就又彎下了腰，掩蓋起她那張美麗的臉龐，接著開始擦洗地板。

「您需要茶炊嗎？」她問。

「好吧，那就謝謝了。」

上房很寬敞，聖像底下放著一張描花桌子、一條長凳和兩把椅子。門旁有一個食器櫃。百葉窗關著，蒼蠅很少，屋子裡那麼潔淨，使列文擔心那一路上跑來，又在水潭裡洗過澡的拉斯卡會把地板弄髒，於是他就吩咐獵狗待在門邊的角落。列文仔細地打量了一遍上房，之後來到後院。剛才那個腳穿套鞋、漂亮的年輕女人，搖晃著挑著兩隻空桶，在他們前邊跑到井邊去挑水。

「快一點兒！」老人快活地朝她喊了一聲，接著就站到列文跟前，「哦，老爺，您這是要到尼古拉・伊萬諾維奇・斯維亞日斯基家去嗎？他也經常到我們這裡來。」他雙臂靠在欄杆上，興致勃勃地同列文攀談起來。老人在講他和斯維亞日斯基間的感情，這個時候，大門又發出軋軋的響聲，有幾個從田間勞作回來的雇工扛著木犁進來了。列文看到拉犁耙的那匹馬長得既光澤又肥壯。顯然幹活兒的人們都是自己家裡的：兩個年輕人穿著花布襯衫，戴著便帽；另外兩個是雇工，一老一少，都穿著麻布襯衫。老頭兒走下台階，動手解馬。

「他們現在耕種的是什麼地？」列文問。

「耕馬鈴薯地。我們也算是租了一小塊地。費多特，你別把那匹馬放了，把牠牽到水槽邊。讓我們套上另外一匹馬。」

「啊，爸爸，我需要的那個犁頭弄好了沒有？」那個個子很高而且很強壯的小夥子問道，顯然他是老人的兒子。

「我放在那兒……就在雪橇上，」老頭兒一邊回答，一邊把解下的韁繩纏了起來，扔在地上，「趁他們吃飯，你把它裝好。」

這時那個漂亮的少婦肩膀上挑著滿滿的一擔水進了穿堂。幹活的人和家裡人安置好馬匹，坐下來吃飯。既有年輕美麗的少婦，也有人老珠黃的中老婦女，她們有的領著小孩，有的沒有帶小孩。

茶炊開始嗚嗚地響起來，列文也從他的馬車上拿來吃食，請老頭兒陪同自己一起喝茶。

「啊，今天我們已經喝過茶了，」雖然老人這樣說道，還是十分愉快地接受了列文的這一邀請，「那就讓我再陪您喝幾杯吧。」

在喝茶時，列文了解了這個老人農莊上的所有家族史。十年前，老人從一位女地主那裡租賃了一百二十俄畝的土地，到去年時乾脆就將這些地都買了下來，此外還從鄰近的一個地主手裡租了三百俄畝地。他把一小部分最差的地租給別人，自己一家人和兩名雇工種了四十畝光景。老頭兒訴苦說地種得不好。但是列文知道，老頭兒訴苦完全是出於客套，其實他的農場很興旺。如果境況真是不好的話，他就不可能以每俄畝一百零五盧布的價格買進土地，不會為他的三個兒子和一個侄子娶了親，也不可能在失火之後又兩次重新修建房屋，並且房屋修建得越來越好。即便是老人在嘴上訴苦，但也可以看得出來，他也在為自己的富裕生活，在為他的兒子、侄子、兒媳婦、他擁有的馬匹、母牛，尤其是被他所管理的一切農事感到非常自得。在和老人的聊天中，列文了解到老人並不反對使用新式方法。他種下了許多馬鈴薯，剛才列文坐車經過時看見了，地裡的馬鈴薯已經開過花了，現在開始結馬鈴薯了。

可列文地裡的馬鈴薯才剛剛開過花不長時間。老人從地主那裡租借了一架新式的犁具來耕種馬鈴薯地。同時他也種了小麥。老人鋤黑麥的時候，會把鋤出來的苗都拿回來給馬吃。老頭兒篩黑麥，把篩下來的麥屑餵馬。這些小事使列文特別欽佩。列文自己有多少次看到這種好飼料被糟蹋，總想把它收拾攏來，但總是辦不到。然而這一點老農民卻辦到了，他對這種很好的飼料真是不勝讚賞。

「婦女們都做些什麼呢？」

「她們把一大堆青飼料運送到路旁，大車就把它們都拉走了。」

「哦，我感覺我們這些地主與雇工們打交道，真是沒有法子。」列文一邊說一邊遞給他一杯茶。

「謝謝。」老頭兒接過茶杯，回答，但指指他吃剩下的一塊糖[58]，謝絕在茶裡放糖。「唉，你怎麼能

58. 俄國農民為了節約，輕易不在茶裡放糖，而只拿著一塊糖，一邊喝茶，一邊嚼著。

依靠雇工們幹活兒呢？」他說，「他們只會把事情弄得一團糟。就拿斯維亞日斯基家來說吧。我們都知道，他們家是什麼樣的土地，那土地黑油油的，可是收穫卻沒什麼可以恭維的。這都是因為太馬虎了！」

「可你不是也在用雇工種地嗎？」

「當然不一樣，我們大家都是可以幹活兒的。而且一切事情我們都可以做。如果雇工不中用，那麼我就請他走，我們自己會親自去做。」

「爸爸，菲諾根需要一丁點兒柏油。」腳穿套鞋的年輕婦女走過來說。

「其實就是這麼回事兒，老爺！」老人一邊說一邊站了起來，他連續畫了很多次十字，在向列文道謝之後，就走了出去。

當列文到下房去叫馬車夫時，看見男人都圍著桌子吃飯。他們的婆娘則站在那裡侍候他們。年輕力壯的兒子嘴裡含著米粒，正在講一件搞笑的事情。大家聽後哈哈大笑起來，尤其是那個腳穿套鞋、正準備把菜湯倒進碗裡的年輕婦女笑得最是開心。

這個農家的幸福生活給列文留下了很深的印象，這很可能同穿套鞋的少婦的美麗容貌有關，使列文怎麼也不能忘記。當他離開老人家去斯維亞日斯基家的途中，他一直沉浸在回想中，彷彿在那種印象裡有什麼東西是要求他格外注意的。

chapter 26 斯維亞日斯基家

列文的友人斯維亞日斯基是那個縣的貴族長，他比列文大五歲，早就結婚了。他家裡住著年輕的姨妹，列文很喜歡這女子。列文還知道，斯維亞日斯基夫婦很渴望這個女子與他結婚。列文和一切未婚青年一樣，對這樣的事心裡無疑是很清楚的，當然他是絕不會對任何人談起這件事情的。他也知道，雖然他很想結婚，雖然從各方面來看這位十分迷人的女子一定會成為一個好妻子，但同她結婚就像登天一樣不可能，是非常不現實的，就算他從沒有愛上基蒂。當他想到這些，本來那種期待拜訪斯維亞日斯基所獲得的快樂彷彿也被沖淡了。

當他收到斯維亞日斯基邀請他去打獵的信時，他就馬上想到了這點，可是雖然這樣，他依然覺得斯維亞日斯基對他會有這樣的想法只不過是他自己毫無理由的假想而已，所以他還是去了。此外，在內心深處，他還想考驗一下自己，看看對這位女子究竟有沒有感情。斯維亞日斯基的家庭生活非常愉快。斯維亞日斯基是他所認識的最優秀的地方自治會活動家，而且列文一直以來就覺得他是一個非常有趣的人。

斯維亞日斯基是一個很了不起的人，他們這種人的論調一套一套的，但總是脫離實際，並沒有什麼獨特的地方；他們的生活卻非常刻板，一成不變，完全和理論不符，甚至大相徑庭。斯維亞日斯基是一個極端的自由主義者。他藐視貴族，因為覺得大多數貴族都在背地裡擁護農奴制，但又因為膽小而不敢把意見公開表示出來。他認為俄羅斯就像是土耳其，是一個已經滅亡了的國家，認為俄羅斯政府壞透了，以至於都不值得自己去認真地批評政府的行為，然而同時，他卻又在這個他鄙視的政府任職，而且是一位模範的貴族長。當他乘車出門時要經常戴上一頂鑲著帽徽和紅色帽圈的制帽。他認為只有在國外才能真正像人那樣生活，因此一有機會就出國，但他在俄國又經營著複雜的、技術先進的農業，並且興致勃勃地注意和了解俄國發生的一切。他甚至覺得俄羅斯農民是處於從猿猴變成人的過渡階段，但是在地方自治會的選舉會議上，他又比任何人更樂意和農民握手，聽取他們的意見。他一方面不信鬼神，不關注任何吉兆或災禍，可另一方面卻又非常關心提高神職人員的生活水準和維護他們的進項問題，尤其操心的是竭力保留自己村子裡的教堂。

在婦女問題上，他是個激進派，主張婦女絕對自由，尤其認為婦女應有勞動權。但是他和他的妻子卻過著這樣一種雖然沒有小孩，可是卻十分和睦的、使大家羡慕的家庭生活，以至於他的妻子除了和丈夫一道努力怎樣更快活、更舒服地消磨時間外，她什麼事情都不去做，也不可能去做。要不是列文具有從最好的方面看人的特點，他要想了解斯維亞日斯基的為人是不會使他感到迷惑不解或疑問的。他肯定會告誡自己：那不是傻子，就是壞蛋，那麼這樣一切就會變得清清楚楚了。可是列文不會說他是一個傻子，這是因為斯維亞日斯基沒有絲毫疑問不僅是一個非常聰明的人，沒有什麼問題他不知道，但不到萬不得已，他不輕易顯露自己的知識。列文更不能說他是個壞蛋，因為斯維亞日斯基毫無疑問是一個誠實、善良、精明的人，他開心地、熱心腸地、不屈不撓地從事他的工作，他受到周圍所有人的尊敬，他絕對沒有故意做過，並且也不會去做任何壞事。

列文竭力想理解他，可是無法理解，而且總是把他和他的生活看成一個難解的謎。

他和列文的關係非常好，因此列文經常大膽地去追問斯維亞日斯基，想盡辦法要探索他對人生觀的真實看法，但總是徒勞無功。每當列文試圖進入斯維亞日斯基那間向所有人敞開的心靈的外室，打算繼續往裡闖時，他總是感覺到，斯維亞日斯基很明顯有點兒狼狽不堪，他的眼神裡還隱約出現恐懼，好像生怕列文識破他，往往友好而婉轉地加以拒絕。

現在，當列文對自己的田莊完全失去信心之後，特別願意到斯維亞日斯基家。暫且不提看到這一對萬事如意的幸福夫婦，只要看到他們那舒服的安樂窩，就會給他一種快活的感覺。現在，當他對自己的生活感到極度不滿的時候，他就更加渴望找到令斯維亞日斯基的生活一直這樣安康、乾脆和快活的秘訣。除了這個之外，列文知道，在斯維亞日斯基家裡他將會看到許多鄰近的地主，他眼下非常希望談論或者聽一聽有關收成、雇工等農事上的一些話。他知道，一般認為談這類問題是很庸俗的，但現在他卻認為十分重要。「這些問題在農奴制時代也許並不重要，在英國也許不重要，因為在這兩種情況下，基本的規章制度業已確立。但是在現在的俄國，好像一切都被顛倒過來了，好像一切都才剛開始形成，所以怎樣建立章法在俄國是唯一重要的事情。」列文心裡面想著。

最終打獵的結果並沒有像列文預計的那樣好。由於沼澤乾涸了，大鶴已經差不多沒有了。他走了一整天，僅僅帶回三隻，但像每次打獵回來那樣，胃口大開，心情極好，同時由於劇烈的體力活動，精神非常振奮。在打獵的時候，他好像什麼都沒有去想，可是突然又回想起那位老人和他的一個大家庭，他們給他留下的印象彷彿要求不僅僅是要注意所見所聞，而且要求他處理與他有所關聯的什麼問題。

到晚上，他們坐在一起喝茶時，有兩個地主為了委託代管產業的事跑來，於是一場有趣的談話便開始了，而這正是列文所期盼的。

由於列文坐在了茶桌旁女主人的身邊，他不得不同她以及坐在對面的姨妹談話。女主人是個圓臉、淡黃頭髮、個兒不高的女人，臉上總是露出笑靨和酒窩。列文竭力想通過她找尋到他所關注的、關於她丈夫這個疑團的答案，但是他沒有充分思考的自由，因為他感覺非常侷促不安，原因是那個坐在他對面的小姨子，穿了一件他感覺好像是專門為他穿的、開了梯形領口的衣服，在他面前露出白白的酥胸。她的胸部是那麼白，或者說她所有的皮膚都是那麼白，這個敞胸的大開領就弄得列文有些心猿意馬了。他想像著，也許是錯誤地想像著，這開領是專門為他設計的。他認為他沒有權利看它，就竭力不去看，他覺得，她把領口開成這個樣子，好像是他的過錯一樣。列文覺得他似乎欺騙了誰，他需要做一些解釋，但是又不知道怎樣解釋，所以，他一直漲紅著臉，感覺很是彆扭。他的這種彆扭也傳染給了那個漂亮的小姨子。但是女主人好像並沒有發現這一點，還是一個勁地引導她加入談話中。

「您說，」女主人把開了頭的話題繼續說下去，「我丈夫對俄國的任何東西都不感興趣。於是，他更願意待在國外，然而他卻從來沒有像他在這裡一樣愉快。他在這兒可以感到自己是在自己人中間。他也有許多的事可以去做，他好像生來就對一切感興趣。對了，您還沒有去過我們學校吧？」

「我已經看到了……就是那個爬滿了常春藤的小房子吧？」

「不錯，那就是娜斯佳在做的事情。」她說著用手指了指她妹妹。

「是您自己在那兒教課嗎？」列文問道，盡力不去看她那裸露的脖頸，但是他感覺不論自己看向哪個方向，他都能看到它。

「是的，我一直在教書，但我們有一位出色的女教師。我們已經開始上體操課了。」

「不必了，多謝，我不喝茶了。」列文說，他感覺到這樣做是不禮貌的，但是又不能繼續在這裡談下去，就漲紅了臉，站起身來。「我看他們那兒談話很有意思。」他又加了一句，接著就走到桌子的另外一端去了，主人和兩位地主就坐在那兒談論著。斯維亞日斯基側著身坐在桌子旁邊，一隻胳膊架在桌子上，一隻手不斷地旋轉著杯子，另一隻手撚著自己的大鬍子，將它湊到鼻子上，然後再讓它垂下，彷彿在聞鬍子似的。他那雙烏黑發亮的眼睛，盯住那個留灰白小鬍子的神情激動的地主，顯然對他說的話很有興趣。那地主在埋怨農民。列文看得出來，斯維亞日斯基完全清楚怎樣去駁斥地主的抱怨，他能夠立即把對方的整個論點都駁倒，但是站在自己的地位上，他是絕不會這樣做的，僅僅是津津有味地聽著那位地主的一番非常可笑的談話。

留灰白小鬍子的地主顯然是個頑固的農奴主，長期住在鄉下，對農業很熱心。列文從他穿著的一件明顯有點彆扭的舊式外套，他的精明而又鬱悶的眼神，一口流利的俄語，從顯然是長期習慣了的命令口氣，從他那隻被太陽曬黑了的好看的大手的果敢動作上，看到了他的種種特徵。

chapter 27

農奴解放

「要不是捨不得拋棄長期開拓的事業……花了那麼多心血……我早就把它丟掉，賣了，就像尼古拉・伊萬諾維奇那樣一走了之……去聽《美麗的愛蓮娜》[59]去。」地主說著，一絲快活的微笑使他那張精明的老臉更加容光煥發了。

「可是我看，您還沒有把它們都拋棄，」尼古拉・伊萬諾維奇・斯維亞日斯基說，「可見這其中一定有好處。」

「好處只有一點，那就是可以住在自己家裡，不吃人家的飯，不受人家的氣。除此之外，人總是期望農民變得更加聰明一點。可是，說起來您也許不會相信，他們就知道酗酒，放蕩！他們只會一次又一次地分家，分得沒有一匹馬，沒有一頭牛。農民們正在餓死，但是請他做雇工吧，他會盡力跟您搗亂，最後還會到調解法官那裡去告您。」

「但同樣，您也可以到調解法官那裡去控告他呀。」斯維亞日斯基說。

「讓我去控告？我才不會幹呢！那樣只會招惹更多是非，會叫你後悔莫及。比如，在工廠裡，他們先是預支了工錢，接著就逃走了。調解法官能拿他們怎麼辦？只有鄉法院和鄉長才能維持秩序。他

59.《美麗的愛蓮娜》是德國作曲家奧芬巴哈（一八一九至一八八〇年）所作的滑稽歌劇，當時在莫斯科和彼得堡極為流行。

們還是按照舊式的方法鞭打他們！如果不是那樣，那我就只有拋棄一切，然後逃到天涯海角了！」

很顯然，那個地主是在嘲諷斯維亞日斯基，不過斯維亞日斯基並沒有生氣，反而感覺很有趣。

「可是我們經營我們那份產業就不用這一套，」他微笑著說，「列文，我，還有他。」

他指了指另外那個地主。

「不錯，米哈依爾・彼得羅維奇的事業正在向前發展，但是問問他現在是怎樣的情形吧？您說說那是合理的方式嗎？」地主說，很明顯是在炫耀「合理的」這個字眼。

「其實我的經營方式非常簡單，」米哈依爾・彼得羅維奇說道，「感謝上帝。我的經營方式就是到秋天交稅以前把錢準備好。農民們跑來：『哎呀，老爺，大老爺，救救命吧！』哦，他們都是我們的鄰人，我可憐他們。因此，我就替他們墊付了三分之一的稅款，但是對他們說：『記著，我的孩子們，我現在幫助了你們，等我需要幫助的時候，你們得幫助我——種燕麥也好，割草也好，收麥子也好。』同時講定每戶出多少勞役。他們當中也有沒良心的，這是事實。」

早就熟悉了這種家長式管理方式的列文，連忙和斯維亞日斯基交換了一下眼色，打斷了米哈依爾・彼得羅維奇的話，接著轉向留著灰色鬍鬚的地主。

「那您認為怎樣？」他問，「目前我們應該使用什麼方式經營呢？」

「哦，就像米哈依爾・彼得羅維奇一樣去經營：或者收成對分，或者租給農民；這是可行的，就是會毀了國家的財富。我的土地用農奴勞動可以收種子的九倍，要是用收穫平分制就只剩下三分。現在的俄國已經被農奴解放毀掉了！」

斯維亞日斯基那雙滿含笑意的眼睛看著列文，甚至露出一種隱約可辨的嘲弄神氣；但列文並不覺得那地主的話可笑，他了解他們，相對於斯維亞日斯基了解得更清楚。灰色鬍鬚的地主又接著說了許多話，為的就是要證明俄國是怎樣被農奴解放給毀了。對於這些話列文甚至感覺非常正確，而且在他聽來是很新鮮的，而且是不可爭辯的。這位地主無疑是說明他個人的一些思想——這的確是難得的事情。他有這種看法，並非頭腦閑得沒事胡思亂想的結果，而是由於處在這種生活環境，由於過著與世隔絕的鄉村生活，並經過反覆思考而產生的。

「您要明白，問題在於，一切改革都是靠權力強制推行的，」他說，很明顯想要表示他並不是沒有教養的，「試看一下彼得大帝、卡捷琳娜、亞歷山大的改革吧，再看一下歐洲的歷史吧，特別是農業方面的進步。就說馬鈴薯吧，在我國也是靠強制才推廣的。從前連木犁也不用。木犁恐怕還是封建時代輸入的，而且一定也是強制推廣的。到了現在，到了我們自己這個時代，我們這些地主，還是在農奴時代，在我們的農業經營上曾經使用過多種多樣的改良設備，諸如烘乾機、打穀機、運肥機和一切農具——這一切都是通過我們的權力強制輸入的。農民們起初非常反對，後來就開始效仿我們。由於現在廢除了農奴制，結果我們被剝奪了權力，我們的農業原來已達到很高的水準，如今又倒退到最野蠻、最原始的狀態。我是這麼看的。」

「可是我們為什麼會這樣呢？假設這都是合理的，那麼，你就可以雇人勞動，您還是可以像這樣經營的呀。」斯維亞日斯基說。

「我們已經沒有權力了。請問我可以靠誰去這麼經營呢？」

「是的，正是這樣。我就是認為勞動力是農業中的主要因素。」列文心裡想。

「當然是靠雇工們。」

「雇工不願好好幹活，他們不肯用好的農具。我們的雇工只知道一件事——喝酒，喝得爛醉如泥，把你給他的東西統統毀掉。他把馬兒飲傷了，毀掉很好的馬具，然後拿輪胎去換酒喝；還把鐵片弄到打穀機裡面，把它弄壞。所有他不理解的東西，在他看來就都是厭惡的。那麼這就是現在整個農業水準低落的原因。土地都荒廢了，地裡長滿了莠草，或者被農民瓜分了，原來可以收到一百萬盧布，現在只能收幾十萬盧布；國家總體的財富減少了。所以，同樣一件事只需要稍加考慮……」

於是他又開始講解他所設想的關於農奴解放的方案，那麼依據他的方案，現在這些缺陷都是可以避免的。

這個話題不能吸引列文的興趣，等他一講完，列文又回到他原來的意見上來。他轉向斯維亞日斯基，盡力希望引他發表他的真實想法：「農業水準在不斷下降，就我們現在同雇工的關係而言，要實行合理的經營是不可能的，這倒是實實在在的。」。

「我並不這麼認為，」斯維亞日斯基態度認真地回答，「我只看到，我們不善於經營農業，而且，在農奴制時代，我們的農業，恰巧相反，水準不是太高，而是太低。我們現在沒有機器，沒有良好的役畜，我們管理不當，甚至連怎樣去記帳都不知道。要不然可以隨便問問哪一個地主，問問什麼是有利的，什麼是有弊的，保準他都說不上來。」

「我知道義大利式簿記法！」灰色髫鬚的地主嘲諷地說，「不管你怎麼算，他們總會把什麼都糟蹋掉，最後你什麼利益也拿不到。」

「為什麼會被他們糟蹋呢？一架老爺打穀機，或者你們的俄國式壓榨機，他們會弄壞，可是像我的蒸汽機他們肯定不會損壞。那些可憐的俄國馬兒，您是怎麼叫的呢？……那種牲口只有您揪著牠的尾巴才會走，那種馬他們會糟蹋，可要是換成荷蘭馬匹，或是別的好馬，他們就不會再糟蹋了。因此問題在這裡。我們應該把我們現在的農業水準提到更高的層次。」

「啊，可是這些需要花費得起呀，尼古拉·伊萬諾維奇！這些對於您或許是很合適的，可是我要供一個兒子上大學，幾個孩子上中學，我可買不起荷蘭馬呀。」

「可是，在這種情況下我們有銀行啊。」

「到最後您是要我把剩下的東西都拍賣掉嗎？不，還是謝謝您的好意了！」

「我不同意農業水準有進一步提高的必要和可能，」列文說，「我現在就在從事這件事，況且我也有本錢，可是我卻什麼都做不出來。像銀行嘛，我真是不清楚它對誰有好處。起碼我個人在農業經營上花的錢結果都是損失：家畜——是損失，機器——也是損失。」

「我認為，這是千真萬確的。」灰色鬍鬚的地主連忙附和著說，滿意地笑出聲來。

「並且不只是我這樣，」列文繼續說，「凡是合理經營農業的地主都是這樣，除了少數例外，全都虧本。哦，請您告訴我們，您的土地是怎麼樣的——您獲得利益了嗎？」

列文說完立刻在斯維亞日斯基的眼神裡感覺到了那種轉瞬即逝的驚愕神情——每當他打算從斯維亞日斯基的心靈外室再深入一步的時候，就經常看到這種驚愕的神情。

這個問題列文提得不太誠懇。喝茶的時候女主人已經對他說過，今年夏天他們從莫斯科請來一位德國會計師，他收取五百盧布的報酬，讓他核算了他們現在的全部財產，結果發現他們總共損失了三千多盧布。確切數字她不記得了，可那個德國人好像把一分一毫都計算進去了。

當聽到列文提起斯維亞日斯基農業的收益時，那個留著灰色鬍鬚的地主微微一笑，很明顯，他也想知道他的鄰人兼貴族長從農業上大概得到了多少利益。

「或許不合算，」斯維亞日斯基回答，「這只能說明，或者我是個壞當家，或者我把錢用到提高地租上去了。」

「啊，地租！」列文驚奇地叫著，「地租或許在歐洲會有，在那裡，是因為土地由於花在它上面的勞動已經改良過了；可是在我們這兒，土地卻是因為花在它上面的勞動在一天天貧瘠下去——換句話說，那就是耗盡地力。所以，我們談不到地租。」

「怎麼沒有地租呢？這是法規。」

「那我們就是違反法則的，地租對我們來說毫無作用，相反，它只會壞事。不，請您告訴我，為什麼會有地租這套理論？」

「你們要來些凝乳嗎？瑪莎，請給我們拿些凝乳或者馬林果來。」他轉向他的妻子說道，「今年的馬林果成熟得特別晚。」

說完之後，斯維亞日斯基就懷著最愉快的心情站了起來，然後走開了。

顯然，正當列文感覺這場談話才剛剛開始的時候，他卻認為這場談話已經結束了。

走掉了對手，列文只好繼續和灰色鬍鬚的地主談話，他竭力想向那地主證明，一切困難都是由於我們不想了解雇工的特點和習慣造成的；但那地主也像一切離群索居、獨自思考的人那樣，不善於理解別人的意思，特別固執己見。

他堅持說，現在的俄國農民都是豬，他們貪戀豬一樣的生活。要想把他們從豬一般的處境中拯救出來，就要有權力，但是現在卻沒有。一個人一定需要有一條鞭子，因為他們現在變得太自由了，使得我們突然要使用律師和模範監獄取代使用了一千年的鞭子，而且在監獄裡，還要給那些不中用的、身上散發著惡臭的農民吃很好的湯，甚至還計算出來應該給他幾立方尺的空氣。

「為什麼您認為，」列文想回到本題上來，「要是用這樣一種對勞動者的關係，想使得勞動產生很高的生產率，是不可能的？」

「對俄國農民來說，就是永遠不能這樣！因為我們沒有權力。」地主回答。

「我們要怎樣才能找到新的條件呢？」斯維亞日斯基說，吃了一些凝乳，然後點上一支香煙，他又過來參與爭論了。

「對待勞動者的一切關係都是明確的，經過研究的，」他說，「野蠻時代的殘餘——連環保的原始公社[60]自然而然地瓦解了，現在農奴制也被廢除了，唯一剩下來的只有自由勞動，然而它的形式是固定了的、現成的以及非採用不可的。長工，日工，佃農除此之外，沒有別的形式。」

「但是在歐洲已經對這些形式感到不滿了。」

「既然感到不滿了，他們正在探求新的，而且多半是會找尋出來的。」

「我說的就是這個，」列文回答，「為什麼我們自己不去試著探求呢？」

「就是因為這正和重新發明鐵路建築法一樣，由於它們原本是現成的、早已發明了的。」

「但如果它們不適合我們使用，並且它們並不高明呢？」列文問道。

他再一次在斯維亞日斯基的眼神裡覺察出驚愕的神情。

「啊，如果是這樣那我們可真是要目空一切了，我們已經研究出歐洲還正在研究的東西。所有這一切我都知道，是，對不起，您清楚有關勞動組織問題在歐洲獲得的一切成就嗎？」

「不，我不大了解。這個問題現在已經引起歐洲最優秀的思想家們的注意了：舒爾茲・傑里奇[61]

60. 指俄國農村公社實行的制度，以公社為單位統一向國家和地主完租納稅，負責對國家和地主的徭役，監督農民按時繳納應付款項。

61. 舒爾茲・傑里奇（一八〇八至一八八三年），德國經濟學家和政治家。儲蓄信貸銀行和獨立合作社組織的創辦人，他認為這可以調和工人和雇主的階級利益。

派；極端自由主義的拉薩爾派[62]。論勞動問題的浩瀚巨著……以及米爾豪森制度[63]——這一切都已經變成事實了，我想您大概也知道吧。」

「我只是稍微知道一點，而且比較模糊。」

「不，您不用客氣；這一切您知道得一定不會比我差。當然，我並不是一個社會學教授，但這同樣令我產生興趣，而且說實話，如果您也感興趣的話，您應該研究研究。」

「那麼他們得出什麼樣的結論呢？」

「不好意思……」

兩位地主站起來了，斯維亞日斯基又一次阻止了列文想要窺視他的內心深處那種令人不快的習慣，出門送客去了。

62. 拉薩爾（一八二五至一八六四年），德國小資產階級社會主義者，「全德工人聯盟」的創辦人。他以得到政府支持的生產會社來對抗舒爾茲・傑里奇的獨立的合作社組織。在這個基礎上他和俾斯麥發生聯繫。「拉薩爾派」在工人問題上和普魯士君主制度公開結盟。

63. 米爾豪森制度：工廠主多爾富斯在米爾豪森（法國亞爾薩斯的城市）創辦的「關心改善工人生活協會」建造房屋，由工人用分期付款的方法購用。多爾富新的「協會」是帶有慈善目的的商業企業。它沒有解決，也不可能解決工人問題。

chapter 28 農業改革

這天晚上，列文同女士們在一起感到很無聊。他現在對農業的不滿，並不是他一個人的感覺，而是俄國的普通情況；他想到，想要轉變勞動者與勞動之間的關係就像他在途中碰到的那個農民家一樣，這並不僅僅是夢想，而是一個亟待解決的問題。現在，想到這些，令他比什麼時候都要激動。他感覺這個問題是可以解決的，而且確實需要想方設法去解決。

列文向太太們道過晚安，同她們一起騎馬到公家樹林裡參觀一個有趣的天然陷坑。他在睡覺以前走進主人的書房，找斯維亞日斯基剛才談話時介紹給他的一些有關勞動問題的書籍。斯維亞日斯基的書房非常寬敞，四周都擺滿書架，裡面有兩張桌子，一張是擺在書房中間的大寫字台，另一張是個圓桌，上面放著一盞檯燈，就在檯燈的四周眾星捧月般擺放了各種文字的新出版的報紙以及雜誌。在寫字台一邊擺有一個櫃子，在抽屜上面標著金字標籤，裡面裝滿了各種各樣的文件。

斯維亞日斯基拿了本書，就在搖椅上坐下來。

「您現在在看什麼書呀？」他問站在圓桌旁邊查看雜誌的列文。

「哦，對了，這裡有一篇很有趣的文章，」斯維亞日斯基指了指列文現在手裡捧著的那本雜誌說。「看上去就像是，」他很起勁地說，「瓜分波蘭的罪魁禍首不應該是腓特烈。應該是……」

於是，他就以他所特有的簡單直白的語言講述了那些十分重要而且新穎的發現。儘管列文現在想得最多的是農業方面的問題，但他聽著主人的話，心裡在問：「他腦袋裡究竟在想些什麼？為什麼他對瓜分波蘭那麼感興趣？」等斯維亞日斯基說完時，列文急不可耐地問道：「那又能怎麼樣呢？」不過再沒有什麼了，讓斯維亞日斯基覺得感興趣的只不過是「原來」怎樣怎樣。可是，斯維亞日斯基並沒有說明，並且認為用不著說明，他為什麼會對這事兒感興趣。

「唉，我對那愛生氣的地主倒很感興趣呢，」列文歎口氣說，「他非常聰明，且說了很多實話。」

「哼，得了吧！他只不過就是一個隱蔽的冥頑不化的農奴制擁護者而已，他們這幫人都是這個樣子！」斯維亞日斯基說。

「可是您作為他們的首領……」

「是的，只不過我是要把他們帶向另外一個方向罷了。」斯維亞日斯基大笑著說。

「讓我很感趣味的是，」列文說，「他說得對，他說我們要合理經營農業反而行不通，只能像那位文質彬彬的地主那樣放高利貸，要麼索性就採用最簡單的方法。這又能怪誰呢？」

「自然，這只能怪我們自己。但是，要說它行不通是錯誤的。瓦西里奇科夫家的方法就行得通。」

「一座工廠……」

「只是我依然不明白，這個樣子為什麼會使您感到驚訝。農民的物質水準和精神水準都還很低，顯然，他們不熟悉的東西，他們就抵制。之所以在歐洲合理的經營方法可以行得通，就是由於農民受到了教育，由此可見，我們要教育農民，問題應該就在這兒。」

「但是究竟要怎樣讓農民接受教育呢？」

「如果要讓農民接受教育必須有三件東西：第一是學校，其次是學校，最後還是學校。」

「可是您自己剛才也講過，現在農民的物質發展水準非常低。那麼學校在這一點上究竟可以起到什麼效用呢？」

「那您是否知道，您的問題讓我想起了一個關於勸說病人的笑話：

『我覺得您最好試用一下瀉藥。』

『試過之後，結果會更壞。』

『那麼就試一試移植療法吧。』

『試過之後，結果會更壞。』

『那麼，你就只向上帝禱告吧。』

『試過之後，結果會更壞。』

「我們目前是一樣的。我說政治經濟學，您說反而更糟。我說社會主義，您說反而更糟。我說教育，您說反而更糟。」

「那麼，學校在這一點上到底會有什麼樣的好處呢？」

「給他們提供另外的需求。」

「這一點我一直不明白，」列文激動地回敬道，「學校怎樣幫助他們改善其物質狀況呢？您剛才說，學校和教育將供給他們其他的需求。那就會變得更糟糕，因為他們的需求是沒有能力可以獲得滿足的。加減法和教義問答怎麼能幫助他們改善物質條件呢？這我可永遠也弄不懂。前天晚上，我遇見一個農婦抱著一個吃奶的孩子，我問她到哪兒去。她說：『要去巫婆那兒，因為孩子忽然得了好啼哭的怪病，我需要帶他去治一治。』我問她，巫婆怎麼可能醫治好你小孩的啼哭病呢？她說：『巫婆會把小孩兒放在雞棚上面，她會再念念咒語。』」

「瞧，您自己回答了問題！要她不把孩子抱到雞棚上去治哭病，這就需要……」斯維亞日斯基快活地微笑著說。

「啊，不！」列文煩惱地說，「我只是用這種治療方法來比喻用學校治療農民。農民貧窮無知，這我們看得一清二楚，就像農婦看見哭鬼一樣，因為那孩子在哭。但學校是怎樣去治療農民這種貧困和沒有知識的病呢？這就叫人很難理解了，就好像不理解放到雞棚上怎麼就可以治好啼哭病一樣。我們應該想方設法治一治農民貧窮的病根。」

「啊，最起碼在這一點上，您和您不太喜歡的斯賓塞不謀而合了。他也這樣說，他也說，教育可能是生活十分富裕和舒適的結果，像他所說的，是經常洗滌的結果，可不是會讀書和計算的結果。」

「總之，您說我居然和斯賓塞不謀而合，這還是讓我感到很高興的，或者相反，我也覺得非常遺憾，但是這一點我早就是知道的。學校沒有用處，有用的是那些可以使農民生活富裕些、空閒些的經濟措施——到那時也就會有學校了。」

「但是，現在全歐洲的學校都是義務教育的。」

「那麼在這個方面您是怎麼同斯賓塞不謀而合的？」列文問道。

然而，在斯維亞日斯基眼睛裡閃爍了一個驚異的眼神後笑了笑說：「嘿，你說的這個醫治啼哭病的故事簡直太妙啦！難道這是您親自聽見的嗎？」

列文明白，他終究無法找到這個人的生活同他的思想之間的聯繫。顯然，他對於他的論斷會得出什麼樣的結論是毫不在乎的，他需要的僅僅是推論而已。並且每當他的推論過程會將他帶入一條死胡同的時候，他就會變得不愉快。他不喜歡出現這種情況，總是盡力避免，並把話題引到別的有趣的事情上。

在途中遇到的農民給他留下的印象彷彿變成了這一天裡所有見聞和思想的基礎，所有這些印象都讓他感到非常興奮。這位心地善良的斯維亞日斯基所保持的許多想法只不過是為了在社交場合用的，而且很顯然，他還有著另外一些列文窺探不到的生活原則，而且同時當他與廣大群眾在一起的時候，卻使用一些與他沒有一點關係的思想來指導社會輿論。那位牢騷滿腹的地主，他因生活苦惱而發的議論很對，可是他對整個階級、對俄國最優秀的階級的怨氣是不對的；還有就是，列文對自己現在的所作所為非常不滿意，茫然地期望可以尋找到一種補救的辦法。所有的這一切都會聚成一種內心的煩惱和期待快速解決的心情。

列文獨自一人待在給他安排好的房間裡，躺在那個手腳每動一下就會有意想不到的彈跳的床墊上，久久無法入睡。斯維亞日斯基雖然說了好多聰明的話，雖然不乏灼見，但列文卻一點也不感興趣；而他覺得那個地主的意見倒是值得討論。列文不由得回想起自己所說的每一句話，並且在想像中修改著自己的回答。

「是的，我應該這樣對他說：『您說我們的農業不行是由於農民憎恨一切改良，要實行改良非強制不可。如果不改良，農業就根本不能發展，那麼您這話是對的。可是，其實只要雇工們能夠按照他們的習慣去勞動，就像我途中所看到的那個老人家裡那樣，農業還是依舊可以得到發展。現在我們對農業都感到非常不滿，這說明過錯不是在我們這邊，就是在雇工那兒。我們一向照我們的方式，照歐洲的方式，一個勁兒地幹，也不問勞動力的情況如何。我們不要把我們的勞動力看得太理想了，應該承認它是具有獨特本能的俄國農民，並根據這種情況來安排農事。你要知道，』我當時真應該對他這樣說，『您應該學那位老農管理你的農業，要想出辦法讓雇工們留意到自己的勞動成果，而且找到他們都承認的改良辦法。那麼這樣一來，您就可以不用消耗那麼多的資源，而得到比以前多一倍或者兩倍的收入。然後把您的收成對分，一半留給你的那些雇工，剩下一半您自己留下來，這些應該也比以前多，而且雇工們得到的也多點兒。那麼為了做到這一點，就應該放低農業經營水平，好讓雇工們對農業的成果產生足夠的興趣。至於要怎樣才可以辦到這一點，那已經是細節的問題，但是這毫無疑問是完全可以辦到的。』」

這個念頭使得列文格外的興奮，他到半夜都沒有睡著，仔細考慮怎樣實行這個想法。他本來不打算第二天回去，可是現在決定明天一大早就回家。原因當然還有那個穿著大領口連衣裙的姨妹，讓他在心裡面有了一種好像幹了什麼壞事一樣的羞愧和悔恨的感覺。而最主要的就是，他必須毫不延遲地趕回去，他需要在越冬作物播種之前向農民們提出自己的這個新計畫，然後就可以採用新的辦法播種了。他已經下定決心徹底改變之前的經營辦法。

chapter 29

地主與農民

列文在執行自己擬訂的計畫時碰到了許多困難，他奮力拚搏，成績雖然不如他期望的那樣，但他確實盡了力，沒有欺騙自己，並且相信這件事是值得幹的。這裡面主要的困難之一就是，農事現在正在進行，他不能讓一切都停止下來，然後一切再重新開始，而是應當在運轉中調整機器。

返回家裡的當天晚上，他就把自己的想法跟管家說了。管家欣然同意他的一部分話，即他說以前所做的一切都是荒唐的，不合算的。管家說，這意見他早就說過，但他就是不肯聽他的話。聽到列文提出自己要以股東資格和雇工們一起經營農業，管家只是表示出一種大為失望的神情，並沒有表示任何肯定的看法，卻立即開始談起，明天不管怎樣也應該把剩餘的黑麥捆運走，還有需要派人去進行第二遍耕地的事，於是列文感覺，眼下還不是討論他的計畫的時候。

列文同農民們談起按新的條件把土地出租給他們時，他也遇到同樣的困難：農民們都在忙碌著眼前的工作，根本沒有閒暇去思考他這種做法的利害得失。

心思單純的農民飼養員伊萬，彷彿可以完全理解列文的建議，是讓他一家可以分攤飼養場的收益，並且表示完全贊同這件事。但是當列文跟他提出將來的收益時，伊萬的臉上卻表現出驚異和愧疚的神情，並表示他沒辦法聽完他要說的一切，急匆匆地去找到一些不允許耽擱的活兒：一會兒拿起叉子去把乾草從牲口棚裡拋出來，一會兒去給牲口倒水，一會兒又去打掃牲口糞便。而另外一個困難就是農民不管怎樣也不相信，地主除了儘量掠奪他們之外還有其他目的。他們堅信，不管他對他們怎樣說，他的真正目的是永遠不會告訴他們的。然而他們自己，在讓他發表意見時雖然會講很多的話，但是從來沒有說出過他們想要的最終目的是什麼。除了這些之外，農民認為，不管是什麼樣的契約不能更改的頭一條就是不要強迫他們採用任何新的耕作方法和使用新式農具。他們承認，新式農具耕地耕得比較好，快速犁用起來更順手，可是他們會舉出千萬條理由來拒絕使用任何新式農具。列文認為這樣一定會降低農業水準，但拋棄那分明有利的改良方法，他又覺得可惜。因為他覺得它們顯然是非常有益的。不過，雖然是困難重重，但他仍然一意孤行，快到秋季時他就要開始這個新計畫，或者起碼他覺得是這樣。

最開始，列文原本打算按照新的合作辦法直接將自己的整個家業一動不動地租給農民、雇工以及管家，可是他馬上就確信，這肯定是不行的，於是就決定把整個產業分散經營。飼料場、果園、菜園、草場和分成幾塊的耕地，都應該分開來管理。列文覺得，頭腦簡單的飼養員伊萬比誰都了解他的計畫。他組建了一個主要由他一家組成的勞動組[64]，從列文那裡承包了管理飼養場的工作；在遙遠的地方，一塊休耕了八年的荒廢土地，經過六戶農民在精明的木匠費奧多爾・列祖諾夫的帶領下依照新的合作辦法來耕種；農民舒拉耶夫按照同樣的辦法租下了列文所有的菜園。其餘一切仍照舊進行，但這三個組是新法經營的開端，列文也全力以赴。

實際上，飼養場的情況到目前為止並沒有比以往有任何起色。伊萬堅決反對把母牛放在保暖的牛棚裡以及從鮮奶中提取奶油。認為牛養在冷的地方可以少吃飼料，做優酪乳油比新鮮奶油更有利可

64.勞動組是當時俄國流行的工人們的一種合夥分紅的組織。

圖。他還要求同過去一樣付工資給他，現在，他拿到的錢並非是工資，而是預付給他的一份收益，對於這個伊萬顯然絲毫不感興趣。

在費奧多爾・列祖諾夫勞動組那裡，同樣沒有按照之前契約上講定的那樣翻耕兩次土地。他們在給自己找藉口，說時間太倉促，事情辦不到。不錯，這個勞動組的所有農民雖然同意按照新的要求辦事，但是他們並沒有真正把這土地看成是大家的土地，而是看作對分制的土地。這個勞動組的農民和列祖諾夫都對列文說：「您最好還是收地租，這樣您省事些，我們也自由些。」除了這個之外，這些農民還找出各種各樣的藉口，把契約上規定好的，應該在某些地方建築飼養場和乾草棚的事情拖到冬天才做。

那麼舒拉耶夫這邊也不例外，他曾經只是想把他租下的菜園劃分成幾個小塊再租給農民。可是他顯然曲解了土地租借給他的條件，而且看來是故意曲解的。

另一方面，當列文在和農民們交談，跟他們解釋這種新的做法的各種利益時，他常常發覺農民並沒有聽進去，並且不管他怎麼說，他們總是表示決不受騙上當。尤其是他和這裡面最精明的農民列祖諾夫談論的時候，這種感覺格外強烈。他從列祖諾夫的眼睛裡可以看到一種光輝，這種光輝明明白白地表示，他在嘲笑列文，而且表示他已經有了堅定的信念：就算有人會上當受騙，那也絕不是他列祖諾夫。即便是這樣，列文還是覺得，事情已經幹起來了，只要嚴格實行核算，堅持他的意見，那時候，他就會向他們證明現在這種體制的各種好處，那麼這辦法也就會自然而然地進行下去了。

這個事兒，加上農業管理上別的事情，以及他在書房內的寫作佔用了他一整個夏季，他甚至很少到外面去打獵。到八月末時，他從送回女用馬鞍的僕人那裡得知，奧布隆斯基一家人都已經去莫斯科了。他才想起，因為自己的不禮貌，沒有給達里婭回信，現在想起這件事情來就羞得臉紅。他已經決定破釜沉舟了，再也不會去他們家裡看望他們了。他對斯維亞日斯基也是同樣非常不禮貌，竟然不辭而別，然而他也是同樣不會再去他家看望他們了。此時他已經對一切都不在乎了。新的農業經營改造問題已經完全佔據了他的心思，他生來到現在還從來沒有對什麼事這樣感興趣過。

他一遍又一遍地閱讀斯維亞日斯基借給他的書，摘抄了他手頭上沒有的一些材料，又閱覽了一遍關於這個題目的政治經濟學的書籍以及社會主義著作。然而，果真像他預料到的那樣，他並沒有找到與他所著手實施的計畫有關聯的資料。

他無時無刻不盼望能在政治經濟學的著作裡，比如，在他曾經最開始熱心研究的米勒的著作裡，獲得他所關心的問題的答案，卻只找到從歐洲農業情況中得到的規律，但他怎麼也不明白，這些不適用於俄國的規律怎麼會具有普遍意義。他在社會主義的一些書裡面也看到了一樣的情形：不管是以前他在學生時代曾迷戀過的那種奇妙的但是不符合實際的假想，抑或是改良與補救歐洲所面臨的經濟狀況的措施，都與現在俄國農業毫無共同之處。政治經濟學的書裡面告訴他，歐洲財富以前和現在發展的規律是具有普遍性的，是不容置疑的。社會主義的著作卻說，按照這種規律發展，最後必然滅亡。兩者不但都沒有給出答案，並且連一點兒暗示也沒有。

他既然已經開始做這方面的事，就需要細緻地閱讀所有與之相關的書籍，並且想到秋季應該出國實地考察一番，為的就是避免在這個問題上遇到像他在研究其他問題時常遇到的困難。經常有這樣的情況，他剛剛理解了對方心裡的想法，開始說明自己的想法時，對方總會冷不防地詢問他：「但是考夫曼、鍾斯、杜布瓦、米契里[65]都是怎麼說的呢？您還沒有看過他們的作品嗎？那您就看看吧，其實他

65. 這些都是作者虛構的名字。

們早就透徹地研究過了這一問題。」

現在他很明白地了解到，考夫曼和米契里也沒有什麼可對他說的。他知道他需要什麼。他看到俄國擁有極好的土地，出色的勞動者，在有些場合，譬如那個老農那兒，勞動者和土地能生產很多東西。但在所謂的一般情況下，也就是以歐洲方式那樣進行投資時，所得就極少。這實際上是因為只有按照勞動者自己的那一套，他們才願意勞動，並且勞動得非常出色。這種敵對不是偶然的，而是永久性的，因為在人民本性中是有基礎的。他想，俄國人民負有自覺開發廣大荒地的使命，直到開完為止，他們為此採用適當方法，而這種方法並不像通常人們所認為的那麼壞。他想著要在他的著作裡從理論方面來論證這一點，並且要通過自己的農事在實踐上加以證明。

chapter 30

不流血的革命

九月末，為了在租賃給農民的集體使用的土地上修建家畜場，運送來了大批的木材。黃油都賣掉了，利潤也按照協議分發了。事實上，農事進行得十分出色，至少列文是這樣認為的。為了要從理論上闡明一切，完成著作——按照列文的夢想，不僅要在政治經濟學方面引起一場變革，而且要徹底破除舊的科學，從而奠定勞動者與土地關係的嶄新科學基礎——那就必須要出國走一遭，真正實地考察一下在這方面所做的一切，收集確切的證據，可以證明那裡現在所做的一切都是沒有必要的。列文現在只等小麥出售後，能夠籌到一筆錢，就可以到外國去了。然而，天開始下雨了，影響了殘留在地裡面的穀物與馬鈴薯的收割，由於天氣原因使得一切工作，連同出售小麥的事在內，基本都陷於停頓狀態了。路上全是泥濘，難以通行。其中兩架風車還被大水沖走了，天氣情況越來越惡劣。

九月三十日，太陽一早就露臉了。列文滿以為天氣好，斷然開始準備動身。他吩咐動手裝運小麥，並且吩咐管家到商人那裡去收取賣出小麥的錢，自己則騎了馬準備到各處去，在動身之前對農場上的事情做最後一次安排。

列文辦完一切事務後，全身已經被順著皮外套流進他的脖子以及長筒靴裡的雨水完全浸透了，但是他卻一直懷著最緊張和興奮的心情。向晚天氣更壞了，大粒的雪糝沉重地打著渾身濕透、耳朵和腦袋直打哆嗦的母馬，使牠只好側著身子行走，但列文戴著風帽覺得很舒服。他愉快地向四周張望，時而看著順著車轍蹚過的渾水，時而看著從樹葉盡落的細枝上流下的水滴，時而看著橋板上那還沒有融化的冰雹的斑斑白點，時而看著在赤裸裸的榆樹周圍厚厚地堆積起的還是滿含汁液的、肥厚的落葉。雖然周圍都是陰沉的景物，他仍然感覺到非常興奮。他在和較遠村落裡的農民們的談話中已經覺察出他們已開始習慣於這種新的狀況了。他走到一個管房子的老頭兒家去烤衣服，那老頭兒顯然很贊成列文的計畫，主動提出要求入夥購買牲口。

「我要做的就是堅定不移地朝著我的目標前進，我就一定會達到目的，」列文想，「努力工作是有意義的。這不是我個人的事，而是關係到大眾福祉的問題。整個農業，特別是全體農民的處境，必須徹底改變。必須以人人富裕來代替貧窮，以利害一致來代替互相敵視。一句話，那就是一場不流血的革命，但也是最偉大的革命。我要先從我們的小小的一縣開始，之後推及一省，然後再推廣到整個俄國，最後遍及全世界。因為只要是正確的思想最後就一定會取得成果。是的，我認為這絕對是一個值得努力的目標。我，科斯佳・列文，曾經繫著黑領帶參加舞會，曾經遭到謝爾巴茨基家小姐的拒絕，而且自己感覺是那樣可憐，那樣無用的一個人，竟然會是這個事業的創始人——其實那也沒有什麼。我相信佛蘭克林在回想起自己的過去時，也一定會覺得自己毫無用處，對自己毫不信任。這都無足輕重。他一定有他的阿加菲婭，可以把他的計畫向她和盤托出。」

就這樣一路想著，列文在入黑時分回到家裡。

今天到商人那裡去的管家也回來了，帶回一部分小麥錢。同管房子的人的合同訂好了。管家一路上看見田野裡到處堆著麥子，因此他覺得，比起別人的損失來，那沒有運走的一百六十捆麥子根本不值得一提。

吃過晚飯後，列文像往常一樣拿著一本書坐在圈手椅裡。他一邊讀著，一邊想著目前與他的著作有關的旅行。今天他特別清楚地認識到他工作的全部意義，他的頭腦裡也自然而然地形成整段整段說明他思想的文章。他想：「應該把它記下來，它可以成為一篇簡短的序言。我原以為這是不必要的。」他起身走向寫字台，趴在他腳邊的拉斯卡也站起來，伸了個懶腰，盯著他，彷彿在問他準備到什麼地方去。然而列文沒來得及把它寫下來，因為農民的頭頭們過來了，於是列文就走到前廳去接見他們。

明天的工作安排完畢，又接見了幾個有事找他的農民以後，列文才回到了書房，坐下來準備工作。拉斯卡安靜地臥在桌子底下，而阿加菲婭則拿著襪子坐在她平日裡常坐的位子上。剛剛寫了一小會兒，列文突然就歷歷在目地想到了基蒂，回想起了她的拒絕和他們最後一次的見面。他站起身來，開始在房間裡來回地踱著步。

「是什麼又讓你感到煩悶呢？」阿加菲婭問他，「為什麼你要老坐在家裡呢？您應該到什麼溫泉浴場去住一陣，反正您現在要準備出門去了。」

「對，我後天就該走了，阿加菲婭。我需要先做完我的工作。」

「啊，又是為了您的工作！難道您獎賞莊稼漢的還不夠嗎？人家已經在說：『你們家老爺會得到皇上恩典的。』真的，這是怪事，您為了什麼要為農民操心呢？」

「我並不是為他們而操心，我這樣做其實都是為了我自己。」

阿加菲婭對於列文所有的農事上的計畫，都是通過一點一滴知道的。列文常常把自己的想法一五一十地告訴她，不時同她爭論，不同意她的解釋。但是這一次她卻完全誤會了他所說的話。「對於自己的靈魂自然應當看得頂要緊嘍，」她歎口氣說，「那個帕爾芬・傑尼瑟奇，他雖然不識字，但是他死得可是非常清白，真希望大家都能像他一樣。」她提到了最近死去的一個僕人。

「他不僅領了聖餐，還受了塗油禮呢。」

「我說的不是這個，」列文說，「我這樣做是為了自己的利益，要是農民們幹活勤快一些，那麼我的利益也就會多一些。」

「哦，其實不論您怎樣去做，假如他是一個懶漢，那麼一切都會弄得亂七八糟。如果他有良心，那麼他就會好好幹活，要是沒有，您肯定拿他沒有辦法。」

「可是您自己也說伊萬現在把家畜看管得比以前好多了。」

「其實我要說的只是，」阿加菲婭回答道，很明顯不是信口說出的，而是經過嚴密思考的結果，「我的意思是您該娶親了，我想要說的就是這句話。」

阿加菲婭提及了他剛才想的事，這使他覺得又傷心又委屈。他皺起眉頭，沒有回答，又坐下來工作，重新思考這項工作的意義。只是偶然在寂靜中他能聽到阿加菲婭織針的聲音，他又想起了他不願意想起的事，接著又皺起了眉頭。

到九點的時候，他聽到了車鈴聲和馬車在泥地上駛過的沉重響聲。

「啊，有客人來看您了，不會寂寞了。」阿加菲婭說著，站起身來，向門口走去。但列文很快超過了她。他的工作進展得不順利，他很高興有客人來，不論是誰都好。

chapter 31

萬物不可逃避的歸宿

當他跑到一半樓梯的時候，接著他就看見一個熟悉的、瘦骨嶙峋的高高的身影，看來是不會錯的，但他還是希望他弄錯了，接著他看到了一個身材很高的、瘦瘦的、熟悉的身影，現在看來好像是沒有錯誤的餘地了；然而他還在希望是他看錯了，希望這位一邊咳嗽一邊脫毛皮外套的高大男人不是他的尼古拉哥哥。

列文愛他哥哥，但是和他在一起卻始終很痛苦。這會兒，列文由於襲上心頭的思緒和阿加菲婭提到他的心事，正心煩意亂，同哥哥見面就覺得特別不舒服。他覺得和他哥哥的會面是非常難受的。他會見的，不是一個健康快樂的陌生客人，可以靠他來排遣他彷徨不定的心緒，竟然是他的哥哥，那個最了解他，會召喚他內心深處的思想，會使他吐露所有真情的人，而這恰恰是他不願意的。

列文一面因這種醜惡的想法而生自己的氣，一面往前廳跑去。他一到近處看見他的哥哥，那種失望的心情頓時消失了，代之而出現的只是憐憫。尼古拉哥哥的消瘦和病容，以前夠恐怖的了，現在顯得更加憔悴和疲憊。這是一具骷髏。

他在前廳站著抽動著瘦長的脖子，摘下圍巾，異樣地苦笑著。看見那種友好而謙卑的微笑，列文感到有什麼東西扼住了他的喉嚨，讓他無法呼吸。

「你瞧，我來看你了。」尼古拉聲音有些沙啞地說，目不轉睛地注視著弟弟的臉。「我很早就想來了，可是身體一直不太舒服。不過現在我已經好了。」他說，用他那皮包骨頭的大手撫摸著鬍鬚。

「是的，是的！」列文應和著。他親吻哥哥時，感到他皮膚乾枯，又逼近地看見哥哥那雙流露出奇異光彩的大眼睛時，內心感到更恐懼了。

兩三個星期前，列文寫信給哥哥，告訴他家裡那塊未分的產業賣掉了，他可以分到近兩千盧布。尼古拉告訴他說，他現在就是來拿這筆錢的，而更重要的是回老家住些日子，像勇士一樣從家鄉的土地上獲得力量，以應付現在的工作。雖然他腰彎背駝得很嚴重，雖然身材高大瘦得讓人害怕，然而他的動作卻仍然和從前一樣既快又急促。列文領他到書房。

哥哥特別細心地換了衣服，以前他一般不這樣，梳了梳又稀又直的頭髮，微笑著走上樓去。

他態度和藹，性格開朗，列文記得他小時候常常是這樣的。他甚至提到謝爾蓋時一點兒也不生氣。當看見阿加菲婭時，他和她說笑了一會兒，並且還詳細詢問了幾個老僕人的情況。聽說帕爾芬・傑尼瑟奇已經去世，他感到很悲痛。他的臉上帶著恐懼的神情，但是馬上就平靜了。

「他確實很老了。」他說了一句，隨即改變了話題。「我打算在你這裡住上一兩個月，然後去莫斯科。你知道，米亞赫科夫答應幫我在那兒謀個職位，我馬上要去當差了。今後我要徹底改變生活，」他繼續說，「不瞞你說，我離開那個女人了。」

「你是說瑪麗亞・尼古拉耶夫娜嗎？這是怎麼了？」

「哎呀，她是一個可惡的女人！做了許多讓我不高興的事情。」然而他沒有說具體是什麼讓他不高興的事情。他不能說，他拋棄瑪麗亞是因為她泡的茶過於清淡，特別是因為，她照料他就好像照料病人一樣。

「總之，現在我必須換種方式生活。我當然也像別人一樣，幹過許多傻事，不過財產是最沒有意思的東西，我一點也不看重。只要身體健康，而我的身體，感謝上帝，我現在已經完全康復了。」

列文一邊傾聽，一邊絞盡腦汁地想，然而就是想不出應當說些什麼。尼古拉大概也有同感。他詢問弟弟農事的狀況；列文也高興講講自己的事情，因為這樣就可以誠實地說話。他把自己的打算和活動情況告訴了哥哥，但是很明顯他對這種事一點兒也不感興趣。

這兄弟兩個彼此很親近，對於他們兩個而言，哪怕是最細微的動作、說話的音調，都比言語更能表達內心的想法。

此時，他們兩人都只想著一件事情，那就是尼古拉的疾病和死期越來越近，但他們中間誰也不敢說出口來，因此避開這個盤踞在兩人心裡的想法，他們無論談些什麼，只不過是謊言罷了。以前隨便和怎樣的外人在一起，隨便什麼正式拜訪，他都沒有像今天這樣彆扭和虛假。察覺到這種彆扭，而且因為這種彆扭而感到遺憾，這讓他更加彆扭了。他真想為自己親愛的、即將去世的哥哥大哭一場，然而他不能不聽哥哥談論他今後如何生活，而且為了不讓談話停止，他還必須附和著說。

因房屋潮濕，只有一個房間生火，列文就讓哥哥同他一起睡在他的臥室，和他僅隔著一道間壁。

哥哥躺在床上，不知道睡沒睡著，但像一般病人那樣，翻來覆去，不斷咳嗽，有時咳不出來，嘴裡就嘀咕著什麼。有時，他呼吸困難，他就說：「噢，上帝啊！」有時，當被痰憋得不能呼吸時，他就憤怒地大罵：「噢，真見鬼！」列文聽著哥哥的動靜，很長時間都不能入睡，他思緒萬千，但是種種思想都歸結到一個詞語上面，那就是死亡。**死，萬物不可逃避的歸宿，頭一次以無法抗拒的力量呈現在他面前**。死亡就在眼前。哥哥似醒非醒地呻吟著，而且習慣性地有時呼喚上帝，有時咒罵魔鬼。對親愛的哥哥來說，死已不像他以前想像的那麼遙遠了。他感到死也存在於他自己的身體裡。不是今天，就是明天，不是明天，就是再過三十年，難道不都是那麼一回事嗎？至於這不可避免的死究竟是怎麼一回事，他不僅不知道，不僅從來沒有想過，而且既不善於也不敢於去想。

「我工作，我要有所作為，然而我忘了，一切都要結束，都要死亡。」

在黑暗中，他坐在床上，蜷縮著身子，抱著雙膝，屏息靜氣，聚精會神地想著。他越冥思苦想，心裡就越清楚，事實無疑如此：他在生活中確實忘記了、忽視了一個普普通通的情況——死一定要來，一切都會結束的，沒有一件事值得去開始，反正是毫無辦法。不錯，這確實讓人感到害怕，但事實就是這麼回事。

「然而，我仍然活著。現在究竟該怎樣辦，怎樣辦才好呢？」他心灰意冷地說。他點燃一根蠟燭，非常小心地起床到鏡子前面，照照自己的臉和頭髮。是的，兩鬢已經有白髮了。他張開嘴，臼齒已經開始出毛病了。他露出筋肉健壯的兩臂，力氣還是很大。但如今靠殘肺呼吸的尼古拉以前身體也很強壯啊。他忽然回想起來，他們小時候睡在一起，只要費奧多爾・波格丹內奇一離開，他們兩個就扔枕頭，放聲大笑，忍不住地笑，甚至對費奧多爾・波格丹內奇的懼怕也充滿了無盡的人生幸福感。

「可是現在只留下這個塌陷的、空洞的胸膛……還有，我將來也很茫然……」

「咳！咳！唉，活見鬼！你怎麼跑來跑去不睡覺呀？」哥哥向他喊道。

「沒什麼，我不知道為什麼睡不著。」

「我卻睡得很安穩，也已經不出汗了。你看看，摸摸我的襯衣，沒有變濕吧？」

列文摸了摸，又回到間壁後邊，吹滅蠟燭，但還是好久沒有睡著。怎樣生活的問題他剛剛開了一點竅，現在卻又突然出現一個不能解決的新問題——死亡。

「唉，他馬上要死了，估計活不到春季就會離開這個世界，嗯，怎樣才能救救他呢？我能對他說些什麼呢？在這方面我知道什麼呢？我甚至都不記得有這件事情了。」

chapter

32

心裡話

列文早就發現：誰要是對人過分謙讓恭順而使人感到不安，往往很快就會變成對人過分苛刻挑剔而叫人難受。他覺得哥哥就是這樣一種人。果不其然，尼古拉哥哥的隨和沒有維持多長時間。第二天清晨，他就變得脾氣暴躁，好像專門為難弟弟似的，專挑他的最痛處。

列文覺得自己不對，可又無法改正。他覺得，要是兩人都不裝模作樣，而是所謂的推心置腹地談話，也就是把他們所想的、所感受的說出來，那麼他們就只能四目相望，無言以對，列文只能說：「你快要死了，你快要死了，你快要死了！」而尼古拉則會說：「我知道我快死了，我很害怕，我害怕，很害怕呀！」要是他們只說心裡話，那就再也沒什麼可說的了。因此，列文竭力想做他一輩子想做卻又不會做的事情，據他的觀察，很多人做起這種事來很從容自然，有些人沒有了它甚至就無法過日子。他努力想說心裡不想說的話，卻老是覺得這麼做十分虛偽，他哥哥會看透他的心思，還會因此而生氣。

到了第三天，尼古拉要弟弟講述他的計畫，不僅指責他，甚至還故意把它與共產主義混在一起。

「你只不過是借用了人家的想法，自己胡亂變了一下，還竭力想把它應用在不合適的地方。」

「但是我告訴你，這兩者沒有一點兒相同的地方。他們否定私有財產、資本和遺產的合理性，我承認這種主要的刺激因素（列文本來討厭用這種字眼，但是自從他潛心著作以來，他就不自覺地更加頻繁地使用這種外國詞彙），我只是覺得應當調整一下勞動。」

「問題就在這兒，你採納了人家的想法，又捨棄了它的核心要義，可是你又想讓其他人相信，這是一種新的思想！」尼古拉生氣地扭動著打著領帶的脖子說。

「但是我的想法和別人的一點兒都不一樣呀。」

「他們那邊，」尼古拉眼裡射出凶光，冷笑著說，「他們那邊至少還有一種所謂幾何學的美——清楚，明確。或許這是烏托邦。可是，真能把過去的東西一筆勾銷，沒有私有財產，沒有家族，那樣的話勞動就自然會調整好。可你呢？什麼都沒有。」

「你怎麼顛倒黑白呢？我從來就不是一個共產主義者。」

「我以前倒是，不過我發現目前不是時候，但它是合理的，像早期的基督教那樣，是有前途的。」

「我只是認為，應當從自然科學的角度去分析勞動力，就是說要研究它，承認其特性以及……」

「但這根本沒有必要。勞動力會按照本身的發展進程自覺地尋找出一定的活動形式。開始到處都是奴隸，後來變成佃農，現在我們有均分制，有土地出租，有雇農形式，你到底想探索什麼呢？」

列文一聽到這種話就大為惱火，因為在內心深處他唯恐這話是真的，而這根本是不可能的。

「我只是在為我們和勞動者考慮提高生產效率的方法。我想要建立……」他激烈地回應。

「你什麼都不想建立，這是你一貫的作風，你想標新立異，想表示你不只是剝削剝削農民，還抱有什麼理想。」

「啊，你既然這麼想，那就請你別管了！」列文說，他感到自己左腮上的肌肉在壓制不住地抽搐。

「你以前沒有，現如今也沒什麼信念，你不過是在滿足你的自尊心而已。」

「哦，那太好了，你就別管我了！」

「我才不願意管你呢！而且早就是時候了，你也滾，滾吧！我真後悔來這裡！」

到了後來，尼古拉一句也不想聽，說什麼還是分手的好。列文明白，哥哥之所以這樣，是這種日子對哥哥來說實在難以忍受的緣故。

列文又走到哥哥面前，有些不自在地說，假如有得罪的地方，就請哥哥諒解，可是尼古拉已經收拾好行李，準備動身離開了。

「啊，好慷慨大度！」尼古拉微笑著說，「如果你要人家說你正確，那我可以使你滿足。你對是對，但我還是要走！」

直到臨走，尼古拉才吻了吻列文，忽然異常嚴肅地看了看弟弟，說：「不管怎麼樣，別恨我，科斯佳！」

列文明白這句話的意思是：「你看見並且知道我身體很壞，也許我們再也見不著了。」因此他的眼淚不自覺地湧了出來。他又親吻了哥哥，不知道該說些什麼好。

在哥哥尼古拉走後的第三天，列文動身出國了。他碰巧在火車站遇見了基蒂的堂兄謝爾巴茨基，看見列文那副鬱鬱寡歡的神情，堂兄吃了一驚。

「你有什麼事嗎？」謝爾巴茨基問他。

「啊，沒什麼事，人生中高興事本來就不多。」

「怎麼不多？同我一道到巴黎去吧，不要去什麼米盧斯[66]了。你來瞧瞧，那裡有多好玩！」

66. 米盧斯是法國東部的城市。

「不，我已經完了，我快要死了。」

「原來是這樣啊！」謝爾巴茨基大笑著說，「我的生活才剛剛開始。」

「前不久，我也是這樣想的，但是，眼下我清楚了，我離死不遠了。」

列文說出了他近來的真正所想。他處處只看見死以及死的臨近。但他所設想的事業卻越來越吸引他。在死神沒有來臨之前，總得活下去。他覺得黑暗籠罩住了一切，但就是由於存在這種黑暗，他才意識到自己的工作是這黑暗中的引路線，於是他就努力抓住它再也不放手。

第四部

chapter 1

形同陌路

卡列寧夫婦仍然住在一起，天天見面，但彼此形同路人。為了避免僕人們說三道四，卡列寧給自己訂了一條規矩：天天同妻子見面，但有意不在家吃飯。沃倫斯基從來不去卡列寧家裡，但是安娜在別的地方和他見面，她丈夫也知道這件事。

這種狀態對三個人來說，都很痛苦，他們當中任何一個人，要不是相信這種局面早晚會改變，相信它只是一種暫時的苦惱折磨，這樣的生活一天也過不下去。卡列寧希望他倆的這種情欲會像任何事情都要消失一樣，會完全消失。期待著大家也都會忘掉這事，而他的名聲也會不遭到任何損害。這樣的局面安娜根本不知道有什麼辦法可以解決，但她堅信解決辦法不久就會出現。她雖然一點都不知道如何改變這種處境，但是她確信馬上就會發生什麼事情。沃倫斯基呢？不自覺地完全認同她的想法，也希望一切他做不了主的事情會自動解決。

仲冬，沃倫斯基百無聊賴地過了一個星期。一個來彼得堡遊玩的外國親王由他負責接待，他做導遊領他參觀全市的名勝古蹟。之所以要他負責招待親王，是因為沃倫斯基極具風度，舉止莊重而謙恭，而且跟這樣的大人物交際遊刃有餘。但這個差事他感到很不輕鬆。親王將來回國後，人家會問他在俄國看到什麼，因此任何遊覽勝地他都不肯放過；再說他自己也想盡情享受俄國的各種樂事。因此，沃倫斯基就得在這兩方面做他的引導。早上他們坐車遊覽名勝古蹟，晚上他們參加俄國的民族娛樂活動。他用體操和其他養生之道使自己保持旺盛的精力，雖然縱欲無度，他的外表還是像荷蘭大黃瓜那樣光澤發亮。親王遊覽過許多地方，認為現代交通發達，最大的優點是可以享受各國特有的娛樂活動。他去過西班牙，沉醉在那裡的良宵小夜曲中，結識了一個彈奏曼陀林的西班牙女子；他在瑞士獵殺羚羊；在英國，他曾跟人打賭，穿著紅色騎手服裝騎馬翻過柵欄的同時射死兩百隻野雞；在土耳其，他進了後宮；在印度，他曾騎在大象上巡邏……現在，到了俄國，他又要享受一切俄國所特有的樂趣。

沃倫斯基可以說是他的總管，把各種人士向親王建議的俄國式娛樂活動煞費苦心地加以安排。賽馬啦，吃俄國薄餅啦，獵熊啦，乘三駕馬車啦，和吉卜賽人玩樂啦，還有把碗碟砸個粉碎的俄國式狂飲啦。親王很容易感受到俄羅斯精神，他打碎放滿食器的托盤，還叫茨岡女子坐在他的膝上，似乎還在問：「還有別的嗎？俄羅斯精神就只有這些嗎？」

事實上，在一切的俄國娛樂中，親王最喜歡的是法國女演員、芭蕾舞女和白封香檳。沃倫斯基和親王混得很熟了。但是，也不知道是因為自己最近變了呢，還是他和親王相處得太熟了，反正他覺得這一個星期令人非常厭倦。整整一個星期，他都有這樣的感覺，一個人照看著一個危險的瘋子，他害怕那瘋子，同時擔心自己和他在一起會喪失理智。沃倫斯基清醒地認識到，為了讓自己不受侮辱，必須時刻不能放鬆，得一直嚴格遵照禮節，保持著敬而遠之的態度。

使沃倫斯基吃驚的是，有些人竟自告奮勇地來向親王提供建議，告訴他俄國好玩的娛樂活動，親王很蔑視這些人。親王說想要研究俄國女人的話不止一次使沃倫斯基氣得漲紅了臉。沃倫斯基對這位親王之所以特別反感主要還因為在他身上看到了自己的影子。他在這面鏡子裡照到的東西，並不能使他的自尊心得到滿足。這位親王只是個十分愚蠢、十分自信、十分健壯、十分整潔的人罷了。他是個紳士——這是對的，沃倫斯基不否認這個。對上級他以禮相待，並不曲意逢迎，對同級他隨和坦誠，而對於下級就抱著略帶輕視的寬容。沃倫斯基同樣，而且他還把這看作很好的美德。但同親王在一起他似乎要低一等，而這種居高臨下的寬厚態度卻使他大為生氣。

「笨牛！難道我也是那種樣子嗎？」他想。

即使這樣，但當第七天，他和起程去莫斯科的親王告別，並接受他的感謝時，他就感到非常快活了，因為擺脫了這種尷尬處境和那面不愉快的鏡子。他們獵熊獵了一個通宵，顯示了俄國式的膽量與氣魄，到第二天沃倫斯基與親王在車站分手了。

chapter 2 幽會

沃倫斯基回家後，看到了安娜的來信。她寫道：「我病了，心煩意亂。我不能出門，但再不見到您，實在受不了。阿列克謝晚上七點鐘參加會議，過十點才能回來。」讀信的一瞬間，他覺得有些誘惑：不知道她為什麼會不顧丈夫的禁令而叫他去她家裡幽會，但是想了一下後還是決定過去。

這個冬天，沃倫斯基升了上校，離開團裡，單獨居住。他吃過午餐，隨即躺在沙發上。過了五分鐘，他想起了這些日子目睹的種種醜惡景象，這些景象同安娜的形象和那個在獵熊中起了重要作用的農民的形象，在腦子裡攪成一團。醒過來的時候，天色已晚，他嚇得全身打了個哆嗦，急急忙忙點上了蠟燭。「怎麼了？怎麼了？我夢到什麼恐怖的事情了？是的，是的，那邋遢、鬍鬚蓬亂的小個子獵人彎著腰在幹什麼？忽然他用法語說了一句什麼奇怪的話。是的，除此以外什麼都沒有夢見，」他喃喃自語著，「可是為什麼會這麼恐怖呢？」他又清楚地回憶起那個農民和他說的那些真真切切、莫名其妙的法國話，禁不住打了個寒戰。

「多荒唐啊！」沃倫斯基心想，抬頭看了看錶。

已經八點半了。他打鈴叫來僕人，慌忙穿好衣服，走到台階上，完全忘記了剛才的夢，只擔心不要遲到。他到卡列寧家門前的時候，看了看手錶，差十分九點。門口停著一輛高高的、狹窄的轎式馬車，套著一對灰色馬匹，他認出那是安娜的馬車。「她準備去我那裡，」沃倫斯基心裡想道，「這樣倒好些，我真不願意進這所房子。不過進去也沒什麼大不了，我總不能躲起來吧。」於是，他帶著一種打小所特有的從容淡定和無所謂的態度跳下雪橇，向大門走去。

門開了，一個手裡拿著毯子的看門人在召喚著馬車。對瑣碎的事情一向不太關注的沃倫斯基這個時候卻突然注意到看門人看見他時流露出的那種驚愕神情。就在門後，沃倫斯基和卡列寧幾乎可以說撞了個滿懷。瓦斯燈直射著黑色大禮帽下那張沒有血色的瘦臉和海狸皮的領子下露出來的那個讓人觸目的領結。卡列寧那雙呆滯遲鈍的眼睛一動不動地注視著沃倫斯基的臉。沃倫斯基鞠了個躬，卡列寧咬了咬嘴唇，把一隻手舉在帽邊，走過去了。沃倫斯基注視著他頭也不回地坐上車，從車窗口接過毛毯和望遠鏡就消失了。沃倫斯基走進前廳。他雙眉緊皺，眼裡露出凶惡而矜持的光芒。

「這算什麼處境啊！」他心想，「要是他奮起干涉，捍衛他的名譽，我倒可以有所作為，可以表示我的感情；可是他那麼怯懦，那麼卑鄙……他使我成了騙子，可我從來都沒想過當騙子。」

自從和安娜在弗列達家的花園裡談過話之後，沃倫斯基的看法發生了巨大的變化。安娜表示徹底屈服於他，由他來決定她的命運，什麼都願意聽從他的。他呢？情不自禁地順從安娜的軟弱，早就不像原來那樣，以為他們的關係可以結束了。他那獵取功名的計畫又退居次要地位。並且他覺得自己脫離了那個能夠決定他命運的活動圈子，完全沉醉在對安娜的愛戀中，而那種感情越來越緊地把他們束縛在一起了。

剛到前廳，他就聽到她漸漸遠去的腳步聲。他知道，她剛才是在等他，留神聆聽著他來的聲音，這會兒又回到了客廳。她話音一出，眼淚也奪眶而出：「不，要是這樣的局面再繼續下去，那種事來得還要快，還要快！」

「什麼事，親愛的？」

「什麼事？我在等待，我在忍受煎熬，一個鐘頭，兩個鐘頭……不，我忍受不了了！……我無法和你吵。想必你也沒有辦法。不，我難以忍受了！」用深情、熱烈、探詢的目光對他望了好半天，她仔細察看他的臉色，以補足沒有看見他的那段時間的損失。她像每次和他約會時那樣，把自己想像中的他——那是一種無與倫比的，在現實中不可能有的形象和現實中的他交融在一起。

chapter 3 嫉妒

「你碰上他了嗎?」他們坐在桌旁燈光下的時候,她問,「這是你遲到的懲罰。」

「對,可是怎麼會這樣?他應當在開會啊?」

「他開完會回來了,現在又不知上哪兒去了。但這沒關係,咱們不去談它。你去什麼地方了?還和那個親王在一起嗎?」

她了解他生活中的所有細節。他原本想說,他因為一夜沒睡,所以睡著了,但看見她那興奮幸福的臉,心裡感到慚愧,就說,親王走了,他得去覆命。

「那現在事情都結束了嗎?」

「謝天謝地,都結束了。你根本不相信,這事我真的無法忍受。」

「為什麼呀?這不是你們年輕人過慣了的日子嗎?」她緊皺雙眉說,接著拿起擱在桌上的編織物,看也沒看沃倫斯基一眼,開始抽編織物裡的鉤針。

「我早就脫離那種日子了。」他說,對她臉色的變化感到驚奇,竭力想揣測它的意義。「老實說,」他露出一排整齊潔白的牙齒,「在這一星期裡,我覺得這種日子就好比照鏡子,一想到它,心裡就厭惡。」

她拿著編織物,停止了編織,用一種詫異的、閃爍的、滿是挑釁的眼睛凝視著他。「今天清晨麗莎來我這兒了，她們可不管伊萬諾夫娜伯爵夫人怎麼做，敢到我這兒來，」她插上一句說，「她把你們的雅典晚會講給我聽了。真是太下流啦！」

「我正想說……」

她沒等他說完：「你以前認識的那個泰雷茲也在嗎？」

「我正想說……」

「你們男人真惹人討厭啊！難道你們不了解這種事女人永遠不會忘記嗎？」她越說越生氣，她的話洩露了她氣憤的原因。「尤其是不了解你生活的女人。你現在的事我了解多少呢？以前的事我又了解多少呢？」她說，「我知道的也就是你告訴我的那些事。我又怎麼知道你對我說的是不是實話……」

「安娜！你冤枉我。難道你不相信我？難道我沒告訴過你，我所有的心事都能對你說嗎？」

「是的，沒錯，」安娜顯然在竭力驅趕嫉妒的念頭，「可是你不知道我是多麼痛苦啊！我相信你，相信你……那麼你要說什麼嗎？」

可他一時想不起要說什麼話來。最近，嫉妒的情緒在她身上發作得越來越頻繁，這讓他覺得害怕，並且，無論他如何想方設法地掩飾，都讓他對她漸漸冷淡了，儘管他明白她嫉妒是因為愛他。他曾不止一次地對自己說，擁有她的愛是幸福的；現在她很愛他，就像那些把愛情看得比人生所有幸福還重要的女人的愛那樣。然而，比起他從莫斯科一路跟蹤她來，這又算得了什麼呢？當時他認為自己沒有得到幸福，但幸福在前頭；現在呢，他覺得最幸福的日子已經過去。她已經完全不像他最初看見她時那樣誘人。無論精神上，還是肉體上，她都不如從前了。她的身體變胖了，當她談論女演員時，臉上露出了一種有損容顏的哀怨神情。他看著她，好像一個人望著一朵因為被他採摘下來而凋謝了的花，這人本是因為花朵的美才把花摘下來的，卻把它給摧毀了。現在他已經很難看到它的內在美了。

儘管如此，他還是認為要是當初他願意的話，他是能夠把那時候如火的愛情從胸膛中連根拔掉的；現在呢，他覺得他對她並不那麼愛了，但他知道，他同她的關係卻是再也割不斷了。

「行了，行了，有關那個親王，你想跟我說些什麼嗎？我趕跑了那魔鬼。」她又說。魔鬼是他們對嫉妒的稱呼。「是啊，你不是一開始還興致勃勃對我講那個親王的事嗎？你怎麼會覺得厭煩呢？」

「啊，真無法忍受了！」沃倫斯基極力想回憶起被打斷了的思緒，「他不是能從密切的交往中獲得尊重的那種人。如果打個比方的話，他是一隻養得很好的牲口，在展覽會上肯定能賺個高價、拿個頭獎，可除此之外，就再沒別的什麼了。」他帶著一種令她頗感興趣的懊喪口吻說。

「不，怎麼能說這種話呢？」她駁斥說，「無論如何，他是個見過世面，又有教養的人吧？」

「這根本是另外一種教養——他們的教養。很顯然，看來他受教養就是為了有權蔑視教養，就像他們除了滿足肉體的快感以外蔑視一切一樣。」

「你們大家不也都喜歡這種肉體上的快樂嗎？」她說。他又在躲閃她的眼光中看到了那種陰鬱的神情。

「你怎麼替他辯護呀？」他笑著說道。

「我不是替他辯護，這與我毫不相干。但我想，要是你也不喜歡這種肉體的快感，那你可以拒絕。不過，要是看見那打扮得像夏娃一樣的泰麗莎使你感到樂趣……」

「來了，魔鬼又來了！」沃倫斯基拿起她放在桌子上的一隻手親了親說。

「對，可我無法忍受！你不知道，我等你的時候有多痛苦！我認為我沒有嫉妒。我不是嫉妒。你在這兒，和我在一起的時候，我一直相信你的；可是當你一個人在其他地方過一種我難以理解的日子時……」

她斜著身子避開他，終於把鉤針抽了出來，開始用食指幫助，迅速地、一針又一針地編織著在燈光下白得耀眼的毛線，她那纖細的手腕在繡花袖口裡靈活而神經質地轉動著。

「噢，怎樣？你在哪兒遇上了阿列克謝・亞歷山德羅維奇？」她突然帶著不自然的語調問道。

「我們在大門口碰上的。」

「他是這樣向你鞠躬的嗎？」她放下手裡的活兒，板起臉，半閉著雙眼，馬上改變了臉上的神情。接著沃倫斯基在她美麗的臉上看到了卡列寧向他鞠躬時的那種神情。他輕輕地笑了笑，而她卻高興地哈哈大笑，這笑也是她最具魅力的地方。

「我理解不了，」沃倫斯基說，「要是你在別墅和他說清後，他和你一刀兩斷了，或者是他提議和我決鬥的話……可是我實在弄不懂：他怎麼能忍受這樣的局面？他很痛苦，這看得出來。」

「他呀？」她冷笑道，「他已經很滿意了。」

「既然一切都處理得稱心如意，那我們現在為什麼如此煩惱呢？」

「也就他不煩惱。難道我還不了解他，不了解他渾身浸透的虛偽嗎？但凡有情感的人，誰能像我那樣和他一起生活？他什麼都不懂，沒有一點兒感情。一個有感情的人，難道能和自己有罪的妻子住在一座房子裡？難道能和她說話嗎？如果是你，你能嗎？」

接著，她又禁不住學他的樣子。「『你，親愛的安娜，你，安娜！』……他不是男子漢，不是人，他是塊木頭！誰也不了解他，只有我了解。哼，要是我處在他的位置上，我早就把我這種妻子殺掉，撕成碎塊，而絕不會說：『你，親愛的安娜，安娜。』他根本不是人，而是一架官僚機器。他不知道我是你妻子，他是外人，是多餘的……我們別說了！……」

「你不公平，親愛的，」沃倫斯基努力想勸說她，「不過，反正都一樣，我們就別再說他了。告訴我，你這一陣子在做些什麼？你怎麼了？你這是什麼病？醫生是怎麼說的？」

她用那種帶有嘲諷意味的眼神看著他。很顯然，她又想到丈夫身上那些好笑和反常之處了，等著一有機會就把它們傾訴出來。

他接著說：「我覺得，這不是生病，是因為你有身孕了。產期是什麼時候呢？」

譏笑的神情在她眼中出現了，而另一種不同的笑，那種意識到某種他所不知道的事情和心裡的陰鬱而引發的笑，取代了她原來的神情。

「快了，快了。你說我們的處境很痛苦，必須把它結束掉。希望你能體會，這種處境令我多難受，可為了能自由自在不受約束地愛你，我也忍了，這不算什麼！我不希望嫉妒讓自己覺得痛苦，也讓你痛苦……這事快發生了，可並不像我們想像的那樣。」

想到以後的情形，她覺得自己實在可憐，眼淚就簌簌地流出來。她說不下去了。她把手放到他的袖口上，白皙的皮膚和手指上的戒指在燈光的照耀下閃閃發光。「這事不像我們想的那樣。這話我本來不想對你說的，是你逼迫我說的。快了，用不了多久一切就都可以擺脫了，那時候我們就都可以清靜清靜，不會再覺得痛苦了。」

「我不懂。」他說，其實心裡明白她的意思。

「你問什麼時候？快了。我過不了那關。別打斷我！」她連忙說，「我知道，我知道得清清楚楚。我要死了，我很高興，我要死了，這樣你我都可以解脫了。」

淚水從她的眼中流了下來，他彎腰去吻她的手，努力想掩飾住自己的激動，他不明白怎麼會產生這種激動，也抑制不住這種激動。

「就這麼回事，這樣也好，」她說，緊緊地握住他的手，「我們就剩下這一條，這一條路了。」

他鎮定下來，抬起頭說：「真荒唐！你說的都是些無用的荒唐話！」

「不，是實話。」

「什麼是實話？」

「我要死了。我做了一場夢。」

「一場夢？」沃倫斯基又說了一遍，馬上想起了自己夢裡的那個農民。

「對，一場夢。」她說。「我早就做過這種夢了。我夢見我跑進臥室，我要到那裡去拿樣東西。你知道，夢裡往往會發生這種情況，」她驚恐地瞪大了雙眼說，「臥室的牆角站著一個人。」

「唉，真是荒唐！怎能相信呢……」

她不讓他打岔，她認為自己所說的非常重要。「我一看，原來是個鄉下人，他鬍子蓬亂，個兒矮小，樣子可怕。我想逃走，我想逃，可他向一個口袋彎下腰，兩手在那裡邊搜尋起來……」

她模仿那人在袋裡翻騰東西的樣子，臉上掛著可怕的神情。這讓沃倫斯基也想起了自己的夢，覺得自己的心裡也充滿了同樣的可怕。

「他一邊翻騰，一邊還不斷地嘟囔著法語：『得把那鐵敲平，打碎，揉壓……』我在恐懼中醒來，我好像醒了……但醒來時還是在夢中。我就問自己，這個夢到底代表什麼意思。科爾涅伊告訴我：『您會在生產的時候送命，在生產的時候，太太……』然後我才真正醒過來……」

「真荒唐，真荒唐！」沃倫斯基說，但他自己也覺得他的話毫無說服力。

「我們不要談這個了。你按按鈴，我讓人端茶來。對，你稍等一會兒吧，我馬上就會……」

她突然停住了。她臉上的神情一下變了，恐懼和激動忽然被寧靜、嚴肅和幸福的表情所代替。他難以理解這種變化的意思。她感覺有個新的生命在她身體裡蠕動。

chapter 4

憤怒與懲罰

卡列寧雖然在自家門口的台階上碰上了沃倫斯基，可他還是照原來計畫的那樣，坐車去看義大利歌劇。他在那裡坐到兩幕演完，看到了他要看的一些人。

回到家裡以後，仔細看了衣帽架，發現軍大衣不在了，就照例走進自己房裡。可和平常不一樣，他沒有去睡——按他平時的習慣這會兒就睡了——卻在書房裡踱來踱去，一直徘徊到凌晨三點。一想到他妻子不顧體面，不尊重他對她的唯一要求——不要在自己家裡接待情人，他就難以平靜，心裡對她充滿了憤怒之情。既然她不尊重他的要求，那就別怪他實行威脅——提出離婚，把她的兒子奪走。這是他對她的懲罰。

他了解實行這個步驟將會帶來的一切困難。不過他既然說了要這樣做，就不能不實施他的威脅了。伊萬諾夫娜伯爵夫人也曾暗示過這是他擺脫這種處境的最好選擇。事實上近來離婚程序已十分完善，使卡列寧有可能克服手續上的一切困難。何況最近他禍不單行，少數民族問題和札萊斯克省的土地灌溉問題給卡列寧帶來了很多公務上的麻煩，讓他近來非常煩躁。

他通宵未曾合眼，憤怒之情與時俱增，到天亮時已達頂點。他急忙穿好衣服，就像端著一隻裝滿憤怒的茶杯，一不小心就會溢出來一樣：他生怕隨著憤怒的消失而喪失與妻子談判所必需的精力，因此，一聽到她起來就馬上走進她的房間。

安娜自以為十分了解丈夫，但看到他走進來的那副神氣，不禁大吃一驚。他皺起眉頭，兩眼避開她的視線，盯著前方，嘴巴堅決而輕蔑地緊閉著。在他的步伐裡、他的舉動中、他的聲音裡，都有一種他妻子從未見過的毅然決然的神情。他走進她的房間，也沒向她打招呼，就徑直向她的寫字台走去，拿了她的鑰匙打開抽屜。

「您要幹什麼？」她叫了一聲。

「您情人的信。」他說。

「不在這裡。」她關上抽屜說。但他從她這一舉動上明白，他猜得對，就粗暴地把她的手推開，迅速抓住資料夾。他知道她把最重要的文件都放在那裡面。她努力想奪回資料夾，可他推開了她。

「坐吧！我有話要跟您談談。」他說，把資料夾挾在腋下，用他的胳膊緊緊地挾住它，肩膀都聳了起來。

她帶著驚詫和畏懼的神情，默默地望著他。

「我告訴過您，不要在自己家裡接待您的情人。」

「我見他，是因為……」她停住了，說不出原因來。

「我不想追究一個女人要見情夫的原因。」

「我想要，我只是……」她漲紅了臉。他的粗暴態度激怒了她，使她增加了勇氣。「您不覺得您太隨便就侮辱了我嗎？」她說。

「對正派的男子和正派的女人才談得上侮辱，對一個賊說他是賊，那只不過是確認事實罷了。」

「我還不知道，您有如此粗魯的新特性哩。」

「一個丈夫給予他妻子自由，給她衷心的庇護，但有一個條件，就是顧全面子，您說這算粗魯嗎？」

「這比粗魯更壞，這是卑鄙，要是您知道的話！」安娜怒不可遏地叫了一聲，站起身想要走開。

「不！」他用那比平常提得更高的尖銳聲音叫著，接著用粗大的手指緊緊抓住她的手腕，抓得手鐲在她腕上留下紅色的傷痕。他使勁把她按在她的座位上。「卑鄙！如果您喜歡用這個字眼的話。為了情人拋棄丈夫和兒子，卻還在吃丈夫的麵包，這才真叫作卑鄙！」

她低下頭。她不僅沒有說昨晚對情人說的那些話，沒有說他才是她的丈夫，她眼前的丈夫是多餘的，甚至連想都沒這樣想。她覺得他的話十分正確，便低聲說：「我的境況，您無論怎麼形容也不會比我自己所感到的更壞，但您為什麼說這些話呢？」

「我何必把它講出口來嗎？何必嗎？」他繼續那麼怒氣沖沖地說，「就是讓您知道，您既然不尊重我的願望，不顧體面，我就必須採取適當手段來結束這種局面。」

「快了，很快就會結束了。」她說。一想到她所渴求的、已迫近的死，她眼裡就不禁湧滿了淚水。

「那會比您和您的情人所想像的結束得還要快！如果您一定要滿足肉欲的話……」

「阿列克謝！落井下石不僅有失寬大，也不是大丈夫的行為。」

「是啊，您只想著自己！至於別人的痛苦，曾經做過您丈夫的人的痛苦，您卻漠不關心；他的一生都給毀了，也不在乎他的疼……疼……痛苦……」

卡列寧說得非常快，以至於都結巴了，發不清「痛苦」這個字眼的音，而他說成了「疼苦」。她想笑，但立刻想到在這樣的時刻還有心情去笑話他，又感到可恥。她剎那間頭一次感到同情他、可憐他，為他難過。然而她能夠說什麼或是做什麼呢？她垂下了頭，一言不發。他也沉默了一會兒，然後就開始用冷漠的卻不再那麼嚴厲的語氣說起來，強調著一些沒有什麼特別意義的隨便的字眼。

「我是來告訴您……」他說。

她看了他一眼。「不，這是我的幻想。」她在心裡暗自說，想起他發不清「痛苦」這個字音時他臉上的表情。「不，一個人眼神那麼遲鈍，神氣那麼悠然自得，難道會有什麼感情嗎？」她低聲說，「我什麼都不能改變。」

「我是來告訴您我明天要回莫斯科去，再也不回這幢房子裡來了。您將通過我所委託的辦理離婚手續的律師知道我的決定。我的兒子將住到我姐姐家去。」卡列寧說，好不容易才記起了要說有關兒子的話。

「您帶走謝廖沙不過是想讓我痛苦罷了，」她說，緊皺眉頭看著他，「您並不愛他……把謝廖沙留給我吧！」

「是啊，我甚至都失去了對兒子的愛，我甚至不愛他了。但我還是要把他帶走。再見！」

他剛要走，可這一回是她攔住了他。

「把謝廖沙留給我吧！」她又一次低聲說，「我再也沒有其他要求了。把謝廖沙留給我，等到我……我快要生產了，把他留給我吧！」

卡列寧的臉漲紅了，他甩開她的手，一句話也沒說就走出了房間。

chapter 5

脫離關係

卡列寧進來的時候，那裡已坐滿了人。三位貴婦人：一位老太太，一位年輕的，還有一位是商人的妻子。三位先生：一位是手上戴戒指的德國銀行家，一位是留大鬍子的商人，第三個是滿面怒容、身穿制服、頸上掛著一枚十字架的官吏，很顯然，他們已經等候好久了。兩個助手在桌上寫著什麼，可以聽見筆的沙沙聲。桌上的文具（卡列寧最講究這個了）十分精美，他不由自主地注意到了這個。一個助手，沒有起身，瞇縫著眼睛，沒有好氣地問卡列寧：「您有什麼事？」

「我有事要見律師。」

「律師現在有事。」助手嚴肅地回答說，他用筆指了指等候著的人們，然後繼續寫他的東西。

「他能否抽出一點時間來？」卡列寧說。

「他沒空，他一直很忙。請等一等吧。」

「那麼勞駕您把我的名片交給他。」卡列寧莊重地說，覺得隱姓埋名不行了。

助手接過名片，顯然並不滿意他在名片上看到的字，然後走進門了。

卡列寧原則上是贊成公開審判的，但由於他深知上層官場的內幕，他不太贊成把公開審判的細節原封不動地搬到俄國來。他還以他對任何欽定規章所許可的程度對它進行譴責。他一生都在官場活動中度過，所以當他對什麼覺得不滿時，往往是因為他認清了錯誤不可避免以及一切都可以糾正而緩和下來。在新的審判制度中，他不贊成律師所處的地位。可他以前從沒和律師發生過關係，因此，他不滿他們也只不過是在理論上罷了；可現在他的不滿卻是因為他在律師接待室感到的不愉快印象而已。

「他馬上就來。」助手說。過了兩分鐘在門口果然出現了那位剛和律師商談過的老法學家的高大身影，律師本人跟在後面。

律師是個矮小、肥胖、禿頂的人，蓄著棕色鬍鬚、長著兩道淺色的長眉以及一個突出的前額。他衣著漂亮，像個新郎，從領帶、雙重錶鏈到漆皮靴子都很講究。他的面孔聰明而帶有莊稼漢神氣，可他的服裝雖然講究卻很俗氣。

「請進。」律師對卡列寧說，靜靜地讓卡列寧從他身邊走過去，順手把門關上。

「請坐！」他指指擺滿文件的寫字台旁一把扶手椅說，自己則在主位上坐下，然後側著頭，搓搓他短短的手指上長滿白毛的小手，把頭歪在一邊。

可他剛坐定下來，就有一隻飛蛾從桌子上面飛過。律師張開雙手，以料想不到的敏捷動作捉住了那隻飛蛾，隨即又恢復了原來的姿勢。

「在談我的事情之前，」卡列寧說，用驚詫的眼光凝視著律師的一舉一動，「我應當提前聲明，你必須對我說的這件事情嚴格保密。」

一個隱隱約約的微笑分開了律師兩撇下垂的小鬍子。

「假如我無法保守人家託付給我的秘密，我就沒資格做律師了。不過如果您要證明……」

卡列寧瞟了一眼他的臉，看出他那雙聰明的灰色眼睛在笑，彷彿什麼都知道了。

「您知道我的名字嗎？」卡列寧接著說。

「我知道，」他又捉到一隻飛蛾，「就像每個俄國人一樣，我知道您所做的有益的事業。」律師鞠了個躬說。

卡列寧歎了口氣，鼓起勇氣來。一旦下定決心，他就用他那尖嗓子說下去，尤其加重了某些字眼。「我不幸，」卡列寧開口道，「做了受欺騙的丈夫，我想依據法律和妻子脫離關係，就是說離婚，但要做到兒子不歸母親一方。」

律師竭力抑制著自己的笑容，然而他那灰色眼睛卻由於控制不住的喜悅而跳躍著，卡列寧從他眼裡看出來這不僅僅是一個剛攬到一筆賺錢買賣的人的喜悅，且還有勝利和快樂，還有如同他在妻子眼裡所看到的幸災樂禍的光芒。

「您是需要我幫您辦理離婚的事嗎？」

「不錯，正是這樣。但是我需要預先跟您說明，我或許會浪費您的時間和注意力。我今天過來只是和您進行初步的磋商。我是需要離婚，可是離婚的形式對我來說非常重要。如果形式不能符合我的要求，我可能就會放棄依照法律離婚的想法。」

「啊，那確實是經常有的事，」律師說，「這事肯定要由您決定。」

律師覺得他那種幸災樂禍的神氣會得罪主顧，就垂下眼睛望著卡列寧的腳。他看著在他鼻子面前飛過的蛾子，下意識動了動手，然而由於尊敬卡列寧的地位，並沒有去捕捉那隻飛蛾。

「雖然與這個問題相關的法律，我也是大體了解一些，」卡列寧接著說，「可是我卻非常想知道在實際辦理這種事時所使用的形式。」

「您的意思是要我，」律師回答說，並沒有抬起眼睛來，而且帶著某種滿足他的委託人的語氣，「是要我把各種可以實現您意願的方法都講述給您聽嗎？」

當他看到卡列寧點了頭，就說了下去，只是不時地偷看卡列寧漲得緋紅的面孔。

「根據我國法律，」他對俄國法律露出不滿的神氣說，「可以離婚的有下述情況……等一下！」他對在門口探進頭來的助手說，但還是站起身來，說了幾句話又坐下了，「在下面的情況之下：夫妻雙方生理上存在缺陷，分開五年不通音信，」他說，邊彎曲起他的一個長滿汗毛的短手指，「通姦（他很明顯帶著很滿足的神情說出這個詞語）。再細分起來就是這樣：（他繼續彎著他的粗大的手指，雖然很明顯這三種情形其實並不能歸為一類）丈夫或妻子生理上有缺陷，再就是丈夫或妻子與人通姦。」由於這時他的五個手指都已彎曲起來，因此他只好把手指再伸直，接著說下去：「這只是理論上的看法。可是我想，您問的，那是實際上的應用。因此依據先例，我不能不奉告您實際上離婚事件皆可以歸類到下面的情形：照我猜測，應該不會是生理上的缺陷，也不應該是別後不通音信吧？」

卡列寧非常肯定地點了點頭。

「列入下面情形：夫妻一方與人通姦，一方犯罪的罪證經雙方承認，或者未經承認，罪證是非自願提供的。老實說，後面那種情況實際上很少。」律師說，然後偷偷看了卡列寧一眼，他停了下來，就像一個手槍商人在詳細說明了每件武器的功能之後，靜候顧客挑選一樣。可卡列寧沒說一句話，於是律師接著說：「我認為最簡單省事、最合理的是夫妻雙方都肯定是通姦。要是同一個沒有教養的人，我也不會這樣說了，但我想這事我們是懂得的。」

然而卡列寧被搞得心煩意亂，一下子弄不懂雙方肯定通姦是否合理，可律師馬上明白了並進一步解釋道：「兩個人再也不能在一起生活下去——這是事實。要是雙方都同意了這點，那麼，細節和形式就無足輕重了。並且這也是最簡便、可靠的方法。」

卡列寧現在徹底明白了。然而他有宗教上的顧慮，這讓他無法採納這個方案。「在目前的情況下，這是辦不到的，」他說，「現在只有一個辦法，就是由我獲得的這幾封信來證明偶然的罪證。」

一提起信，律師就緊閉嘴唇，發出一聲尖銳、憐憫而又蔑視的聲音。「請您注意，」他開始說，「這一類事情，您也知道，通常由教會處理；對於這種事情，神父們很喜歡追根究柢，」他含著對神父的這種興趣難以理解的微笑說，「信件當然可以作為部分證據；可法律上的罪證卻必須是直接的，就是一定有人證才行。說實話，要是您信得過我，就請您任由我去選擇應當採用的手段吧。要得到結果，就要不擇手段。」

「如果是這樣……」卡列寧開口說，臉色一下子變白了，正要說什麼，這時，律師站起身來，又走到門口，同打斷他們談話的助手說話。

「告訴她我們這裡是不還價的！」他說著，又回到卡列寧這裡來。

在他轉回來的時候，又悄悄地捉到了一隻飛蛾。「到夏天我就可以有好窗帷了！」他暗自想，緊皺著眉頭。

「您剛才說……」他說。

「到時候我寫信把我的決定告訴您吧。」卡列寧說，同時扶住桌子。他默默地站了一會兒又說：「從您的話裡可以得出這樣的結論：那就是離婚是辦得到的。我希望您也能讓我知道您的條件。」

「完全辦得到，如果您讓我有充分行動的自由的話。」律師說，沒有回答他的問題。「我什麼時候可以得到您的通知呢？」他邊問邊向門口走去，眼睛和漆皮長靴閃閃發光。

「一個星期之內。您是否願意承辦這件事，以及您的報酬要求怎樣，也請您把您的意思通知我。」

「太好了。」律師恭恭敬敬地鞠了一躬，送當事人出門，接著一個人留下來，陶醉在快樂的心情之中。他覺得十分快活，於是他違反了常規——給那斤斤計較的老婦人打了個折扣，並且他也不再去捉飛蛾。他終於下了決心，到冬天他一定要把全部傢俱都蒙上天鵝絨，像西戈寧家裡一樣。

chapter 6

遠行

卡列寧在八月十七日的委員會的會議上取得了很大的成功，可是這一次勝利的結果反而損害了他的權力。

受到卡列寧的激勵，負責調查非俄羅斯人各方面生活狀況的新委員會，以十足的勁頭成立了，並被派往目的地去了。三個月後提出了一份調查報告。從政治、行政、經濟、人種、物質和宗教各方面調查了非俄羅斯人的情況。一切問題都回答得冠冕堂皇，不容有絲毫懷疑，因為它不是易犯錯誤的人類思想的產物，而是官方活動的結果。

這些回答全是來自省長和主教提供的官方材料，而這些材料是依據縣官和監督司祭的報告，這些報告又是根據鄉公所和教區神父的報告，所以這些回答是不容置疑的。所有諸如此類的問題，比如，歉收的原因、當地居民堅持自己的信仰等，如果官方機關不給予方便，那就永遠都解決不了，甚至是無法解決，可現在卻得到了明白的、毋庸置疑的解答。

這種解答對說明卡列寧的建議相當有效。在上次會議上自尊心受到傷害的斯特列莫夫在接到委員會的報告後，採用了卡列寧意料不到的策略。斯特列莫夫聯合另外幾個委員，忽然站到卡列寧這邊了，不僅熱烈贊同他提出的法案，還依照這種精神提出了非常極端的法案。這些違背卡列寧主張的極端措施被接受了，此刻斯特列莫夫的計謀就昭然若揭了。這些極端措施一下子顯得十分荒唐，以致引起政府官員、社會輿論、聰明的貴婦人和報紙異口同聲的攻擊，他們還對這些措施和公認的倡議人卡列寧表示憤慨。而斯特列莫夫則退到後邊，裝出一副驚訝和氣憤的模樣，彷彿他只是一味地按照卡列寧的計畫行事，而對於現在出現的結果毫不知情。這就令卡列寧遭受了沉痛的打擊。

雖然家庭的不幸和遭受的攻擊讓卡列寧身心俱受打擊，可他還是沒有服輸。委員會裡分裂了：以斯特列莫夫為首的一些委員為自己辯護，說他們輕而易舉地相信了卡列寧所主持的調查委員會的報告，還說這些報告是胡說八道，形同廢紙；而卡列寧和他這一派的人繼續支援調查委員會所提供的報告，覺得他們對公文的這種徹底否定調查報告的態度很具有危險性。

這樣一來，在上層和社會上就造成一片混亂，而且，雖然大家對這事都極其關心，但誰也弄不清非俄羅斯人是趨向貧窮滅亡呢還是興旺發達？因為此事，一定程度上也由於妻子的不貞而為他帶來各種流言蜚語，使他穩固的地位變得岌岌可危了。危急時刻，卡列寧做了重要的決定。他聲稱，他會親自到當地去調查此事，這令委員會感到驚訝。在請求得到允許之後，卡列寧便動身去遙遠的省份了。

卡列寧的遠行鬧得滿城風雨，尤其在啟程前，他正式退還發給他到達目的地的十二匹驛馬費。

「我覺得，他的這個行動確實很高尚，」貝特西公爵夫人對米亞赫卡婭公爵夫人說，「誰都明白，現在各個地區都通鐵路，發驛馬費有什麼用呢？」

然而，米亞赫卡婭公爵夫人並不贊同貝特西公爵夫人的觀點，她的話讓她很氣憤：「您有幾百萬家產，但我倒希望丈夫有機會夏天出去視察視察。出門對他的健康和心情很有好處，也是一件愉快的事情，並且我還會用這筆錢買輛馬車和雇一個車夫。」

在去邊遠外省的途中，卡列寧在莫斯科待了三天。到達莫斯科的第二天，他坐車去拜訪總督，在擁擠的報館巷旁的十字路口，卡列寧突然聽見有人用響亮愉快的聲音叫他的名字，他不由得回過頭來去看。在人行道的拐角處站著奧布隆斯基。他年輕快樂，容光煥發，身穿時髦的短大衣，頭上歪戴著流行的低頂帽子，笑得鮮紅的嘴唇間露出雪白的牙齒。他拚命叫著，要馬車停下來。他一隻手按住停在街角的一輛馬車的窗子，邊笑邊打手勢叫妹夫到他跟前來。從車窗裡面探出一個戴絲絨帽的女人和兩個孩子的頭。那位太太開心地笑著，也向卡列寧揮手。那是多莉和她的孩子們。

卡列寧不願在莫斯科看到什麼人，尤其是不願看到內兄。他掀了掀帽子想繼續趕路，但是奧布隆斯基下令他的車夫把車停下來，踏著雪跑到他跟前。

「你也不事先捎個信來，真是不該這樣啊！來很久了嗎？我昨天在兌索旅館的牌子上看到寫有『卡列寧』這個名字，我沒想到竟是你！」奧布隆斯基從車窗裡探進頭來說，「不然我早就進去看你了。我看見你真高興！」他一面說，一面兩腳相撞，把雪抖掉。「不讓我們知道，可真不應該啊！」他又說了一遍。

「我沒時間，我真的很忙。」卡列寧淡淡地說。

「到我妻子那邊看看吧，她很想見見你。」

卡列寧撩開裹著他那易受風寒的雙腿上的毯子，走下馬車，踏著雪走到達里婭那兒。

「這究竟是怎麼回事啊，卡列寧？您怎麼躲著我們啊？」多莉面帶微笑地問。

「我太忙啦。看見您真高興，」他用一種分明是懊惱的語調說，「您身體好嗎？」

「啊，親愛的安娜好嗎？」

卡列寧喃喃地哼了一聲，就想走開，但奧布隆斯基拉住他。

「你聽我說，我們明天這樣安排。多莉，你請他明天來吃飯！讓科茲內舍夫和佩斯佐夫也一起來，讓他見識一下莫斯科知識份子的風采。」

「那就這樣說定了，您可一定要來啊，」多莉說，「要是您方便，我們在五六點等著您。那麼，親愛的安娜怎麼樣？好久……」

「她身體很健康，」卡列寧皺著眉頭，喃喃地說，「我很高興！」他說著就向自己的馬車走去。

「您來不來？」多莉大聲叫喊道。

卡列寧說了一句，多莉在車馬聲中也沒聽清。

「我明天去看你！」奧布隆斯基向他喊道。

卡列寧坐在馬車裡，把身體蜷縮在最裡邊，盡量不讓自己看到別人，也使別人看不到他。

「真是個怪人！」奧布隆斯基對妻子說，接著看了看錶，舉起手做了個手勢，表示對妻子和孩子的愛撫，就瀟灑決活地沿著人行道走了。

「斯季瓦！斯季瓦！」多莉的臉漲得紅撲撲的，叫喊道。

他轉過頭來。

「我需要給格里沙和塔尼婭買大衣。給我些錢！」

「不要緊的，你對他們說記我的賬就是了！」他說完，殷勤地向一個坐車經過的熟人點了點頭，就不見蹤影了。

chapter 7

宴會的安排

第二天是星期天。奧布隆斯基去大劇院看芭蕾舞排演。他送給那個漂亮的芭蕾舞演員瑪莎·奇比索娃一條珊瑚項鍊——並且在燈光昏暗的後台，偷吻了一下她那張因他的禮物而喜氣洋洋的美麗臉蛋。除了贈項鍊以外，他還要約她在排演結束後見一次面。他還對她說，芭蕾舞開始的第一幕他來不了，他保證最後一幕一定趕來，然後帶她去吃晚飯。

走出劇院，奧布隆斯基去獵物市場了，親自選購了準備做宴席用的魚和蘆筍。十二點，他來到兌索旅館，碰巧在這個旅館裡住著他想見的三個人：不久前從國外回來的在這裡短暫停留的列文，來莫斯科視察的新上任的上司，以及他一定要接回家去吃晚飯的妹夫卡列寧。

奧布隆斯基喜歡宴會，更喜歡請客吃飯，規模雖不大，但在菜餚、飲料和賓客挑選上都很講究。今天這場宴會的安排使他很滿意：活生生的鱸魚、蘆筍和主菜——美味啊，常見的煎牛排，還有各種相稱的美酒。客人當中有基蒂和列文，而為了不太引人注目，還請了一位堂妹和年輕的謝爾巴茨基，主客是謝爾蓋和卡列寧。謝爾蓋是莫斯科人，哲學家，卡列寧則是一個彼得堡人，政治家。還邀請了以熱情出名的怪人佩斯佐夫，他是個自由派、健談家、音樂家、歷史學家，又是個極其可愛的五十歲的老青年。他將會成為謝爾蓋和卡列寧的「調味汁」或「配菜」。他會挑動他們，讓他們兩人爭起來。

賣掉樹林的第二期付款已經領到，還沒有用光；多莉近來很溫柔體貼；這次宴客在各個方面都使奧布隆斯基高興，他處在最快活的心境中。有兩件事讓他覺得不怎麼愉快，可這兩件事一會兒就淹沒在他心中洋溢著的善良之海中了。第一件事就是昨天他在街上遇見了卡列寧，發覺他對他態度冷淡。卡列寧臉上露出這種表情，他不來看他們，他來到莫斯科也不通知他們一下，再把那些有關安娜和沃倫斯基的一些議論聯繫在一起，奧布隆斯基猜測，他們夫婦之間一定發生了什麼不愉快的事。

這是一件不愉快的事。另一件不愉快的事是，新來的上司，也像一切剛上任的新官，是個出名可怕的人物。他清早六點起床，做起事來就像匹馬，而且要求下屬也跟他一樣工作。除此之外，這位新上任的長官在對人的態度上還有著像熊一樣粗野的聲譽。根據一切傳聞，他應該是屬於和他的前任恰好相反的那一派，到目前為止，奧布隆斯基實際上就是歸屬於前任長官那一派別的。就在昨天，奧布隆斯基身穿制服處理公事，新任長官對待他很是客套，並且就像見到老朋友一樣和他交談。因此，奧布隆斯基認為自己應該穿長禮服去拜見他一次，新長官或許就不會熱情招待他——有這種念頭是一件令人不快的事情。只是奧布隆斯基基本能地感覺到一切都會好起來的。「大家都是凡夫俗子，你我都一樣，何必爭吵呢？」他一面想，一面走進旅館。

他歪戴著帽子走在走廊上，對一個熟識的茶房說：「您留起絡腮鬍來啦？我找列文——他是住在七號房間嗎？請帶我過去，順便幫我問一下阿尼奇金伯爵（這就是他的新長官）今天見不見來客。」

「好的，老爺，」瓦西里滿臉帶笑地說，「您已經很長時間沒到我們這裡來了。」

「噢，我昨天還來過，可是是從另外一個大門進來的。這就是七號房間嗎？」

奧布隆斯基走入房間的時候，列文正站在房間中央，同特維爾的鄉下人用尺子量著新鮮熊皮。

「啊！這是你們打到的嗎？」奧布隆斯基大聲喊叫起來，「真是太棒了！這是母熊嗎？你好啊，阿爾希普！」

他跟那農民握了一下手。就坐在椅子上，沒脫外衣和帽子。

「你把衣服脫下坐會兒吧！」列文幫他摘下帽子說道。

「不行，我現在沒有工夫，我只能在這待一會兒。」奧布隆斯基說。他敞開外套，接著便脫下來，足足坐了一個鐘頭，同列文談打獵的事，又說了一番知心話。

「呃，你跟我說說到國外都幹什麼了？你都去過哪些地方？」等那個農民離開後，奧布隆斯基問列文。

「我到過德國、普魯士、法國、英國，但不是到京城，是到工業城市，在那裡看到許多新鮮的東西。因此我此行很高興。」

「不錯，我知道你對解決勞工問題的意見。」

「不是的，在俄國還談不上工人問題。在俄國是農民對土地的關係問題；當然國外也是有這個問題的，但是那裡關於這方面的只是修理損壞了的東西的問題，然而在我們這個地方……」

奧布隆斯基認真地聆聽列文說話。

「對，是的！」他說，「這完全有可能，你說得很對，」他說，「我感到很高興，看到你的精神這麼不錯，又是打獵狗熊，又是幹活兒的，十分充實。可謝爾巴茨基對我說，他碰到過你，說你是這樣憂鬱，總是說到死……」

「那又怎麼了，我一直沒有丟掉死的想法呀，」列文說，「確實，是該死了。這一切全是胡扯。我老實對你說，我對我的思想和工作是極其珍視著，可是你倒想想，實際上我們這個地球只不過是生長在宇宙中的一小塊青苔而已。可我們還自以為我們這裡有什麼了不起的東西，就比方說思想啊、事業啊，這些其實也不過是一粒沙子。」

「可是，老弟，這是千百年以來的老話了！」

「是老生常談，但你知道，等你看穿了，一切就都無所謂了。當你知道自己一兩天之內就會死，並且什麼都留不下，那所有的一切就變得不屑一提了！我認為自己的想法十分重要，可是就算這些想法實現了，也同樣不值什麼，就好比打了那頭熊一樣。因此，打獵、工作只不過是為了消遣娛樂，消磨時光，為了不要只想到死亡。」

奧布隆斯基仔細聆聽著列文的話，臉上露出意味深長的、熱烈的笑。「現在你跟我意見一致啦！你曾經攻擊我生活上貪圖享樂。哦，道德說教者，不要那麼嚴肅！」

「不，人生總歸是有好的東西……」列文的思緒亂了，「可是，我不知道。我只知道，我們都快死了。」

「怎麼那麼快就死呢？」

「你知道，一旦你想到死，人生的歡樂是少了些，可心中卻會覺得寧靜了不少。」

「恰恰相反，在生命即將終結時，更會感覺生活是快活的。行了，我的確該走了。」奧布隆斯基說，一面站起身來，這是他第十次起身。

「別，再坐會兒吧！」列文強求道，「我們什麼時候才能再相見呢？我明天就要離開了。」

「瞧我這個人！我是特地來的……你今天一定要到我家來吃飯。你哥哥要來，我的妹夫卡列寧也會來。」

「他怎麼在這兒？」列文說，想詢問基蒂的情況。他聽說初冬她在彼得堡那個嫁給外交官的姐姐家裡，不知道她回來沒有，他馬上轉變了主意，又不想再問了，「其實回來不回來——還不都是一樣。」

「那你來不來？」

「我當然要來。」

「好，那就五點來，記得穿上長禮服。」

說完，奧布隆斯基就站了起來，走到樓下去見新來的上司。他的本能沒有欺騙他。新來的上司說是可怕，原來是個和藹可親的人。奧布隆斯基同他一起吃了便餐，接著又坐了好半天，直到三點多的時候才走入卡列寧住著的那間客房。

chapter 8 離婚訴訟

卡列寧從教堂做完禮拜回來之後，整個上午都在家裡。上午他有兩件事要辦：第一，接見那個要去彼得堡、現在正在莫斯科的非俄羅斯人代表團，並對他們做指示；第二，按照之前的約定，寫信給那個律師。

這個代表團的成員對他們的作用和任務一無所知。他們天真地相信，他們的任務只是彙報他們的貧困和實際情況，請求政府援助，根本不懂得他們的某些聲明和要求反而支持了反對派，並因此會毀了整個事業。於是，卡列寧與他們談論了好久，幫助他們擬定了一個他們不能違背的綱領，在打發他們離開的時候還向彼得堡寫了封信，找人指導他們。在這件事情上對他支持最大的贊助者是伊萬諾夫娜伯爵夫人。她在整個代表團的事務上是一個專家，再也沒有人比她更會指導他們了，而且可以給他們指出正確的途徑。等辦完這件事之後，卡列寧就寫了封信給他的律師。他沒有絲毫猶豫就允許他針對此事可以酌情處理。

他將搶到的、存放在資料夾內的沃倫斯基寫給安娜的三封信附帶在他現在寫的信裡面。

自打卡列寧有了不再回家的念頭，又去找了律師並向他單獨說出了自己的意圖，尤其是自從他把這個生活中的問題變成白紙黑字以來，他就越來越習慣於自己的意圖了，並且現在已經清楚地看到實現這個意圖的可能性。

當他聽見奧布隆斯基那響亮的聲音時，他正在封給律師的信。這時奧布隆斯基與卡列寧的僕人正在爭吵著，堅持叫他去通報。

「沒有關係，」卡列寧想道，「這樣反而好些，我馬上把我對他妹妹的態度告訴他，而且要說明為什麼我不可以去他家裡吃飯。」

「請他進來！」他大聲喊道，然後收拾起文件，把它們都放進裝有吸墨紙的文件袋裡。

「呀，你看看，你這不是瞎說嗎，他現在不是在家嗎！」奧布隆斯基大聲回答著不肯讓他進去的僕人，一路上脫外套，進屋子。奧布隆斯基走進了房間說道：「哦，我今天能找到你，真是高興極了。我只是希望……」奧布隆斯基愉快地開口說。

「我不能去您家。」卡列寧態度冷淡地說，只是立起身來，並沒有請客人坐下。

卡列寧打算對他正在進行離婚訴訟的妻子的哥哥採取一種他感覺應當採取的冷漠態度。可他並沒有想到奧布隆斯基心中竟然滿含濃情。

聽完他的話，奧布隆斯基睜大了他閃亮的大眼睛。

「你為什麼不能去？你這是什麼意思？」他困惑不解地用法語問，「不，你已經答應了呀。我們都在盼望你來呢。」

「我想要告訴您，我之所以不能到您家裡去吃飯，是因為現在我們之間所存在的親戚關係馬上就要斷絕了。」

「啊？你這是什麼意思呢？到底是為什麼？」奧布隆斯基還是在微笑著說。

「這是因為我正開始同您的妹妹，也就是我的妻子辦理離婚手續。我不得不……」

可是卡列寧還沒來得及把話說完，奧布隆斯基就做出讓他意想不到的舉動。他歎了一口氣，頹然地坐在了圈手椅裡。

「不！卡列寧！你知道你在說什麼嗎？」奧布隆斯基叫喊著，他的臉上表現出極其痛苦的神色。

「事實就是這個樣子。」

「請您原諒我，我不能夠，我不能夠相信您說的這話。」

卡列寧在旁邊坐下來，覺得他的話沒有產生他預期的效果，他還得做一番解釋，但不管怎麼解釋，他與他內兄的關係依然不會改變。

「是的，我現在要求離婚完全是迫不得已的。」他說。

「我請求說一句話，卡列寧。我知道你是一個傑出的正派人，我知道安娜——對不起，我不能改變對她的看法——是一個很出色、很賢慧的女人。因此，請您原諒我，我實在無法相信這個。我覺得這其中一定是有什麼誤會。」他說。

「啊，如果僅僅只是誤會就好了！」

「抱歉，我明白，」奧布隆斯基打斷他說道，「可是……我只想說一句話：你千萬千萬不要操之過急，千萬千萬別草率從事！」

「我想我並沒有操之過急，」卡列寧又恢復冷淡態度說，「可這種事情是不可能徵求所有人的意見的。我現在已經下定決心了。」

「這可真可怕啊！」奧布隆斯基說，並且深深地歎了口氣，「我現在只要求你做一件事，卡列寧，我懇請你，一定去做客吧！照我看，你說的訴訟現在還沒有正式開始。請在你那樣做以前，去看看我的妻子吧，去和她談一談。她愛安娜就像愛親妹妹一樣，她也愛你。她是一位很了不起的女人。看在上帝份上，你同她談一談吧！你就給我賞個臉，我求求你！」

聽完這些，卡列寧沉思了。奧布隆斯基用那雙滿含同情的眼睛看著他，沒敢打破他的沉默。

「你準備去看她嗎？」

「我不知道。我之所以沒有來看您也就是因為這個，我只是感覺我們的關係應該改變了。」

「究竟為什麼呀？我不明白。對不起，照我想，我們除了親戚關係，我一向對你很友好，你對我多少也有點情誼……而且我也衷心尊敬你，」奧布隆斯基說著握緊了他的手，「就算假設你所做的最壞的推測是對的，我也不會——並且永遠不會——私自來批判你們任何一方，況且我也不明白為什麼我們之間的關係一定要受到影響。可是現在，不管怎樣請你來看看我的妻子吧。」

「哦，現在我們對於這個問題的看法並不一致。」卡列寧還是冷冷地說，「可是，我們還是不要談這個了吧。」

「不，你今天就過來吧，我的妻子和我恭候著你。為什麼今天不能去吃頓飯？我妻子在等你。請你去一下吧！主要是同她談一談。請看在上帝的面上，我現在跪著求你！」

「假如您堅持要我這樣，那我就來吧。」卡列寧歎了口氣說。

接下來，他想要轉變話題，他問起一件他們兩人都感興趣的事——就是奧布隆斯基的新任上級，一個被突然提升到這麼高的位置而年齡也還不十分老的人。

卡列寧本來一直就不喜歡阿尼奇金伯爵，總是同他意見相左，如今更無法克制對他的憎恨——一個宦途失意的人對一個官運亨通的人的憎恨。他簡直對他不能夠再忍受了。

「哦，那您見到他了嗎？」卡列寧說著，嘴角帶著一絲惡毒的微笑。

「當然，他昨天就來辦公了。他彷彿非常熟悉他的工作，並且看上去精力旺盛。」

「真是不錯啊，可是他的精力都用在哪些方面呢？」卡列寧問道，「是用在幹事業上，還是僅僅用在更改已經做成的事情上面呢？這簡直是我們國家的最大不幸——就是這種官僚主義的行政，而他絕對就是一個當之無愧的代表。」

「說實在的，我不知道他有什麼值得非難的地方。他的方針我不知道，但我知道一點：他是個非常出色的人。」奧布隆斯基有些辯駁地回答說，「我剛剛還去看過他，他真的是一個非常好的人。我們一起吃了午餐，我還給他傳授了釀造橘汁酒的方法，你是知道那種飲料的。真是奇怪他竟然會不知道，他高興極了，不，我覺得他實在是一個非常好的人。」

接著奧布隆斯基看了看錶。

「呀，已經到四點了。我還需要到多爾戈武申那裡去一趟！那麼，請你務必來吃飯。你要是不來，你真不知道會使我和我妻子多麼難過。」

當卡列寧送別他的內兄的時候，態度已經和他迎接他的時候完全兩樣了。

「我既然答應了，就一定會去。」他懶洋洋地回答道。

「請相信我，對於此事我感到非常感謝，而且我希望你也可以不會懊悔。」奧布隆斯基笑著回答。

他一邊走一邊穿上外套，輕輕地拍了一下僕人的頭，笑了一聲，就出門離開了。

chapter 9 成功的宴會

當主人回到家的時候，已經過了五點鐘，家裡已經迎接了好幾位客人。他與同時到達門口的謝爾蓋和佩斯佐夫並肩走進來。這兩位就像奧布隆斯基所一貫稱呼的，是莫斯科知識分子的主要代表。兩人都是以他們的性情以及博識而受到人們的尊敬。他們彼此也很尊敬，但幾乎對一切問題的看法都是針鋒相對，水火不容。倒不是因為他們的觀點屬於對立的兩派，反而是因為他們屬於同一個陣營（他們的敵人就經常把他們混同了），可是在那個陣營裡，他們的意見都會有一些細小的差異。因為再也不可能有比在半抽象的問題上意見相左更難調和的了，因此，他們不僅從來沒有意見一致過，而且早就慣於心平氣和地彼此嘲笑對方無法改正的謬誤。

他們一面談著最近的天氣，一面往裡面走。就在這個時候，奧布隆斯基追上了他們。現在在客廳裡面坐著的有奧布隆斯基的岳父大人亞歷山大・德米特里耶維奇公爵、小謝爾巴茨基、圖羅夫岑、基蒂以及卡列寧。

奧布隆斯基馬上就覺察出，客廳裡缺了他，氣氛就差多了。多莉穿了一件華貴的灰色綢連衣裙，她正為非要另外在兒童室吃飯的孩子們和丈夫還沒回來而焦慮不安。當丈夫不在時，她沒有辦法使客廳的氣氛活躍起來。

大家坐在那裡就像拜客的牧師太太一樣（像老公爵所形容的），很明顯都很詫異他們是為什麼要到這裡來，但是為了避免沉默和尷尬，又不能不找出一些話來說。那個好心腸的圖羅夫岑明顯覺得自己非常不自在，他現在用他的厚嘴唇上的一絲笑容，以此來問候奧布隆斯基，彷佛是在說：「唉，老弟，你是要逼迫我和一群學者坐在一塊兒嗎？如果是去『花花世界』[67]喝上一杯，那倒是合我的胃口。」而老公爵一聲不吭地坐在那兒，但他那雙明亮的小眼睛卻時不時地瞟一眼卡列寧。奧布隆斯基心裡明白，老公爵肯定已經想到了一句什麼妙語去形容這位政治活動家。而這位政治活動家就彷佛是宴席上的鱘魚一樣被邀請來招呼客人的。而這邊的基蒂鼓起勇氣注視著門口，好使勁兒讓自己在列文進門的時候不臉紅。

這時還沒有人把小謝爾巴茨基介紹給卡列寧，他自己卻極力裝出一副絲毫不在意的樣子。按照彼得堡的習俗，每當與太太們共同參加宴會時，必須身穿燕尾服，打著白領帶，卡列寧就是這副打扮。可從他的臉上，奧布隆斯基看得出來，他來赴宴純粹是為了踐約，坐在這群人中間是在盡痛苦的義務。其實他是奧布隆斯基來到以前製造冷氣，使所有客人凍僵的罪魁禍首。

所以當奧布隆斯基剛進入客廳，向大家道歉，說他被一位公爵——這位公爵永遠是他遲到早退的替罪羊——留住了，接著一下子就把所有的人介紹互相認識了，並且將卡列寧與謝爾蓋拉到一起兒，想趁機讓他們一起捲入討論波蘭的俄國化問題中來。他們和佩斯佐夫馬上抓住這一話題談論起來。接著他拍了一下圖羅夫岑的肩膀，向他小聲說了句好笑的話，然後拉他坐在自己的妻子和公爵身邊。隨即他又對基蒂說，她今天看上去非常漂亮。再接著，又把小謝爾巴茨基介紹給卡列寧。只是一小會兒的工夫，他就已經把這個交際場上的大麵團完全揉到一塊兒了。於是客廳裡的氣氛就變得相當活躍

67.「花花世界」是莫斯科一家巴黎式夜總會。

了，連接不斷的都是歡聲笑語。現在只有列文不在。不過，這倒也好，因為奧布隆斯基一走入客廳，就吃驚地發現波爾圖葡萄酒和核列斯葡萄酒都是從德普列酒店買來的，而不是從列維酒店[68]，就吩咐車夫立刻趕到列維酒店重新買過，自己又回到客廳裡來。

當他走到餐廳門前時，遇到了列文。

「我沒遲到吧？」

「你這還算沒晚嗎？」奧布隆斯基挽住他的胳膊說。

「客人來得很多嗎？都是些什麼人？」列文用手套抽打著帽上的雪，禁不住漲紅了臉問。

「都是自己人，而且基蒂也到了。咱們去吧，我給你介紹一下卡列寧。」

雖然奧布隆斯基是一個自由派，但他知道同卡列寧認識是很榮幸的，因此他要讓所有的好朋友都分享這份榮幸，但是這個時候列文已無心體會到認識卡列寧是一種榮幸。自打他遇見沃倫斯基的那個讓他畢生難忘的夜晚以後，他還一直沒有見過基蒂，如果那晚他在大路上看到她的一瞬間不作數的話。今天晚上他會在這裡看見她。但為了使自己的思想不受這事束縛，他竭力不去想它。現在呢？他明明聽說她在這裡，頓時感到又驚又喜，簡直連氣都喘不過來。本來想要說的話他現在一句也說不出來了。

「她怎麼樣了呢？是像以前一樣呢，還是像那晚坐在馬車裡的那樣呢？假如達里婭說的話是真的，那該怎麼辦？又怎麼會不是真話呢？」他思忖著。

「啊，那請給我介紹介紹卡列寧吧。」他好不容易才把話說了出來，於是邁著非常堅決的步子走

68. 德普列、列維都是莫斯科的著名酒店。

進客廳，看到了基蒂。

基蒂既不像從前那樣，也不像坐在馬車上的時候，她已經完全變成另外一種樣子了。

她顯得驚惶、膽怯、羞愧，因此也更加迷人。列文走進房間的一剎那，基蒂就看見了他。她原本就是在等著他。她覺得興奮極了，所以感到很是難為情。而列文走向女主人的時候又瞟了她一眼。就在這一瞬間，她與他，以及把這一切都看在眼裡的多莉都感覺到她要失聲痛哭起來了。她臉上一陣紅、一陣白，一下子又呆呆的，只有嘴唇在微微顫抖地等他走過來。列文走到她跟前，鞠了一躬，默默地伸出一隻手。要不是她的嘴唇在輕微哆嗦著，眼睛因為潮濕而越發明亮，她說話時的微笑幾乎就是平靜的。這時候，她說道：「我們已經有很長時間沒見面啦！」說完她就毫不遲疑地用自己冰涼的手緊緊地握住了列文的手。

「您沒有看見過我，我可看見過您了，」列文說，臉上透露出幸福的微笑，「就是在您從火車站坐馬車到葉爾古紹沃去的時候。」

「那是什麼時候了？」她有些吃驚地問。

「就是您到葉爾古紹沃去的時候。」列文說，他心裡充滿著幸福，簡直要喘不過氣來了。「我怎麼可以將不純潔的想法和這個惹人疼愛的人兒聯繫到一塊兒呢？是的，看起來，達里婭所說的倒是實話。」他想。

這時，奧布隆斯基過來拉著他的手，把他帶到卡列寧面前。

「請允許我給你們相互介紹一下。」他說出了他們兩人的名字。

「很高興可以再次見到您。」卡列寧握了握列文的手，態度冷漠地說道。

「之前你們就認識嗎？」奧布隆斯基感到非常驚訝地問。

「我們同在一節車廂裡待了三小時，」列文笑著說，「但是，下火車之後就像離開化裝舞會一樣，心裡面仍然充滿了好奇，至少我是這樣。」

「噢，原來是這麼回事！現在大家就請吧。」奧布隆斯基指了指餐廳對大家說。

男賓走進餐室，走到桌子旁邊。桌上放著六種伏特加、六種乾酪，有的乾酪盤上面配有小銀匙，有的則沒有，桌子上面還有魚子醬、鯡魚、各種各樣的罐頭食品以及放著法國麵包切片的碟子。男賓站著，圍著香噴噴的伏特加和小吃。而謝爾蓋、卡列寧和佩斯佐夫也停止了針對波蘭俄國化的談論，他們都在期待著宴會的開始。

謝爾蓋一直都是最擅長用別人意想不到的非常風趣的玩笑話來轉變交談雙方的心情，以此結束一場最空洞和最認真的爭論，現在，他就是這樣做的。

卡列寧認為，波蘭的俄國化只有在俄國政府採取重大措施的情形下才能實現。

佩斯佐夫一再強調，一個民族只有當自己的人口密度大的時候才可以同化另外一個民族。

謝爾蓋雖然贊同雙方的觀點，可是認為他們也不完全對。當他們準備走進餐廳的時候，為了結束這次交談，謝爾蓋就笑了笑說：「因此，要實行非俄羅斯人的俄國化只有一個辦法，就是儘量多生孩子。我們兄弟倆在這方面是最差的。你們這些結了婚的人，尤其是您，奧布隆斯基，您才是真正的愛國者，您現在有幾個啦？」他態度殷勤地笑著對主人說，同時向他舉起一小杯酒表示敬意。

聽到這些，大家都笑起來，尤其是奧布隆斯基笑得最起勁。

「對，這是最好的辦法！」他說，嘴裡嚼著乾酪，然後把一種特製的伏特加倒進客人伸過來的酒杯裡。剛才的交談確實在這玩笑中結束了。

「這乾酪真不錯。您要來點兒嗎？」主人說。「你真的又在做體操嗎？」他對列文說，左手捏捏他的肌肉。列文微微一笑，彎起手臂，於是奧布隆斯基的手指觸摸到了薄呢禮服下面隆起的一塊就像是圓形乾酪一樣堅硬的肉疙瘩。

「瞧，好硬的二頭肌呀！真像個參孫[69]！」

「我感覺，獵熊必須要有足夠強大的力量。」對於打獵的概念非常模糊的卡列寧說，同時撕下一片像蜘蛛網一樣的麵包瓤，給它抹上了乾酪。

列文微微地笑起來說道：「不是的，恰恰相反，就連一個小孩都能打死一頭熊。」他說著，向那些跟著女主人一起走到餐桌旁來的女賓微微躬身，讓到一旁。

「我聽人說，您打死過一隻熊，這是真的嗎？」基蒂問道。竭力想用叉子叉住一隻滑溜溜的不聽話的蘑菇，因此抖動著那露出她雪白小手的袖口花邊，但還是叉不住。「你們那裡真的有熊嗎？」她向他半側著自己迷人的頭，滿臉笑容地補充了一句。

她說的話實際上並沒有什麼奇特之處，但對他來說，她的聲音，她的嘴唇、眼睛和手的每一個動作，都具有多少不可言喻的意義啊！這裡面有求饒，有對他的信賴，有柔情，還有憐愛——溫和和膽怯的憐愛，還有承諾，有期望，對他的愛情的期望。這種愛情他不能不相信，而且這種愛情讓他幸福得感到窒息。

「不，我們那次是到特維爾省去打熊的。從那裡回來的路上，我在火車上碰到了您的姐夫，或可以說是遇到了您姐夫的妹夫，」他一直微笑著說，「我感覺那次見面非常有意思。」

於是列文就興高采烈地講著，他怎麼通宵不眠，穿著小皮襖就闖進卡列寧的包廂。

69.參孫，以色列之大力士，曾徒手撕裂獅子，見《聖經・舊約・士師記》第十四章至第十六章。

「列車員像俗話說的那樣[70]憑衣服就想把我轟出去，可是我立即就文縐縐地說起來，而……您，」他一下忘了卡列寧叫什麼，轉臉對他說，「剛開始看見小皮襖，也準備要把我趕出去，但是後來卻又幫我說話了，對於這件事我真是感到非常感激。」

「您不用客氣。總之，是乘客選擇座位的權利太沒規矩了。」卡列寧一邊用手帕擦拭著自己的指頭一邊說道。

「我看得出來，您對我的態度是遲疑不定的，」列文溫和地笑著說，「於是我趕忙說了幾句高深的話來彌補小皮襖的缺陷。」

謝爾蓋一邊繼續與女主人說話，一隻耳朵卻聽著弟弟說話，斜著眼睛朝他望望。「他今天怎麼啦？像打了勝仗一樣。」他想。

他不知道，列文覺得彷彿長了一對翅膀。

列文非常清楚基蒂聽到了他說的話，並且知道她很高興聽他說話。這才是他唯一感興趣的事。對他而言，不僅是在這間屋子裡，而且是在全世界的範圍內，都只是存在著他和她兩人——他突然變得身價百倍了。他覺得自己處在令人目眩的高空，而所有這些溫柔可親的、文質彬彬的卡列寧、奧布隆斯基們以及全世界都存在於很遠很遠的下方。

奧布隆斯基並沒有向列文和基蒂看上一眼，就這樣隨隨便便地讓他們坐到一起，就像這樣做完全是出於本能。

「啊，你就在這裡坐吧。」他對列文說。

70. 俄國俗話：「相見看衣衫，相別看智慧。」

筵席與奧布隆斯基喜愛的餐具一樣精緻。瑪麗・路易湯也得到了每個人的稱讚；小巧的餡兒餅入口即融，無懈可擊。兩個男僕和馬特維繫著雪白的領帶，悄然麻利地伺候著酒食。這次宴會在物質方面是成功的，在非物質方面也不遜色。他們的談話一會兒集中，一會兒分散，自始至終沒有停頓過。在宴會結束的時候，氣氛依然非常活躍，以至於男客們站起身來離開餐桌的時候也沒有停止談論，就連卡列寧也感到歡快起來了。

chapter 10 權利與義務

佩斯佐夫就喜歡辯論出個所以然，他非常不同意謝爾蓋說的話，尤其是他感到他的意見不正確。

「我認為決不僅僅是一個人口密度問題，」他一面喝湯，一面對卡列寧說，「必須要和基礎結合在一起，我們不能光依靠幾條原則。」

「我是這樣認為的，」卡列寧不緊不慢、有些懶洋洋地說道，「這其實都是一回事。實際上照我看，只有那些快速發展的民族才可以影響到另外一個民族……」

「那麼問題就在這裡了。」佩斯佐夫突然用他的粗嗓門兒插了一句。

他一向喜歡搶著說話，他說話總是很急，彷彿把整個心都融入所說的話裡。「英國人、法國人、德國人——您說哪一個能算是迅速發展？哪一個能同化另外一個民族？我們可以看到，萊茵河一帶已經完全法國化了，但是德國人發展的程度並不落後！」他大聲叫道，「我認為，這其中必定有另外一番規律！」

「我認為起作用的總會是那些真正受過教育的民族一方。」卡列寧已經輕輕地揚起了眉毛。

「但是，我們應該把什麼作為真正受過教育的標誌呢？」佩斯佐夫又接著反問道。

「我覺得，這些標誌應該是人人皆知的。」卡列寧反擊道。

「那麼人們都完全了解這些標誌嗎？」謝爾蓋帶著非常含蓄的笑插了一句，「現在大家都承認，真正的文明只能是純粹古典的文明；可我們看到雙方爭論激烈，卻也不能否認對方有他的有力論據。」

「您應該是屬於古典派，謝爾蓋。那麼您需不需要來點兒紅葡萄酒呢？」奧布隆斯基說。

「我現在並不想針對任何一種教育來發表我的什麼看法。」謝爾蓋就像是對著孩子一般帶著寬大為懷的笑說，同時把酒杯遞過去。「我只說雙方都有有力的證據。」他又對卡列寧接著說，「比照我所受的教育來說，我是屬於古典派的，但是在這場辯論中，我是不能站在任何一方的。我並沒有看出古典教育比現實科學教育好的明顯證據。」

「自然科學同樣具有培養教化的作用，」佩斯佐夫接上他的話，並附和著說，「就比如天文學、植物學，或者比如說具有一般原理規律的動物學！」

「我並不完全同意您這一點，」卡列寧說，「我認為我們不能不承認，研究語言本身對心靈的發展具有特別良好的作用。此外，無可否認，古典作家會對道德發生巨大的影響。可遺憾的是，那些成為我們這個時代禍患的虛偽、錯誤的學說反而倒是和自然科學的教學有了聯繫。」

謝爾蓋本打算說點什麼，但是被佩斯佐夫的粗大嗓門兒打斷了。他開始熱烈地講述起這種意見的荒謬性。而謝爾蓋只是沉著地等著說話的機會，很明顯他已經準備好進行穩操勝券的駁斥了。

「但是，」謝爾蓋還是帶著一種含蓄的笑對卡列寧說，「我們不能不承認，要不是古典教育具有像您所說的優點，即道德的作用，說得更明白些，反虛無主義的作用的話，那麼，如果要衡量各種科學的好與壞是非常困難的，要找出哪種教育更加實用，我想這一問題是沒辦法馬上徹底地解決的。」

「這一點是不用懷疑的。」好幾個人附和著說。

「假設古典教育並沒有反虛無主義影響的優越之處，那麼我們就需要把這個問題更多地去考慮考慮，仔細衡量一下兩方面的論據，」謝爾蓋說，「我們也會給兩者提供發展條件。但現在我們知道，古典教育這種藥丸具有反虛無主義的療效，那麼我們就會鼓起勇氣把它們提供給我們的那些病人……但，萬一沒有效用，那應該怎麼辦呢？」他使用巧妙的玩笑話作為了結束語。

謝爾蓋一說到藥丸，大家都笑起來，尤其是圖羅夫岑笑的聲音特別大、特別快活。因為他聽著這場談話，一直希望能聽到什麼可笑的話，這下子終於聽到了。

奧布隆斯基現在想到，請佩斯佐夫來是對的，有佩斯佐夫在，高談闊論沒有一刻停止過。這邊謝爾蓋剛剛用玩笑話結束了議論，佩斯佐夫馬上又提了一個新的話題。

「我甚至不能同意，」他說，「政府抱有這樣的目的。政府顯然是受輿論支配的，但對它實施的辦法將會產生怎樣的效果，卻絲毫不關心。譬如，婦女教育問題應該說是有害的，可是政府開辦了女子訓練班和女子大學。」

於是，大家交談的話題立刻又轉移到婦女教育這個問題上了。

卡列寧陳述著自己的觀點，他認為婦女教育通常會和婦女獲得自由的問題混為一談，所以才被公認為是有害的。

「不，我認為恰恰相反，在我看來這兩個問題是緊密地聯繫在一起的，」佩斯佐夫說，「這是一種惡性循環。婦女由於缺乏教育而被剝奪權利，她們沒有權利，所以就缺乏教育。別忘了，婦女被奴役是那麼普遍，歷史是那麼悠久，以致我們往往不肯承認她們同我們之間存在的鴻溝。」

「您剛才說，權利，」謝爾蓋等待佩斯佐夫停頓一會兒後說，「您的意思是說做陪審員、地方議員和議長的權利，或者當政府官員、國會議員的權利，是嗎？」

「是的。」

「即使婦女作為少數例外可以擔任這些職務，我認為您用『權利』這個字眼也是不恰當的。誰都不會去否認，我們現在做陪審員、地方議員、電報局官員，是在盡自己的義務。因此，如果說得準確一點，婦女們是在尋求義務，這一點是符合法律的。她們這種願意協助男人一起勞作的心願，我們應該給予同情。」

「您說得太對了，」卡列寧表示同意地說，「我覺得，問題就在於她們是不是可勝任這些義務。」

「我認為，她們是肯定可以勝任的，」奧布隆斯基插了一句，「只要做到教育能在她們中間普及。這一點我們是看得清清楚楚的……」

「有句諺語是怎麼說的來著？」老公爵早就注意聽他們的談話，在他那小眼睛中閃現出譏諷的神色，「可以在女兒面前說：女人頭髮長[71]……」

「黑奴解放前，人們就是這樣看待黑人的！」佩斯佐夫氣憤地說。

「我只是有些納悶，婦女們竟然在尋求新的義務，」謝爾蓋說道，「可是我們卻不幸看到，男人總是在逃避義務。」

「義務始終會伴隨於權利，婦女想謀求的東西就是權利、財富和榮耀。」佩斯佐夫說。

「這就好比是我想謀求做奶媽的權利，可人家只會出錢給婦女，不會出錢給我，為此我就變得憤憤不平。」老公爵幽默地說道。

聽到這些，圖羅夫岑又捧腹大笑起來。謝爾蓋感到非常惋惜，並不是他說出這句話來。現在就連卡列寧都一個勁地笑起來。

「是啊，男人又不會餵奶，」佩斯佐夫說，「可婦女就……」

71. 俄諺：婦人頭髮長見識短。

「不是，曾經就有一個英國男人在船上給自己的小孩餵過奶。」老公爵不顧當著女兒們的面，放肆地說。

「那麼有多少個這樣的英國男人，就會有多少個女人可以做官。」謝爾蓋接上話頭說。

「是啊，不過要是一個還沒有成家的女子該怎麼辦呢？」奧布隆斯基情不自禁地想起他日日思念的奇比索娃，就這樣插了一句。他同情佩斯佐夫，並且贊成他。

「如果仔細考察一下這個女子的家世，那您就會知道，是這個女子拋棄了家庭——或者是她自己的家，或者是她姐妹的家——本來她滿可以在家裡幹幹女人家的活計的。」達里婭也許猜到了奧布隆斯基指的是一個什麼樣的女子，於是就用憤怒的語調插嘴說道。

「但是我們是在維護一個原則或是一種理想！」佩斯佐夫用低沉的聲音反駁道，「婦女希望得到自主和接受教育的權利。那麼當她們意識到這是不可能實現的時候，她們就會感覺非常委屈和鬱悶。」

「但讓我感到委屈和鬱悶的是，人家不要我當奶媽。」老公爵又說，再次令圖羅夫岑捧腹大笑，甚至不小心把一塊粗大的蘆筍扔進了調味汁裡。

chapter 11

神秘的心心相印

大家都在參與談話，可基蒂和列文除外。開始談的是一個民族對另一個民族的影響。列文不禁想到他對這個話題有話可說。這事原來他覺得很重要，此刻卻像夢裡閃動的幻像一般，引不起他絲毫興趣。他甚至都奇怪他們為什麼會這樣起勁地爭論這種對誰都沒有什麼益處的事情。

而基蒂也是一樣，聽到他們談論關於婦女的權利和教育問題，她原本應該感興趣的。她想到她在國外的朋友瓦蓮卡，想到她痛苦的寄人籬下的生活，她是怎樣經常地想這個問題啊，她又是怎樣時常納悶如果她不結婚會落到一個怎樣的結局，並且為了這事，她是怎樣經常和她的姐姐爭論啊！可是現在這一點同樣引不起她的興趣了。她和列文只是在私下談話，或者簡直不是談話，只是一種神秘的心心相印。那使得他們越來越靠近，使得他們兩人在各自心中產生了一種對他們將要踏入的未知世界既歡喜又恐懼的心情。

開始，基蒂詢問列文去年是怎樣看到她在馬車裡的，列文告訴她，他怎樣從割草場走大路回家，半路上看見了她。

「那是在凌晨時分。我想您一定是剛剛醒過來。您媽媽還睡在角落裡。這是一個美好的早晨。我一邊走，一邊想這輛四駕馬車裡坐的是誰呀？一瞬間，您就閃過去了，我只是看見您在窗口——您就像這樣坐著，兩隻手拉住帽上的絲帶，不知道在想什麼想得出了神。」他輕輕地笑著說。

「我是多麼的想知道那個時候您在想什麼，是在想什麼重要的事嗎？」

「我難道不是披頭散髮嗎？」她想。不過，看見列文在回憶細節時浮起歡欣的微笑，她明白，恰恰相反，她當時給他的印象很好。她漲紅了臉，但是高興地笑了。

「我確實是不記得了哩。」

「你看，圖羅夫岑笑得可真是有趣！」列文說，讚歎著他圓潤的眼睛和搖動的身體。

「您很早就認識他了嗎？」基蒂問。

「哦，有誰不認得他呢！」

「我猜想您一定認為他是個壞人吧？」

「不，不是壞，只不過是一無是處罷了。」

「啊，那您就錯了！您可不要繼續這樣想了！」基蒂說，「我以前也很看不起他，但他是個非常可愛的、非常善良的人。他有一顆金子般的心。」

「那您是怎樣覺察出他的心來的？」

「我們是好朋友嘛，我很了解他。就在去年冬天，也就是在……您來看過我們以後不久，」她說著，流露出一種愧疚的同時又很信賴的微笑，「多莉的幾個孩子都得了猩紅熱，他碰巧去看她。您真不能想像，」她小聲說，「他是多麼為她難過，他就留下來幫她照看孩子，並在他們家住了三個星期，就像保姆一樣照料著孩子們。」

「我在給列文講那次患猩紅熱的時候，圖羅夫岑的那些事呢。」她轉過身去對著她姐姐說。

「是啊，他真是與眾不同，簡直是好極了！」多莉打量著已察覺自己被別人評論的圖羅夫岑說，對他笑了笑。

列文也看了一眼圖羅夫岑。

他感到很驚奇，為什麼自己之前沒有發現這個人身上的優點呢？

「該死，該死，我以後再也不把人往壞處想了！」

他愉快地說，非常真誠地說出了他現在的想法。

chapter 12 難以原諒

談論婦女的權利，常常會牽連當著太太們的面不便於提及的婚姻權利不平等的問題。佩斯佐夫吃飯的時候好幾次涉及這個問題，幸好謝爾蓋和奧布隆斯基及時而謹慎地把話題轉移開來。

等大家都從餐桌旁起了身，太太們走開了，佩斯佐夫卻沒有跟她們一起走，而是把身子向卡列寧轉過去，講述起這種不平等的最重要的原因。按照他的意見，夫婦之間的不平等，在於妻子不貞和丈夫不貞在法律上和輿論上受到的制裁不一樣。奧布隆斯基急忙走到卡列寧卡列寧身邊，請他吸煙。

「不，我不吸煙。」卡列寧冷靜地說。接著他好像故意表示他不怕談這種問題，他冷酷地笑著向佩斯佐夫轉過身去。

「我認為那種看法的根據就是事實本身。」他邊說邊往客廳裡走。

正當這時，圖羅夫岑因喝了香檳興奮極了，一直在等待機會打破難堪的沉默。「瓦夏・普里亞奇尼科夫，」他那滋潤、紅紅的嘴唇上露出了和悅的微笑，尤其是對著貴客卡列寧說，「今天，我聽人說，他在特維爾和克維茨基決鬥，最終把對方打死了。」

好像故意似的，人經常會刺痛他人的傷疤，現在奧布隆斯基就明顯感覺到，今天的交談就戳痛了卡列寧的傷疤。他又想把妹夫從話題上岔開，可卡列寧卻懷著好奇的心情問道：

「為什麼普里亞奇尼科夫要決鬥呢？」

「為了妻子。他幹得有男子漢氣概！他去挑戰，並把對方打死了！」

「啊！」卡列寧漠不關心地高挑起眉毛，走進客廳裡。

「您能來我太高興了，」多莉在過道客廳碰見他，滿臉惶恐地對他說，「我想和您談談。就在這兒談吧。」

卡列寧依舊高挑著眉毛，使他顯出冷漠的表情，坐在達里婭的身邊，勉強微笑著。

「好，」他說，「我也正想請您諒解，我馬上就要離開，明天我就走。」

達里婭堅決相信安娜是清白無辜的，面對著這個冷酷無情、不動聲色地要毀滅她那無辜的好朋友的人，她氣得臉色慘白，嘴唇直打哆嗦。

「阿列克謝，」她盯住他的眼睛，神情堅定，「我問您安娜最近怎麼樣了，您還沒回答我。她好嗎？」

「她的身體很好，達里婭。」卡列寧沒有看她，只是應聲回答。

「對不起，阿列克謝，對不起，我沒有權利……但我像親姐妹一樣愛安娜，尊重安娜；我要求您告訴我，你們之間到底發生了什麼？您覺得她有什麼不對嗎？」

卡列寧皺著眉頭，幾乎閉上了眼睛，低下頭來。

「我想您的丈夫對您說過，為什麼我覺得和安娜原來的關係不能不改變的理由。」他說，沒望她的眼睛，卻帶著非常不滿的神情望了一眼正從客廳裡經過的謝爾巴茨基。

「我不相信，不相信，我不能相信！」多莉把她那雙瘦削的手緊握在胸前，她倏地站起身來，把一隻手放在阿列克謝的袖子上，「這裡不方便說話。那邊請。」

多莉的激動情緒感染了卡列寧。他站起身來，乖乖地跟她走進兒童讀書室。他們在桌旁坐下，桌子上鋪著一塊漆布，上面被削筆刀劃滿了痕跡。

「我不相信這種事！」多莉竭力想捉住他那迴避的眼神。

「你要相信事實，達里婭。」他著重強調了「事實」這個詞。

「她做了什麼事？」多莉問，「她到底做了什麼事？」

「她無視自己的義務欺騙了她的丈夫，這就是她幹的事。」他說。

「不會的，不會的。看在上帝的面上，您絕對是誤會了！」多莉死死按住太陽穴，閉上雙眼說。

卡列寧的雙唇泛起了冷酷的微笑，想讓她看看他的決心，並以此來強調自己的決心。多莉這種熱情的袒護，顯然不能動搖他的決心，他開始帶著更為激昂的態度說：「既然妻子親自把這件事情告訴丈夫，那就不是誤會了。還說她八年的生活以及生了一個兒子這些都錯了，她要重新開始生活，那就絕對不會弄錯。」他怒氣沖沖地哼了一聲。

「我不能相信這種事！安娜和罪過絕對不可能聯繫在一起！」

「達里婭！」他正視著多莉那友善而又激動的臉，情不自禁地打開了話匣子，「我真希望這是一種懷疑。以前，當我這樣猜疑的時候，我覺得痛苦，但比現在還是好過些。當我這樣猜疑的時候，還有希望，可是現在沒有希望了。我什麼都不信，甚至憎恨我的兒子，有時我都懷疑他到底是不是我的兒子。我真是太悲慘了。」

他沒有必要說這番話。他向達里婭看了一下，她開始可憐他，對安娜這位好朋友清白的信念也動搖了。

「真是太可怕了！難道您真的要離婚嗎？」

「我已下決心採取最後的手段。我再也沒有其他辦法了。」

「沒辦法，沒辦法……」她眼中含著淚花，「不，不會沒有其他辦法的！」

「遇上這種苦難，可怕之處就在於不能像遇上別的痛苦那樣——失敗或者是死亡——那些都可以平靜地接受。而在這種情況之下是需要有所行動的，」他一邊說一邊在猜測她到底在想什麼，「一定要從我所陷入的屈辱中擺脫出來：三個人不能共同生活！」

「我明白，我明白。」多莉說完低下了頭。她沉默了一會兒，想著她自己的事和她自己家庭的痛苦，接著突然激動地抬起頭來，合攏雙手做出懇求的姿勢：「等一等吧！您是一個基督教徒。要為她考慮考慮！您要是拋棄了她，她該怎麼辦？」

「我已經考慮過了，達里婭。」卡列寧說。他的臉上泛出紅暈，渾濁的雙眼直勾勾地望著她。這時達里婭已經滿心可憐他。「當她親口把這件使我受辱的事告訴我的時候，我就這麼做了，我讓一切都維持原狀。我給她悔過自新的機會，我竭力挽救她。可是結果呢？她連顧全面子這最容易辦到的要求也不願意遵守，」他非常生氣地說，「自己不願毀滅的人才能夠解救，假如本性完全敗壞了、墮落了，那麼，毀滅本身在她看來就是拯救，那又有何辦法呢？」

「隨便怎麼樣都行，千萬別離婚！」達里婭懇求道。

「隨便怎麼樣都行，什麼意思？」

「她不再是任何人的妻子，她就要完蛋了！不，這太可怕了。」

「我又能怎麼辦?!」卡列寧挑起眉毛，聳聳肩。一想到妻子最近的行為，他就感到十分惱火，又變得像開始談話時那樣冷酷。「非常感謝您的一番好意，可是我該走了。」他一邊說，一邊站起身來。

「不，再等一會兒！您千萬不能把她毀了。等一下，我把我的情況告訴您。我結了婚，可是丈夫欺騙了我；我真是又氣憤又嫉妒，想拋棄一切，想一個人……可是我清醒過來了，是誰使我清醒的？

是安娜！現在我過得很好。孩子們慢慢長大，丈夫也回家了，認識到是他自己不對，並且變好了，而我原諒了他，我依舊在生活，因此您也應該原諒安娜啊！」

卡列寧聽了這番話，然而她的話對他已經不再管用了。他的心中又升起了他決定離婚那天一樣的怒火。他好像抖掉什麼東西一樣抖動一下身體，用尖銳、響亮的聲音說：「我無法原諒，也不打算原諒，並且我認為也不該原諒。我覺得自己對這個女人已經做到仁至義盡了，可她把所有的東西都踩到她天生的污泥裡。我不是一個狠心的人，我從未恨過任何人，可現在我從心底憤恨她，我難以原諒她，我恨她給我帶來的種種不幸！」他說，聲音被憤怒的淚水打斷了。

「要愛那些痛恨您的人……」達里婭怯生生地輕聲說。

卡列寧輕蔑地、冷漠地笑了笑。這話他早就知道，但不適用於他現在的處境。

「要愛那些痛恨您的人，但不能愛你痛恨的人。請原諒，我讓您很不高興。每個人都有自己的苦惱！」說完，卡列寧抑制住心情，默默地告過別，就走了。

chapter 13

猜字謎的愛情

當客人們起身要離開餐桌的時候，列文也打算跟基蒂一起走進客廳，但又怕這樣對她獻殷勤太露骨了，她也許會不高興。列文便留在男賓圈子裡，參加大家的談話。雖然他沒看基蒂，卻能察覺到她的一舉一動、她的神情，以及她在客廳裡的什麼地方。

現在他毫不勉強地兌現了自己對她許下的諾言——永遠把人向好的方面想，永遠愛每一個人。談話轉移到村社問題上，佩斯佐夫認為村社有一種奇怪的原則。他把這稱作「合唱原則」。列文不贊同佩斯佐夫的觀點，也不贊同哥哥的觀點，他哥哥與眾不同，既不承認也不否認俄國農民村社的意義。但列文同他們談話，盡力為他們調解，緩和他們的爭論。他一點也不注意自己在說些什麼，更不注意他們在說些什麼。

他唯一的願望，就是他和大家都愉快、高興。現在他只知道一個人是舉足輕重的，這人最初在客廳裡，隨即又走了過來，站在門前。他沒回頭就能感覺到她向他投來的雙眸和笑意，他不由自主地回過頭來。她和小謝爾巴茨基都站在門前，正凝視著他。

「我以為，您到彈鋼琴那兒去了呢，」他來到她身邊說，「我們鄉下就是缺少音樂。」

「不，我們找您是想感謝您來看望我們，」她說道，就像回送禮物似的報之以微笑，「有什麼必要辯論呢？您要知道，誰都說服不了誰。」

「是啊，這倒是真的，」列文說，「人們爭論得起勁，往往就因為弄不懂對方究竟想證明什麼。」

列文在一些很聰明的人之間辯論時察覺到，爭論者們在費了很大的精力，發表了很多精闢的、合乎邏輯的看法之後，最終卻發現，他們耗費唇舌彼此爭論了很久的那個問題，從一開始他們就已經都明白了，然而他們還是喜歡各執一詞，因此不肯直截了當地說出他們喜歡的是什麼，就怕被對方駁倒。他還有這樣的體會：在爭論中，有時你明白了對方所喜歡的東西，自己忽然也喜歡它了，就立刻表示同意。這樣，就什麼論據也用不著了。有時，則正好相反，你最後終於說出自己支持的觀點，並找出能夠論證的一套論據，如果你表達得恰當、誠懇，那對方就會立馬表示贊同，並且不再繼續爭論。他要說的就是這意思。

她緊皺眉頭，竭力想弄明白他的意思。可他剛開口解釋，她就已經明白了。「我明白一定要先弄清他辯論的是什麼，他支持什麼，這樣的話才能……」

她完全猜得到並且表達了他表達不清的意思。列文高興地微微一笑：從他和佩斯佐夫同哥哥的那番極其混亂的冗長爭論到甚至不用語言就能言簡意賅地把最繁瑣的意思表達清楚了——這種轉換令他非常驚訝。

謝爾巴茨基從他們旁邊走開，基蒂來到擺放好的牌桌旁，坐下來，拿起一根粉筆，在嶄新的綠呢桌布上畫著一個個散開的圓圈兒。

他們繼續談論飯桌上談論的那些問題：婦女自由和就業問題。多莉認為，一個未出嫁的女子應該待在家中做女人的本分工作。他同意她的這個看法，覺得任何一個家庭都不能少了女幫手，家庭不管貧困還是富有，都少不了保姆，無論是雇用也罷，自家人也好。

「不，」基蒂說著漲紅了臉，與此同時用自己那雙真誠的眼睛比以前更大膽地看著他，「一個女子可以處於這種境況，可她在走進一個家庭的時候就不可能不感到羞恥，可她自己……」

他聽出了她話裡的寓意。「啊！是啊！」他說，「是，是，是，您說得沒錯，您說得沒錯！」

列文察覺到基蒂心裡有一種怕做老處女的恐懼感和恥辱感，這才理解了佩斯佐夫在吃飯的時候說的有關婦女自由的一些道理。他愛她，體會到了這種恐懼和屈辱，立刻放棄了他的論點。

隨後兩個人都默不作聲了。她不斷地用粉筆在桌子上畫著。她的眼睛閃爍著溫柔的光芒。在她的感染下，他覺得自己渾身洋溢著逐漸增強的幸福感。

「哎呀！我亂畫了一桌子！」她說完放下粉筆，搖晃了一下身子，彷彿要站起來。

「怎能留下我一個人而讓她走掉呢？」列文恐懼地想著，拿起粉筆。「等一下，」他說著在桌旁坐下來，「我早就想問您一件事。」

他盯著她那雙溫柔而又驚愕的眼睛。

「問吧。」

「看，」他說，然後寫出一些單詞的開頭一個字母，這些字母的意思是：「您當時答覆我：不可能是這樣的，意思是指永遠不可能呢，還是指當時？」看來是很難希望她領悟這個複雜的句子，他毫無把握，但他望著她的那種神態，彷彿在說，他的命運就取決於她是否明白這句話的意思。她像煞有其事地瞟了他一眼，接著用一隻手托起皺著的前額，開始念起來。她時不時地向他看上一眼，彷彿用眼神在問他：「這我猜得對不對？」

「我懂了。」她紅著臉說。

「這是什麼詞？」列文指著表示永遠的這個字母問。

「這個詞是永遠，不過這不是真的！」她說。

列文迅速把所寫的句子擦掉，把粉筆給了她，站起身來。她也寫下一些字母。多莉看著兩個人的時候，基蒂手裡拿著粉筆，用略帶羞澀的、快活的眼神看著列文，而身姿俊美的列文俯在桌子上，一雙熱辣辣的眼睛時而看看桌子，時而看看基蒂。此刻，她和卡列寧交談所帶來的憂愁得到了緩解。列文突然容光煥發，他明白了這句話的意思，那就是：「當時我不得不這樣回答。」

他用詢問的眼神怯生生地看著她：「只是那個時候嗎？」

「對。」她的笑容回答他。

「那麼現……那麼現在呢？」他問。

「那您就讀讀吧。我把我的想法說出來。我真誠地希望——」她寫了每一個單詞的開頭一個字母。意思是：「希望您能忘記並饒恕過去的事。」

他用神經質的、打著哆嗦的手指拿過粉筆，把它掰斷，接著寫出一些句子的開頭一個字母：「我沒有什麼值得忘掉的、值得原諒的，我一直愛您。」

她一直面帶微笑看著他。

「我懂了。」她輕聲說。

他坐下來，又寫了很長的一個句子。她全都明白了，沒有問他對不對，而是拿起粉筆，立刻就回答他。

好久他都沒明白，她所寫的字母是什麼意思，不停地抬頭看著她的眼睛。他興奮得一時間頭腦糊塗起來。他無論如何也猜不中她寫的字是什麼意思；但從她那雙洋溢著幸福的迷人眼睛裡，他明白了他想要知道的一切。於是他寫了三個字母。但沒等他寫完，她就跟著他手的動作讀了出來，並且自己一寫完那個句子，她就同時寫出了答案：「是。」

「你們在玩猜字謎嗎？」老公爵來到他們身邊問，「如果你想要趕上看戲，那我們就一起走吧。」

列文站起來，把基蒂送到門口。

在他們的交談中，一切都說明白了。

基蒂說她愛他，還說，她會告訴爸爸媽媽。

chapter 14 無比幸福

基蒂走了，當只剩下列文一個人的時候，沒有基蒂，他心神極其不安，迫切希望明天趕快到來，這樣他就又可以見到她，永遠同她結合在一起了——他居然害怕沒有她他所不得不度過的這十四小時，就像害怕死亡那樣。為了不讓自己一個人孤單單的，他需要找一個人談談。奧布隆斯基原是和他最意氣相投的朋友，可他要出去，據他說是去參加晚會，其實是去看歌舞。列文恰巧趕上，就告訴了他，說他無比幸福，他喜歡他，而且永遠、永遠不會忘記他為他做的事。奧布隆斯基的眼神和微笑向列文表明他是很能理解這種心情的。

「哦，那麼還不到死的時候吧？」奧布隆斯基說，激動地握緊列文的手。

「不——不——不！」列文說。

達里婭在和他告別的時候也彷彿慶祝似的說：「您又見了基蒂，我真開心啊！人應該重視往日的友情呢。」

列文不喜歡達里婭的這些話。她無法理解這種感情在列文看來是多麼崇高，她也不應當提到它。列文向他們道了別，可是，為了不一個人孤零零的，他纏住了他哥哥。

「你到什麼地方去？」

「我去出席會議。」

「哦，我和你一起去。可以嗎？」

「怎麼不可以呢？一起去吧，」謝爾蓋微笑著說，「你今天怎麼了？」

「我嗎？我太幸福了！」列文打開馬車關著的窗子說，「你沒事吧？悶極了哩。我覺得十分幸福。你怎麼至今不結婚呢？」

謝爾蓋微笑了。

「我很高興，她確實是一個很好的女人……」謝爾蓋開口說。

「別說，別說，別說！」列文用兩隻手抓住他的皮大衣領子，把他的臉蓋住，叫嚷起來。「她是個非常好的女人。」是一句這麼平常、這麼微不足道的話，和他的感情極不協調。

謝爾蓋發出了他極少發出的快活笑聲。

「哦，不管怎樣，可以說我十分高興。」

「你可以明天再說，現在可別再說什麼了！沒什麼，沒什麼，請你靜一下吧。」列文說，接著又用皮外套把臉蒙上，他加了一句，「我多麼愛你啊！我真的可以去參加會議嗎？」

「當然可以。」

「你們今天討論什麼呢？」列文說，一直微笑著。

他們到了會場。列文聽著秘書結結巴巴地念著顯然連自己也不懂的記錄，但列文從這位秘書的相貌可以看出，他是一個心地善良、和藹可親的人。這從他宣讀記錄時那副疑惑神情就能看出來。然後，討論開始了。他們在為克扣某宗款項和鋪設某些水管而爭辯不止，謝爾蓋帶著得意的腔調說了一大篇話，把兩位議員嘲諷了一番；另一個議員在一張紙上匆忙寫了一些什麼，最初有點膽怯，隨即卻十分毒辣而又快活地回擊了他。然後斯維亞日斯基（他也在那裡）也說了幾句什麼，說得冠冕堂皇。

列文聽著他們的辯論，聽出根本沒有什麼調撥款項和鋪設水管的問題，根本沒有這些事，他們也根本沒有真正生氣，他們都是一些善良可愛的人，他們之間的關係也是很好很親密的。他們沒有傷害誰，大家都樂在其中。最妙不可言的是列文覺得他今天能夠看透他們所有的人，從微小的、以前未意識到的表徵知道每個人的心，清楚地看出來他們都是好人。那天他們大家都表示對列文非常有好感。這從他們對他說話的語氣，——連那些他不認識的人也在內——看著他的時候那種友好的、溫柔的神情就可以看出來。

「哦，你滿意嗎？」謝爾蓋問他。

「十分滿意。我從來未想到會這樣有意思呢！太棒了！真了不得哩！」

斯維亞日斯基走到列文面前，邀他到他家裡去喝茶。列文根本不能明白並且也回想不起他以前不滿意斯維亞日斯基的哪一點，他知道他身上不足的是什麼了。他是一個聰明的、十分和善的人。

「十分高興。」他說，並問候他的妻子和姨妹。在記憶裡，他想起斯維亞日斯基的姨妹總是和結婚的念頭聯繫在一起，就因為這樣一種美妙的聯想，他覺得再也沒有比對斯維亞日斯基的妻子和姨妹訴說他的幸福更合適的了，所以他很樂意來看她們。

斯維亞日斯基和他談到農場上的改革，照例認為在歐洲沒有的東西在俄國也不可能有。現在列文聽了毫無不高興的感覺，恰恰相反，他認為斯維亞日斯基說得對，他的整個事業毫無意義，並且他知道斯維亞日斯基避免理解表示他的正確意見那種驚人的和善體貼。斯維亞日斯基家的女人們也是份外可愛，列文覺得好像她們知道了一切，並且同情他，只是因為客氣沒說出口來。他和他們一起待了一個鐘頭，兩個鐘頭，三個鐘頭，談著各種各樣的話題，卻只想著洋溢在他心頭的那件事情，他沒有察覺到他們已經疲倦得要命，早已過了他們就寢的時間。斯維亞日斯基送他到前廳，打了個哈欠，驚詫他朋友的奇異心情。一點鐘已經過了。列文回到旅館，想到他還得獨自熬過剩下的十小時，便感到害怕。值班的茶房還沒有睡覺，給他點亮蠟燭，正要走開，列文把他留住了。這侍者名叫葉戈爾，列文以前從未注意過他，現在竟感覺他是一個很聰明、很好的，最主要的是一個熱心腸的人。

「哦，葉戈爾，不能睡覺是一件苦差吧，不是嗎？」

「那能有什麼辦法呢！這是我們的職責。在老爺家做活要輕鬆得多，不過在這裡可以多賺幾個。」

原來葉戈爾家有三個男孩和一個做裁縫的女兒，他打算把這女兒嫁給馬具店的夥計。

列文趁此機會就對葉戈爾說，結婚的主要條件是愛情，有了愛情就會幸福，因此幸福全在自己。

葉戈爾仔細地聽著，顯然完全明白了列文的意見，可為了表示贊同，他出乎列文意料地說，他在好人家做事的時候，對他的主人一直很滿意，對現在這個主人也非常滿意，儘管他是一個法國人。

「一個熱心腸的人哩！」列文想。

「哦，不過，你自己，葉戈爾，你結了婚以後愛你的妻子嗎？」

「哦！怎會不愛呢？」葉戈爾答道。

列文覺察出葉戈爾也處在快活之中，並且想要把他所有的最誠摯的情感告訴他。「我的生活也是很奇妙的呢。從小時候起……」他開口說，眼裡放著光彩，顯然是被列文的愉快心情感染了，就像打哈欠會傳染人一樣。

正在這時鈴響了，葉戈爾走開了，只剩下列文一個人。他在宴會上幾乎什麼也沒有吃，在斯維亞日斯基家也回絕了喝茶吃晚餐，不過他想不到晚餐這些了。昨夜他沒有入睡，現在也不想睡。屋子裡很涼快，但他覺得悶熱。他打開兩扇氣窗，坐在氣窗對面的桌子旁。在蓋滿了雪的屋頂上可以看到那飾有鏈子的十字架，它的上空是高高升起的三角形的御夫星座，陪伴著璀燦的黃色卡培拉星。他時而眺望著十字架，時而眺望著星星，呼吸著均勻地流入房間的新鮮而寒冷的空氣，彷彿在做夢似的追憶著湧現在他腦子裡的形象和記憶。三點多的時候，他聽到走廊上有腳步聲，就從門口向外瞅了一眼。原來是他認識的那個賭徒米亞斯金從俱樂部回來了。他帶著憂鬱的表情皺著眉頭，咳嗽著走過。

「不幸啊，可憐的人啊！」列文想，因為對這個人的憐憫和同情，淚水湧滿了他的眼裡。他原本打算和他談談，安慰安慰他的，可想到自己只穿了一件襯衣，就改變了主意，又在氣窗前面坐下，陶醉在寒冷的空氣中，盯著那安靜的、可在他看來卻飽含意義的十字架的優美輪廓和冉冉上升的璀璨的黃色星座。六點多時傳來擦地板的聲音和教堂的鐘聲。列文覺得身子冷得有點僵了。他關上氣窗，洗過臉，穿好衣服，走上街去。

chapter 15

愛情的光芒

街上還是空蕩蕩的。列文朝謝爾巴茨基家走去。大門還關著，一切還在沉睡著。他往回走，又走進旅館的房間，要了一杯咖啡。日班茶房給他端來咖啡，這人不是葉戈爾。列文原本打算和他攀談的，可鈴響了，他走了出去。列文試著喝咖啡，把一片白麵包放進嘴裡，可他的嘴幾乎不知道如何對付麵包了。列文吐掉麵包圈，穿上大衣，又走了出去。他第二次來到謝爾巴茨基家門口的台階時，已經是九點多了。房裡的人剛剛起來，廚師正出去買菜。他起碼還得消磨兩個鐘頭。

這個通宵和整個早晨，列文一直失魂落魄，並且完全摒棄了物質生活。他一整天沒有吃東西，兩夜沒有睡覺，沒穿大衣在嚴寒中待了幾小時，不僅覺得神清氣爽，甚至還覺得超脫於形骸之外了；他一舉一動都毫不費勁，並且覺得自己好像是無所不能的。他確信不疑，必要時他能夠飛上天去，或是舉起房子的一角來。他在街上走來走去，不停地看錶，向周圍眺望，把餘下的時間就這樣打發了。

他當時所看到的東西，以後再也沒看見過。上學去的孩童們，從房頂飛到人行道上的藍灰色的鴿子，被那隻看不到的手擺出來的撒滿了麵粉的麵包，這些都令他感動。這些孩童、這些鴿子、這些麵包彷彿都不是塵世的東西。這一切都是同時發生的：一個小孩朝著鴿子跑去，笑著看了列文一眼；鴿子拍打著羽翼在太陽光下、在空中瀰漫的雪粉中間撲騰著飛過去了；一個窗子裡散發出烤麵包的清香，麵包被陳列了出來。這一切加在一起真是美不勝收，列文不由得笑了起來，高興得流出了眼淚。

他從迦傑特內大街到基斯洛夫克大街轉了一圈，又回到了旅館，把錶放在前面，他坐下，靜靜等待著十二點到來。隔壁房間裡，人們在談論著關於機器和欺詐的事情，發出凌晨時分的咳嗽聲。他們不知道時針正逼近十二點。

到了十二點，列文走到台階上。馬車夫們顯然什麼事都知道了。他們喜氣洋洋地圍住列文，爭先恐後兜攬生意。列文竭力不得罪其他幾個馬車夫，答應下次坐他們的車，就坐上一輛，吩咐駛到謝爾巴茨基家去。這車夫看上去十分俊秀，他那潔白的襯衫領子貼在他那強壯的、血色很好的紅潤的脖頸上，露在外套外面。

這個車夫的雪橇既高大又舒適，列文以後再也沒有坐過如此好的車子，馬也很出色，努力奔跑著，不過卻好像沒動似的。車夫知道謝爾巴茨基家，便帶著一種對他的乘客非常恭敬的態度，把他的手臂彎成圓形，叫了聲「喔」就在門口停下來。

謝爾巴茨基家的看門人一定也知道了這一切。這從他眼睛裡的笑意和說話時的神情就可清晰地看出來。「啊，很長時間沒有來了，康斯坦丁・德米特里奇！」

他不僅知道了一切，而且顯然非常高興，但又竭力掩飾內心的喜悅。列文看了一下他那上了年紀的慈善的眼睛，甚至察覺在自己的幸福中還隱藏著一種新的東西。

「他們都起來了嗎？」

「請進來吧！放在這兒。」列文想轉過頭來拿帽子的時候，他笑呵呵地說。這話中也包含著一定的含義。

「請問，向誰通報？」僕人問。

雖然僕人很年輕，還是剛來的，像個花花公子，但他是一位十分善良的好人，也什麼都知道。

「公爵夫人……公爵……公爵小姐……」列文說。

他遇到的第一個人是林儂小姐。她走過客廳，她的鬈髮和臉都煥發著光彩。他剛開始同她談話，忽然聽到門外有衣服的窸窣聲。林儂小姐便從列文的眼前不見了，幸福馬上就要到來，他覺得一陣高興和懼怕。林儂小姐留下他一個人，快步向另一個門走去。她剛離開，鑲木地板上就響起一陣快速而又輕快的腳步聲，接著他的幸福、他的生命、他的心靈——比他自己更美好的，也就是他一直以來尋找的、期盼的東西馬上就要臨近了。她不是自己走過來，而是被一種無形的力量送到他面前。他只是盯著她那雙清澈而又真誠的眼睛，那雙眼睛正如他心中湧動著愛情的潮水那樣，快活中又有幾分恐慌。這雙閃爍著愛情的光芒的眼睛越來越近，刺得他眼花繚亂。她站得離他很近，簡直是緊挨著他，她的雙手舉了起來，放到他的肩膀上。

凡是她能做的，她都做了，她跑到他跟前，羞怯而快樂地把整個身心交給了他。他擁抱著她，把自己的嘴唇緊緊地貼在她那渴望被吻的嘴唇上。

她也是徹夜未眠，整個早晨都在等著他。

她的父母都毫無異議地同意了這事，為她的幸福感到幸福。她打算一個人去迎接他，並為這個主意感到高興，但又感到有點兒害羞和恐懼，她也不知道應當如何做才好。她聽到他的腳步聲和說話聲，還在門外等候林儂小姐離開。林儂小姐剛走，她便毫不猶豫，也不想想自己應當幹什麼，就走到他身邊，做了她剛才做的事。

「我們到媽媽那兒去吧！」她拉著他的手說。他久久地說不出一句話來，這與其說是因為怕語言褻瀆他的崇高感情，不如說每當他想說話時，便覺得幸福的淚水要湧出來了。他舉起她的手吻了吻。

「難道這是真的嗎？」他終於用嘶啞的嗓音說，「我不敢相信你愛我！感覺像是在做夢！」

她聽到他稱她「你」，看一眼他那怯生生的表情，不由自主地笑了。

「是真的！」她滿含溫情地、十分確定地說，「我好幸福呀！」

她沒有放開他的手，拉他一起進了客廳。公爵夫人一見他們，呼吸就急促起來，哇的一聲哭了，立刻又破涕為笑，以列文意想不到的矯健步伐跑到他們跟前，抱住列文的頭，親了親他，眼淚弄濕了他的面頰。

「一切都定下來了！我十分高興。愛她吧。我十分高興……基蒂！」

「你們處理得這麼快呀！」老公爵說，努力裝出從從容容的神情；可列文轉向他的時候，看到他的眼睛濕潤了。

「我早就而且一直盼著這種結果！」他抓著列文的手，把他拉到自己面前說，「那時這個輕浮的傻丫頭還一心想……」

「爸爸！」基蒂大叫起來，雙手捂住了他的嘴。

「那好，我什麼都不說了！」他說，「我太……太……高……哎呀，我真傻……」

老公爵摟住基蒂，親了親她的臉和手，又親了一遍她的臉，然後在她胸前畫了個十字。

當列文看到基蒂久久地、溫柔地親吻著自己父親那雙肉嘟嘟的手時，他對這位以前不熟悉的老公爵也產生了一種愛戴之情。

chapter 16

痛苦心情的日記

公爵夫人坐在安樂椅上，默默地微笑著，公爵坐在她旁邊。基蒂站在父親的椅子旁，還是拉著他的手。大家都一言不發。

公爵夫人最先開口說出所有事情，把她所想到的和感覺到的事情都變成了實際的問題。起初一瞬間，大家不約而同地覺得有點彆扭和難為情。

「什麼時候呢？我們還得舉行訂婚禮，發請帖啦。婚禮何時舉行呢？你怎麼想的，亞歷山大？」

「你問他呀，」老公爵說，指著列文，「他才是這事的主要人物哩。」

「什麼時候？」列文不假思索地說，臉漲紅了，「明天。要是您問我的話，我就要說，今天訂婚，明天舉行婚禮。」

「哦，得啦，寶貝，別胡說！」

「那麼，就再過一個星期吧。」

「他簡直瘋了呢。」

「不，怎麼了？」

「哎呀，真是！」母親看到他如此著急，開心地微笑著說。

「嫁妝怎麼辦呢？」

「難道還要嫁妝這些嗎？」列文擔心地想，「不過，嫁妝也好，訂婚也好，這些東西總不會損害我的幸福吧？一定不會的！」他瞟了基蒂一眼，察覺到她一點也沒有因為嫁妝而心煩意亂。「那麼這是必要的。」他想。

「啊，您看，我什麼都不知道呢；我只是說出了我的願望罷了。」他不好意思地道歉說。

「那我們慢慢商量吧。至於舉行訂婚禮，發請帖，現在就可以動手辦了。就這樣吧。」

公爵夫人起身走到她丈夫面前，吻了吻他，就要走開，可是他留住了她，擁抱她，像年輕的情人那樣，滿含柔情地微笑著吻了她好幾次。這對老夫妻一時間簡直有點糊塗了，弄不清究竟是他們又在戀愛，還是他們的女兒在戀愛。

等公爵和公爵夫人走了，列文走到他的未婚妻面前，拉住她的手。他現在已經控制住自己了，能夠說話了，他有許多話要和她說，可是說出口的完全不是他想說的。

「我就知道會這樣！我從來不敢這樣想，不過在我心裡卻一直深信不疑，」他說，「我相信這是命中註定了的。」

「我也是呢！」她說，「即使在當時……」她停了停，用她那雙誠實的眼睛毅然望著他，繼續說下去，「就是在我趕走我的幸福的時候。我一直只愛你，可是我被迷惑住了。我應當說一聲……你能夠忘掉這事嗎？」

「說不定這樣倒是好事呢，我也有很多地方要請求你寬恕。我應該告訴你……」

這是他決定告訴她的事情之一。一開始他就決定告訴她兩件事：他不像她那樣純潔，他不信教，這是很令人煩惱的，可他認為應當告訴她這兩件事情。「不，現在別說，以後吧！」他說。

「好的，那就以後吧，不過你一定得告訴我。我什麼事都不怕，我要知道所有的事。現在一切都定了。」

他補充說：「定了，不管我是一個怎樣的人，你都要我嗎？你都不會拋棄我嗎？是不是？」

「是。」

他們的談話被林儂打斷了，她帶著一種虛偽然而是溫柔的微笑走來祝賀她心愛的學生。她還沒有走，僕人們就紛紛前來道喜。隨後，親戚們陸續來到。於是，大家喜氣洋洋地忙碌起來了，直到結婚後第二天，列文才空下來。

列文一直覺得窘迫、無聊，可他的幸福感卻在不斷地增強。他不斷地感到人家期望他的事情很多——是些什麼，他不知道；他做了人家讓他做的一切，而這一切都給他帶來快樂。他曾經以為他的訂婚儀式會別有一番情趣，一般的訂婚條件會影響他的特殊幸福，但結果他所做的同別人並沒有兩樣，而他的幸福不斷增長，變得越來越特殊，越來越與眾不同了。

「今天我們要吃糖果呢。」林儂說，接著列文就坐車去買糖果了。

「哦，我太高興了，」斯維亞日斯基說，「我建議你到福明花店去買些花束來。」

「啊，需要這個嗎？」接著他就坐車到福明花店去了。

他哥哥對他說，應該借點錢，因為他會有許多花銷，還得買禮品送人……

「啊，需要禮品嗎？」接著他飛奔到佛爾德珠寶店去了。

在糖果店，在福明花店，在佛爾德珠寶店，列文發現很多人都在等候他光顧，大家為他高興，都向他道喜，就像這幾天他所接觸到的人那樣。

奇怪的是不僅大家都喜歡他，甚至連以前惹人厭惡的、冷漠的、漠不關心的人也都稱讚起他來了，什麼事情都讓著他，謹慎而仔細地對待他的感情，並且贊同他的這個信念：因為他的未婚妻十全十美，他是世界上最幸福的人。

基蒂也有相同的感受。當諾得斯頓伯爵夫人冒昧地暗示她可以等待更好的配偶的時候，基蒂是那麼生氣，還毅然堅定地說，世界上再也沒有比列文更好的人了，使得諾得斯頓伯爵夫人也只好承認，並且在基蒂面前遇到列文的時候，總是帶著快活讚賞的微笑。

他答應向她坦白他的秘密，這在當時是很痛苦的。他同老公爵商量了一下，徵得他的同意，把記錄著他痛苦心情的日記交給基蒂。他最初寫這個日記原本是打算給他未來的未婚妻看的。有兩件事情令他煩惱：他失去了純貞，他沒有信仰。無信仰的自白毫無異議地通過了。她是有宗教信仰的，從未懷疑過宗教的真理，可他外表上的無信仰絲毫沒有觸犯她。通過愛情，她理解了他整個的心，從他的內心她看出了她所渴望的東西，至於他這種心靈狀態叫作「不信教」，對她來說是無所謂的。但坦白的另一件事卻使她傷心得流淚。

列文也是經過深刻的思想鬥爭後，才把日記交給了她。他覺得在他和她之間不能有並且也不應該有秘密，因此他決定應該這樣做；然而他沒有考慮到這會在她身上產生什麼影響，他沒有替她設身處地想一想。直到那天晚上，他在去戲院之前來到他們家，走進她的房裡，看到她那掛滿淚水的、惹人憐愛的臉上的苦惱——那不幸的樣子正是由他一手造成的不可彌補的痛苦所引起的，因此他才看出了在他可恥的往事和她鴿子般純潔的心靈之間的鴻溝，他對自己的所作所為感到惶恐。

「拿走，拿走這些可怕的本子吧！」她說，推開擺在她面前桌上的日記本。

「您為什麼把它們給我呢？……不，這樣倒也好些。」她心疼他那絕望的神情，又補充了一句。

「可是這真可怕，可怕啊！」

他耷拉著頭，一言不發。

「您不能寬恕我嗎？」他低聲地說。

「不，我饒恕了您；不過，這真的好可怕啊！」

然而，他的幸福是如此巨大，這種自白不僅沒有損害他，而且給他增添了一種新色彩。她原諒了他，但從此以後他更加覺得自己高攀不上她，在道德上更加屈服於她，而且更加珍視他那不配享有的幸福。

chapter 17 妻子的懇求

卡列寧回到他那孤獨的房間，禁不住回想起宴間和宴後的談話在他心中留下的印象。達里婭談到饒恕的那番話，只是激起了他那惱怒的情緒。基督教的教義對他是否適用，這是個很大的問題，不容易講清楚，並且這個問題早已被卡列寧否定了。在所有的話裡，深深地印在他的內心的是愚蠢的、溫厚的圖羅夫岑說的那句話：他的行為真不愧為一個堂堂的男子！希望他決鬥，把他打死了。儘管是出於禮貌沒有說出口來，不過大家顯然都有同感。

「可事情已成定局，想也沒用了。」卡列寧喃喃自語道。因此，除了眼前的旅行和他的調查工作外，他什麼也不打算想。他走進房間，問領他進來的守門人：「僕人到哪裡去了？」看門人說他的跟班剛剛出去。卡列寧吩咐拿茶水來，就在桌旁坐下，拿起旅行指南，開始考慮他的行程。

「兩封電報，」返回來的僕人說，「請原諒，大人，我剛剛出去了。」

卡列寧接過電報打開。第一封電報是通知斯特列莫夫擔任卡列寧所渴望的位置。卡列寧把電報一扔，漲紅了臉，在屋裡踱起步來。「上帝要毀滅誰，就使誰發瘋。」他說，「誰」就是指那些對這項任命該負責任的人。他並不是因為自己沒有得到這個位置、自己明顯被人忽略了而懊惱，而是因為那個油嘴滑舌的吹牛大家斯特列莫夫是比任何人都無法勝任這個職務的，這點他們居然沒有看出來。這在他看來是無法理解的、怪異的。他們為什麼會看不出因為這項任命他們可能毀了他們自己，損害了他們的威信啊！

「又是此類的事情吧，」他一邊懊惱地喃喃自語，一邊拆第二封電報。電報是妻子打來的。藍鉛筆寫的「安娜」這個名字首先映入他的眼簾。「我快死了，我懇請你回來。得到你的饒恕，我死也瞑目。」他閱讀著，蔑視地笑了笑，扔下了電報。他想這肯定是詭計和欺騙。

「她什麼欺騙的事都做得出來呢。她多半要生孩子了。也許是生育上的什麼病吧。他們要我去的目的是什麼呢？使生下來的孩子取得合法身分，還是破壞我的名譽，或是阻礙離婚？」他心想，「可是電報裡怎麼有這樣的字句：我快要死了……」他又讀了一遍電報，電報裡的清清楚楚的字句意義打動他了。「如果是真的呢？」他自言自語道，「要是真的，她在痛苦和臨死的時候真誠地懺悔了，可我卻把這當作詭計，拒絕回去，這樣不僅太不近人情，大家會說我的不是，而且從我這方面來說，這樣做也未免太愚蠢了。」

「彼得，叫一輛馬車。我要回彼得堡去。」他對僕人說。

卡列寧打算回彼得堡去看妻子。如果她的病是假的，他就不說一句話地走開。如果她真是病危，希望臨死之前見他一面，那麼，要是他能夠在她還活著的時候趕到的話，他就饒恕了她；要是他到得太遲了，他就參加她的葬禮。

一路上他沒有再去想其他應該做的事。

坐了一夜的火車，帶著一夜的疲倦和不清潔的感覺，卡列寧在彼得堡的朝霧中坐車駛過空蕩蕩的涅瓦大街，他直盯著前方，不去想那等待著他的事情。他不能思考這事，因為一想到將要出現的局面，他無法排除一個念頭，就是只要她一死，就會立刻解除他的困境。麵包房、關著門的鋪子、夜間的馬車、打掃人行道的工人在他眼前掠過。他凝視著這一切，努力不讓自己去想等待著他的事情，不去想他不敢希望卻又在希望的事情。他乘車駛近台階。一部雪橇和一輛馬車停在門口。馬車夫在座位上睡著了。在進門口的時候，卡列寧就像從腦子的深遠角落裡掏出了決心，核對了一下。那決心就是：「如果是假的，那我就一言不發地予以蔑視，然後一走了之。如果是真的，就做到恰如其分。」

還不等卡列寧按鈴，看門人就把門打開了。看門人彼得羅夫，另一個名字叫卡皮托內奇，穿著舊外套，沒有繫領帶，穿著拖鞋，看上去很怪異的樣子。

「太太怎樣了？」

「昨天平安地生產了。」

卡列寧一下子站住了，臉色發白。他現在才明白，他是多麼希望她死啊。

「她好嗎？」

柯爾尼繫著早晨用的圍裙跑下樓來。

「很壞呢，」他答道，「昨天舉行過一次醫生會診，這時醫生也在。」

「把行李拿進來。」卡列寧說，聽說還有死的可能，就覺得稍稍安心了，他走進了門廳。

衣架上掛著一件軍人的外套。卡列寧看到了便問：

「什麼人在這兒？」

「醫生、接生婆和沃倫斯基伯爵。」

卡列寧走進裡面的房間。

客廳裡沒有一個人，聽到他的腳步聲，接生婆戴著飾有淡紫色絲帶的帽子從她的書房裡走出來。她走到卡列寧面前，由於產婦病危而不拘禮節，抓住他的手臂，把他拉進臥室。

「謝天謝地，您回來了！她不斷地說起您，除了您再也不說別的話了。」她說。

「快拿冰來。」醫生命令的聲音從寢室裡傳出來。

卡列寧走進她的臥房。

沃倫斯基側身坐在桌旁一把矮椅上，兩手捂住臉哭著。他一聽見醫生的聲音便霍地跳起來，放下手，看到了卡列寧。見到她的丈夫他很尷尬，又坐下去，把頭縮進兩臂中間，好像要藏起來的樣子；可他竭力控制住自己，站起身來說：「她快要死了，醫生說沒希望了。我完全聽憑您的處置，但請您讓我留在這裡……不過我聽從您的吩咐，我……」

卡列寧看到沃倫斯基的淚水，感覺每當自己看見別人痛苦時心頭就湧現的慌亂情緒襲上心來，接著把臉避開，他急匆匆地向門口走去，沒有聽完他的話。臥室裡傳出安娜的說話聲。她的聲音是愉快的，富有生氣，音調非常清楚。

卡列寧走進寢室，走到床邊。她躺在那裡，臉對著他。她的兩頰泛著紅暈，眼睛閃爍著，她那從睡衣袖口裡伸出來的小小白皙的手在擺弄著絨被的邊角，撕扯著它。看樣子她彷彿不僅健康、容光煥發，還處在最快樂的心境中。她麻利地、響亮地、以異常清晰的發音和滿含感情的語調說著：「因為阿列克謝——我是說阿列克謝・亞歷山德羅維奇（兩人都叫阿列克謝，多麼怪異而又可怕的命運，不是嗎？）——阿列克謝不會拒絕我的。我可以忘記過去，他也會饒恕的……他怎麼還不來？他真好，他自己也不知道他有多好。噢，我的上帝，多煩惱呀！給我點水喝吧，快點！啊，這對她，對我的小女孩可有害呢！啊，那麼也好，就把她交給奶媽吧。是的，我同意，這樣倒也好。他快來了，看見她會不舒服哩。把她抱走吧。」

「安娜，他來了。他在這裡！」接生婆說，竭力把她的注意力引到卡列寧身上。

「啊，真是瞎說！」安娜接著說，沒看到她丈夫，「把她給我，把小女兒給我！他還沒有來。您說他不會饒恕，那是因為您不了解他。誰也不了解他。只有我了解，所以我覺得難受。他的眼睛，我應該知道——謝廖沙的眼睛就和他的一模一樣——我就是因為這緣故而不敢看它們呢。謝廖沙吃飯了嗎？我知道大家一定都忘了他。他不會忘掉。謝廖沙得搬到拐角的房間裡去，要瑪麗埃特和他一起睡。」

忽然她畏縮了，安靜下來，她恐懼地把手舉到臉上，好像在因為什麼打擊而在等待著自衛似的。她看到了她的丈夫。「不，不！」她開口了，「我不怕他，我怕死。阿列克謝，到這裡來吧。我急死了，因為我沒時間了，我活不了多久，馬上又要發燒，就什麼也不明白了。現在我明白，什麼都明白，什麼都看得見！」

卡列寧緊皺眉頭的臉露出了痛苦的表情；他拉住她的手，想說些什麼，卻怎麼也說不出來。他的下唇顫抖著，但他一直在克制著自己的激動，只偶爾對她望望。而每當看她的時候，他就看到了她的眼神帶著他從未見過的那種溫柔而熱烈的情感看著他。

「等等，你不知道哩……等等，等等！……」她停下了，彷彿要集中思想似的。「對了，」她又說，「對了，對了，對了。這就是我想要說的。別以為我很怪。我還是同原來一樣……可是另外一個女人附在我身上，我害怕她。她愛上了那個男子，我想要厭惡你，卻又忘不了原來的她。那個女人不是我。現在的我是真正的我，是整個我。我現在快要死了，我知道我會死掉，你問他吧。就是這會兒我也能感到——看這裡，我的腳上、手上、指頭上的重壓。我的指頭——看它們多麼大啊！不過一切都快過去了……我只希望一件事：饒恕我，徹底饒恕我！我壞透了，可我的乳母曾告訴過我，那個殉難的聖者——她叫什麼名字？她還要壞呢。我要到羅馬去，在那裡有荒野，這樣我就不會驚擾任何人了，不過我要帶上謝廖沙，還有小女兒……不，你不會饒恕我！我知道這是不可饒恕的！不，不，走吧，你這人太好了！」她把他的手握在一隻滾燙的手裡，卻又用另一隻手推開他。

卡列寧混亂的情緒不斷增長，現在竟達到了如此的地步：他已不再和它鬥爭了。忽然覺得，他的心慌意亂其實是一種愉快的精神狀態，使他體會到一種從未體會過的幸福。他沒有去想他一生要遵守的、教他愛和饒恕敵人的基督教教義；可是一種愛和饒恕敵人的愉快心情洋溢在他的心中。他跪下把頭貼在她的臂彎裡，她火熱的手臂透過上衣燒灼著他的臉，他像孩子一樣痛哭起來。她摟住他那半禿的頭，身子挨近他，挑戰似的傲然抬起眼睛。

「那是他，我知道！那麼饒恕我吧，饒恕我的一切吧！……他們又來了，他們怎麼不走開？……啊，把我身上的這些皮外套拿開吧！」

醫生拿開了她的手，小心翼翼地讓她躺到枕頭上，用毯子蓋住她的肩膀。她順從地仰臥著，用發亮的眼睛盯著前面。

「記住一點，我要的只是饒恕，除此之外，我什麼也不再要求了……他怎麼還不來？」她轉臉向著門口，對著沃倫斯基說，「來呀，來呀！把你的手給他吧。」

沃倫斯基走到床邊，看到安娜，又用手掩住臉。「露出臉來，看著他！他是一個聖人。」她說。「啊，露出臉來，露出臉來呀！」她憤怒地說，「阿列克謝，讓他的臉露出來！我要看看他。」

卡列寧拉著沃倫斯基的手，把他的雙手從他的臉上拉開，那張臉因痛苦和羞愧顯得非常嚇人。

「把你的手給他吧。饒恕他吧。」

卡列寧把手伸給他，禁不住流出眼淚。

「謝謝上帝，謝謝上帝！」她說，「現在一切都齊全了。只要把我的腿稍微拉拉直就好了。對了，好極了。這些花畫得多難看，一點也不像紫羅蘭。」她指著壁紙說，「我的上帝！我的上帝！什麼時候了結呢？給我點嗎啡吧。醫生，給我點嗎啡吧！啊，我的上帝。我的上帝！」她在床上翻來覆去。主任醫生和他的同事都說這是產褥熱，死亡率高達百分之九十九。她整天發高燒，說胡話。半夜裡病人躺在床上失去了知覺，甚至連脈搏也停止了。

隨時都會死亡。

沃倫斯基回家去了，不過早晨又來探望，卡列寧在前廳迎住他說：「請您留在這裡吧，她可能會問到您的。」接著親自領他走進妻子的臥室。

到早上，她又興奮起來，思想和言語滔滔不絕，隨後又神志不清了。到第三天還是一樣，醫生說還有希望。那天卡列寧走進臥室——沃倫斯基坐在裡面，關上門，面對著他坐下。

「卡列寧，」沃倫斯基覺得快要表明態度了，就說，「我什麼也說不出來，我什麼都不明白。饒恕我吧！不論您多麼痛苦，不過請相信我，對我而言更是痛苦。」

他本打算站起來，可卡列寧拉住他的手說：

「我懇請您聽我說，這是必要的。我應該表明我的感情，那種引導過我並且還要繼續引導我的感情，那您就不至於誤會我了。您知道，我決定離婚，甚至已開始辦手續了。不瞞您說，開始我還拿不定主意，我很痛苦也有過對您和對她進行報復的打算。當我接到電報的時候，我懷著同樣的心情回到這裡，再加一句，我甚至還盼望她死去。可是……」

他停了停，盤算要不要向他表白他的感情：「可是我看見她，就饒恕她了。饒恕的幸福向我指明了我的義務，我完全饒恕了。我要把另一邊臉也給人打，如果人家拿去我的上衣，我就連襯衣也給他。我只祈禱上帝不要奪去我的這種饒恕的幸福！」他的眼睛裡含著淚水，那真誠的、平靜的神情感動了沃倫斯基。

「這就是我的想法。您可以把我踩在污泥裡，讓我遭受世人的恥笑，我也不說一句責怪您的話，可我不能拋棄她，」卡列寧接著說，「我的責任給我明確規定：我應當同她在一起，要是她想見您，我會通知您的，但現在，我想您還是離開的好。」

他站起身來，哽咽打斷了他的話。

沃倫斯基也站起身來，彎著身子緊皺眉頭仰望著他。他不了解卡列寧的感情，但他覺得這是一種崇高的、具有像他這種世界觀的人所無法理解的感情。

chapter 18 回憶失去的幸福

和卡列寧談話以後，沃倫斯基就走到卡列寧家門口的台階站住了，好久才想起自己是在什麼地方，他應當步行還是坐車到什麼地方去。他覺得羞愧、恥辱、有罪，並且還被剝奪了滌淨他的屈辱的可能。他覺得自己被迫離開了一直輕鬆而自豪地走著的那條軌道。他所有的生活習慣和準則，以前看來是那麼堅定不移，如今突然顯得荒謬而不適用了。

受了騙的丈夫，以前一直覺得很可憐的人，是他的幸福的一個偶然的甚至是有幾分可笑的障礙物，忽然被她召喚來，抬到讓人頂禮膜拜的高峰，在那高峰上，那丈夫顯得並不卑鄙、不虛偽、不可笑，反而善良、正直、高尚。沃倫斯基不由自主地這樣感覺。他們扮演的角色一下子調換了位置。沃倫斯基感覺到了他的高尚和自己的卑屈、他的正直和自己的虛偽。他感覺到了那丈夫在悲傷中也是寬厚的，而自己卻在欺騙中更顯得卑劣和渺小。

不過，在這一向被他無理蔑視的人面前感到自己卑劣，這只是他痛苦的一小部分原因。他覺得自己無比不幸的是，他認為近來漸漸冷下去的對安娜的熱情，如今因為意識到他將永遠失去她而變得空前強烈。他在她病中徹底理解了她，理解了她的心，並且覺得好像他以前從未愛過她。現在，當他開始了解她，甚至恰如其分地愛她的時候，他卻在她面前受了恥辱，永遠失去了她，只是在她心中留下了恥辱的記憶。最可怕的是卡列寧把他的手從他那慚愧的臉上拉開的時候他那愚蠢的、可恥的態度。

他站在卡列寧家門口的台階上茫然不知所措。

「老爺，要叫一輛馬車嗎？」看門人問。

「好的，馬車。」

過了三個不眠之夜後，沃倫斯基回到家裡，他不脫衣服，俯臥在沙發上，合攏雙手，枕在腦門下。他的頭很沉重。浮想、回憶和種種稀奇古怪的念頭，一會兒是他給病人倒的、溢出湯匙的藥水，一會兒是接生婆的白皙的手，一會兒是跪在床邊地上的卡列寧的怪異的姿勢。

「睡吧！忘卻吧！」他鎮靜而自信地對自己說，就像一個健康的人累極了馬上就可以睡著。確實，在剎那間，他覺得昏昏欲睡，接著就開始沉入忘卻的汪洋大海了。恍恍惚惚的生命的波濤剛襲上他的頭腦，就彷彿有一道強烈的電流突然穿過他全身，他猛地驚醒了，以至於他整個身子像彈簧般地從沙發上彈跳起來，撐住兩手，驚恐地跪起來。他的眼睛瞪得大大的，彷彿完全沒有睡。他剛剛那種頭腦沉重和四肢無力的感覺一下子消失了。

「您可以把我踩在污泥裡，」他好像聽到卡列寧的聲音，看到他站在面前，還看到安娜那漲紅了的臉和那雙含情脈脈、柔情似水地望著卡列寧的閃爍的眼睛；他又好像看到卡列寧把他的手從他的臉上拉開的時候自己那愚蠢而可恥的樣子。他又伸直兩腿，像剛才那樣的姿勢一下子撲到沙發上，閉上眼睛。

「睡吧！睡吧！」他對自己重複道。可是，儘管他的眼睛閉上了，他卻更清晰地看到了他在賽馬前那個難忘的夜晚所看到的安娜的面孔。

「這一切都不存在了，從此完了。她想把這些從記憶裡抹掉，可是我沒有她就活不下去。我們怎樣才能和好呢？」他大聲地說，無意識地不斷重複著這些話。這種重複阻止了擁擠在腦子中的新的形象和記憶的出現卻沒有長久地控制住他想像力的活動。他最幸福的時刻，然後是他現在的屈辱，又一幕接一幕快速地在他心頭閃過。

「拿開他的手。」安娜的聲音說。

他移開了他的手，感覺到自己臉上的可恥、愚蠢的表情。

他還是躺著，竭力想要入睡，儘管他覺得毫無睡著的希望，他不斷地小聲重複著所想的事情中的個別字句，希望借此制止出現新的情況。他留神細聽，聽到異常瘋狂的低聲重複著說：「我沒有珍惜她，沒有享受她，我沒有珍惜她，沒有享受她。」

「這是怎麼回事？我是不是瘋了？」他自言自語，「也許是吧，人們怎麼會發瘋，怎麼會開槍自殺？」他回答不了自己的問題，接著張開眼睛，他驚詫地看到擺在他頭旁邊的他嫂嫂瓦里婭手製的繡花靠墊。他摸了摸靠墊的吊墜，努力去想瓦里婭，去想最後一次看到她的情景。然而去想任何不相干的事都是痛苦的。「不，得睡覺了！」他推了推靠枕，把頭靠在上面，但要把眼睛閉上，卻要費很大勁。他跳起來，又坐下去。「我一切都完了，」他自言自語道，「我該想想如何辦好。我還有什麼呢？」他在腦子裡快速回想了一遍與他跟安娜的愛情無關的生活。

「功利心？謝爾普霍夫斯科伊？社交界？宮廷？」他得不到答案。這一切在過去是有意義的，可是現在卻沒有什麼了，他從沙發上站起身來，脫去上衣，解開皮帶，以便呼吸得舒暢些，露出了他那長滿汗毛的胸脯，在房間裡來回踱著。「人們就是這樣發瘋的，」他重複說，「人們就是這樣自殺的……為了不受侮辱。」他慢條斯理地補充說。

他走到門口，關上門，然後，他目光呆滯，咬緊牙關，走到桌旁，拿起手槍，察看一下，轉動槍膛，思索起來。他低下頭，臉上露出冥思苦想的神情，手裡握著手槍，一動也不動地站了兩分鐘光景。「當然——」他對自己說，彷彿一種符合邏輯的、連續的、確定的推理讓他得出了毋庸置疑的結論，其實這個他所確信的「當然」，無非是他在最後一個鐘頭內已反覆兜了幾十個來回的想像和回憶的圈子的結果。不過是在回憶永遠失去了的幸福，不過是想到前途毫無意義，不過是覺得自己遭受的屈辱。就連這些想像和感情的順序也都是同樣的。

「當然——」他第三次回到那令人迷惑的回憶和思想的軌道上的時候，他一隻手使勁地握住手槍，彷彿把它緊握在拳頭裡，槍口對準左胸，扣動了槍機。他沒有聽見槍聲，但胸口上經受的強烈撞擊使他站不穩腳跟。他想要抓住桌子邊，扔掉手槍，他搖晃了一下，坐在地板上，驚詫地向四周打量著。他坐在地板上抬頭看著桌子的彎腿、字紙簍和虎皮毯子，不認識自己的房間了。他的僕人走過客廳的快速的噔噔的腳步聲令他清醒過來。他使勁思索，這才發現自己是在地板上；看到虎皮毯子和他手臂上的血，他才知道自己開槍自殺了。

「笨蛋！沒有打中。」他說。他用手去摸索手槍，手槍就在旁邊，他卻伸手到遠處去找。他的身體向另一個方向倒過去，沒有足夠的力氣保持平衡，他倒下了，血流了出來。

那個經常向認識的人們抱怨自己神經很脆弱的、優雅的、留著頰鬚的僕人，看見主人躺在地板上是那樣的驚慌失措，他拋下正在流血的主人，就跑去求救了。一小時後，他的嫂嫂瓦里婭來了，同時到達的還有三個醫生——這是她靠著各種關係請來的，他們把受傷的人抬上了床，自己也留在那裡看護他。

chapter 19

錯誤的後果

卡列寧在這事上所犯的錯誤——當他打算去見妻子的時候，妻子會真誠地懺悔，他會饒恕她，而結果卻沒有死。這個錯誤的後果，在他從莫斯科回來兩個月後充分顯示出來了。然而他所造成的這個錯誤，不只是因為他忽視了可能發生的情況，同時也是因為直到他和瀕死的妻子見面那一天，他都不明白自己的心。

在生病的妻子床邊，他有生以來第一次屈服於一種憐憫之情，這種憐憫之情常常是因為別人的痛苦在他心中產生的，之前他一直羞於有這種感情，把它看成有害的缺點。對她的憐憫，悔恨他曾盼望她死去的心情，特別是饒恕的快樂，不僅立馬讓他覺得自己的痛苦減輕了，並且讓他感到以前從未體驗過的一種精神上的平靜。突然間，他覺得成為他苦惱泉源的東西，一下子變成他精神上的快樂泉源；而在他非難、責怪和憎惡的時候看來無法解決的事情，在他選擇饒恕和愛的時候，就變得簡單明瞭了。

他饒恕了他的妻子，因為她的痛苦、悔悟而憐憫她。他饒恕了沃倫斯基，也很可憐他，尤其是當他聽到他的絕望行動的傳聞之後。他比以前更加憐愛兒子，責備自己對他關心太少。他對新出生的小女兒的感情更是特殊，不僅憐憫，而且慈愛。開始只是因為同情心，他對於這個柔弱的嬰兒，這個不是他的孩子的嬰兒產生了興趣，這嬰兒在她母親生病的時候被拋棄不顧，要不是他關心她的話一定會死掉；他自己也沒有發現他是多麼疼愛她。他每天到兒童室好幾次，並在那裡坐好久，使得那些開始害怕他的奶媽和保姆在他面前也都非常習慣了。有時候，他一連半小時默默地瞧著熟睡的嬰兒毛茸茸的、皮膚尚有皺褶的番紅花般的小臉蛋，注視著她那皺起的額頭的動作，那握著拳頭、揉擦著小眼和鼻樑的胖乎乎的小手。這個時候，卡列寧更是懷著一種內心十分平靜和諧的感覺，看不出自己的處境有什麼異常，有什麼需要改變的地方。

然而隨著時間的流逝，他漸漸清楚地發現，無論這種處境在他看來是多麼自然和諧，都不允許他長久下去。他感到，除了支配他心靈的善良精神力量之外，還有一種粗暴的、同樣強大甚至更加強大的力量在支配他的生活，這種力量不讓他保持他所渴望的內心的寬宏與平靜。他覺得大家都帶著疑惑、驚詫的神情望著他，不理解他，並且人們好像還對他期待著什麼。尤其是他覺得他和妻子的關係是不牢固、不自然的。

當那種因為死亡臨近在她心中產生的柔情消失以後，卡列寧開始察覺到安娜害怕他，和他在一起覺得不安，並且不能夠正視他。她彷彿很想對他說什麼話，但又拿不定主意；並且彷彿預料到他們現在的關係不能繼續下去，她對他期待著什麼。

二月末尾，安娜新生的女兒，也叫安娜的小女孩突然病了。卡列寧早晨到了兒童室，吩咐僕人去請醫生，自己到部裡去了。辦完公事回家已經三點多了。他走進門廳，看見一個漂亮的僕人，手裡拿著一件潔白的毛皮大衣。

「什麼人來了？」卡列寧問。

「伊莉莎白・費奧多洛夫娜・特維爾斯基公爵夫人（貝特西公爵夫人）來了。」男僕回答。卡列寧感覺他好像笑了。

在整個困難時期，卡列寧發現他在社交界所認識的人，他在上流社會的熟人，特別是婦女，對他和他的妻子特別關心。他發現所有的熟人都勉強掩飾著喜悅，這就是他從律師的眼裡和剛才在這個男僕的眼裡所發現的那種神情。大家好像都滿面喜氣，好像他們剛剛舉行過婚禮。當他們遇到他時，他們帶著難以掩飾的快樂詢問他妻子的健康情況。

貝特西公爵夫人的到來，因為和她有關聯的一些回憶，並且也因為不喜歡她，對卡列寧來說是不愉快的。因此他就直接走到兒童室去了。在第一間兒童室，謝廖沙趴在桌上，兩腿擱在椅子上，正在快活地閒扯著，像煞有其事地講著什麼。英國女教師在安娜生病期間代替法國女教師，坐在他旁邊編織著披肩，慌忙站起來，行了個屈膝禮，拉了拉謝廖沙。

卡列寧撫摸著兒子的頭髮，回答了女教師問候他妻子的話，然後問醫生關於嬰兒說了些什麼。

「醫生說不要緊，他吩咐給她洗洗澡，大人。」

「但是她還難受哩。」卡列寧聽到隔壁房裡嬰兒的哭聲，說道。

「我想這是奶媽不行，大人。」英國女教師果斷地說。

「您怎麼這樣想？」他問，一下子站住了。

「這就像保羅公爵夫人家一樣，大人。他們給孩子看病，原來只是孩子餓了，奶媽沒有奶，大人。」

卡列寧沉思了一下，站了幾秒，走到隔壁房裡。小女孩仰面躺著，在奶媽的懷裡扭動，不肯吮吸塞給她的豐滿的乳房；儘管奶媽和彎腰站在她旁邊的另外一個保姆都在哄她，她還是不停地哭。

「還沒好一點嗎？」卡列寧說。

「她很不安靜呢。」保姆低聲地回答。

「愛德華小姐說，可能是奶媽沒有奶。」他說。

「我也這樣想，卡列寧。」

「那麼您為什麼不說呢？」

「和誰說呢？安娜還病著……」保姆不滿地說。

保姆是家裡的老佣人。在她的簡單話語裡，卡列寧感覺好像含著對他處境的暗示。

嬰兒哭得更響了，掙扎著，嗚咽著。保姆做了一個失望的手勢，走到她那裡，從奶媽的懷裡把她接過來，開始來回走著，晃著她。

「應該請醫生來給奶媽檢查一下。」卡列寧說。

穿著很漂亮、看上去很健康的奶媽，想必對打算解雇她感覺吃驚，暗自喃喃了句什麼，蓋上她那豐滿的胸脯，因為人家對她的乳量表示懷疑，她蔑視地微微一笑。在這微笑裡，卡列寧也看到了對他處境的嘲諷。

「可憐的孩子！」保姆哄著嬰兒說，仍然抱著她踱來踱去。

卡列寧坐在一把椅子上，帶著沮喪和苦惱的神情，看著來回踱著的保姆。

當嬰兒安靜下來，被放到一張欄杆很高的小床裡，保姆把枕頭放好走開之後，卡列寧站起身來，費力地踮著腳尖走到嬰兒身旁。他在那裡靜靜地站了一會兒，仍舊帶著沮喪的神情注視著嬰兒；可突然間，一絲牽動了他的頭髮和額上皮膚的微笑浮現在他臉上，接著他又輕輕地走出了房間。

他在餐室裡打了鈴，吩咐進來的僕人再去請醫生。他生妻子的氣，因為她不關心這個可愛的嬰兒，他不想到她那裡去，也不想去見貝特西公爵夫人，可是他的妻子可能會奇怪他怎麼沒像平常一樣到她那裡去；所以，他勉強自己向臥室走去。當他踏著柔軟的地毯走到門邊的時候，他無意中聽到了他不想聽到的談話。

「假如不是他要走的話，我可以理解您的拒絕和他的拒絕，可是您的丈夫應該不過問這些事。」貝特西公爵夫人說。

「這倒不是為了我的丈夫，是我自己不願意這樣。別說了吧！」安娜激動的聲音回答。

「是的，可您不會不願意和一個為了您曾經自殺的男子告別……」

「這正是我不願意的理由。」

帶著一種驚恐和內疚的表情，卡列寧停住了，想悄悄走開，但想了一想，覺得這樣有失體面，又回轉身來，咳嗽了一聲，向臥室走去。聲音靜下來了，他走了進去。

安娜穿著一件灰色睡衣，坐在一張躺椅上，她圓圓的頭上留著剪短了又長起來的頭髮，像以往一樣，一見到丈夫，她臉上的活潑神氣頓時消失。她低下頭，不安地看了貝特西公爵夫人一眼。貝特西公爵夫人穿戴得十分時髦，帽子就像燈罩一樣高聳在她的頭頂上，坐在安娜身旁，她那高高的扁平的軀體挺得筆直，頭垂著。她帶著嘲諷的微笑迎接卡列寧。

「噢！」她彷彿吃驚似的說，「您在家裡，我很高興。您哪兒也不露面。自從安娜生病以來，我沒有見到過您。您的種種操心，我都聽說了。是的，您真是一個了不起的丈夫哩！」帶著意味深長而又親切的態度，彷彿她是因為他對待妻子的行為在授予他一枚寬宏大量的勳章。卡列寧淡淡地鞠了鞠躬，然後吻了吻他妻子的手，問她身體怎麼樣。

「好一點了，我想。」她避開他的眼神說。

「可您的臉色彷彿還有點發燒的樣子。」他說，強調了「發燒」這個字眼。

「我們話說得太多了，」貝特西公爵夫人說，「我認為這是我的不是，我要走了。」她的脖子和前額都紅了。「我不願意也不能對您隱瞞什麼事。」她說。

「不，請等等。我要告訴您……不，您。」她轉向卡列寧，她的脖子和前額漲得通紅。「我不想並且也不能隱瞞您任何事情。」她說。

卡列寧把指頭扳得啪啪作響，低下了頭。

「貝特西剛才告訴我，沃倫斯基伯爵打算去塔什干之前要來這裡告別。」她沒看她的丈夫，顯然這對她來說是多麼難堪，「我說我不能接待他。」

「您說，我親愛的，這要看卡列寧的意思。」貝特西公爵夫人糾正道。

「啊，不，我不能夠接待他；那有什麼……」她忽然停住了，詢問似的瞟了她的丈夫（他沒有望著她）一眼，「反正，我不願意……」

卡列寧走上去，想要握住她的手。

她的第一個衝動就是趕緊縮回自己的手，想避開他那隻青筋突出的、濕潤的手，但她顯然竭力控制住了自己的感情，握住了他的手。

「我非常感謝您的信任，可是……」他說，懷著驚恐和煩悶的心情覺得自己原本可以很容易解決的事情，卻不能在貝特西公爵夫人面前談論，因為他認為她就是當著世人的面主宰他的生活並妨礙他表示愛和饒恕的暴力的化身。他忽然住了口，看著貝特西公爵夫人。

「哦，再見，我的親愛的！」貝特西公爵夫人站起身來說。她吻了吻安娜，就走出去了。卡列寧送她出去。

「阿列克謝・亞歷山德羅維奇！我了解您是一個真正寬宏大量的人，」貝特西公爵夫人說，在小客廳裡站住了，又一次特別緊地握了握他的手，「我是個局外人，可我是那麼愛她，也尊敬您，因此斗膽向您進言：阿列克謝・沃倫斯基是個很體面的人，並且他馬上要到塔什干去了。」

「感謝您的同情和忠告，公爵夫人。可我的妻子是否接見別人要由她自己決定。」

他還是帶著威嚴的神情揚著眉毛這樣說，但立刻想到，不論他說什麼話，就他的處境而言，都是不可能神氣的。他說了這句話以後，從貝特西公爵夫人看著他時所含有的那種抑制著的、惡意的、嘲諷的微笑裡察覺到了這點。

chapter 20

難堪處境

卡列寧在客廳裡送走了貝特西公爵夫人後，又走到妻子那裡去了。安娜躺在床上，一聽見他的腳步聲，連忙照原來的姿勢坐起來，惶恐地瞧著他。他發現她剛哭過。

「我十分感謝你對我的信任。」他溫和地用俄語重複說了他在貝特西公爵夫人面前用法語說過的話，然後在她的身邊坐下。當他用俄語對她說話的時候，他用了俄語中「你」這個字眼，這種親昵的叫法使安娜很生氣。「我也很感謝你的決定。我覺得沃倫斯基伯爵既然要走了，也就沒必要到這裡來。然而，假如……」

「可是我已經這樣說了，為什麼還要重複呢？」安娜帶著抑制不住的憤怒突然打斷他的話。「沒必要，」她想，「一個人要來向他愛的女人告別，為了她他寧願毀掉自己，並且事實上已經毀掉了自己，她沒有他也不能生活，如今他來同她告別，竟毫無必要！」她緊閉嘴唇，垂下閃閃發亮的眼睛，那雙手正在慢慢地互相揉搓著。「我們別再談這個了吧。」她稍微冷靜了一些後補充道。

「這個問題我讓你來決定，我很高興看到……」卡列寧開口說。

「看到我的想法和您的一樣。」她迅速替他把話講完。他說話時那種慢條斯理的樣子使她惱火，她憤怒了。

「是的，」他承認道，「而貝特西公爵夫人居然干涉最棘手的家務事，真是豈有此理。尤其是她……」

「說到人們議論她的話，我一句都不相信。」安娜趕忙說。「我知道她確實很關心我。」

卡列寧歎了一口氣，沒再說什麼。她惶恐地擺弄著晨衣的流蘇，懷著一種難堪的、生理上的厭惡情緒望著他。因為這種感覺，她責怪自己，但她又控制不住它。她現在唯一的希望就是別看到他，免得看了生厭。

「我剛才吩咐去請醫生。」卡列寧說。

「我很好，為什麼給我請醫生？」

「不，小嬰兒一直哭，他們說奶媽的奶不夠。」

「為什麼當我要求讓我餵她奶的時候，你不准我餵？無論如何（卡列寧知道『無論如何』是什麼意思），她是個小娃娃，他們會把她折磨死的。」她打了鈴，吩咐僕人把嬰兒抱來，「我請求餵她奶，卻不允許，現在又來責備我了。」

「我沒有責備……」

「不，您在責備我！我的上帝！我怎麼不死掉！」她哽咽起來了。「原諒我，我又激動了，我不對，」她說，控制住自己，「可是請走開……」

「不，這樣下去是不行的。」卡列寧離開妻子的房間時，這樣堅定地自言自語。

他在世人眼中的難堪處境，妻子對他的憎恨，以及那神秘暴力的威力——它違反他的心意，支配他的生活，要求他按照它的命令列事，改變他對妻子的態度，這種處境從未像現在這樣明顯地擺在他面前。他清楚地意識到，整個上流社會和他妻子都對他期望著什麼，可人們期望的到底是什麼他卻不知道。他覺得這正在他心中引起一種破壞他內心安靜和全部德行的惱怒心情。他覺得，為了安娜本人，最好是和沃倫斯基斷絕關係；可如果大家都認為這不可能，他甚至願意允許這種關係重新恢復，只要他的孩子們不遭受羞辱，他不失去他們，也不改變他的處境。不論這種情況多糟，也比決裂好，因為一旦決裂，她就會處於走投無路的可恥境地，他也將失去他所愛的一切。可他覺得無能為力，他早就料到大家都會反對他，他們不允許他做他現在覺得那麼自然、正確的事情，非得強迫他去做那錯誤的、可在他們看來卻是正當的事情。

chapter 21

緊繃的弦

貝特西公爵夫人還沒走出大廳，就在門口遇上奧布隆斯基，他剛從葉利謝耶夫飯店來，那裡剛到了一批新鮮的牡蠣。

「噢！公爵夫人！見到您真高興，」他開口說，「我去拜訪過您呢。」

「短暫的會見，因為我就要走了。」貝特西公爵夫人微笑著說，戴上手套。

「等一會兒再戴手套，公爵夫人，讓我吻吻您的小手。恢復舊習慣，沒有比吻手禮更合我的心意了。」他吻了吻貝特西公爵夫人的手，「我們什麼時候再見？」

「您不配再見我呢。」貝特西公爵夫人微笑著回答。

「啊，是的，我才配哩，因為我變成一個非常嚴肅的人了。我不僅操心自己的事，還操心別人的事呢。」他帶著意味深長的神情說。

「啊，我真高興！」貝特西公爵夫人回答，馬上理解他說的是安娜。回到大廳，他們在一個角落裡站住。「他會折磨死她的，」貝特西公爵夫人意味深長地低聲說，「這樣可不行，不行啊……」

「您這麼想，我很高興，」奧布隆斯基帶著嚴肅、悲痛而又憐憫的神情說，「我就是為這事到彼得堡來的。」

「全城的人都議論紛紛，」她說，「這種局面是維持不下去的。她一天天消瘦。他不了解，像她這樣的女人是不會把感情當兒戲的。兩者必擇其一：要麼索性讓他把她帶走，要麼就和她離婚。否則會活活悶死她的。」

「是啊，是啊……確實是這樣……」奧布隆斯基歎了口氣說，「我正是為這事來的。雖說不是專門為了那事……任命我做了高級侍從官，我自然應該來道謝。可主要還是要解決這個問題。」

「哦，上帝保佑您！」貝特西公爵夫人說。

奧布隆斯基把貝特西公爵夫人送到門廊，又一次在她手腕上，也就是在手套以上、脈搏跳動的地方吻了吻，對她說了一句極不體面的調戲話，弄得她又好氣又好笑。然後，他就走到了他妹妹那裡，看見她在哭泣。

儘管奧布隆斯基剛才還很興致勃勃，可馬上十分自然地陷入了一種和她的心境相一致的、憐憫的、傷感的情緒中。他問她身體如何，今天早晨過得如何。

「十分，十分難受。今天、今早，還有所有過去和將來的日子。」她說。

「我覺得你太悲觀了。你要振作起來，你應該正視人生。我理解這是很難的，不過……」

「我曾聽人說，女人愛男人連他們的缺點也愛，」安娜忽然開口說，「可是我恨他的優點。我不能同他生活在一起。你要明白，我一看見他那副模樣就反感，就生氣。我無法，無法和他一起生活。我該如何是好？我向來是不幸的，我常常以為一個人是無法更不幸了；可我現在所處的這種可怕的境況，我幾乎無法想像。你相信嗎？明知道他是一個寬厚的人，一個了不起的人，我甚至抵不上他的一根小指頭，可我還是厭惡他。因為他的寬大，我厭惡他。我沒有別的辦法，只能……」

她原本打算說死的，可奧布隆斯基沒讓她說完。

「你有病並且很激動，」他說，「相信我，你難免有些誇大了。也不見得有那麼可怕。」

奧布隆斯基微微一笑。不管是誰處在奧布隆斯基的境地，對這種絕望的事情，是絕對不敢微笑的（那微笑是會顯得無情的），但是在他的微笑裡蘊含著無限善良和近乎女性的溫柔，因此他的微笑不僅不使人感到無情，反而使人感到親切，獲得寬慰。他那溫柔的、安慰的言語和微笑像杏仁油那樣有安慰、鎮定的作用。安娜立馬感覺到了。

「不，斯季瓦，」她說，「我完了！比死還壞哩！我還無法說一切都已經過去；恰恰相反，我覺得還沒有過去。我像一根拉得很緊的弦，一定會斷的。可是卻還沒有了結……而這結局卻更可怕。」

「沒關係，可以把弦慢慢地放鬆。天無絕人之路。」

「我想了又想。唯一的……」

他從她那驚恐的眼神裡又一次看到，她認為唯一的出路便是死。

他不許她把話說完。

「實際上一點也不是，」他說，「你要聽我的話。你不可能像我一樣可以看清你的處境。請允許我非常坦誠地把我的意見告訴你。」他又非常小心地露出他那杏仁油一樣的微笑，「讓我從頭說起，你是和一個比你大二十歲的男人結了婚。你並沒有得到愛情，在還沒懂得愛情的時候就和他結了婚。我們需要承認，這絕對是一個錯誤。」

「是一個可怕的錯誤！」安娜說。

「可是讓我重複說一遍，這是木已成舟的事情。後來，我們不妨說，你愛上了一個不是你丈夫的男人。這事很不幸，但也是木已成舟了。這事被你丈夫知道了，他饒恕了你。」他每說一句就停頓一下，想等待她來反駁，不過她並沒有任何回答。

「就是這樣的，那麼現在的問題就是，你還能否與你的丈夫一起生活下去？他願不願意？」
「我不清楚，什麼都不清楚。」
「可你說過你無法忍受他。」
「不，我沒這樣說。我不承認這話。我什麼也不知道，什麼也不清楚。」
「是的，可是讓……」
「你無法理解。我覺得我正在一頭栽向深淵，我不應該得救，並且我也不能夠……」
「沒關係的。我們會鋪上一塊什麼東西把你托住。我理解你，我明白你無法說明你的願望、你的感情。」
「我什麼，什麼也不希望……只是希望一切都了結。」
「可是他看到這個，明白這個。難道你覺得他為此苦惱得沒你那麼嚴重嗎？你痛苦，他更痛苦，這樣有什麼好處？而離婚可以解決所有痛苦。」奧布隆斯基好不容易才說出他的主要意思，意味深長地看著她。
她什麼也沒回答，只是否定地搖搖她那頭髮剪得很短的頭。可是從她那一下子閃爍著昔日美麗的臉龐上的表情看得出，她之所以不抱這種希望，只是因為這在她看來是無法得到的幸福罷了。
「我很替你們難過！如果我能辦妥這件事，我將會非常快樂！」奧布隆斯基笑得更大膽了，「你不要說，什麼也不要說！但願上帝讓我說出心裡想說的話來。我現在就去找他。」
安娜用夢幻般的、閃爍著光彩的眼睛看著他，什麼話也沒說。

chapter 22 出路

奧布隆斯基帶著如同他在會議室裡坐到主席位上時那種較為嚴肅的神情走進卡列寧的書房。卡列寧背著手在房間裡來回地踱著，正在思考著奧布隆斯基跟他妻子所談的相同的事情。

「我打擾你了嗎？」奧布隆斯基說，一看見妹夫，突然產生一種很少有的窘態。為了掩飾這種窘態，他掏出剛剛買來的新式開法的紙煙盒，聞了聞那柔軟的表層，然後從裡面取出一根紙煙來。

「不。你有什麼事？」卡列寧不情願地問。

「是的，我要……我要……是的，我要和你談談。」奧布隆斯基說。因為察覺到他所不習慣的恐懼而覺得驚詫。

那種恐懼的感覺來得如此意外，如此不可思議，以至於他幾乎不相信這是良心的聲音在告訴他，說他將要做的事是不對的。奧布隆斯基鼓足勇氣，克服了他的畏怯情緒。「我希望你相信我對我妹妹的愛和我對你的深厚友情。」他漲紅了臉說。

卡列寧站住了，默不作聲，可他臉上那種逆來順受的表情打動了奧布隆斯基。

「我想，我要同你談談我妹妹和你們兩人的關係。」他說，還在和不適應的畏怯做鬥爭。

卡列寧憂鬱地苦笑了一下，看著他的內兄，沒有回答，他徑直走到桌旁，從桌上拿起一封未寫完的信遞給他的內兄。

「我一直在考慮這件事。這就是我剛才寫的，因為我覺得寫信可以說得更明白，並且我在她面前只會讓她更生氣。」他一面說，一面把信交給他。

奧布隆斯基接過信，疑惑不解地望望那雙一動也不動盯住他的暗淡無光的眼睛，就開始讀起來。

我知道您看到我就感到厭惡。不管相信這一點對我來說是多麼痛苦，我看事實就是如此，無可奈何。我不責怪您，當您在病中我看到您的時候，我真心誠意下定決心忘記我們之間發生的一切，而開始一種新的生活，這一點，上帝可以做我的證人。對於我做了的事我並不懊悔，並且永遠不會懊悔；我只有一個願望，那就是您的幸福，您靈魂的安寧，但是現在我明白，這是無法達到的。請您親口坦率地告訴我，怎樣才能使您獲得真正的幸福和內心的寧靜。我完全聽從您的安排，信任您的正直的感情。

奧布隆斯基返還了信，還是帶著驚詫的表情注視著他妹夫，不知道該說什麼好。這種沉默對他們兩人來說都非常難堪，以至於奧布隆斯基的嘴唇開始神經質地抽搐起來，可他還是默默地凝視卡列寧的面孔。

「這就是我要對她說的話。」卡列寧說著轉過身去。

「是的，是的……」奧布隆斯基說，因為眼淚哽住了他的喉嚨。「是的，是的。我了解您。」他終於說了出來。

「我要知道她希望的是什麼。」卡列寧說。

「估計連她自己也不理解她的處境。她無法判斷呢，」奧布隆斯基說，鎮靜了下來，「她被壓倒了，被您的寬宏大量壓倒了。要是她讀到這封信，她會說不出一句話來，她只會把頭垂得更低。」

「是的，可在這種情況下如何辦才好呢？如何說明，如何理解她的願望呢？」

「如果你允許我表達我的意見的話，我認為要想直截了當地找出你認為可以結束這種處境的辦法，關鍵在於你。」

「那麼，您覺得非結束不可嗎？」卡列寧打斷他。「可是怎樣結束呢？」他雙手在眼前做了一個不習慣做的動作，補充說，「我看不到任何出路。」

「任何處境都可以找到出路，」奧布隆斯基說，站起身來，逐漸活躍起來，「有一段時間你曾經想要和她斷絕……要是你現在確信你們無法讓彼此幸福的話……」

「對於幸福可以有很多不同的理解。可是假如我同意一切，毫無需求。我們這種處境又有什麼出路呢？」

「如果你願意知道我的建議的話。」奧布隆斯基說，臉上露出同安娜談話時一樣使人心寬的杏仁油般的微笑。這善良的微笑是那麼具有說服力，讓卡列寧不自覺地感到自己的弱點被這種微笑所影響，願意相信奧布隆斯基所說的話了。

「她決不會說出這話來，可是有一件事是可能的，有一件事可能是她所期望的，」奧布隆斯基接著說，「那就是，斷絕關係，並放棄所有與此有聯繫的往事。在我看來，在你們的處境中最關鍵的是確立彼此間的新關係。而這種關係只有在雙方都自由的時候才可以建立起來。」

「離婚？」卡列寧用憤恨的語調插嘴說。

「對，我想是離婚。是的，是離婚，」奧布隆斯基重複著說，臉漲得通紅，「對於像你們這種關係的夫婦，這是最明智的出路。既然夫婦雙方都覺得無法共同生活，還有什麼辦法呢？這種事情是常會發生的。」

卡列寧沉思著，歎了口氣，閉上了眼睛。「只需要考慮一點，夫婦的一方是不是希望與別人結婚。如果不是，那就非常簡單。」奧布隆斯基說道，慢慢覺得沒有什麼拘束了。

卡列寧神情激動，眉頭緊緊皺起來，咕噥了句什麼，並沒有答話。在奧布隆斯基看來是那麼簡單的一切，阿列克謝・亞歷山德羅維奇卻已經思考了幾千遍。他認為不僅不很簡單，甚至是根本辦不到的。離婚的詳細手續他已知道，他覺得是辦不到的，因為他的自尊心和宗教信仰不允許他隨便控告人家通姦，尤其不允許他讓他寬恕了的、他愛的妻子被控告，受到羞辱，遭受苦痛。離婚在他看來之所以是不可能的，還有其他更為重要的原因。

如果離婚的話，他的兒子將會怎樣呢？把他留給母親是不行的。離了婚的母親將會有一個非法的家庭，在這個家庭裡，前夫兒子的處境和教育肯定會很糟。那把他留在自己身邊嗎？別人會看作他在這方面的一種報復，因此他並不想這樣做。可是除此以外，最讓卡列寧感覺不能離婚的是，假如同意離婚了，他就徹底把安娜毀了。

在莫斯科時，達里婭所說的那句話：在下決心離婚的時候他只是考慮到了自己，並沒有認識到這樣做他會不可挽救地毀了她。這句話現在還牢記在他的心裡。現在他把這句話以及他對她的寬恕，與他對孩子的熱愛聯繫在一起，他依照自己的意思理解了這句話。同意離婚，給她自由，他認為這就是剝奪他對他心愛的孩子的最後依戀，同時也是剝奪她走正路的最後依據，使她徹底毀滅。假如她離了婚，他清楚她肯定會和沃倫斯基結合，但是他們的結合將會變成一種非法的犯罪行為。因為照教會的規定，像她這樣的妻子在丈夫在世的時候是不可以再婚的。

「她一定會和他結合，或許不到一兩年他就會拋棄她或她又會與另外一個男子結合，」卡列寧痛苦地想著，「而我，因為同意了這非法的離婚，就會成為讓她毀滅的罪魁禍首。」所有這些事他想了何止千百遍，他認定離婚不僅不會像他的內兄所說的那樣簡單，而且完全是不可能的。奧布隆斯基對他說的話他一句也不相信。其實對於每一句話，他都有無數辯駁的理由，可是他聽他說著，覺得他的話正是表現了那種支配他的生活、強迫他屈從的強大的暴力。

「那麼問題就在於你是在怎樣的條件下同意與她離婚的。她現在什麼都不需要，並且也不奢求向你要求什麼，她一切都任憑你的寬大。」

「上帝啊，上帝啊！這到底是何苦來呢？」卡列寧心裡想著，想起要由丈夫一方承擔所有責任的離婚訴訟的一切細節，接著用和沃倫斯基做過的一樣的姿勢，羞愧得抬起兩手捂住了臉。

「我知道你非常苦惱，這我完全明白。但要是你再考慮一下……」

「如果有人打你的右臉，你連左臉也轉過來由他打；有人要剝你的外衣，你連內衣也送給他。[72]」卡列寧想到了《聖經》上的話。

「好的，好的！」他尖聲叫喊，「我同意去蒙受恥辱，我連我的兒子也願意放棄，可是……可是如果不弄到這步田地不是會更好一些嗎？但是由你做去吧……」

說完，他就轉過身去，好讓他的內兄看不到他的臉。他在窗戶邊的椅子上坐下，感到極大的悲痛和羞恥，但同悲痛和羞恥混在一起的，他又在為自己擁有的謙卑的崇高精神而感到愉悅和感動。

奧布隆斯基也被他感動了。於是，他沉默了一會兒。

「卡列寧，請相信我，她會非常尊重你的寬大。」他說。「而且，很明顯這是上帝的旨意。」他加

72.見《聖經・新約・路加福音》第六章。

了一句，但說完之後又覺得這話是愚蠢的，好不容易才忍住對自己愚蠢的嘲笑。

卡列寧本來想要回答一句什麼，可是眼淚已經哽得他說不出話來。

「這就是命中註定的不幸，我們只好逆來順受。我只把這不幸看成是木已成舟的事實，願意盡我所有的力量來幫助你們兩人。」奧布隆斯基說。

當奧布隆斯基走出他妹夫的屋子時，他再次被感動了，可是這並沒有影響他由於成功辦妥了這件事情所感到的滿意之情。因為他確信卡列寧說出的話是決不會反悔的。除了得意之外，他還有一個想法：等到事情辦成功了，他將問問妻子和好朋友們：「我同皇帝有什麼區別？皇帝調動軍隊，誰也沒有好處；可是我現在拆散此樁婚姻，卻是對三個人都有好處。[73] 看來我和皇帝之間有相同的地方呢……總之，到那時我可能會想出更妙的來呢。」他帶著微笑高興地自言自語。

73. 這是文字遊戲，「調動軍隊」和「離婚」「拆散夫妻」在俄語裡是同一個字。

chapter 23 出走

雖然沃倫斯基的傷勢沒有觸到心臟，但很危險。一連幾天他都處於死亡邊緣。他第一次能夠說話的時候只有他的嫂嫂瓦里婭一個人在他的房間。

「瓦里婭！」他說，一本正經地看著她，「我只是偶然失手打傷自己的。請別再提起這件事吧，對大家就這麼說好了。否則太可笑了。」

瓦里婭並沒回答他的話，彎身俯向他，帶著愉快的微笑看著他的臉。他的眼睛是明亮的，沒有發燒的跡象，可眼神是嚴肅的。

「哦，謝謝上帝！」她說，「你不痛了嗎？」

「這裡還有一點點。」他指了指胸口。

「那我給你換繃帶吧。」她給他換繃帶的時候，他靜靜地繃緊他那寬闊的顴骨盯著她。當她完成的時候，他說：「我不是說胡話，請儘量別讓人說我是有意打傷自己的。」

「沒人那樣說。我只是希望你再也不要失手打傷自己了。」她帶著詢問的微笑說。

「當然，我不會了，不過那樣倒也好……」接著他憂鬱地笑了。

儘管這些話和這種微笑讓瓦里婭十分驚詫，但是當他的傷口炎症消失，身體復元的時候，他覺得他的痛苦已經減輕了。他彷彿以這個行動洗刷了他原先所蒙受的羞恥和屈辱。他現在可以冷靜地思考卡列寧了。他的確承認他很寬大，可他現在並不因此而覺得自己卑劣。他又踏上生活的常規了。他覺得他又可以毫不羞愧地正眼看人，並且可以照他自己的習慣生活了。然而他因為永遠失去了她而感覺的那種瀕於絕望的懊惱心情，還是難以從心中排遣，儘管他從未停止和這種心情鬥爭。現在，他下定決心，既然已經在她丈夫面前贖了罪，他就一定得拋棄她，將來永遠不再置身於懊悔的她和她丈夫中間，但他無法從心裡抹掉喪失她的愛情的遺憾，無法從頭腦裡驅除同她一起度過的幸福時刻的回憶，那些他當時並不怎麼珍惜，現在卻以其所有魅力縈繞在他心頭的幸福時光。

謝爾普霍夫斯科伊打算派他到塔什干去，沃倫斯基毫不猶豫地接受了這個提議。可是隨著出發的時間迫近，他越發對自己做出的義不容辭的犧牲感到痛苦。

他的傷口完全康復了，正在為塔什干之行四處奔波。

「再見她一面，然後隱居起來，一直到死。」他想。當他去道別的時候，他把這意思對貝特西公爵夫人說了。肩負著這個使命，貝特西公爵夫人到了安娜那裡，給他帶回來否定的回答。

「這樣倒也好，」沃倫斯基聽到這消息時心想，「那本來是個弱點，它會毀掉我最後的力量。」

第二天，貝特西公爵夫人一大早就親自到他那裡來，說她從奧布隆斯基那裡聽到卡列寧已經同意離婚的確切消息，所以沃倫斯基可以去見安娜。

沃倫斯基馬上忘記了他的所有決心，自己原先的決定也置之腦後，沒有問一聲什麼時候可以去，她丈夫在什麼地方，就立刻動身到卡列寧家去。他一口氣跑上樓梯，誰也不顧，什麼也不看，飛快地衝進她的房間。沒有考慮，也沒有留意房間裡是否還有別人，他就抱住她，在她的臉、她的手和她的脖頸上印滿了無數的吻。

安娜原本也對這次會見做好了心理準備，想好了要對他說什麼話，可是她一句話也沒說出來，他的熱情完全左右了她，她想使他鎮靜，使自己鎮靜，但是為時已晚。他的感情傳染給了她。她的嘴唇顫抖了，以至於好久都說不出一句話來。

「是的，你完全佔有我了，我是你的了。」她把他的手緊壓在她的胸上，終於說出來了。

「肯定會這樣！」他說，「只要我們活著，肯定會這樣。我現在明白了。」

「這是真的。」她說著抱住了他的頭，臉色越來越蒼白。

「不過在發生了這一切之後，這真有些可怕呢。」

「一切都會過去，一切都會過去，我們一定會很幸福的！我們的愛情，要是還能更熾烈些，就是因為其中有些可怕的地方。」他抬起頭來說，在微笑中露出他那整齊的牙齒。

因此，她不由自主地報以微笑——不是回答他的話，而是回答他那雙含情脈脈的眼睛。她拿起他的一隻手，要他撫摸她那冰涼的面頰和剪短的頭髮。

「你的頭髮剪得真短！我幾乎認不出你了。變得更漂亮了，像個男孩。可是你的臉色好蒼白！」

「是的，我很虛弱。」她笑著說，嘴唇又顫抖起來。

「我們到義大利去吧，你會恢復健康的。」他說。

「難道我們真的可以像夫妻那樣，只有你我兩人組成家庭嗎？」她說，緊緊注視著他的眼睛。

「以後要是不這樣，我才感覺奇怪哩！」

「斯季瓦說，所有的要求他都同意了，可是我無法接受他的寬大，」她凝視著沃倫斯基若有所思地說，「我不要離婚，現在我什麼都無所謂了。可是，關於謝廖沙，我不知道他如何決定。」

他無論如何也理解不了在他們會見的這個時刻，她怎麼會想到兒子，想到離婚。這又有什麼關係呢？「別說這個了吧。別想這個了吧。」他說，用自己的手撫摸著她的手，竭力引起她對自己的注意，可她還是沒看他。

「唉，我為什麼不死啊，還是死了的好！」她說，欲哭無聲，可是為了不讓他傷心，她勉強地微笑了。

按照沃倫斯基以前的觀點來看，拒絕去塔什干那項富有魅力而帶危險性的任命，一定是可恥的、不可能的。但是現在他毫不猶豫地拒絕了這項任命，並且發覺上司對他這種做法甚為不滿，所以他立馬辭了職。

一個月之後，剩下卡列寧和他的兒子留在彼得堡自己的家裡，而安娜沒有離婚——而且堅決拒絕離婚，然後就和沃倫斯基出國去了。

請續看《安娜・卡列尼娜》下冊

經典新版世界名著：20

安娜・卡列尼娜(上)【全新譯校】

作者：L・托爾斯泰
譯者：邢琳琳
發行人：陳曉林
出版所：風雲時代出版股份有限公司
地址：10576台北市民生東路五段178號7樓之3
電話：(02) 2756-0949
傳真：(02) 2765-3799
執行主編：劉宇青
美術設計：吳宗潔
行銷企劃：林安莉
業務總監：張瑋鳳

初版日期：2021年9月
ISBN：978-986-352-954-5

風雲書網：http://www.eastbooks.com.tw
官方部落格：http://eastbooks.pixnet.net/blog
Facebook：http://www.facebook.com/h7560949
E-mail：h7560949@ms15.hinet.net
劃撥帳號：12043291
戶名：風雲時代出版股份有限公司

風雲發行所：33373桃園市龜山區公西村2鄰復興街304巷96號
電話：(03) 318-1378
傳真：(03) 318-1378
法律顧問：永然法律事務所 李永然律師
北辰著作權事務所 蕭雄淋律師

行政院新聞局局版台業字第3595號 營利事業統一編號22759935

定價：490元

國家圖書館出版品預行編目資料

安娜.卡列尼娜 / L.托爾斯泰著；邢琳琳譯. -- 臺北市：
風雲時代出版股份有限公司, 2021.02 冊； 公分
譯自：Анна Каренина
ISBN 978-986-352-954-5(上冊：平裝).--

880.57 109021686